HEYNE <

Nicole Schuhmacher

Sturmträume

Roman

Originalausgabe

WILHELM HEYNE VERLAG
MÜNCHEN

FSC
Mix
Produktgruppe aus vorbildlich
bewirtschafteten Wäldern und
anderen kontrollierten Herkünften

Zert.-Nr. SGS-COC-1940
www.fsc.org
© 1996 Forest Stewardship Council

Verlagsgruppe Random House FSC-DEU-0100
Das für dieses Buch verwendete
FSC-zertifizierte Papier *Super Snowbright*
liefert Hellefoss AS, Hokksund, Norwegen.

Originalausgabe 11/2009
Redaktion: Babette Kraus

Printed in Germany 2009
Umschlaggestaltung: Nele Schütz Design, München
unter Verwendung einer Illustration von Jan Balaz
Satz: Christine Roithner Verlagsservice, Breitenaich
Druck und Bindung: GGP Media GmbH, Pößneck

ISBN: 978-3-453-52572-6

www.heyne.de
www.heyne-magische-bestseller.de

Prolog

Schloss Glaesdun, Glaesmon,
Königreich Craiglin

Im Jahre 237 nach dem Zerfall des Mittleren Reiches

Das Licht der Gaslampen verlieh dem Holz der Doppeltüren einen bläulichen Schimmer und spiegelte sich auf der Haut der beiden vierarmigen Wachen. Die beeindruckend gebauten Verjig-Söldner hätten genauso gut Statuen sein können: Nichts in den groben, flachen Gesichtern wies auf eine Gefühlsregung hin. Selbst die vier Kurzschwerter, die jeder der Verjig in den großen Händen hielt, waren exakt ausgerichtet. Falls die Spätsommerhitze ihnen zu schaffen machte, die inzwischen bis in die unteren Stockwerke des Schlosses vorgedrungen war und die Feuchtigkeit aus dem sonst kühlen Gestein löste, ließen sie es sich jedenfalls nicht anmerken. Und für die Leichtigkeit, mit denen ihnen dies gelang, hasste Celeste sie an diesem fürchterlich heißen Tag.

Der schwül-warme Dunst der schwitzenden Wände raubte der Frau beinahe den Atem, als sie den Gang entlang schritt, und sie spürte, wie sich Schweißtropfen am Ansatz ihres dichten, zu blonden Zöpfen geflochtenen Haars sammelten. Sie mit dem Ärmel des schweren Brokatgewandes wegzuwischen, bevor sie ihr über die Stirn und in die grünen Augen rinnen konnten, wäre ihr jedoch niemals in den Sinn gekommen – es passte nicht zu ihrer Vorstellung von Würde, und Würde war, genau wie der Siegelring aus blassgrüner Jade an ihrem rechten Mittelfinger, ein unverzichtbarer Bestandteil ihres Amtes: mit ihren kaum vierzig Jahren war Celeste Goche, Heilerin von Cyns Gnaden, bereits Matriarchin des königlichen Ordens der Ritter von Craig und noch dazu die wichtigste Beraterin des Königs.

So schritt sie den beiden Söldnern aufrecht entgegen und war darauf bedacht, den Kopf nicht zu sehr in den Nacken zu legen, als sie zu ihnen aufsah.

»Einen schönen Abend wünsche ich euch beiden.« Celeste registrierte, dass sich die Finger der beiden Vierarmigen fester um die Griffe der Waffen schlossen. Die großen Schädel mit den beweglichen Ohren zuckten in die Richtung, aus der die Matriarchin kam, dann entspannten sich die Söldner ebenso schnell wieder, wie sie zuvor Hab-Acht-Stellung angenommen hatten.

»Den wünsche ich auch Euch, Matriarchin«, grollte der Verjig, der ihr am nächsten stand, und senkte ehrerbietig Kopf und Waffen. Sein zu einem Strang gebündeltes Haar fiel dabei über eine breite, blanke Schulter.

Dass die Verjig nicht durch die starren höfischen Regeln gebunden waren, besonders auch was Art und Maß von Bekleidung anging, war ihr immer wieder ein Dorn im Auge. Überhaupt hatte Celeste zunächst wenig von dem Vorschlag des Königs gehalten, dem königlichen Leiborden durch ›Zukäufe‹ mehr Schlagkraft zu verleihen – aber sie musste sich eingestehen, dass der König richtig gehandelt hatte. Für den Einsatz im Kampf waren die vierarmigen Söldner aus der Einöde von Kaavizan hervorragend ausgebildet, und dass sie vermochten, Leib und Leben des Königs und seines Hofstaates zu schützen, hatten sie schon mehrfach unter Beweis gestellt.

»Wo ist seine Majestät, Tohor?«, fragte sie den Söldnerhauptmann der vierzig Verjig starken Truppe, der sie gegrüßt hatte.

Die Verjig tauschten kurze Blicke untereinander, dann sah Tohor wieder auf die Frau hinab.

»Er ist oben, Matriarchin.«

»Schon wieder?«

»Schon wieder, Matriarchin.«

Sie verschränkte die Arme. »Welcher von deinen Männern ist bei ihm?«

»Keiner, Matriarchin.« Celestes blonde Brauen hoben sich fragend, also fügte Tohor hinzu: »Er wollte alleine sein, Matriarchin. Seine Majestät hat uns untersagt, ihn zu begleiten.«

Celestes Augen weiteten sich. Aus dem latenten Unbehagen, das sie schon den ganzen Tag gespürt hatte und das sie zunächst auf das Wetter geschoben hatte, wurde nun Furcht.

»Öffnet die Türen und folgt mir!«

Sie wartete nicht ab, bis die Doppeltüren ganz geöffnet waren, sondern drängte sich durch den Spalt, sobald er breit genug war, um sie durchzulassen. Dann eilte sie die Stufen zum westlichen Turm hinauf. Die kostbaren Teppiche schluckten zwar die Geräusche der Schritte, aber das leise Klappern und Rasseln der Teilrüstungen und Waffen hinter ihr verriet, dass die Verjig ihr dicht auf den Fersen folgten. *Idioten,* dachte sie ärgerlich. *Für diese Pflichtvergessenheit sollte ich euch auspeitschen lassen!*

Aber das konnte sie nicht, denn die Strafen für die Söldner seiner Leibwache bestimmte alleine der König.

»Ihr werdet nicht dafür bezahlt, den Anweisungen seiner Majestät Folge zu leisten, sondern dafür, dass ihr sein Leben schützt«, wies sie sie also stattdessen zurecht. »Seit die Königin nicht mehr lebt, macht er die seltsamsten Dinge. Was, wenn er sich in einer seiner unbeschreiblichen Launen von den Zinnen stürzt?«

»Nun«, wandte der kurzhaarige Söldner ein, der bisher geschwiegen hatte, »Seine Majestät machte nicht den Eindruck, als wollte er ...«

»Die Einschätzung seines Gemütszustandes überlasst ruhig mir als seiner Heilerin«, unterbrach ihn Celeste. »Tut in Zukunft einfach eure Pflicht, so wie sie im Vertrag niedergeschrieben ist.«

Die Matriarchin hob das schwere Gewand ein wenig an, da die letzten Treppenstufen zu den Zinnen des Westturmes höher waren als die übrigen; als sie auf den Turm hinaus trat, verlieh das Licht der untergehenden Sonne ihrem geflochtenen Haar weizengelben Glanz.

König Iorwerth von Craiglin stand mit dem Rücken zu ihr an der gemauerten Brüstung und sah in den Talkessel hinab, in dem das Schloss erbaut worden war. Es sah ganz so aus, als genösse er den Wind, der wie immer in dieser Jahreszeit den Abend ankündigte und gerade frisch genug war, um den Aufenthalt im Freien angenehmer zu machen als den Aufenthalt in den stickigen Gängen von Schloss Glaesdun.

Cyn und allen Göttern sei Dank. Er lebt.

Erleichtert legte die Matriarchin eine Hand auf ihre Brust.

»Majestät!« Der Wind zerzauste das schulterlange, weiße Haar des gedrungenen alten Mannes und zerrte an seiner in hellen Erdfarben gehaltenen höfischen Kleidung.

»Ihr stört, Celeste.« Ohne sich umzusehen, hob König Iorwerth von Craiglin die runzlige rechte Hand in einer abwehrenden Geste. »Ich möchte alleine sein. Und nehmt die beiden Rüpel gleich mit – es gibt Tage, an denen ich ihre hässlichen Fratzen einfach nicht von früh bis spät sehen möchte.«

Celeste blickte über ihre Schulter auf die Verjig, die sich rechts und links des Zugangs aufgestellt hatten; falls einer der massigen Söldner an den Worten des Königs Anstoß genommen hatte, so ließ er es sich jedenfalls nicht anmerken.

»Majestät«, wiederholte die Matriarchin und war darauf bedacht, sich ihre Erleichterung nicht allzu sehr anmerken zu lassen. »Die Bittsteller warten im Ratssaal auf Euch, und das schon sehr lange.«

Langsam schüttelte der König den Kopf.

»Es stimmt mich traurig, dass Ihr Euch zur Handlangerin von fahrenden Händlern und schwachsinnigen Bauerntölpeln machen lasst, Celeste. Als Vorsteherin meines Leibordens solltet Ihr eigentlich über diesen Belanglosigkeiten stehen.«

Nun trat Celeste ebenfalls an die Brüstung heran und sah zwischen zwei der Zinnen ins Tal auf die Stadt Glaesdun hinab, die sich im Abendlicht an die Schlossmauern zu schmiegen schien. Sie trug einen Siegelring aus blassgrüner Jade an ihrem rechten Mittelfinger; das Schmuckstück war das Zeichen ihres Ranges im Orden von Craig.

Die vertraute Anrede, die nur sie ihm gegenüber benutzen durfte, wählte sie mit Bedacht. »Ich bitte Euch, Iorwerth. Seit wann sind Staatsgeschäfte Belanglosigkeiten? Außer den Bauerntölpeln und fahrenden Händlern erwartet Euch auch noch Fürst Amreld.«

»Ach so.« Beinahe blitzte so etwas wie Heiterkeit in den blaugrauen Augen des alten Mannes auf. »Amreld. Deshalb seid Ihr so ungeduldig, Mädchen. Ich weiß genau, dass Ihr eine Schwäche für den stattlichen jungen Burschen habt, dabei sucht er doch bloß das Gespräch mit mir, weil er hofft, dass ich ihn in der nächsten Versammlung der Landbesitzer-Fürsten als meinen Nachfolger präsentiere … wie jeder andere Fürst auch.«

Ärgerlich presste die Matriarchin ihre vollen Lippen aufeinander; dem König gefiel es immer wieder, sie mit seinen – aus der Luft gegriffenen – Vermutungen über ihr Verhältnis zu Amreld zu ärgern, und das verdross sie ziemlich.

»Ihr wisst genau, dass ich nichts für den Fürsten Amreld empfinde. Aber er wäre nicht der schlechteste Nachfolger.« Die Matriarchin drehte nachdenklich an ihrem Siegelring, dem äußerlichen Zeichen ihres Ranges im Orden von Craig. »Zumindest hat er bewiesen, dass er seine Provinz im Griff hat, und das Volk scheint ihn zu mögen.«

»Aber ich will nicht an meine Nachfolge denken. Nicht heute, und schon gar nicht jetzt.« Wieder strich Wind durch die Zinnen und spielte mit den dünnen Haaren des alten Königs. »Ich mag nicht mehr jung sein, aber ich fühle mich noch sehr lebendig. – Seht ihr das?« Iorwerth deutete über die Zinnen hinaus.

»Die Jettis-Berge? Die sehe ich.«

Er schüttelte unwirsch den Kopf und wandte ihr das zerfurchte Gesicht zu.

»Die meine ich nicht, Celeste. Mir macht das Sorgen, was *hinter* den Jettis-Bergen liegt ... ich sorge mich wegen der Thäler und ihrer Königin. Meine Nichte Elane ist ein stures Weib. Wenn sie etwas haben will, dann wird sie alles tun, um es in ihre unersättlichen Finger zu bekommen.«

Schon wieder.

Nun war Celeste mit Kopfschütteln an der Reihe.

»Iorwerth, bloß weil Eure Nichte vor einem halben Leben einmal versucht hat, Euer Reich anzugreifen ...«

»Vor Eurem halben Leben, Mädchen. Für mich ist es nur knapp ein Viertel, vielleicht habe ich den Überfall daher besser in Erinnerung behalten.« Sein Lachen klang freudlos. »Ich habe ein ungutes Gefühl, wenn ich an Elane und ihr Königreich der Thäler denke, Celeste, und es ist nicht so, dass ich mir die Gefahr bloß einbilde, weil ich meine Gedanken nicht mehr beisammen hätte. Ich habe Beweise.«

Unwillkürlich zog Celeste ihre Augenbrauen hoch, aber bevor sie etwas erwidern konnte, winkte Iorwerth ab.

»Seid eine brave Matriarchin und haltet den Mund. Es genügt mir vollends, dass Ihr meinen Ritterorden in Schuss haltet, ich brauche nicht auch noch zu jedem meiner Sätze Eure Meinung zu hören.« Stolz richtete er sich auf. »Und nun kommt endlich, meine Bittsteller und Euer Amreld warten. Wo war noch gleich meine Krone?«

»In Eurem Arbeitszimmer, Majestät«, grollte der Verjig neben Tohor.

Celeste wusste nicht so recht, ob sie ein Lächeln oder Tränen unterdrücken sollte, als Iorwerth an ihr vorbei die steinernen Stufen hinabeilte, so schnell sein vorgerücktes Alter es erlaubte. Die beiden Leibwächter folgten ihm auf dem Fuß.

Die Schrulligkeit des alten Herrn nahm in dem Maße zu, in dem seine Regierungsfähigkeit schwand. Wenn er nicht bald einen Nachfolger wählte …

Mit anmutiger Haltung begab sich Celeste zu den Stufen, um den Turm ebenfalls wieder zu verlassen.

»Wo sagtest du noch gleich …«

»Auf Eurem Arbeitstisch, Majestät.« Der hünenhafte Verjig mit dem kurzgeschorenen, drahtigen Haar deutete auf den Goldreifen mit dem ovalen Smaragd, der einen Stapel von Schriftstücken beschwerte.

König Iorwerth nahm die Krone und setzte sie auf das feine weiße Haar. »Danke, Ar'ron. Du bist ein guter Junge, egal, was ich auch manchmal über dich sagen mag. Aber ich weiß ja, dass du dir meine Schmähungen nicht sonderlich zu Herzen nimmst … zu welchem der beiden auch immer.«

Er prüfte den Sitz der Krone, indem er sie hin und her bewegte, dann fiel sein Blick auf Celeste, die mit gefalteten Händen vor dem Arbeitstisch wartete. »Celeste, könnt Ihr mir kurz mitteilen, wer auf mich wartet, bevor ich den hungrigen Wölfen zum Fraß vorgeworfen werde? Von Amreld einmal abgesehen.«

Celeste nickte knapp, nun wieder ganz die Matriarchin des königlichen Ritterordens. »Natürlich, Majestät. Da wären Großbauer Herrion aus Grechna, die Dame Siwan von …«

Mit einem Fauchen erlosch die Gaslaterne und tauchte das königliche Arbeitszimmer schlagartig in golddurchbrochenes Zwielicht.

»Majestät!«

Die Matriarchin hörte Iorwerths Schreckensschrei; im letzten Rest des warmen Tageslichtes, das durch das Buntglasfenster drang, sah sie, wie sich die Verjig schnell bewegten. Dann ertönten ein Zischen und ein leise klickendes Geräusch.

Mit einem neuerlichen Fauchen erwachte das Gaslicht wieder zum Leben und drängte das samtige Dämmerlicht in harte, bläuliche Schatten zurück.

Celestes erster Blick galt dem König, dessen Finger sich in den dunklen Lederbezug des Sessels krallten.

Er wirkte erschrocken, aber durchaus lebendig. *Ihm ist nichts geschehen, Cyn sei Dank.* Dann bemerkte sie die Positionen der Leibwächter; während sich Tohor mit gezogenen Schwertern an der Tür zum Ratssaal postiert hatte, stand Ar'ron mit dem Funkenschläger in einer Hand neben der Gaslaterne. Schwerter in den übrigen drei Händen wiesen gegen die Tür zum Gang, durch die sie das Zimmer betreten hatten.

So viele Freiheiten sie sich auch herausnehmen mögen, sie sind doch trotz allem gute Männer.

Celeste sah von einem Verjig zum anderen, woraufhin die beiden ihre Waffen sinken ließen. Dann wandte sie sich wieder ihrem König zu.

»Da habt Ihr mir aber einen gehörigen Schrecken eingejagt, Majestät«, meinte sie in scherzhaftem Tonfall, der ihre eigene Anspannung überspielen sollte. »Für einen Moment dachte ich schon, Euer Gold reiche nicht mehr aus, um das Gas zu bezahlen.«

Ihr Scherz ging leider in eine völlig andere als die gewünschte Richtung. Iorwerth sprang auf, sein Gesicht rötete sich.

»Das ist alleine Elanes Schuld!«

»Reißt Euch bitte zusammen, Majestät«, entgegnete Celeste leise; die Bittsteller im Raum nebenan mussten nicht hören, wie fahrig und leicht erregbar der König inzwischen geworden war. Zum Glück waren die Türen zum Ratssaal aus dickem, turcanischem Wurzelholz geschnitzt, so dass vermutlich nur einzelne Geräuschfetzen nach nebenan gedrungen waren. »Eure ›schlechten Gefühle‹ in allen Ehren, aber Ihr könnt Eure Verwandte doch nicht für jeden Missstand in Eurem Reich verantwortlich machen! Welchen Grund hätte die Königin der Thäler denn, Euch das Gas abzudrehen, das in Euren eigenen Ländereien gefördert wird? Vermutlich war bloß eine … eine Luftblase in der Leitung. Wenn Ihr nicht wollt, dass sich das wiederholt, Majestät, solltet Ihr das Gaslicht in Eurer Stadt vielleicht doch durch Sturmlicht ersetzen.« Gerne hätte sie hinzugefügt, *wie alle anderen Fürsten Eures Reiches auch*, aber sie wollte ihren Herrn nicht noch mehr reizen.

Wütend blitzten die blaugrauen Augen des Königs seine Vertraute an. »Das würde es bloß noch schlimmer machen, als es sowieso schon ist, Celeste! Hier geht es nicht um eine Luftblase oder darum, dass ich ein altmodischer Mann bin. Ich will mein Land nicht in die Hand von Elane und ihren Thälern geben!« Iorwerth schlug mit der Faust auf den papierübersäten Arbeitstisch. »Seit ihren Eroberungsfeldzügen hat sie so vieles zum verbotenen Gewerk erklärt. Was, wenn sie plötzlich auf die Idee käme, auch harmlose Dinge wie Sturmlicht zu verbieten? Was, wenn sie die Gildehäuser der Sturmwerker in Gavenne komplett schließen würde? Gäbe es in Glaesmon Sturmlichtlaternen, säße die ganze Stadt im Dunkeln, sobald Elane das wollte.« Theatralisch warf er beide Arme in die Luft. »Glaubt Ihr denn, ich würde die Lampen in meiner Hauptstadt *gerne* mit dicker Luft betreiben? Nein, aber mir bleibt keine andere Möglichkeit, und dafür mache ich meine Nichte verantwortlich!«

Tohor räusperte sich; Celeste sah ihm an, dass er Seiner Majestät gerne mitgeteilt hätte, dass man Gebäude auch mit herkömmlichen Kerzen und Pechfackeln beleuchten könne, aber ihr Blick hieß ihn schweigen. Fackeln statt Gas verhießen noch weniger Annehmlichkeiten, als das Schloss Glaesdun ohnehin schon zu bieten hatte.

»Bitte.«

Das Aufflackern von Zorn in den Augen des Königs war schnell wieder erloschen. Fast flehend sah Iorwerth die Vorsteherin des Ordens von Craig an.

»Bitte, Celeste ... haltet es nicht für Verfolgungswahn, wenn ich ständig davon spreche, dass meine junge Nichte im Westen uns Schlechtes will. Ich *weiß* es.« Traurig schüttelte er den Kopf. »Heute Morgen kam einer meiner Spione mit der Nachricht zurück, dass es zwischen den Herzogtümern Seethal und Niederthal zu Grenzstreitigkeiten gekommen ist ... Tohor und Ar'ron können das bestätigen. Ich sollte vielleicht hinzufügen, dass es sich um *bewaffnete* Grenzstreitigkeiten handelte.«

Celeste runzelte die Stirn, so dass sich ihre Brauen berührten. »Ja, aber ...« Sie spielte mit dem Jadering an ihrem Finger. »Die Herzogtümer gehören doch beide zum Reich der Thäler?«

»Und genau das ist das Schlimme, Mädchen.« Iorwerth erhob sich; Papiere glitten raschelnd über die Oberfläche des Arbeitstisches. »Elanes Eroberungsfeldzüge gegen die umliegenden Staaten, damals, vor Eurem halben Leben, dienten in erster Linie dazu, ihr junges Herrschaftsgebiet im Kampf gegen einen gemeinsamen Gegner zusammenzuschweißen.«

»Ich verstehe nicht …«

»Soldatischer Verstand gehört offenbar nicht zu den Eigenschaften, die man besitzen muss, um meinen Leiborden zu leiten, nicht wahr?«

»Majestät …«

»Aber was sage ich … Ihr seid ja auch bloß eine Heilerin. Und jetzt lasst mich ausreden. – Craiglin war das einzige der angegriffenen Reiche, das damals von einer Eroberung verschont blieb.«

Sein Blick traf ihren, das Blaugrau seiner Augen versenkten sich in sattem Grün.

Unschlüssig starrte Celeste zurück; zwar neigte Iorwerth zum Übertreiben, aber selbst wenn der Bericht von den Grenzstreitigkeiten nur ein Körnchen Wahrheit enthielt, gefiel ihr der Schluss nicht, der plötzlich so naheliegend schien.

»Ihr meint, dass Eure Nichte nun, da ihre Provinzen sich uneins sind, ihre Finger nach Craiglin ausstrecken wird?«

»Das wird sie unweigerlich, Celeste. Das wird sie unweigerlich. Schlimme Zeiten kommen auf uns zu.«

»Sie würde einen Krieg riskieren, nur um ihre Herzogtümer ruhigzustellen?«

Der König nickte sorgenvoll.

Celeste suchte Tohors Blick, aber die dunklen Augen des Verjig wirkten so ausdruckslos wie Glasknöpfe. ›Mein Vertrag‹, schien der Gesichtsausdruck des Söldnerhauptmanns zu sagen, ›verpflichtet mich nicht zu politischen Meinungsäußerungen.‹

Dann ist es wohl an mir, etwas zu unternehmen.

Sie hob den Kopf.

»Majestät, Ihr solltet mehr Gelassenheit zeigen. Vertraut auf die Götter. Zumindest Cyn als Schutzherrin Eures Reiches wird uns sicherlich vor einem Krieg behüten.«

»Ihr als Günstling der Göttin Cyn müsst das natürlich sagen, Celeste«, gab der König mürrisch zurück. »Euch hat die liebreizende Herrin der Erde mit ihrer Macht gesegnet, da ist es nur natürlich, dass Ihr als Gegenleistung das Lob der Göttin singt. Ich befürchte allerdings, dass auch die Bewohner von Kellis, Hiranya und Gavenne auf den Schutz ihrer Götter vertrauten, bevor Elanes Truppen an ihre Haustüren klopften.« Er rückte seine Krone zurecht. »Soweit ich zurückdenken kann, hat sich noch nie eine Gottheit in einem Krieg parteiisch gezeigt, ganz gleich, wie gut oder schlecht der Grund für die Auseinandersetzung gewesen sein mag. – Und nun solltet Ihr mit mir da hinausgehen, bevor wir den Bittstellern noch eine Unterkunft für die Nacht anbieten müssen.«

Das entschlossen gereckte Kinn des Königs signalisierte Celeste, dass die Debatte für ihn beendet war; trotzdem konnte sie sich eine abschließende Bemerkung nicht verkneifen.

»Wenn Ihr schon nicht den Göttern vertrauen wollt, Majestät«, meinte sie spitz, »dann vertraut wenigstens mir.«

Kloster Cornel, Nördliches Hochthal

Im Jahre 238 nach dem Zerfall des Mittleren Reiches, Hochsommer

Aus den Flammen des Urbeginns trat Vherc der Gründer, Herrscher der Feuer, um den Kosmos zu beleben. Er betrachtete seinen Leib und sah, wie Kupfer die lodernden Flammen widerspiegelte. Er betrachtete seine Hände und sah feurige Säfte, die durch gläserne Venen schossen.

»Ausgezeichnet«, sprach Vherc durch sein gutes Antlitz, denn ihm gefiel, was er sah.

Dann richtete er seinen Blick auf den lodernden Kosmos, und er sah, dass etwas fehlte: Feuer alleine war nicht genug, um den Kosmos zu beleben. So schuf Vherc die Erde.

Um ihn herum erstreckten sich Ebenen und erhoben sich Berge, bedeckten das kosmische Feuer und kanalisierten seinen Fluss, und aus der reichen, warmen Erde trat Cyn, Herrin der Erde und Regentin des Blühens, liebreizend und prächtig im Grün und Gelb ihrer Sphäre.

»Ausgezeichnet«, sprach Vherc durch sein gutes Antlitz, denn ihm gefiel, was er sah.

Dann richtete er seinen Blick auf den lodernden, blühenden Kosmos, und er sah, dass etwas fehlte: Feuer und Erde alleine waren nicht genug, um den Kosmos zu beleben. So schuf Vherc das Wasser …

Wasser!

Ein Lächeln breitete sich auf Rikas sommersprossigem Gesicht aus, als sie in den Himmel blickte; die dunklen Wolken, die sich über dem brennenden Klosterdach auftürmten, rührten nicht nur vom Rauch. Schon klatschten die ersten Tropfen auf die erhitzte Haut der Sechzehnjährigen und befeuchteten ihr lockiges, braunes Haar.

Noch nie hatte Rika einen Regenguss so herbeigesehnt wie in diesem Moment; ihr Stoßgebet an Sae war offensichtlich erhört worden …

»Aus den Ebenen und Bergen sprangen Quellen hervor, Rinnsale und Ströme flossen hinab, um sich in großen Gewässern zu sammeln, und aus den schäumenden Tiefen trat Sae, Herrin der Wasser, Regentin des Überflusses, so hell und perlgleich wie ihre Seen …«

Rika schüttelte den Kopf; das tat sie weniger, um die Wasserperlen aus den langen Haaren zu lösen, als um Bruder Geons sonore Stimme aus ihrem Bewusstsein zu verbannen. Dabei verstrickten sich einige ihrer Locken in dem Geäst des Hornbusches, hinter dem sie kauerte; sie unterdrückte einen Fluch und wand das Haar zu einem Knoten.

»Herkie«, zischte sie, während sie einen fingerlangen Metallspieß aus dem groben Stoff ihrer Bluse zog und ihre Haare damit feststeckte. »Hör jetzt gut zu: Ich brauche deine Hilfe!«

Aufmerksam spitzte der zottige Hirtenhund seine Ohren; die rosa Zunge des Tiers glitt zwischen scharfen Zähnen hindurch, als es sich in Erwartung einer Belohnung die Lefzen leckte.

»Die Angreifer sind beschäftigt, aber noch nicht beschäftigt genug.« Ein erneuter Blick durch den Hornbusch bestätigte Rikas Einschätzung: Auf der Wiese vor dem Kloster eilten Soldaten hin und her und versuchten, die erbeuteten Vorräte vor dem plötzlichen Regenguss in Sicherheit zu bringen. Lamentierend warfen sie Säcke voller Getreide in hastig errichtete Zelte, während ein Offizier in einer prächtigen Plattenrüstung Befehle brüllte.

Rika verstand die kehlige Sprache nicht, hatte sie noch niemals gehört, aber das war ihr vollkommen gleich; wer auch immer die Angreifer waren, woher sie auch kommen mochten: Sie würden dafür büßen, dass sie das Kloster der Cyn überfallen hatten.

Doch zunächst galt es, Bruder Geon, Schwester Castina und Rikas Freundin Brice zu retten … und natürlich Dougen.

Ihr Herz machte einen kleinen Sprung, als sie an Dougen dachte, an seine blauen Augen, das stets zerzauste Haar und das spitzbübische Lächeln …

»Bloß nicht ablenken lassen, Rika«, ermahnte sie sich leise selbst und strich dem Hirtenhund über den haarigen Kopf. »Siehst du die Feuerstelle, Herkie? Diese Burschen waren leider so schlau, sie genau im Durchgang zum Kräutergarten zu errichten – so ist sie vor Regen geschützt. Aber ich muss da hindurch, Herkie. Ich muss zum Schuppen, um meine Freunde zu retten, und die Soldaten am Feuer sind mir im Weg.«

Der Hund winselte und blickte Rika auffordernd an, ein Zeichen dafür, dass er sie verstanden hatte.

»Ich denke, du weißt, was du zu tun hast – aber pass auf dich auf. Und nun los!«

Schwanzwedelnd stürmte Herkie durch den Busch und über die Wiese mit den hektisch umherlaufenden Soldaten. Einige der Männer sahen dem zottigen Hund hinterher, aber da er keinerlei Anstalten machte, einen von ihnen zu beißen, machte sich auch keiner der Angreifer die Mühe, ihn zu verfolgen.

Eine Windbö trieb einen Regenschauer vor sich her; das kühle Nass prasselte auf Rikas Kopf und Rücken und durchtränkte ihre schmucklosen Kleider, aber das kümmerte sie nicht; sie musste die kurze Ablenkung durch Herkie nutzen.

»Helft mir, Götter«, flüsterte sie, dann eilte sie geduckt zu einem nahe gelegenen Busch, um sich dahinter niederzukauern. Vorsichtig bog sie stachlige Zweige zur Seite.

Sie hatte Glück: Keiner der Soldaten hatte sie bemerkt, auch nicht der immer noch Anweisungen brüllende Offizier, dessen Helm von zwei prächtigen, mit Juwelen besetzten Hörnerpaaren geschmückt war. Seine mit Metallspangen verzierten Stiefel hingegen sahen fürchterlich aus: Schlammiges Wasser quoll bei jedem Schritt zwischen den Grashalmen hervor und besudelte das Metall.

Ein heftiger Windstoß wirbelte Blätter auf, die an den schlammigen Stiefeln haften blieben …

»… so schuf Vherc die Himmel.

Sphären von Wind und Wolken, hell und dunkel, umschlossen Land und Meer; tat sich der dunkle Himmel auf, so schienen Mond und Sterne, und stand der helle Himmel hoch, wärmte die Sonne des Gründers Werk. Und aus den Sphären trat Leodun, der Herr der Himmel, Regent von Licht und Dunkel, die Himmel reflektiert in seinem Haar …«

Sei doch still, Geon, dachte Rika verzweifelt und schüttelte erneut den lockigen Kopf. *Ich muss mich konzentrieren!*

Ihr Blick fiel wieder auf den behelmten Offizier, der ihr gerade den Rücken zuwandte.

Und weiter!

Schnell arbeitete sie sich vor, bis sie an ihrem Zwischenziel angelangt war, einem großen Zelt, von dessen Dach das Regenwasser in Schwällen auf die Wiese prasselte; der Regen trommelte so stark auf die Stoffbahnen, dass sich Rika ganz sicher war, dass keiner der Zelt-Insassen ihre Schritte im nassen Gras gehört haben konnte. Aufmerksam beobachtete sie den Durchgang zum Kräutergarten, der nun ganz in der Nähe lag.

Herkie war inzwischen dort angekommen; trotz des Regens konnte Rika das klackende Geräusch seiner Krallen auf dem gepflasterten Weg hören. Der Hund schnüffelte interessiert, denn einer der bewaffneten Soldaten, die am Feuer saßen, drehte einen Spieß, an dem eine Schafskeule vor sich hinbriet.

Die junge Frau rümpfte die Nase; Schwester Castina würde sicher nicht gerne sehen, dass die Angreifer eines ihrer Schafe geschlachtet hatten …

Ich muss sie befreien, und das schnell.

Der vorderste Soldat rief dem Hund etwas zu. Seine raue Stimme klang nicht unfreundlich, so dass Herkie vorsichtig näher kam. Dann schüttelte er sich aus Leibeskräften. Wasser spritzte in alle Richtungen; der Mann fluchte, begleitet vom lauten Gelächter seiner beiden Kameraden.

Da sprang der Hirtenhund vor; die kräftigen Kiefer schnappten zu. Rasselnd fiel der Spieß vom Feuer und rollte über die Steinplatten. Herkie riss mit aller Kraft an seiner

Beute, der Schafskeule, und schleifte sie mitsamt dem Bratspieß über die Steinplatten.

Einer der Soldaten warf achtlos das Schwert beiseite, dessen Klinge er eben noch mit einem schmutzigen Tuch poliert hatte; dann rannte er hinter dem Hund her, um ihm einen Fußtritt zu verpassen. Zu seinem Pech war Herkie aber selbst mit dem Bratspieß zwischen den Zähnen schneller als der Mann. Frech warf das Tier einen Blick zurück.

Rika unterdrückte den Drang zu lachen; nun machten sich auch die beiden anderen Soldaten an die Verfolgung des vierbeinigen Missetäters. Johlend und wild gestikulierend liefen sie hinter Herkie her.

Das war Rikas Chance. Sie rannte los.

Weil der nasse Rock unangenehm eng an ihren Beinen klebte, hob sie den Stoff mit einer Hand an. Auf Höhe des Feuers duckte sie sich in vollem Lauf, um mit der freien Hand das verwaiste Schwert aufzuheben, was ihr mühelos gelang; beinahe hätte Rika vor lauter Übermut aufgejauchzt. Dann war sie auch schon durch den Torbogen hindurch und endlich im Kräutergarten des Klosters angelangt.

Außerhalb der Sichtweite der Soldaten auf der Wiese drückte sich Rika keuchend an die Mauer; die Spitze des Schwertes bohrte sich zwischen ihren Schuhen in den weichen Boden, und sie spürte, wie ihre Zehen auf den aufgequollenen Ledersohlen hin- und herrutschten.

Schnell sah sie sich um; der hölzerne Schuppen in der Ostecke des Gartens, in dem die Soldaten die beiden Heiler, das Mädchen und den Stallknecht eingesperrt hatten, war mit einer schweren Eisenkette und einem großen Vorhängeschloss gesichert.

Rika sah zum Durchgang hin, aber noch war nichts von

den Soldaten zu hören oder zu sehen; also steckte sie das Schwert in ihren Gürtel, raffte den nassen Rock hoch und eilte zu dem Schuppen.

Dumpfe Laute drangen hinter der verrammelten Tür hervor.

»Seid still«, rief Rika leise. »Ich bin hier, um euch zu helfen!«

Mit einem Ruck zog sie den Metalldorn aus ihrem Haar. Die nassen, dunklen Locken fielen über Rikas Schultern, als sie sich zum Vorhängeschloss hinabbeugte und den kleinen Spieß in die Öffnung einführte.

»Anfänger«, frohlockte sie, als sie erkannte, wie einfach das Schloss gestaltet war.

Zweimal knackte es leise im Schließzylinder, als die Haarnadel die Stifte in dem primitiven Mechanismus hinunterdrückte, dann öffnete sich der Schlossbügel. Rasselnd fiel die Eisenkette auf die Steine.

Rika riss die Tür des Schuppens auf; ihre Freunde waren mit Seilen um Schultern und Beine an den zentralen Holzpfeiler der Hütte gefesselt, so dass sie mit den Rücken zueinander standen. Auch ihre Hände waren mit Hanfseilen zusammengebunden, und aus den Mündern ragten Fetzen von Hafersäcken.

Dougen stand Rika direkt gegenüber; die Augen des Stallknechts weiteten sich, als er sie erkannte, und augenblicklich begann er, an seinen Fesseln zu zerren.

Rikas Mundwinkel kräuselten sich kokett, ihre bernsteinfarbenen Augen funkelten.

»Solltest du mit einem Mal nicht mehr so versessen auf Abenteuer sein?«, grinste sie und zog den Hafersack zwischen Dougens Zähnen hervor.

»Rika …«, stammelte er. »Wie … wie hast du das geschafft?«

»Ich habe dir doch versprochen, dich zu retten.« Selbstbewusst stemmte sie die Arme in die Seiten, aber die Schadenfreude in ihrer Stimme war einem anderen, zärtlicheren Ausdruck gewichen. »Hast du mir etwa nicht geglaubt?«

Dann spitzte sie ihre Lippen zum Kuss – und eine große, kräftige Hand legte sich fest auf ihre Schulter.

Mit einem Aufschrei schoss Rika in die Höhe. Erschrocken starrte sie in ein von blondem Haar umrahmtes, bärtiges Männergesicht; aus einem Netz kleiner Fältchen funkelten sie Bruder Geons fröhliche Augen an.

»Bei Cyn und den Vieren«, schmunzelte der grobschlächtig wirkende Mann in der braunen Robe, der nicht so aussah, wie man sich gemeinhin einen Bruder der Cyn vorstellte, »ich wollte dich nicht ängstigen, junge Dame. Wovon hast du denn jetzt schon wieder geträumt?«

Kinderlachen und das alberne Gekicher älterer Mädchen mischten sich mit dem Meckern halbwüchsiger Jungen und rissen Rika vollständig aus ihrer Heldinnenfantasie.

»Von nichts«, schwindelte sie und errötete.

»Dann«, grinste Geon, »kannst du mir sicher sagen, was ich gerade vorgetragen habe.«

»Die Schöpfungsgeschichte.«

»In der Tat. Und an welcher Stelle waren wir stehengeblieben?«

Rika beschloss, Geon für seine durchdringende gute Laune zu hassen, und dafür, dass seine breite Gestalt ihr die Sicht aus dem Fenster versperrte … wo sie doch nichts lieber getan hätte, als in den Kräutergarten des Klosters zu sehen und weiterzuträumen.

Ihre Banknachbarin Brice stupste Rika zaghaft in die Seite. Offenbar versuchte das schmale, rothaarige Mädchen ihrer Freundin einen Hinweis zu geben, aber Rika schüttelte nur leicht den Kopf. Sie brauchte keine Hilfe.

»Ich weiß es nicht. Vermutlich bin ich eingenickt; deine Stimme wirkt so beruhigend.«

»Soll ich das nun gut oder schlecht finden?« Bruder Geon strich sich vergnügt über den dichten, blonden Bart. »Der Grat zwischen Andacht und Apathie ist bisweilen schmal, und ich fände es äußerst schade, wenn ich dich in den Schlaf gelangweilt hätte. Obwohl mir durchaus bewusst ist, dass Schönheitsschlaf gerade für euch Mädchen sehr wichtig ist.«

Wieder meckerte einer der Jungen, und die anderen fielen in das Gelächter ein. Geon drehte sich um, um die Jugendlichen zur Ordnung zu rufen; diese Gelegenheit nutzte Rika, um sich wieder zu setzen.

Wieder stieß Brice sie in die Seite.

»War es aufregend?«, flüsterte sie. »Komm schon, Rika, erzähl mir, was du dir ausgedacht hast!«

»Brice …«

»Bitte, Rika! Ich will es wissen!«

»… Geon sieht zu uns herüber.«

Und tatsächlich hatte er sich schon wieder den beiden Mädchen zugewandt.

»Sicherlich kann Fräulein Brice uns sagen, wie die Geschichte weitergeht.«

Erschrocken drehte sich ›Fräulein Brice‹ zu dem Mann um, aber ihr blasses Gesicht entspannte sich gleich wieder, als sie sah, dass er lächelte. »Äh … ja. Ja.« Sie nickte zaghaft. »Du hast bei … bei Leodun Schluss gemacht, also geht es mit den Stürmen weiter.«

»So ist es«, stimmte Geon zu. »Du gehörst zu denen, die heute zum letzten Mal hier sind, Brice, und kennst die Geschichte nach all den Jahren vermutlich besser als ich. Erzähl du.«

»Oh, äh, ich?«, stammelte die Siebzehnjährige, der die plötzliche Aufmerksamkeit der ganzen Klasse unangenehm war. »Also: Dann, äh, dann also richtete er seinen Blick auf den lodernden, blühenden, schäumenden, luftigen Kosmos und er sah, dass etwas fehlte: Feuer und Erde und Wasser und Luft alleine waren nicht genug, um den Kosmos zu beleben. So schuf Vherc die Stürme.«

Bruder Geon fiel mit seiner sonoren Stimme in den sicherer werdenden Singsang des Mädchens ein.

»Über des Gründers Werk tobten Donner und Blitz; Gewitter zerrissen die Himmel, peitschten die Wasser, zerschmetterten die Erde und schürten die Feuer …«

Seine Stimme tat erneut ihre Wirkung; Rikas Blick wanderte vom aufgeregten Gesicht ihrer Freundin zurück zum offenen Fenster.

Dort draußen tauchten Bienen in spät blühende Pflanzen, und die Nachmittagshitze flirrte über trockenen Furchen, aus denen im Frühjahr neue Kräuter wachsen würden. Diese würde Rika wahrscheinlich nicht mehr sehen, denn es war auch ihr letzter Tag in der Schule des Klosters Cornel.

In jedem der Sommer, die sie hier verbracht hatte, hatte Rika genau wie die anderen Bauernkinder Wissenswertes über Acker- und Gartenbau, über Viehzucht, Kräuter und das Heilen gelernt. Selbst wenn es in dieser Zeit auf den elterlichen Höfen genug zu tun gab: Viele Bauern aus der ländlichsten Gegend von Nord-Hochthal nahmen den unentgeltlichen Dienst des Klosters gerne in Anspruch, denn ihnen fehlte oft die Zeit, ihren Kindern mehr als das notwendigste Wissen zu vermitteln.

Dass den Kindern im Kloster Cornel neben praktischen Dingen auch der Glaube nähergebracht wurde, war für die Landbevölkerung so selbstverständlich wie willkommen, denn wer sorgte für das alljährliche Gedeihen von Pflanzen und Vieh, wenn nicht die liebliche Cyn? Da nahm man es auch hin, dass selbst die Vermittlung wenig nützlicher Fertigkeiten wie Lesen und Schreiben zum selbst gewählten Auftrag der Brüder und Schwestern von Cyn zählte.

Auch die meisten Kinder empfanden den Aufenthalt im Kloster als willkommene Abwechslung zum ländlichen Alltag; die Brüder und Schwestern der Herrin der Erde waren gemeinhin als freundlich und geduldig bekannt und gaben sich redliche Mühe, diesem Bild zu entsprechen. Schließlich waren sie die einzigen Gesegneten der Fünf, die noch in Klöstern und Kirchen wirken durften …

Rika beobachtete eine Wespe, die einen Weg in den Geräteschuppen im Garten suchte; sie seufzte leise, denn bald schon würde sie wieder zu Hause auf dem kleinen Hof ihres Vaters sein. Zwar hoffte sie, dass auch Dougen sie dort gemäß seiner Beteuerungen erwarten würde … aber die meisten Hilfskräfte hielten es nur kurze Zeit bei dem ›alten Robert‹ aus. Seit dem frühen Tod ihrer Mutter war Rikas Vater herrisch, unnachgiebig und oftmals auch ungerecht gewesen, als wolle er alle in seiner Umgebung für seinen Verlust büßen lassen.

Rika kannte ihn nicht anders und wusste ihren verbitterten Vater so zu nehmen, wie er war, aber für die anderen ergab sich meist nicht die Gelegenheit, die freundlicheren Seiten des Mannes kennenzulernen.

Dann gab es da noch ein weiteres Problem …

»… und aus Donner und Blitz trat Aeledd, Herr der Stürme, Regent der Zerstörung, prächtig in seinem Zorn …«

Brices Vortrag war lauter, verzweifelter geworden; sie übertönte sogar Bruder Geons melodische Stimme, woraus Rika schloss, dass er wieder auf sie zukam.

Direkt hinter den jungen Frauen kam Geon zum Stehen.

»Ausgezeichnet, sprach Vherc durch sein gutes Antlitz, denn ihm gefiel, was er sah: Erst jetzt, da Zerstörung den Kosmos berührte, konnte Neues werden, und sein Werk war wahrhaft belebt.«

Mit diesen Worten beschloss Geon den ersten, wichtigsten Teil der Geschichte von der Entstehung der Fünf und der Welt. Er nickte Brice zu, die erlöst in sich zusammensank, dann hob er die Hand.

Dreiundzwanzig junge Gesichter sahen ihn erwartungsvoll an; Geon wartete, bis völlige Stille im klösterlichen Schulzimmer herrschte.

»Ich danke euch«, sagte er schließlich. »Eigentlich hatte ich erwartet, dass ihr an diesem letzten Unterrichtstag viel ungeduldiger wärt.« Er klatschte unvermittelt in die Hände. »Und nun beeilt euch: Schwester Castina wartet schon mit dem Abendmahl auf uns.«

»Warte, Brice. So warte doch!« Keuchend eilte Rika hinter ihrer Freundin her. Die schnellen Schritte hallten durch den hohen Gang, der zu den Schlafräumen der Schülerinnen führte.

Abrupt blieb Brice stehen. »Wie kommt es bloß, dass du so langsam bist?«, lachte sie Rika entgegen. »Ich bin die ältere von uns beiden, eigentlich müsste ich hinter dir her hecheln wie ein alter Hund.«

Rika zuckte die Achseln.

»Du hast nicht so viel gegessen wie ich.«

»Niemand hat so viel gegessen wie du, nicht einmal Geon oder der dicke Iolan.«

Gemeinsam gingen sie weiter, jetzt in gemäßigter Geschwindigkeit.

»Ich habe den weitesten Heimweg«, schnaufte Rika. »Ich muss auf Vorrat essen.«

»Dann solltest du dich erst recht beeilen und deine Sachen zusammenpacken«, feixte Brice und strich sich eine glatte, karottenrote Strähne aus dem Gesicht, »sonst kommst du niemals nach Hause. – So, da wären wir schon.«

Die hellen Steinplatten des Schlafraums waren zwar alt und abgenutzt, aber perfekt gehauen, so dass sie sich scheinbar nahtlos aneinanderfügten. Brice lief zu ihrem Bett und warf sich so schwungvoll darauf, dass das Holzgestell knarrte.

»Vielleicht will ich ja gar nicht nach Hause kommen.«

Seufzend ließ sich Rika neben Brice nieder.

»Ach, Brice. Du hast es gut.«

»Da hast du Recht.« Die Siebzehnjährige strahlte Rika an. »Ich kann es gar nicht erwarten, zurückzukehren. Stell dir bloß vor, in weniger als einer Woche bin ich Corwyns Frau! Nie wieder werde ich Brennnesseln ausrupfen oder Ställe ausmisten müssen, und nie, nie, *niemals* wieder werde ich die großartigste Zeit des Jahres in einem muffigen Kloster verbringen!«

»Hier ist es doch schön«, wandte Rika zaghaft ein.

»Für dich vielleicht.« Das Strahlen des schlanken Mädchens verblasste angesichts der gedrückten Laune der Freundin zu einem mitleidigen Lächeln. »Aber ich kann mir nichts Schöneres vorstellen, als Gutsherrin zu sein. Stell dir vor, ich werde auf einem großen Landgut mit vielen Bediensteten wohnen und kann denen befehlen, Brennnesseln auszureißen, wenn mir danach ist! Das würde dir doch auch gefallen, oder etwa nicht?«

»Ich weiß nicht.« Nun ließ sich auch Rika rücklings auf die abgenutzte Wolldecke sinken und verschränkte die Arme hinter dem Kopf. »Vor meiner Abreise sagte Vater zu Maret, dass Bauer Gwaians mich als Heiratskandidatin ins Auge gefasst hätte und sogar bereit wäre, Geld dafür zu geben anstatt eine Mitgift zu verlangen. Vater wusste nicht, dass ich in der Türe stand und alles mit anhörte.«

Maret war die Magd, die auf dem heimatlichen Hof auch als Köchin arbeitete; Rika erinnerte sich nur zu gut an das überraschte Gesicht der Frau, als Robert ihr Gwaians' Absichten eröffnet hatte. Rika war nicht minder überrascht gewesen: Sie hatte sich fest auf die Zunge beißen müssen, um ihre Anwesenheit nicht zu verraten.

Ruckartig setzte Brice sich auf. »Neiiiin, wie herrlich!«, jubelte sie und zog auch die überraschte Rika nach oben, um ihr die Hand zu schütteln. »Herzlichen Glückwunsch, meine Liebe!«

»Aber Gwaians ist ein … ein schrecklich alter Mann! Er ist bestimmt älter als mein Vater!«

»Denk einfach an seinen Besitz, Rika. Macht ihn das nicht gleich viel jünger?«

»Ich kann Bauer Gwaians nicht leiden, Brice!« Es klang beinahe wie ein Fauchen, als Rika die Worte in scharfem Ton ausstieß und dazu einen trotzigen Schmollmund zog. Dass ihre Augen funkelten, war weder sich ankündigenden Tränen noch einer Spiegelung der goldenen Abendsonne zuzuschreiben; nein, es handelte sich um eine für Rika recht typische Anwandlung plötzlich aufflackernden Zornes.

»Überhaupt mag ich nicht mehr auf einem Bauernhof leben, ob er nun klein oder groß ist.«

»Ach nein?« Brice legte den schmalen Kopf schief. »Würdest du lieber hier im Kloster bleiben?«

»Das geht doch sowieso nicht. Mir wurde die Gunst von Cyn nicht zuteil. Ich kann weder mit den Händen heilen, noch vermag ich Getreide so zu besprechen, dass es ordentlich wächst.« Rika seufzte tief. »Brice, ich würde so gerne in einer großen Stadt leben.«

Hell auflachend warf die zukünftige Gutsherrin den Kopf in den Nacken. »Diesen Floh hat dir doch dein Stallknecht aus der Stadt ins Ohr gesetzt. Wie heißt er noch gleich: Dougan?«

»Dougen, mit ›e‹.«

Trotz ihrer Betrübnis stahl sich ein kleines Lächeln auf Rikas Lippen, als sie an den jungen Mann mit dem verwegenen Grinsen dachte. Ob sie der Freundin den Ring zeigen sollte, mit dem er sie dazu hatte bewegen wollen, ihr Fenster für ihn geöffnet zu lassen?

Lieber nicht. Für Rika versinnbildlichte der goldfarbene Reif mit dem glitzernden Eberkopf zwar das abenteuerliche Leben in der Stadt, aber Brice würde angesichts des billigen Zierrats bloß mitleidig lächeln.

»Ach, Brice.« Langsam drehte sie eine gelockte Strähne um ihren Zeigefinger. »Du hast deinen Gutsherrn doch erst einmal getroffen. Woher willst du wissen, ob es eine gute Ehe wird??«

Brice zuckte die Schultern.

»Corwyn ist liebenswürdig und kann mir alles bieten, was ich will. Das sind sehr gute Voraussetzungen für eine gute Ehe, wie ich finde.«

»Du Glückliche.«

Das Lächeln verschwand, Rikas Züge spannten sich an. Ihre Stimme wurde rau, und wieder trat das verräterische Glitzern in ihre Augen.

»Vater kann es sich kaum leisten, Gwaians' Angebot abzulehnen. Er müsste sonst bald den Hof aufgeben ... immer mehr Leute aus der Umgebung kaufen ihre Ponys bei den wilden Stämmen im Grenzland. Das, was Vater mit der Pferdezucht verdient, reicht uns kaum noch zum Leben.«

»Dann rate deinem Vater doch Folgendes«, schlug Brice schmunzelnd vor. »Wenn dein Stallbursche dich heiratet, müsste dein Vater ihm keinen Lohn mehr zahlen. Vielleicht würde schon das genügen, um euren Hof zu retten?«

Das Funkeln in Rikas Augen erstarb. Nachdenklich starrte sie in die Luft, wo im Licht des späten Sonnenstrahls, Stäubchen tanzten.

»Nun ja«, überdachte sie Brices Vorschlag, »leider fürchte ich, dass weder Vater noch Dougen dumm genug sind, um auf einen solch schlechten Handel einzugehen ...«

»Rika!«, rief Brice mit gespielter Empörung.

»... und Vater hat ein Talent dafür, unsere Arbeiter wegzuekeln. Bestimmt ist Dougen nicht mehr da, wenn ich zurückkomme.«

Brice klatschte in die Hände.

»Es gibt nur einen Weg, herauszufinden, ob dich zu Hause ein hässlicher, alter Freier oder ein junger, hübscher Stallknecht erwartet, liebe Rika: Pack endlich deine Sachen! Wenn du damit bis morgen früh wartest, bist du zu erledigt, um überhaupt irgendwohin zu reiten!«

Lachend griff das rothaarige Mädchen nach der Wolldecke und zog sie mit einem Ruck unter Rika weg, die murrend zur Seite rollte.

»Jetzt sei nicht so griesgrämig! Willst du dir denn unbedingt deinen letzten Abend mit finsteren Gedanken verderben? Wenn ich dir beim Packen helfe, können wir vielleicht sogar noch etwas Schönes unternehmen, was sagst du dazu?«

Rika blieb Brice eine Antwort schuldig. Stattdessen blickte sie missmutig auf den schwindenden Sonnenstrahl.

»Noch ist es nicht dunkel; wie wäre es denn mit einem Spaziergang im Garten? Die Blumen sehen jetzt so schön aus. Oder ...«

»... oder wir warten, bis es wirklich dunkel ist, und sehen uns dann noch einmal in der Bibliothek um.«

Brice nickte Rika munter zu, bis ihr aufging, was das Mädchen gerade vorgeschlagen hatte.

Ihre Augen weiteten sich.

»Aber Rika, heute ist keine Lesestunde mehr, da dürfen wir doch nicht in die Bibliothek!«

Du bist einfach zu anständig, Brice.

»Deshalb sollten wir ja auch warten, bis es dunkel ist.«

Nun lag schon wieder ein leises Lächeln auf Rikas Zügen, als sie sich ausmalte, wie sie sich in die Bibliothek schleichen würde. »Hier gibt es so viele Bücher und Schriftrollen, in die ich noch nicht ein einziges Mal hineinsehen konnte, und dies ist die letzte Gelegenheit dazu …«

»Aber Rika, das können wir doch nicht tun!«

»Weshalb nicht?« Das jüngere Mädchen sprang auf. »Hast du etwa Angst?«

»Natürlich nicht, aber …«

»Dabei bist du doch so begierig auf Abenteuergeschichten. Vielleicht finden wir ja noch mehr Bücher über deinen geliebten Piraten Klapperschlange.« Jetzt war es Rika, die breit grinste. »Nun zier dich nicht so, Brice! Die Brüder und Schwestern gehen früh zu Bett.«

Das ängstliche Gesicht der Rothaarigen hellte sich ein wenig auf, und Rika wusste, dass sie die Freundin nun an der Angel hatte. Seit Brice vor zwei Jahren in einem Regal der Bibliothek ein Buch mit Erzählungen über Klapperschlange entdeckt hatte, das so gar nicht zur Thematik der übrigen Schriften hatte passen wollen, hatten sich all ihre Fantastereien um den feschen, pfiffigen und reihenweise Edeldamen verführenden Piraten gedreht. Rika, die sich damals noch kaum etwas aus Burschen gemacht hatte, ob sie nun echt oder ausgedacht waren, hatte Brices Faszination für den Titelhelden nicht nachvollziehen können … aber sie musste zugeben, dass die Geschichten wirklich spannend gewesen waren.

»Klapperschlange«, wiederholte sie also gedehnt. Brice biss sich auf die Unterlippe.

»Was soll schon passieren, wenn sie uns erwischen?«,

hakte Rika nach. »Wir werden das Kloster morgen früh sowieso für immer verlassen. Also?«

Brice starrte ihre Freundin unschlüssig an, wobei die goldgefärbten Staubpartikel, die sie umschwirrten, ihr etwas Edles und Erhabenes verliehen.

Zumindest bis zu dem Moment, in dem die künftige Gutsherrin in wenig erhabenes Kichern ausbrach.

Obwohl es noch früh war, strahlte die Sonne an diesem Morgen schon eine unglaubliche Hitze aus. Heiß brannte sie auf die gepflasterte Straße und die dürren Halme der Wiese vor dem Kloster nieder, wo sich das Schwirren und Brummen von Insekten mit dem aufgeregten Plappern der Klosterschüler und dem Stampfen unruhiger Pferdehufe zu einem sommerlichen Geräuschbukett mischte, das nach Aufbruch klang. Geschwister, Eltern oder Bedienstete waren gekommen, um ihre Brüder und Schwestern, ihre Kinder oder die Kinder ihrer Herren nach Hause zu begleiten. In den seltensten Fällen mussten sie länger als einen halben Tag reisen; trotzdem verteilten Geon, Castina und Klostergärtner Grèche gefüllte Trinkbeutel und Taschen mit Proviant an die Abreisenden.

Rika fiel das Lächeln sichtlich schwer. Die Erinnerungen an das gelungene ›Abenteuer‹ der letzten Nacht wirkten zwar noch nach, wurden aber gleich von trüberen Gedanken überschattet, als sie zu ihrer Freundin Brice aufsah, die vom Rücken einer grauen Stute auf sie herabstrahlte.

Rika schluckte.

»Ich wünsche dir alles, alles Gute«, wiederholte sie und zupfte verlegen an einer gelockten Strähne, die sich aus ihrem Haarknoten befreit hatte. »Wir hatten so viel Spaß zusammen … ich werde dich vermissen, Brice.«

Brice rückte ihren Hut zurecht. Die breite Krempe sollte das blasse Gesicht vor zuviel Sonne schützen.

»Ach wo. Du kannst Corwyn und mich jederzeit besuchen kommen«, meinte Brice sanft, obwohl auch sie wusste, dass dies vermutlich niemals geschehen würde. Zu verschieden waren die Kreise, in denen sich die beiden jungen Frauen bald wieder bewegen würden.

»Bist du bald fertig?«, ertönte eine gereizte Männerstimme, dann schloss ein großes, schwarzbraunes Pferd mit staubigen Fesseln zu ihnen auf. Im Sattel des Tieres saß ein hoch aufgeschossener junger Mann mit schmalen Augen und einem entschlossenen Kinn; wie in jedem Jahr war Brices Bruder gekommen, um seine Schwester abzuholen.

»Sofort, Emer!«

Brice rollte demonstrativ mit den Augen, um zu zeigen, was sie von Emers Ungeduld hielt, dann wandte sie sich wieder der Freundin zu.

»Wir sehen uns bestimmt wieder. Viel Glück, Rika. Ich hoffe, dass auch du das bekommst, was du dir am meisten wünschst.«

»Bestimmt. Auf Wiedersehen, Brice.«

Obwohl sie es hatte vermeiden wollen, schossen Rika Tränen in die Augen. Schnell sah sie zur Seite, denn sie wollte nicht, dass die angehende Gutsherrin mit dem karottenroten Haar sie weinen sah.

»Wir müssen los«, kommandierte Emer und bedeutete seinem Pferd, sich in Bewegung zu setzen. »Mach schon, Brice.«

Aus dem Augenwinkel bemerkte Rika, dass Emer ihr im Vorbeireiten einen geringschätzigen Blick zuwarf, dann waren er und Brice auch schon an ihr vorüber.

Die geschäftige Geräuschkulisse verblasste allmählich, während Rika den beiden hinterhersah, und das Bild des gepflasterten Pfades verschwamm.

Sowohl die Cyn-Anhänger von Cornel als auch ihr gläubiger Vater hatten mehr als einmal erläutert, dass Neidgefühle unanständig und demnach zu vermeiden seien. Dennoch wünschte sich das dunkelhaarige Mädchen, sie wäre so sehr mit sich selbst und der Welt im Reinen wie die Großbauerntochter; es war ja nicht so, dass sie der Freundin das Glück nicht gönnte …

Selbst das Wetter schien mit Rika zu fühlen; am Horizont ballten sich kleine Wolken zusammen.

Reiß dich zusammen, Rika.

Unwillkürlich richtete sie sich auf. Die innere Stimme klang vertraut: Der Tonfall hatte große Ähnlichkeit mit dem des griesgrämigen Vaters.

Das Mädchen schluckte und wischte sich die Augen mit dem Ärmel ihrer hellen Leinenbluse.

»Und nun zu dir, junge Dame!«

Rika blinzelte und drehte sich um; diese vertraute Stimme war real, und schlagartig wurde sie rot. Ob Bruder Geon bemerkt hatte, dass sie und Brice bis tief in die Nacht hinein in der Klosterbibliothek herumgestöbert und einander im Flüsterton aufregende Geschichten vorgelesen hatten?

Rika war sich ziemlich sicher, dass sie nicht jedes Buch wieder an den angestammten Platz zurückgestellt hatten … aber selbst wenn Geon wusste, was die Mädchen getan hatten, war es ihm wohl gleich: sein Lächeln wirkte nicht im Geringsten verärgert.

»Eben habe ich gesehen, dass dein Pony noch auf der Weide steht … ungesattelt. Willst du denn gar nicht nach Hause?«

Er hielt ihr eine große, braune Ledertasche mit Proviant und mehrere lederne Trinkbeutel entgegen.

»Ist das alles für mich?«, staunte sie. »Das ist doch viel zu viel!«

»Ich nehme zwar nicht an, dass du in zwei Tagen verhungern würdest«, lächelte Geon, während das Mädchen die Gaben begutachtete, »aber es ist doch angenehmer, auf einer so langen Reise nicht nur von trockenem Brot und Stockfisch leben zu müssen.« Die fröhlichen Augen sahen mit einem Mal ernster drein. »Es ist niemand gekommen, um dich abzuholen?«

»Vater kann es sich nicht erlauben, jemanden zu schicken. Das letzte Jahr war … schwierig.«

Mit gespieltem Gleichmut zuckte Rika die Achseln; ein Bauer und sein winkender Sohn ritten auf dem Pfad vorbei, und abwesend winkte Rika zurück. »Aber das macht nichts. Mein Pony kennt den Weg besser als ich, und ich kenne die Position der Hütten, in denen ich übernachten kann.«

»Aber der Weg zu eurem Hof ist lang. Du wirst zwei ganze Tage oder länger unterwegs sein. Hast du denn keine Angst vor Räubern oder gar Jixur?«

»Sorley ist schneller als jeder Räuber, und seit Jahren haben sich keine der wilden Vierbeiner mehr hierher verirrt«, schüttelte Rika energisch den Kopf.

»Nun …« Geon überlegte kurz. »Schwester Castina könnte sicherlich eine Helferin gebrauchen. Zumindest für ein paar Tage … bis sich ein Reisender gefunden hat, der dich nach Hause begleiten kann.«

»Was? Aber …«

Ihre Augen weiteten sich.

An dem Tag, als Rika von Bauer Gwaians' Interesse an ihr erfahren hatte, wäre ihr jeder Weg recht gewesen, um dem grausamen Schicksal einer ungewollten Heirat zu entgehen. Natürlich wusste sie, dass niemand, der nicht von der Herrin der Erde gesegnet war, eine vollwertige Schwester der Cyn werden konnte, aber eine Hilfstätigkeit im Kloster wäre vielleicht ein Anfang … ein Anfang auf dem geplanten Weg in die Stadt. Vater würde sie gewiss nicht abholen, und die Zahl der Reisenden, die im Jahr auf dem Weg nach Dunlet ausgerechnet im Kloster Cornel übernachteten, konnte man an den Fingern einer Hand abzählen.

So würde sie vielleicht doch noch die Gelegenheit bekommen, all die verlockenden Bücher zu erforschen, die ihr bislang verschlossen geblieben waren …

Der Pferdegeruch, der den letzten der vorbeiziehenden Abreisenden hinterherwehte, rief Rika augenblicklich in die Gegenwart zurück.

»Ich danke dir für das freundliche Angebot, Bruder Geon«, sagte sie mit fester Stimme, »aber ich kann es nicht annehmen. So sehr Vater dein Kloster auch schätzt, er wäre sicher nicht begeistert darüber, wenn ich nicht wiederkäme … schon gar nicht jetzt, wo das Leben so schwer für ihn ist.«

Und ich muss Dougen wiedersehen, ergänzte sie in Gedanken. *Vielleicht finden wir zusammen einen Weg.*

Geon sah einen Augenblick lang schweigend auf das Mädchen hinab, dann verzog sich sein bärtiges Gesicht zu einem breiten Lächeln. Anerkennend legte er ihr die große Hand auf die Schulter.

»Du bist eine gute Tochter, Rika. Geh mit Cyns Segen. Ich bin sicher, du wirst deinen Weg finden.«

Nördliches Hochthal

Der Abschied von Geon und der restlichen Belegschaft des Klosters war Rika beinahe genauso schwergefallen wie der von Brice. Sie alle hatten der Sechzehnjährigen aufmunternde Worte mitgegeben, und die rundliche Castina hatte Rika sogar zugesichert, dass sie zurückkehren könne, wann immer sie auch wolle. Da war Rika sich ganz sicher gewesen, dass niemand von den nächtlichen Umtrieben der Mädchen wusste.

Das war nun schon viele, viele Stunden her.

Obwohl die Gegend bis zum Hofe ihres Vaters nicht dicht besiedelt war, gab es dort kaum Wölfe und Staubkatzen. Die wilden Jixur, die noch am ehesten eine Bedrohung für Rika und ihr Pony gewesen wären, kamen nur äußerst selten aus dem unwirtlichen Hochland herab, durch das die Grenzen zwischen Hochthal, Craiglin und Gavenne verliefen. Das Gefährlichste, was ihr auf dem Ritt bislang begegnet war, waren Unebenheiten in diesem selten befahrenen Weg gewesen, so dass das Mädchen am ersten Tag allen Warnungen zum Trotz bis tief in die Nacht geritten war.

Nach den Wochen auf der Klosterweide war ihr Bergpony, dem sie den Namen Sorley gegeben hatte, ausgeruht und wäre sicherlich die ganze Nacht hindurch getrabt, hätte Rika nicht auch ein Mitspracherecht gehabt. Nach einem Ritt von mehr als zehn Stunden half auch keine kurze Pause mehr: Ihr Hinterteil protestierte ebenso wie ihre Oberschenkel gegen eine Weiterreise, also übernachtete sie in einer der Hütten, die von den Wiesenbesitzern üblicherweise zum Lagern von Heu benutzt wurden.

Nachdem Rika mit halbgeschlossenen Augen vom Klosterwasser getrunken und sich über Castinas köstliches Brot und die Ziegenwurst hergemacht hatte, wich der Widerwille, sich vom duftenden Lager zu erheben, recht schnell.

Die ersten Vögel sangen, der rosige Horizont kündigte an, dass auch dieser Tag schön werden würde, und binnen kurzem fühlte sich Rika kräftig genug für einen weiteren langen Tag auf dem Rücken des Ponys.

Die Luft erhitzte sich schnell; nur vereinzelt wehten leichte Böen und zeichneten sanfte Wellen in die gelben und grünen Getreidefelder. Fast kam Rika die Gegend verlassen vor: In der Gluthitze schienen die Knechte und Mägde die Arbeit auf den heimatlichen Höfen der Erntevorbereitung vorzuziehen, und selbst die sonst so munteren Insekten blieben stumm.

Am späten Nachmittag rief eine alte Bauersfrau sie und Sorley an den Zaun ihres Hofes und bot ihnen frisches, kühles Wasser an. Rika nutzte die Gelegenheit, um sich die Beine zu vertreten; die Bäuerin nutzte sie zum Plaudern. So erfuhr das Mädchen, bei welchem der Landbesteller die Ernte in diesem Jahr schlecht zu werden drohte, dass nach dem besonders heißen Sommer ein mindestens ebenso kalter Winter ins Haus stand und dass es zwischen den Herzögen von Seethal und Niederthal zu Unfrieden gekommen war, den die Königin – möge Cyn ihre Kinder segnen – bislang nicht hatte schlichten können. Auch wusste die alte Frau zu berichten, dass Soldaten aus der Garnison in Dunlet auf der Suche nach einem brutalen Mörder das Gesinde vom Hof ihres Nachbarn befragt hatten.

Im Gegenzug berichtete das Mädchen der Frau alles, was sie im Kloster erfahren hatte. In dieser abgelegenen Gegend von Hochthal war selbst die Kunde von der bevorstehenden Hochzeit einer Großbauerntochter mit einem Gutsherrn eine willkommene Neuigkeit, auch wenn die Bauersfrau weder Brice noch Corwyn kannte.

»Mach's gut, Rika«, verabschiedete sich die Frau schließlich, nachdem die Gesprächsthemen zur Neige gegangen waren. »Und grüß' deinen Vater schön von mir. Der alte Griesgram soll sich mal wieder blickenlassen – es muss doch auch ihm guttun, einmal andere Leute zu sehen.«

»Das stimmt, Frau Tova. Ich werde es Vater ausrichten.«

Nach dem unterhaltsamen Schwätzchen weiterzureisen fiel Rika schwer. Nicht nur wegen der einsetzenden Müdigkeit: Roberts Hof war nun nur noch wenige Stunden entfernt, und je näher Rika der Heimat kam, desto unruhiger wurde sie. Und je unruhiger sie wurde, desto mehr rutschte sie in Sorleys Sattel hin und her, und umso stärker wurden die Reitschmerzen.

Der größte Schmerz von allen war allerdings, nicht zu wissen, was sie zu Hause erwartete. Was würde sie tun, wenn ihr Vater ihr schließlich eröffnete, was er bereits der Köchin im Vertrauen erzählt hatte?

Soll ich weglaufen?

»Ich weiß es nicht, Sorley«, zuckte sie betrübt die Achseln und klopfte den Hals ihres Reittieres. »Was würdest du mir raten?«

Das stämmige Bergpony schnaubte, als hätte es jedes Wort verstanden, dann schüttelte es den braunen Kopf.

»Ja, genauso habe ich mir das vorgestellt.« Unwillkürlich berührte Rika die starke Lederschnur, an der sie Dougens Ring unter der Bluse um den Hals trug. »Nun ja, immerhin hat Frau Tova mich nicht auf den hässlichen alten Gwaians angesprochen. Das könnte bedeuten, dass Vater sich seiner Sache noch gar nicht sicher ist, sonst hätte er bestimmt in der ganzen Umgebung herumerzählt, dass ich den gräßlichen alten Kerl heiraten werde. Oder? Was denkst du?«

Wieder schüttelte der Wallach den Kopf; die borstige Mähne streifte ihre Hand.

»Du hast Recht. Es bringt nichts, wenn wir uns den Kopf über ungelegte Eier zerbrechen ... aber es fällt mir so schwer, nicht daran zu denken. – Weißt du was?«

Artig richtete das Pony die spitzen Ohren auf.

»Wir sollten uns eine Hütte suchen und in der Früh weiterreisen. Ich habe ... ich glaube, es wäre wohl besser, wenn wir ausgeschlafen nach Hause kämen und all unsere Gedanken beisammen hätten. Außerdem bekomme ich langsam das Gefühl, ein wenig wirr im Kopf zu sein. Wer außer Verwirrten spricht sonst noch mit Tieren? – Lauf!«

Mit diesen Worten trieb Rika ihr Pony an. Am Fuß der Berge, die die für sie sichtbare Grenzlinie zwischen Erde und Himmel bildete, wölbte ein großer Hügel die gröngoldene Landschaft, und an dessen Fuße befand sich eine geräumige Lagerhütte, in der Rika schon oft übernachtet hatte. Sie war groß genug, um auch Sorley unterzustellen. Nicht, dass das Wetter es erforderlich gemacht hätte: Ein heißer Mittag in den Feldern von Dunlet zehrte ebenso wenig an den Kräften des robusten Dunkelfuchses wie eine eisige Nacht im Jettis-Gebirge … aber Rika fühlte sich einfach wohler, wenn sie außerhalb des heimatlichen Hofes nicht alleine übernachten musste.

Als Sorley schließlich in einer Staubwolke vor dem Heulager zu stehen kam, sah nur noch der glühende Rand der Sonne über die Gipfel der Bäume im Westen.

Kleine Steinchen spritzen hoch, als Rika aus dem Sattel sprang.

»Das hast du gut gemacht«, lobte sie den Fuchs und löste das Gurtzeug des Sattels. »Jetzt lass uns in aller Ruhe Cyn danken und unser Abendbrot verspeisen. Sparsam müssen wir nicht sein, schließlich ist es nicht mehr weit bis nach Hause.«

Als Rika schließlich satt war, war die Sonne vollständig versunken; dunkles Blau war durch den Eingang der Hütte gedrungen und färbte die Reste von Stroh und Heu am Boden.

»Gute Nacht, Sorley. Schlaf gut.«

Der Wallach blickte kurz hoch, dann verschwanden wieder ein paar trockene Halme im weichen Maul; Rika ließ sich rücklings in die nachgiebige Unterlage sinken, die sie sich aus einem alten Heubündel und einer zerlöcherten Decke geschaffen hatte.

Es dauerte nicht lange, bis sie schlief.

Spinnweben verklebten die Ecken des kleinen, unmöblierten Raumes; der feuchte Stein der Mauern roch muffig, und die Holzdielen knarrten, als die junge Frau einen Schritt zum Fenster machte.

Sie sah durch die von außen vergitterte Glasscheibe und schrak zurück, als ihr eine Fratze entgegenstarrte, eine kalkweiße Maske mit tiefen Löchern dort, wo Augen und Mund sein sollten. Heftig atmend presste sie ihre Hand auf die Brust … und erkannte erst an dieser Bewegung, dass das, was ihr entgegenglotzte, das Spiegelbild ihres eigenen, stark geschminkten Gesichts war, im schwachen Licht grausig verändert. Graue Nebelschwaden verhüllten den Blick auf das, was vor dem Fenster lag. Es war ihr nicht einmal möglich zu sagen, ob es Tag oder Nacht war.

»Gefällt Euch die Aussicht?«, ertönte da eine kühle Stimme hinter ihr. Die junge Frau, die niemanden hatte eintreten hören, fuhr erschrocken herum; ihr dunkelroter Taftrock raschelte, als er über die Holzdielen strich.

Im Türrahmen zeichnete sich die Gestalt eines Mannes ab; seine Gesichtszüge lagen im Dunkeln, aber die teure Kleidung, die schlaff an der hageren Erscheinung herabhing, verriet der jungen Frau, wer er war.

»Die Aussicht ist … sehr grau«, entgegnete sie scheu, was dem Mann ein hartes Auflachen entlockte.

»Nun, ich hoffe, Ihr mögt diese Farbe, denn grau wird alles sein, was Ihr hier zu sehen bekommt – außer mir natürlich. Dann gehabt Euch wohl, meine Gemahlin, bis ich Euch wieder zu sehen wünsche.«

Damit schlug die schwere Tür ins Schloss. Draußen wurde ein schwerer Riegel vorgeschoben, dann entfernten sich die Schritte des Mannes.

Ein paar Augenblicke lang empfand sie gar nichts, dann schoss mit einem Mal das Entsetzen heiß durch ihren Körper. Hatte ihr Gemahl sie tatsächlich in dieser muffigen Kammer eingesperrt?

Sie rannte zur Tür und rüttelte an der Klinke, aber es war so, wie sie vermutet hatte: Die Tür war verschlossen und gab auch dann keinen Millimeter nach, als sie sich dagegen warf.

Das kann nicht sein! Wieso tut er das?

Schluchzend lief sie hinüber zum Fenster, aber zu ihrer großen Enttäuschung ließ sich die Scheibe nicht öffnen. Das Metallgitter davor wirkte jedoch filigran und zart gearbeitet, und sollte sich leicht aus der Wand lösen lassen …

Sie sah sich im Raum um, aber es gab hier keine zum gewaltsamen Öffnen des Fensters verwendbaren Gegenstände – nicht einmal einen Nachttopf oder eine Decke. Da riss sie entschlossen ein Stück Stoff aus ihrem Rocksaum und wickelte den schimmernden Gewebestreifen um ihre Fingerknöchel. Dann schlug sie zu.

Mit einem schrillen Aufschrei und einer geprellten Hand taumelte sie zurück. Das filigrane Gitter mochte bloß Zierde sein, aber die Scheibe davor war unnachgiebig hart, ganz so als sei sie aus Felsgestein. Auf diesem Wege würde sie nicht aus der Kammer fliehen können.

Verzweifelt starrte sie durch das Fenster, und ebenso verzweifelt starrte ihr maskenhaftes Spiegelbild zurück, auf dessen weißen Wangen Tränen dunkle Spuren hinterließen.

»Ist denn niemand da?«, rief sie. »Hört mich denn niemand?«

Aber sie fühlte in ihrem Innersten, dass ihr kaltherziger Gemahl dafür gesorgt hatte, dass niemand sie hören konnte.

So hatte sie sich ihr Leben gewiss nicht vorgestellt.

Weinend presste sie die Stirn gegen das kühle Glas der Fensterscheibe und sah in die tiefgrauen Nebelschwaden.

»Ich bitte Dich, Cyn … hilf mir«, schluchzte sie. »Ich weiß ja, dass es dir verwehrt ist, in die Schicksale der Sterblichen einzugreifen, aber du bist die Einzige, der ich mich jetzt noch anvertrauen kann. Niemand sonst weiß von dem, was hier gerade geschieht!«

Langsam zogen undurchdringliche Nebelschwaden am Fenster vorbei; falls es da draußen weitere Gebäude gab, mussten sie weit entfernt sein.

»Bitte, Ihr Götter«, flüsterte die junge Frau. »So helft mir doch!«

Und dann geschah das Unfassbare.

Gleichzeitig mit einem sausenden Geräusch, das einem Peitschenknall ähnelte, leuchtete der Nebel auf, so als habe jemand inmitten des Dunstes ein besonders helles Licht entzündet. In genau diesem Moment spiegelte sich eine weitere Person in der Fensterscheibe. Sprachlos starrte die Frau im roten Kleid auf das Spiegelbild des strahlend schönen Fremden, in dessen Augen grellsilberne Funken tanzten.

Der junge Mann beugte sich zu ihr hinab.

»Du bist mein«, flüsterte er, wobei sein leuchtendes Haar ihre gepuderte Wange streifte. »Und wenn du nur willst, bin ich auch dein.« Augenblicklich loderte unerlaubtes Begehren in ihr auf. Instinktiv streckte sie die schmerzenden Finger aus, um das flüssige Gold seiner Haare zu berühren – dann war es auch schon vorbei. Aus dem Fensterglas sah ihr nur das blasse Oval ihres eigenen Gesichtes entgegen; alles war still, und der Nebel war wieder so tiefgrau wie zuvor.

Einen verzweifelten Moment lang fragte sich die junge Frau, ob sie nun außer ihrer Freiheit auch noch den Verstand verloren hatte, als sie in der Ferne Geschrei hörte.

Sie eilte zur Tür.

»Hilfe!«, schrie sie und trommelte den Schmerzen zum Trotz mit den Fäusten gegen das Holz. »Hilfe! Ich bin hier!«

Über den Boden vor der muffigen Kammer hallten schnelle Schritte; Leute eilten in die Richtung, aus der die erregten Rufe zu hören waren.

»So helft mir doch! Lasst mich raus!«

Sie schlug so lange verzweifelt gegen die Tür, bis sich auf dem dicken Holz Blutschlieren abzeichneten, aber keiner der Vorbeieilenden hielt an, um sie aus ihrem Gefängnis zu befreien. Schließlich sank sie erschöpft zu Boden und sah die blassgrauen Schwaden, die unter der Tür in ihre Kammer krochen. Es roch nach …

»Feuer! Feuer! Der Blitz ist ins Haupthaus eingeschlagen!«

Die panischen Rufe kamen näher. Auch zwischen den Holzdielen quoll plötzlich Rauch hervor. Hustend rappelte sie sich auf, um erneut mit aller Kraft gegen die Türe zu schlagen – und fiel beinahe auf die Knie, als der hölzerne Riegel barst und die Türe nach außen aufschwang. Sie stolperte in den Gang hinaus; alles um sie herum schien sich zu drehen.

Nichtsdestotrotz war sie frei. Frei!

Aber ihr bot sich ein Bild der Verwüstung.

Fetzen brennender Wandteppiche regneten auf den mit zersplittertem Holz übersäten Marmorboden, und in der Decke befand sich ein großes Loch, durch das zerbrochene Dachbalken zu sehen waren. Übelriechender Qualm quoll hervor und zog den Gang entlang in ihre Richtung; schnell hielt sie sich einen Ärmel vor Mund und Nase, um sich zu schützen.

Ohne ihr irgendwelche Beachtung zu schenken, eilten zwei Männer mit Wassereimern vorbei; bevor sie jedoch dorthin gelangten, wo die Feuersbrunst ihren Ausgang genommen zu haben schien, brach der halbzerstörte Gang über ihnen zusammen. Die einstürzenden Mauern ließen eine Staubwolke aufsteigen, die der Frau im roten Kleid vollends den Blick in die Tiefen des brennenden Hauses verwehrte.

Sie hielt einen Moment inne, um sich zu orientieren. An jenem Ende des Ganges, von dem die Männer gekommen waren, schlug die schwere Tür, die nach draußen führte, wie ein wehendes Blatt im plötzlich aufgekommenen Sturmwind hin und her.

Sie musste nicht erst darüber nachdenken, wohin ihr Weg sie führen sollte. Sie rannte los. Fast hatte sie die Tür erreicht, als sich plötzlich feuchte, ledrige Lippen gegen ihre Wange pressten …

Keuchend schoss Rika hoch und blinzelte orientierungslos ins Dunkel. Im ersten Moment konnte sie sich überhaupt nicht erklären, wo sie sich befand, aber dann brachten der warme Geruch des Heus und das sanfte Schnauben des Ponys sie zurück in die Gegenwart.

Rika presste die Hand gegen ihre Brust; sie konnte fühlen, wie ihr Herz raste.

»Ich bin nicht verheiratet«, flüsterte sie, um sich selbst zu beruhigen. »Dies ist kein brennendes Herrenhaus, sondern ein Heuschober. Und sollte ich jemals dem hübschen, goldhaarigen Mann begegnen, hau ich ihm auf der Stelle eine runter.«

Wieder stupste ihr Reittier sie mit der Schnauze an, und diesmal ließ sich das Mädchen sogar zu einem verhaltenen Lächeln hinreißen.

»Danke, dass du mich geweckt hast, Sorley«, meinte sie und setzte sich richtig auf. Draußen war es dunkel und still, also ließ der Tagesbeginn wohl noch ein Weilchen auf sich warten. »Ich hatte schon lange keinen so furchtbaren Traum mehr gehabt. Dieser widerliche … Gwaians hat mich eingesperrt, kannst du dir das vorstellen? Dann ist das Haus abgebrannt … und er hoffentlich mit ihm.« Nachdenklich schüttelte sie den Kopf, und verirrte Strohhalme regneten zu Boden; als sie instinktiv nach dem Lederband griff, spürte sie, wie der Ring über ihre Haut glitt.

»Ehrlich gesagt habe ich keine Lust, weiterzuschlafen. Vielleicht träume ich noch einmal so schlecht. Ich würde sagen, wir genehmigen uns ein wenig von unserem Wasser, dann machen wir uns wieder auf den Weg, um spätestens zum Frühstück zu Hause zu sein. Was hältst du davon?«

Das Pony blähte die Nüstern und schnaubte, und Rika holte tief Luft. Ihr Herzschlag hatte sich beinahe wieder normalisiert, aber ein beklemmendes Gefühl war zurückgeblieben.

»Schön, das wir einer Meinung sind. Dann lass uns trinken.«

Wenig später war Rika wieder auf dem Weg in Richtung Heimat; es mochte wohl gegen drei Uhr früh sein … mitten in der Nacht. Aber sie fühlte sich ausgeschlafen, Sorley schien die kühle Nachtluft zu genießen, und Räuber schlugen in den seltensten Fällen in Stunden zu, in denen kaum jemand unterwegs war. Zudem hatte Rika nichts von Wert dabei, weswegen sie einen Überfall nicht fürchtete.

Was ihr mehr Sorgen machte, war die Tatsache, dass die Unruhe anhielt, die sie gleich nach dem Aufwachen erfasst hatte. Je vertrauter die Gegend wurde, desto bedrückter wurde sie, und diesmal war es nicht bloß die Ungewissheit über ihre Zukunft. Während Sorley an Wiesen und Feldern vorbeitrabte, auf denen Rika als Kind oft gespielt hatte, stiegen Empfindungen aus den Tiefen ihres Wesens empor, deren Natur sie selbst nicht zu erfassen vermochte; Ahnungen streiften ihren Verstand ohne sich zu offenbaren und verstärkten ihre Unruhe. Nicht einmal der Gedanke an ein Wiedersehen mit Dougen, das sie gestern noch so sehr herbeigesehnt hatte, konnte sie aufheitern, und zu allem Überfluss schien auch noch ein Sturm aufzuziehen.

Zuerst waren es nur kleine, schwarze Gebilde am tiefblauen Nachthimmel gewesen, aber umso weiter Rika und Sorley vorankamen, desto mehr quollen die Wölkchen auf; bald schon verdeckten sie einen Teil der Sterne, die im Schutz der Himmel funkelten.

Rika war durchaus bewusst, dass die Felder nach derart heißen Tagen Regen bitter nötig hatten, aber die Wolken erinnerten sie an ihren Traum und das von einem Blitzschlag verwüstete Herrenhaus …

Wind kam auf; zwar milderten die Bäume und zahlreichen Hügel seine Kraft, trotzdem erschwerte er ihr Vorankommen merklich.

Rika fluchte stumm vor sich hin; es sah beinahe so aus, als sei jemandem daran gelegen, dass sie die Sicherheit des Hofes nicht erreichte, bevor das Unwetter losbrach.

Spätestens als der Fuß der letzten Anhöhe erreicht war, die sie noch vom Gehöft ihres Vaters trennte, war der Anflug von guter Laune, den sie sich nach dem Aufwachen abgerungen hatte, vollends verschwunden.

Während der Wind heulte und sie sich in finsteren Vorstellungen und unausgegorenen Gedanken verlor, bemerkte sie plötzlich das Rot, das den unteren Rand des Nachthimmels färbte.

»Sieh nur, Sorley«, rief sie, um den Wind zu übertönen, »die Sonne geht auf. Waren wir wirklich so lange unterwegs?«

Das Pony stieß einen kehligen Laut aus, dann begann es, unruhig zu tänzeln. Einzelne Blätter wehten vorbei, und sogar kleine Kiesel wirbelten über den Weg.

»Was ist denn?«

Rika sah sich angestrengt um; der Wind hatte etliche gelockte Strähnen aus ihrem Haarknoten gezerrt, die ihr nun ins Gesicht schlugen und ihr die Sicht zusätzlich erschwerten.

»Was hast du? Ist eine Staubkatze in der Nähe?«

Sorley wieherte und schlug nervös mit dem braunen Kopf. Erneut traf sie eine Bö, die den scharfen Geruch von brennendem Holz mit sich trug.

Feuer.

Irgendwo auf der anderen Seite des Hügels brannte es.

Feuer!

Mit einem Laut des Entsetzens verstärkte Rika den Druck ihrer Schenkel. Sorley verstand, was das Mädchen von ihm wollte; er galoppierte los.

Bei dem starken Gegenwind kam es Rika wie eine Ewigkeit vor, bis der Hügel überwunden war.

Dann lag endlich das Gehöft ihres Vaters vor ihnen. Ein orangefarbenes Leuchten erhellte die bewölkten Himmel darüber. Ställe und Gesindehaus standen in Flammen!

»Schnell, Sorley, wir müssen helfen!«, schrie Rika gegen den Sturmwind an und trieb dem Wallach die Fersen in die empfindlichen Flanken, aber anstatt in einen gestreckten Galopp zu verfallen, machte das Tier einen Satz zur Seite. Damit hatte Rika nicht gerechnet. Sie verlor das Gleichgewicht und stürzte aus dem Sattel. Mit einem Mal war der steinige Weg direkt vor ihr, sie schlug mit dem Kopf auf dem Boden auf, und ein scharfer Schmerz durchfuhr sie. Dann überschlug sich das Mädchen auch schon, rollte ein paar Meter den Hang hinab und blieb schließlich auf dem Rücken liegen.

»Sorley«, ächzte sie; aus dem Augenwinkel sah sie den Wallach mit schleifenden Zügeln und gewölbtem Rücken immer und immer wieder in die Höhe springen; der Brand hatte ihn völlig aus der Fassung gebracht.

Sie hob den Kopf; sofort rann ihr eine heiße Flüssigkeit ins Auge. Vorsichtig berührte sie ihre Stirn und zuckte zusammen, als sie spürte, dass die Haut über ihrer Augenbraue beim Aufprall auf den Kies aufgeplatzt war. Mit dem Handrücken wischte sie sich das Blut aus dem Gesicht.

»Sorley«, rief sie noch einmal, diesmal mit kräftigerer Stimme, aber er schien sie nicht zu hören. Rika biss die Zähne zusammen und rappelte sich auf; über ihrer Schulter war die Leinenbluse zerrissen und ihr Rücken fühlte sich wund an, aber zum Glück schien kein Knochen gebrochen zu sein.

»Komm schon, Sorley.« Mit zitternder Stimme humpelte sie auf das verstörte Tier zu, während sie gleichzeitig versuchte, den brennenden Hof im Auge zu behalten. »Wenn du nicht mitkommst, werde ich das Feuer alleine löschen müssen …«

Rikas Magen zog sich zusammen, ihre Glieder fühlten sich eisig und taub an. Die Welt um das kleine Gehöft herum schrumpfte zur Bedeutungslosigkeit, während ihr die Gebäude mit den lodernden Dachstühlen plötzlich so nah und deutlich erschienen. Kehliges Grunzen, schrilles Wiehern und das Fauchen und Prasseln des Brandes bildeten die Geräuschkulisse für das Unfassbare, das sich vor ihren Augen abspielte. Nun wusste sie, was die Panik des Wallachs ausgelöst hatte …

… Jixur.

Obwohl die Pferde fressenden Vierbeiner aus dem nahe gelegenen Hochland stammten, hatte Rika bisher nur Zeichnungen von ihnen gesehen – in einem Buch im Kloster Cornel. Diese Abbildungen entsprachen nicht annähernd der Wirklichkeit.

Es mussten wohl mindestens fünf sein, von denen jeder Einzelne massiger war als der kräftigste Ackergaul. Ungläubig nahm die junge Frau die flachen Gesichter mit den scharfen Zähnen wahr, die aufgeregt hin und her peitschenden Schwänze und die vom Schweiß glänzenden, muskelbepackten Oberkörper, die so sehr an die der Verjig erinnerten … ihre zweibeinigen ›Vettern‹ aus Kaavizan.

Zwei der vierbeinigen, vierarmigen Ungetüme trieben

die Pferde zusammen, die in Todesangst aus den brennenden Ställen flohen. Orangefarben glänzte der Widerschein der Flammen auf dem kurzen Fell der raubtierhaften Hinterleiber und verlieh den Kreaturen eine Aura von Wildheit. Wenn man den Höhenunterschied außer Betracht ließ, waren sie bloß wenige Meter von Rika und Sorley entfernt.

Wieder machte der aufgebrachte Wallach einen Satz in die Höhe, und diesmal rutschte der Sattel, dessen Gurt sich gelockert hatte, unter seinen Bauch; dies nahm Sorley zum Anlass, in die Richtung davonzupreschen, aus der er und Rika gekommen waren.

Sie war nicht dazu imstande, zu winken oder nach dem Pony zu rufen; ihre Armmuskeln und Stimmbänder versagten ihr den Dienst. Sie konnte nur mit weit aufgerissenen Augen auf die Bestien starren, die ihren Hof verwüsteten. Gerade preschte ein weiterer, fast schwarzer Jixur – den vier Brüsten nach zu schließen ein Weibchen – herbei und stoppte kurz vor dem Hauptgebäude ab; in zwei der klauenbewehrten Hände trug sie brennende Fackeln. Sie drehte sich einmal im Halbkreis, dann trat sie mit den kräftigen Vorderläufen gegen die Tür, bis sie aufsprang; zwei weitere Jixur, darunter ein zäh aussehender Veteran mit graufalbem Fell, drängten sich an ihr vorbei in den Innenraum.

Unternimm etwas! So unternimm doch endlich etwas!

Rika war wie gelähmt; obwohl die Stimme in ihrem Kopf ihren Appell unentwegt wiederholte, wusste sie genau, dass sie gegen so viele Jixur nichts ausrichten konnte. Leider war dies keiner ihrer Heldenträume. Auch dass das Leben ihres Vaters in Gefahr war, änderte nichts daran: Keine Macht der Welt hätte das Mädchen in diesem Augenblick dazu bewegen können, sich dem Inferno und den bestialischen Jixur zu nähern.

Versuchte sie einzugreifen, wäre sie innerhalb weniger Augenblicke tot … oder schlimmer. Man sagte, die Jixur taten den Frauen Gewalt an, wenn sie über die wilden Stämme des Hochlandes herfielen.

Ein breitschultriger Mann taumelte aus einem der brennenden Ställe; Rika kannte ihn nicht. Verwünschungen ausstoßend schwang er eine dreizinkige Mistgabel und stolperte in Richtung des Haupthauses, als ihn die schwarze Jixur bemerkte. Grollend wendete sie auf den Hinterläufen und trabte auf ihn zu, die Fackeln schwingend. Der Mann stieß mit seiner einfachen Waffe nach der bepelzten Flanke der Jixur, die ihm geschickt auswich und dabei einen Trinkschlauch entkorkte, den sie um die obere Hüfte gebunden hatte. Der Mann wirbelte herum, als ihn die Flüssigkeit aus dem Schlauch benetzte; eine der Fackeln streifte seinen Kopf, und augenblicklich brannten seine Haare lichterloh. Gräßliche Laute drangen aus der Kehle des mutigen Stallburschen; die Mistgabel fiel zu Boden, als er mit beiden Händen nach den Flammen auf seinem Kopf schlug. Die Jixur wich zurück, um sich nicht selbst zu versengen; schon brannten die Ärmel des Mannes, dann sein Hemd. Er fiel zu Boden, rollte sich im Sand, aber das Feuer erlosch nicht.

Ein heftiger Windstoß traf Rika; Locken peitschten ihr Gesicht, und sie sah nach oben, wo die Wolken nun nahezu den ganzen Himmel verdeckten. Eben noch hatte sie einen Regenguss gefürchtet, nun wünschte sie ihn sehnlichst herbei!

»Regne«, flüsterte sie tonlos. »Oh, bitte regne doch!«

Aus der Vordertür des Haupthauses stürzten die beiden Jixur, die eben erst eingedrungen waren. Mit knappen Gesten gab der graufalbe Veteran dem schwarzen Weibchen eine Anweisung, woraufhin sie den ganzen Trinkbeutel durch die offene Türe schleuderte … und eine Fackel hinterher. Augenblicklich drang flackerndes Licht nach draußen.

Eines der beiden Ungeheuer, die die Pferde zusammengetrieben hatten, brüllte und deutete in Richtung des Weges, der von Roberts Hof wegführte. Gebannt sah Rika auf das geöffnete Maul mit den spitzen Zähnen; das raue Bellen und Fauchen, das daraus hervordrang, klang furchtbar.

Der Kopf des Graufalben schnellte herum; Rika sah den dunklen Strich, der sich über seinen gesamten Rücken und durch den grauen Haarstreifen auf seinem Kopf zog. Der Schwanz mit der Quaste zuckte nervös, dann winkte der Veteran dem anderen Jixur in seiner Nähe. Gemeinsam liefen sie in Richtung der Pferde und begannen dann, diese vom Hof wegzutreiben.

Wie betäubt folgte Rikas Blick dem Fingerzeig, aber alles, was sie erkennen konnte, war ein heller Fleck in der Dunkelheit.

Ein Blitz zuckte vom Himmel; das Naturereignis ließ sie nicht einmal zusammenschrecken. Im kalten Licht entpuppte sich der helle Fleck als ein weiterer Jixur, der auf der Straße nach Dunlet auf die anderen zu warten schien.

Der Knall und das tiefe Grollen eines Donnerschlags ertönten, als hätte Aeledd eine Kiste voller Bleikugeln fallen lassen, die nun über den Boden der Werkstatt seines Vaters Vherc rollten. So zumindest hatte Bruder Geon den Donner zu erklären versucht.

Die Schreie des Stallburschen erstarben; die darauffolgende Stille wurde sofort vom Krachen zusammenbrechender Holzbalken unterbrochen.

»Vater«, krächzte Rika.

Die Jixur entfernten sich mitsamt den Pferden immer weiter vom Hof; schon jetzt war nur noch eine dunkle Masse zu sehen, die sich die Straße entlang über den Hügel wälzte.

»Vater!«

Gleichzeitig mit ihrer Stimme kehrte auch wieder Leben in Rikas Beine zurück. Sie stakste den kiesübersäten Weg hinab. Während ein weiterer Blitz die finsteren Wolken teilte, zerbarst eine Scheibe im unteren Geschoss ihres Elternhauses mit lautem Klirren. Flammen schlugen heraus.

»Nein!«

Rika rannte los; mehr als einmal glitt sie auf dem Splitt aus, bevor sie schließlich mit zerrissenem Rock und zerschundenen Knien auf dem heimatlichen Gehöft ankam.

Es donnerte in dem Moment, als sie an dem verbrannten Leichnahm des Knechts vorbeistolperte; weit und breit waren keine Jixur zu sehen, und langsam kehrte der Mut des Mädchens zurück.

Hinter dem Haupteingang loderte eine Flammenwand.

Rika langte mit beiden Händen an ihren Kopf.

»Vater«, schrie sie verzweifelt. »Maret!« Aber niemand reagierte auf ihre Rufe.

Sie hetzte weiter; es gab mehr als nur diesen einen Zugang zum Haus. Keuchend erreichte sie die Tür, die in die Küche führte, und riss sie auf. Zwar schlug ihr beißender Rauch entgegen, aber das Feuer selbst war noch nicht bis zur Küche vorgedrungen.

»Vater! Maret!«

Nichts.

Von draußen drang das Grollen des Donners herein.

Das Mädchen hielt den Atem an und kämpfte sich durch den Qualm, bis sie zur zweiten Küchentür gelangte. Ihr erster Versuch, sie aufzustoßen, scheiterte, da etwas sie von der anderen Seite blockierte.

Rika biss die Zähne zusammen; mit tränenden Augen drückte sie so fest gegen die Tür, dass ein scharfer Schmerz durch ihre verletzte Schulter schoss. Ihre Schläfen pochten, als sie ihr ganzes Körpergewicht gegen das hölzerne Türblatt warf, dann gab die Küchentür Stück für Stück nach.

Das Mädchen vergrößerte den Spalt, bis es hindurchschlüpfen konnte; kurz schoss ihr der Gedanke durch den Kopf, dass die Tür zufallen und sie in dem brennenden Haus einsperren könnte – dann stürzte sie über einen Körper, der zusammengekrümmt am Boden lag.

Ein stechender Schmerz durchfuhr Rikas Eingeweide, als sie das blutüberströmte Gesicht der Frau erkannte, die sie aufgezogen hatte.

»Maret!« Die Augenlider der Köchin zuckten.

Schnell rappelte Rika sich auf und packte Maret bei den Schultern, um sie hinauszuzerren, aber mit dem Aufstemmen der Tür schien sie all ihre Kraftreserven verbraucht zu haben. Es gelang ihr nicht, die Köchin mehr als ein paar Zentimeter zu bewegen.

Ein Knall ertönte tief drinnen im Haus, als hölzerne Stützbalken in Flammen aufgingen.

»Verdammt!« Erschöpft fiel Rika auf die Knie und beugte sich über die Köchin; Blut aus einer klaffenden Kopfwunde verklebte das blonde Haar, die Kleidung der Magd war von kurzen Klauen zerfetzt worden, und die Haut an Armen, Hals und Oberkörper wies zahlreiche Schnittverletzungen auf.

»Maret, wach auf!«

Wieder flatterten die Lider der Frau, dann wurden die hellen Augen klar, als sie das Mädchen erkannte.

»Rika, Kind«, ächzte Maret. »Du – du musst fliehen, bevor …«

»Sie sind fort, Maret.« Aufgelöst schüttelte Rika den Kopf. »Die Jixur sind fort!«

»Die – die Halbe hat es ihnen befohlen.« Marets Stimme war nur ein heiseres Flüstern. »Das haben sie – haben sie gesagt. Sucht alle – alle Pferde und – das Geld.«

Rika konnte den Worten der verletzten Frau nicht ganz folgen; vermutlich hatte der Schlag auf den Kopf ihren Verstand verwirrt.

»Sie haben mit dir gesprochen?«

»Miteinander. Ich verstehe Jixur, kleine Rika … ich stamme doch aus den – aus den Hochebenen.« Die Augen der gepeinigten Frau trübten sich. »Robert hat sich – gewehrt, da – haben sie ihn getötet. Flieh, Kind, solange du – solange du noch kannst.«

Rika wurde heiß; ihre Beine begannen zu zittern.

»Vater ist tot?«, stieß sie hervor, aber die Köchin antwortete ihr nicht; ein Blick in ihre glasigen Augen erklärte, weshalb.

»Maret …«

Wieder brach ein Stützpfeiler krachend zusammen, diesmal nicht weit entfernt, und durch den Qualm konnte sie die Flammen sehen, die aus den Bodendielen hervorzüngelten. Da sprang Rika mit einem erstickten Laut auf und stürzte hinaus ins Freie.

Das Dach ihres Elternhauses brannte an mehreren Stellen, und gierig leckten Flammenzungen über das verkohlte Gerippe eines der Ställe. Er musste eingestürzt sein, als Rika im Haus war. Der andere Stall loderte lichterloh.

Ziellos taumelte sie über den geschotterten Platz zwischen den Gebäuden; das Entsetzen war zu groß, in ihrem Kopf überschlugen sich wirre Gedankenfetzen. Da erhellte ein Blitz in der Nähe den Hof und das Bündel, das in einem Winkel neben der noch brennenden Stallung lag.

Rika hielt inne, und ihre Haut prickelte, als sich die feinen Härchen aufrichteten.

Das Bündel mochte einmal ein Hirtenhund gewesen sein.

Ein lauter Donnerschlag übertönte alle anderen Geräusche, dann trieb ein heftiger Windstoß die ersten großen Regentropfen über den Hof; die dicken Wasserperlen prasselten auf Rikas Gesicht.

Einen Augenblick lang stand das Mädchen wie angewurzelt auf dem Hof, dann fiel sie neben dem klebrigen Fellbündel auf die Knie.

Das tosende Gewitter übertönte ihr Schluchzen.

Grenzgebiet zu Gavenne und Craiglin,
Nördliches Hochthal

Die Pferde wieherten, scheuten und rollten mit den Augen, sobald ihnen einer der Jixur zu nahe kam, denn instinktiv verbanden sie den scharfen Körpergeruch ihrer natürlichen Feinde mit Unheil und gewaltsamem Tod. Verglichen mit ihrem Verhalten während des heftigen Gewitters wirkten sie nun relativ ruhig; vielleicht hatte der kurze, aber starke Regenguss danach nicht nur die Luft, sondern auch die Erregung der Tiere etwas abgekühlt.

Ein sarkastisches Lächeln zerrte an den dunklen Mundwinkeln von Sarrias, dem Anführer des Kriegertrupps, der sich mitsamt seiner Beute auf dem Rückweg zum Lager von Thorras Herde befand. Mit einer klauenbewehrten Hand strich Sarrias über den grauen Haarstreifen auf seinem Kopf, als er die vorübertrabenden Pferde betrachtete.

Unternahm eines einen Ausbruchsversuch aus der Formation, wurde es von einem Jixur-Krieger mit Schwert oder Spieß zurück auf den Weg gedrängt. Obwohl die Tiere nur als Lebensmittelvorräte für den kommenden Winter dienen sollten, gingen die Krieger möglichst zurückhaltend mit ihren Waffen um, denn es war einfacher, wenn die Vorräte auf den eigenen Beinen liefen.

Leider konnten die Pferde mit ihren harten Hufen schlecht klettern, so dass die Jixur nicht auf direktem Weg zu ihrem Lager in den Bergen zurückkehren konnten. Dass sie deswegen über lange Zeit auf den Hauptwegen zwischen den Siedlungen der Menschen reisen mussten, gefiel Sarrias nicht sonderlich.

Eigentlich gefällt mir der ganze Plan nicht sonderlich. Die Pferde hingegen …

Das letzte Tier zog an dem graufelligen Jixur vorbei,ein zottiges braunes Pony, dem Sarrias anerkennend hinterhersah: die kräftigen Hinterbacken würden roh oder gebraten, getrocknet oder eingesalzen schmecken.

Dies war der bisher erfolgreichste Beutezug von Thorras Herde gewesen. Beim letzten Mal hatten sie sich mit einer Handvoll Schafe zufriedengeben müssen, aber im Vergleich zu den Raubzügen der letzten Jahre war selbst das eine erfreuliche Beute gewesen. Hinzu kamen all die Münzen, die Sarrias nun in mehreren Beuteln an seinem Gürtel trug.

Geld, pah.

Sarrias nickte ärgerlich mit dem großen Kopf. Hätte Millayn vor dem Raubzug nicht darauf bestanden, wäre es dem Graufalben niemals in den Sinn gekommen, von den Bauern Münzgeld zu verlangen. Vielleicht war er einfach zu alt, um die ausgefallenen Ideen zu schätzen, die Millayn hatte.

»Bei Mutter Shass, was schneidest du für ein griesgrämiges Gesicht?«, lachte der junge Krieger mit der langen, wirren Mähne, der zurückgefallen war, um auf Sarrias zu warten.

Vhrynn.

Das schwarz und weiß gescheckte Fell des Jüngeren hätte ihm auf einer mondbeschienenen Waldlichtung bestens als Tarnung gedient, aber im grauen Dämmerlicht traten die hellen Flecken deutlich zum Vorschein. Es war eine für Jixur eher ungewöhnliche Färbung: Sogar die unbehaarte Haut an Oberkörper, Armen und Gesicht war in helle und dunkle Flächen unterteilt, und eines seiner Augen war nicht schwarz, sondern blassblau. Das Ungewöhnlichste an Vhrynn war jedoch die zweibeinige, zweiarmige Fracht, die er auf seinem breiten Rücken trug … eine zierliche junge Frau, beinahe noch ein Kind, mit feinen Gesichtszügen und fahlem Haar. Und genau dieser wollte Sarrias aus dem Weg zu gehen.

Vhrynn schien Sarrias' ablehnende Haltung nicht weiter zu stören. »Nun, was ist? Wir waren doch sehr erfolgreich. Haben wir nicht …«

»Mit dir will ich nicht reden, Vhrynn. Geh wieder nach vorne und achte auf die Beute.«

»Aber ich will mit dir reden, Sarrias.«

Diese Stimme war weicher, wärmer, weniger kehlig als die der beiden männlichen Jixur; sie gehörte zu der zarten Frau, die auf Vhrynns breitem Rücken thronte und dem älteren Jixur ein zuckersüßes Lächeln schenkte. Aus einer Tasche ihres grobmaschigen Mantels lugte eine kleine, pelzige Kreatur, deren Knopfnase geschäftig zitterte, so als wolle sie alle Gerüche des nahenden Morgens aufnehmen.

Der Graufalbe schnaubte.

»Lass auch du mich in Ruhe, Millayn. Ich muss nachdenken, und der Gestank dieses … dieses …«

»Frettchens«, half ihm Vhrynn mit einem schrägen Grinsen, wobei seine scharfen Zähne sichtbar wurden.

»… lenkt mich ab.« Sarrias verschränkte zwei der vier Arme vor der breiten Brust. »Nun verschwindet schon.«

Das Frettchen knurrte, dann zog es sich zum Schlafen in die Manteltasche zurück. Es schlief beinahe den ganzen Tag, weswegen sich Sarrias schon oft gefragt hatte, was Millayn an dem Tier interessant genug fand, um sich mit ihm zu belasten.

Die gleiche Frage hatte er sich allerdings auch schon in Bezug auf Vhrynn gestellt. Der Junge war zu gutmütig und nicht ernsthaft genug, um jemals ein wirklich guter Krieger zu sein.

»Bist du denn nicht zufrieden mit der Jagd, Sarrias?«, gurrte Millayn, während sie spielerisch eine von Vhrynns mehrfarbigen Haarsträhnen um ihren Finger drehte. »Habe ich denn zuviel versprochen? Genügt dir die Beute nicht? Oder …«

Sie hielt kurz inne, um unter halbgeschlossenen Lidern Sarrias' grimmiges Gesicht zu betrachten. »Oder ist dir der Weg von den Höhen herab zu den Aussiedlerhöfen zu beschwerlich? Wir alle wissen, dass du kein junger Krieger mehr bist, Sarrias. Es wäre … verzeihlich.«

›*Wir alle.*‹ *Dieses anmaßende Fohlen*!

»Wenn ich von unserem Lager bis hinauf zur Habichtzinne klettere, bin ich nicht einmal außer Atem!« Aufgebracht blähten sich Sarrias' Nasenflügel, seine Ohren legten sich flach an den kantigen Kopf. »Kannst du das Gleiche von dir behaupten?«

»Ich kann …«

»Schweig, Vhrynn!«, herrschte Sarrias den Schecken an, der zur Antwort angesetzt hatte. »Ich spreche mit deiner zweibeinigen Last, nicht mit dir.«

Er wandte sich wieder Millayn zu.

»Es steht dir nicht zu, meine Ausdauer oder sonstige

Tauglichkeit infrage zu stellen, denn du bist kein wahres Mitglied dieser Herde! Vergiss das nicht, Millayn!«

»Wie wäre es mir möglich, das zu vergessen, Sarrias?« Kurz zuckte Wut hinter ihrer lächelnden Maske auf, was Sarrias zufrieden zur Kenntnis nahm – aber schon hatte die junge Frau ihre feinen Gesichtszüge wieder im Griff. »Gerade du lässt niemals Zweifel daran aufkommen, dass ich hier nur geduldet bin, alter Mann. – Lassen wir den Griesgram alleine, Vhrynn, bis er bessere Laune …«

Der heisere Warnruf der Vorhut ließ Sarrias' Kopf herumschnellen. Ein Ruck ging durch die Pferdeschar, als die vordersten Krieger die Tiere zum Anhalten brachten. Vhrynn erhob sich auf die Hinterbeine, um besser sehen zu können; hätte sich Millayn nicht gerade noch rechtzeitig an das untere Armpaar des Jixur geklammert, wäre sie sicherlich von seinem Rücken herabgestürzt. Schimpfend kletterte das Frettchen aus ihrer Manteltasche und stieg auf ihre Schulter.

Auf der Straße hielt ein mit zwei stämmigen Ponys bespanntes Fuhrwerk; es war mit Zweibeinern beladen, ›Halben‹, die helle Waffenröcke und flache Metallhelme mit breiten Krempen trugen.

Der Halbe auf dem Kutschbock rief seinen Gesellen etwas zu; Kettenhemden klirrten, als die Männer vom Wagen sprangen. Vielleicht waren es auch Frauen: Sarrias vermochte die Geschlechter bei Völkern, die Kleidung trugen, nicht leicht zu unterscheiden. Wie auch immer, diese Zweibeiner rochen sogar auf Entfernung nach Ärger.

Wie so oft sah der junge Vhrynn es anders.

»Soldaten!«, rief er begeistert, als die Zweibeiner ihre Schwerter zückten und sich in Verteidigungsstellung rund um den Wagen positionierten. »Um diese Zeit habe ich noch nie so viele ausgeschlafene Soldaten auf einmal gesehen. Es sind mehr, als ich Finger an einer Hand habe!« Der Schwanz des Schecken peitschte aufgeregt hin und her; Sarrias knurrte, als die haarige Quaste seine Flanke traf.

»Die wollen unsere Pferde«, rief er. »Asshra, Vinnas, bewacht die Tiere! Wir anderen schlagen sie in die Flucht.«

Vhrynn musste er das nicht zweimal sagen; der junge Flegel zog seine breite Klinge und preschte an den Pferden vorbei nach vorne. Auch Sarrias riss Schwert und Schild aus den Gurten, mit denen er sie an seinem Leib befestigt hatte und schickte sich an, den Jüngeren zu überholen. Steinchen spritzten unter den Klauen des Schecken weg und prasselten gegen die Vorderläufe des Graufalben, dann war Sarrias an Vhrynn vorbeigezogen.

Der vorderste Jixur – Gwyrran – erreichte die Soldaten; die Zweibeiner brüllten durcheinander, als er aus dem geduckten Galopp heraus mit einem gewaltigen Sprung über sie hinwegsetzte, aber sie begannen nicht sofort zu fliehen. Einer der Soldaten war ein vierarmiger Hiranyer, dem es sogar gelang, seine Waffen hochzureißen; er war jedoch nicht schnell genug, um Gwyrran den Bauch aufzuschlitzen. Es krachte, als der Jixur-Krieger mitten auf dem Wagen landete; die beiden Ponys wieherten schrill und versuchten, dem strengen Geruch der Jixur zu entkommen. Der Wagen machte einen Satz nach vorne; Gwyrran griff mit einem Arm nach den Zügeln, während er zwei weitere dazu benutzte, dem Soldaten auf dem Kutschbock das Genick zu brechen und ihn aus dem Wagen zu schleudern. Mit einem dumpfen Geräusch schlug der Halbe auf dem Boden auf; mit klirrenden Waffen stoben die übrigen Soldaten auseinander.

Ein Windstoß blies Sarrias den Geruch der Zweibeiner ins Gesicht: ein Gemisch aus Tod, Angst, Zorn und heilloser Verwirrung. Dann war er auch schon mitten unter ihnen.

Sein Breitschwert sauste auf einen der Halben hinab; klirrend brachen die Ringe des Kettenhemdes, dann fuhr die Klinge durch den Hals des unglücklichen Soldaten und traf sogleich auf Widerstand. Der Jixur befreite die Waffe mit einem kräftigen Ruck. Der Kopf des Zweibeiners sackte zur Seite, Blut sprühte aus der durchtrennten Kehle auf die Umstehenden und ließ sie endlich die Flucht ergreifen. Aus dem Augenwinkel sah Sarrias, wie Gwyrran vom Wagen sprang und einen der Fliehenden zu Boden riss.

»Sarrias!«

Vhrynns Warnruf kam gerade rechtzeitig; der Graufalbe hatte den Soldaten nicht bemerkt, der sich ihm von der linken Seite näherte. Mit einem Sprung rettete sich Sarrias aus der Reichweite eines Schwertes, das zweite prallte scheppernd gegen seinen Schild.

Irritiert fauchte der Veteran den kreidebleichen Hiranyer an, der es gewagt hatte, ihn anzugreifen.

»Warum läufst du nicht weg, Angstmann?«

Bei den Jixur galten die mageren Vierarmigen – der Legende nach die jüngsten Kinder von Mutter Shass – als unzuverlässig, wenig kriegerisch und feige.

Diese Sichtweise schien dem Angstmann jedoch fremd zu sein; mit einem Fluch auf den schmalen Lippen stürzte er sich erneut auf den grauen Jixur, der geschickt auswich und gleichzeitig mit einem Vorderlauf nach dem vierarmigen Soldaten trat.

Sarrias' Manöver war erfolgreich; die Hiebe des Hiranyers gingen ins Leere, der heftige Tritt ins Kreuz beförderte ihn der Länge nach auf die Straße, wo er regungslos liegen blieb. Dem abrupt abreißenden Schrei im Hintergrund entnahm Sarrias, dass ein weiterer Zweibeiner aus dem Geschehen ausgeschieden war …

… und ein scharfer Schmerz im Hinterlauf ließ den Veteranen herumschnellen. Ungläubig starrte er auf den dunkelhäutigen Halben mit der blutigen Klinge in der Hand, der ihm trotzig entgegenstarrte; dann verzog sich sein flaches Gesicht zu einer wütenden Grimasse. Der alte Krieger ließ dem mutigen Menschen keine Gelegenheit, seinen kleinen Triumph auszukosten: Mit einem lockeren Schwerthieb trennte er den Schädel des Soldaten vom Rumpf.

Zuerst fiel die blutige Klinge, dann fielen Kopf und Körper zu Boden; der breitrandige Helm rollte ins trockene Gras, und aus dem Halsstumpf ergoss sich ein dunkler Blutstrom über den Weg, um zwischen den Steinchen im Sand zu verrinnen.

Die Kampfgeräusche im Hintergrund erstarben nach und nach; offenbar hatten auch die anderen Krieger die Auseinandersetzungen jeweils für sich entscheiden können.

Nach wenigen Augenblicken gelang es Sarrias, sich vom faszinierenden Schauspiel des versickernden Blutes loszureißen.

»Waren die von all ihren Göttern verlassen?«, rief ihm Rhuan zu, ein braunfelliger Jixur mit hellem Haupthaarstreifen und seidigem langem Quastenhaar. Schweiß glänzte auf der glatten Gesichtshaut des Kriegers. »Wieso haben diese Soldaten sich gewehrt?«

Das war eine gute Frage. Die wenigen Zusammentreffen der Herdenkrieger mit bewaffneten Halben waren in der

Vergangenheit immer ganz anders verlaufen. Sofern die Soldatentrupps nicht mindestens die dreifache Stärke besessen hatten, hatten sie ihr Heil in der Flucht gesucht.

»Ich weiß es nicht«, gestand Sarrias, während er den schmerzenden Hinterlauf überprüfte; es war ein glatter Schnitt, der weder Knochen noch Sehnen verletzt hatte, aber die Wunde blutete stark. »Vielleicht sind wir ihrem Herdenlager zu nahe gekommen, oder …«

Ein merkwürdig klingendes Fauchen, ein plötzliches, grellgelbes Leuchten und das vielstimmige Wiehern der Pferde schreckten die beiden Jixur auf; Sarrias traute seinen Augen nicht, als er an der Stelle, an der eben noch der Karren der Soldaten gestanden hatte, einen unglaublich großen Feuerball sah, der sich mit rasender Geschwindigkeit ausdehnte.

Gwyrran, der dem Karren am nächsten gewesen war, versuchte zu fliehen, aber das Feuer war schneller. Durch den grellen Schein sah Sarrias, wie der Krieger zu Boden stürzte, als habe ihn eine unsichtbare, riesige Faust in die Seite getroffen, dann rollten die Flammen über ihn hinweg.

Rhuan galoppierte bereits querfeldein, als sich Sarrias in Bewegung setzte. Im Laufen blickte der Graufalbe über die Schulter; die Feuerwalze hatte schon an Wucht verloren, rollte nur noch kniehoch über Gras und Steine und würde ihn kaum noch erreichen, aber …

»Die Pferde!«

Auch Rhuan hatte den heiseren Schrei des Veteranen gehört; augenblicklich machte der Jixur mit dem braunen Fell kehrt, um mit den anderen Kriegern den Beutetieren hinterherzusetzen: Asshra und Vinnas war es offensichtlich nicht gelungen, die scheuenden Pferde aufzuhalten.

Nun hetzten sie neben den rasenden Tieren her und versuchten vergeblich, diese mit gezielten Hieben und Stichen zum Anhalten zu bewegen.

»Holt die Pferde zurück!«

Auch Sarrias verfiel in einen gestreckten Galopp, den er allerdings nicht lange halten konnte; das verletzte Bein schmerzte zu stark.

Vhrynn schob sich an seine Seite; die weißen Flecken des Schecken leuchteten im Dämmerlicht.

»Müde, alter Mann?«, grinste er, was dem Graufalben ein ärgerliches Schnauben entlockte.

»Spar dir deinen Atem, um die Pferde einzufangen«, grollte er. Vhrynns Reiterin entbot Sarrias einen spöttischen Gruß, dann zogen die beiden an ihm vorbei. Vhrynn wirkte nicht, als müsse er sich dafür anstrengen.

Sie haben Recht … ich bin alt.

Es bereitete Sarrias zunehmend Schwierigkeiten, mit den jüngeren Kriegern mitzuhalten, was wohl niemandem verborgen blieb – schon gar nicht Millayn. Immer öfters trafen ihn die herausfordernden Blicke vereinzelter Herdenmitglieder; die Frage war bloß, wann Thorra ihre Konsequenzen daraus ziehen und einen der anderen ausschicken würde, mit Sarrias um die Führung der Krieger zu kämpfen.

Sarrias schnaubte noch einmal ärgerlich, dann verfiel er in einen langsamen Trab.

Die Morgendämmerung war inzwischen heiterem Sonnenschein gewichen … keine Spur mehr von Gewitterwolken oder Regen. Als ›heiter‹ konnte man Sarrias' derzeitige Stimmungslage allerdings kaum bezeichnen.

Mit der Vorderpfote scharrte er rings um die Überreste des Karrens verbranntes Gras zur Seite. Einzig einige metallene Schrauben und Nägel hatten das Inferno unbeschadet überstanden; davon abgesehen bestand der Wagen nur noch aus verkohltem Holz und Asche. Dazwischen lagen die geschwärzten Knochen der Ponys.

Im Inneren der Feuerwalze musste eine unglaubliche Hitze geherrscht haben. Ein Großteil des Bodens rings um den Karren war verbrannt und gesprungen; kein Grashalm, kein Strauch und mit Sicherheit auch keines der Tiere, die in der Wiese ihren Lebensraum hatten, hatte im Wirkungskreis des fauchenden Feuerballs bestehen können.

Noch einmal sah er zu der schwarzen Asshra hinüber, die die Brandblasen des sich am Boden krümmenden Gwyrran mit einer Paste bestrich, die sie stets bei sich trug, um bei Bedarf eigene Brandverletzungen zu behandeln. Gwyrrans Schweif und Fell waren versengt, die dunkle Haut von roten Blasen übersät. Zwar würde der Jixur, den die Feuerwalze erfasst hatte, große Schmerzen leiden, aber er würde es überleben.

Mit Schwung warf der weiße Vinnas ein Büschel Haare zurück, das ihm ins Gesicht gefallen war; seine Ohren richteten sich aufmerksam auf Sarrias.

»Fast alle Pferde sind eingefangen«, berichtete Vinnas. »Wir haben bloß zwei verloren.«

»Hrrrmpf.« Ärgerlich zogen sich die wulstigen Brauen des Graufalben zusammen. »Das ist nicht gut.«

»Nur zwei, Sarrias«, versuchte Vinnas seinen Anführer zu beschwichtigen. »Noch nie haben wir so viele Pferde bei einer Jagd erbeutet – Thorra wird begeistert sein.«

»So, wird sie das?« Sarrias wackelte unwirsch mit dem

Kopf. »Wenn dir Mutter Shass schon die Gabe der Hellsichtigkeit gewährt hat, kannst du mir ja auch gleich verraten, was Thorra davon hält, dass einer der Soldaten verschwunden ist.«

Hilfesuchend sah der weiße Jixur in Asshras Richtung; die vier Brüste der Kriegerin bebten, als sie mit den Schultern zuckte.

»Vielleicht ist er mit dem Wagen verbrannt; er lag in der Nähe des Karrens, war es nicht so?«

»Dann wären zumindest Knochen, Helm und Kettenhemd übrig geblieben. Du als Meisterin im Umgang mit Feuer solltest das eigentlich am besten wissen, Asshra.« Grimmig sah Sarrias in die Runde, und betretene Gesichter blickten ihm entgegen.

»Zwei der Leichen sind verbrannt, hier und hier.« Er deutete auf die Stellen am Boden. »Keine davon hatte vier Arme, und niemand von euch hat den Hiranyer gesehen!«

»Und wenn schon.« In Millayns sanfter Stimme schwang Belustigung mit; lächelnd lehnte sie an Vhrynns Oberrücken und streichelte das Frettchen, das auf der breiten Schulter des Schecken hockte. »Was habt ihr bisher getan, wenn ihr Soldaten begegnet seid? Ihr habt sie verjagt, was bedeutet, dass *alle* entkommen sind.«

Asshra und Vinnas sahen einander an, Rhuan betrachtete andächtig die Linien, die er mit den Klauen der Vorderpfote in den verbrannten Boden geritzt hatte, und selbst Gwyrran hob neugierig den Kopf.

»Deshalb frage ich mich, wieso die Flucht eines einzelnen Mannes eine Katastrophe sein soll«, fuhr Millayn freundlich fort. Das stinkende Frettchen rieb sich an ihrer Hand. »Was soll er denn verraten – dass Jixur Pferde stehlen?«

Vinnas lachte nervös auf, aber Sarrias' finsterer Blick brachte den weißen Jixur schnell zum Schweigen.

»Du hast Recht, Fohlen, bisher konnten wir sie einfach verjagen, aber diesmal haben die Zweibeiner gekämpft, und wir haben sie getötet.« Angewidert blähte er die Nasenflügel. »Töten wir Bauern, interessiert sich kein anderer Zweibeiner dafür: Bauern leben nicht in Herden. Soldaten schon.«

Millayns hübsche Augen wurden schmal. »Und du glaubst, die Soldatenherde wird sich an uns für den Tod ihrer Mitglieder rächen wollen, falls sie davon erfahren?«

Sarrias' Ohren zuckten. »Natürlich. Und deswegen werden wir nach dem entkommenen Zweibeiner suchen.«

»Unsinn.«

Mit einer eleganten Geste bedeutete Millayn dem Schecken, näher an Sarrias heranzutreten. Sie sah dem Veteranen fest in die Augen.

»Das ist Unsinn, alter Mann. Willst du denn unbedingt Zeit vergeuden und möglicherweise noch mehr Tiere verlieren? Ich halte es für angebracht, möglichst schnell ins Lager zurückzukehren.« Sie spreizte die schlanken Finger. »Wir haben die Soldaten besiegt, und das trotz ihrer – ihrer unheimlichen *Feuerwaffe*. Falls sie sich rächen wollen, nur zu – wir werden sie wieder besiegen, und wieder, und wieder, bis es keinen Zweifel mehr daran gibt, dass niemand die Krieger von Thorras Herde bezwingen kann!«

»So ist es«, bestätigte Asshra, und die anderen Jixur murmelten beifällig.

Sie sind schwach! Keines dieser Fohlen hat eine eigene Meinung!

Heiß stieg Zorn in Sarrias auf. Sein Schwanz schlug wütend hin und her, klatschend traf die Quaste seine Hinterbacken. Er bleckte die Zähne, wollte die versammelten Krieger anschreien, ob sie denn wollten, dass das zweibeinige Fohlen sie anführte …

… aber das Schlimme war, dass Millayn sogar Recht hatte: Je mehr Zeit sie hier unten verbrachten, desto größer wurde die Wahrscheinlichkeit, noch mehr kampfbereiten Zweibeinern zu begegnen.

»Dann kommt«, würgte er unter Aufbietung all seiner Selbstbeherrschung hervor, »kehren wir schleunigst zum Lager zurück.«

Dunlet, Nördliches Hochthal

Es war ein klarer, wolkenloser Tag, keine Spur mehr von dem verheerenden Gewitter der vergangenen Nacht.

Im Schein der Mittagssonne glänzten die Dachziegel der hübschen Häuschen in Rot- und Grautönen, geschäftig eilten Menschen durch die Straßen, und in den Büschen und Bäumen am Wegesrand zwitscherten Vögel.

Das ist … so unwirklich.

Rika zügelte Sorley und sah aus geschwollenen Augen auf das Städtchen hinab, das vor ihnen im Tal lag. Ihr Magen zog sich schmerzhaft zusammen.

Hier war es schön … viel zu schön für das Schreckliche, was sich nur wenige Stunden von hier entfernt abgespielt hatte.

Ihre Lippen verzogen sich zu einem schmalen Strich.

Fahrig fuhr sie Sorley durch die struppige Mähne und starrte auf das Stadttor. Von früheren Besuchen wusste sie, dass ein Steinmetz die Worte ›Willkommen in Dunlet‹ in den hellen Bogen gemeißelt hatte. Zögerlich pressten sich ihre Schenkel in die weichen Flanken des Ponys.

Nachdem die starken Regengüsse die Brände weitgehend gelöscht hatten, hatte Rika nach Überlebenden gesucht, aber sie hatte bloß die Leichen ihres Vaters und eines weiteren, ihr unbekannten Knechts gefunden. Beide Tote waren unter halbverkohlten Holzbalken eingeklemmt gewesen, so dass Rika keine Möglichkeit gesehen hatte, sie zu bergen. Vermutlich wäre sie sowieso nicht stark genug gewesen, um auch nur einen der Männer ins Freie zu zerren.

Sie wusste nicht, wie lange sie zwischen den zerstörten Gebäuden am Boden gekniet hatte, als sie plötzlich den Hufschlag eines Pferdes vernahm. Ungesattelt und mit schleifenden Zügeln war Sorley zu ihr getrottet, und wimmernd war sie ihm um den Hals gefallen: Immerhin war er das einzige noch lebende Mitglied ihrer Familie.

Kurz hatte Rika überlegt, zum Kloster Cornel zurückzukehren, aber der Weg zurück war weit und anstrengend und der Proviant aufgebraucht, so dass sie nicht glaubte, die lange Reise bewältigen zu können. Weitere Verwandte hatte sie in der Nähe des Hofes keine … und Bauer Gwaians …

Würde der alte Bauer sie um einer Ledertasche, eines Ponys und eines Fleckens verbrannter Erde willen heiraten …?

Darüber wollte Rika lieber nicht nachsinnen; schließlich war da dieser furchtbare Traum gewesen, der sie in ihrer Abneigung gegenüber Gwaians noch bestärkt hatte. Andererseits hatte sich Dougen nicht unter den Toten auf Roberts Hof befunden. Dass ihr Vater nie mehr als zwei Knechte gleichzeitig hatte beschäftigen können, sprach dafür, dass Dougen schon länger nicht mehr auf dem Hof gewesen war … und wollte sie den vom Stadtleben so begeisterten jungen Mann finden, war eine Stadt vermutlich ein guter Ausgangspunkt.

Dunlet war der nächstgelegene Ort, der aus mehr als drei Häusern und einem Heuschober bestand; damit war Dunlet – zumindest in Rikas Vorstellung – mit Sicherheit eine Stadt.

»Schneller, Sorley! Gleich haben wir es geschafft!«

Die Sonne brannte auf das Pflaster der Straße, über die Rika dahinzufliegen schien; Steinchen spritzten unter den Hufeisen des Ponys weg und prasselten gegen die Räder eines schwer beladenen Fuhrwerks, das an ihnen vorbeifuhr. Dass die ältere Frau auf dem Kutschbock den Kopf schüttelte, kümmerte das Mädchen nicht – sie wollte so schnell wie möglich hinter die schützenden Mauern des Städtchens gelangen.

Rika wusste von früheren Besuchen, dass es in Dunlet außer gepflasterten Straßen auch Geschäfte, einen mit Steinfiguren geschmückten Brunnen und sogar die ein oder andere Gaslicht-Laterne gab.

Das Tor kam schnell näher.

»Vorsicht«, rief ein schwitzender Mann in Waffenrock und Kettenhemd und bewegte seinen massigen Körper zur Seite, dann sauste etwas Helles über sie hinweg. Rika drehte den Kopf, um sich zu vergewissern, dass sie auch wirklich unter dem Torbogen hindurchgeritten und somit in Sicherheit war …

… und dann gab es einen Schlag, als das Pony gegen etwas prallte. Sorley wieherte, Rika hörte Schreie, dann stieg der Fuchswallach unvermittelt in die Höhe; ohne Sattel konnte sich das Mädchen nicht auf dem Rücken des Tieres halten.

Sie stürzte.

Der harte Aufprall trieb die Luft aus ihren Lungen; einen Moment lang sah sie alles doppelt. Zwei korpulente Wachmänner griffen beherzt nach den Zügeln zweier aufgebrachter Sorleys – dann wurde sie mit einem Ruck hochgezogen und auf die Beine gestellt.

»Bist du in Ordnung?«

Rika bekam kaum Luft, daher war sie nicht dazu imstande, dem Jungen mit dem flaumigen Kinnbärtchen zu antworten, der sie an beiden Oberarmen hielt. Er war mit Sicherheit nicht älter als Rika, aber bestimmt einen halben Kopf größer und viel kräftiger gebaut; sein strohblondes Haar war zu einem glatten Pferdeschwanz zusammengebunden und er trug robuste Kleidung. Seine strahlend blauen Augen sahen ihr besorgt ins Gesicht.

»Hast du dich verletzt? Tut dir etwas weh?«

Wortlos schüttelte sie den Kopf.

»Prima. – Hey!« Der Kopf des Jungen richtete sich nach oben; mit gerunzelter Stirn sah er über Rika hinweg, dann winkte er ab.

»Kein Problem, Gordo«, rief er. »Nichts passiert. Ich kümmer' mich schon drum.«

Nun blickte sich auch Rika um und sah den schwitzenden Wachmann zusammen mit ein paar schaulustigen Städtern neben einem umgestürzten Karren stehen. Sorley und der graufellige Klepper, der noch an den Karren angeschirrt war, standen einträchtig nebeneinander und kauten an zwei der Futterrüben, die sich über die gesamte Straßenbreite ergossen hatten. Wachmann Gordo hob resignierend die Arme und begann, die Schaulustigen von der Unfallstelle wegzudirigieren.

»Nicht so schlimm«, lächelte der blonde Junge, als er

Rikas entsetztes Gesicht bemerkte. »Das bringe ich schon wieder in Ordnung.«

»Habe – habe ich – deinen Wagen umgestürzt?«, keuchte sie entgeistert. Das Atmen fiel ihr immer noch schwer, und sie spürte, wie aufsteigende Tränen ihre Stimme vollends zu ersticken drohten.

»Ich wollte gerade in Weylands Hof einfahren, da hat dein Pony das Hinterteil meines Karrens gerammt. Na ja, so etwas kann ja mal passieren, besonders, wenn man es so eilig hat wie du.« Der Junge zuckte die Achseln. »Sieh es so, uns beiden ist nichts passiert, da ist doch alles andere nebensächlich, oder?«

Da ist doch alles andere nebensächlich, oder?

Plötzlich drängten die grauenvollen Ereignisse der vergangenen Nacht mit aller Macht in Rikas Bewusstsein zurück. Heiß schossen die Tränen in die bernsteinfarbenen Augen des Mädchens, dann warf sie sich vor den erstaunten Augen des Wachmanns dem nicht minder verblüfften Jungen in die Arme und weinte, bis keine Tränen mehr übrig waren.

»Hier, Kind. Trink einen Becher Milch mit Honig … das wird dir guttun.« Energisch stellte die Mutter des Jungen einen Steingutbecher vor Rika auf die polierte Tischplatte; und es wies alles an ihr darauf hin, dass sie keinen Widerspruch duldete: die dicken, in die Seite gestemmten Arme, das runde, gerötete Gesicht, die streng zurückgesteckten, dunklen Haare … selbst der Schnitt ihres praktischen Baumwollkleides machte das deutlich.

»Danke«, krächzte Rika; mit geröteten, brennenden Augen sah sie zu der Frau auf, auf deren Stirn sich Sorgenfalten abzeichneten. »Ich – ich kann dir aber nichts dafür geben. Auch nicht für die Kleider.«

»Ist schon in Ordnung, Kind. – Mach Platz.« Mit einer schroffen Geste bedeutete die Frau dem blonden Jungen, beiseitezurücken, dann nahm auch sie auf der Sitzbank gegenüber von Rika Platz. »Hast du gut geschlafen? Ich meine natürlich, so gut es den Umständen entsprechend möglich war.«

Als Rika zaghaft nickte, fuhr sie fort, »Micael hat mir erzählt, was passiert ist. Der arme Robert ... wir haben früher oft bei ihm eingekauft.« Die Frau schüttelte langsam den Kopf, wohl, um ihre Fassungslosigkeit auszudrücken. »Es muss schrecklich für dich gewesen sein, mitten in einen Überfall der Jixur zu geraten. – Hast du Verwandte in Dunlet? Onkel? Tanten? Vettern? Irgendjemanden?«

»Nein.« Rika hob den Becher mit der dampfenden Milch und nippte daran; sie hasste Milch, alleine schon der Geruch hätte ihr unter anderen Umständen Übelkeit verursacht ... aber sie wagte es nicht, die freundliche Gabe abzulehnen. Zudem war ihr trotz der Sommerhitze kalt.

Fröstelnd zog sie mit der freien Hand das mit roten und grünen Blumen bedruckte, viel zu weite Kleid enger um sich. Auch die von Micaels Mutter nach allen Regeln der Kunst verarztete Stirnwunde schmerzte noch immer. »Ich habe nur noch mein Pony.«

»Um das brauchst du dir keine Sorgen zu machen, Rika«, lächelte Micael. »Vater wird es bestimmt nicht verkaufen.«

»Wirst du wohl schweigen, du Nichtsnutz!«

»Mutter, ich wollte doch nur ...«

»Was du wolltest, ist ganz gleich.« Finster starrte Micaels Mutter ihren Sohn an. »Siehst du nicht, dass du das arme Mädchen erschreckt hast?« Beschwichtigend wandte sie sich an Rika, die ihr mit großen Augen gegenübersaß und den dampfenden Becher umklammerte. »Mein Mann Ivar treibt Handel mit Pferden, daher kenne ich auch deinen Vater, Cyn sei ihm gnädig. Gegen Entgelt können auch Reisende ihre Reittiere bei uns unterstellen. Uns gehört der größte Stall hier in Dunlet, Kind, und dein Pferdchen kann dort so lange stehen, bis du weißt, wo du unterkommen kannst. Niemand von uns denkt daran, es zu verkaufen. – Was wirst du jetzt tun, Rika?«

Das Mädchen seufzte und setzte den Becher ab; darunter zeichnete sich ein feuchter, weißlicher Ring ab. »Wenn ich das bloß wüsste. Ich kann mir ja nicht einmal etwas zu essen kaufen.«

»Darüber brauchst du dir zunächst einmal keine Gedanken zu machen.« Micaels Mutter langte über den Tisch und tätschelte Rikas Hand. »Essen und schlafen kannst du bei uns.«

»Das ist … sehr freundlich.«

Trübsinnig starrte Rika in den Becher; oben auf der Milch hatte sich eine dicke Hautschicht gebildet. Kribbelnd richteten sich die feinen Härchen an ihren Armen auf.

Widerlich.

Dougen hatte heiße Milch sehr gemocht.

»Kennt ihr einen Mann namens Dougen?«, fragte sie unvermittelt und sah auf.

Micael schüttelte den Kopf, und seine Mutter runzelte die breite Stirn.

»Auf Anhieb sagt mir dieser Name nichts«, meinte sie

gedehnt. »Hat er mehr als nur diesen einen Namen? Wohnt er hier in Dunlet? In welchem Gewerbe ist er tätig?«

»Er war ein … Geschäftspartner meines Vaters«, beschönigte Rika die Verhältnisse. »Vater hat lange Zeit … eng mit ihm zusammengearbeitet. Er kam aus der Stadt, und Vater … Vater hat ihm das Versprechen abgerungen, sich … sich um mich … zu kümmern, falls …« Immer und immer wieder hatte Dougen ihr vorgeschwärmt, wie wunderbar, vielseitig und unterhaltsam das Leben in einer Stadt doch war, und wie viele Abenteuer er dort schon erlebt hatte. Auf ihres Vaters Frage, wieso er dann ausgerechnet im bergigen Grenzland als Stallknecht arbeite, weitab von Promenaden, Gaslicht und Abenteuern, hatte Dougen sofort eine Antwort parat gehabt: ›Hier oben‹ gebe es eben die hübscheren Mädchen.

Rika räusperte sich. Das Flunkern fiel ihr schwer, aber noch schwerer wäre es ihr gefallen, vor fremden Menschen zuzugeben, dass sie sich in einen nichtnutzigen Weiberhelden verliebt hatte.

»Schon gut, Kindchen, überanstreng dich nicht. Wenn Herr Dougen in Dunlet lebt, sollte es einfach sein, ihn ausfindig zu machen.«

»Soll ich mich nach dem Abendessen ein wenig umhören?«, bot Micael an.

»Ja bitte«, stieß Rika hervor, bevor Micaels Mutter den Einwand loswerden konnte, der ihr offensichtlich auf der Zunge lag. »Und sag mir, wo ich den Bürgermeister finde.«

»Das ist doch sonnenklar, den findest du im Rathaus.« Verwundert kratzte sich der Junge am Kopf. »Was willst du denn von dem?«

»Ich muss ihn natürlich sprechen.« Rika warf Micael einen funkelnden Blick zu, der ihm die Unsinnigkeit seiner Frage vor Augen führen sollte, dann ließ sie mit einem leisen Seufzer die Schultern sinken. Traurig starrte sie in den Becher mit der Milch, deren widerliche Oberfläche sich zusammenzuziehen schien.

»Wenn das so ist«, meinte der Junge gedehnt, »bringe ich dich zu ihm.«

»Wirklich? Danke!« Überrascht sah Rika auf, aber Micaels Angebot schien ernst gemeint; zumindest nickte er eifrig. Der missbilligende Blick, den seine Mutter ihm zuwarf, entging ihr allerdings auch nicht. Kaum bemerkte die Frau jedoch, dass sich Rikas Aufmerksamkeit auf sie und nicht auf ihren Sprössling richtete, zuckte sie lächelnd mit den Schultern.

»Du hast ja Recht, Mädchen, der Kindskopf sollte sich auch mal nützlich machen.«

Micael rollte hinter ihrem Rücken mit den Augen.

»Aber wie auch immer«, fuhr die Frau fort. »Heute lasse ich dich aber nicht mehr hier weg. Du musst dich ausruhen.«

»Aber …«

»Keine Widerrede, Mädchen. Ich werde jetzt das Abendessen vorbereiten, danach steigst du wieder ins Bett, und morgen früh … Na, morgen früh sieht vielleicht alles schon ganz anders aus.«

Resolut griff sie nach Rikas Becher. »Und du musst das nicht trinken, wenn du nicht magst. Was ist dir lieber, Wasser oder Wein?«

»Aufwachen, junge Dame.«

Mit geschlossenen Augen versuchte Rika, den kräftigen Arm abzuwehren, der an ihrer Schulter rüttelte; vergebens.

»Ich kann nicht«, murmelte sie und vergrub sich tiefer in dem frisch duftenden Federbett. »Ich bin krank.«

»Du hast wohl noch nicht oft Wein getrunken«, lachte die energisch klingende Stimme, die sie erst nach einem langen Augenblick Micaels Mutter zuordnen konnte. Schlagartig kam die Erinnerung zurück, und mit einem Ruck setzte sich Rika auf.

Das war ein Fehler; sie hob die Hände und presste sie gegen die dröhnenden Schläfen.

»Mir ist schlecht«, jammerte sie.

»Ich fürchte, wir müssen dich kalt abwaschen, damit du wieder munter wirst.« Ihre Gastgeberin feixte und deutete auf die große, mechanische Uhr, die auf einem niedrigen Schrank im Gästezimmer stand und leise vor sich hin schnarrte. Verblüfft blickte Rika auf das Gerät; auf dem Gehöft ihres Vaters hatte es nichts dergleichen gegeben – für solchen Luxus war niemals genug Geld da gewesen.

»In knapp zwei Stunden musst du beim Bürgermeister sein, Rika. Mein plötzlich so übereifriger Sohn hat dafür gesorgt, dass er dich empfängt. Und nun raus hier – du solltest auch noch etwas essen, damit du vor dem ehrenwerten Herrn nicht plötzlich zusammenbrichst.«

Nachdem sich Rika mit lauwarmem Wasser gesäubert und mehrere Teller warmer Suppe gegessen hatte, ging es ihr besser. Zwar schmerzte ihr Kopf noch ein wenig, aber das entsprach den schlimmen Erinnerungen an die bewusste

Nacht, die sich immer wieder in den Vordergrund drängten.

Micael hatte es sich trotz der kritischen Blicke seiner Mutter nicht nehmen lassen, Rika zum Rathaus zu begleiten. Seinem Argument, dass sich das Mädchen in Dunlet schließlich nicht auskenne, hatte die Frau nichts entgegenzusetzen gehabt.

Nun waren die beiden Jugendlichen schon eine Weile durch das Städtchen geeilt; die breite Hauptstraße wurde von Gaslaternen gesäumt, die bei Anbruch der Dämmerung angezündet werden würden, und ein wenig bedauerte Rika, dass es noch nicht Abend war: Sie erinnerte sich daran, dass sie das kühl-blaue Licht als Kind wunderschön gefunden hatte.

Kleine Fuhrwerke ratterten die Straße entlang, Frauen mit beladenen Körben schwatzten vor Geschäften, und von den Auslagen der Händler stiegen viele verschiedene Düfte in Rikas Nase, die weitere Erinnerungen an Kindertage wachriefen.

Vor fünf Jahren hatte Vater sie das letzte Mal mit nach Dunlet genommen.

Rika biss sich auf die Unterlippe, als ein prächtiges Gebäude mit verzierten Türmchen in Sichtweite kam.

»*Das* ist euer Rathaus?«

»Ja, wieso fragst du?« Neugierig blickte Micael sie mit seinen blauen Augen an. Die praktische Kleidung vom Vortag hatte er gegen elegante blaue Hosen und ein weißes Hemd eingetauscht.

»Kommt es dir irgendwie … seltsam vor, oder so?«

»Überhaupt nicht. Es ist bloß …« Schon wieder wollten Tränen in ihre Augen zu treten; Rika schluckte. »Als Kind habe ich geglaubt, es sei ein Schloss, und Vater hat mich dafür ausgelacht.«

»Ein Schloss ist es nun gewiss nicht.« Micael lachte, als handele es sich bei ihrer Feststellung um einen guten Scherz. »Auch wenn sich Bürgermeister Urcart gerne wie ein König aufführt.« Seine Züge wurden plötzlich ernsthaft.

»Es tut mir leid, dass ich gestern Abend nichts über diesen Freund deines Vaters herausfinden konnte, Rika – aber vielleicht bekomme ich im Laufe der nächsten Tage mehr heraus; du bleibst ja bestimmt noch ein Weilchen bei uns.«

Als Micael sah, dass sich Rikas Brauen hoben, fügte er schnell hinzu, »wo willst du denn sonst unterkommen … ohne Geld?«

Ein voller, tiefer Glockenton erklang; anstatt Micael zu antworten, sah das Mädchen zu den Türmchen auf, wo die imposante Rathausuhr gerade die Viertelstunde geschlagen hatte.

Früher waren zu jeder vollen Stunde die bunt bemalten Fensterläden des obersten Turmes aufgeklappt und hatten zu den getragenen Melodien der Uhr den Blick auf eine wohlwollend nickende Figur von Cyn freigegeben.

»Die Uhr spielt immer noch«, wusste Micael ihren Blick richtig zu deuten. »Das kannst du dir ansehen, wenn wir fertig sind.«

»Wir?«

Nun berührten die hochgezogenen Brauenbögen des Mädchens beinahe den dunklen Haaransatz.

»Na ja, ich habe dir die Audienz verschafft, also dachte ich, ich begleite dich. Überlege doch mal.« Der junge Mann strich sich eine blonde Haarsträhne aus dem Gesicht. »Glaubst du denn, der Bürgermeister hätte dich empfangen, wenn du selbst im Rathaus vorgesprochen hättest? Er kennt dich doch gar nicht, und deine Geschichte könnte genauso gut erfunden sein.«

Da flackerte Zorn in Rikas gelblich-braunen Augen auf, und ihre Wangen röteten sich, als sie den Jungen ärgerlich anstarrte.

»Micael!«

»Ich glaube natürlich nicht, dass du das alles bloß erfunden hast.« Eilig schüttelte der Sohn des Stallbesitzers den Kopf. »Jedenfalls – jedenfalls …« Auf der verzweifelten Suche nach passenden Worten zupfte er verlegen an seinem flaumigen Kinnbärtchen. »Jedenfalls gehe ich mit, basta.«

»Ich habe ja gar nichts dagegen. Ich … ich bin zurzeit bloß ein wenig … durcheinander, und wenn ich diesem Herrn alles noch einmal erzählen muss …« Rika seufzte tief und warf einen zweiten Blick auf die Rathausuhr, dann griff sie nach Micaels Arm. »*Wir* sollten das hinter uns bringen.«

Der Bürgermeister ließ Rika und Micael noch beinahe eine ganze Stunde warten, die sie schweigend auf einer schönen, aber ungemütlichen hölzernen Bank in einem fast dunklen Korridor verbrachten. Als ein Wachmann ihnen schließlich bedeutete, dass sie nun in den Ratssaal eintreten durften, zupfte Rika noch schnell das viel zu weite Blumenkleid zurecht.

Rika fand, dass sie in dem Kleid aussah wie ein kleines Kind, das die Kleidung der älteren Schwester auftragen musste: Die Ärmel waren hochgebunden, damit sie nicht über ihre Hände rutschten, glockig bauschte sich der umhäkelte Saum um ihre Knöchel.

»Schau nicht so kritisch«, zischte Micael. »Du siehst prima aus.«

Rikas bernsteinfarbene Augen weiteten sich. »Findest du?«

»Äh, ja doch. Niedlich und unschuldig, mit deinen Sommersprossen und so. Er wird nicht anders können, als dir Glauben zu schenken.«

Niedlich!

Rika verzog das Gesicht, denn ihr fiel keine passende Erwiderung ein – dann hatten sie den Ratssaal auch schon erreicht. Mit ein paar ermahnenden Worten schob ein Wachmann die beiden Jugendlichen durch die Doppeltüren in einen Raum mit grauem Marmorboden. Die Sonne schien durch das transparente Glas der schmalen Fenster und zauberte leuchtende Flecken auf den Boden.

Rikas Handflächen wurden feucht und ihr Herzschlag beschleunigte sich, als ihr bewusst wurde, dass sie und Micael nicht mit dem Bürgermeister alleine sein würden: Fünfzehn zumeist faltige Gesichter sahen ihr neugierig entgegen.

»Micael Ivarssohn, ich danke dir und deiner Begleiterin für euer Kommen«, polterte eine tiefe Stimme, die zu der schmächtigen Erscheinung des älteren Mannes mit dem silbergrauen Haar gar nicht zu passen schien. Er trug ein violettes Gewand, stand hinter einem Rednerpult und nickte ihnen würdevoll zu.

Micael schien von der Versammlung genauso überrascht zu sein wie Rika; fast unhörbar stammelte der junge Mann etwas, das wie »Ist doch selbstverständlich« klang, dann drehte er den Kopf und flüsterte ihr zu: »Meine Güte, er hat gleich den ganzen Stadtrat einberufen!«

»Und du bist Rika Robertstochter«, stellte der Bürgermeister fest und lächelte sie an. Der schmächtige Herr Urcart wirkte freundlich, und auch die übrigen Mitglieder des Stadtrates gaben sich Mühe, liebenswürdig dreinzublicken, was Rikas wild pochendes Herz ein wenig beruhigte.

»Natürlich dürft ihr euch setzen, wenn ihr wollt.« Urcart deutete auf zwei Stühle in der Nähe des Rednerpultes, die genauso ungemütlich aussahen wie die Holzbank im Korridor; von dort aus hatte man freie Sicht auf die Sitzbänke des Rates.

Rika sah Micael an, der mit den Achseln zuckte.

»Ich danke Euch«, meinte sie dann und setzte sich, denn ihre Beine zitterten ein wenig. Micael tat es ihr gleich.

»Kommen wir gleich zur Sache, denn diese Angelegenheit erscheint uns doch sehr ernst.« Der Bürgermeister fixierte Rika mit ruhigen, dunklen Augen. »Euere Pferdezucht wurde gestern von Jixur überfallen, dein Vater und alle Arbeiter wurden dabei getötet, die Pferde gestohlen. Entspricht diese kurze Schilderung den Tatsachen?«

Wortlos nickte Rika; schon merkte sie, wie die Erinnerung an das Unfassbare ihre Kehle zuschnürte.

»Dann hast du einmal nicht übertrieben, junger Freund«, wandte sich der Mann an Micael, dessen Gesicht schlagartig puterrot wurde.

»Nun, Rika, ich hoffe, du kannst uns einige Fragen dazu beantworten«, fuhr Urcart fort. »Herr Ivarssohn sagt, du warst dabei, als es geschah. Weißt du, wie viele der Bestien euren Hof überfallen haben?«

Das Mädchen räusperte sich. »Es waren mindesten fünf,

und – und ein oder zwei weitere Jixur haben in der Nähe gewartet. Ihr Anführer war ein Falbe ... gräuliches Fell, Aalstrich, wisst Ihr ... ich nehme zumindest an, dass er der Anführer war, denn er kommandierte die anderen herum.«

Einige der Ratsleute steckten die Köpfe zusammen, um sich leise zu besprechen.

»Weißt du vielleicht noch etwas? Woher sie gekommen sind, wohin sie gegangen sind – irgendwelche Besonderheiten?«

»Ich ... ich bin mir nicht sicher.« Rika überlegte. »Ich kam erst dazu, als die Jixur schon auf dem Hof waren, aber sie haben ihn in Richtung der Straße nach Dunlet verlassen.«

Das Getuschel der Ratsleute wurde lauter; unsicher sah Rika zu Micael, dessen Gesicht immer noch eine zartrosa Farbe hatte, aber der Junge starrte angestrengt auf das Fenster hinter dem Bürgermeister.

»Meines Vaters – unsere Köchin lebte noch, als ... als ich ankam«, fuhr Rika fort. Das Zittern in ihren Beinen nahm zu, als die Erinnerung an Marets blutverschmiertes Gesicht zurückkam. »Sie meinte, die ... die Halbe habe den Jixur befohlen, die Pferde und das Geld zu nehmen, was auch immer das bedeuten mag.«

»Bist du ganz sicher, Fräulein Rika?«, wollte ein alter Mann in auffälligem grünem Wams wissen. »Die Köchin hat von ›Halben‹ gesprochen?«

»Ja, ganz sicher«, entgegnete Rika, nun selbst verunsichert. »Hat das eine besondere Bedeutung?«

»Oh ja.« Der Mann in Grün strich sich nachdenklich über den schütteren Bart. »Im Idiom der Jixur – oh, verzeiht. Also, in der Sprache der Jixur ist ein ›Halber‹ jemand, der weniger Gliedmaßen hat als ein Jixur selbst, also meistens genau halb so viele. Daher werden mit ›Halbe‹ für gewöhnlich Menschen bezeichnet.«

»Welch ein Unsinn, Darvis«, fuhr ein weiterer alter Mann dazwischen, die dichten Brauen ärgerlich zusammengezogen. »Ein Mensch soll diesen Kreaturen diesen Raubzug und die Morde befohlen haben? Da stellt sich doch die Frage, wieso sich auch nur eines dieser Bestien so etwas gefallen lassen würde! Es ist bekannt, dass die Jixur Menschen hassen, und umgekehrt!« Böse funkelte er Rika an, die das Gefühl bekam, sich bei dem Mann für ihre Anwesenheit entschuldigen zu müssen.

»Ich – ich weiß es nicht«, stammelte sie. »Ich weiß ja nicht einmal, ob Maret – ob die Köchin es so gemeint hatte, als …«

Ein knallendes Geräusch ließ das Mädchen und die tuschelnden Ratsherren verstummen. Micael schnellte in seinem Stuhl nach oben und starrte Urcart entgeistert an.

»Bitte, meine Herrschaften«, grollte der Bürgermeister und legte das Protokollbuch beiseite, mit dessen Hilfe er sich Gehör verschafft hatte. »Ob an den Überfällen tatsächlich ›Halbe‹ beteiligt waren oder nicht, das sei zunächst einmal dahingestellt. Meiner Ansicht nach ist durch die Aussage von Rika Robertstochter eines mit Sicherheit bestätigt worden: dass sich eine Bande von Jixur das Hoheitsgebiet unserer Stadt für ihre dreisten Raubzüge ausgesucht hat.« Wie zur Bestätigung nickte er Rika zu, seine ernsten Augen blickten tief in ihre. »Der gestrige Überfall war weder der erste noch der brutalste Angriff auf einen Aussiedlerhof in diesem Jahr, Rika, aber er war mit Sicherheit derjenige, der unseren Stadtmauern am nächsten gekommen ist.«

»Was?«, entfuhr es Micael, während Rika den Bürgermeister bloß fassungslos anstarrte.

»Glaubt nicht, dass wir untätig gewesen sind.« Urcart spreizte die Finger in einer Geste der Hilflosigkeit. »Lehrer Darvis«, der Alte im grünen Wams nickte, »hat im Frühjahr selbst auf Schloss Hochthal vorgesprochen, und der junge Herzog Enrik hat versprochen, sich um die Angelegenheit zu kümmern und unserer Garnison Verstärkung zu senden … aber bisher ist nichts dergleichen geschehen.«

Die Augen des blonden Jungen wurden schmal.

»Die Zweite Armee der Thäler stellt unsere Stadtwache«, warf er ein, »das sind doch Soldaten. Können wir die nicht zum Schutz der Aussiedlerhöfe einsetzen?«

Urcart lachte bitter auf.

»Junger Herr Ivarssohn, ich glaube, dass wir alle wissen, wie wohl du unserem Militär gesonnen bist, aber was bitte schön sollen die vierzig Mann unserer Stadtwache ausrichten? Selbst wenn wir jedem Hof nur einen Soldaten zuteilten, würde das nicht ausreichen … ganz abgesehen davon, dass uns die Armeeführung nicht unbedingt die brillantesten Köpfe oder wenigstens herausragende Kämpen abgestellt hätte. Die Stadt selbst bliebe schutzlos zurück. – Nein, mit der Stadtwache können wir nicht rechnen.«

»Und die Stadtwache steht uns auch nur zum Teil zur Verfügung«, krächzte der grimmige Alte mit den buschigen Brauen, »denn Hochthal hat mindestens ein Drittel von ihnen für die Suche nach dem … dem Mörder eines Adeligen abkommandiert.«

»Zehn Mann«, korrigierte der Bürgermeister gelassen, was der grimmige alte Ratsherr mit einem Hustenanfall und einem hervorgewürgten »Sag' ich doch« quittierte.

»Wie auch immer«, fuhr Urcart fort und schenkte Rika plötzlich ein sehr breites Lächeln. »Deine Geschichte ist glaubhaft und äußerst bedenklich noch dazu, Rika Robertstochter. Ich glaube für uns alle sprechen zu können, wenn ich sage, dass dein hübsches Gesicht beim Herzog mit Sicherheit mehr Eindruck machen wird als das von Meister Darvis. Herzog Enrik von Hochthal ist selbst noch recht jung, und du hast die Tat mit angesehen …«

Irritiert ruckte der Kopf des Bürgermeisters herum, als die Flügeltüren mit einem Krach aufschwangen. Rika sah ihm an, dass ihm auf der Zunge lag, den hereinstolpernden Wachmann unwirsch nach dem Anlass für die Störung zu fragen – aber der Ärger in seinen Zügen wich augenblicklich einer angespannten und besorgten Miene, als der Soldat für zwei weitere Uniformierte Platz machte.

Bevor einer der Neuankömmlinge den Mund öffnen konnte, hob Urcart die Hand.

»Ihr habt nichts dagegen, dass wir die Sitzung kurz unterbrechen.«

Das war keine Frage, es war eindeutig ein Befehl.

»Ich frage mich, was die da drinnen so lange zu besprechen haben«, ärgerte sich Micael, der ungeduldig den finsteren Korridor entlangtigerte. Schweißperlen standen auf seiner gebräunten Stirn, denn die Temperaturen im Rathaus waren unmerklich niedriger als draußen. »Was kann denn wichtiger sein als unser Überfall?«

Das Trüppchen der Ratsherren, das sich anfangs um die ungemütliche Bank geschart hatte, um über die Unterbrechung zu diskutieren, hatte sich inzwischen aufgelöst. In

Zweier- und Dreiergrüppchen spazierten die Ältesten durch das Rathaus, und von Zeit zu Zeit konnte Rika im Halbdunkel das Klackern eines Gehstocks und ein gebrummtes »Vherc hätte das nicht zugelassen!« hören.

›Unser‹ Überfall …

Sie zuckte die Achseln.

»Sei nicht so unruhig, Micael. Wenn es für dich interessant ist, wirst du es noch früh genug erfahren.«

»Deine Geduld möchte ich haben«, brummte der Sohn des Stallbesitzers, woraufhin Rika wieder mit den Schultern zuckte.

»Ich kann warten«, meinte sie mit einem Anflug von Bitterkeit. »Es ist nicht so, als hätte ich noch etwas vor.«

»Aber gerade bevor diese Soldaten hereingeplatzt sind, wollte Urcart uns zum Herzog nach Hochthal schicken!«

»Uns?« Das Mädchen verdrehte die Augen. »Ich bin dir zwar sehr dankbar für deine Unterstützung, Micael Ivarssohn …«

»Ich helfe doch gerne.« Unbeholfen klopfte Micael auf Rikas Schulter, aber sein Strahlen währte nur einen Moment, bevor seine Gedanken zu dem zurückkehrten, was sich hinter den verschlossenen Türen des Ratssaales abspielen mochte.

»Was da wohl passiert ist? Den Offizier habe ich letztes Jahr bei der Musterung getroffen. Und hast du den verrußten Waffenrock des Vierarmigen gesehen? Bestimmt brennt die Garnison!«

»Rika Robertstochter.«

Quietschend öffnete sich eine der Doppeltüren und gab den Blick auf den Bürgermeister frei, der ihr mit ernster Miene bedeutete, in den Saal zurückzukehren. Bevor Rika

Urcarts Aufforderung jedoch Folge leisten konnte, war Micael schon in den Ratssaal geschlüpft; das leise Seufzen des Bürgermeisters entging ihr nicht.

Die Sonnenflecken waren ein gutes Stück am Boden entlang gewandert. War seit der Unterbrechung doch so viel Zeit vergangen?

»Das sind Leutnant Grisson und Soldat Shoran von der Stadtwache … ich meine, von der hiesigen Garnison der zweiten Armee der Thäler«, stellte der Bürgermeister die beiden Uniformierten vor, während er die Tür wieder schloss. »Ich dachte mir, dass *du* dir anhören solltest, was sie mir eben berichtet haben, bevor es der Stadtrat erfährt.«

Micael ignorierte die angedeutete Ausladung des Bürgermeisters mit unbewegter Miene; es sah nicht so aus, als wolle er sich auch nur einen Millimeter aus dem Ratssaal weg bewegen. Derweil schweifte Rikas Blick zwischen den beiden Soldaten hin und her; während der große, stämmige Leutnant mit den kurzgeschorenen Haaren trotz der narbigen Wangen recht gewöhnlich wirkte, war Soldat Shoran mindestens einen zweiten Blick wert. Nicht nur, dass sein eigentlich heller Waffenrock vor Ruß starrte: Shoran überragte den Leutnant bestimmt noch einmal um eine halbe Hauptеslänge, und auf seinen aschfahlen Wangenknochen bildeten schwarze und rote Linien ein Muster, das – kniff man die Augen zusammen – beinahe aussah wie eine Reihe dunkler Fangzähne. Shorans vier Arme waren so gekonnt über der Brust verschränkt, dass es Rika nicht möglich war, zu sagen, ob es sich um einen Soldaten oder eine Soldatin handelte: das glatte Gesicht mit der flachen Nase und den großen, steingrauen Augen, in denen kein Weiß zu sehen war, ließ weder Rückschlüsse auf Geschlecht noch

Alter zu. Unzweifelhaft war bloß die Tatsache, dass das vierarmige Wesen Hiranyer war: Zwar hatte Rika noch niemals zuvor einen solchen leibhaftig zu Gesicht bekommen, aber die Lehrbücher in der Cornelschen Bibliothek hatten zahlreiche Abbildungen enthalten.

»Keine Angst, junge Dame, er wird dir nichts tun«, klärte Leutnant Grisson die Geschlechtsfrage schnell und unbürokratisch, was Urcart ein säuerliches Lächeln entlockte.

»Danke für die taktvolle Einleitung, Grisson. Rika hat auch ohne deine Witzchen schon genug durchgemacht. Zudem halte ich deine gute Laune nicht für angebracht, nachdem du gerade ein gutes Viertel meiner Truppen verloren hast.«

Die Zurechtweisung hatte den beabsichtigten Effekt: Das narbige Gesicht des Leutnants versteinerte.

»Ihr mich auch, Urcart«, schnappte er. »Berichte noch einmal, Shoran, aber mach's diesmal kurz – wir haben viel zu tun.«

»Selbstverständlich, Leutnant.«

Shorans weiche Stimme erinnerte Rika an die von Bruder Geon; spätestens jetzt war jeglicher Geschlechtsirrtum ausgeschlossen. »Unser Zug hat die letzten Wochen mit der Suche nach dem Mörder von Baron Veblen verbracht; er soll bewaffnet und hochgefährlich sein, daher waren wir auf das Schlimmste vorbereitet. Als uns gestern früh auf dem Weg zum Krähenhof ein Trupp Jixur begegnete, gab der Idi – gab unser Sergeant den Befehl zum Angriff.«

»Ein grober Fehler, was?«, kommentierte Micael begeistert, was ihm schräge Blicke einbrachte. Die Mundwinkel des Hiranyers zuckten kurz.

»Stimmt, das war ein grober Fehler, denn die Pferdefresser hatten mindestens zwanzig gestohlene Tiere dabei und kämpften wie wütende Staubkatzen, um sie nicht aufgeben zu müssen. – Es ist viel zu warm hier.« Mit einer linken Hand zog er die Kettenhaube nach unten; klingelnd glitt der Schutz herab und schmiegte sich um den Hals des Soldaten. Rubinrotes, zu einem straffen Zopf gebundenes Haar kam zum Vorschein, und die langen, schmalen Ohren des Hiranyers bewegten sich vorsichtig hin und her, als müssten sie sich erst wieder an die Freiheit gewöhnen.

»Kurzum, innerhalb weniger Minuten waren alle meine Kameraden tot. Wären die Pferde nicht durchgegangen, stünde ich jetzt sicherlich nicht hier, aber so waren die Burschen viel zu beschäftigt, um sich um mich zu kümmern.«

»Wie viele Jixur waren es nochmal?«, fragte der Bürgermeister und ließ den Zeigefinger kreisen, als wolle er auf etwas Bestimmtes hinaus.

»Sechs Jixur und ein Mensch. Einer der Pferdefresser trug einen Reiter.«

»Ein Mensch?« Rikas Augen weiteten sich. Also hatte sich Maret nicht geirrt …

Soldat Shoran schnitt eine Grimasse. »Das ist leider schon alles, was ich dir sagen kann. Für mich seht ihr Zweiarmigen alle gleich aus, das habe ich dem werten Bürgermeister eben schon erklärt.«

»Das ist im Augenblick auch nicht wichtig.« Urcart breitete die Arme aus. »Wichtig ist, dass Rikas Geschichte durch deinen Bericht bestätigt wurde.«

Um Zustimmung heischend sah der schmächtige Bürgermeister der jungen Frau in die Augen. »Ich wollte dich vorhin schon darum bitten, Rika: Der Stadtrat wird dich mit allem ausrüsten, was du für eine Reise in die Hauptstadt benötigst. Du wirst ein Schreiben erhalten, das dir hoffentlich eine Audienz beim Herzog von Hochthal ermöglichen wird, und selbstverständlich eine Empfehlung von der örtlichen Garnison der Zweiten Armee mit einem ausführlichen Bericht … nicht wahr, Leutnant Grisson?«

»Einen Augenblick, Herr Bürgermeister.« Grissons Gesicht verfinsterte sich. »Verstehe ich das richtig – der Stadtrat von Dunlet will ein junges Mädchen alleine nach Hochthal schicken, um vom Herzog Verstärkung für die Garnison zu verlangen?«

»Von ›alleine‹ kann keine Rede sein«, warf Micael eifrig ein. »Diese Angelegenheit ist zu wichtig, ich werde Rika natürlich begleiten!«

»Das wirst du wohl kaum, junger Mann, denn deine geschätzte Mutter wäre von dieser Idee nicht begeistert.« Urcart schüttelte leicht den Kopf. »Zu deiner Frage, Grisson …«

»Mutter muss ja nicht davon erfahren!«

»Nein, sie muss ja nicht davon erfahren.« Der Bürgermeister war nun sichtlich verärgert. »Sie wird sicherlich auch keine Fragen stellen, wenn du plötzlich wochenlang oder länger verschwunden bist. – Ich bitte dich, Micael Ivarssohn, wenn du dem Mädchen schon nicht von der Seite weichen willst, so halte wenigstens den Mund, bis wir uns besprochen haben. – Also, Grisson, um endgültig auf deine Frage zurückzukommen: Ja, das ist unsere Absicht. Dieses junge Mädchen war Augenzeugin einer grausamen Bluttat, die sicher nicht die letzte bleiben wird, wenn sie den Herzog nicht dazu bewegen kann, der Stadt mehr Soldaten zu schicken.«

»Wirklich, Herr Leutnant, ich halte die Idee für gut«, meldete sich Rika zu Wort, die die Diskussion mit wachsendem Erstaunen verfolgt hatte.

Sie meinte, Erleichterung in Urcarts dunklen Augen zu lesen, aber der Leutnant der Stadtwache machte mit einer knappen Handbewegung deutlich, was er von dem Vorschlag hielt.

»Das kommt nicht infrage, Mädchen. Der Weg in die Hauptstadt ist gefährlich, vor allem jetzt, wo sich diese Bestien immer näher an die Städte wagen. Meine Männer sind nicht mit ihnen fertiggeworden ... da hättest du kaum eine Chance.« Er wandte sich dem Bürgermeister zu. »Ich werde einen Soldaten nach Hochthal schicken.«

»Nur über meine Leiche«, schnappte der schmächtige Mann mit der Bassstimme. »Wir brauchen jeden Soldaten, um die Stadt zu schützen, und du hast schon neun von ihnen verloren! Unter diesen Umständen können wir es uns erst recht nicht erlauben, auch nur einen Wachmann abzuziehen – will das denn nicht in deinen dicken Schädel?«

Falls der Bürgermeister gehofft hatte, den Leutnant mit diesen harschen Worten von seinem Vorhaben abbringen zu können, wurde er enttäuscht. Grissons Mienenspiel sprach Bände. Wären dem großen Mann die Worte ›Jetzt erst recht nicht!‹ auf die Stirn tätowiert gewesen, hätte die Botschaft kaum eindeutiger sein können.

»Ich mag zwar nur Leutnant sein, Bürgermeister – ob ich einen Soldaten nach Hochthal entsende oder nicht, ist jedoch ganz alleine meine Entscheidung.« Die aufsteigende Röte in dem Gesicht des Soldaten strafte seinen gelassenen Tonfall Lügen. »Was zum Schutze der mir als ranghöchstem Offizier der Garnison anvertrauten Stadt notwendig ist und was nicht, entscheide ebenfalls ich. Wie Ihr richtig bemerkt habt, handelt es sich bei ›Eurer‹ Stadtwache lediglich um die örtliche Garnison der Zweiten Armee, über die Ihr keine Befehlsgewalt habt – so klein sie auch sein mag. Ich danke Euch für den Ratschlag, Bürgermeister, werde aber darauf verzichten, ihn anzunehmen.«

Zornesröte färbte nun auch Urcarts Gesicht, aber er verzichtete seinerseits auf eine Antwort.

Grisson bohrte seinen Zeigefinger in den Oberarm des Hiranyers.

»Gleich morgen früh wirst du dich nach Hochthal aufmachen. Ein entsprechendes Schreiben für die örtliche Kommandantur setze ich noch heute Abend auf.«

Soldat Shoran rümpfte die flache Nase. »Muss das sein? Der Fußweg nach Dunlet zurück war schon lang genug. Mir tun jetzt noch alle Knochen weh.«

»Das heißt ›Jawohl, Herr Leutnant!‹«

»Jawohl, Herr Leutnant!«

»Könntet Ihr vielleicht alle einmal *ruhig* sein?«

Vier erstaunte Augenpaare wandten sich Rika zu, der im ersten Moment gar nicht bewusst geworden war, dass sie die Stimme erhoben hatte. Nun wurde ihr die ungeteilte Aufmerksamkeit aller Anwesenden zuteil.

Ihre Augen funkelten ärgerlich, während sie fortfuhr: »Herr Leutnant Grisson, ich werde nach Hochthal reiten, ob es euch allen nun passt oder nicht.«

»Das kommt nicht infrage«, wiederholte Grisson, aber diesmal klang es eher verwundert als entschlossen.

»Ob ich nach Hochthal reise oder nicht, ist ganz alleine meine Entscheidung«, stellte Rika klar. »Keiner von euch ist mein Vater, somit habt ihr keinerlei Befehlsgewalt über mich. Wenn der Herzog dabei helfen kann, die Ungeheuer zur Strecke zu bringen, die meinen Vater getötet haben, dann werde ich ihn aufsuchen. Da dein … *Mann* Dunlet morgen früh sowieso in Richtung der Hauptstadt verlassen wird«, sie nickte dem Hiranyer zu, »könnten wir das Risiko halbieren und gemeinsam reisen.« Ein Anflug von Trauer schlich sich in die Stimme des Mädchens, als sie fortfuhr: »Dann weiß ich wenigstens, wohin ich gehen soll.«

Grisson warf Shoran einen fragenden Blick zu; der Hiranyer spreizte zunächst unschlüssig die Ohren, dann zuckte er mit allen vier Achseln.

»Ob deine Rechnung aufgeht, Rika, wird sich wohl erst herausstellen müssen«, meinte der Leutnant dann, »aber mir gefällt deine Einstellung. Finde dich morgen bei Sonnenaufgang am Tor der Kaserne ein – sie liegt etwas hinter den Stadtmauern an der Straße nach Hochthal. Sie ist kaum zu übersehen. Herr Urcart wird bis dahin sicherlich seine Petition verfasst haben und dir die versprochenen Mittel zur Verfügung stellen.«

»Natürlich werde ich das.« Der Blick des Bürgermeisters glitt vom Leutnant der Stadtwache zu Rika; war er auch noch etwas gereizt, so entspannte sich allmählich seine Körperhaltung. »Rika Robertstochter wird alles bekommen, was sie für die Reise nach Hochthal benötigt.«

»Genauso hatte ich sie in Erinnerung.« Nachdenklich schlang Rika die Arme um ihre Taille, während sie zur vergoldeten Figur von Cyn hinaufsah. Zu der Melodie des Glockenspiels verbeugte sich das hölzerne Abbild der Herrin der Erde immer und immer wieder vor denjenigen, die unterhalb des Rathausturmes stehen geblieben waren, um das stündliche Schauspiel zu betrachten.

»Das ist toll«, brummte Micael, der mit verschränkten Armen neben dem Mädchen stand und mit großem Interesse den Weg einer Ameise zwischen den Pflastersteinen verfolgte.

Rika schnitt für sich eine Grimasse, dann aber lächelte sie den missmutigen jungen Mann an.

»Danke, dass du hier mit mir auf Cyn gewartet hast.«

»Na ja, ich hatte es schließlich versprochen«, knurrte er. »Aber jetzt sollten wir nach Hause gehen, schließlich musst du früh aus den Federn.«

»Ja.« Ein wenig wehmütig verfolgte Rika den Rückzug der Erdgöttin ins Innere des Rathausturmes; die hölzernen Fensterläden klappten hinter Cyn zu, die Glocken verstummten.

»Lass uns gehen.«

Schweigend schlenderten sie an den Straßenlaternen vorbei; jetzt, wo die Tage so lang waren, würde es noch eine gute Weile dauern, bis ein Wachmann die Laternen entzündete und das Gaslicht helle Kreise aus dem Dunkel schnitt.

Sie hatten Ivars Stall und das dazugehörige Wohnhaus beinahe erreicht, als Micael zögernd anhielt und sich gegen eine Laterne lehnte.

»Rika …«

»Ja?«

Auch sie blieb stehen und sah Micael erwartungsvoll an.

»Pass bloß auf dich auf«, meinte er besorgt. »Du weißt ja, der Weg nach Hochthal ist lang.«

»Darüber mache ich mir keine Gedanken, Micael … ich werde doch beschützt.«

»Von einem Vierarmigen«, grollte der Junge mit düsterer Miene. »Ich an deiner Stelle würde ihm nicht über den Weg trauen … vermutlich stehen ihm die Jixur näher als du. Es würde mich wirklich interessieren, wieso der Bursche als einziger dem Massaker entkommen ist.«

»Wenn dich das so sehr interessiert, hättest du ihn fragen sollen.« Rika strich sich eine Locke aus der Stirn. »Der Leutnant scheint ihm jedenfalls zu vertrauen, und das genügt mir.«

»Ach, Grisson. Der ist Gavenner«, meinte Micael verächtlich, als würde das eine Wort alles erklären. Dann beschloss er, das Thema nicht weiter zu vertiefen und winkte ab.

»Was ich eigentlich sagen wollte, Rika … na ja, jetzt warst du gerade mal einen Tag lang bei uns …«

»Beinahe zwei Tage«, korrigierte sie. Dass seine Voreingenommenheit und das kindliche Herumdrucksen sie amüsierten, zeigte sie lieber nicht. Sie konnte sich lebhaft vorstellen, wie verärgert er dann sein würde.

»Dann eben zwei Tage. Von mir aus.« Micael strich sich nervös über das blonde Bärtchen. »Jedenfalls finde ich es schade, dass du schon wieder gehst.«

»Es muss sein, Micael. Ich bin deinen Eltern wirklich sehr dankbar für ihre Gastfreundschaft, aber Sorley und ich können ihnen unmöglich noch länger auf der Tasche liegen. Hinzu kommt, dass das, was ich tun möchte, für die ganze Stadt wichtig ist.«

»Tja, da hast du wohl Recht.« In Gedanken versunken klopfte der junge Mann einen Rhythmus auf dem Laternenmast, der Rika an die Melodie der Rathausuhr erinnerte. »Ich beneide dich wirklich.«

Als Rika erblasste, wurde Micael klar, dass er soeben etwas Ungeheuerliches gesagt haben musste. Er schnitt eine Grimasse und streckte abwehrend die Hände von sich, als wolle er sagen, ›Das war nicht so gemeint‹ – zu spät.

»Bist du denn völlig wahnsinnig?«, stieß sie hervor, ihr Magen krampfte sich zusammen. »Deine Eltern sind am Leben, du Idiot, du hast ein schönes Zuhause und weißt, wohin du gehörst! Worum, bei allen Fünfen, willst ausgerechnet *du* mich beneiden?«

Das obere Fenster des gegenüberliegenden Hauses wurde geöffnet; eine ältere Frau sah heraus, vermutlich, um herauszufinden, wer da so laut geworden war. Morgen würde sicher die ganze Straße wissen, dass der junge Herr Ivarssohn sich lautstark mit einem Mädchen gestritten hatte.

»Es tut mir leid, Rika«, stammelte Micael; sein Gesicht war feuerrot. »Wirklich. Ich wollte doch nur … ich meine, ich … ich wünsche mir so sehr, auch einmal etwas Wichtiges tun zu dürfen.«

Krampfhaft bemühte sie sich, ihren Zorn unter Kontrolle zu bekommen; es fiel ihr schwer.

»Du solltest mit deinen Wünschen vorsichtig sein«, brachte sie schließlich hervor. »Ich habe immer davon geträumt, große Abenteuer zu erleben, und nun habe ich mehr als genug davon.« Sie schluckte die aufsteigenden Tränen hinunter und zog dann die Nase hoch. »Wie alt bist du eigentlich?«

»Fünfzehn.«

Rika schüttelte ihren Kopf mit den dunklen Locken. Am liebsten hätte sie ihrem Gegenüber ›Du dummer, dummer

Junge‹ entgegengeschleudert, aber er war schon beschämt genug.

»Es wird für dich sicher noch viele Gelegenheiten geben, Wichtiges zu tun«, erklärte sie und zwang sich zu einem kleinen Lächeln. Das Lächeln wurde wärmer, als sie in Micaels unglückliche blaue Augen sah.

»Außerdem hast du bereits etwas sehr Wichtiges getan – du hast mir das Treffen mit dem Bürgermeister ermöglicht. Dafür danke ich dir.«

»War doch selbstverständlich«, murmelte Micael.

»Nein, das war es nicht.« Sie trat näher an den Jungen heran und legte sanft eine Hand auf seine Schulter. »Vielen Da... *hey*!«

Sie konnte seinem blonden Kopf, der sich zu ihr neigte, gerade noch ausweichen.

»So war das nicht gemeint«, fauchte Rika empört und beeilte sich, Abstand zu gewinnen. Micael drehte sich um und schlug mit der Faust so hart gegen den Laternenmast, dass das dünne Metall schepperte.

»Ja, du hast Recht«, rief er zornig. »Ich bin ein verdammter Idiot. Das habe ich jetzt total vermasselt, stimmt's?«

Rika verkniff sich die scharfe Erwiderung, die ihr auf der Zunge lag; stattdessen raffte sie den geblümten Rock und eilte davon.

Nördliches Hochthal, an der Straße nach Hochthal-Stadt

Rika hatte eine unruhige Nacht hinter sich. Zum einen hatte sie befürchtet, die Abreise zu verschlafen, zum anderen kamen in den Momenten, in denen es draußen besonders still und das Ticken der Uhr deutlich zu hören war, wieder die Erinnerungen an den zerquetschten Leichnam ihres Vaters hoch … und Micaels plumper Annäherungsversuch hatte sein Übriges getan.

Nachdem das Mädchen mindestens eine Stunde damit verbracht hatte, sich auf der Matratze hin und her zu werfen, hatte sie beschlossen, durchzusehen, was genau der Stadtrat ihr mitgegeben hatte; der Bürgermeister hatte das Päckchen schon liefern lassen, als Rika und Micael gerade erst wieder in Ivars Haus eingetroffen waren.

Außer dem versiegelten Schreiben an seine Hoheit den Herzog von Hochthal hatte der Stadtrat Rika mehrere Bündel mit Nahrungsmitteln, Kleidung und einen schweren Beutel mit Silber zur Verfügung gestellt. Staunend hatte sie die schimmernden Münzen durch ihre Finger gleiten lassen; als nach siebzig Silberstücken aber noch kein Ende abzusehen war, hatte sie den wertvollen Beutel einfach wieder fest verschlossen.

Den Rest der Nacht hatte sie damit verbracht, ein Dankesschreiben für Micaels Mutter zu verfassen, die sie nicht mehr wach angetroffen hatte. Das Schreiben fiel Rika schwer, hatte sie sich im Kloster doch nur selten damit beschäftigt, aber die energische Frau hatte sie aufgenommen, ohne dafür eine Gegenleistung zu verlangen, und das war Rika die Mühe wert.

Bevor sie schließlich zum Stall gegangen war um ihr Pony aufzuzäumen, hatte sie das Schreiben und fünf Silberstücke auf dem Esstisch zurückgelassen, damit Micaels Mutter es hoffentlich gleich bemerken würde.

Nun trottete Sorley die gepflasterte Straße entlang, die zur Kaserne der Garnison von Dunlet führte. Niemand außer Rika und einigen vereinzelten Wachleuten war um diese Stunde unterwegs, obwohl ein grauer Streifen oberhalb der Berggipfel auf den bevorstehenden Sonnenaufgang hindeutete, und tatsächlich zwitscherten schon die ersten Vögel.

Sie war schon lange nicht mehr ohne Sattel geritten; es war auch leider keiner bei den Reisevorräten, und Rika hatte sich nicht einfach einen aus Ivars Stall nehmen wollen, ohne zu fragen. Zwar hätte sie mit ihrem neuen Reichtum dafür aufkommen können, aber zu dieser frühen Stunde hatten die Stallknechte ihren Dienst noch nicht angetreten … und nichts hätte ihr ferner gelegen, als Micael aufzuwecken.

»Du wärst sicher gerne bei den anderen Pferden im Stall geblieben, Sorley. Aber das geht leider nicht, da ich dich brauche.«

Endlich kam die Kaserne in Sicht, vor deren Tor ein gedrungener Soldat im hellen Waffenrock gemächlich auf und ab lief. Über dem Torbogen war das Wappen der zweiten Armee der Thäler angebracht, ein silberfarbener Habicht auf hellem Grund.

Das Pony schnaubte, und Rika tätschelte seinen zotteligen Hals. »Ich danke dir für dein Verständnis, Sorley, aber … oh, ich glaube, unsere Begleitung ist schon da!«

Sie zügelte den Wallach, als sich die auffällige Gestalt des Hiranyers aus dem Dunkel des Torbogens hervorschälte. Er führte ein schweres, dunkles Pferd am Zügel, das die Nüstern blähte und leise wieherte, als es das Pony roch.

Automatisch berührte Rika ihr ledernes Halsband, dann glitt sie von Sorleys Rücken und näherte sich dem Kasernentor.

»Guten Morgen, Herr … äh …«

»Shoran«, half der vierarmige Soldat ihrem Gedächtnis mit einem schiefen Lächeln auf die Sprünge. »Nur Shoran, denn ein Herr bin ich ganz gewiss nicht.« Er fuhr sich mit einem Finger übers Kinn; der spitze Nagel hinterließ eine helle Furche in der ohnehin blassen Haut. »Du kannst mich natürlich auch ›Roter‹ oder ›Soldat‹ nennen, wenn das einfacher für dich ist … ich werde schon wissen, wen du meinst, denn so viele Mitglieder hat unsere Reisegruppe schließlich nicht. Nur dich, mich und die beiden Zossen, nicht wahr?«

»*Zossen*?« Leicht entrüstet deutete sie auf ihr Pony. »Das ist *Sorley*«, betonte sie überdeutlich. »Wie heißt dein Pferd?«

»Ich habe den Stallmeister nicht danach gefragt.« Ein Mundwinkel des Hiranyers zuckte, als er sich dem kompakten Wachposten zuwandte. »Wie heißt das Pferd?«

»Woher soll ich das wissen?«

»Na großartig.« Shoran musterte das große Tier nachdenklich, und seine großen Augen verengten sich. »Vielleicht werde ich mir einen Namen für ihn überlegen, wenn ich Zeit dafür finde.«

»Für sie«, verbesserte Rika ihn. »Es ist eine Stute.« Der Soldat setzte zu einer Antwort an, überlegte es sich dann aber anders. Achselzuckend bedeutete er Rika, aufzusitzen.

»Wir sollten zusehen, dass wir uns auf den Weg machen, bevor die Sonne uns die Schädel verbrennt. Das kann sehr unangenehm sein, weißt du?«

»Ja, sicher.« Sie griff mit einer Hand in die Mähne des Ponys und zog sich mit Schwung hoch – aber nicht hoch genug. Ein Schimpfwort unterdrückend glitt das Mädchen wieder an der Seite des Tieres hinab.

Ohne Steigbügel war es nicht so einfach, auf seinen Rücken zu gelangen …

Rika quietschte erschreckt auf, als sie plötzlich den Boden unter den Füßen verlor und durch die Luft sauste. Es gelang ihr gerade noch, sich am Hals des Tieres festzuhalten, bevor sie hart auf seinem Rücken zu sitzen kam.

»So geht es schneller«, feixte der Hiranyer und ließ ihre Schultern los; dann erst bemerkte er den Schrecken, der dem Mädchen ins Gesicht geschrieben stand.

Flugs faltete der Soldat das obere Händepaar vor der Brust und senkte den Kopf.

»Verzeih. Ich hätte dich nicht berühren dürfen. Es wird nicht wieder vorkommen.«

»Schon gut!« Rika streichelte Sorleys struppigen Hals. Den kurzen ›Flug‹ durch die Luft hatte sie bereits verdaut; vielmehr sorgte sie sich um das Wohlergehen des Ponys … aber das plötzlich so ernste Gesicht ihres Gegenübers machte ihr auch bewusst, dass Shoran es bloß gut gemeint hatte. Also zuckte sie die Achseln.

»Gib nächstes Mal einfach Bescheid, bevor du mir beim Aufsitzen hilfst.«

»Jawohl, Frau Rika.« Shoran tippte mit zwei Fingern an die Kettenhaube, bevor er selbst auf den gesattelten Rücken der Stute kletterte. »Wieso trägst du eigentlich Hosen? Ohne dieses geblümte Kleid hätte ich dich beinahe nicht erkannt.«

Der Wachposten gab bellende Geräusche von sich, dann zuckte es unkontrolliert in seinem Gesicht.

Verblüfft sah Rika an sich herab. Sie hatte sich für die ledernen Hosen aus dem Bündel des Stadtrates entschieden, weil sie hoffte, sich auf diese Weise beim sattellosen Reiten nicht wund zu scheuern.

»Ach«, ging ihr dann auf. »Für euch Hiranyer sehen wir Menschen ja alle gleich aus.«

Shorans flache Nase kräuselte sich. »Wäre ich Hiranyer, müsste ich jetzt wohl beleidigt sein.«

»Willst du mich auf den Arm nehmen?«

Einen Augenblick lang starrte der Soldat sie abwägend an, dann öffneten sich seine schmalen Lippen zu einem feinen Lächeln.

»Nicht, ohne vorher Bescheid zu sagen. – Und jetzt lass uns lieber losreiten, bevor wir den ganzen Morgen vertrödeln.«

Im Grenzgebiet zwischen Hochthal, Gavenne und Craiglin

Die Herde mag zwar weitergezogen sein, aber bald haben wir sie eingeholt«, frohlockte Vhrynn und schloss zu Sarrias auf. »Den ersten Wachposten haben wir bereits passiert.«

Sarrias war geistesgegenwärtig genug, das ›tatsächlich?‹ hinunterzuschlucken, das ihm auf der Zunge lag. Einen Herden-Wachposten hatte er im versteppten, felsigen Hochland bisher nicht bemerkt, aber die Genugtuung dieser Erkenntnis wollte er Vhrynn nicht bereiten.

Der alternde Krieger war inzwischen selbst zu der Erkenntnis gelangt, dass auf seine Sinne kein absoluter Verlass mehr war … und Millayns Frettchen schien daran nicht ganz unschuldig zu sein. Wann auch immer sich das flinke Tier in seiner Nähe aufhielt, nahm Sarrias bloß noch den ekelerregenden Geruch getrockneten Schweißes wahr.

Dass der gescheckte Jungspund ihn zum Besten halten wollte, schloss er aus; weder in Vhrynns Zügen noch in denen seiner Reiterin zeigten sich Anflüge von Erheiterung oder gar Bosheit. Also grunzte der Graufalbe bloß, ganz so, als bestätige er die Entdeckung des Postens.

»Bei Mutter Shass«, fuhr Vhrynn fort, »ich freue mich auf den Frieden des Lagers. Alleine schon die Gedanken an ein reichliches Mahl und einen ruhigen Schlafplatz steigern meine Stimmung.« Über seine Schulter warf er einen Blick auf Millayn, die tief in Gedanken versunken zu sein schien; die hübschen Augen blickten dem Schecken einen Augenblick lang direkt ins Gesicht, ohne ihn wahrzunehmen. Dann verengten sich ihre Pupillen, und Millayns Verstand kehrte aus der Reise durch ihre Erinnerungen in die Gegenwart zurück. Sie lächelte Vhrynn an.

Sarrias schnaubte verächtlich.

»Genieße die Ruhe zwischen zwei Jagden, junger Jixur, aber vergiss darüber nicht, wachsam zu bleiben. Mit der Zufriedenheit kommt die Trägheit, und der Trägheit folgt oft …«

»Besuch«, rief Vinnas in diesem Moment. Der Jixur mit dem weißen Fell hatte einen der felsigen Ausläufer erklommen, um die Beutepferde besser im Auge behalten zu können. »Thorra schickt uns eine Eskorte!«

Instinktiv sog Sarrias Luft durch die Nüstern ein. Anders als in den stickigen, staubigen Tälern wäre es ihm in den Hochebenen durchaus möglich gewesen, dem frischen Wind Hinweise auf verborgene Gefahren zu entnehmen, aber wieder überlagerte die strenge Ausdünstung des Frettchens alles andere.

Angewidert verzog er das dunkle Gesicht, aber bevor er seinen Ekel in Worte fassen konnte, war ›die Eskorte‹ schon herangeprescht.

Es handelte sich um einen stattlichen Jixur im besten Mannesalter, dessen dunkle Haut in der Mittagssonne glänzte. Auch das von silbrigen Flecken übersäte schwarze Fell schimmerte, und in dem hellen Haupthaar und Kinnbart glitzerten Schmuckkristalle.

»Chrorn hat sich für uns feingemacht«, lachte Vhrynn leise, als der Neuankömmling wenige Meter vor ihnen abrupt haltmachte und so steil auf die Hinterläufe stieg, dass sich die gestreiften Klauen tief in das trockene Gras gruben.

»Verflucht«, entfuhr es der Frau. Offenbar teilten weder Millayn noch Sarrias Vhrynns Heiterkeit.

»Ihr bleibt, wo ihr seid«, befahl der grimmige Graufalbe den anderen, dann bewegte er sich gemessenen Schrittes auf den herausgeputzten Chrorn zu. Der streckte alle vier Arme in die Höhe, als fürchte er, man könne ihn andernfalls übersehen, dann entblößte er seine scharfen Zähne in einer wütenden Grimasse.

»Du«, fauchte er. »Sarrias, Anführer der Krieger von Thorras Herde!«

»Und damit auch dein Anführer«, ergänzte Sarrias mit gelassener Stimme, aber die zuckende Schwanzspitze verriet seine Erregung.

Ist es so weit?

»Gibt es Probleme im Lager, mit denen du nicht fertigwirst? Oder hat Thorra dich gesandt?«

»Thorra hat nichts damit zu tun«, grollte Chrorn und schüttelte die im Sonnenlicht glitzernden Haare. »Und es gibt nichts, mit dem ich nicht fertigwürde … im Gegensatz zu dir, alter Mann!«

Sarrias hörte, wie Vhrynns fröhliches Auflachen in einem unterdrückten Schmerzenslaut endete, als Millayn ihn an der wilden Mähne riss.

»Ich bin aus freien Stücken gekommen«, fuhr der beeindruckende Chrorn fort, »um dich herauszufordern. Es ist höchste Zeit, dass es jemand wagt, denn dein Blut ist schlecht, Sarrias: Niemals sind daraus Fohlen hervorgegangen. Nun bist du auch noch langsam geworden, zögerlich und schwach. Bald wirst du uns durch deine Hilflosigkeit den Tod bringen.« Er schnaubte. »Du bist es nicht wert, uns anzuführen, denn deine Zeit als Krieger ist vorüber.«

Damit riss Chrorn das gezackte Schwert aus der Scheide um seine Hüfte und preschte auf den Älteren zu. Dem gelang es gerade noch, den zerbeulten Schild hochzureißen, dann prallte die Klinge auch schon funkensprühend dagegen.

Sarrias biss die Zähne zusammen, um nicht aufzuschreien, denn das beanspruchte Schultergelenk reagierte mit einem scharfen Schmerz auf die heftige Attacke.

Ich darf keine Schwäche zeigen, schoss es ihm durch den Kopf, dann traf eine dunkle Faust die ungeschützte Schläfe. Sarrias' Sicht verschwamm; schon prasselten die nächsten Fausthiebe auf seinen Kopf ein. Um nicht wertvolle Zeit bei dem Versuch zu verlieren, sein Schwert zu ziehen, stieß er mit dem Schild nach der Brust des Gegners. Zufrieden vernahm er Chrorns Grunzen; sein Stoß hatte dem Herausforderer die Luft aus den oberen Lungen gepresst. Leider genügte das nicht, um die Angriffe des schwarz-silbernen Jixur zu stoppen. Ein noch stärkerer Hieb traf Sarrias am Ohr.

Etwas in ihm schien zu bersten; augenblicklich stieg Übelkeit in Sarrias' Kehle auf, und seine Vorderläufe knickten ein. Während ihm das trockene Gras entgegenkam, erkannte er mit leiser Verwunderung, dass der Kampf schon vorüber war.

Wie im Traum nahm Sarrias den Aufprall auf der Wiese wahr; entgegen seiner Erwartungen schmerzte es nicht. Er drehte sich zur Seite, um sich wieder zu erheben, aber alle Kraft hatte seine Gliedmaßen verlassen.

Verschwommen türmte sich Chrorns massige Gestalt über ihm auf, die gezackte Klinge auf seinen Hals gerichtet; in weiter Ferne vermeinte Sarrias leise Rufe zu hören, die er nicht deuten konnte.

Hatten Chrorns Schläge ihn bereits getötet? War es Mutter Shass, die nach ihrem Kinde rief …?

Im nächsten Augenblick verschwand der Herausforderer aus seinem Sichtfeld, überlagert von einem fahlen, verschwommenen Fleck.

Sarrias blinzelte. Der Fleck verdichtete sich zu Millayns zartem Gesicht, dessen Lippen sich lautlos bewegten.

»Millayn«, stöhnte der alte Krieger; zumindest glaubte er, dass er den Namen der jungen Zweiarmigen ausgesprochen hatte, aber er konnte seine eigene Stimme nicht hören …

… und etwas Eisiges klatschte in sein Gesicht.

Das Wasser aus Millayns Trinkschlauch tat seine Wirkung; beinahe augenblicklich kehrten Sarrias' Lebensgeister zurück. Prustend rollte er herum und fand sich Nase an Nase mit Chrorn wieder, der mit geschlossenen Augen neben ihm am Boden lag. Die glänzende Brust hob und senkte sich.

»Huh.«

Schnaufend sprang Sarrias auf. Verwirrt blickte er von der völlig entspannt wirkenden Gestalt seines Herausforderers zu Millayn, dann zu Vhrynn, der feixend um Chrorn herumtänzelte.

Er schüttelte vorsichtig den geschundenen Kopf. Langsam kehrten die Schmerzen in Ohr und Schulter zurück.

»Was ist geschehen? Wieso … liegt Chrorn da?«

»Ich habe Vhrynn darum gebeten, ihn niederzuschlagen.«

»Du hast *was*?« Entgeistert riss Sarrias die Augen auf. »Bist du wahnsinnig? Ihr beide habt die Gesetze gebrochen, dafür kann Thorra euch töten lassen – oder sogar verbannen!«

»Unsinn.« Unwirsch winkte die junge Frau ab. »Hättest du diesem Versager zugehört, anstatt in Selbstmitleid zu zerfließen, dann wüsstest du, dass *er* es war, der die Gesetze gebrochen hat.«

Asshra, Gwyrran und Rhuan hatten sich in sicherem Abstand zu den beiden Kontrahenten gehalten. Als Millayn den Blick der schwarzen Kriegerin suchte, nickte diese zögerlich.

»Nur das Oberhaupt kann einem Krieger gestatten, eine Herausforderung auszusprechen«, fuhr Millayn fort, ihr Gesichtsausdruck war ungewöhnlich grimmig. »Da Thorra ihn nicht gesandt hat, hatte er kein Recht, dich anzugreifen.«

»Das ist richtig«, beeilte sich Vinnas zu sagen.

Millayn funkelte Sarrias an.

»Nun?«

Er schlug mit dem Schweif; die helle Quaste peitschte gegen seine Hinterläufe.

Auch wenn er ihr nun sein Leben schuldete, wollte ihm kein Dankeswort über die Lippen kommen. Hatte er sich im ersten Augenblick noch darüber gewundert, dass Millayn für ihn Partei ergriffen hatte, war er sich nun sicher, dass sie ihm dadurch keinen Gefallen getan hatte. Sarrias' peinliche Vorstellung hatte Chrorns Herausforderung gerechtfertigt, selbst wenn sie den formellen Ansprüchen nicht genügt hatte. Hätte der alte Krieger den Tod gefunden, wären ihm wenigstens die mitleidigen Blicke der anderen erspart geblieben … aber er durfte keine Schwäche zeigen. Selbst jetzt nicht.

Er würde bald mit Millayn reden müssen.

Alleine.

Er räusperte sich. »Nun kehren wir zu Thorra zurück und präsentieren ihr die Beute.«

Nördliches Hochthal, Hauptstraße nach Hochthal-Stadt

Hast du dir einen Namen überlegt?«

»Für den Zossen? Noch nicht.« Lächelnd glitt der Hiranyer aus dem Sattel und wartete mit demonstrativ verschränkten Armen, bis auch Rika wieder festen Boden unter den Füßen hatte. Das teilweise von einer alten Mauer umgebene Stück Wiese, das den Soldaten zum Halten veranlasst hatte, lag direkt hinter einer engen Kurve an der Straße nach Hochthal. Für eine Rast schien es ideal zu sein: Das Gelände war eben, das Gras wirkte saftig und ein paar Laubbäume boten Schatten.

Er sah sich um und lachte leise. »Du wärst tatsächlich weitergeritten, wenn ich nicht haltgemacht hätte, was? Nun ja, zumindest ich bin hungrig.«

Auch Rikas Magen knurrte. Der lange Ritt auf der sich am Fuße des Gebirges hochwindenden Straße nach Hochthal hatte nicht viel reiterisches Geschick erfordert. In der Gewissheit, dass ihr Pony sehr trittsicher war, hatte das Mädchen beim Reiten über viele Dinge nachgegrübelt, anstatt auf die Strecke zu achten. Zwar hatte die Hitze sie immer wieder zum Trinkschlauch greifen lassen, ihr Verlangen nach Nahrung jedoch völlig unterdrückt … aber jetzt, wo Shoran sie daran erinnert hatte, spürte sie es umso stärker.

Also führten sie die Tiere zu den Bäumen, vertraten sich die Beine und ließen sich dann auf der niedrigen Steinmauer nieder, um zu essen.

Rika atmete tief durch; sie mochte den Geruch des Sommers. Grillen zirpten, die Flügel kleiner Insekten schillerten in der Sonne und über der breiten Straße flirrte die Luft auch jetzt noch vor Hitze. Die Wärme des rauen Sandsteins, auf dem sie saß, war selbst durch das dicke Leder der Reithose zu spüren.

Sie lehnte sich zurück und legte den Kopf in den Nacken.

»Fall nicht«, bemerkte der Soldat lapidar. Er deutete rücklings über seine Schulter, während er mit den übrigen Händen den Eisenhut absetzte, die Kettenhaube nach unten zog und in seinem Proviantbeutel zu wühlen begann.

Alarmiert wandte Rika den Hals; nur zwei Schritte hinter der Mauer ging es steil ins Tal hinab, wo sich ein schmaler Fluss glitzernd zwischen Feldern, Bäumen und winzigen Höfen hindurch schlängelte.

»Oh.« Vorsichtig rutschte sie weiter nach vorne. »Danke für den Hinweis.«

»Immer wieder gerne.« Der Hiranyer spreizte belustigt die Ohren, dann gab er einen triumphierenden Laut von sich und förderte einen dunklen, rissigen Gegenstand aus den Tiefen des Proviantbeutels zutage. Rika runzelte die Stirn.

Ein Holzscheit?

»Hier. Willst du ein Stück Brot?«

Eilig schüttelte sie den Kopf.

»Äh … das ist nicht nötig, danke. Ich habe ebenfalls einen Laib Brot mitgebracht.« Zum Beweis öffnete sie ihre Ledertasche, aber der Hiranyer zuckte bloß mit den Achseln; die Nachmittagssonne zeichnete goldene Reflexe in sein rubinrotes Haar.

»Zwei Brote gleichzeitig aufzuschneiden, wäre Verschwendung.«

Er schnitt eine Scheibe vom ›Holzscheit‹ herunter und hielt sie Rika vor die Nase.

»Nimm schon. Ich wette, du hast noch nie davon probiert. Das gute Kommissbrot von Dunlet ist nicht annähernd so übel, wie es aussieht, und falls es dir wirklich nicht schmeckt, kannst du es immer noch an dein Pony verfüttern.«

Diesem Argument hatte Rika leider nichts entgegenzusetzen. Behutsam nahm sie die verdächtig aussehende Brotscheibe zwischen Daumen und Zeigefinger und schnupperte daran.

Sie roch nach … nichts.

»Hier hinein.« Mit einem spitzen Fingernagel deutete Shoran auf ihren Mund. »Du sollst es essen, nicht einatmen.«

Da ihr keine passende Erwiderung einfallen wollte, blieb ihr nichts anderes übrig, als Shorans Aufforderung zu folgen. Wie erwartet, war die Kruste ziemlich hart. Der Geschmack jedoch …

»Hm«, meinte sie mit vollem Mund. »Garnift fleft – waf ift?«

»Psst.« Der Hiranyer, der sich ebenfalls eine Scheibe vom Kommissbrot hatte absäbeln wollen, hatte mitten in der Bewegung innegehalten; seine Ohren waren steil aufgerichtet, die Pupillen auf Stecknadelkopfgröße geschrumpft.

Rika würgte schnell den halbzerkauten Bissen hinunter. »Was ist denn? Ich höre nichts.«

»Ruhe!« Konzentriert lauschte der Soldat in die Stille des Sommernachmittags hinein. »Da hat es jemand sehr eilig … ein Berittener.«

»Und das ist schlimm?«, wollte Rika wissen; klirrend glitt die Kettenhaube über Shorans Kopf.

»Wenn ein Berittener es so eilig hat wie dieser, dann ist er entweder ein Räuber oder er wird von einem Räuber verfolgt. Nichts davon ist gut. – Komm!«

Mit einem Griff nach dem Helm sprang er auf und eilte zu den Pferden. Rika folgte, so schnell es ihr möglich war, aber einholen konnte sie den langbeinigen Hiranyer nicht; bevor sie den schattigen Grund zwischen den Laubbäumen erreichte, hatte Shoran schon seine Schwerter umgegürtet.

»Und jetzt?«, keuchte das Mädchen. »Was machen wir jetzt?«

»Du versteckst dich hinter der Mauer.«

»Aber …«

Das helle Gesicht des Soldaten wirkte angespannt.

»Kein aber, und auch sonst kein Geräusch. Versuche einfach nicht abzustürzen, und komm nicht eher wieder heraus, bis ich es dir sage … ganz gleich, was du hörst. – Mach schon!«

Der ungewohnt scharfe Befehlston tat seine Wirkung. Gehorsam lief das Mädchen zur Mauer, die nicht weit von den Bäumen entfernt endete. Die vielen Fragen, die ihr gleichzeitig durch den Kopf schossen, blieben ungestellt.

Eilig duckte sie sich hinter die Sandsteine und kroch auf Händen und Knien den schmalen Grasstreifen dahinter entlang, bis ihre linke Fußspitze plötzlich keinen Widerstand mehr spürte. Erschrocken sah sie über ihre Schulter: ein Stück der Grasnabe war abgebröckelt.

Sieh nicht nach unten.

»Gewiss nicht, Vater«, flüsterte sie tonlos und ließ sich flach auf den Bauch sinken; Dougens ›juwelenbesetzter‹ Ring drückte sich unangenehm in ihre Haut. Sie hoffte inbrünstig, dass man sie nun von der Straße aus nicht mehr sehen konnte – und ihr fiel auf, dass sie die angebissene Brotscheibe immer noch in der Hand hielt, sandig und zerknickt.

Dann hörte auch sie das Klappern beschlagener Hufe auf der Straße, das Geräusch näherte sich ihrem Rastplatz.

Schlagartig hielt sie die Luft an, damit die Atemgeräusche ihre Wahrnehmung nicht beeinträchtigten; das Hufgeklapper erstarb abrupt, ein Pferd schnaubte … und zwei weitere antworteten ihm.

Sorley!

Ein heißer Schrecken durchfuhr Rika, den Atem presste sie stoßweise wieder aus den Lungen. Sollte der Räuber Shoran besiegen – was sie nicht hoffte –, würde er sich sicherlich wundern, was ein Soldat alleine hier draußen mit zwei Pferden und einem Bündel Frauenkleidern gemacht hatte.

Selbstverständlich würde er nach ihr suchen, und wenn er sie hier hinter der Sandsteinmauer fand, fast bewegungsunfähig ins Gras gekrallt …

»Du kannst rauskommen, Rika«, rief eine Stimme, die eindeutig zu dem Hiranyer gehörte.

Dann war der Berittene wohl doch kein Räuber gewesen. Verwundert richtete sie sich hinter der schützenden Mauer auf, sorgfältig darauf bedacht, das Gleichgewicht nicht zu verlieren.

»Komm schon«, lachte Shoran ihr zu und deutete auf den blonden Jungen, der einen erschöpften Schimmel am Zügel hielt. »Du hast Besuch!«

Es war unmöglich, Micaels aufgeregten Redefluss zu unterbrechen; hinter seinem Rücken strich sich der Hiranyer grinsend über die angelegten Ohren, während Rika den nicht enden wollenden Wortschwall über sich ergehen lassen musste.

»... und dann habe ich Rabella gesattelt«, sprudelte es aus dem Mund des Jungen hervor. »Sie ist das schnellste Pferd, das wir im Stall haben! Oh, sie ist ein wahres Rennpferd. Wir haben einen Boten abgehängt und eine berittene Patrouille. Und was haben wir Kurven abgekürzt – so und so! Und so auch noch.«

Seine Hände beschrieben ausladende Kurven, als er die waghalsigen Reitmanöver zu beschreiben versuchte. »Und dann hatte ich euch auch schon eingeholt. Zum Glück habt ihr eine lange Pause gemacht!«

Micaels Hände schwebten noch einen Augenblick in der Luft, dann sanken sie zur Seite, wo sie vermutlich nur kurz ruhig verharren würden, bis er sie wieder zum wilden Gestikulieren benutzte.

»So. Und jetzt bin ich hier.«

»Ja, das sehe ich.« Rika beschäftigte sich intensiv damit, Moosfäden aus ihren Haaren zu zupfen.

Zwar fiel es ihr nach Micaels Schilderungen seiner frühmorgendlichen ›Flucht‹ aus dem Elternhaus schwer, ernst zu bleiben, aber seinen dreisten Versuch vom Vorabend, sie zu küssen, machte das noch lange nicht vergessen.

»Und was willst du hier?«

»Ich, äh …«

Er wirkte überrascht und verlegen. »Nun … es tut mir leid, was passiert ist, und dass wir uns gestritten haben. Ich, äh, wollte mich entschuldigen.«

Rika strich ihre Haare zurück und verschränkte die Arme. »Und nur deswegen hast du deinen Eltern ein Pferd gestohlen?«

»Ich werde es ja wieder zurückbringen.« Erneut begann Micael lebhaft mit seinen Händen zu gestikulieren. »Bitte, Rika, sei mir nicht böse – ich habe mich einfach idiotisch benommen. Das wird mir nicht noch einmal passieren.«

Aus dem Augenwinkel bemerkte das Mädchen, wie das Grinsen des Soldaten breiter wurde. Sie warf ihm einen erbosten Blick zu, um sich dann wieder dem blonden Jungen zuzuwenden.

»Na gut. Ich nehme deine Entschuldigung an, aber …«

»Danke, Rika! Jetzt kann ich, äh, wieder beruhigt schlafen.« Micael strahlte über das ganze Gesicht. »Ich wollte dir außerdem noch etwas sagen: du hast mich doch darum gebeten, etwas über den Geschäftspartner deines Vaters herauszufinden …«

»Ja?« Sie spürte, wie ihr Blut ins Gesicht schoss. Garantiert verfärbten sich ihre Wangen. »Ich dachte, du hättest nichts in Erfahrung bringen können!«

»Na ja, ich, äh …« Verlegen zupfte Micael an einer Haarsträhne. »Heute früh sprach ich noch mit unseren Stallknechten, und Dirk kennt tatsächlich einen Mann namens Dougen.«

»Wirklich?« Unwillkürlich fingerte Rika nach dem Lederband um ihren Hals.

»Ja, aber es kann sich nicht um denjenigen handeln, den du suchst«, meinte Micael bedauernd, »denn Dirks Dougen ist bloß ein Stallbursche, so wie er selbst.«

»Hall-o-ho«, versuchte Shoran sich bemerkbar zu machen, aber Rika winkte ab. »Gleich. – Ist er aus Dunlet?«

»Nein, Dirk ist aus der Hauptstadt. Mutter glaubt, dass ein Stallknecht, der mit herzoglichen Pferden umzugehen versteht, in unserem Stall nicht falsch sein kann. Da kam ihr Dirk gerade recht.«

»Und euer Dirk kennt diesen Dougen aus seiner Heimatstadt?«

»So habe ich ihn verstanden, ja. – Weißt du, Rika, ich war ziemlich in Eile …«

»Ist schon gut. Es war nett von dir, überhaupt zu fragen.«

»Findest du?« Schon strahlte Micael wieder, aber bevor Rika eine Antwort geben musste, schob sich der Hiranyer zwischen sie.

»Macht mal eine Pause. Schon alleine wegen des Proviants muss ich wissen, ob du mit uns weiterreiten oder nach Dunlet zurückkehren willst, Micael Ivarssohn. Außer dem Trinkbeutel trägt dein Pferd kein Gepäck. Oder … wie viele Tage wolltest du ohne Nahrung überleben?«

»Oh«, meinte Micael betroffen.

Die Mundwinkel des Hiranyers kräuselten sich. »Dein Einsatz in allen Ehren, Herr Ivarssohn, aber bei manchen Unternehmungen kann eine gewisse Vorbereitung nicht schaden.«

Nun musste Rika doch lächeln. »Ist ja nicht schlimm«, meinte sie. »Ich gebe Micael gerne soviel Proviant ab, dass er damit auf jeden Fall bis nach Dunlet zurückgelangen kann.«

»Ich will aber gar nicht nach Dunlet zurück«, begehrte Micael auf. »Zumindest nicht jetzt. Ich komme mit euch.«

Ein flaues Gefühl machte sich in Rikas Magen breit. Musste das wirklich sein?

»Aber du hast mir doch schon alles ausgerichtet«, protestierte sie.

Micael klatschte entschlossen in die Hände. »Genau. Und jetzt begleite ich dich nach Hochthal-Stadt, denn auch ich muss unbedingt beim Herzog vorsprechen. Ich werde bald sechzehn, verstehst du?«

»Nicht wirklich«, murmelte sie; auf ihren hilfesuchenden Blick hin zuckte Shoran mit den Achseln.

»Nun, bei der Musterung im letzten Jahr wurde ... wurde ich abgelehnt.« Verlegen kratzte sich Micael an seinem spärlichen Bart. »Dabei bin ich doch kräftig und verfüge über jede Menge Ausdauer, außerdem ... außerdem möchte ich wirklich gerne zur Armee. Schon seit ich ein kleiner Junge war, konnte ich mir nichts Schöneres vorstellen. Es gibt so viele junge Leute, die über ihre Einberufung zum Heer unglücklich sind, und ausgerechnet mich haben sie abgelehnt! Das ist ... das ist nicht gerecht.« Er lächelte gequält. »Wenn ich dem Herzog selbst sage, dass ich seiner Armee beitreten möchte, hat er vielleicht ein Einsehen.«

»So ist das also«, feixte der Hiranyer. »Und ich dachte schon, du wärst in unser kleines Bauernmädel verliebt.«

Sowohl Micael als auch Rika wurden schlagartig feuerrot, wenn auch aus unterschiedlichen Gründen.

»Halt' dein loses Mundwerk, Soldat!«, fauchte das Mädchen. »Du bist ekelhaft!«

Dem Hiranyer gelang es gerade noch, die Arme schützend vors Gesicht zu halten, dann prasselte ihm auch schon das zu einem kleinen Klumpen gepresste Brot entgegen, das Rika immer noch in der Hand gehabt und nun blitzartig auf ihn geworfen hatte.

»Das höre ich öfters.« Shoran hob die Arme, als wolle er sich ergeben. »Solltest du allerdings vorhaben, mich wegen meines losen Mundwerks zu erwürgen oder auf eine andere Art umzubringen, überlege dir das gut ... oder willst du heute Nacht frieren?«

»Was?«

Rikas Mund klappte auf und wieder zu; dabei entging ihr nicht, dass Micael die Fäuste ballte.

»Wir sind schon recht weit oben in den Bergen, wo es nachts auch im Sommer frisch wird. Daher würde ich jetzt gleich ein Feuer entfachen und mich um das Essen kümmern«, fuhr Shoran leicht lächelnd fort, »immer vorausgesetzt, ich lebe noch. Und da ihr beiden offenbar Ärger miteinander habt und ich damit nichts zu tun haben will, könnt ihr genauso gut beim Holzsammeln darüber sprechen. Das, was die Bäume hier auf der Wiese abgeworfen haben, reicht kaum, um ein Lagerfeuer zu entzünden, aber dort drüben gibt es ein Wäldchen.« Er deutete in Richtung der Straße; ein Stückchen bergauf – nicht weit von der ummauerten Wiese, auf der sie sich befanden – war ein kleiner Mischwald zu sehen.

»Uh, ja, natürlich«, murmelte Micael, der immer noch etwas aufgebracht war.

»Und bis ihr wieder Freunde seid und natürlich auch genügend Holz gesammelt habt, habe ich hoffentlich ein angemessenes Nachtmahl zubereitet. – Und jetzt weg mit euch, bevor es dunkel wird ...« Der Hiranyer blickte bedeutungsvoll zum goldfarbenen Himmel, an dessen Rändern sich kleine Wölkchen zusammenballten. »… oder, noch schlimmer, bevor es regnet. Dann wären wir ganz schön aufgeschmissen, wisst ihr?«

»Ich glaube, wir haben genug Holz gesammelt.« Micael wischte sich die Schweißtropfen von der Stirn und deutete auf die Pferdedecke, auf der sich Reisig und kleine Äste stapelten.

Die feucht-warme Luft duftete nach Nadeln, Blättern, warmer Borke und Pilzen.

Rika schüttelte unwirsch den Kopf. »Das reicht niemals.«

Beinahe eine geschlagene Stunde hatte eisiges Schweigen zwischen ihnen geherrscht. Dass Micael diese nur vom sonoren Schwirren der Fliegen unterbrochene Stille nun zerstört hatte, verärgerte Rika aufs Neue. Natürlich war ihr bewusst, dass ihr Groll unangemessen war, dass sie eigentlich keinen Grund hatte, sich über Micael zu ärgern … aber dennoch wollte die Wut nicht weichen.

»Mehr passt aber nicht auf die Decke!« Micael verscheuchte eine der schillernden Fliegen, die sich für sein verschwitztes Gesicht zu begeistern schien. Dann fasste er sich ein Herz und blickte Rika direkt in die bernsteinfarbenen Augen.

»Rika, hör zu, ich … ich habe es schon gesagt und du hast meine Entschuldigung bereits angenommen, aber ich sage es hiermit noch einmal: Ich entschuldige mich in aller Form für alles, was vorgefallen ist, und ich verspreche dir bei Cyn und allen Wundern der Erde, dass es nicht wieder vorkommen wird. Wenn es dir hilft, verspreche ich dir auch, nicht in dich verliebt zu sein.« Er seufzte tief. »Was versteht ein verdammter Hiranyer schon von uns Menschen?«

»Eben.« Rika schnitt eine Grimasse. »Weißt du, Micael, ich … habe schon einen … Schatz.«

»Schon klar«, zuckte der blonde Junge die Achseln. »Und er heißt Dougen. Ich bin weder taub noch blind, weißt du.«

»Das weiß ich.« Nun musste sie doch wieder lächeln. »Ich habe sogar einen Ring von ihm.«

»Wirklich?« Micaels Interesse war nicht geheuchelt; ehrlich erstaunt richtete er seinen Blick auf Rikas Finger. »Und warum trägst du ihn nicht?«

»Weil er mir nicht passt.« Nun war es an ihr, mit den Achseln zu zucken. »Dougen ist kein reicher Mann, und es ist kein besonders edler Ring. Ich trage ihn an einem Band um den Hals …« Sie schluckte. »Natürlich auch, damit Vater ihn nicht bemerkt, denn er hätte diese … Liebelei nicht gutgeheißen.«

»Oh.« Vorsichtig klopfte er mit seiner kräftigen Hand Rika aufmunternd auf die mit Leinen bekleidete Schulter. »Das tut mir wirklich leid.«

»Du kannst ja nichts dafür.« Rikas Lächeln wurde breiter; nebenbei registrierte sie, dass das Summen der Insekten verstummt war.

Wir sprechen zu laut.

»Nun weißt du mehr über Dougens Ring als meine beste Freundin, Micael. Versprich mir …«

Sie war sich nicht sicher, wessen Schrei es war, der plötzlich die Stille des Waldes durchdrang – ihrer? Ehe sie es sich versah, fand Rika ihr Gesicht gegen den spärlichen Grasbewuchs des Waldbodens gepresst, Micaels nicht unbeträchtliches Gewicht auf ihrem Rücken. Der Hilferuf erstarb jedoch in ihrer Kehle, als sie das dumpfe Grollen vernahm, das sie schon so manches Mal gehört hatte …

»Staubkatze«, schrie Micael in ihr Ohr, dann rollte er zur Seite.

Rika beeilte sich, auf Hände und Füße zu kommen; es war eindeutig ein Fehler. Scharfe Schmerzen schossen durch ihre Schultern und Oberschenkel, als sich gekrümmte Klauen in ihr Fleisch schlugen; das Gewicht des Raubtieres drückte sie augenblicklich wieder zu Boden. Fischiger, heißer Atem drang in Rikas Nase. Der üble Geruch ließ das Mädchen würgen; im gleichen Moment gruben sich die Klauen fester in ihren Körper.

Rika schrie vor Pein auf.

Im nächsten Augenblick lösten sich die Raubtierkrallen, dann wich das Gewicht von ihren Schultern. Rika hörte Micaels wütenden Schrei, ohne dessen Sinn zu verstehen. Schluchzend wälzte sie sich auf den schmerzenden Rücken; dass sie dabei in den stachligen Reisighaufen rollte, bemerkte sie nicht einmal.

Geduckt stand Micael einer Staubkatze gegenüber, deren Schwanz wütend hin und her peitschte; sie war so groß wie ein Hirtenhund, aber viel kräftiger gebaut. Durch das grau und braun gefleckte Fell waren Staubkatzen in lichten Wäldern wie diesem hervorragend getarnt; hätte sich das Tier nicht dazu entschlossen, den Schutz der Bäume in der Hoffnung auf fette Beute aufzugeben, hätten Rika und Micael wohl niemals bemerkt, in wessen Revier sie auf der Suche nach Feuerholz eingedrungen waren.

Blonde Strähnen klebten in Micaels Gesicht, er strahlte grimmige Entschlossenheit aus. In seiner Hand blitzte ein gezacktes Messer.

Das Tier fauchte den Jungen an, als sei es sich nicht sicher, ob es einen Angriff wagen sollte. Die flache, rosige Nase war missmutig gekräuselt.

Rika griff nach dem Lederband, das sie um den Hals trug; dabei gruben sich ihre kurzen Fingernägel tief in die Handflächen. Noch nie war sie selbst von einem der Biester angefallen worden … stets hatte sie auf dem Rücken eines Ponys gesessen und es geschafft, bis zum Hof zu flüchten. Bis auf bewohntes Gebiet war ihr nie eine Staubkatze gefolgt …

»Du – wirst – sie – nicht – fressen«, stieß Micael hervor. Das Tier grollte und schlug demonstrativ mit einer großen Pranke, ohne ihn zu erreichen … ganz so, als habe es die Worte des Widersachers verstanden, ohne damit einverstanden zu sein.

»Du wirst sie NICHT fressen«, wiederholte Micael laut und deutlich, dann warf er sich der Staubkatze entgegen. Seine Klinge zerriss das graue Fell über der Schulter des Raubtiers und drang tief in sein Fleisch. Mit einem schmerzvollen Aufschrei sprang es zur Seite, aber Micael setzte ihm beherzt nach und fügte ihm eine Verletzung an der empfindlichen Flanke zu. Brüllend fuhr die Bestie herum und hieb nach dem Jungen. Die Hose über Micaels Oberschenkel zerriss.

Micael strauchelte kurz, ohne jedoch zu stürzen. Er stöhnte auf, das Gesicht eine schmerzverzerrte Grimasse.

»Komm schon!« Entschlossen reckte er dem wütenden Tier die blutige Klinge entgegen. »Komm schon her, ich werde dir den Pelz abziehen!«

Die Provokation wirkte.

Rika schrie auf, als sich die Staubkatze auf Micael stürzte; dann waren da eine plötzliche Bewegung, ein heller Streifen zwischen den Blättern, das Schleifen von Metall auf Metall. Das Raubtier wurde aus seiner Flugbahn geworfen und schlug in einer Wolke aus Staub und losen Blättern auf dem Waldboden auf. Bevor die irritierte Kreatur wieder auf die bepelzten Füße kommen konnte, bohrten sich zwei lange Klingen durch Fell und Körper. Die Pfoten der Staubkatze zuckten im verzweifelten Versuch, sich zu befreien, doch Hals und Schultern waren am Boden festgenagelt.

Verblüfft wanderte Micaels Blick zwischen der winselnden Raubkatze und dem Hiranyer hin und her, der so plötzlich zwischen den Bäumen aufgetaucht war.

»Bei Cyn«, keuchte Rika. »Danke, Shoran.«

Der vierarmige Soldat atmete pfeifend aus, dann ließ er seine Schwerter los und setzte einen Schritt zurück.

»Du solltest Micael Ivarssohn danken.« Er wischte sich mit dem Ärmel über das schweißnasse Gesicht. »Ohne seinen Einsatz hätte ich es niemals rechtzeitig bis hierher geschafft.« Die rechten Hände des Hiranyers beschrieben eine ausladende Geste in Richtung der nur noch schwach zuckenden Staubkatze.

»Gut gemacht, Micael. Sie gehört dir.«

»Hier, beiß auf die Speckschwarte.« Fast glaubte Rika, dass sich außer den Flammen des Lagerfeuers auch ein klein wenig Schadenfreude in den grauen Augen des Hiranyers spiegelte, als er Micael ein Stück der glitschigen aber festen, geräucherten Schweinehaut reichte. »Ich schwöre dir, dass es wehtun wird; einer meiner Freunde mag ja Chirurg sein, aber ich habe mir bloß die notwendigsten Handgriffe bei ihm abgeschaut. Versuche also lieber nicht, den Helden zu spielen, wenn ich dein Bein zusammenflicke. Dass du tapfer bist, hast du ja schon bewiesen.«

Micael nickte artig, dann nahm er die Schwarte zwischen die Zähne. Der Prankenhieb der Staubkatze hatte nicht nur seine Hose zerrissen; sein Bein sah zwar nicht mehr ganz so übel aus, nachdem das Blut weggewaschen war, aber dass der klaffende Riss genäht werden musste, war offensichtlich.

Rika hatte mehr Glück gehabt. Die Verletzungen an ihrem Rücken waren nur oberflächlich, genau wie die an der Rückseite ihrer Oberschenkel, und Shoran hatte ihre Blessuren schnell und – soweit sie das beurteilen konnte – fachmännisch versorgt. Als er nun zu Nadel und Faden griff und sich Micaels Bein näherte, sah sie schnell weg.

»Hier, zähl die.« Shoran warf Micael einen Lederbeutel zu, in dem sich Zähne und Klauen der Staubkatze befanden. »Als Sohn eines Händlers solltest du das können.«

»Einsch … tschwei …« Es klickte ein paarmal, als der Junge den Inhalt des Beutels sortierte. »Drei – mph!«

»Ruhig«, sprach der Soldat auf Micael ein, der gedämpfte Schmerzenslaute ausstieß.

Wäre Rika nicht so erschöpft gewesen und hätte ihr nicht noch der Schrecken von der Begegnung mit der Raubkatze in den Knochen gesteckt, wäre sie vom Lagerfeuer weggeschlichen; so begann sie, leise ein Lied anzustimmen, um die unangenehmen Geräusche zu übertönen.

»Was singst du da?«, wollte der Hiranyer wissen, während er konzentriert weiterarbeitete.

»›Rabella Mazura im Glaspalast‹, falls du das Lied

kennst.« Ein wenig verwundert sah Rika auf. »Es fiel mir eben wieder ein, als mein Blick auf die Pferde fiel.«

»Klar kenne ich das Lied.« Shoran zog den Faden vorsichtig stramm. »Vielleicht solltest du keine Laufbahn als Sängerin anstreben.«

»Du bist gemein!«

»Ich weiß. Aber ich muss auch an mein empfindliches Gehör denken. – So, fertig, Herr Ivarssohn. Beuge einmal das Bein … langsam.«

»Aaaah.« Micael winkelte das frisch verarztete Bein an, dann spuckte er das Schwartenstück aus. »Das tut weh!«

»Selbstverständlich.« Sorgfältig wischte Shoran seine Hände an Micaels Hemd ab. »Wichtig ist zunächst, dass du das Bein bewegen kannst. Aber bleib noch ein Weilchen sitzen.« Er stand auf, klopfte seine Knie ab und wandte sich dem Blechtopf zu, der über dem Lagerfeuer hing.

»Wisst ihr, zuerst hatte ich wegen dieser Reise ja Bedenken, aber ich hätte es wirklich schlechter treffen können. Ihr beiden habt euch gut geschlagen.«

»Danke«, murmelte Micael. Rika, die ihren eigenen Part beim Kampf mit der Staubkatze als wenig heldenhaft empfunden hatte, seufzte bloß leise.

»Doch, ganz ehrlich … und ich rede nicht bloß von Zivilisten. Ich hatte schon Kameraden, die weniger Mumm in den Knochen hatten.« Andächtig rührte Shoran mit einem langen Löffel in dem Topf; jetzt drang der würzige Geruch des Eintopfs auch bis zu Rika vor.

»Eigentlich dürfte ich es dir wohl nicht sagen, Micael Ivarssohn«, fuhr der Vierarmige fort, »aber ich finde, du solltest wissen, was meinen lieben Freund Leutnant Grisson im letzten Jahr dazu bewogen hat, dich abzulehnen.«

»Was … was soll denn das heißen?«, fragte Micael misstrauisch.

»Wie du schon richtig bemerkt hast, hat die Einberufung mit Gerechtigkeit nichts zu tun.« Scheinbar aufs Geratewohl warf der Hiranyer Kräuter in den Topf, während er weitersprach. »Grisson hat dir die Eignung als Soldat nicht etwa abgesprochen, weil du zu ungeschickt, zu schwach, zu dumm oder zu wenig patriotisch gewesen wärst. Vielmehr hing es mit der Art und Weise zusammen, wie deine Eltern ihr Vermögen einsetzten.«

»Sie haben den Leutnant *bestochen,* damit Micael zu Hause bleibt?«, platzte Rika heraus, während der blonde Junge vehement den Kopf schüttelte.

»Das kann nicht sein«, stieß er hervor. »Du lügst!«

Shoran drehte sich um und verschränkte alle vier Arme vor der Brust; vom Kochlöffel tropfte Flüssigkeit auf die Wiese.

»Und wieso sollte ich das tun?«

»Weil du ein verdammter Hiranyer bist, und weil alle Hiranyer lügen, sobald sie den Mund aufmachen!«

Es zuckte kurz im blassen Gesicht des Soldaten, aber Rika kam seiner scharfen Antwort zuvor, indem sie sich beschwichtigend an Micael wandte.

»Micael, was er sagt, klingt doch vernünftig. Ich kenne deine Mutter zwar noch nicht sehr lange, aber ich halte sie für eine … für eine sehr großzügige Frau, die ihren Sohn über alles liebt. Sie würde sicherlich Vieles dafür geben, dass du in Dunlet bleiben und eines Tages den Stall deines Vaters übernehmen könntest.«

»Und wenn schon!« Micael schnaubte verächtlich. »Selbst wenn das so wäre, würde ein Offizier unserer Königin niemals Bestechungsgelder annehmen. Nicht einmal ein … ein *Gavenner* wie Leutnant Grisson!«

»Du weißt ja ziemlich gut Bescheid«, spottete Shoran und wandte sich kopfschüttelnd wieder dem Eintopf zu. Hinter ihm schrie der junge Mann vor Schmerzen auf. »Außerdem solltest du sitzen bleiben, schon vergessen?«

»Vielleicht hat der Leutnant das Geld nicht für sich selbst genommen«, warf Rika ein, »sondern für die Garnison.«

»Dieses Mädchen hat auf jeden Fall mehr Grips im Kopf als du, Herr Ivarssohn«, kommentierte der Vierarmige in bissigem Ton, während er einen kritischen Blick auf den Inhalt des Topfes warf. »Und jetzt habe ich keine Lust mehr, mit dir zu streiten, sonst verbrennt noch das Essen.«

Sie hatten schweigend gegessen, wobei Rika erstaunt feststellen musste, dass die zähflüssige Masse aus Trockenfleisch und gequollenem Getreide doch überraschend gut schmeckte.

Als der Topfinhalt schließlich zur Neige ging, begann Micael, sein verletztes Bein vorsichtig zu bewegen. Er kaute, schluckte und nickte dann zufrieden.

»Das war gar nicht schlecht.«

Seiner Aussage folgte ein lauter Rülpser.

»Ich bin auch satt«, lachte Rika auf. »Wir sitzen am Feuer, wir haben uns die Bäuche vollgeschlagen … nun fehlt bloß noch eine Gute-Nacht-Geschichte, damit ich mich wie in der Klosterschule fühle.«

Der Hiranyer spreizte die Ohren. »Sieh mich nicht so erwartungsvoll an, Rika. Ich kenne keine einzige Geschichte, die ich euch Kindern guten Gewissens erzählen könnte.«

»Wir sind keine Kinder!« Micael verschränkte beleidigt die Arme. »Ich würde außerdem wirklich gerne hören, was euch widerfahren ist, als euch die Jixur, ähm, begegnet sind. Du weißt schon.«

Der Soldat zog eine schmale Augenbraue hoch.

»Den *Schwank* habe ich doch schon vor dem Bürgermeister zum Besten gegeben. Wir trafen auf die Jixur, unser Sergeant befahl in einem Moment geistiger Umnachtung …«

»… oder Selbstüberschätzung«, ergänzte Micael.

»… oder Selbstüberschätzung den Angriff, was uns die Pferdefresser übelnahmen. Diese Halbtiere sind sehr einfach gestrickt, weißt du. Für sie war es eine Herausforderung. Sie kennen keine Flucht, nur den Kampf oder den Tod … also haben sie gekämpft.«

»Nimmst du diese Bestien etwa in Schutz?«, wunderte sich Rika, aber Shoran schüttelte den Kopf; sein rubinroter Zopf schwang hin und her.

»Ganz bestimmt nicht. Aber es schadet nicht, zu wissen, mit wem man seine Kräfte misst … und unser Sergeant wusste das offensichtlich nicht. Er dachte wohl, nur weil wir uns gut auf die Gefangennahme eines einzelnen Mörders vorbereitet hatten, würden wir spielend mit einem Trupp von Jixur-Kriegern fertig. Na ja.« Achselzuckend wandte er sich dem Feuer zu, um ein Holzscheit nachzulegen, dann drehte er sich wieder um und griff nach dem schmutzigen Teller des Jungen; das unruhige Zucken der Flammen ließ die Schatten auf seinem flachen Gesicht tanzen. »Jetzt düngt er Cyns Felder.«

»Wieso haben die Jixur dich nicht auch getötet?«, wollte Micael wissen.

»Muss ich denn alles zweimal erzählen? Als die Pferde davonliefen, nutzte auch ich die Gelegenheit zur Flucht. Die Zossen waren ihnen wichtiger als ich. Niemand hat behauptet, dass Pferdefresser schlau seien oder gar Geschmack besäßen.«

»Sie haben aber vier Beine – du hast nur zwei.« Micael kratzte sich nachdenklich an seinem blonden Bärtchen. »Sie hätten dich doch einholen müssen.«

»Haben sie aber nicht.« Zum ersten Mal klang die angenehme Stimme des Hiranyers wirklich verärgert; die schwarz-roten Muster auf seinen Wangen verformten sich im Schein des aufflackernden Feuers. »Und das ist gut so, sonst wärst du jetzt vielleicht nicht mehr am Leben. – Aufs Leben also.« Demonstrativ hob Shoran seinen Trinkbeutel und nahm einen Schluck vom Wasser.

»Vielleicht bist du ja ein *Mashura* und hast dich weggehext«, wandte Rika mit einem leichten Lächeln ein. Eigentlich hatte sie mit einer schnippischen Antwort des Hiranyers gerechnet – nicht jedoch damit, dass er sich verschlucken und das Wasser wieder aushusten würde.

Auch Micaels Reaktion fiel anders aus als erwartet. Zuerst weiteten sich seine Augen, dann warf er den Kopf in den Nacken und lachte laut los.

Die Schimmelstute, das nervöseste der drei Pferde, schreckte aus dem Schlaf hoch und wieherte; sofort raschelte es im Gras, als kleine Tiere aufgeschreckt von den Pferden wegeilten.

»Es – es heißt – *Armasa Shura*«, stieß Shoran hervor und rang hörbar nach Luft, »falls du – falls du die – die hiranyischen *Zerstörer* meinst.«

»Jetzt hättest du mit deinem Scherz beinahe geschafft,

was einer ganzen Herde von Jixur nicht gelungen ist!« Micael grinste erheitert, aber Rika schüttelte den Kopf, wobei eine dunkle Locke über die sommersprossige Nase rutschte.

»Meine Bemerkung war nicht scherzhaft gemeint.« Sie strich die kitzelnde Haarsträhne aus dem Gesicht. »Vierarmige mit besonderen Fähigkeiten werden von ihrer göttlichen Mutter Cerlune gezeichnet. Das weiß ich von Bruder Geon.« Mit dem Zeigefinger fuhr Rika ein imaginäres Muster auf ihren Wangenknochen nach. »Ist das ein Zeichen von Mutter Cerlune, Shoran? Selbst wenn du kein ... kein *Zerstörer* bist, hast du dich vielleicht mit Hilfe von Magie vor den Jixur verborgen?«

Während Micaels Lachen immer lauter wurde, wischte sich der Hiranyer das Wasser vom Kinn.

»Hat dir Bruder Geon auch erzählt, dass nur sehr wenige von uns die göttliche Gunst der stählernen Mutter erfahren? Das ist nicht anders als bei euch Zweiarmigen.« Shoran hustete in eine geballte Faust. »Nur gilt in Hiranya Cerlunes Gunst so viel, dass ungezeichnete Säuglinge von ihren Eltern tätowiert werden. Schließlich möchte ja niemand etwas Geringeres sein als sein Nachbar.«

Das laute Lachen des jungen Städters war in albernes Gackern übergegangen; die Heiterkeit hatte ihm Tränen in die Augen getrieben.

»Ist Rika nicht niedlich?«, gluckste er. »Von wegen Grips im Kopf!«

»Bist du wohl still!« Drohend erhob sie den Zeigefinger, aber Micael wischte ihre Warnung mit einer lebhaften Handbewegung beiseite.

»Rika, jedes Wickelkind weiß, dass es seit dem Sturmwerkerkrieg keine Magier mehr gibt – weder in Hiranya noch hier noch sonst wo im Reich der Thäler.«

»Völliger Unsinn«, grollte Rika; am liebsten wäre sie aufgesprungen und hätte dem überheblichen Jungen den Kopf eigenhändig zurechtgerückt. »Ich habe die letzten Sommer in einem Kloster der Herrin der Erde verbracht, falls du das nicht wusstest. Die Brüder und Schwestern von Cyn *sind* Magier. Sie können Verletzungen durch Berührung heilen oder Pflanzen wachsen lassen oder Tiere beruhigen oder …«

»Aber Cyn ist eine sanfte, freundliche Göttin. Sie hilft, anstatt zu zerstören. Und genau deswegen hat unsere Königin das Ausüben der Künste von Cyn nicht unter Strafe gestellt, Fräulein Rika.« Micael reckte triumphierend die Arme, als erwarte er, für die gewonnene Debatte gefeiert zu werden. »Also *kann* ein Soldat der Armeen ihrer Königin kein Magier sein, es sei denn, er wäre ein Heiler – und das ist Shoran mit Sicherheit nicht, sonst hätte er mir die Nadel erspart.«

Schmerzlich grinsend klopfte er auf sein genähtes Bein.

»Was lernt man eigentlich so in einem Kloster, Rika?«

»Vieles.«

»Aber offensichtlich nichts über die letzten Kriege und die verbotenen Gewerke?«

Stumm schüttelte sie den Kopf.

»Nun, vielleicht hast du ja bloß nicht richtig aufgepasst.«

»Wo wir gerade bei ›nicht richtig aufgepasst‹ sind …« meldete sich Shoran zu Wort und reckte sich, wobei er alle vier Hände hinter dem Kopf verschränkte. »Ich will etwas klarstellen.«

Knochen knackten, dann richtete sich eine seiner Hände

auf. Der Zeigefinger mit dem spitzen Nagel beschrieb bei jedem der folgenden Worte einen kleinen Kreis. »*Ich – bin – kein – Hiranyer.*«

»Unsinn«, entfuhr es Micael, und selbst die eben noch nachdenkliche Rika musste eine amüsierte Grimasse schneiden.

»Aber«, meinte sie gedehnt, »dir ist schon bewusst, dass du wie ein Hiranyer aussiehst? Du hast vier Arme, deine Hautfarbe ist grau ...«

»Aschweiß«, korrigierte Shoran pikiert. »Grau ist anders.«

»Grau, weiß oder schweinchenrosa, wen kümmert das schon?« Micael hob die Augen zum dunklen Himmel und spreizte die Finger in einer übertriebenen Geste, die wohl etwas ausdrücken sollte wie ›Götter, verleiht mir die Kraft, diese Nacht durchzustehen‹. »Selbst wenn er aussähe wie du oder ich, hätte er mit dieser Lüge eindeutig bewiesen, dass er Hiranyer ist.«

Der Soldat lächelte schwach.

»Ich bin kein Hiranyer, weil ich nicht aus Hiranya stamme. Ich bin nicht im Goldenen Land geboren und habe es auch nie besucht. Das Volk, dem ich angehöre, nennt sich *Shathatoka.*«

»Und das heißt Kinder der Shatha«, erinnerte sich Rika, an Micael gewandt. »Cerlune wird von den ... wird in Hiranya ›Shatha‹ genannt.«

»Deine Freundin hat im Kloster scheinbar doch ganz gut aufgepasst.« Shoran rieb sich die flache Nase. »Zwar sind die meisten Shathatoka Hiranyer, weswegen dieser weit verbreitete Irrtum verzeihlich ist, aber eben doch nicht alle. – So, und da nun hoffentlich alle offenen Fragen geklärt sind, werde ich mich schlafen legen – wir müssen in aller Frühe wieder losreiten. Und wagt es ja nicht, euch vom Feuer zu entfernen, denn ich will nicht dafür verantwortlich gemacht werden, wenn einer von euch doch noch von wilden Tieren zerrissen wird.«

»Keine Sorge«, brummte Micael, während er sich vorsichtig auf seine Decke legte, »mit denen werde ich schon fertig.«

Rika rückte näher ans Feuer, bevor auch sie sich hinlegte.

Die Götter. Zauberei. Das Goldene Land … das war wirklich fast wie ein Abend in Kloster Cornel. Von der Staubkatze einmal abgesehen.

Lächelnd zog sie ihre Decke enger um sich. Zwar war kaum eine der Fragen, die die junge Frau beschäftigten, tatsächlich geklärt, aber sie würde ja noch ein ganzes Weilchen mit Micael und dem Soldaten unterwegs sein.

Im Grenzgebiet zwischen Hochthal, Gavenne und Craiglin

Ich liebe diesen Geruch«, lachte Vhrynn, der neben Sarrias stand und zufrieden die lange Mähne schüttelte; sein blaues Auge strahlte im Widerschein des großen Feuers, über dem der Körper eines stämmigen Ponys briet.

»Das ist um so vieles besser als Schaf«, pflichtete ihm Illwhi bei, eine braunfellige Jixur mit kurzem, hellem Haupthaar, während sie beiläufig das Tollen eines Grüppchens von Fohlen beobachtete. Bei dem wilden Spiel der mit bunten Bändern behängten jungen Jixur ging es darum, möglichst viele der farbigen Stoffstreifen zu erbeuten, ohne die eigenen einzubüßen … und ohne sich das Fell am Feuer zu versengen. Johlend und kreischend jagten die Fohlen einander um die Feuerstelle, und immer wieder stoben sie auseinander, wenn Holzscheite krachend zusammenbrachen und die Trümmer funkensprühend in der Asche versanken.

»Keine andere Herde hat jemals so zahlreiche Beute gemacht«, meinte die Jixur staunend.

»Das liegt daran, dass keine andere Herde so gute Krieger hat, Illwhi.« Vhrynn grinste. »Und keine andere Herde hat Millayn. Ohne den Ratschlag unserer vorausschauenden kleinen Halben hätten wir sicherlich niemals eine so großartige Jagd unternommen.« Er nickte in Richtung des aus schmalen Stämmen errichteten Gatters, vor dem sich Millayn angeregt mit Thorra und Sayan unterhielt, der zähen Anführerin der Herde und dem besonnenen Heiler; von Zeit zu Zeit deutete die Halbe auf die eingesperrten Pferde, dann wieder auf den einen oder anderen der Krieger.

Illwhi nickte beeindruckt. »Du hast allen Grund, stolz auf Millayn zu sein, obwohl sie nur zwei Beine hat. Sie ist sehr mutig.«

»Mutig«, schnaubte Sarrias verärgert, der dem Gespräch mit wachsendem Missfallen gelauscht hatte und seinen Unmut nun nicht mehr zurückhalten konnte. »Dummdreist oder wahnsinnig ist das Fohlen. Manchmal erscheint es mir, als versuche sie das Gleiche wie die Kleinen.« Wie zur Demonstration klatschte der Schwanz des alten Kriegers gegen seine Hinterschenkel, und zwei Hände beschrieben eine abwertende Geste in Richtung der spielenden Kinder.

»Sie ist ja auch noch jung, Sarrias.« Illwhi zuckte mit den Achseln. »Die Jungen müssen sich erproben, wenn sie im Leben bestehen wollen. Das gilt für mein Fohlen ebenso wie für das zweibeinige Mädchen.«

»Aber nicht auf Kosten meiner Herde!«

Vhrynn lachte auf und warf das lange Haar über die Schultern. »Unser verdienter Anführer fürchtet die Vergeltung der Halben, Illwhi.« Er machte einen Satz zur Seite, um die lärmenden Fohlen vorbeizulassen. »Das ist beinahe so, als fürchtetest du dich vor der Rache der Käfer, die du versehentlich zertrittst.«

Sarrias grollte. »Unterschätze niemals deine Gegner!«

»Und du nicht deine«, spöttelte Vhrynn und deutete mit einem schwarzen Daumen in Richtung des Gatters; an der Stelle, an der eben noch die Halbe Thorra die Geschichte des Beutezugs veranschaulicht hatte, stand nun ein stattlicher Jixur mit schwarzem, silbrig getupftem Fell. Aufgeregt gestikulierte er mit vier kräftigen Armen, deren dunkle Haut im Schein des großen Feuers glänzte. Illwhis Nüstern weiteten sich, und ein breites Lächeln erhellte ihr Gesicht.

»Ah, der schöne Chrorn ist wieder zurück«, stellte sie erfreut fest und tänzelte davon, ohne sich zu verabschieden.

»Hrrrrmph.« Angewidert verzog Sarrias das flache Gesicht und wandte es dem Braten zu, um die schmachvollen Erinnerungen an den nur wenige Stunden zurückliegenden Kampf gegen Chrorn zu verdrängen. »Ich bin hungrig.«

»Ich schneide dir gerne ein Stück Fleisch aus dem Braten«, ertönte Millayns weiche Stimme; gleichzeitig überlagerte durchdringender Schweißgeruch den appetitlichen Duft des Ponybratens.

»Ich bin noch nicht so schwach, dass ich das nicht selbst tun könnte«, raunzte Sarrias die junge Frau an, die so unvermittelt zwischen ihm und dem Schecken aufgetaucht war. Ihre Brauen zuckten erstaunt nach oben.

»Er meint, dass er dir nicht über den Weg traut«, übersetzte Vhrynn und schnitt eine Grimasse, es war offensichtlich, dass er das hartnäckige Misstrauen des Älteren abwegig fand. »Dein Messer könnte vergiftet sein und ihm das Mahl verderben.«

»Ich hätte sogar sein Messer benutzt«, lächelte Millayn. »Aber vermutlich hätte der alte Griesgram es mir nicht gegeben.«

»Sprecht nicht über mich, als sei ich nicht anwesend!« Wütend blitzten Sarrias' dunkle Augen Millayn und den jüngeren Jixur an. Der verzog den Mund zu einem breiten Grinsen.

»Wie? Ich dachte, Chrorns Hiebe hätten dein Gehör beeinträchtigt?«

»Leider nicht stark genug, um euer dummes Gewäsch ignorieren zu können!«

Vhrynn sah seinen Anführer abwägend an, dann verneigte er den Kopf.

»Verzeih, Sarrias.«

»Verschwinde«, knurrte ihn der alte Krieger an. »Ich will mit deiner Jugendfreundin sprechen, nicht mit dir. Und nimm dieses stinkende Ungetüm mit.« Mit spitzem Finger deutete er auf das Frettchen, das neugierig aus Millayns Manteltasche lugte. »Ich dulde keinen Widerspruch.«

Vhrynn warf seiner zweibeinigen Freundin einen fragenden Blick zu; wortlos fasste sie in die Tasche und reichte ihm das Frettchen.

»Verschwinde«, wiederholte Sarrias. Diesmal trollte sich der junge Krieger, wenn auch widerstrebend; Millayn schaute ihm hinterher.

»Warum tust du das?«, fuhr Sarrias sie an, als Vhrynn außer Hörweite war.

»Warum tue ich was?« Langsam wandte sie sich zu dem Graufalben um, der mit verschränkten Armen und funkelnden Augen auf sie hinabstarrte. Wieder galoppierten die jungen Jixur, die ihres wilden Spiels nicht müde wurden, kreischend an Sarrias vorbei. Er rümpfte die Nase.

»Was hattest du mit Thorra zu besprechen?«

»Ich berichtete ihr von unserer Jagd. War das etwa falsch?«

»Es wäre meine Aufgabe gewesen«, knurrte er und beugte sich drohend vor, bis sich sein kantiger Kopf mit dem Haarstreifen direkt vor dem entschlossenen Gesicht der Frau befand. »Noch bin ich der Anführer der Krieger … nicht du, Fohlen!«

»Du glaubst, ich wolle deinen Platz einnehmen?« Auch Millayn verschränkte nun die Arme. »Armer alter Mann, wie es scheint, ist nicht nur dein Körper schwach geworden.« Trotzig starrte sie ihm entgegen. »Glaubst du allen Ernstes, dass Thorra, die diese Herde so lange durch gute und schlechte Zeiten geführt hat, zulassen würde, dass eine *Halbe* ihre Krieger anführt? Du selbst hast gesagt, dass ich kein wahres Mitglied dieser Herde bin, und so gut es Thorra auch mit mir meint – die Herde ist die Herde, und Blut geht vor Freundschaft. Ich bin bloß ein Findelkind, das seit seiner Rückkehr nicht mehr willkommen ist. – Nein, alter Mann, ich will deinen Platz nicht einnehmen.«

Sarrias schluckte die Bemerkung hinunter, die ihm auf der Zunge lag.

Noch ist der Zeitpunkt nicht gekommen.

»Was willst du dann?«, fragte er stattdessen mit rauer Stimme. Millayn zuckte die Achseln und holte tief Luft, so als begreife sie nicht, wieso Sarrias sie nicht verstehen wollte.

»Das Beste für die Herde.«

Sarrias sog Luft durch die Nüstern ein.

»Ich weiß einfach nicht, ob ich dir glauben soll, Millayn, und das schmerzt mich.« Bekümmert schüttelte er den Kopf. »Als du ein Winzling warst, hat die Herde dich behütet. *Ich* habe dich behütet, Millayn, und als die Halben dich fingen, machte ich mir bittere Vorwürfe, weil ich dich nicht besser beschützt hatte.« Eine der großen, klauenbewehrten Hände legte sich sanft auf den hellblonden Schopf der Halben. »Ich hoffte so sehr, dass du am Leben wärst und dass du einen Weg finden würdest, um deiner Gefangenschaft zu entkommen. Jeden Tag aufs Neue flehte ich Mutter Shass an, dich zu uns zurückzuführen … aber seit dem Tag, an dem du tatsächlich zurückgekehrt bist, werde ich das Gefühl nicht los, dass du es nicht ehrlich mit mir meinst.« Er rümpfte die flache Nase. »War ich dir in all den Jahren denn kein guter Beschützer und Lehrmeister? Achtest du das, was ich aus … aus Liebe zu dir getan habe, so gering, dass du nun deine Herde in Gefahr bringst – oder haben die Halben dir den Verstand aus dem Leib geprügelt?«

»Du verstehst meine Beweggründe nicht, Sarrias.« Mit großen, ernsten Augen blickte die junge Zweibeinige dem Jixur offen ins Gesicht. »Ich möchte doch nur, dass es unserer Herde auch über die nächsten Wochen hinaus gutgeht und vor allem, dass unsere Fohlen den schrecklichen Winter unbeschadet überstehen, den Sayan vorausgesagt hat! Mit der Jagd auf ein oder zwei Schafe ist es da nicht getan.« Millayn schlug die Augen nieder. »Sarrias, ich habe während meiner Gefangenschaft viel über die Halben gelernt, und dadurch auch von ihnen. Die Nüchternheit, mit der sie ihresgleichen und andere betrachten, die Gründlichkeit, mit der sie ihre Beutezüge planen … und das Kalkül, mit dem sie Risiken abschätzen und eingehen. Nicht alles davon ist schlecht, und wenn wir versuchen, es genauso zu tun wie sie, kann es uns nur zum Vorteil gereichen.« Sie sah auf und reckte das Kinn. »Ich habe erfahren, wie und wo die Halben viele Pferde aufbewahren und ich habe einen entsprechenden Plan entwickelt. Thorra hat ihn gutgeheißen, also solltest auch du ihn gutheißen, Sarrias.«

»Hrrrrmpf.« Sein Schwanz peitschte hin und her; noch immer irritierte ihn der schwache Frettchengeruch, der an Millayns Kleidung haftete.

Ich will ihr so gerne glauben.

Wieder musste er an vergangene Zeiten denken, an den Tag, an dem er die Kleine alleine und weinend an einer Weggabelung entdeckt hatte, die die wilden zweibeinigen Stämme des Grenzlandes häufig nutzten, wenn sie Handel mit den Städtern trieben. Das in ein grobes Hemd gehüllte Kind hatte sich an ein Bündel mit Nahrungsmitteln geklammert und in der Sprache der Wilden nach seiner Mutter gerufen.

Verwundert und neugierig hatte sich Sarrias zu dem Mädchen hinabgebeugt, um an ihr zu schnuppern, und anstatt sich schreiend abzuwenden, hatte sie ihre pummeligen Ärmchen nach ihm ausgestreckt …

Nein, die Vergangenheit half ihm hier nicht weiter.

Hilfesuchend blickte er zum sternenübersäten Himmel; doch obwohl ihm der Anblick der funkelnden Sterne in der kühlen Nacht in schweren Zeiten schon oft als Trost gedient hatte, schien sich die beruhigende Wirkung heute nicht zu entfalten. Auch Ammras, der stolze Herr der Himmel, der so anders, um so vieles unzugänglicher war als Mutter Shass, konnte oder wollte ihm in dieser Situation nicht helfen.

Sarrias seufzte.

»Dann erkläre mir deinen Plan, Fohlen. Erkläre ihn mir hier und jetzt.«

»Das werde ich nicht tun.«

»Aber …«

»Thorra wird ihn dir erklären. Nach dem Festmahl. Zuerst dir, dann Sayan, dann den anderen.«

Sarrias lag eine missbilligende Äußerung darüber auf der Zunge, dass Millayn sich direkt an das Herdenoberhaupt gewandt hatte … aber dann schüttelte er bloß unwirsch das Haupt.

»Vielleicht sollte ich mich einfach an deine neue … *halbe* Art zu Agieren gewöhnen, Fohlen«, brummte er. »Hättest du nicht etwas weniger Irritierendes von deinen zweibeinigen Herren lernen können … zum Beispiel, wie man Schafe und Pferde dazu bringt, sich reichlich zu vermehren? Die Hirten wären dir sicherlich dankbar gewesen.«

Nun erhellte ein feines Lächeln Millayns hübsche Züge. »Bestimmt wären sie das«, meinte sie, während nun die Anspannung, die sie während des Zwiegesprächs begleitet hatte, sichtbar von ihr abfiel. »Aber ich konnte mir als ihre Sklavin nur die Fertigkeiten aneignen, die ich beobachten konnte – *Achtung*!«

Sarrias hatte das Klicken von Klauen auf dem steinigen Grund nicht mehr rechtzeitig wahrgenommen; sein Gehör war tatsächlich beeinträchtigt, das stand außer Zweifel. Dank Millayns Warnung gelang es ihm dennoch auszuweichen, bevor ihn die herangaloppierende Gestalt über den Haufen rennen konnte. Im ersten Moment dachte er, es handele sich um eines der tobenden Kinder, aber es war der schöne Chrorn, der nun jäh anhielt, um auf den Hinterläufen zu wenden.

»Du«, brüllte Chrorn und deutete auf Sarrias, »ja, dich meine ich, feiger alter Versager!«

»War dir die Tracht Prügel vorhin keine Lehre?«, fragte

Sarrias grimmig, während sich zwei seiner Hände um die Griffe von Schwert und Schild legten. Das Lärmen der Jungen hatte schlagartig aufgehört, und aus dem Augenwinkel sah er, wie Illwhi auf der anderen Seite des Feuers ein Fohlen schützend an sich zog.

Chrorn schnaubte verächtlich. »Sprichst du von dem hinterhältigen Schlag auf den Kopf, den mir Vhrynn verpasst hat? Ja, das war mir eine Lehre. Ich bat unsere Anführerin um die Erlaubnis, dich zum Kampf herausfordern zu dürfen, so wie es die Gesetze verlangen.« Triumphierend reckte der dunkle Jixur den Hals und sah demonstrativ in Vinnas' Richtung, der peinlich berührt zur Seite blickte. »Nach Einholen der Meinung anderer Krieger hat Thorra mir die Genehmigung erteilt!«

Heiß schoss Adrenalin durch Sarrias' Körper, und er fletschte die Zähne; die Klinge glitt aus dem Haltegurt. Diesmal würde ihn der schwarz-silberne Jixur nicht überraschend angreifen können. Diesmal war er vorbereitet!

Mit einem zornigen Schrei zog auch der Jüngere seine Waffe; dann prallte Metall auf Metall. Eine gezackte Klinge versperrte seinem Schwert den Weg zu Chrorns Hals, also verstärkte er mit einer weiteren Hand am Griff der Waffe den Druck.

Chrorn ächzte und versuchte, Sarrias' Schwert so zurückzudrängen, dass es nicht von seiner schützenden Klinge abgleiten und ihm die Schneide ins Fleisch fahren konnte. Zufrieden registrierte Sarrias, dass die Muskeln des dunklen Jixur vor Anstrengung zitterten – Vhrynns hinterhältiger Schlag auf den Kopf wirkte offenbar noch nach.

Auch Sarrias Hinterbacken bebten bereits von der Anstrengung, die es ihn kostete, sich gegen Chrorn zu stemmen. Dann gelang es diesem unter Aufbietung all seiner Kraft, Sarrias' Klinge ein Stück weit zurückzuschieben.

Und Sarrias klappte zusammen.

Für die Umstehenden mochte es nach einem Schwächeanfall aussehen oder danach, dass seine Vorderklauen auf dem steinigen Boden den Halt verloren hatten – aber es war reine Berechnung, die Sarrias dazu veranlasst hatte, dem Druck nachzugeben und sich seitlich wegzuducken.

Und seine Strategie war erfolgreich. Chrorns kraftvoller Widerstand ging plötzlich ins Leere; der dunkle Krieger verlor das Gleichgewicht und stolperte vorwärts, wobei die silbrige, mit Juwelen geschmückte Mähne einen glitzernden Bogen durch die Luft beschrieb. Zwar gelang es ihm gerade noch, seinen Sturz mit Hilfe aller vier Arme abzufangen, bevor Kopf und Oberkörper auf dem rauen Grund aufschlugen, aber dazu musste er sein Schwert loslassen. Die Waffe mit der gezackten Schneide schlitterte über den Kies; ein Grüppchen der Jixur, das gebannt den Kampf verfolgte, stob auseinander, als die Klinge an ihnen vorbei schlitterte und in einem Büschel trockenen Grases liegen blieb.

Hatte Chrorn am Nachmittag noch konzentriert und geschickt gekämpft, so schien ihn nun nur noch die blanke Wut zu treiben. Brüllend richtete er sich wieder auf und hieb mit allen vier Fäusten nach dem Rivalen; Tröpfchen seines Speichels benetzten die dunkle Haut von Sarrias, der ärgerlich grunzte, als die Knöchel des Jüngeren klatschend gegen seine Arme und oberen Rippen prallten.

Sarrias brachte den Schild nach vorne, was den anderen Krieger jedoch nicht davon abhielt, weiter auf ihn einzudreschen. Dumpf prallten Chrorns Fäuste immer und immer wieder gegen den metallenen Schutz; bereits die ersten Fausthiebe waren nicht sonderlich kraftvoll gewesen und schmerzten kaum, und nun kam es Sarrias so vor, als würden sie mit jedem Schlag kraftloser.

Chrorn bleckte seine Zähne, während er vergeblich versuchte, mit seinen Hieben Sarrias' Körper hinter dem Schild zu treffen. »Ich werde dich umbringen, Versager!«

»Vielleicht«, fauchte Sarrias zurück, »aber nicht heute!«

Wieder wich er zur Seite aus und trat gleichzeitig mit beiden Vorderbeinen nach dem Jüngeren. Mit voller Wucht bohrten sich Sarrias' Knie in Chrorns untere Rippen, und erneut verlor der dunkle Jixur das Gleichgewicht. Diesmal war es ihm jedoch nicht möglich, den Sturz abzufangen; hart schlug er auf dem steinigen Boden auf und überschlug sich. Bevor er jedoch wieder auf die Beine kommen konnte, stand Sarrias über ihm und presste die Spitze seines Schwertes fest in die Mulde zwischen den beeindruckenden Brustmuskeln des Gegners.

»Gibst du auf?«, knurrte er, bemüht, sich die Anstrengung des Kampfes nicht anmerken zu lassen. Chrorn rollte vorsichtig zur Seite, um dem schmerzhaften Druck der Schwertspitze zu entgehen, aber Sarrias' Waffe folgte seiner Bewegung.

»Gibst du auf?«, wiederholte er lauter.

Chrorn rollte nervös mit den Augen, als wolle er die Reaktion der schweigenden Zuschauer abschätzen; währenddessen bemerkte Sarrias, dass auch Thorra den Weg zum Feuer gefunden hatte. Die sehnigen Arme der Herdenführerin waren abwartend über den Brüsten verschränkt, in ihren dunklen Augen spiegelte sich der Widerschein der Flammen. Obwohl Sarrias wusste, dass Thorra mindestens genauso viele Nächte mit dem unterlegenen Krieger verbracht hatte wie mit ihm, war es ihm doch unmöglich, ihren Gesichtsausdruck zu deuten.

Millayns Gedanken waren hingegen deutlich zu erkennen; nervös drehte sie einen schmalen Dolch in ihrer Handfläche hin und her, und die hübschen Lippen formten lautlos die Worte ›Sarrias, nicht.‹

Sarrias schnaubte und verstärkte den Druck auf die Schwertspitze. Chrorn bleckte die scharfen Zähne, als die Spitze seine Haut durchbohrte und ein dünnes, dunkles Rinnsal aus Blut hervortrat.

»Ich frage dich nur noch einmal«, grollte Sarrias; die Muskeln seines Oberarms spannten sich gefährlich an. »GIBST DU AUF?«

»Ja. Ja, ich gebe auf!« Der schwarz-silberne Jixur schloss die Augen; niemand, so vermutete Sarrias, sollte die aufsteigenden Tränen der Schmach sehen. Als der Veteran daraufhin die Klinge zurückzog, rollte sich Chrorn erschöpft zusammen.

»Ich habe mich geirrt, Sarrias. Du … du bist es wert, uns Krieger anzuführen.«

»Steh auf«, knurrte der Graufalbe, dann wandte er sich betont gelassen von seinem Rivalen ab.

Insgeheim dankte er Mutter Shass dafür, dass sie ihn am Nachmittag vor übleren Verletzungen bewahrt hatte; das schmerzende Ohr hatte ihn im Kampf kaum beeinträchtigt, und an schmerzende Knochen hatte er sich schon vor Jahren gewöhnt. Auch dankte er der Schöpferin für Chrorns Ungeduld, die den dunklen Jixur dazu gebracht hatte, gleich nach Sarrias’ unverdientem Sieg wieder den Kampf zu suchen. Es wäre ihm mit Sicherheit sehr viel schwerer gefallen, seine Kräfte mit der eines ausgeruhten und gelassenen Chrorn zu messen.

Millayn hatte in gewisser Weise Recht, wenn sie das kühle Kalkulieren der Halben bewunderte, denn auch Sarrias hatte diesen Kampf nicht zuletzt durch Berechnung gewonnen: Körperkraft und Schnelligkeit waren dabei zweitrangig gewesen.

»Danke, Sarrias.« Eine warme kleine Hand legte sich auf seinen unteren Rücken; aufgrund des unverwechselbaren Duftes und der weichen Stimme musste der alte Krieger sich nicht einmal umsehen, um zu wissen, wer ihm gefolgt war.

»Wofür?«, brummte er. »Dafür, dass ich die Herausforderung abgeschmettert habe? Dafür solltest du Chrorn danken, Fohlen. Er hat sich töricht aufgeführt und seinen Sieg selbst verhindert.«

»Ich danke dir dafür, dass du ihn am Leben gelassen hast.«

Nun wandte Sarrias den Kopf, um Millayn erstaunt ins Gesicht zu sehen.

»Er hat aufgegeben. Hast du denn erwartet, dass ich ihn trotzdem töte?«

»Nach dem Gesetz hättest du ihn nicht dreimal zu fragen brauchen«, wandte Millayn ein. »Und daher danke ich dir – denn für den Plan, den ich mir überlegt habe, um die Herde vor den Schrecken des kommenden Winters zu schützen, werden wir jeden einzelnen Krieger brauchen. – Komm, alter Mann.« Lächelnd reichte die junge Zweibeinige ihm den Arm. »Thorra erwartet uns.«

Stadt Hochthal, Nördliches Hochthal

Was denn, sollen wir etwa schon wieder eine Rast machen? Wir haben den Gipfel doch gleich erreicht!«

Missmutig runzelte Micael Ivarssohn die Stirn; auch seine graue Stute schlug ungeduldig mit dem Kopf, während Rika und ihr Pony brav anhielten.

Für die Höhenlage war die Luft zu der frühen Stunde bereits außergewöhnlich warm; über dem kleinen See, an den der vierarmige Soldat sein Pferd gelenkt hatte, schwebten glänzende Fluginsekten. Rika vermutete, dass ihnen ein weiterer glutheißer Tag bevorstand, und in der dünnen Gebirgsluft verbrannte die Sonne unbedeckte Haut umso gnadenloser.

Nur gut, dass sie ihr Ziel in weniger als einem Tagesritt erreicht haben würden; vom vorläufigen Ende der körperlichen Strapazen ganz abgesehen, hoffte Rika darauf, in Hochthal-Stadt endlich Ruhe vor den ständigen Streitereien ihrer beiden Begleiter zu haben.

»Hast du nicht gehört? Ich sagte, wir haben den Gipfel gleich erreicht!«

Shoran zuckte mit den Achseln.

»Was für dich ›gleich‹ ist, sind für mich ›mindestens zwei Stunden‹. Der Weg bis zur Kuppe ist steiler, als es den Anschein hat.«

»Nun ja, es sieht wirklich ziemlich steil aus«, pflichtete

Rika dem Shathatoka bei. »Sorley wird das nicht sonderlich kümmern, aber Rabella ist nicht ganz so trittsicher. Ich glaube schon, dass es ein Weilchen dauern wird, bis wir dort oben sind.«

»Außerdem muss ich mal«, ergänzte Shoran mit einem feinen Lächeln, das so viel bedeuten mochte wie ›ich freue mich jetzt schon auf dein Gegenargument‹.

»Ja ja, meinetwegen.« Trotzig verzog Micael das Gesicht. »Ihr habt beide Recht und ich nicht. Wie immer.«

Während er leise Verwünschungen vor sich hin murmelte, folgten seine Blicke dem sich windenden Weg, der zwischen zwei steinernen Wachtürmen hindurch bis zur Bergkuppe und vermutlich auf der anderen Seite wieder hinab führte.

»Wieso müssen wir da hinüber, um nach Hochthal zu gelangen?«

»Weil der Weg durch das Tal erheblich länger wäre.«

»Aber der kürzeste Weg führt mit Sicherheit durch die Hochebenen«, bohrte Micael weiter.

Diesmal lachte Shoran auf.

»Ja, natürlich werde ich gerne mit zwei Kindern im Schlepptau durch die Hochebenen reiten, damit wir möglichst bald von den Pferdefressern zerfetzt und von den wilden Stämmen um unser Hab und Gut gebracht werden«, scherzte er. »Außerdem habe ich große Lust dazu, einen Krieg auszulösen, indem ich versehentlich die Grenze nach Craiglin überschreite. Die Grenzverläufe um das Niemandsland herum sind dort oben recht unübersichtlich.«

»Wir sind keine Kinder«, brummte Micael. »Und ich bin immer noch der Meinung, dass dieser Weg in die Hauptstadt ziemlich unmöglich ist.« Er deutete in Richtung der Bergkuppe. »Hätte man nicht einfach einen Tunnel durch den Berg graben können?«

»Zumindest hält er all die armen Bauern aus eurer Gegend davon ab, mit Sack und Pack in die Hauptstadt zu ziehen«, grinste Shoran. »Aber wenn du unbedingt einen Tunnel graben willst … bitte, ich werde dich nicht davon abhalten. Was die Soldaten in den Wachtürmen darüber denken mögen, ist dann eine andere Geschichte.«

»Können wir nicht einfach absteigen und uns ein wenig Ruhe gönnen?«, versuchte Rika den aufkeimenden Streit zwischen ihren Begleitern zu beenden. »Zunächst einmal sind unsere Wasservorräte erschöpft, dann ist dein Bein immer noch nicht vollständig verheilt, Micael …«

»… ich will nicht in die Hosen machen, und schließlich solltet ihr dieser Schönheit ausgeruht und mit klarem Kopf begegnen«, beendete Shoran den Satz, den die junge Frau begonnen hatte.

»Welcher Schönheit?«, wollte Rika wissen.

»Ja, welcher Schönheit?«, echote Micael und reckte das Kinn herausfordernd vor.

»Der Hauptstadt natürlich. Ich nehme an, Dunlet ist die größte Ansammlung von Behausungen, die du je gesehen hast, Herr Ivarssohn?«

»Äh … ja.« Beiläufig klopfte der Junge den Hals seines Reittieres. »Bisher jedenfalls.«

»Na, dann kannst du dich ja schon einmal auf Hochthal-Stadt freuen.« Shoran sprang aus dem Sattel, näherte sich einem Gebüsch und begann, an seiner Bekleidung zu nesteln. »Jetzt solltest du auf das hören, was deine Freundin eben vorgeschlagen hat; lass dein Pferd trinken und fülle deinen Trinkschlauch, denn so gutes Wasser wirst du in der Stadt nicht bekommen. Schon gar nicht umsonst.«

Während Micael zögerlich abstieg, war Rika schon dabei, ihre Wasservorräte aufzufüllen. Das Wasser des kleinen Bergsees war unglaublich rein. Die Strahlen der Sonne drangen bis auf den steinigen Grund vor und schienen sogar den groben Sand in Ufernähe zum Glitzern zu bringen.

Sie streckte eine Hand ins kühle Wasser und ließ eine Handvoll Sand durch ihre Finger rieseln; sogleich bildeten sich flirrende Wirbel im Wasser.

»Sieh mal, Sorley, wie schön«, flüsterte sie ihrem Pony zu, das wenige Schritte von ihr entfernt am Ufer stand. Sorley schien sich jedoch nicht für den funkelnden Sand zu interessieren; er steckte einfach nur seine Schnauze ins Wasser und trank.

»Aaaah.« Vorsichtig beugte und streckte Micael sein verletztes Bein, während auch er sich neben Rika über das Wasser beugte. »Das ist schon besser … war wohl doch eine gute Idee, hier anzuhalten. – Womit spielst du da, Rika? Ist das Glimmersand?«

»So ist es«, erklärte Shoran anstelle des Mädchens. »Davon werdet ihr hier in der Gegend viel zu sehen bekommen.«

»Eigentlich hatte ich nicht vor, mich länger als notwendig in dieser Gegend aufzuhalten. Lasst uns endlich aufbrechen, ich möchte mit dem Herzog reden.« Micael reckte sich und gähnte; dann kratzte er sich an der Schläfe, als sei ihm gerade etwas eingefallen.

»Sag mal, Shoran – fühlst du dich eigentlich schuldig?«

»Wer? Ich?« Verwundert warf Shoran einen Blick über

seine Schulter, dann zupfte er seine Beinkleider zurecht und drehte sich um. »Weil ich an den Busch gepinkelt habe?«

»Blödmann! Fühlst du dich denn nicht für den Tod deiner Kameraden verantwortlich? Immerhin hast du als Einziger überlebt!«

»Micael, was soll das denn?«, fragte Rika empört, aber Shoran bedeutet ihr durch das Heben einer Hand, dass sie sich heraushalten sollte. Die finsteren ›Zahnreihen‹ in seinem aschfarbenen Gesicht zuckten kurz.

»Und das sollte mich belasten? Es war doch nicht meine Schuld, dass die anderen gefallen sind. Ich habe mein Bestes getan, um die Jixur zu bekämpfen.«

»Das behauptest *du*«, entgegnete Micael triumphierend. Hatte er jedoch damit gerechnet, den anderen mit seiner Bemerkung provozieren zu können, wurde er nun enttäuscht: Die Züge des Shathatoka entspannten sich.

»Richtig, und da ich der einzige Überlebende bin, kann auch niemand das Gegenteil beweisen – du schon gar nicht.« Die schmalen Ohren drehten sich neugierig nach vorne. »Was hast du eigentlich gegen mich? Habe ich dir irgendetwas getan? Falls ich dich versehentlich beleidigt haben sollte, tut mir das leid. Falls dir allerdings nur ein jugendlicher Furz quer steckt, Herr Ivarssohn …«

Shoran reckte den Mittelfinger der oberen rechten Hand in einer eindeutigen Geste.

»Hört auf, euch zu streiten!« Rika stemmte die Arme in die Seite, nun selbst verärgert. »Ich bin es leid, ständig euer Gezanke in den Ohren zu haben! Und Micael … kannst du dich nicht wenigstens mir zuliebe ausnahmsweise wie ein Erwachsener benehmen?«

Ohne eine Antwort abzuwarten drehte sie sich um und griff nach Sorleys Mähne. Diesmal gelang es ihr tatsächlich, in einem Zug aufzusitzen.

»Noch einmal tief durchatmen, bevor ihr ins Tal hinabseht – ich möchte nämlich nicht, dass einer von euch ohnmächtig wird«, neckte Shoran Rika und Micael und sah über die Schulter nach hinten, um ihre Reaktion zu beobachten. Micael interessierte sich allerdings eher für die aus groben Steinblöcken gemauerten Türme auf beiden Seiten der Straße, von deren Zinnen herab gelangweilte Soldaten den Weg des Grüppchens verfolgten.

»Auf der anderen Seite der Kuppe führt die Straße steil bergab«, fuhr der Vierarmige fort. »Wer hier oben aus dem Sattel fällt, rollt bis zum Kriegerdenkmal.«

»Ich habe einen Überfall der Jixur mit angesehen, ohne das Bewusstsein zu verlieren«, meinte Rika mit gespielter Leichtigkeit; die Erinnerungen an die bewusste Nacht schmerzten immer noch sehr, aber nicht über das Geschehene zu reden oder womöglich sogar die Gedanken daran zu verdrängen, schien ihr jedoch der falsche Weg zu sein. »Da werde ich wohl kaum beim Anblick einer … *nein.*«

Sie schlug ihre Hand vor den Mund.

Dass Hochthal-Stadt gleichzeitig Regierungssitz des Herzogs wie auch Hauptstadt des gesamten Reiches der Thäler war, war ihr zwar bekannt gewesen, aber sie hatte sich dennoch keine Vorstellung über die Größe der Stadt machen können. Nun starrte sie ehrfürchtig auf die Anhäufung von Bauten hinab, die beinahe den gesamten Talkessel füllte. Zwischen den Hütten, Häusern, Märkten und

Palästen funkelten schmale, aus Gebirgsbächen gespeiste Kanäle in der Sonne, die am südlichen Ende der Stadt in einen großen See mündeten. Einige Dächer der größeren Bauwerke schienen mit goldenen Ziegeln gedeckt zu sein, und selbst die zahlreichen Straßen und Gassen waren mit glitzernden Steinen gepflastert.

»Oh Mann«, staunte auch Micael, der inzwischen zu Rika aufgeschlossen hatte. »Hast du schon einmal so eine unglaublich lange Stadtmauer gesehen? Siehst du die vielen Wachen darauf? Und sieh mal da … das Kriegerdenkmal … das ist doch das Kriegerdenkmal, nicht wahr? Shoran?«

»Natürlich«, grinste Shoran, dessen Augen Micaels Fingerzeig gefolgt waren.

»Es ist wunderschön«, seufzte der Junge.

»Na ja, wenn du auf bärtige Burschen aus Granit stehst.« Der Soldat zuckte lächelnd die Achseln. Nun schaute auch Rika worauf Micael deutete, der vor Überwältigung zitterte.

Das riesige, aus hellem Stein gehauene Denkmal war in so weitem Abstand zur Stadtmauer errichtet worden, dass die Mauer nicht zertrümmert würde, sollte es jemals umstürzen. Der kräftige Krieger mit Vollbart und gekröntem Helm, den es darstellte, blickte so bekümmert in Richtung des Stadtkerns, als sei er mit dem Anblick der prunkvollen Gebäude nicht einverstanden.

»Diese … diese Hauptstädter haben es verkehrt herum hingestellt«, staunte Micael. »Sollte der Krieger nicht über das Land schauen, um Feinde schon aus der Ferne zu sichten?«

»Bei der Höhe der Berge ringsherum sähe er sowieso nicht weit.« Amüsiert spreizte Shoran die Ohren. »Ich glaube schon, dass Rikart richtig ausgerichtet ist, denn er sieht genau auf den Palast seiner Gemahlin. Sollte Königin Elane Sehnsucht nach ihm bekommen, kann sie einfach die Fenster öffnen.«

»Das ist Rikart Spindel, der Prinzgemahl?«, fragte Rika beeindruckt.

»Das ist Rikart Spindel, der Prinzgemahl, Herzog von Seethal, Edler von Karnin, bla bla bla bla. Oder vielmehr eine Statue, die eine gewisse Ähnlichkeit mit ihm aufweisen soll«, grinste Shoran und trieb sein Pferd an. Langsam begann die dunkle Stute, die Straße ins Tal hinabzutrotten. »Nicht, dass ich den echten Rikart jemals leibhaftig zu Gesicht bekommen hätte; meine Armee ist dem Herzog von Hochthal unterstellt, Rikart residiert in Seethal. Aber eine Familienähnlichkeit ist jedenfalls vorhanden.«

»Ich wurde nach Herzog Rikart benannt«, gestand Rika, während sie Sorley befahl, Shoran zu folgen. Die Statue war so groß, dass Rika selbst von hier oben die in die steinerne Plattenrüstung gehauenen Verzierungen erkennen konnte. »Er soll sich in irgendeinem Krieg hervorgetan haben.«

»›Hervorgetan haben‹?« Micael schnappte hörbar nach Luft und strich sich empört durch das blonde Haar. »Vermutlich wären wir nie geboren worden, wenn Herzog Rikart Hochthal nicht beschützt hätte!« Er blickte Rika fest in die Augen. »Du bist nach dem einzigen Helden des Sturmwerkerkrieges benannt, Rika. Darauf kannst du stolz sein – und der Name passt gut zu dir.«

»Findest du?«, fragte das Mädchen ehrlich erstaunt. »Denkst du denn, ich wäre dazu imstande, etwas – etwas so Großartiges zu vollbringen wie der Herzog?«

»Äh …« Errötend blickte Micael zur Seite. »Ja. Ich denke schon. Du bist so voller … äh … Energie, du … äh … was gibt es denn da zu lachen, Schwachkopf?«

»Ich freue mich bloß über das junge Glück.« Der vierarmige Soldat lachte leise vor sich hin. »Davon abgesehen beeindruckt mich, dass du wirklich über jede Einzelheit unserer Geschichte Bescheid zu wissen glaubst, Herr Ivarssohn. Herzog Rikart ist also der einzige Held des Sturmwerkerkrieges, ja?«

Dankbar über die Rückkehr zu seinem Lieblingsthema wandte sich Micael dem Soldaten zu, der nie einer Meinung mit ihm sein konnte.

»Es ist nicht so, als schätzte ich die Ritter oder das gemeine Fußvolk gering, falls es das ist, was du glaubst«, erläuterte er Shoran gönnerhaft. »Aber eine Armee ist immer nur so gut wie ihr General, und unsere Königin konnte ja wohl nur schwerlich für jeden einzelnen Soldaten, der an den Kriegen beteiligt war, ein Standbild errichten lassen.«

Micael stemmte beide Hände in die Hüften. Da er in einer Hand aber zugleich die Zügel hielt, schlug sein Pferd nervös mit dem Kopf.

»Lass es mich also deutlicher ausdrücken: Es ist Herzog Rikarts Verdienst, dass wir den Sieg über die gavennischen Sturmwerker und ihre verdammten Kriegsautomaten davongetragen haben, und somit hat er sich dieses prächtige Standbild auch verdient!«

Shoran kratzte sich nachdenklich am Kinn.

»Lass es *mich* deutlicher ausdrücken.« Mit einem Zeigefinger zeichnete der Vierarmige die Konturen von Rikarts strengem Profil in die Luft. »Als ausgezeichneter Stratege und tapferer Kämpfer hat der Herzog vor zwanzig Jahren dabei geholfen, die drei Thäler zu einem Reich zusammenzuschweißen. Das ist zweifellos ein großer Verdienst. Auch dass er eine bedeutende Rolle in den beiden Vereinigungskriegen gespielt hat, ist unbestritten … aber im zweiten von beiden konnte er nur wegen der herausragenden Leistung eines anderen brillieren.«

»Ach ja? Meinst du vielleicht dich?«, spottete der Junge; der Soldat lachte auf.

»Ich habe zwar schon viel Unfug angestellt, aber für den Verlauf des Sturmwerkerkrieges lehne ich jegliche Verantwortung ab. Damit hatte ich nun wirklich nichts zu tun. Nein, ich meine Klapperschlange.«

»Den Piraten? Gibt es den denn tatsächlich?«, platzte Rika heraus, die nun endlich eine Gelegenheit sah, sich doch noch an der Unterhaltung zu beteiligen. Sie hatte den Seeräuber eigentlich für eine unterhaltsame Ausgeburt der Fantasie eines anonymen Schreiberlings gehalten …

»Zumindest gab es ihn zu Zeiten des Sturmwerkerkriegs«, lächelte Shoran, »und hätte er nicht die Handelsschiffe versenkt, die den Nachschub der Sturmwerker transportierten, wären Rikart und seine Armee gnadenlos überrollt worden.«

»Ach wo. Klapperschlange ist doch nur eine Legende«, brummte Micael verstimmt. »Und weshalb hätten die Sturmwerker ihren Nachschub auf Schiffen transportieren sollen? Gavenne besteht doch nur aus Gebirge. Außerdem heißt es bei Verbrechern ›berüchtigt‹ und nicht ›berühmt‹.«

Shoran rollte mit den steingrauen Augen.

»Deine Ortskenntnis überwältigt mich, Herr Ivarssohn. Ich lebte bisher im Glauben, Gavenne reiche bis zum Nordmeer.«

»Ja, ja, wie auch immer«, knurrte der Junge. »Einen Piraten namens Klapperschlange gibt es jedenfalls nicht.«

»Ich kenne jemanden, der ihn schon getroffen hat«, beharrte der Shathatoka auf seiner Aussage. »Und der Mann …«

»… ist vermutlich ein gewohnheitsmäßiger Lügner, genau wie du.«

»Jetzt hör mal genau zu, Micael Ivarssohn.« Mit einer Hand griff Shoran in Rabellas Zügel, um das Pferd anzuhalten; die jäh aufflackernde Wut in seinen Augen strafte sein unverbindliches Lächeln Lügen. »Als Soldat der Armee Ihrer Majestät der Königin habe ich meinem Leutnant versprochen, deine kleine Freundin unversehrt nach Hochthal-Stadt zu bringen. Von *dir* war nie die Rede.«

Der Vierarmige griff nach einem der Schwerter.

»Shoran, bitte!« Erschrocken brachte Rika Sorley zum Halten. »Bitte tu Micael nichts an, er ist doch nur ein – ein aufsässiger Junge!«

»Halt du dich da raus, Rika«, knurrte Micael. »Wenn ich mit diesem Wichtigtuer fertig bin, steht hier kein Grashalm mehr auf dem anderen!«

Shorans Blick glitt von Micael zu Rika und wieder zurück. »Ich habe noch nie einen Grashalm auf dem anderen stehen sehen«, meinte er dann und ließ das Schwert wieder zurück in die Scheide gleiten. »Davon abgesehen muss ich mir auch von einem aufsässigen Jungen nicht alles gefallen lassen.« Er stieß einen spitzen Zeigefinger gegen Micaels Brust.

»Wenn du mich noch ein einziges Mal einen Lügner nennst, Micael Ivarssohn, dann reiße ich dir den Kopf ab und den Hintern auf. Dann wird niemand mehr wissen, ob er dich gerade von vorne, hinten, oben oder unten sieht. Hast du das verstanden?«

Micael funkelte den Soldaten wütend an. Dann öffnete er langsam den Mund.

Rika schloss die Augen. Sie wollte nicht mit ansehen, was unweigerlich folgen würde …

»Wer zuletzt unten am Denkmal ist, ist eine Schnecke«, krächzte Micael, dann trieb er seine Fersen hart in die empfindlichen Flanken seines Reittieres.

Im Schatten des Stadttores lungerten vier weißunifomierte Soldaten der Zweiten Armee der Thäler herum, die jedem, der die mit schimmerndem Granit gepflasterte Hauptstraße entlangkam, gelangweilte Blicke zuwarfen. Die glitzernde Straße war so breit, dass Rika, Micael und Shoran nebeneinander reiten konnten; nicht einmal, als sich ein schnelles Fuhrwerk an ihnen vorbeidrängte, musste eines ihrer Pferde in den übelriechenden Dreck abseits des Weges ausweichen.

Rika sah zu dem riesigen, mit goldbestickten weißen Fahnen geschmückten Torbogen auf und runzelte die Stirn. »Können wir hier einfach durchreiten?«

»Probier es aus«, meinte Shoran.

Kaum hatte er es ausgesprochen, als einer der Soldaten dem schnellen Fuhrwerk entgegeneilte und den Kutscher mit barschen Gesten dazu aufforderte, abzusteigen und die Plane zu entfernen, die die Ladung schützte.

»Ich nehme an, das bedeutet ›nein‹. Was suchen die Soldaten?«

»Vielleicht Diebesgut, vielleicht unverzollte Ware, vielleicht einen Verbrecher … oder alles zusammen.« Der Vierarmige zuckte mit den Achseln. »In einer so großen Stadt wie Hochthal werden stündlich Verbrechen verübt. Solche Kontrollen sind an der Tagesordnung.«

»Warst du früher hier stationiert?«, wollte Micael wissen; Shoran schüttelte den Kopf.

»Nicht in Hochthal-Stadt selbst, nein. Aber ich war schon oft hier. – Absitzen, ihr beiden.« Auch er selbst sprang aus dem Sattel, legte seine Ohren an und streifte die Kettenhaube über. Auf deren Schutz hatte er während ihrer Reise aus Gründen der Bequemlichkeit oft verzichtet; nun jedoch schienen auch für ihn wieder die Anstandsregeln der Zweiten Armee zu gelten.

»Wie sehe ich aus?«

»Soldatisch«, meinte Micael und nickte anerkennend, was Shoran ein kleines Lächeln entlockte. Dann drückte er Rika die Zügel seines Pferdes in die Hand und eilte in Richtung eines der uniformierten Torwächter.

Rika sah Micael fragend an; der Junge zuckte mit den Achseln.

»Ich schätze, wir sollen hier einfach auf ihn warten.«

Auf dem gepflasterten Marktplatz hinter dem nahen Torbogen brüllten Leute durcheinander; neugierig wandte sich Micael dem bunten Treiben zwischen den hohen Häusern zu. Rika hingegen hielt es für sinnvoller, Shoran im Auge zu behalten. Ging der Soldat verloren, würden sie sich ganz alleine in der Hauptstadt zurechtfinden müssen.

»Rika, sieh mal!«

»Pass doch auf«, protestierte sie; in seiner Begeisterung hatte Micael ihr einen Ellenbogen in die Seite gerammt.

»Entschuldige. Aber sieh doch mal!« Aufgeregt deutete er

auf eine Reihe von Zeichnungen, die im Inneren des Torbogens an beiden Seiten der Mauer aufgehängt waren. »So viele Bilder! Wer die wohl gemalt hat?«

»Das solltest du Shoran fragen.« Rika rieb sich die schmerzende Seite. »Ich hoffe bloß, dass er sein Schwätzchen beendet, bevor die Tore geschlossen werden. Heute Nacht hätte ich gerne ein Dach über dem Kopf.«

»Es sieht aber nicht nach Regen aus.« Micael sah nach oben und kratzte sich am Bart. »Der Himmel ist beinahe wolkenlos.«

»Das meinte ich nicht. Merkst du denn nicht, wie sehr es hier draußen stinkt?«

Sie deutete auf die Dunghaufen neben der Straße, deren Gerüche sich unangenehm mit denen der Tiere und dem des von der Sonne beschienenen Pflasters mischten. Auch am Rande des Marktplatzes häuften sich Abfälle: Reste von Gemüse, weggeworfene Pfannkuchen und Tonscherben setzten auf dem grau-weißen Granit bunte Akzente, die es fast mit der Farbenvielfalt der an den Ständen feilgebotenen Waren aufnehmen konnten.

»Nun, wo viele Menschen leben, gibt es eben auch viel Gestank«, brachte es Micael auf den Punkt. »Aber du brauchst dich nicht zu sorgen, da kommt Shoran schon.«

»Danke, Rika.« Der Soldat nahm dem Mädchen die Zügel seines Pferdes wieder ab. »Diese Nacht werden wir in der Vigren-Kaserne verbringen, die ist im Süden der Stadt. Jetzt aber sollten wir uns beeilen.« Er sah prüfend zum Himmel. »Ritter Baron Stiggen verlässt seinen Schreibtisch grundsätzlich gleich nach Anbruch der Dunkelheit, daher sollten wir die Kommandantur möglichst noch bei Tageslicht erreichen.«

»Ist Ritter Baron Stiggen der ranghöchste Offizier der Garnison?«, wollte Micael wissen; Shoran bejahte die Frage mit einem knappen Nicken.

»Ja, und er ängstigt sich vor Gespenstern.«

»Er ängstigt sich vor *was*?«, fragte Rika ungläubig, und auch Micael lachte skeptisch auf.

»Gespenster gibt es doch nicht!«

»Seine schon. Stiggen fürchtet die Rache der unbearbeiteten Akten«, feixte der Soldat. »Ich möchte nicht wissen, wie viele seiner Leute verhungert sind, weil er vergessen hat, den Sold auszahlen zu lassen. Das gehört offenbar nicht zu seinen Stärken, aber …« Shoran zuckte die Achseln. »Tut auch nichts zur Sache. Ich kenne ihn ja nicht einmal … der übliche Tratsch unter Soldaten. Jedenfalls werden wir ihn heute vermutlich nicht mehr antreffen, wenn wir uns nicht beeilen. Kommt schon.«

Rika nahm Sorley am Zügel und ritt eilig durch den Torbogen hinter Shoran und seinem Pferd her; Micael tat es ihr gleich.

»Wer hat die Bilder gemalt?«, fragte der Junge, während er zu Shoran aufschloss. »Die im Torbogen.«

»Du meinst die Steckbriefe? Die stammen aus der Feder des herzoglichen Hofzeichners.«

»Steckbriefe?«, fragte Micael vorsichtig nach. »Ich sah zwar, dass sie festgesteckt sind, aber sollten sie nicht eher ›Steckbilder‹ heißen?«

»Frag doch nicht mich! Ich habe sie nicht so genannt.« Shoran zuckte die Achseln. »Darauf sind Verbrecher abgebildet, die wegen ihrer Untaten gesucht werden. Wer Hinweise auf ihren Aufenthalt geben kann, erhält eine Belohnung.«

»Oh.« Micael blickte sehnsüchtig zum Torbogen zurück, aber der lag nun schon einige Meter hinter ihnen.

»Du wirst morgen noch genügend Gelegenheit haben, sie zu studieren«, grinste der Shathatoka. »Versuche jetzt lieber, dicht bei mir zu bleiben – das wird im Gedränge der Gässchen nicht so einfach sein wie hier. – Hier geht's entlang.«

Das Gebäude, in dem die Kommandantur untergebracht war, lag am Platz der Vereinigung im Stadtzentrum – ganz in der Nähe der Paläste; Rika bedauerte, dass sie nicht genügend Zeit hatte, um sich alles genau anzusehen.

Hochthal-Stadt war von hier unten noch viel beeindruckender als aus der Vogelperspektive. Unmengen von Leuten eilten durch die Straßen und Gassen, Menschen in prächtigen Roben ebenso wie solche in einfacheren Kleidern, die Waren mit sich führten oder Tiere vor sich hertrieben. Vereinzelt konnte Rika auch in Lumpen gehüllte Gestalten ausmachen, die verkrümmte Hände ausstreckten und nach Almosen bettelten. Wie sich die Ströme der geschäftigen Einwohner durchmengten, so veränderten sich auch Aussehen und Aufbau der Gebäude, der Straßenmärkte, Parks und Werkstätten nicht nur von Stadtviertel zu Stadtviertel – manchmal grenzte sogar in derselben Straße ein winziges, altes Holzhäuschen an ein Wohngebäude aus glitzerndem Stein.

Auch die Gerüche wandelten sich je nachdem, durch welche Straßen Shoran Rika und Micael führte. Zwar schien über der gesamten Stadt der Duft von Steinstaub und Pferdedung zu liegen, die Beimengungen waren jedoch recht unterschiedlich. Stank es in einer Gasse nach Urin und Küchenabfällen, so roch es in einer zweiten nach Suppe und schalem Wasser, während es in einer dritten nach Rosen und Lavendel duftete.

Und dann war da noch ein anderer, ganz besonderer Geruch, der Rika zum ersten Mal kurz nach Anbruch der Dämmerung auffiel.

Sie hatten gerade das prächtige Stadtzentrum mit seinen wehenden Bannern und hell erleuchteten Straßen erreicht, als der Geruch sich fast unmerklich in Rikas Schädel schlich und dort Empfindungen auslöste, die sie nicht verstand … vage Regungen, die nicht richtig greifbar waren, die ihr aber auch keine Ruhe ließen, so, als lauerten hinter der schillernden Haut einer Seifenblase blutdürstige Raubtiere.

Prickelnd stellten sich die feinen Härchen an ihren Unterarmen auf.

»Was ist?«, fragte Micael, als Rika ruckartig stehen blieb. »Was ist los?«

»Dieser beißende Geruch.« Beunruhigt schaute sie in alle Richtungen, aber außer den vielen geschäftigen Leuten und den Häusern überall entdeckten ihre Augen nichts Außergewöhnliches. »Nimmst du ihn denn nicht wahr? Er macht mir Angst.«

»Das ist bloß Pferdepisse.« Micael verzog das Gesicht. »Dass so etwas ausgerechnet dir Angst macht …«

»Nein, nein«, wehrte sie ab und fuhr sich nervös durch die dichten Locken. »Das ist es nicht.«

Auch Shoran hatte jetzt bemerkt, dass Rika ihm nicht mehr folgte, und hielt an.

»Gibt es ein Problem?«

Verwirrt strich Rika mit den Fingern über ihre sommersprossige Nase. »Nein, aber es riecht nach …«

Trockene Blätter knirschten unter ihren Füßen, als die junge Frau in Todesangst durch den im Nebel versunkenen Laubwald eilte; sie hörte die Hunde bellen, hörte, wie die schlanken Tiere immer näher kamen, aber sie wagte nicht, sich umzuschauen: Jede Unkonzentriertheit, die sie sich erlaubte, würde den Tieren zum Vorteil gereichen. Wenn nicht noch ein Wunder geschah, würden sich schon bald die kräftigen Kiefer in ihre Schenkel schlagen und sie zu Fall bringen. Und dann …

»Haltet sie auf! Sie darf nicht entkommen!«

Die eisigen Finger der Angst umkrallten das heftig pochende Herz der jungen Frau; unwillkürlich griff sie an ihre Brust. Es war die kalte Stimme des ungeliebten Gemahls, der die Tiere auf ihren Spuren im nebligen Halbdunkel durch den Wald hetzte.

»Nein«, schluchzte sie, während sie weiterlief. Der rote Taft des zerrissenen Rockes schlug bei jedem Schritt gegen ihre Knöchel. »Warum tust du mir das an?«

Sollte diese Marter denn nie ein Ende nehmen? War sie der Gefangenschaft des lieblosen Mannes nicht schon einmal entflohen? Er wusste, dass sie ihn nicht liebte, wusste, dass sie ihm nun niemals auch nur einen Anflug von Respekt entgegenbringen würde … und dennoch setzte er alles daran, sie zu ängstigen, zu brechen und zu beherrschen. Sie konnte nur ahnen, welche Freude es dem hageren Mann zu bereiten schien, sie hilflos und entmutigt zu sehen – ihre Todesangst war ihm Seelennahrung.

»Deine Flucht ist vergebens«, verhöhnte er sie, als habe er sich Einblick in ihre Gedanken verschafft. »Du wirst meinen Hunden nicht entkommen. Sie werden dich hetzen, bis du vor Erschöpfung zusammenbrichst. Dann gehörst du mir!«

»Was willst du?«, schrie die junge Frau im roten Kleid. »Lass mich in Ruhe!«

Die Antwort war ein bitteres Auflachen; sehen konnte sie jedoch niemanden.

Der Wald schien kein Ende zu nehmen; in welche Richtung sie sich auch wandte, überall bot sich ihr das gleiche Bild: Halbentlaubte Bäume und von Moosen überwucherte Baumstümpfe säumten zahllose, scheinbar identische Wege.

Die Hunde kläfften in ihrer Nähe; schon meinte sie, den heißen Atem der Tiere in ihrem Genick zu spüren.

»Ich will«, frohlockte ihr Gemahl, »mir nehmen, was mir zusteht ... ob es dir nun gefällt oder nicht, denn DU BIST MEIN!«

Unwillkürlich erinnerte sie seine Wortwahl an das, was ihr der schöne Fremde in jenem intimen Moment am Fenster zugeflüstert hatte: ›Du bist mein, und wenn du nur willst, bin ich auch dein.‹

Das Verlangen, das bei der bloßen Erinnerung an den rätselhaften Augenblick in ihr aufstieg, war beinahe schmerzhaft.

»Ja, ich will«, stieß sie im Laufen hervor. »Ich will, dass du mein bist! Bitte ... beschütze mich ...«

Aber nichts geschah; nur das Bellen der Hunde wurde lauter.

Keuchend beschleunigte sie ihre Schritte; dass sie dabei

einen Schuh verlor, bemerkte sie erst, als ein langer Holzsplitter in ihre ungeschützte Fußsohle drang.

Mit einem Aufschrei stürzte sie in einen Laubhaufen. Sand und trockenes Blattwerk wirbelten auf, als sie sich überschlug; dann hatte sie auch schon einer der beiden Jagdhunde eingeholt und biss sich gurgelnd und geifernd im Ärmel ihres Kleides fest. Sandkörner und die aufsteigenden Tränen raubten ihr dic Sicht.

Ihr Verstand sagte, dass jeglicher Versuch, sich gegen das rasende Tier zu wehren, sinnlos sein würde; dennoch tastete sie den Waldboden mit der verbleibenden Hand nach einer brauchbaren Waffe ab. Als ihre Finger einen geeigneten Ast erahnten, griff sie zu – und hieb blindlings um sich.

Einer der ungezielten Schläge traf das Ohr des Hundes, der aufjaulend zurücksprang; dabei riss er ein Stück Stoff aus ihrem Ärmel und ein Stück Fleisch aus ihrem Arm.

Das höhnische Lachen ihres Gemahls ertönte zwischen den Bäumen; diesmal schien er nicht mehr weit von ihr entfernt zu sein.

Stechende Schmerzen durchfuhren den Körper der jungen Frau, aber sie wollte nicht aufgeben. Als sich eine schattenhafte Gestalt an sie heranwagte, schlug sie noch einmal kräftig zu.

Der Fluch, den der Getroffene von sich gab, gab zu erkennen, dass nicht ein Hund die Wucht des Knüttels zu spüren bekommen hatte. Dann riss auch schon eine kräftige Hand an ihren dunklen Haaren.

»Verfluchtes Weib, das wirst du büßen«, grollte die Stimme ihres Gemahls, heißer vor Wut. »Leiden sollst du. Auf deinen Tod aber wirst du vergeblich hoffen!«

Brutal schlug ihr der hagere Mann ins Gesicht.

Die junge Frau spürte, wie ihre Unterlippe aufplatzte, spürte, wie warmes Blut an ihrem Hals entlangrann. Gleichzeitig fühlte sie brennenden, unbändigen, zügellosen Zorn die scheue Zurückhaltung durchbrechen, die ihr Wesen bis zu diesem Moment beherrscht hatte …

… dann fühlte sie *ihn*.

Und es wurde hell.

»Sprich mit mir, Rika«, übertönte eine Stimme den Hintergrundlärm. Zehn geisterhafte, verschwommene Finger schwebten dicht vor ihrem Gesicht, ganz so, als wollten sie es berühren, wagten es jedoch nicht.

Rika blinzelte und stieß dann hörbar die Luft aus. Die Geräuschfetzen, die auf ihre Trommelfelle einprasselten, verdichteten sich allmählich zu Getuschel, Brummen, Rufen, beiläufigen Gesprächen. Trotz der kurzen Zeit, die seit ihrer Ankunft vergangen war, empfand sie diese Geräuschkulisse bereits als charakteristisch für Hochthal; es war die Stimme der Hauptstadt.

Sie war also nicht im Wald.

Und sie war nicht in der Gewalt eines alptraumhaften Gatten.

Wieder blinzelte sie; diesmal nahmen die Finger mit den spitzen Nägeln schärfere Konturen an; dahinter verdichtete sich Shorans blasses Gesicht.

»Den Göttern sei Dank.« Rika griff nach dem Lederband mit Dougens Ring, dessen Berührung ihr zumindest den Anschein eines Gefühls von Sicherheit vermittelte. »Das bist nur du.«

Augenblicklich ließ der Soldat die Hände sinken. Die

schmalen Lippen kräuselten sich zu einem schiefen Lächeln.

»Ja, ich bin's nur«, meinte er. »Alles in Ordnung?«

»Geht es dir gut?«, wollte auch Micael wissen. »Als du zu keuchen anfingst, dachte ich schon, du wärest krank.« Die Stirn des Jungen runzelte sich sorgenvoll. »Bist du krank?«

»Ich hoffe nicht«, entgegnete Rika schwach und rieb sich die Augen. »Ich bin bloß ... müde.«

»Ich kenne einige Kameraden, die im Stehen schlafen können; dass so etwas auch außerhalb der Armee verbreitet ist, ist mir allerdings neu«, flachste Shoran. »Aber keine Sorge, wir haben es bald geschafft. Die Kommandantur ist der große, hässliche Klotz mit der mächtigen Treppe und den Falkenbannern.«

»Hässlich? Das Gebäude ist großartig«, entfuhr es Micael.

»Dann wirst du sicherlich viel Freude beim Betrachten haben, während du davor wartest.« Shoran klopfte seinen Waffenrock ab, der nach der langen Reise ganz und gar nicht mehr sauber war; der weiße Stoff mochte die als Stadtwache eingeteilten Soldaten während der Nachtschicht sichtbarer machen, aber im Feld hatte er seine Nachteile.

»Aber ...«

»Kein aber. Du wirst mich nicht zum Kommandanten begleiten, Micael Ivarssohn. Und du auch nicht, Rika.«

Fordernd streckte der Soldat eine Hand in Richtung des Mädchens aus. »Dein Schreiben vom Stadtrat.«

Ihre Finger schlossen sich um die Tasche, in der sie das Schreiben verstaut hatte.

»Das gebe ich nicht aus der Hand«, erklärte sie mit fester Stimme. »Es ist nur für die Augen des Herzogs bestimmt.«

»Genau«, murmelte Micael, was Shoran zu einem tiefen Seufzer veranlasste.

»Bis ich den Kollegen am Tor erklärt habe, warum ich zwei Kinder mitbringe, sitzt Ritter Baron Stiggen längst in seinem Stammlokal und hat sich mindestens einen Bocksbeutel hinter die Binde gekippt. – Du wirst dein Schreiben zurückbekommen, junge Dame, dafür lege ich meine Hände ins Feuer.«

Rika blickte unschlüssig zu Micael hinüber, der warnend den Kopf schüttelte.

»Vertrau mir«, fuhr Shoran fort. »Glaubst du denn, du könntest einfach zum Herzogspalast gehen und um eine Audienz bitten? Wir sind hier in der Hauptstadt, Rika – ohne Geld und Beziehungen wirst du nicht weit kommen.« Er wackelte auffordernd mit den Fingern. »Ich weiß genau, was ich tue. Kannst du das auch von dir behaupten?«

»Nein«, gestand sie nach einem Augenblick des Zögerns; dann griff sie in ihre Tasche und übergab dem Soldaten das Schriftstück des Bürgermeisters. »Rede den Kommandanten in Grund und Boden, Shoran. Das kannst du ja ganz gut. Ich wünsche dir viel Erfolg.«

»Den wünsche ich mir auch«, lachte Shoran und stopfte das Schreiben sorgfältig in seinen Gürtel, bevor er sich zum Gehen wandte.

Rika holte tief Luft … und verzog das Gesicht.

»Warte, Shoran. Nimmst wenigstens du diesen merkwürdigen Geruch wahr? Diesen Geruch, der sich durch die Nase schleicht und dann plötzlich in die Stirn sticht?«

Der Shathatoka drehte sich um und rümpfte die Nase.

»Dem kannst du hier kaum entrinnen, aber vermutlich wirst auch du dich schnell daran gewöhnen.«

»Aber was ist es? Was verursacht diesen … diesen Duft?«

Shoran deutete mit einer rechten Hand auf eine verschnörkelte Straßenlaterne, die nur wenige Schritte von ihnen entfernt stand; durch den milchigen Glaszylinder drang warmes, ungewohnt ruhiges Licht nach außen und verlieh der Straße einen sanft goldenen Glanz.

»Was du da riechst«, erklärte der Soldat und klopfte auf den leise vor sich hin brummenden Laternenpfahl, »ist Sturmkraft.«

Micaels Murren darüber, dass er die Kommandantur nicht von innen gesehen hatte, war bald der Verzückung darüber gewichen, dass er in einer richtigen Kaserne essen und übernachten durfte. Als Shoran dann auch noch mit der Nachricht zurückkehrte, dass Ritter Baron Stiggen ihnen allen dreien gleich am nächsten Tag eine Audienz beim Herzog verschaffen würde, hatte es für den jungen Mann kein Halten mehr gegeben.

Sturzbächen gleich waren Fragen, Vermutungen und Theorien über das, was ihnen im Palast bevorstand, aus seinem Mund gesprudelt, bis sich Rika völlig erschöpft zurückgezogen hatte.

Ein Mann, der viel redete, war schon schlimm genug; zwei redselige Begleiter waren wie die Pest, und so warf sie sich auf die ausgebeulte Matratze, auf der sich noch Tags zuvor ein schwitzender, stinkender Unteroffizier gewälzt hatte. Ihr vom Reiten und den zahlreichen Stürzen mitgenommener Körper genoss die weiche Unterlage so sehr, dass sie bald in einen tiefen, erholsamen und glücklicherweise traumlosen Schlaf fiel. Dennoch wurde sie sofort wach, als jemand heftig an die Holztür der kleinen Kammer klopfte.

»Rika, Rika! Wach auf!«

Die sich vor Aufregung überschlagende Stimme gehörte eindeutig zu Micael Ivarssohn.

»Schnell! Nun wach endlich auf!«

»Ich komme ja schon«, seufzte Rika und erhob sich schwerfällig von der bequemen Matratze. Bevor sie öffnete, warf sie sich eine Wolldecke um die Schultern.

»Was ist denn los?«

»Rika, Rika!« Völlig atemlos drängte sich der junge Mann an ihr vorbei in das kleine Zimmer. »Der Herzog wünscht uns zu sehen. Sofort!«

»Wirklich sofort?« Verwundert warf Rika einen Blick aus dem kleinen Fenster in den Kasernenhof, den die Morgendämmerung in bleigraues Licht tauchte. »Er muss Frühaufsteher sein.«

»Mach schon«, drängte Micael. »Shoran wartet schon auf uns.«

»Im Nachthemd werde ich gewiss nicht beim Herzog vorsprechen und umkleiden werde ich mich nicht, solange du vor meinem Bett stehst, Micael Ivarssohn.« Rika zog die Decke enger um sich, und der Junge errötete schlagartig.

»Oh. Tut … äh … tut mir leid«, stammelte er. »Ich wollte dich nicht in, äh, Verlegenheit bringen.«

»Das wird dir hoffentlich auch nicht so schnell gelingen«, brummte Rika verstimmt. »Gehst du jetzt?«

Nach Micaels fluchtartigem Abgang wusch sich die junge Frau in aller Eile, bevor sie sich in das einzige Kleidungsstück aus ihrem Reisegepäck zwängte, das ihr für die Aufwartung bei einem Herzog geeignet schien: ein schlicht geschnittenes Kleid aus samtig schimmerndem, braunen Stoff.

Einen Spiegel gab es in der Kammer nicht. Rika wand ihr Haar also wie sonst auch nach Gutdünken zu einem lockeren Knoten und fixierte ihn mit dem Metalldorn, während sie in ihre Schuhe schlüpfte. Sie hoffte, dass das Kleid die Schuhspitzen bedeckte, denn das Leder war vom Laufen auf rauem Gelände und etlichen Stürzen abgestoßen und zerkratzt.

»Fertig«, keuchte sie schließlich und griff nach ihrer Tasche. Natürlich war auch Rika aufgeregt – schließlich hatte sie noch nie einem Adeligen gegenübergestanden, und schon gar nicht einem Königssohn und Herrscher über eine solch große und bedeutsame Provinz. Aber sie hoffte, dass man ihr die Aufregung nicht so anmerken würde wie Micael.

Dieser tigerte auf dem Gang vor ihrer Kammer nervös auf und ab. Rika bemerkte, dass er seine Kleidung so gut es ging gereinigt hatte; einzig der Riss in der Hose gab einen Hinweis darauf, dass ihre Reise nicht ohne Zwischenfälle verlaufen war.

»Ich dachte schon, du kämst nie«, rief er erleichtert. »Der Herzog wartet bestimmt nicht gerne, nicht einmal auf dich.« Dann eilte er vor ihr die Treppen hinab.

Die Luft vor der Vigren-Kaserne war kühl und frisch; nicht weit vom Eingang entfernt unterhielt sich Shoran leise mit dem ebenfalls in die Uniform der Zweiten Armee gekleideten Kutscher eines offenen Karrens, den Helm unter einen Arm geklemmt. Als Rika auf die Straße hinaustrat, winkte ihr der Shathatoka mit zwei rechten Händen freundlich zu.

»Ich habe eben eine Wette gewonnen«, grinste er. »Freund Dan hier wollte nicht glauben, dass es tatsächlich Frauen gibt, die sich so schnell ankleiden können wie du, Rika.«

»Was? Sie hat doch ewig gebraucht«, staunte Micael, woraufhin das Mädchen ihm mit dem Ellbogen in die Rippen boxte.

»Sehr lustig«, grollte sie, dann wandte sie sich stirnrunzelnd an Shoran.

»Du siehst heute irgendwie anders aus.«

Er sah mit gespieltem Entsetzen an sich herab.

»Es muss der saubere Waffenrock sein.«

»Nein, es sind deine Haare. Die sind so … *hell*!«

»Der ganze Shoran ist frisch gewaschen, da verschwindet schon mal ein wenig Farbe im Ausguss«, erklärte der Soldat achselzuckend. «Auch ich habe mich für den Herzog feingemacht.«

»Dein Haar ist gefärbt?«

Nur Dirnen färben ihr Haar, schoss Rika durch den Kopf. *Dirnen und Schausteller.*

Freund Dan auf dem Kutschbock lachte; trotz der verlorenen Wette hatte er offensichtlich gute Laune. »Das Einzige, was an diesem Kerl echt ist, ist sein loses Mundwerk. Und natürlich das selbstverliebte Getue.« Er hob die Zügel an. »Und jetzt steigt ein, wir haben eine ordentliche Strecke vor uns. Bis zum Platz der Vereinigung kann ich euch mitnehmen.«

Als Dan – der eigentlich Danvil hieß – die drei im Zentrum der Stadt absetzte, war es bereits hell. Am Platz der Vereinigung herrschte schon geschäftiges Treiben; zwischen

Menschen, die in gedeckten Farben gekleidet waren und sich zielstrebig zwischen den hohen Gebäude bewegten, schlenderten Grüppchen von Leuten in farbenfrohem, teils aufwändigem und prunkvollem Ornat umher.

»Wenn wir durch diesen Park gehen, gelangen wir direkt zum herzoglichen Palast«, erklärte Shoran und deutete auf einen breiten, geschotterten Weg, der zwischen gepflegten Blumenbeeten hindurchführte.

Rika, deren Kleid tatsächlich die abgestoßenen Schuhspitzen bedeckte, staunte immer noch über die zahlreichen gut gekleideten Menschen, die den öffentlichen Platz bevölkerten.

»Sind das alles Adelige?«, wollte sie wissen.

Micael lachte auf.

»Unsinn. Diejenigen, die Sachen hin und her tragen, sind wohl Dienstboten und so. Die anderen ... nun ...«

»Ein Großteil von ihnen sind Reisende aus allen Teilen des Reiches, und von weit über den Grenzen«, ergänzte Shoran. »Händler, Fürbitter, Glücksritter, Gelehrte ... vielleicht auch ein paar Adelige. Siehst du die Männer mit den Rauschebärten? Das sind wohl Kaufleute oder Söldner aus Okenwall.«

»Oh«, meinte Rika ehrfürchtig, deren Augen seinem Fingerzeig gefolgt waren. »Und gleich da drüben sind Hiranyer, ich meine Shathatoka wie du, sieh nur!«

»Hui«, staunte Micael, der einer vierarmigen, vierbrüstigen Frau mit blauschwarz schillernder Flechtfrisur hinterherstarrte; als habe sie seine Blicke gespürt, wandte sie in eben diesem Moment den Kopf und lächelte den Jungen lasziv an, wobei sich die orangefarbenen Flecken auf ihren bleichen Wangen verzogen. Micael wurde rot und wandte den Kopf ab, dann fixierten seine Augen auch schon ein neues Ziel.

»Und woher kommen die niedlichen Mädels mit den schwarzen Gesichtern?«

Micael Ivarssohn hatte es kaum ausgesprochen, als sie auch schon von einer Gruppe von ungefähr zehn kichernden Mädchen im Klosterschulalter umringt waren, die sie neugierig anstarrten. Erstaunt stellte Rika fest, dass er mit den ›schwarzen Gesichtern‹ Recht hatte: Das, was von der Haut der Mädchen zu sehen war, war sehr viel dunkler als die Haut der meisten Landarbeiter aus Rikas Bekanntschaft. Sie waren sicherlich aus Kaavizan.

Verlegen grinsend strich Micael eine blonde Haarsträhne aus seinem Gesicht.

»Hallo, Fräuleins, was verschafft uns die Ehre?«

Eins der in züchtigem Weiß gekleideten Fräuleins sah sich um, als befürchte sie, dass ihnen jemand folgte; ein anderes junges Mädchen mit einem straffen, schwarzen Haarknoten lächelte Micael erwartungsvoll an.

»Es tut mir sehr leid«, begann sie; der holprige Tonfall deutete daraufhin, dass sie mit der Sprache dieser Gegend noch nicht lange vertraut war. »Wir haben bitte die Straße verloren. Kann er helfen?«

»Natürlich«, entgegnete Micael freudestrahlend; dann schoben ihn vier bleiche Hände unnachgiebig zur Seite. »He«, setzte er zum Protest an, aber der Shathatoka ließ ihm keine Chance.

»Der junge Mann ist ebenfalls fremd in der Stadt.« Shoran faltete die Hände, mit denen er eben noch den Jungen zur Seite geschoben hatte, in geheuchelter Bescheidenheit. »Welche Straße suchen die jungen Damen denn?«

Das Mädchen, das gesprochen hatte, biss sich schüchtern auf die üppige Unterlippe. »Haarig-Gass-Strasse?«, schlug sie vor, sich der Aussprache wohl selbst nicht sicher; zwei der anderen Mädchen steckten die Köpfe zusammen und tuschelten aufgeregt miteinander.

»Ich nehme an, ihr sucht das Reichsmuseum«, stellte der Soldat fest. »Das liegt am Harvigis-Platz.«

»Können wir dort bitte alte Dinge sehen?«

»Ziemlich alte Dinge sogar.« Shoran zwinkerte den tuschelnden Mädchen zu, woraufhin beide laut kicherten.

Das Mädchen, das der örtlichen Sprache mächtig war, strahlte den Vierarmigen an.

»Dann hat er richtig. Wo geht es?«

Während Shoran die kichernde Horde in die Platzmitte lotste, um ihnen mit zahlreichen Gesten und möglichst einfachen Begriffen zu erklären, welchen Weg sie nehmen mussten, um an ihr Ziel zu gelangen, rollte Rika mit den Augen. »Sind die albern«, brummte sie an Micael gewandt; der warf ihr einen beleidigten Blick zu.

»Ich finde es albern, dass dieser Mistkerl mich wie einen Idioten hat aussehen lassen«, meinte er schließlich nach einer bedeutungsschwangeren Pause. Offenbar hatte es ihn Überwindung gekostet, diese Feststellung zu treffen.

Rika zog die Augenbrauen hoch. »Wieso? Kennst du hier denn auch nur einen einzigen Straßennamen?«

»Ach, komm schon. Du weißt genau, was ich meine, Rika.« Die blauen Augen des Jungen sprühten zornige Funken. »Er hat mich behandelt wie ein kleines Kind. Was werden die Mädchen jetzt von mir denken?«

»Darüber brauchst du dir keine Sorgen zu machen«, grinste Shoran, der seine Tätigkeit als Stadtführer schon beendet hatte; im Vorübergehen klopfte er Micael aufmunternd auf die Schulter. »Die denken sowieso nur an mich.«

Micaels Gesicht färbte sich tiefrot.

»An dich? Und warum sollten sie das tun? Du bist ja nicht einmal ein Mensch!«

»Weil ich besser ausgestattet bin als du, wenn du es genau wissen willst.«

Ein tiefer Seufzer entrann Rikas Kehle, ein Zeichen ihrer Hilflosigkeit. »Muss das denn sein? Könnt ihr beiden nicht einmal wie …«

»Woher willst ausgerechnet du das wissen, Hiranyer?«, unterbrach Micael das Mädchen fauchend. »Sag schon, woher?«

Der Soldat wackelte provozierend mit allen Fingern; er strahlte eine geradezu ausgelassene Heiterkeit aus, als er meinte, »Zeig mir dein zweites Paar Hände und ich nehme alles zurück.«

»Jetzt haltet endlich eure Klappen!«

Verblüfft sahen sich sowohl Micael als auch Shoran um; Rika hatte sich so lautstark Gehör verschafft, dass auch ein paar Passanten verwundert die Hälse reckten. Verärgert stemmte sie ihre Fäuste in die Seiten.

»Anstatt wegen eines gackernden kaavizanischen Hühnerhaufens völlig den Verstand zu verlieren, solltet ihr beiden Oberschlauen euch lieber Gedanken darüber machen, wie man einen Herzog anredet! Ich weiß es nämlich nicht.« Mit gerunzelter Stirn sah Rika von Shoran zu Micael, die sie mit offenen Mündern anstarrten. »Ob ihr einander nun leiden könnt oder nicht, ist mir völlig egal – konzentriert euch gefälligst auf die Audienz! Deswegen sind wir schließlich hier. Und jetzt mag ich endgültig nichts mehr von eurem dummen Gezänk hören. Wenn einer von euch auch nur noch ein einziges Mal den anderen absichtlich kränkt, werde ich meine Reise alleine fortsetzen, ganz gleich, wohin sie führen wird.«

Erhobenen Hauptes schwebte sie zwischen ihren beiden Begleitern hindurch in Richtung des Palastes.

»Sie meint es ernst«, staunte Micael, als er sich von seiner Überraschung über Rikas Wutausbruch erholt hatte. Der Soldat, der dem Mädchen mit verschränkten Armen hinterherblickte, nickte bedächtig mit dem Kopf.

»Das befürchte ich auch.«

Palast des Herzogs, Stadt Hochthal,
Nördliches Hochthal

Rika hatte sich in Erinnerung an Dunlet auf Stunden des Wartens in finsteren Korridoren eingestellt. Umso angenehmer war sie überrascht worden: Zum einen schien es zumindest in dem öffentlich zugänglichen Teil des Herzogspalasts von Hochthal nicht einen einzigen finsteren Korridor zu geben. Zum anderen wurden sie von den Wachen lediglich kritisch beäugt, bevor sie die Erlaubnis erhielten, das in freundlichen Farben gehaltene Arbeitszimmer des Herzogs zu betreten.

Herzog Enrik selbst war noch nicht anwesend, was Rika genügend Zeit gab, sich alle Einzelheiten des herzoglichen Raumes einzuprägen. Es gab eine mit hellem Leder bezogene Sitzbank, auf der weder Rika noch ihre Begleiter ohne Aufforderung Platz zu nehmen wagten; das Morgenlicht, das durch die klaren Fensterscheiben drang, brach sich in einer Kugel aus ebenmäßigem, grünlichem Glas, die neben einer knarrenden Miniatur-Uhr den einzigen Zierrat auf der enormen Fläche des Schreibtisches darstellte. In der dem Tisch am nächsten gelegenen Ecke des Zimmers wiederum stand ein hölzernes Podest, auf dem das metallene Abbild eines Fasans thronte.

Micael schien sich für ebendiesen Fasan zu interessieren; mit gerunzelter Stirn strich er sich über den flaumigen Bart.

»Ob der Vogel teuer war?«, sinnierte er leise; Shoran zuckte mit den Achseln.

»Vermutlich. Wir sind immerhin in einem Palast.«

»Ich habe aber schon welche gesehen, die wesentlich besser gearbeitet waren«, grübelte der Junge weiter nach, »und das in Dunlet auf dem Markt. Dort waren sie nicht sehr teuer. – Na ja, vielleicht ist dieser hier ein Familienerbstück.«

Bevor Shoran seine Meinung dazu kundtun konnte, öffnete sich die hinter dem Schreibtisch gelegene Tür. Ein rot uniformierter Soldat mit ernstem Gesicht trat ein und nahm eine Position in der Nähe des Vogels ein. Ihm folgte ein schlanker junger Herr in höfischer, aber nicht übermäßig prunkvoller Kleidung, den Rika auf wenig mehr als zwanzig Jahre schätzte; sein Haar war schulterlang und dunkelblond, sein Bart sauber gestutzt, und seine Augen waren von einem grünlichen Grau.

Am Klirren der Kettenglieder hörte Rika, dass Shoran neben ihr salutierte, dann fiel der klare Blick des Neuankömmlings auf sie … und sie spürte, wie sie errötete. Herzog Enrik von Hochthal – denn derjenige musste er sein – war der bestaussehende Mann, der Rika mit Ausnahme von Dougen jemals außerhalb ihrer Tagträume begegnet war.

»Rühren«, winkte er ab und ließ sich gänzlich unzeremoniell in den Sessel auf der anderen Seite des Schreibtisches fallen. Nacheinander taxierte er die vor dem Schreibtisch aufgereihten Bittsteller mit wachem Blick; als dieser an Micaels zerrissenen Hosen hängenblieb, zuckte es kurz in einem herzoglichen Wangenmuskel, dann sah Enrik Rika direkt ins leicht gerötete Gesicht.

»Nun? Was wollt ihr von mir?«

»Königliche Hoheit«, begann Shoran; da Enrik nicht nur der Sohn von Herzog Rikart war, sondern auch der Sohn der Königin, stand ihm diese Anrede zu. »Die Garnison von …«

»Schweig, Hiranyer«, schnappte der junge Herzog barsch. Sofort beugte der Soldat den Kopf und faltete das obere Händepaar vor der Brust.

»Verzeiht, Herr. *Angha Dush.*«

Die elegant gezupften Brauen des Herzogs zuckten nach oben, und man sah ihm an, dass er eine solche Zurschaustellung von Demut von einem Vierarmigen nicht erwartet hatte. Dann winkte er auch schon lächelnd ab.

»Schon gut, Soldat«, meinte er und wandte sich wieder Rika zu, der das Blut immer noch in den Schläfen pulsierte. »Mich interessiert, was das Mädchen hier sucht. – Sprich, meine Hübsche. Wie heißt du?«

»Rika«, stieß sie hervor. »Rika Robertstochter. Ich wurde … ich wurde nach Eurem Vater benannt, königliche Hoheit.« Sie schluckte; unter dem durchdringenden Blick des jungen Herzogs zu sprechen, fiel ihr ausnehmend schwer. »Mein Vater und viele andere wurden von den Jixur getötet, die sich immer näher an unsere Ortschaften wagen. Nun bitten Micael Ivarssohn und ich Euch im Namen des Stadtrates von Dunlet, uns gegen diese Bestien beizustehen. Hier ist ein Schreiben des Bürgermeisters, das ich Euch mitgebracht habe.«

Nervös wischte Rika die feuchten Handflächen am weichen Stoff ihres Kleides ab, bevor sie Urcarts Schrieb aus ihrer Tasche zog und am ausgestreckten Arm über den Schreibtisch hielt. Der rot uniformierte Soldat wollte sich schon in Bewegung setzen, um das Schriftstück an sich zu nehmen, aber der Herzog kam ihm zuvor. Mit einem vieldeutigen Lächeln griff er nach dem Papier. Flüchtig berührten seine Fingerspitzen die von Rika; dann sank er in seinen Sessel zurück, um die Petition zu lesen.

Beinahe unhörbares Flüstern neben Rika ließ sie den Kopf wenden, aber Micael blickte starr geradeaus, während sein Adamsapfel hüpfte und sich seine Lippen unaufhörlich bewegten. Es sah aus, als probe er eine Rede.

»Soso«, meinte der Herzog schließlich und legte das Schriftstück beiseite. Wieder fixierte er das Gesicht des Mädchens.

»Sag, Rika Robertstochter, woher kommt mir diese Geschichte so bekannt vor?«

»Das … das weiß ich nicht, königliche Hoheit«, stotterte sie. »Aber der Bürgermeister sagte, ein Mitglied des Stadtrates habe bereits im Frühjahr in der gleichen Angelegenheit bei Euch vorgesprochen.«

»Und? Wie habe ich mich im Frühjahr geäußert?«, wollte Herzog Enrik wissen. Interessiert richtete er sich in seinem Sessel auf; für Rika war nicht klar ersichtlich, ob er sich tatsächlich nicht mehr an Lehrer Darvis' Hilfegesuch erinnerte oder ob er sie bloß prüfen wollte.

»Königliche Hoheit, Ihr hattet versprochen, Soldaten nach Dunlet zu senden.« Ihre Stimme klang wesentlich sicherer, als sie sich tatsächlich fühlte.

Der Herzog zog die Augenbrauen hoch.

»Habe ich das denn getan?«

Rika blickte hilfesuchend zu Shoran, der knapp den Kopf schüttelte.

»Nein, königliche Hoheit, das habt Ihr bisher nicht getan.« Sie räusperte sich und hob entschlossen den Kopf; dass sich der Herzog in einer Angelegenheit mit Ratespielchen vergnügte, in der es um Menschenleben ging … das passte ihr überhaupt nicht. Ebenso hielt sie den Ausdruck von milder Belustigung auf dem ebenmäßigen Gesicht des jungen Adeligen für äußerst unangemessen.

»Königliche Hoheit, Menschen sind bereits gestorben, weil unserer Stadt nicht genügend Soldaten zur Verfügung stehen. Meines Wissens hat auch die Garnison von Dunlet ein Schreiben gesandt, in welchem sie untertänigst um Verstärkung bittet, wie euch … äh … Ritter … Kommandeur … Herr …«

»Ritter Baron Stiggen«, soufflierte Shoran.

»Wie euch Herr Kommandeur Ritter Baron Stiggen hoffentlich bereits mitgeteilt hat«, vollendete die junge Frau den Satz. »Königliche Hoheit, Ihr seid Herr über die gesamte Zweite Armee. Wenn Ihr der Garnison nicht bald Verstärkung schickt, wird es noch mehr Tote geben. Stellen die Jixur erst fest, dass sie ungestraft über unsere Siedlungen herfallen können, dann wird es für die … für die grausamen Kreaturen kein Halten mehr geben. Erst werden sie die Aussiedlerhöfe niederbrennen, dann die Dörfer, dann die Städte. Sie werden … sie werden die Männer töten und den Frauen Gewalt antun.« Rika spürte, wie ihr Tränen der Wut in die Augen traten, denn die Erheiterung des Herzogs wurde mit jedem Augenblick offensichtlicher. »Und wenn sie erst vor den Toren dieser Stadt stehen – was werdet Ihr dann tun?«

Herzog Enrik biss sich auf die Unterlippe, so, als wolle er ein lautes Auflachen vermeiden. Dann griff er in die Tasche seiner bestickten Hose und zog einen kleinen, dunklen Gegenstand hervor, den er in einem eleganten Bogen an dem Uniformierten vorbei auf das Podest in der Zimmerecke warf. Als der Gegenstand – vielleicht eine Buchecker – über die polierte Holzoberfläche schlidderte, erwachte der Metallfasan mit einem plötzlichen Flügelschlag zum Leben. Micael fuhr zusammen, als der ›Vogel‹ schnarrend den Hals reckte, um den Leckerbissen aufzupicken.

»Rika Robertstochter«, sagte Enrik gedehnt, während der Fasan wieder seine ursprüngliche Haltung einnahm, »du scheinst mir recht hartnäckig zu sein, zudem noch ziemlich eigenwillig. Glaubst du und dein zerlumpter Freund denn tatsächlich, dass mich der Gedanke an eine Handvoll grunzender Biester mit angespitzten Stecken vor den Mauern meiner Stadt erschrecken könnte?«

Micaels Hände ballten sich an der Seitennaht der zerrissenen Hose zu Fäusten; auch Rika musste sich sehr beherrschen, um den Herzog nicht anzuschreien.

»Königliche Hoheit …«

»Nein, lass mich reden, meine Hübsche.« Demonstrativ klopfte der Herzog auf Bürgermeister Urcarts Schreiben, dann ließ er sich wieder in die Polster seines Sessels sinken. »Es ist nicht so, dass ich das Schicksal deiner Verwandten nicht bedauere, Rika Robertstochter. Sicher, für euch stellen diese Ungeheuer eine große Gefahr dar. Ständig in Angst und Schrecken zu leben, vielleicht sogar heimatlos zu werden … das muss grausam sein. Aber ich kann euch nicht helfen.«

Alles Blut wich aus Rikas Gesicht; ihr wurde augenblicklich schwindelig. Wäre Micael nicht so geistesgegenwärtig gewesen, ihren Arm zu ergreifen, wäre sie womöglich gestürzt.

»Königliche Hoheit«, ächzte sie, während sie sich an der Schulter des Jungen festhielt, »es ist ja nicht so, als würden nur wir … wir Bauern und Viehzüchter um Eure Hilfe flehen. Selbst die Soldaten bitten um Unterstützung! Wollt Ihr denn nicht einmal Euren eigenen Leuten helfen?«

Bedächtig legte Enrik die manikürten Fingerspitzen aneinander. »Davon einmal abgesehen, dass vermutlich alle Garnisonskommandeure überall auf der Welt unentwegt nach mehr Geld, mehr Männern und mehr Schnaps brüllen … selbst wenn wir davon absehen, Rika Robertstochter, besteht immer noch ein Unterschied zwischen ›nicht helfen wollen‹ und ›nicht helfen können‹. Ich *kann* euch nicht helfen.«

Der Herzog erhob sich und schritt zum Fenster hinüber, wo er durch die Glasscheibe nach draußen sah. Scheinbar gelangweilt blickte er zum Himmel empor, an dem sich dunkle Wölkchen zusammenballten; möglicherweise würde im Laufe des Vormittages ein Unwetter als Vorbote des Herbstes über die Hauptstadt hereinbrechen.

»Ich konnte deinem hochgeschätzten Stadtrat bereits im Frühjahr keine Truppen zur Verfügung stellen. Das hat sich bis heute nicht geändert. Zwar bin ich der oberste Herr der Zweiten Armee, aber das bedeutet nicht, dass ich aufs Geratewohl Truppen zwischen einzelnen Ortschaften hin- und herschieben kann. Zöge ich beispielsweise vierzig Soldaten aus Tobrit ab, um sie nach Dunlet zu schicken, fehlten sie in Tobrit. Würde ich euch vierzig Männer aus der Hauptstadt schicken, gäbe es hier nicht mehr genügend Soldaten, um all die betrunkenen Besucher, Ratsherren und Ritter nächtens aus der Gosse aufzulesen … oder um einfach nur die Stadttore zu bewachen. Obwohl eigentlich jeder Ort in meinem Herzogtum eine bestimmte Anzahl an Soldaten stellen muss, konnte das Soll bisher nie erfüllt werden. Nur Wenige halten die Soldaterei für eine achtbare Beschäftigung, und wer begütert ist, kauft sich frei. Deshalb gibt es in den Thälern nicht genügend Soldaten.«

Da hielt Micael es nicht länger aus.

»Dann werdet Ihr Euch freuen, zu hören«, sprudelte es aus ihm nur so heraus, »dass ich gekommen bin, um ...«

»Schweig, Bursche!«, schnappte der Uniformierte bei Enrik in einem Tonfall, der sogar Rika zusammenzucken ließ. »Du sprichst nur, wenn Seine Hoheit dir das Wort erteilt!«

»Hättet ihr alle wohl die unendliche Güte, mich ausreden zu lassen?« Der Herzog drehte sich um, um Micael einen tadelnden Blick zuzuwerfen, dann lehnte er sich mit dem Rücken gegen das Fenster.

»Aber auch wenn ich euch nicht helfen kann, kann es vielleicht ein anderer tun ... Baron Vigren. Er ist der Mann, der meine Soldaten im Feld anführt und der sich darum kümmert, dass in der Zweiten Armee auch sonst alles geregelt verläuft.«

Shoran hustete in seine Faust. »Verzeihung.«

»Gewährt«, entgegnete der Herzog irritiert; Rika nutzte die Gelegenheit, um nachzuhaken.

»Königliche Hoheit, wo können wir diesen Baron finden? Vielleicht in der Vigren-Kaserne?«

»Nein, auch wenn sie nach ihm benannt ist. Ihr findet Vigren im Hauptquartier der Zweiten Armee – der Grenzlandfestung.« Enriks grünlich-graue Augen richteten sich auf Shorans wachsbleiches Gesicht. »Du weißt, wo die Festung liegt, Soldat?«

»Ja, Herr.«

»Bist du dort stationiert?«

»Nicht mehr, Herr.«

»Also kennst du Vigren.« Es war eher eine erfreute Feststellung als eine Frage, woraufhin sich die steingrauen Augen des Vierarmigen für einen winzigen Augenblick verengten.

»Ja, Herr.«

»Sehr gut. Das ist wirklich sehr gut.« Ein äußerst zufriedenes Lächeln breitete sich auf Enriks Gesicht aus. »Dann bist du von diesem Moment an wieder in der Grenzlandfestung stationiert, Soldat. Richte Vigren aus, dass … was ist?« Der Soldat in der roten Uniform schüttelte bestürzt den Kopf, und achselzuckend verwarf der Herzog seine vermeintlich großartige Idee wieder. »Nun, so viele Worte könnte sich ein einfacher Infanterist vermutlich sowieso nicht merken. Ich werde ein Schreiben aufsetzen lassen, das du meinem Heerführer überreichen sollst.« Er seufzte leise. »Wir liegen seit geraumer Zeit im Streit, der Baron und ich. Eigentlich ist es bloß eine Nichtigkeit, die uns entzweit hat: Vigren ist ein guter Mann – das ist er wirklich. Ohne ihn würde meine Armee vermutlich überhaupt nicht mehr funktionieren … aber er hat leider seinen eigenen Kopf. – Wie du, Rika Robertstochter.«

»Königliche Hoheit?« Erschrocken über die plötzliche Ansprache zuckte das Mädchen zusammen.

»Wenn überhaupt jemand Truppen zu eurem Schutz abstellen kann, dann ist es Vigren. Bitte ihn um Hilfe. Ich wünsche dir, deinem zerlumpten Freund und eurem Dorf viel Erfolg.«

Wieder schlug der Fasan mit den Flügeln, dann reckte er

das Hinterteil; die Buchecker schoss mit Druck aus einer kleinen Öffnung unterhalb des metallenen Federschweifs und prallte mit einem ›Klack‹ auf das Podest.

»Hoheit«, warf der Mann in der roten Uniform mit leiser Stimme und eindringlichem Ton ein und deutete auf die kleine Uhr auf dem Tisch.

»Oh ja, natürlich.« Die grünlichen Augen des jungen Mannes wandten sich wieder dem Mädchen und ihren Begleitern zu; sein Blick wirkte viel freundlicher, viel weniger spöttisch und gelangweilt als noch wenige Minuten zuvor. »Unser Gespräch ist beendet.« Er wandte sich zur Tür.

»Aber königliche Hoheit«, platzte Micael entsetzt heraus, »ich wollte Euch doch etwas ...«

»Das Gespräch ist beendet, Bursche«, fuhr ihn der rot Uniformierte scharf an, um dann Shoran zuzunicken. »Das Papier für den Kommandeur der Grenzlandfestung lasse ich an Ritter Baron Stiggen senden, Soldat. Du kannst ihn dir in der Kommandantur abholen.«

Irgendwo zwischen dem Platz der Vereinigung und dem Gerberviertel, mitten im Gewühl der Menschen, war der Strom halblauter Flüche und Verwünschungen versiegt, der sie seit dem Verlassen des Palastes begleitet hatte. Mit Inbrunst hatte Micael seinem Souverän und dessen Vasallen jede Krankheit, die ihm bekannt war, an den Hals gewünscht. Ihn hatte zutiefst getroffen, dass er sein Anliegen nicht hatte vorbringen dürfen, und Rikas Versuche, ihn aufzuheitern, waren vergeblich. Schließlich hatte sie es aufgegeben, ihm gut zuzureden, und ihre Aufmerksamkeit wieder anderen Dingen zugewandt: den Rosen im Park, den beflaggten Gebäuden, den bunt gekleideten Passanten, dem sich aufklärenden Himmel …

»Er wird sich schon zurechtfinden«, meinte Shoran, dem ihr suchender Blick nicht entgangen war. »Der Junge ist ja nicht auf den Kopf gefallen.«

»Schon, aber … er ist eben noch ein Junge«, sorgte sie sich. »Hast du gesehen, wohin er gegangen ist?«

»Ja«, meinte er gedehnt. »Ich glaube jedoch nicht, dass wir ihn suchen sollten. Er mag ein Junge sein, aber das macht uns nicht zwangsläufig zu seinen Eltern. Mit seiner Enttäuschung muss er zunächst einmal ganz alleine fertigwerden. Genau wie du auch.«

Rika atmete tief durch.

»Natürlich ärgere ich mich darüber, dass … dass Seine Hoheit Dunlet nicht helfen kann, aber wenigstens hat er uns nicht unverrichteter Dinge dorthin zurückgeschickt.«

»Nur deshalb, weil er gerade einen Laufburschen benötigte, der einen *Liebesbrief* zur Grenzlandfestung bringt.« Shoran rümpfte ungnädig die Nase. »Enrik und Vigren sind wie Wolf und Staubkatze; ich schätze, dass der Wisch des Herzogs lediglich aus einer Aneinanderreihung von Frechheiten besteht. Der Baron wird darüber so wütend sein, dass er mir den Kopf abreißt, seine Notdurft über meinem Leichnam verrichtet und sich den Allerwertesten mit Enriks Schreiben abwischt … Aber was soll's, zumindest haben du und Micael noch eine letzte Chance.«

Rikas bernsteinfarbene Augen wurden groß.

»Wie meinst du das?«

»Der Baron ist schroff und unfreundlich, aber er versteht sein Handwerk. Wenn Vigren sagt, dass er Verstärkung nach Dunlet schicken kann, wird er es auch tun, und wenn er sagt, dass es ihm nicht möglich ist, dann ist es zumindest die Wahrheit – und die Zweite Armee braucht alle guten Leute, die sie kriegen kann. Micael wird er mit Sicherheit aufnehmen.«

»Ach so.« Erleichtert verdrehte sie die Augen; sie hatte schon befürchtet, dass der Vierarmige auf eine mögliche Liebelei zwischen Micael und ihr hatte anspielen wollen. Nichts lag ihr ferner als das – selbst wenn die Strecke, die sie gemeinsam zurücklegen würden, dreimal so lang sein sollte.

»Wie weit ist es überhaupt bis zur Grenzlandfestung?«

»Die Festung liegt von hier aus gesehen im Norden am Rande einer Hochebene, beinahe schon im Niemandsland. Dort, wo sich zwischen Hochthal, Gavenne und Craiglin Füchse, Hasen und wilde Stämme gute Nacht sagen. Aber von hier aus ist das nicht annähernd so weit entfernt wie Dunlet. Wir müssen höchstens eine Woche reiten, und das auch nur, wenn die Witterung gegen uns ist … mehr nicht.«

»Ich bin mir nicht sicher, ob ich das gut oder schlecht finden soll.« Rika hob den Saum des braunen Kleides, um über ein den Gehweg kreuzendes Rinnsal zu steigen. »Denn wenn ich diese Reise hinter mich gebracht habe … was wird dann?«

»Dann kannst du dich in aller Ruhe der Suche nach dem verschwundenen Freund deines Vaters widmen«, schlug Shoran vor. In diesem Moment stieg Rika der Duft einer deftigen Mahlzeit in die Nase, und sofort lief ihr das Wasser im Mund zusammen: Das letzte, was die junge Frau am Vorabend zu sich genommen hatte, waren einige Löffel wässrigen Griesbreis gewesen.

Sie blieb stehen. Nun wandte auch der Soldat schnuppernd den Kopf; an einem nahegelegenen Verkaufsstand briet eine ältere Frau Fleischspieße.

»Sieht das wie ein angemessenes Frühstück aus?«, fragte er Rika, die eifrig nickte.

»Ich bin so hungrig, dass selbst die Sträucher im Park wie ein angemessenes Frühstück aussehen!« Mit großen Augen sah sie auf den Berg hellen Fleisches, von dem die Alte immer wieder Stückchen herunternahm, um sie zu würzen, auf hölzerne Stecken aufzufädeln und in großer Höhe über das Feuer zu hängen.

»Das ist ja Hühnerfleisch«, staunte Rika, die Hühner bislang nur als Suppe oder im Ganzen zubereitet gesehen hatte. »Können wir bitte zwei Spieße haben?«

Die ältere Frau nickte freundlich und nahm das Silberstück entgegen, das Rika eilig aus ihrer Tasche gekramt hatte. Dann reichte sie dem Mädchen zwei Spieße.

»Daf war eine fantaftife Idee«, meinte Rika mit vollem Mund, als sie weitergingen. Shoran schluckte seinen Bissen zuerst hinunter, bevor er erwiderte: »Sozusagen deine.«

»Ftimmt.« Auch Rika schluckte; es hatte nur weniger Happen bedurft, um das flaue Gefühl aus ihrem Bauch zu vertreiben. Zufrieden lächelnd blickte sie zu Shoran auf, der gierig ein Stück aus seinem Hühnerspieß riss. »Huhn schmeckt viel besser als Griesbrei. – Apropos Huhn … da war doch dieser seltsame Vogel im Zimmer des Herzogs. Sein Leib war aus Metall wie bei … wie bei Vherc dem Gründer und Mutter Cerlune. War das etwa ein *Automat*?«

Shoran nickte.

»Aber sind die nicht verboten?«

»Nur, wenn sie gefährlich sind. Machte der Fasan denn einen gefährlichen Eindruck auf dich?«

Rika schüttelte stumm den Kopf.

»Zwar könnte er jemandem auf den Fuß fallen und ihn verletzen, aber ich glaube kaum, dass es solche Gefahren sind, vor denen unsere werte Königin uns schützen wollte. Und ein Herzog von königlichem Geblüt darf seine Räume vermutlich sowieso dekorieren, womit er will.«

»Vermutlich«, echote das Mädchen, das in Gedanken in Enriks wenig verschwenderisch eingerichtetes Arbeitszimmer zurückgekehrt war. Zu gerne hätte sie gewusst, wozu der junge Herzog die Glaskugel verwendete. Ob er die seherischen Fähigkeiten besaß, die manche Günstlinge von Cyn auszeichneten? Beschwerte er damit Schriftstücke, um zu verhindern, dass sie beim Öffnen des Fensters wegflogen? Erfreute er sich einfach nur an den leuchtenden Mustern, die das Sonnenlicht auf Tisch und Wänden entstehen ließ, wenn es durch die Kugel schien?

Rika seufzte tief, denn sie war sich immer noch nicht sicher, was sie von Herzog Enrik halten sollte. In einem Moment desinteressiert und spöttisch, wirkte er nur wenige Augenblicke später offen und beinahe entgegenkommend …

Stirnrunzelnd wandte sie sich wieder dem Soldaten zu, der sich eingehend mit seinem Frühstück beschäftigte, ohne seine Schritte zu verlangsamen.

»Wieso sprichst du eigentlich hiranyisch, wenn du doch gar kein Hiranyer bist?«

»Hm?« Er runzelte die glatte Stirn. »Ach so, du meinst vorhin beim Herzog? Er hat mich schließlich Hiranyer genannt, da habe ich ihm gegeben, was er wollte. Findest du denn, ich hätte ihn berichtigen sollen?«

»Nein, nein.« *Wie der schöne Herzog in einem solchen*

Fall wohl reagiert hätte? »Ich möchte bloß wissen, wieso du die Sprache beherrschst.«

»Von beherrschen kann keine Rede sein«, schmatzte Shoran. »Aber wenn deine Eltern aus dem Goldenen Land kämen, hättest auch du ein paar Floskeln aufgeschnappt ... solche Sachen wie *Neshkamata* für ›Guten Tag‹, *Kripya* und *Esharma* für ›Bitte‹ und ›Danke‹ ...«

»... und *Angha Dush* für ›Verzeihung‹.« Zufrieden spitzte Rika die Lippen. »Dann sind deine Eltern also Hiranyer, das erklärt einiges. – Was ist? Was ist daran so lustig?«

Sie sah irritiert zu dem leise vor sich hin lachenden Soldaten auf.

»*Angha Dush* heißt nicht ›Verzeihung‹«, gluckste er und wischte sich Bratensaft vom Mund, »sondern ›Arschloch‹.«

»Shoran!« Verärgert und auch ein wenig erschrocken stemmte Rika die Arme in die Seite.

»Du willst mich bloß foppen!«

Er schüttelte den Kopf so heftig, dass sein mittlerweile nur noch blassroter Zopf hin- und herschwang. »Glaube mir, junges Fräulein, kein Hiranyer dieser Welt hätte diesen selbstherrlichen Schnösel in einem Atemzug zweimal um Verzeihung gebeten.«

»Aber wenn er dich verstanden hätte!«

»Dann«, zuckte er lässig mit den Achseln, »säßen wir jetzt vermutlich alle im Hochthaler Kerker. Der ist übrigens nicht weit von der Vigren-Kaserne entfernt – ich zeige ihn dir gleich, wenn du willst, wir sind ja fast da.«

»*Shoran*!« Empört funkelte Rika den grinsenden Vierarmigen an; der klopfte ihr beruhigend auf die Schulter.

»Mach dir nichts draus, Rika. Der Kerkermeister hat immer noch Wettschulden bei mir.«

»Bei allen Fünfen!« Sie schleuderte den abgenagten Stecken auf das Kopfsteinpflaster, wo er gleich darauf von gestiefelten Füßen zertreten wurde. »Tu so etwas nie wieder!«

»Mir scheint, dein kleiner Freund hat eine Abkürzung genommen«, lenkte Shoran ab. Sein Plan ging auf: Rika wandte suchend den Kopf.

»Micael? Wo ist er?«

Das emsige Treiben im Südviertel machte es ihr schwer, den Jungen aus Dunlet zu entdecken; der Shathatoka mochte über die Köpfe der meisten herumwuselnden Städter hinübersehen können, aber ihr war dies nicht vergönnt. Ruckartig blieb sie stehen, und prompt lief ein kräftig gebauter Mann auf sie auf.

»Hast du keine Augen im Kopf?«, knurrte der Mann und schob sie zur Seite, genau einer jungen Frau in den Weg, die einen Korb mit Feldfrüchten schleppte.

»Verzeihung«, stieß Rika hervor, aber die Städterin hastete einfach an ihr vorbei, ohne sich um die Rempelei zu kümmern.

»Was machst du denn?« Der Soldat legte zwei Hände auf ihren Rücken, um sie in die richtige Richtung zu lenken, dann deutete er zur Kaserne. Dort marschierte ein blonder junger Mann, der Rika sehr bekannt vorkam, strammen Schrittes auf dem Pflaster auf und ab.

»Cyn sei Dank, ihm scheint nichts passiert zu sein!« Beruhigt strich sie eine aus dem lockeren Knoten gelöste Haarsträhne hinter ihr Ohr.

»So brandgefährlich sind die Hochthaler Straßen nun auch wieder nicht«, wunderte sich Shoran; dann hatte Micael seine Reisegefährten auch schon erblickt. Mit gehetztem Blick stürzte er direkt auf Rika zu und wedelte wild mit einem Fetzen Papier.

»Rika«, rief er aufgeregt, »Rika! Sieh doch nur!«

Das Papier flatterte vor Rikas Gesicht hin und her, so dass sie nur verschwommene Linien erkennen konnte. »Ich wollte es zuerst gar nicht glauben, so gut im Lesen bin ich ja nicht. Da habe ich ihn gefragt, ob er es mir vorlesen kann, und da … und da … und da wusste ich …«

»Beruhige dich erst einmal«, schlug sie vor. »Was wolltest du nicht glauben, und wen hast du gebeten, dir was vorzulesen?«

»Na ihn, den Soldaten in der Wachstube. Den, der lesen konnte«, japste Micael und stieß ihr das Papier beinahe ins Gesicht. »Bitte, Rika, das musst du dir unbedingt ansehen!«

Bevor es ihr jedoch gelang, ihren Blick auf den Zettel zu richten, hatte Shoran schon danach gegriffen.

»He«, rief Micael empört und angelte vergeblich nach dem Papier, das nun hoch über seinem Kopf schwebte. »Das habe ich Rika mitgebracht! Gib es sofort zurück!«

Shoran warf einen prüfenden Blick auf die papierne Beute, dann änderte sich sein Gesichtsausdruck; das triumphierende Grinsen wich feierlichem Ernst. Einen Augenblick lang starrte der Shathatoka schweigend auf das Papier, bevor er es Rika reichte.

Micaels Aufregung und Shorans merkwürdiges Gebaren hatten ihr Übriges getan; nun war Rika selbst beunruhigt. Mit zitternden Fingern strich sie den Zettel glatt.

»Gesucht«, las sie laut vor, »wegen schändlichen Mordes an Baron Oscar Veblen und seinem Kammerdiener Schitzel …«

Rika verstummte, als ihr Blick auf das gezeichnete Konterfei fiel. Sie erkannte noch das Siegel in Form eines Eberkopfes, das für die Zahlung einer ansehnlichen Summe bei Ergreifen des Gesuchten bürgte; auch konnte sie gerade noch den in schön geschwungenen Lettern geschriebenen Namen des Mannes lesen, der all der üblen Verbrechen beschuldigt wurde, bevor ihr Tränen in die Augen schossen und der restliche Text verschwamm.

Hätte sich in jenem furchtbaren Moment ein Loch unter Rikas Füßen aufgetan und sie verschlungen, es wäre ihr gleich gewesen.

Sie schlug die Hände vors Gesicht, denn sie wollte nicht, dass ihre beiden Begleiter sahen, wie sie die Fassung verlor. Dabei entglitt ihr der Steckbrief; von einem plötzlichen Windstoß erfasst segelte er über den Boden. Einen winzigen Augenblick lang schwebte das Papier, als wolle es gegen die Trennung von Rika protestieren, dann wurde es von einem schlammbedeckten Stiefel auf die Straße gepresst. Mit einer Drehbewegung zerrieb der Absatz das Abbild von Dougens grinsendem Gesicht auf dem glitzernden Pflaster.

Schloss Glaesdun, Glaesmon, Königreich Craiglin

Wieso habt Ihr diesem Quälgeist Einlass gewährt, Celeste? Ich dachte immer, es sei Eure Aufgabe, mir Gutes zu tun«, nörgelte Iorwerth, während er vor der Matriarchin die Treppen hinabstieg.

Sie lächelte milde. Heute schien einer der besseren Tage des alten Königs zu sein; zumindest hatte er ihn nicht zu einem seiner schlimmen Wutanfälle, die in seiner Furcht vor einer Invasion begründet waren, angesetzt, diese Wutanfälle hatten sich in letzter Zeit alamierend gehäuft.

»Majestät, dieser ›Quälgeist‹ ist einer Eurer Landbesitzer-Fürsten. Er hatte ein Recht darauf, eingelassen zu werden«, meinte sie nachsichtig und hob ihr schweres Gewand an, um nicht die letzte Treppenstufe hinunterzustolpern. »Ich habe Ar'ron gebeten, den Fürsten solange zu unterhalten, bis Ihr Euch imstande fühlt, ihn zu empfangen.«

»*Meinen* Ar'ron?« Einen Moment lang hielt König Iorwerth inne, dann setzte er seinen Weg kopfschüttelnd fort. »Manchmal verstehe ich Euch nicht, Celeste. In diesem Schloss erhalten mit Sicherheit genügend Höflinge Kost und Logis nur dafür, dass sie gepflegte Konversation machen, und Ihr schickt dem Fürsten zur Zerstreuung einen Verjig-Söldner? – Nicht, dass ich dich damit kränken wollte, Tohor, aber ich kenne feingeistigere Gesprächspartner als ausgerechnet deine Jungs.«

Der Söldnerhauptmann, der Celeste und Iorwerth vorausgegangen war, verzog wie erwartet keine Miene.

»Fürst Amreld ist kein Freund blumiger Worte.« Celeste zuckte mit den Achseln. »Zudem dachte ich, Euch läge nicht viel an seinem Wohlergehen?«

»Mir liegt etwas an Ar'rons Wohlergehen«, brummte der König und schlug zielstrebig den Weg zu seinem Arbeitszimmer ein. »Immerhin soll er mein Leben beschützen, was nützt mir da ein Leibwächter mit blutenden Ohren?«

»Wie ich schon sagte, Majestät, Ihr scheint den Fürsten Amreld zu verkennen. Weder ist Konversation seine Stärke, noch empfindet er großes Vergnügen dabei, galanten Gesprächen zu lauschen. Außerdem erwartet er Euch im Speisesaal und nicht im Arbeitszimmer.«

»Ihr scheint ihn ja ganz genau zu kennen, Euren Fürsten Amreld«, murrte der König missmutig, während er den Kurs wechselte. »Also ist doch mehr zwischen Euch, als Ihr zugebt. Habt Ihr jungen Leute Euch gegen mich verschworen, oder ist es bloß gewöhnliche Fleischeslust, die Euch jedes Mal in Verzückung geraten lässt, wenn Ihr von ihm sprecht?«

»Majestät!« Empört straffte Celeste ihre Schultern. *Manchmal würde ich Iorwerth gerne am Halse packen und schütteln, aber er ist nun einmal der König …* »Ich bin die Matriarchin Eures Leibordens …«

»Und diese vortreffliche Position setzt Enthaltsamkeit voraus?«, fragte er bissig. »Das wusste ich nicht.«

»… und eine Schwester der Cyn.«

»Und? Gebietet Cyn nicht auch über Fruchtbarkeit und leibliche Freuden? Aber falls Ihr tatsächlich enthaltsam lebt, würde das Euer wunderliches Gebaren natürlich erklären, Mädchen. Ich hätte Euch mit einem der Fürsten verheiraten sollen, als Ihr noch jünger und fügsamer wart, dann wäre mir bestimmt manche Frechheit erspart geblieben.«

»Das hätte der Herrin der Erde sicher nicht gefallen.«

»Wie kleinlich von ihr«, spottete Iorwerth, Celeste rollte entnervt mit den Augen.

»Majestät, den Göttern behagt es nun mal nicht, wenn sie mit Sterblichen um die Zuneigung ihrer Günstlinge buhlen müssen. Sicher, die Herrin der Erde mag weit weniger eifersüchtig sein als zum Beispiel Leodun, der Herr der Himmel …«

»Was haben denn eine Heirat und Zuneigung miteinander zu tun?« Bedauernd schüttelte der alte Mann den Kopf. »Ich wollte Euch bloß aufziehen, Celeste, aber wie mir scheint, wollt Ihr meine Scherze nicht verstehen. – Apropos Scherze, was macht der junge Amreld überhaupt im Speisesaal? Er ist schon fett genug.«

»Leise, Majestät«, mahnte Celeste, »er kann mit Sicherheit jedes Wort hören!«

»Soll er doch.« Iorwerth bedeutete Tohor, die schwere Tür zum Speisesaal zu öffnen. »Ich bin der König. Ich kann sagen, was ich will.«

Der vierarmige Söldnerhauptmann trat als Erster in den riesigen Raum und neigte knapp den Kopf vor dem Fürsten Amreld, einem stattlichen, gut gekleideten jungen Mann mit langen, dunklen Haaren, den man andernorts sicherlich als auffallende Erscheinung bezeichnet hätte. In dem gewaltigen Saal, dessen düstere Bleiglasfenster alle Freundlichkeit aus dem Licht der Vormittagssonne filterten, wirkte er jedoch winzig und unbedeutend. Nicht einmal der massige Körper des Verjig Ar'ron, der ihm gegenüberstand, kam hier zu Geltung. Ging man aufmerksam durch Schloss Glaesdun, schien es, als hätten seine Erbauer eine ausgeprägte Abneigung gegen alles Helle, Kleine und Zierliche besessen; der Essraum, der bestimmt hundert Mann beherbergen konnte, bildete da keine Ausnahme.

»Harad Llew, Fürst Amreld«, verkündete Tohor mit Donnerstimme. »Celeste Goche, Matriarchin des Ordens von Craig. Seine Majestät Iorwerth Bearne, oberster Landbesitzer-Fürst, König von Craiglin.«

»Hör auf mit dem Unsinn«, knurrte der König. »Wir kennen einander. Schließlich besucht uns Amreld immer und immer wieder. Im Grunde genommen könnte er gleich hier einziehen, das Schloss ist groß genug für uns alle. Nicht wahr, Amreld?«

Das gutmütige Gesicht des Fürsten, von dem Celeste wusste, dass er trotz seiner dreißig Jahre noch immer unverheiratet war, verzog sich zu einem Lächeln, auch seine hellen Augen strahlten freundlich; er war die ständigen Sticheleien des Alten inzwischen gewohnt.

»Majestät«, meinte er bloß und senkte leicht den Kopf. »Auch ich freue mich, Euch zu sehen.«

»Und wer freut sich noch darüber?«, spöttelte Iorwerth. »Tohor, meinen Thron. Dieses Gespräch strengt mich schon jetzt an.« Ächzend ließ er sich in dem schweren Stuhl nieder, den ihm der hünenhafte Vierarmige zurechtrückte. »Ich hoffe, mein brillanter Leibwächter hat Euch gut unterhalten, Harad Llew, Fürst Amreld, denn es wäre mir unangenehm, wenn Ihr Euch in meinem Schloss langweilen müsstet.«

»Nicht doch, Majestät, alles ist einwandfrei.« Auf der Suche nach angemessenen Worten schnitt Amreld eine feierliche Grimasse. »Wir haben sehr schön zusammen geschwiegen.«

Celeste bemühte sich, ähnlich unbeteiligt dreinzuschauen wie die Verjig; Iorwerth wiederum wackelte ungehalten mit dem Kopf. »Na, dann ist ja alles bestens. Setzt Euch. Ich bin es leid, zu jemandem aufzusehen, wenn ich spreche.«

»Natürlich, Majestät.« Fürst Amreld nahm auf einem der schweren, dunklen Holzstühle Platz; die beiden Verjig und Celeste hingegen blieben stehen.

»Und jetzt kehrt Euer Innerstes nach außen, Amreld. Was wollt Ihr schon wieder von mir? Habt Ihr mich nicht erst vor wenigen Wochen mit Euren Nachfolge-Fantasien belästigt?«

»Ja. Ja, das habe ich in der Tat, Majestät. Und im Monat davor, und im Monat vor jenem Monat, und mehrmals im letzten Jahr.« Der Fürst beugte den Kopf vor seinem Souverän. »Bis heute habe ich keine zufriedenstellende Antwort von Euch erhalten.«

»Dann hätte ich mir an Eurer Stelle schon längst Gedanken darüber gemacht, ob der alte Bearne Euch überhaupt eine zufriedenstellende Antwort geben *will*.« Das Gesicht des Königs legte sich in mürrische Falten. »Denn das will er nicht. Nun geht in Eure Provinz zurück und kehrt bloß nicht wieder.«

Celeste schloss die Augen, um dem hilfesuchenden Blick des Fürsten auszuweichen. *Greife ich jetzt auf Amrelds Seite ein, werde ich mir wochenlang Iortwerths Vorwürfe über eine Verschwörung anhören müssen …*

In Gedanken bat sie Cyn um Geduld und Nervenstärke. Zum Glück fiel dem Fürsten aber schon nach einem kurzen Moment der Sprachlosigkeit wieder ein, dass er selbst über eine Zunge verfügte.

»Majestät, Ihr seid alt und gebrechlich. Ihr habt keine Nachkommen – zumindest keine, von denen Ihr wüsstet.« Dieser frech formulierten Feststellung folgte ein Augenblick des Schweigens, in dem sich der Fürst die nächsten Worte zurechtlegte; diese Pause wiederum nutzte der alte König, um sich mit einem aufmerksamen Gesichtsausdruck nach vorne zu lehnen.

»In diesem Falle müsst Ihr einen der Landbesitzer-Fürsten zu Eurem Nachfolger erwählen. Falls Ihr es nicht bereits schriftlich verfügt habt.«

»In diesem Falle? Jungchen, der König darf sowieso nie zweimal hintereinander aus der gleichen Familie kommen. Aber wozu gebe ich Euch eigentlich Nachhilfe in Politik? Schließlich seid Ihr hergekommen, um mich mit erstklassigen Argumenten zu überraschen, und nicht umgekehrt.« Iorwerths Finger trommelten den Takt eines Militärmarsches auf die Armlehne seines Stuhles. »Macht weiter, Amreld. Geht davon aus, es gäbe keine schriftliche Verfügung.«

»Natürlich, Majestät.« Zunehmend verlegen strich sich der Fürst eine dunkle Strähne aus dem glatt rasierten Gesicht. »Falls Ihr nun stürbet …«

»Stürbet? Was ist denn das für ein Wort?«

»Falls Ihr nun, ähm, sterben solltet, ohne einen Nachfolger erwählt und das verkündet zu haben, Majestät, hätten alle zehn Landbesitzer-Fürsten den gleichen Anspruch auf Euren Thron. Bei den derzeitigen Querelen zwischen Grechna und Amberock käme es bestimmt zum Desaster.«

»Querelen? Desaster?«, unterbrach Iorwerth verblüfft. Das Trommeln verstummte. »So beredt kenne ich Euch gar nicht, Jungchen. Habt ihr auf einem *Vokabularium* geschlafen?«

»Majestät, mit Verlaub«, mischte sich Celeste nun doch ein, »Fürst Amreld möchte ausdrücken, dass die gegenseitige Abneigung der Fürsten der Provinzen Grechna und Amberock so stark geworden ist, dass sie einander mit Mord gedroht haben. Wir können von Glück reden, dass noch eine Provinz zwischen den ihren liegt.«

»Wieso weiß ich nichts davon?«, blaffte der König sie an; bestürzt wich Celeste einen Schritt zurück.

»Aber Majestät …«

»Hättet Ihr den Ratsversammlungen stets, äh, beigewohnt, wäre Euch diese Entwicklung kaum verborgen geblieben«, kam ihr der Fürst zu Hilfe. »Dann wüsstet Ihr vermutlich auch, dass insbesondere Grechna auch einen kapitalen Groll gegen Euch hegt, Majestät. Immer wieder wettert er gegen Euch, da Ihr ihm zu wenig an den Angelegenheiten der Provinzen interessiert scheint. Und immer wieder spricht er von Eurer, ähm, Ablösung um jeden Preis.«

König Iorwerth verzog verächtlich das Gesicht, während seine Finger den Marschrhythmus wieder aufnahmen.

»Putzig. Wirklich putzig. – Na los, Amreld, weiter. Ich möchte noch ein paarmal das schöne Wörtchen ›*kapital*‹ aus Eurem Munde hören.«

»Wäre der Thron plötzlich vakant – gleich, aus welchem Grund – würden die beiden wie die Wölfe um Eure Nachfolge kämpfen, Majestät«, spann Fürst Amreld den Faden fort, ohne sich an Iorwerths Spott zu stören, »und bei ihrem Temperament würden sie sich kaum scheuen, den Konflikt mit Waffen auszutragen. Heißt Ihr denn einen Bürgerkrieg gut, bloß, weil Ihr zu desinteressiert, zu verkommen oder zu feige seid, Euch für einen Nachfolger zu entscheiden?«

Celestes blonde Brauen hoben sich.

Er hat dazugelernt.

Unter halbgeschlossenen Lidern zuckten die blaugrauen Augen des Königs hin und her. Es hatte den Anschein, als taxierte er die beiden Verjig, die Statuen gleich bewegungslos an ihren jeweiligen Plätzen standen; Celeste vermutete jedoch, dass der alte Herr bloß seinen Gedanken nachhing, ohne die Außenwelt überhaupt wahrzunehmen.

»Harte Worte, Amreld«, meinte er schließlich. »Wenn Ihr schon so schlecht über Eure Mit-Fürsten und Euren König denkt, könnt Ihr mir gewiss auch sagen, wieso ich mich ausgerechnet für Euch als meinen Nachfolger entscheiden sollte. Wäre es unter diesen Umständen nicht wesentlich sinnvoller, Grechna zum nächsten König zu machen, wenn ihm schon so viel daran liegt? Oder vielleicht doch lieber Amberock?«

»Und einem dieser gefährlichen Hitzköpfe das Land überantworten?« Fürst Amreld griff nach dem Pokal, der vor ihm auf dem Tisch stand, und nahm einen Schluck daraus. Celeste wusste, dass das schwere Trinkgefäß lediglich Wasser enthielt: Harad Llew hielt nichts davon, sich bei wichtigen Verhandlungen zu berauschen. »Ihr solltet Euch für mich entscheiden, weil … nun, weil ich … nun …«

»Weil Eure Provinz zwischen Grechna und Amberock

liegt«, ging dem König auf. »Ihr seid es leid, ständig den Prellbock zu spielen, ist es nicht so?«

»Ja.« Amreld stellte den Pokal ab. »So ist es. Ich liebe die Ruhe meiner Provinz über alles, und ich möchte, dass es dabei bleibt. Als König hätte ich die Autorität, die beiden in ihre Schranken zu weisen.«

Iorwerth spitzte nachdenklich die Lippen.

»Aber Ihr würdet Eure heiß geliebte Provinz dabei verlieren. Das ist Euch doch klar?«

»Ich würde die direkte Kontrolle über Amreld verlieren; mit einem starken Fürsten, äh, besetzt, bliebe die Provinz dem Reich dennoch hoffentlich unbeschadet erhalten. Versteht Ihr?«

»Ja, ja. Ich glaube zu verstehen.« Iorwerth ließ sich zu einem schiefen Lächeln hinreißen. »Vielleicht kommt es Euch ungeheuerlich vor, Amreld, aber Ihr seid nicht der erste meiner Fürsten, der mich auf die Nachfolge angesprochen hat.«

Amreld hob seine Augenbrauen, sein Mund formte ein erstauntes O.

»Das hättet Ihr nicht gedacht, was? Bislang waren sich alle der Wirkung ihres Angebots sehr, sehr gewiss«, fuhr Iorwerth fort. »Wisst Ihr, was mir Eure Freunde geboten haben?«

Der Fürst schüttelte vorsichtig den Kopf.

»Gold, Jungchen. *Gold*! Wie selbstverständlich gingen sie davon aus, meine Gunst sei käuflich, weil sie selbst käuflich sind. Ihr hingegen wagt es, mich unentwegt mit Euren Befindlichkeiten zu belästigen … und das Einzige, was Ihr mir bietet, ist eine neu entdeckte Lust am geschliffenen Wort, der Wunsch nach provinzieller Behaglichkeit und der unbedingte Wille, Auseinandersetzungen aus dem Weg zu gehen? Es braucht mehr als das, um ein Land zu regieren, Amreld. Viel mehr als das!«

Der alte Mann sprang so heftig auf, dass seine smaragdgeschmückte Krone verrutschte. Dabei geriet er ins Straucheln.

»Majestät«, rief Celeste erschrocken, aber bevor sie sich auch nur in Bewegung setzen konnte, war Tohor schon zur Stelle, um den greisen Regenten zu stützen.

»Lass mich los«, fauchte Iorwerth den Söldnerhauptmann an und klopfte sein Hemd ab, dann wandte er sich mit vorwurfsvollem Blick noch einmal an den jungen Fürsten.

»Ihr seid mir so zuwider, Amreld … jeder Einzelne von Euch auf seine Weise. Versteht Ihr jetzt, weshalb ich kein Interesse daran habe, einen Nachfolger aus Eurer fröhlichen Runde zu wählen? Die einen sind desinteressiert, die anderen verkommen, und wieder andere sind feige. Das ist doch genau das, was Ihr mir eben vorgeworfen habt.«

»So ist es, Majestät«, entgegnete Amreld freundlich. »Da ich mir aber bereits dachte, dass Ihr greifbare Argumente bevorzugt, habe ich tatsächlich etwas mitgebracht, das Euch überzeugen wird.«

Die Augen des Königs verengten sich.

»Ihr habt es wohl eher darauf angelegt, mich vollends zu enttäuschen, Jungchen. Was soll das denn sein?«

Harad Llew, Fürst Amreld lächelte sanft.

»Meine Armee.«

Greser Land, Nördliches Hochthal

Ergriffen starrte Micael auf die kahlen Felsen.

»Alles hier wirkt so abweisend. Was sich Vherc dabei gedacht haben mag, als er diese Landschaft schuf?«

Rika starrte in die Flammen des Lagerfeuers. Sie hätte lieber gewusst, was Cyn bei sich gedacht haben mochte, als sie sehen musste, dass es auch unwirtliche Flecken auf dieser Erde gab. Nach ihrer Abreise aus Hochthal waren die Grüntöne der bewaldeten Hügel und Wiesen allmählich dem Grau und Braun nackter Felswände und trockenen Strauchwerks gewichen. Selbst das kräftige Blau des Sommerhimmels hatte sich zu einem dichten Grau gewandelt; die einzigen farbigen Tupfer hier draußen waren die Beeren der Dornbüsche.

Rika zog den Wollschal enger um ihre Schultern. Die Luft und der steinige Untergrund war beinahe winterlich kalt, denn die wenigen Sonnenstrahlen, die sich an diesem Tag durch die Wolkendecke gekämpft hatten, hatten nicht ausgereicht, um den Boden zu erwärmen. Hätte Shoran nicht gleich nach ihrem Beschluss, hier zu übernachten, ein Feuer entfacht, wäre das Sitzen trotz der wollenen Unterlage mit Sicherheit recht unangenehm geworden.

»Hast du gehört? Mir gefällt es hier«, rief Micael. Er war eindeutig auf ein Gespräch mit Rika aus, die sich in den letzten Tagen seinem Geplauder immer wieder entzogen hatte, um das Durcheinander in ihrem Kopf zu ordnen. Beinahe all ihre Gedanken hatten sich um Dougen gedreht … und hatten kein Ende nehmen wollen. Wie gerne wäre sie in ein Gebetshaus der Cyn eingekehrt, um in vertrauter Umgebung wieder zur Ruhe zu finden, aber im Grenzland zu Gavenne war der Herrin der Erde nie das gleiche Maß an Verehrung zuteil geworden wie in den ländlichen Provinzen der Thäler. Daran hatte auch der Erlass der Königin nichts ändern können, der seit Ende der Kriege die Ausübung von Religion ordnete.

Der einzige steinerne Schrein der Cyn, den Rika am Rande eines der Gebirgswege entdeckt hatte, war so karg und schroff gewesen wie die Landschaft, die ihn umgab. Die üppig vergoldete Figur der sinnlichen Göttin hatte darin so fehl am Platz gewirkt, dass sich das Gefühl wohliger Geborgenheit, das Rika üblicherweise mit Cyn verband, einfach nicht eingestellt hatte.

Wenigstens hatte Shoran ihren Wunsch nach Ruhe respektiert und darüber hinaus auch nur selten mit Micael gezankt. Daher war die Sehnsucht des blonden Jungen nach Unterhaltung verständlich.

»Rika! Hörst du nicht?«

Sie wandte den Blick von den tanzenden Flammen ab, um zu Micael aufzusehen.

»Doch, ich höre dich. Schön, dass es dir hier gefällt.«

»Gefällt es dir etwa nicht?«

»Sprich leiser, Micael. Shoran schläft.« Mit einer leichten Kopfbewegung deutete sie in Richtung des Vierarmigen, der sich mit geschlossenen Augen auf seiner Decke ausgestreckt hatte: Eines seiner Händepaare war hinter dem Kopf verschränkt, das andere vor der Brust gefaltet.

»Oh. Entschuldige.« Verzagt trat Micael von einem Fuß auf den anderen, und nun endlich erbarmte sich Rika seiner.

Mit einem matten Lächeln klopfte sie auf die Decke, auf der sie mit angezogenen Beinen saß. »Na los. Jetzt setz dich schon. Hier ist für uns beide Platz.«

»Oh, aber ich wollte mich überhaupt nicht setzen! Ich … äh, ich will dir etwas zeigen, solange es noch halbwegs hell ist.«

»Na schön. Was denn?«

»Komm mit!« Aufgeregt lief er zur steinernen Begrenzung ihres Rastplatzes, und Rika folgte ihm, allerdings mit weit weniger Enthusiasmus.

»Nun?«

»Die steile Straße, die dort drüben hinaufführt, dort zwischen den schroffen Felsen. Siehst du sie?«

»Ich bin nicht blind, Micael.«

»Das ist der *Xemin Degres*, der Pass, der bis in die Hochebene führt. Dort hinauf hat Königin Elane im letzten Krieg ihre Truppen nach Gavenne geführt.«

Aber wenn diese Passstraße der Zugang zum Niemandsland ist …

Rika blinzelte. »Aber dann sind wir ja bald am Ziel!«

»Ganz recht, dort oben ist die Grenzlandfestung. Nur noch einmal die Straße hinab bis nach Gres, dann dort hinauf, und dann sind wir schon da. Ich dachte mir, dass dich das aufheitert.« Micael strahlte sie an, dann deutete er wieder auf den sich am Fels hochwindenden *Xemin Degres*. »Ich kann es auch kaum erwarten. Eine richtige Festung, Rika, und noch dazu eine so berühmte!«

»Ja.« Rika runzelte die Stirn, im Grunde ganz froh, über

etwas anderes als ihren mörderischen Geliebten nachdenken zu können. »Aber … ist sie nicht eigentlich überflüssig?«

»Wie meinst du das?«, fragte Micael verwundert.»Gavenne ist doch nun ein Teil des Reiches. Worüber wachen die Soldaten in der Festung dann eigentlich?«

»Vergiss nicht, dass dort oben auch die Grenze zu Craiglin verläuft«, belehrte der Junge sie gönnerhaft.

»Aber Craiglin ist winzig im Vergleich zu uns. Ist das denn eine Gefahr?«

»Na ja.« Micael biss sich auf die Oberlippe und rollte mit den Augen, offenbar auf der Suche nach Argumenten. »Eigentlich nicht. Aber im Hochland treiben sich die wilden Stämme herum …«

»Sie sind Viehzüchter, Micael.«

»… und die Jixur. Wenn die nicht gefährlich sind, wer dann?«

Rika wurde blass. Sofort musste sie wieder an die Nacht des Überfalls denken. Sie sah dem Jungen an, dass ihm die Bemerkung leidtat, aber auch, dass er nicht wusste, wie er sie jetzt trösten sollte, ohne sich gleich wieder eine Backpfeife einzufangen. Also holte er tief Luft und quasselte einfach weiter.

»Aber du musst keine Angst haben, Rika. Der Hiranyer sagte, viel sei um die Grenzlandfestung herum nie passiert. Dort oben waren einmal tausend Mann stationiert, Ritter und Soldaten … nun sind es noch gerade zweihundert, deren einzige Zerstreuung reisende Händler sind. Oder Abstecher ins Freudenhaus nach Gres.«

Rika verzog das Gesicht, also beeilte ihr Freund sich, hinzuzufügen, »überall, wo es Truppen gibt, gibt es auch

Freudenhäuser. Sagt der Hiranyer. Er sagt auch, dass der Baron manchmal Jagden ausgerichtet hat, um seine Männer bei Laune zu halten.«

»Was jagen sie dort oben denn?«, wollte Rika wissen.

»Na ja, das Übliche … Hirsche, Staubkatzen, Wölfe.«

»Das klingt ja nach totaler Langeweile.« Rika spitzte die Lippen. »Vielleicht ist die Aussicht auf richtige Kämpfe ja eine willkommene Abwechslung für den Baron und seine Leute. Das könnte ihn meinem Anliegen gegenüber milde stimmen.«

»Da hast du Recht!« Ein breites Grinsen erhellte das gebräunte Gesicht des Jungen, als er ihr begeistert zunickte. Dann runzelte er die Stirn. »Du trägst dein Halsband nicht mehr.«

Ihre Hand fuhr zum Hals, um den sich bis vor kurzem noch das Lederband mit Dougens Ring geschmiegt hatte.

»Ich habe es abgenommen, weil ich nicht an … an Dougen denken will. Die Vorstellung, mich beinahe mit einem Mörder eingelassen zu haben, ist mir zuwider.«

Micael kratzte sich am Kopf.

»Du hast den Ring doch nicht etwa weggeworfen?«

»Nein.« Sie seufzte leise. Genau das hatte sie vorgehabt; als sie den mit funkelnden Steinen besetzten Ring jedoch in der Hand wog, um ihn in einen der kleinen Bergseen zu werfen, war ihr der Gedanke gekommen, dass es den tatsächlichen Besitzern des Schmuckstückes gegenüber nicht gerecht gewesen wäre. Vermutlich waren mit dem Kleinod in Form eines Eberkopfes auch Erinnerungen an den Menschen verbunden, der ihn getragen hatte.

»Nein, ich habe ihn nicht weggeworfen. Ich habe ihn Shoran gegeben.«

»Du hast was?« Der Junge riss entgeistert die Augen auf. »Er wird ihn bei irgendeinem Hehler verhökern!«

»Micael, wie kommst du darauf? Er gehörte zu einem Trupp, der den Mörder von Baron Veblen suchen sollte. Er wird den Ring an der richtigen Stelle abliefern.«

»Ihr Mädchen seid doch alle gleich!« Micael quittierte Rikas Worte mit fassungslosem Kopfschütteln. »Alles, was ein wirklicher Mann sagt, stellt ihr infrage – aber kaum kommt ein Hiranyer und wackelt mit den Eselsohren, glaubt ihr ihm jedes Wort? Hoffentlich schickt dir Leodun ein Licht, das dir die Augen öffnet, Rika. Diese, ähm, Kreaturen mögen ja hübsch aussehen, aber sie sind nun mal nicht wie wir!«

Rika verdrehte die Augen, ihr Gesicht bekam einen verzweifelten Ausdruck.

»Und dieser wirkliche Mann – der bist du?«

»Micael Ivarssohn, dein Lob meines Äußeren rührt mich zwar, aber könntet ihr beiden mal für einen Moment ruhig sein?«, kam es da überraschend aus der Richtung des scheinbar Schlafenden. Sowohl Rika wie auch Micael fuhren erschrocken herum; das Gesicht des Jungen wurde feuerrot.

»Entschuldige«, beeilte sich Rika zu sagen, aber Shoran hielt – immer noch im Liegen – einen Finger vor die Lippen.

»Ich habe ›ruhig‹ gesagt, nicht ›höflich‹.«

Während er sich mit weit abgespreizten Ohren in eine sitzende Position aufrichtete, blickten Micael und Rika einander an. Der Junge schnitt eine Grimasse, die besagte: ›Ich weiß auch nicht, was er hat‹.

»Verflucht.«

Im Aufspringen griff der Shathatoka zum Kettenzeug, das er der Bequemlichkeit halber zum Schlafen abgelegt hatte, und zwängte sich unter leisem Klirren hinein. »Auf die Zossen, schnell!«

»Was ist denn?«, fragte Rika, während sie zu Sorley hinüberlief. Hastig streifte der Soldat den Waffenrock über; die Zeichnungen in seinem hellen Gesicht verzerrten sich, als er zwischen gefletschten Zähnen hervorstieß: »Pferdefresser.«

Das Mädchen glaubte, ihr Herz setze einen Schlag aus.

Sie brauchte keine weiteren Erläuterungen, um sich auf den Rücken ihres Ponys zu schwingen. Ihr bislang einziges Zusammentreffen mit den vierbeinigen Bestien hatte vollauf genügt.

»Was jetzt?«, rief Micael, der sein Pferd ebenfalls in Rekordzeit erklommen hatte. Shoran deutete mit dem Finger in eine Richtung.

»Auf nach Gres, und das so schnell wie möglich. Wenn die uns hier draußen erwischen, sind wir tot!«

»Aber vorhin sagtest du noch, wir könnten heute nicht mehr bis nach Gres reiten, da die Straße im Dunkeln zu schwierig sei«, maulte Micael, was Shoran zu einem ungewohnt harschen Fluch veranlasste.

»Bei Vhercs eisernen Eiern, wirst du mir einmal ohne Widerworte gehorchen? Willst du denn in Stücke gerissen werden? Den Geräuschen nach haben wir es nicht nur mit einem dieser Bestien zu tun – und wenn *ich* sie schon hören kann, wissen sie erst recht, dass wir hier sind! Und Jixur können im Dunkeln verdammt gut sehen und klettern. Die sind nicht auf die Straße angewiesen, um in diesem Gelände voranzukommen, verstehst du! – Los, los!« Er stieß seiner Stute die Absätze in die Flanken; mit einem Satz preschte das Tier vorwärts, dicht gefolgt von Micaels Pferd.

Auch Rika trieb ihr Pony an; sie konnte nur hoffen, dass der kurzbeinige Sorley den Geschwindigkeitsnachteil mit seiner Trittsicherheit wettmachen würde, denn nun konnte auch sie das Grunzen und Bellen der Jixur hören. Sie mussten sich irgendwo hinter ihnen befinden … hoffentlich noch weit entfernt …

»Schneller, Rika, schneller«, japste Micael nach einem Blick über die Schulter; die Hufe seiner hellen Stute schleuderten Steinchen nach hinten.

Sie wagte es nicht, sich umzusehen; stattdessen verlagerte sie ihr Gewicht so weit nach vorne, wie es ihr ohne Sattel möglich war, in der Hoffnung, Sorley dadurch zu entlasten. Dass die Jixur stark waren, wusste sie, aber wie ausdauernd sie wohl sein mochten …?

Die holprige Straße beschrieb eine steile Kurve nach unten, die die anderen Pferde trotz der Dunkelheit im Galopp nahmen, so schnell sie es vermochten; zwar stellte die Enge der Kurve für das Pony ebenso wenig ein Problem dar wie für seine langbeinigen Verwandten, aber Rikas Abstand zu ihren Begleitern vergrößerte sich dadurch noch ein bisschen mehr.

Ihr Herz klopfte bis zum Hals.

»Sorley, bitte beeil dich«, flüsterte sie, während das Pony die Kurve im Galopp durchritt; dahinter führte die Straße in sanften Windungen bergab. Die Doppelsilhouette von Micael und Rabella hatte die Führung übernommen: auf der einfachen Strecke war das Vollblutpferd dem schweren Reittier des Soldaten überlegen.

Da ertönte hinter ihr lautes Brüllen. Rika schrie unwillkürlich auf; auch Sorley wieherte, aber glücklicherweise trieb ihn der heranwehende üble Geruch der Jixur zu Höchstleistungen an. Mit großen Schritten holte das Pony einen Teil seines Rückstandes wieder auf.

»Danke, danke, danke«, keuchte Rika. Die vorbeifliegenden Felsen schienen flacher zu werden: ein Zeichen dafür, dass sie sich der Ortschaft näherten. Gres konnte nicht allzu weit von ihrem Rastplatz entfernt gewesen sein, auch wenn sie den Ort in der zerklüfteten Landschaft bisher nicht hatten sehen können.

Wieder brüllte einer der Jixur. Es klang, als wolle er Rika verhöhnen, und wieder kreischte sie voller Angst auf; ihre Finger gruben sich in Sorleys dicke Mähne. Schon hörte sie das Klicken von Klauen auf dem steinigen Grund hinter sich … und was dann geschah, konnte sie sich selbst nicht erklären.

Sie sah bloß, wie Rabella zuerst den Kopf und dann den ganzen Vorderleib herumriss, sah, wie Shorans immer noch namenloses Pferd die Schimmelstute rammte, die ihm so plötzlich den Weg abschnitt, hörte den Soldaten fluchen und den Jungen entsetzt aufschreien.

Dann stürzte das Vollblut und überschlug sich auf dem engen Weg. Rika meinte zu sehen, wie Micael gegen einen der niedrigen Felsen geschleudert wurde; sein Schrei brach unvermittelt ab.

»Micael«, schrie sie erschrocken, dann war sie schon heran; Zeit zum Reagieren blieb ihr nicht. Zum Glück wusste Sorley auch ohne ihre Anleitung, was zu tun war, und setzte mit einem mutigen Sprung über das zappelnde Hindernis hinweg. Hart setzten die Hufe des Ponys auf dem

Weg auf; den heftigen Stoß ins Kreuz bemerkte Rika in ihrem Schrecken kaum. Entsetzt meinte sie, auch Shorans Pferd stürzen zu sehen, aber der Soldat hatte das Tier bloß gewendet und kam ihr nun entgegen.

»Vorwärts nach Gres«, schrie er ihr zu, »los, los! Es ist nicht mehr weit!«

»Ich muss Micael helfen«, schrie Rika zurück. Sie konnte den Jungen nicht einfach den Bestien überlassen!

»Nein«, rief Shoran; dann war er auch schon an ihr vorbei. Rika hörte einen leisen Knall, als der Soldat auf das Hinterteil ihres Ponys schlug. Sorley machte im Lauf einen alarmierten Sprung nach vorne und griff dann noch weiter aus als zuvor, um aus der Reichweite der Gefahr zu gelangen.

»Du … du hundsgemeiner Kerl!«

Lautstark machte sie ihrem Ärger über die Bevormundung Luft; bevor sie jedoch die Zügel straffen und den gestreckten Galopp ihres Ponys verlangsamen konnte, ertönte hinter ihr das schrille, gequälte Wiehern eines Pferdes in Todesangst, gefolgt vom Brüllen der Jixur.

Das genügte, um Rika von ihrem Entschluss abzuhalten, ebenfalls umzudrehen.

»Schneller, Sorley«, schrie sie ihrem Pony ins Ohr. Tränen der Wut und Angst schossen ihr in die Augen: Wut über die eigene Feigheit, Angst vor dem, was sich auf dem engen Weg hinter ihrem Rücken abspielen mochte …

… und das Schrillen verstummte.

Rika erinnerte sich nicht daran, wie lange sie und Sorley auf der steinigen Straße unterwegs gewesen waren. Der

Weg hatte auf und ab durch die finstere Felsenlandschaft geführt, durch enge Kurven, dann wieder geradeaus. Zu allem Überfluss hatte sich auch noch ein nächtliches Gewitter angekündigt, aber sie hatte Glück: Kurz nachdem das erste Hinweisschild auf Gres an ihr vorbeigeflogen war, war das leise Donnergrollen verstummt. Da hatte sie dem keuchenden Pony erlaubt, in eine langsamere Gangart zu fallen … und während sie noch dabei war, ihre Tränen zu trocknen, vernahm sie Geräusche, die sich von hinten näherten.

Erschrocken hielt Rika die Luft an.

Ob die Jixur sie eingeholt hatten?

Aber nein, es war das Geräusch beschlagener Pferdehufe, nicht das Scharren von Klauen auf hartem Untergrund. Erleichtert brachte sie Sorley zum Stehen; schnell wischte sie mit einem Ärmel über ihre Augen, um die letzten Tränenspuren aus ihrem Gesicht zu verbannen, bevor sie nach hinten sah.

Die mächtigen Umrisse eines Armeepferdes schälten sich aus der Finsternis; vereinzelt spiegelten sich Sterne, die nun wieder durch die zerrissene Wolkendecke blitzten, auf Metall.

»Shoran? Bist du das?«

»Rika!« Auch die Stimme des Soldaten klang erleichtert, als sein Pferd zu ihrem aufschloss. »Geht es dir gut?«

»Mir geht es immer gut«, antwortete sie und zog die Nase hoch. »Was ist mit … mit Micael?«

»Der ist verdammt schwer für einen so kleinen Burschen.« Shorans Pferd kam neben Sorley zum Halten; erst da sah sie das große Bündel, das quer über das Gepäck des Soldaten geschnallt war. »Bequem ist der Ritt für ihn vermutlich nicht«, lächelte Shoran schwach, als seine Augen ihrem bestürzten Blick folgten, »aber viel dürfte er sowieso nicht mitbekommen. – Keine Sorge, der Junge ist am Leben. Er hat sich den Kopf angeschlagen und ist bewusstlos, mehr wohl nicht.«

Erleichtert atmete Rika auf.

»Den Göttern sei Dank«, seufzte sie. Einen Augenblick lang hatte sie schon befürchtet, Micael sei tot … »Wie hast du das geschafft?«

»Den schweren Brocken hochzuheben, das war nicht ganz einfach«, gestand Shoran und bedeutete seiner Stute, gemächlich loszutrotten; auf Rikas leises Schnalzen hin setzte sich auch Sorley wieder in Bewegung. »Aber die Pferdefresser waren so sehr mit der Aufteilung ihrer Beute beschäftigt, dass wir Zweibeiner uns aus dem Staub machen konnten, bevor sie auf die Idee kamen, auch noch mein Pferd anzugreifen. Wir hatten wirkliches Glück. – Du brauchst dich nicht andauernd umzusehen, Rika. Sie werden die nächsten Stunden mit Schlachten und Fressen beschäftigt sein.«

Rika dachte eine Weile nach, während sie weiter ritten.

»Wieso ist Rabella überhaupt gestürzt?«, wollte sie schließlich wissen. »Ich habe gesehen, dass die Pferde aufeinandergeprallt sind, aber was ist passiert?«

»Dein junger Freund hat dich schreien hören und wollte wohl umdrehen, um dir zu Hilfe zu kommen. Nun ja, manche Vollblutpferde sind empfindlich. Sein Gaul hat die Nerven verloren.«

»Oh nein«, flüsterte Rika. *Bloß meinetwegen ist Micael beinahe etwas zugestoßen?* »Das wollte ich nicht!«

»Es war nicht deine Schuld«, beeilte sich Shoran zu sagen, dem ihr schockierter Gesichtsausdruck trotz der Dunkelheit nicht verborgen blieb. Dann richtete er sich plötzlich hoch im Sattel auf.

»Sieh mal.«

»Was …«

Ihre Frage blieb unvollendet, denn nun hatte Sorley den letzten der niedrigen Felsen umrundet, die ihr die Sicht auf das Städtchen Gres versperrten.

Die hier von Streifen aus kurzem, trockenem Gras flankierte Straße endete an einem von Pechfackeln erleuchteten Tor, das in eine mächtige Mauer eingelassen war. Auf dieser bewegten sich helle Punkte hin und her: gleichfalls mit Fackeln ausgerüstete Wachleute, die dort oben ihre Runden drehten. Dahinter konnte Rika Teile der auf steil ansteigendem Gelände errichteten Ortschaft sehen, durch die die Passstraße führte.

Schmale, weiße Häuser schmiegten sich an schroffe Felsen; flackernde Lichter beleuchteten üppigen Blumenschmuck, der von den Balkonen der Häuser quoll und in scharfem Gegensatz zu der Kargheit der Umgebung stand.

»Dann werden wir heute Nacht wohl wieder in einer Stadt übernachten«, sagte sie erleichtert, während sich die Pferde gemessenen Schrittes dem Tor näherten. »Und in einer sehr hübschen Stadt noch dazu, die außer einer hohen Mauer hoffentlich auch eine schöne Kirche hat.«

»Jaaa«, meinte Shoran gedehnt. Seine Augen waren starr auf einen kleinen, flachen Felsen gerichtet, der den Grasstreifen zur Linken der Straße verunzierte; sein bleiches Gesicht wirkte regungslos, aber die angespannte Haltung verriet, dass etwas nicht stimmte. Zeitgleich lies ein schmerzliches Stöhnen darauf schließen, dass Micael dabei war, sein Bewusstsein wieder zu erlangen.

Shoran griff nach dem Eisenhut und hängte ihn am Sattel auf, bevor er die Kettenhaube nach unten zog. Die schmalen Ohren richteten sich steil auf. Verunsichert sah Rika zu ihm hinüber; aus Furcht, seine Konzentration zu stören, wagte sie jedoch nicht, nach dem Grund seines Verhalten zu fragen.

»Merkwürdig«, verkündete er schließlich. »Siehst du das tote Pferd da vorne?«

»Ein … ein totes Pferd?«

Rika klammerte sich fester an Sorleys struppige Mähne; tatsächlich, wenn man den flachen Felsen genauer betrachtete …

»Mhm. Und auf der Mauer sind Schützen, die ungeduldig darauf warten, dass wir näherkommen.«

»Das kannst du hören?«, fragte sie verblüfft; sie waren wohl noch mindestens einhundert Meter vom Stadttor entfernt.

Er kratzte sich abwesend am Kopf. »Sicher. Und was noch merkwürdiger ist – es sind Söldner aus Austone.«

»Wieso ist das merkwürdig?« Rika blickte aufmerksam zwischen Shoran, dem toten Pferd und der Stadtmauer hin und her. Sie wusste, dass Austone eine Stadt in Okenwall war, dem Land, das im Osten an Craiglin grenzte und für seinen Handel mit Gütern aus aller Welt berühmt war. Mehr nicht.

»Weil Austone-Schützen noch nie irgendeiner Hochthaler Stadtwache zugeteilt worden sind. Noch nie. Perlen vor die Säue, weißt du. Die Armee kauft sie zwar ein, aber sie verlassen nur selten die Kasernen.«

Der Soldat zog die Haube wieder über das rosarote Haar und legte einen Finger an die flache Nase.

»Eigentlich nur im Notfall.«

Rika wurde kalt.

Da ächzte Micael vernehmlich; Shoran blickte nach hinten.

»Egal. Wir sollten zusehen, dass wir unseren jungen Freund zu einem Heiler bringen. Auf uns werden es die Burschen auf der Mauer ja hoffentlich nicht abgesehen haben … die Austone-Schützen, die ich in der Grenzlandfestung kennengelernt habe, haben der Zweiten Armee stets treu gedient.«

Die Distanz zum Tor schwand zusehends. Im Näherkommen entpuppte sich der Felsen tatsächlich als ein Pferdekadaver, dem beide Hinterläufe fehlten; dafür ragten merkwürdig abgewinkelte menschliche Beine unter dem Rumpf hervor.

Rika blickte schnell weg. Ihr wurde immer kälter, was nicht bloß am Wetter lag …

»Aber wenn die Austone-Schützen doch Söldner sind …«

»Ja?«

»… dienen sie doch dem, der am meisten zahlt. Wer sagt, dass das immer noch die Zweite Armee ist?«

»Versuchst du etwa, mir Furcht einzujagen, Fräulein?«, fragte Shoran. »Um ehrlich zu sein … mir gefällt das auch nicht. Aber welche Wahl haben wir schon? Wollen wir so lange hier draußen herumlungern, bis die Jixur das Pferd des Kleinen verdaut haben? Nein? Na also.«

Betont lässig trieb er seine Stute an, und Rika blieb nichts übrig, als ihm mit sehr gemischten Gefühlen zum Stadttor zu folgen.

Allen Ängsten und Verdächtigungen zum Trotz fühlte sich keiner der Schützen auf der Mauer dazu berufen, ihnen einen Pfeil oder Bolzen entgegenzuschicken, und bald schon waren sie bis auf wenige Meter an das durch ein Fallgitter zusätzlich gesicherte Tor herangekommen.

Staunend betrachtete Rika die von langem Haar umrahmten, bärtigen Gesichter, die ihnen von der Mauer herab entgegenstarrten; fast hatte es den Anschein, als wären die in Leder gekleideten Männer ebenso verdutzt wie Rika.

Shoran zügelte sein Pferd und sah nach oben.

»Ihr da«, rief er. »Zieht das Gitter hoch!«

Die beiden Männer, die ihnen am nächsten standen, steckten die haarigen Köpfe zusammen und berieten sich kurz miteinander. Dann schauten sie mit unwirschen Gesichtern auf Rika und Shoran hinab.

»Jixur?«, bellte einer von ihnen im rauen Tonfall, der für die Bewohner der östlichen Länder typisch war; der vierarmige Soldat deutete in die Richtung, aus der sie gerade gekommen waren. »Dort drüben, falls das deine Frage war. Dass *wir* keine Pferdefresser sind, dürfte selbst einem Okenwaller Spatzenhirn klar sein!«

Die Gesichter der beiden Austoner verfinsterten sich noch mehr, sofern das überhaupt möglich war. Geschwind hob derjenige, der gesprochen hatte, seine Armbrust an; da drängte sich ein dritter Mann zwischen die beiden Söldner, ein müde wirkender Bursche, dessen gerüschte, helle Oberbekleidung und glatt rasiertes Gesicht einen auffallenden Kontrast zum derben Aufzug der Männer aus Okenwall bildeten.

»Die Tore sind geschlossen«, rief der Neuankömmling

von den Mauerzinnen herab und schüttelte bedauernd den Kopf.

Aber sie können doch nicht …

Rikas Magen krampfte sich zusammen; eisige Schauer jagten über ihre Haut.

»Ihr müsst uns einlassen«, stieß sie hervor. »Die Jixur sind nicht weit von hier, und unser Freund ist verletzt!«

Shorans Gesicht verzog sich in einer wütenden Grimasse, die die Zeichnungen auf seinen Wangen zu einem bedrohlichen Grinsen verzerrte.

»Dass die Tore geschlossen sind, sehen wir selbst, Schwachkopf«, rief er erbost. »Wollt ihr zusehen, wie uns die Pferdefresser in Stücke reißen? Denn das werden sie tun, sobald sie ihr Nachtmahl dort drüben beendet haben! Ein Pferd haben wir bereits verloren, einen Mann beinahe, und wir wollten diese Nacht eigentlich überleben, bei Aeledd und allen anderen *fast* verbotenen Göttern!«

Grimmig starrten die Söldner den aufgebrachten Vierarmigen an, auf dessen Oberlippe und Stirn trotz der Kälte plötzlich Schweißperlen standen; der glatt rasierte Mann hingegen verschränkte abwartend die Arme.

»Wenn euch unser Tod schon nicht kümmert, dann sollte euch zumindest die Sorge um eure eigenen Hinterteile dazu treiben, uns einzulassen«, entfuhr es Rika, die sich bemühte, ihre Angst niederzukämpfen. »Herzog Enrik hat uns zur Grenzlandfestung gesandt, um dem Festungskommandeur eine Botschaft zu überbringen. Sollte diese Botschaft nicht rechtzeitig ankommen und der Herzog erfahren, dass es eure Schuld war …«

»… ist der Nächste, der euren haarigen Schädeln Aufmerksameit schenkt, ganz gewiss nicht der Barbier«, fiel

Shoran giftig ein und zog das bewusste Schriftstück hervor, um es den Männern auf der Mauer zu präsentieren. Der hell gekleidete Mann beugte sich weiter über die Mauer vor, um einen besseren Blick auf das herzogliche Siegel erhaschen zu können; da erst erkannte Rika, dass nicht etwa Rüschen seine Bekleidung zierten: Der Mann trug einen an den Schultern völlig zerfetzten Waffenrock der Zweiten Armee.

Gres, Nördliches Hochthal

Rika wagte nicht, die Augen vom breiten Rücken der Austone-Söldnerin abzuwenden, die sie durch das Tor schleuste. Die Frau mit dem blonden Wuschelhaar war zwar nicht größer als Rika, hatte ihr aber rund zehn Jahre an Lebenserfahrung voraus und zudem einen auffallend geschmeidigen Gang, der darauf schließen ließ, dass sie eine gute Kämpferin war. Erst nachdem sich die Torflügel hinter Rika und den anderen schlossen und das Gitter auf der anderen Seite mit Getöse zufiel, entspannte sich das Mädchen … nur um einen Lidschlag später sprachlos auf das zu starren, was sich auf der anderen, sicheren Seite der Stadtmauern von Gres abspielte. Von dem malerischen und geruhsamen Eindruck, den die hellen Häuser und üppigen Blüten aus der Entfernung vermittelt hatten, hätte die Szenerie kaum stärker abweichen können.

Reguläre der Zweiten Armee flickten ihre Ausrüstung zwischen Zelten in den unterschiedlichsten Formen und Farben, die den gepflasterten Platz hinter dem Tor bedeckten. Etliche der Zelte wirkten, als seien sie freihändig aus Besen und Stofffetzen angefertigt worden, und Jammerlaute drangen aus einigen hervor. Hunde sprangen nervös zwischen den Beinen von Stadtbewohnern hin und her, die Lebensmittel und Wassereimer transportierten, und mit

Bögen und Armbrüsten bewaffnete Söldner in erdfarbenen Lederrüstungen zogen durch die engen Gassen.

Obwohl Rika wusste, dass es kaum möglich war, kam ihr das Gewühl von Gres noch viel hektischer und undurchdringlicher vor als das der Hauptstadt.

Auch Shoran verfolgte das Treiben auf dem Zeltplatz mit großen Augen.

»Was ist hier geschehen?«, fragte er schließlich und stieg von seinem Pferd, sorgfältig darauf bedacht, Micael unnötige Erschütterungen zu ersparen. Die Söldnerin, die sie in die Stadt bugsiert hatte, entblößte eine Reihe schiefer Zähne.

»Melde dich beim Kommandanten. Der kann jeden Mann brauchen, und er wird dich schon ins Bild setzen.« Sie deutete in Richtung der Ortsmitte, wo sich neben ein paar größeren Gebäuden auch ein spitzer Kirchturm erhob. Unter ihrer sommersprossigen Haut bewegten sich beeindruckende Muskeln, was Rika unter anderen Umständen vermutlich eingeschüchtert hätte; so aber fühlte sie sich in ihrer Nähe sicher.

»Wir brauchen dringend einen Heiler«, bat sie und glitt vom Rücken ihres Ponys. »Unser Freund wurde …«

»Warte, Rika«, unterbrach sie Shoran und drückte ihr die Zügel seiner Stute in die Hand; bevor sie überhaupt reagieren konnte, war der Vierarmige bereits zwischen den Zelten verschwunden.

Die Mundwinkel der Söldnerin senkten sich, als sie Rika eindringlich in die bernsteinfarbenen Augen sah.

»Hör mal, Herzchen, du musst dich nicht von diesem Kerl herumkommandieren lassen. Der ist nur ein einfacher Soldat, und du gehörst nicht zur Armee.«

»Mein Name ist nicht Herzchen, sondern Rika.« Ärgerlich verzog die Sechzehnjährige das Gesicht. »Und was geht dich unser Umgangston an? Anstatt über Dinge zu reden, von denen du nichts verstehst, solltest du lieber sagen, was in diesem Ort los ist! Was tun die ganzen Soldaten hier und wieso liegen tote Pferde vor den Stadttoren?«

Bevor die Kraushaarige eine Antwort geben konnte, tauchte der Shathatoka jedoch schon wieder auf …

Und er war nicht alleine. Eine seiner Hände lag auf der Schulter eines gereizt wirkenden, hageren Mannes, der ebenfalls die Uniform der Zweiten Armee trug; es sah beinahe so aus, als würde der Vierarmige ihn vor sich herschieben.

»Hier«, rief Shoran und gab dem Mann im fleckigen Waffenrock einen kräftigen Schubs, so dass er beinahe stolperte. »Das Mädchen ist Rika Robertstochter, der Junge, der quer über dem Zossen liegt, ist Micael Ivarssohn, und dies hier ist mein guter alter Freund Gerland der Chirurg.«

Gerland der Chirurg rollte ärgerlich mit den hellgrauen Augen. »Du mich auch, Roter«, schnauzte er.

Shoran seufzte theatralisch. »Gerland wird sich jetzt auf der Stelle um die Blessuren unseres Freundes kümmern.«

»So?« Gerlands helle Augen wurden schmal, als er sich dem auf dem Rücken des Pferdes leise vor sich hin stöhnenden Jungen zuwandte. Kurz entschlossen griff er ihm ins Haar, um seinen Kopf anzuheben; dann ließ er ihn wieder sinken und schüttelte knapp das eigene Haupt. »Es gibt hier Verwundete, die meine Hilfe dringender benötigen als dieser junge Bursche.«

»Und hier gibt es zwei Schwerter, die dir eine Fratze in den Allerwertesten schneiden werden, falls du nicht tust, was ich dir sage«, entgegnete Shoran freundlich, aber bestimmt. Er legte eine Hand auf Rikas Arm. »Wir beide besuchen jetzt den Kommandanten dieses Narrenhauses, und wenn ich zurückkomme und du hast den Jungen nicht nach allen Regeln der Kunst versorgt ...«

»Gut, gut.« Gerland der Chirurg rollte noch einmal mit den Augen, dann nahm er die Zügel der Stute aus Rikas Hand und führte sie samt Micacl davon; Shoran grinste ihm spöttisch hinterher, dann wandte er sich der Söldnerin zu. »Du, Löwenzahn.«

Konsterniert legte die Frau eine Hand auf den Lederpanzer, der ihre Brust schützte.

»Sprichst du mit mir?«

»Siehst du hier noch jemanden mit einer so üppigen Frisur?« Shoran schnitt eine Grimasse. »Führ uns jetzt zum Kommandanten. Wir haben schon genügend Zeit hier draußen vertrödelt.«

Die ›Kommandantur‹ befand sich in einem Steinhaus, das im Schatten der übergroßen Dorfkirche windschief und winzig wirkte. Im flackernden Licht der Fackeln meinte Rika, die Wörter *›burgoses degres‹* über dem Eingang erkennen zu können, aber der Sinn der Inschrift erschloss sich ihr nicht.

Immer noch angeführt von der Söldnerin mit den struppigen Haaren gelangten sie schließlich zu einem mit zahlreichen Holzstühlen ausgestatteten Saal, den man in dieser Größe in einem solchen Gebäude wohl kaum vermutet hätte. Drei Soldaten der Zweiten Armee, zwei Männer und eine Frau, debattierten hitzig in einer Ecke des Raumes, in ihrer Nähe lagen zusammengeknüllte Decken um einen polierten Holztisch herum.

Shorans Augen weiteten sich; offenbar hatte er einen Bekannten erblickt.

»Kommandant«, brüllte die Söldnerin in den Saal hinein, »Verstärkung!« Damit drehte sie sich um und verließ den Raum.

Die Streitenden verstummten.

Ein stämmiger Mann, dessen dreckigen Waffenrock die Abzeichen eines Leutnants zierten, wandte sich zu ihnen um. Er mochte etwas über dreißig Jahre alt sein, vielleicht auch älter, hatte schwarzes, sehr kurzgeschnittenes Haar und aufmerksame, schwarze Augen, und auch der Ton seiner Haut war dunkler als der des durchschnittlichen Hochthalers ... wenn er auch einem Vergleich mit den kohlschwarzen Mädchen aus Kaavizan nicht statthalten konnte. Zunächst warf er ihnen einen skeptischen Blick zu, dann aber hellte sich seine Miene schlagartig auf.

»Domitienne, Bruno, schaut nur! Der rote Shoran! Das ist die erste angenehme Überraschung seit Wochen.«

Augenblicklich war ihnen auch die Aufmerksamkeit der beiden anderen Soldaten gewiss. Während der jüngere Soldat mit dem schmutzigen Gesicht – vermutlich Bruno – Rika mit unverhohlener Neugierde angaffte, verzogen sich die blassen Lippen Domitiennes zu einem schwer zu deutenden Lächeln. Ihre Hand fuhr durch das raspelkurze, graugesprenkelte Haar, das ihr schmales Gesicht wie ein Maulwurfspelz umrahmte.

»Dich müssen die Götter geschickt haben«, frohlockte sie, ebenfalls an Shoran gewandt; wie der Offizier sprach auch Domitienne mit dem harten Akzent, den Rika inzwischen mit dieser Gegend in Verbindung brachte. Die wenigen Dörfler, mit denen sie sich auf dem Weg nach Gres unterhalten hatte, hatten die Wörter ähnlich betont.

»Einen Zerstörer können wir gut gebrauchen.«

»Ich bin kein Zerstörer!«

»Nichtsdestotrotz kannst du ganz nützlich sein, wenn du nur willst. Aber Spaß beiseite.« Der heitere Zug wich so plötzlich aus dem Gesicht des Offiziers, wie er gekommen war. »Wieso bist du hier, Soldat, wen hast du da mitgebracht, und wie seid ihr in die Stadt gekommen?«

Shoran verzog das Gesicht und holte tief Luft; offensichtlich missfiel ihm der plötzliche Befehlston. Bevor er sich jedoch äußern konnte, drängte sich Rika an ihm vorbei und baute sich vor dem stämmigen Leutnant auf.

»Verzeih, Leutnant«, sagte sie und warf Shoran einen warnenden Blick zu. »Wir sind im Auftrag von Herzog Enrik mit einer Botschaft zur Grenzlandfestung unterwegs, und wir mussten uns mit deinen Torwachen streiten, um überhaupt eingelassen zu werden.«

»Eine Botschaft? Kann ich diese Botschaft sehen?«

Die Frage war zwar an Rika gerichtet, aber diesmal antwortete Shoran.

»Tut mir leid – ich darf sie nur dem Kommandierenden der Grenzlandfestung aushändigen.« Der Shathatoka legte den Kopf schief und dabei begann sein rosaroter Zopf hin und her zu pendeln. »Warum so kurz angebunden, Schlosser? Warst du zu lange in Vigrens Nähe, nachdem ich die Festung verlassen musste? Hat dir der alte Mistkerl denn außer einem Offizierspatent auch noch seine schlechte Laune verliehen?«

Die Stirn der maulwurfshaarigen Frau legte sich in tiefe

Falten, während es im dunklen Gesicht des Schlossers kurz zuckte, als überlege er, den Soldaten für seine despektierliche Wortwahl zu disziplinieren. Dann kam er wohl zu dem Entschluss, dass es nicht lohnte.

»Seine schlechte Laune und noch viel mehr, Roter. Falls du nicht vorhast, unverrichteter Dinge wieder zu deinem Herzog zurückzukehren, solltest du mir die Botschaft lieber aushändigen.« Er deutete auf das Abzeichen am Ärmel seines Waffenrocks. »Denn dieser kleine Stern macht mich zum Ranghöchsten unter den Wenigen, die den Fall der Grenzlandfestung überlebt haben … und damit zu ihrem Kommandierenden.«

Rika hatte keine Ruhe finden können; zu unglaublich, zu aufregend war das gewesen, was Joseph der Schlosser – so der vollständige Name von Shorans ehemaligem Kameraden und jetzigem Leutnant – über den Überfall auf die Grenzlandfestung berichtet hatte.

Die massive Festung, die über den Pass ins Niemandsland ragte, hatte als uneinnehmbar gegolten. Baron Vigren war zwar immer bemüht gewesen, die Kampfbereitschaft seiner Truppen auf hohem Niveau zu halten, aber auch rigoroseste Maßnahmen zur Aufrechterhaltung von Zucht und Ordnung hatten nicht verhindern können, dass nicht alle der Soldaten ihren Dienst mit dem notwendigen Eifer versahen. Immer wieder kam es vor, dass gelangweilte Soldaten ihren Wachdienst verschliefen, betrunken durch das nahe gelegene Gres torkelten, anstatt ihren Pflichten nachzukommen, oder sogar desertierten.

Erst vor kurzem war ein Soldat aus Josephs Einheit von

einem Ausflug in den Ort nicht zurückgekehrt. Auch ihn hatte der Baron zunächst verloren geglaubt, wusste doch jeder in der Festung um die lasterhafte Vergangenheit des Mannes. Als die Wachen eines Abends meldeten, dass ein Jixur einen uniformierten Soldaten über die Ebene unweit der Festung hetzte, beschloss der Festungskommandeur kurzerhand, dem verlorenen Schaf seine gelangweilten Ritter zu Hilfe kommen zu lassen.

Die jungen Adeligen stoben über die Ebene davon, begierig darauf, nach langer Zeit endlich wieder etwas zu erleben; nicht anders fühlten die Fußsoldaten, die sich gaffend zwischen den imposanten Pforten drängten, um einen Blick auf das erhoffte Spektakel zu erhaschen.

Dann waren weite Teile des rauen Geländes plötzlich von mit gezackten Klingen bewaffneten Vierbeinern übersät.

Selbst einer mittelgroßen Anzahl der nachtsichtigen Bestien hatten die Soldaten am Tor kaum etwas entgegenzusetzen ... und nicht nur sie waren überrumpelt worden. Ehe der Baron auch nur den Mund öffnen konnte, um den Befehl zum Schließen des Tors zu geben, galoppierten bereits brüllende Jixur über den Festungshof. Die Vierbeiner traten Türen ein, schleuderten Öl und brennende Fackeln durch Fenster und erschlugen diejenigen, die sich ihnen in den Weg stellten.

Nun hatten die Soldaten ihr Spektakel.

Das Gemetzel war beinahe ebenso schnell vorüber gewesen, wie es begonnen hatte. Vigrens Order an die Soldaten, die Festung zu räumen und so ihr Leben zu retten, hatte Joseph den Schlosser und die restlichen Leute beinahe genauso überrascht wie das ungewohnt taktische Vorgehen der Jixur.

Als eine hohe Zahl der Fliehenden einschließlich des Barons ihr Leben verloren, hatten sie sich bereits auf dem Rückzug durch den *Xemin Degres* befunden; in diesem Moment war sich Joseph sicher gewesen, dass keiner von ihnen Gres lebend erreichen würde … dann wurde er erneut überrascht, denn auf den Zinnen des allerhöchsten Wachturms der Festung meinte er einen Soldaten in der Uniform der zweiten Armee zu sehen, der die Jixur-Horde buchstäblich zurückpfiff.

»Hah, das war euer *Mensch*«, unterbrach Micael triumphierend Rikas detaillierte Nacherzählung des Falls der Grenzlandfestung. Er setzte sich ruckartig auf, was die rostige Pritsche zum Quietschen brachte.

Rikas Stirn legte sich in ärgerliche Falten.

»Hat Gerland nicht gesagt, du solltest liegenbleiben? Und was meinst du mit ›unser Mensch‹?«

»Gerland hat keine Ahnung«, murrte Micael und rieb sich die verbundene Stirn. »Nur weil mein Schädel ein wenig brummt, werde ich ganz bestimmt nicht untätig im Zelt bleiben. Außerdem ist mir kalt, und auch dagegen könnte Bewegung helfen.« Demonstrativ klapperte er mit den Zähnen und schwang die Beine über den Pritschenrand.

Shoran lächelte schief. »Der Schlag auf den Kopf hat wohl deinem Verstand auf die Sprünge geholfen, Herr Ivarssohn. Mit deiner Vermutung über ›unseren Menschen‹ könntest du nämlich Recht haben.« Er erhob sich von der schmucklosen Holzkiste, die ihm als Sitz gedient hatte, und begann nachdenklich im Zelt hin und her zu gehen. »Der Soldat, der die Jixur befehligt hat, könnte der gleiche Zweiarmige sein, der auch Rika und mir über den Weg gelaufen ist.«

Ein leichter Wind brachte die Zeltplane zum Schwingen und die ›Tür‹ zum Flattern; irritiert sah das Mädchen zum Eingang ihrer Unterkunft.

Micael knabberte nachdenklich an seiner Unterlippe.

»Du hast doch mal gesagt, dass die Jixur bloß starke Arme besäßen, aber keinen Grips ... dass sie bloß viehisch seien, aber nicht hinterhältig. Wenn ein Mensch sie nun befehligt ...«

»... macht sie das um ein Vielfaches gefährlicher«, führte Shoran den Gedankengang des jungen Mannes zu Ende. »So gefährlich, dass eine Handvoll Pferdefresser eine Festung einnehmen konnten und nun eine Stadt belagern. – Zugegeben, Gres ist nur eine ganz, ganz kleine Stadt, aber den Vierbeinern ist es gelungen, sie völlig von der Außenwelt abzuschneiden, indem sie jeden getötet haben, der versucht hat, die Stadt zu verlassen. Wer hätte den Jixur so etwas schon zugetraut? Ich weiß nicht, ob unserem allseits geschätzten jungen Herzog noch zum Lachen zumute wäre, falls sich tatsächlich eine Horde Jixur vor seinen Stadtmauern zusammenrottete. Was Vherc verhindern möge.«

»Die Götter werden überhaupt nichts verhindern«, krähte Micael, der offensichtlich wieder Tatendrang verspürte. »Wir müssen das tun!«

Rika rollte mit den Augen und seufzte, entschied sich dann aber, nicht auf die Äußerung des Jungen einzugehen.

»Bruder Geon meinte einmal, die Jixur seien sich selbst genug und mieden sogar ihre ... ihre vierarmigen Verwandten.« Fast entschuldigend blickte sie von ihrer Pritsche zu Shoran auf. »Und nichts anderes hat der Stadtrat von Dunlet behauptet. Was kann der Grund dafür sein, dass sie ausgerechnet jetzt ihr Verhalten ändern?«

Micael zuckte mit den Schultern, während er in seine Stiefel schlüpfte, und auch der Shathatoka wusste keine Antwort auf ihre Frage.

»Zerbrecht euch nicht die Köpfe darüber«, meinte er bloß. »Nutzt die Gelegenheit zum Schlafen – immerhin habt ihr so etwas wie Betten.« Er bückte sich, um durch den niedrigen Eingang ins Freie zu schlüpfen.

»Wohin gehst du?«, wollte Micael wissen.

»Ich hole mir neue Befehle ab.«

Damit verschwand Shoran; ein Schwall kalter Luft drängte sich in das Zeltinnere.

Micael blickte zu Rika.

»Warum musste das ausgerechnet jetzt passieren? Baron Vigren war der Einzige, der uns hätte helfen können.«

»Nun ja, Leutnant Joseph wird uns wohl kaum Truppen für Dunlet zur Verfügung stellen, auch wenn er vorübergehend an die Stelle des Herzogs gerückt ist«, gab das Mädchen ihm Recht. »Und selbst wenn er Soldaten erübrigen könnte … sie kämen nicht von hier fort, solange die Jixur in den Bergen lauern. Vielleicht könnten sie es, wenn sie gemeinsam abzögen, aber … aber dann müssten sie die Stadt schutzlos zurücklassen.«

Unwillkürlich drängte sich ihr der Gedanke an ihr brennendes Elternhaus auf; sie erschauderte.

»Und wenn Gres fiele«, spann Micael den Faden weiter, »stünde einer Invasion über den Pass nichts mehr im Wege.« Mit entschlossenem Gesicht kontrollierte er den Sitz seiner Stiefel und nickte zufrieden. Rika hingegen schüttelte den Kopf, wobei ihre zerzausten Locken flogen; sie schwor sich, das widerspenstige Haar am nächsten Morgen besser zu frisieren.

»Ich glaube nicht, dass sich Leutnant Joseph Gedanken über eine Invasion machen muss. Wer sollte denn schon in Hochthal einfallen wollen? Gavenne gehört bereits zu uns, die Jixur sind … sie sind sowieso schon hier, und was Craiglin mit dieser Provinz anfangen wollte, wüsste ich im Augenblick auch nicht.«

»Wie auch immer«, knurrte Micael, »der Leutnant kann in keinem Fall seine Soldaten riskieren, da ihm kaum welche zur Verfügung stehen.« Dann weiteten sich die blauen Augen.

»Der Leutnant kann seine Soldaten nicht riskieren!«

Wieder traf ein Windstoß das Zelt und versetzte das Tuch in hektische Bewegung. Der junge Mann sprang auf und schnitt eine Grimasse, dann tastete er kurz mit seiner Hand an den verletzten Kopf und eilte ins nächtliche Gres hinaus.

»Bleib hier«, rief Rika, aber der Vorhang war bereits zugefallen, und sie vermutete, dass der Junge sie nicht mehr hören konnte. Und selbst wenn er sie hätte hören können, hätte er wohl kaum gehorcht …

»Ich bin *nicht* seine Mutter«, versuchte sie sich in Erinnerung zu rufen. Entschlossen, ihr Nachtlager um keinen Preis zu verlassen, zog Rika die Wolldecke enger um sich, aber sie fror trotzdem.

Vielleicht würde auch ihr ein wenig Bewegung guttun …

»Dummer Junge«, stieß sie schließlich hervor und stieg von ihrer Pritsche, um Micael hinaus ins Dunkel zu folgen.

»Ausgeschlossen.«

Entschieden schüttelte Joseph der Schlosser den dunklen Kopf und stellte hart den Becher ab, aus dem er getrunken hatte. »Ich werde kein Kind in den sicheren Tod schicken; es ist schon schlimm genug, dass Erwachsene da draußen sterben mussten.«

Helle Flüssigkeit schwappte über den Becherrand und breitete sich auf dem polierten Holz des Tisches aus; Micael hatte jedoch keine Augen für solche Nebensächlichkeiten. Mit feuerrotem Gesicht starrte er den Leutnant an.

»Ich bin gewiss kein Kind mehr! Ich wette, manche deiner Soldaten sind jünger als ich.« Wütend ballten sich seine Fäuste. »Außerdem *muss* irgendjemand dem Herzog die Nachricht vom Fall der Festung überbringen! Du brauchst all deine Soldaten, um die Stadt zu sichern. Ich kann reiten und ich kann kämpfen, was dir meine Freundin Rika sicher sehr gerne bestätigen wird.«

Mit Überraschung registrierte Rika, dass sich alle Augen im Raum auf sie richteten; eigentlich hatte sie angenommen, dass niemand sie am Eingang des ›Burgoses Degres‹-Saals bemerkt hatte.

»Nun, stimmt das?«, wollte die zierliche Soldatin mit dem Maulwurfshaar wissen, die auf einem Stuhl saß und beide Ellenbogen auf den breiten Holztisch gestützt hatte. »Kann der Junge das, was er behauptet?«

»Natürlich«, bestätigte Rika. »Aber …«

»Du musst nicht da stehen bleiben.« Der Leutnant bedeutete dem Mädchen, näher zu kommen. »Setz dich zu uns.«

»Was spricht dann dagegen, sein Angebot anzunehmen?«, bohrte Domitienne weiter. »Natürlich ist es schade, dass keiner der Ritter je wieder aufgetaucht ist – die Hochwohlgeborenen hätten sich vermutlich um einen Auftrag wie diesen geprügelt. Aber sie sind nun einmal in der Hochebene gefallen, und dieser Bursche war schon da draußen und weiß, was ihn erwartet. Zudem ist es ihm gelungen, eine Botschaft zu uns zu bringen, ohne dabei zu sterben.«

»Dagegen spricht, dass ich es nicht will, Wachtmeisterin.« Die Züge des Leutnants verhärteten sich. »Dieser Junge ist Zivilist.«

»Umso besser. Vielleicht interessieren sich diese Bestien nicht für Zivilisten. Und wenn sie ihn doch erwischten, wäre es weder ein Verlust für die Armee noch für diese Stadt«, schlussfolgerte die Wachtmeisterin und fügte achselzuckend hinzu, »Nichts für ungut, Junge.«

Als Rika vorsichtig auf einem der wackeligen Holzstühle Platz nahm, warf Micael ihr einen flehenden Blick zu, der entweder ›so hilf mir doch‹ oder ›halt dich da raus‹ bedeuten mochte. Bevor sie sich für eine Möglichkeit entscheiden konnte, hatte der Leutnant bereits das Wort ergriffen.

»Hast du ein Pferd, junger Mann?«

»Ein Pferd?« Um seine Verblüffung zu überspielen, kratzte sich Micael am flaumigen Kinnbart. »Nicht mehr, Leutnant. Die Jixur töteten es.«

Joseph spreizte die kräftigen Finger.

»Dann bleibt es bei meinem ›Nein‹. Zu Fuß wärst du zu langsam, und ich kann es nicht riskieren, eines unserer Tiere hinauszuschicken.«

»Aber …«

»Jetzt geht und ruht euch aus. Ihr beide habt es nötig. Und wir beide …«

Ein scharfer Blick traf die Wachtmeisterin, die ihre Brauen spöttisch nach oben zog.

»… müssen noch einiges bereden.«

Auf dem Weg zurück zum Zelt hatte Micael grimmig geschwiegen; zwar gelang es ihm inzwischen ein wenig besser, seinen Ärger für sich zu behalten, aber seinem Gesicht war deutlich anzusehen, was er dachte.

Auch Rika hatte geschwiegen. Dass die Pläne des Jungen schon wieder durchkreuzt worden waren, tat ihr leid; er sehnte sich so sehr danach, sich endlich einmal beweisen zu können. Anderseits hatte sie Verständnis für den Leutnant, der unnötige Verluste vermeiden wollte. Genau wie Joseph war auch sie der Ansicht, dass Micael alleine keine Chance gehabt hätte, an den Jixur vorbei zu kommen. In jeder für ihn besonders gefährlichen Situation war ihm der Shathatoka zu Hilfe gekommen. Dass Micael und Rika auch ohne den Soldaten lebend bis nach Gres gekommen wären, bezweifelte sie …

Das Treiben auf dem von Zelten übersäten Platz des Städtchens war zu dieser Stunde nicht mehr so rege wie bei ihrer Ankunft; die meisten Soldaten und Söldner schienen zu schlafen, nur die Wachen hielten unermüdlich ihre Rundgänge auf der Stadtmauer ab.

Mit einem gebrummten »Nacht« hatte sich Micael auf seiner Liege zusammengerollt; Rika hatte es ihm gleichtun wollen, aber im Gegensatz zu dem Jungen, dessen gleichmäßige Atemzüge schon bald verrieten, dass er schlief, konnte sie einfach keine Ruhe finden. Je stiller es wurde, desto mehr Erinnerungen stiegen an die Oberfläche: die

Hetzjagd im Dunkeln, das Bellen der Jixur … der brennende Hof …

So war sie zum Bürgerhaus von Gres zurückgekehrt, wo sich Joseph der Schlosser immer noch mit Wachtmeisterin Domitienne besprach. Dem sauren Gesichtsausdruck der Frau zufolge war die Unterhaltung nicht in ihrem Sinne verlaufen.

»Ähem«, räusperte sich Rika, der nicht daran gelegen war, sich in Armee-Angelegenheiten einzumischen. Der Leutnant drehte sogleich den Kopf, dann bedeutete er Domitienne knapp, zu gehen.

»Lass uns alleine.«

»Das ist nicht nötig«, meinte Rika, als die Frau an ihr vorbeiging und auf den Ausgang zusteuerte.

»Das ist immer noch meine Entscheidung!«, blaffte der Leutnant so laut, dass Rika ihn mit offenem Mund anstarrte. Dann aber winkte er ab und schenkte ihr ein müdes Lächeln, und sie sah, dass einer seiner Schneidezähne abgebrochen war. »Tut mir leid, Fräulein. Ich bin gereizt. Der Tag war schrecklich, und ich muss dir wohl nicht sagen, wie spät es ist.« Tatsächlich wirkte der Mann aus der Nähe noch erschöpfter. »Und du scheinst keinen Schlaf zu finden. – Nimm Platz.«

»Danke.«

Zum zweiten Mal innerhalb kurzer Zeit ließ sich Rika auf einem der zerbrechlich wirkenden Stühle nieder; abwesend strich sie ihre Bluse glatt.

»Herr Leutnant«, begann sie. »Mein … mein Freund Micael Ivarssohn möchte die Nachricht vom Fall der Festung in die Hauptstadt bringen.«

»Das sagte er. Und ich sagte ›Nein‹.«

»Aber du kannst ihn nicht davon abhalten. Schließlich ist er ein Zivilist, dem du nichts befehlen kannst.«

»Hm.« Leutnant Joseph lehnte sich in dem knarzenden Stuhl zurück. »Wenn das so ist, wieso ist dein Freund dann noch hier?«

»Weil die Tore verriegelt sind«, gab Rika zurück, was Joseph mit einem Achselzucken quittierte.

»Also kann ich ihn doch davon abhalten.«

Rikas Augen begannen zu funkeln, die ersten Anzeichen aufglimmender Wut. »Vorhin wolltest du Micael nicht gehen lassen, weil er kein Pferd besitzt. Er mag vielleicht kein Pferd mehr haben, aber …« Sie atmete tief durch, als sich der Entschluss, den sie gerade schweren Herzens getroffen hatte, festigte. »Aber ich habe eines. Ich werde ihm mein Pony geben. Dann musst du keines deiner wertvollen Tiere ins Verderben schicken.«

Einen Moment lang sah der Leutnant Rika regungslos ins Gesicht, so dass sie schon vermutete, er schlafe mit offenen Augen; dann schlug er mit beiden Händen auf den Tisch. »Dann wirst du deinen Freund *und* dein Pferd verlieren.« Langsam schüttelte er den Kopf. »Ich verstehe dich nicht, Fräulein.«

»Und ich verstehe dich nicht, Herr Leutnant!« Aufgebracht sprang das Mädchen auf; die Stuhlbeine schrammten über den Saalboden. Das leise Donnergrollen, das zeitgleich draußen über die Berge rollte, verstärkte den Lärm.

»Es ist wirklich schade, dass keiner der Ritter der Armee wieder aufgetaucht ist. Von denen wäre sicherlich keiner ein solcher … Zauderer gewesen wie du, Herr Leutnant.« Sie holte tief Luft. »Was für ein Kommandeur bist du eigentlich? Soll Herzog Enrik erst von dem Fall der Grenzlandfestung erfahren, wenn die Jixur vor seinem Palast stehen?« Wutentbrannt wandte sie sich zum Gehen um. »Öffnest du das Tor nicht für uns, werden wir eben über die Mauer springen!«

»Wir?«

Die skeptische Frage des Offiziers ließ sie in der Bewegung innehalten.

»Ja«, wiederholte sie langsam, während sie sich selbst der Bedeutung ihrer Worte klarzuwerden versuchte. »W*ir* werden über die Mauer springen. Da ich weder meinen Freund Micael Ivarssohn noch mein Pony verlieren will, muss ich sie eben begleiten, um ihnen zu helfen. Irgendwie wird es uns schon gelingen, nach Hochthal-Stadt zu gelangen und den Herzog aufzusuchen und … und diese verdammten Jixur zu vernichten, damit Gres und Dunlet und … und die ganze Welt vor diesen Ungeheuern in Sicherheit sind. Damit sie nie wieder tun können, was sie meiner Familie angetan haben.«

Rika unterdrückte die heißen Tränen, die in ihr aufsteigen wollten, indem sie sich fest auf die Lippe biss. »Das muss gelingen, Leutnant Joseph, denn mehr bleibt mir ja nicht. Wenn ich nicht helfen kann … dann bin ich hilflos.«

Einen Augenblick lang war es hinter ihr still; dann hörte sie, wie der Stuhl zurückgeschoben wurde.

Eine schwere Hand legte sich auf ihre Schulter.

»Steh auf, Faulpelz! Pack deine Sachen!«

»Huh?«

Verschlafen blinzelte Micael zwischen Strähnen struppigen, blonden Haares hervor; langsam wandte er den Kopf hin und her, um sich in der Dunkelheit des Zeltes zu orientieren, dann erkannte er Rikas Silhouette.

Er kniff die Augen wieder zusammen. »Was ist denn? Es ist ja noch Nacht.«

»Aber nur noch eine knappe Stunde lang, also steh endlich auf. Wir gehen.«

»Hm?« Er rieb sich das Gesicht. »Wohin gehen wir?«

»In die Hauptstadt. Was dachtest du denn?«

Schlagartig setzte er sich auf; der angeschlagene Schädel nahm ihm die plötzliche Bewegung jedoch übel, und so zuckte er zusammen.

»In … in die Hauptstadt? Soll das heißen …«

»… dass Leutnant Joseph es sich anders überlegt hat. Der hübsche Herzog wird uns kaum unverrichteter Dinge wegschicken können, wenn wir ihm vom Fall der Grenzlandfestung berichten, denn nun ist niemand mehr da, auf den er die Verantwortung abwälzen kann. Und sollte er es dennoch versuchen, dann sprechen wir eben bei seiner Mutter, der Königin, vor. – Ah, endlich.«

Erst beim zweiten Versuch war es Rika gelungen, die Fackel anzuzünden; erst schwach, dann kräftiger beleuchtete die tanzende Flamme ihre heiteren Züge.

»Wieso«, wollte Micael wissen, während er hastig seine Kleidung ordnete, »hat er es sich denn anders überlegt?«

Rika zuckte lächelnd mit den Achseln. »Weil ich noch einmal bei ihm war, nachdem du eingeschlafen warst.«

»So?« Ein misstrauischer Unterton schlich sich in die Stimme des Jungen. »Und welche Gefälligkeiten musstest du dem … dem Blödmann erweisen?«

»Ach, sei doch nicht albern.« Rika verdrehte die Augen. »Wir haben uns bloß lange unterhalten. Als Leutnant Joseph so alt war wie ich, hat er seine Familie und die meisten seiner Freunde im Krieg verloren.«

»Das müsste während des Sturmwerkerkrieges gewesen sein«, mutmaßte Micael, und Rika nickte.

»Er versteht, wie ich mich fühle. Auch er hegte noch lange Zeit Gedanken an … an …« Sie biss sich nachdenklich auf die Unterlippe, als sie nach einem passenden Wort suchte.

»Er hegte Rachegedanken?«

Dankbar lächelte sie Micael an. »Genau.«

»Und dann?«

»Dann wurde er in die Armee eingezogen. – Micael, der Leutnant versteht, wie wichtig es mir ist, die Mörder meines Vaters zur Rechenschaft zu ziehen. Und er versteht, wie wichtig es uns beiden ist, dafür zu sorgen, dass so etwas nie wieder passieren kann.«

»Ja«, meinte der Junge gedehnt und – wie es schien – ein wenig enttäuscht, während er seine Habseligleiten auflas. »Das ist *immens* wichtig für uns.«

»Zudem«, fuhr Rika immer noch lächelnd fort, »hat er angeboten, Sorley gegen ein frisches Pferd auszutauschen, das kräftig genug ist, um uns beide zu tragen. Zwar lasse ich Sorley nur ungern hier, aber wir werden ja schließlich nach Gres zurückkehren, und er hat es verdient, sich ein paar … Wochen lang ausruhen zu dürfen.«

»Toll«, bestätigte Micael, wobei er nicht ganz überzeugt wirkte. »Sonst noch etwas?«

»Ja«, frohlockte Rika. »Wir werden nicht alleine reisen. Leutnant Joseph wollte das trotz allem nicht verantworten.«

Das Gesicht des Jungen wurde immer länger, und mit einem tiefen Seufzer berührte er seinen Kopfverband.

»Weil wir *Kinder* es alleine nicht schaffen werden. Schon klar.« Langsam schüttelte er den blonden Kopf, aber Rika zuckte bloß mit den Achseln und meinte wie beiläufig: »Außerdem habe ich dem Leutnant erklärt, wie gerne du der Armee beitreten würdest – das zu erwähnen hattest du vorhin nämlich glatt vergessen.«

Einen Moment lang musterte sie das erbleichende Gesicht ihres Reisegefährten, aber Micael war offenbar nicht dazu imstande, sich in irgendeiner Form dazu zu äußern. Da blieb ihr nichts weiter übrig, als ihm gönnerhaft auf die Schulter zu klopfen.

»Herzlichen Glückwunsch, Soldat. Du bist Leutnant Joseph jetzt auf Gedeih und Verderb ausgeliefert. Das ist es doch, was du wolltest, oder etwa nicht?«

Die blanke Fassungslosigkeit, die ihr entgegenstrahlte, war einen lauten Lacher wert, aber den konnte sich Rika gerade noch verkneifen. Stattdessen griff sie nach ihrer Tasche und tauchte eilig unter dem Vorhang hindurch ins Freie.

Die wenigen Minuten bis zum Stadttor nutzte Micael Ivarssohn, um ungefähr fünfhundert aufgeregte Fragen an Rika zu richten, von ›war das dein Ernst?‹ über ›bekomme ich auch eine Uniform?‹ bis hin zu ›was wird Mutter dazu sagen?‹

»Schhhht, sei doch ruhig.« Wenig damenhaft stieß Rika dem Jungen den Ellbogen in die Rippen. »Willst du denn, dass dich dein *Kamerad* für einen Plauderer hält?«

»Wer?«, fragte Micael verwirrt, dann entdeckte auch er den Uniformierten in der Nähe des Torbogens, der an zwei gelangweilt wirkende Pferde Brotrinden verfütterte. Das glatte Gesicht des Jungen hellte sich auf.

»Danke, Cyn«, flüsterte er, »langsam beginne ich, es wirklich zu glauben.« Dann beeilte er sich, möglichst würdevoll dreinzublicken, als der grimmige Blick des älteren Mannes auf ihn und Rika fiel.

»Hallo«, rief der Soldat Rika zu und grüßte nachlässig, indem er leicht an die Kettenhaube tippte. »Bist du Micael Ivarssohn?«

Beleidigt schüttelte sie den Kopf; der nun wieder straff gewundene Haarknoten löste sich diesmal nicht.

»Sehe ich aus, als sei ich irgendjemandes Sohn? Nein, ich bin Rika Robertstochter. Micael Ivarssohn ist er.« Sie deutete auf Micael, der sich alle Mühe gab, dem durchdringenden Blick des Soldaten standzuhalten.

Aus der Nähe war der Mann, der aus der Distanz noch so beeindruckend gewirkt hatte, eher korpulent: Eine dicke Fettschicht bedeckte die einstmals wohl sehr kräftigen Muskeln, das breite Gesicht war von zahlreichen Furchen durchzogen, und das störrische Haar, das unter der Kettenhaube hervorblitzte, war silbergrau. Dafür, dass er Rika für einen Jungen gehalten hatte, mochte zum Teil das fackelerleuchtete Halbdunkel verantwortlich sein; die zusammengekniffenen braunen Augen ließen aber auch darauf schließen, dass seine Sehkraft nicht mehr die beste war.

»Du bist das also. Na, von mir aus. Ich bin übrigens Max – Max Killarne. Vermutlich habt ihr schon von mir gehört.« Ein schiefes Grinsen entblößte erstaunlich weiße Zähne, dann nahm Max Killarne einen Hafersack vom Rücken eines der Pferde und warf ihn Micael zu. »Hier.«

Micael streckte die Hände danach aus. Es klirrte, als der Sack auf seine Unterarme prallte, und mit einem erschrockenen Aufschrei ließ er ihn auf das Pflaster fallen. Rasselnd glitt ein Kettenhemd aus dem Hafersack, gefolgt von verschiedenen hellen Kleidungsstücken.

»Wenn das schon zu schwer für dich ist, Jungchen, musst du wohl noch ein bisschen üben«, lachte Max Killarne und deutete auf die Uniformteile am Boden; sein Lachen klang ein wenig wie das Bellen eines alten Hundes. »Zieh das an.«

Micael warf einen unsicheren Blick über die Schulter auf den Zeltplatz, wo gerade ein Frühstück für die verbliebenen Truppen bereitet wurde.

»Ich soll mich *hier* umkleiden?«

»Gewöhn dich dran, Jungchen. Du bist jetzt Soldat.« Die Stirn des Soldaten runzelte sich in gespieltem Grimm, dann zwinkerte er Rika zu. »Das junge Fräulein wird sicherlich wegschauen, wenn du sie darum bittest.«

Sogar im Fackelschein konnte Rika Micael erröten sehen. Vermutlich hätte er sich eher die Zunge abgebissen, als zu tun, was der Alte vorgeschlagen hatte. Da sie Micael aber nicht noch mehr in Verlegenheit bringen wollte, wandte sie ihren Blick schnell Max Killarne zu.

»Du wirst uns also begleiten?«

»Jawohl«, bestätigte der Mann.

Eigentlich war es Rika schon in dem Augenblick klar gewesen, als sie ihn am Tor hatte stehen sehen. Umso verwirrender war das Gefühl aufbrandender Enttäuschung.

Mit Sicherheit hatte Leutnant Joseph es gut mit ihnen gemeint, als er ihnen Max Killarne zugeteilt hatte. Der grauhaarige Soldat war höchstwahrscheinlich ein Veteran zahlreicher Schlachten, ein guter und verdienter Kämpfer – und er wirkte recht freundlich. Dennoch wäre Rika lieber gewesen, Shoran hätte sie auf dem Rückweg nach Hochthal-Stadt begleiten können: Immerhin hatte der Shathatoka mit dem – nicht mehr ganz – rubinroten Haar seine Eignung für eine solche Aufgabe bereits mehrfach unter Beweis gestellt.

Rika hoffte, dass ihr diese Gedanken nicht allzu deutlich vom Gesicht abzulesen waren; glücklicherweise jedoch schien Max Killarne seine ganze Aufmerksamkeit darauf zu verwenden, sich ausgiebig und in aller Gemütsruhe am rasierten Kinn zu kratzen.

»Der Schlosser fürchtet um eure zarten Ärsche – ich meine natürlich um eure Haut«, erläuterte er. »Deswegen wird diesem jungen Burschen die große Ehre zuteil, dem Gefolge von Max Killarne anzugehören, und auch du kannst dich glücklich schätzen – *was soll denn das werden*?«

Das unvermittelte Keifen ließ Rika erschrocken zusammenzucken. Offenbar hatte der Mann die ganze Zeit aus dem Augenwinkel Micaels geräuschvollen Umkleideversuch beobachtet, der sich hinter ihrem Rücken abspielte. »Das musst du genau anders herum halten, Jungchen – ja, so.« Kopfschüttelnd wandte er sich wieder Rika zu. »Wo waren wir stehengeblieben? Ach ja. Solange Max bei euch ist, wird niemandem auch nur ein Haar gekrümmt.«

Seine dichten Brauen hoben sich, als er noch einmal über Rikas Schulter blickte.

»Und wenn du endlich fertig bist, Jungchen: Nimm dir dein Schwert, knobele mit der jungen Dame darum, wer vorne sitzen darf, und schwing dich auf den verdammten Gaul!«

Greser Land, Nördliches Hochthal

Als das Fallgitter hinter ihnen zu Boden gerasselt war, war es noch dunkel gewesen. Rika hatte sich vorsichtshalber gut an Micael festgehalten, der beim Knobeln den vorderen Platz auf dem stämmigen Bergbauernpferd gewonnen hatte, aber der erwartete Angriff aus dem Hinterhalt war ausgeblieben. Die Jixur, deren Grunzen man den Aussagen der Austoner auf der Mauer zufolge die ganze Nacht über hatte hören können, hatten sich nicht blicken lassen.

Damit hatte niemand von ihnen gerechnet.

Auf Max' Geheiß hin hatten sie eine andere Route von Gres weg eingeschlagen, die östlich durch die Berge führte; diese Maßnahme hatte der alte Kämpe damit begründet, dass der holperige Weg nicht so offensichtlich in Richtung der Hauptstadt führte wie die felsengesäumte Straße, die sie auf dem Hinweg entlanggeritten waren. Rika fragte sich zwar, inwiefern sich die Jixur für ihr Ziel interessieren mochten, aber diese Frage stellte sie lieber nicht laut.

Inzwischen war Gres schon ein gutes Stück entfernt, und über den Berggipfeln konnte man den hellen Schein der aufgehenden Morgensonne sehen. Sie lächelte versonnen; die frische Luft, das sanfte Zwielicht und das Geschaukel des Ackergaules stimmten sie heiter – selbst wenn sie das unbestimmte Gefühl nicht loswurde, dass der Tag nicht so friedlich enden würde, wie er begonnen hatte.

Zunächst war Micael unentwegt im abgenutzten Sattel hin und her gerutscht, während er völlig hingerissen den Erzählungen seines neuen Kameraden gelauscht hatte; die ungewohnte Bekleidung, besonders das Kettenhemd, schienen ihn zu behindern.

Schenkte man Max' Worten Glauben, so war er im Sturmwerkerkrieg ein großer Held gewesen. Auf Rikas Frage, weswegen er dann immer noch ein einfacher Soldat sei, hatte er mit einem gebrummten »Weil irgendjemand schließlich die Handarbeit erledigen tun muss« geantwortet.

Wieder rutschte Micael unruhig im Sattel des schweren Reittiers herum.

»Ob sie die Belagerung aufgegeben haben?«, wunderte er sich und warf einen misstrauischen Blick auf die rosiggraue Dämmerung, in der bröcklige Felsblöcke mit dürren Baumgruppen und Langgrasbüscheln um den gespenstischsten Anblick konkurrierten.

»Unsinn, Jungchen«, brummte Max Killarne, der vorausritt. »Weshalb sollten sich die Bestien soviel Mühe geben, um dann einfach zu verschwinden?«

»Weshalb haben sie überhaupt erst damit angefangen?«, hielt Micael dagegen. »Das alles ergibt doch sowieso keinen Sinn.«

»Wenn du dir da so sicher bist, kannst du die Grübelei gleich lassen. Gib lieber darauf Acht, dass sich nicht jemand an uns heranschleicht.«

»Jixur hätten es wohl kaum nötig, sich an uns heranzuschleichen«, tat nun auch Rika ihre Meinung kund.

Der Veteran bellte rau; dabei konnte es sich um ein Auflachen oder um asthmatischen Husten handeln, so genau vermochte sie das nicht zu sagen.

»Es gibt mehr Gefahren hier draußen als nur Jixur«, würgte Max Killarne schließlich hervor und spuckte in hohem Bogen ins Halbdunkel. »Also halte auch du deine Augen offen, Prinzessin.«

»Jawohl. Denk nur an Wölfe … oder Staubkatzen«, pflichtete Micael dem Älteren bei. »Die könnten sich hier prima zwischen den Bäumen verbergen, um dann …«

Das Wiehern des Soldatenpferdes ertönte beinahe zeitgleich mit dem Brüllen aus Richtung einer riesigen Silhouette, die sich zur Rechten des Weges gegen den sich aufhellenden Himmel abzeichnete – zu spät, um den anderen noch als Warnung zu dienen. Der Jixur sprang schon vor, als Micael noch nach seinem Schwert angelte.

Rika, deren Sicht auf das Geschehen durch den breiten Rücken des Jungen verdeckt war, schrie auf; dann prallte der vierbeinige Räuber mit gestreckten Klauen gegen Killarnes Pferd. In einem Knäuel aus Gliedmaßen gingen Pferd, Reiter und Angreifer zu Boden und rollten durch das dürre Gras.

Das Bauernpferd machte einen überraschend hohen Sprung zur Seite, wobei Rika beinahe von seinem Rücken stürzte. Panisch klammerte sie sich an Micael, dem es in der Aufregung nicht gelingen wollte, die neue Waffe aus der Scheide zu ziehen – und in exakt jenem Moment machte ein zweiter Jixur durch lautes Fauchen auf sich aufmerksam.

Er musste sich direkt hinter ihnen befinden.

»So tu doch etwas«, rief Rika, die Stimme schrill vor Angst. Und Micael tat etwas.

Er lenkte das aufgeregte Pferd in Richtung der tristen Landschaft abseits des Weges und rammte die Absätze seiner Stiefel in die Flanken des Tieres.

Zu jeder anderen Zeit hätte Rika die Geschwindigkeit begeistert, mit der der vermeintlich träge Ackergaul losstürmte; in der ungewohnten Sitzposition hinter dem Sattel und ohne den gewohnten Griff in die Pferdemähne verlor sie jedoch schlicht und ergreifend den Halt. Sie hörte Micaels erschrockenen Ausruf, dann prallte sie schon auf dem harten Grund auf, der Sturz nur abgemildert durch einige Büschel trockenen Grases.

Man sollte meinen, dass sich Rika inzwischen daran gewöhnt hatte, von Pferderücken zu stürzen. Dennoch war der heftige Schlag schmerzhaft genug, dass sie laut aufschrie. Stöhnend rollte sie zur Seite – gerade rechtzeitig, um zu sehen, wie ein mehrbeiniger Schatten über die Stelle hinwegsetzte, an der sie eben noch gelegen hatte. Der barbarische Vierbeiner folgte Micael.

»Verflucht!«

Rika biss die Zähne zusammen – nicht so sehr wegen des dumpfen Schmerzes in ihrer Seite, sondern vielmehr weil sie ihren Fluch bereits bedauerte. Sie konnte sich glücklich schätzen, dass der Jixur sich im Augenblick nicht für sie interessierte; ein ähnliches Schicksal wie Maret wollte sie um keinen Preis erleiden.

Ihr Kopf schnellte hoch, als sie ein kurzes Aufleuchten am Himmel bemerkte. Im ersten Augenblick dachte sie, es sei eine Folge ihres Sturzes gewesen, aber als sich das Phänomen wiederholte, wurde ihr bewusst, dass es nicht an der Erschütterung ihres Schädels lag. Das grelle Aufflackern über den Berggipfeln war Wetterleuchten.

Mit zusammengebissenen Zähnen rappelte sie sich wieder auf.

Der Jixur verfolgte Micael auf dem schwerfällig im Kreis galoppierenden Bauernpferd; es hatte ganz den Anschein, als wollte der frischgebackene Soldat den Verfolger um jeden Preis von Rika ablenken, denn er wedelte wild mit dem inzwischen befreiten Schwert und stieß heisere »Du kriegst mich nie, du Bestie«-Rufe aus.

Das Knäuel aus Gliedmaßen und Waffen, das wohl Max Killarne sein musste, zappelte ganz in der Nähe neben dem regungslosen Soldatenpferd. Das war ein gutes Zeichen, bedeutete es doch, dass der alte Soldat noch am Leben war und dem Jixur heftigen Widerstand leistete. Mehrstimmiges Grunzen und Bellen sowie halberstickte Flüche bestätigten diese Vermutung sogleich: Die Kontrahenten waren in einen erbitterten Nahkampf verwickelt.

Ich muss irgendetwas unternehmen, aber was?

Verzweifelt hielt sie nach einer brauchbaren Waffe Ausschau, aber die Auswahl war nicht groß. Bloß zerknickte Zweige und Steine umgaben sie – Steine, die zu klein und zu porös waren, um im Kampf wirkungsvoll zu sein …

»Lauf doch, Rika«, hörte sie Micael brüllen. »Lauf!«

Wütendes Jixur-Brüllen und die eindringliche Stimme des Jungen taten ihre Wirkung: Rikas Vorsatz zu kämpfen, war dahin. Beinahe reflexartig setzten sich ihre Beine in Bewegung, schneller und immer schneller. Schließlich rannte sie, so schnell sie konnte, die geprellten Rippen vergessen.

Sie hastete in Richtung des dürren Hains, der ihr in diesem Augenblick als sicherster Ort der Welt erschien; die massigen Körper der Jixur würden sich in dem unwegsamen Gelände nicht so behände bewegen können wie sie – zumindest hoffte sie das. Dass die kräftigen Vierbeiner ungeachtet möglicher Kratzer und Abschürfungen durch das dornige Gehölz pflügen würden, nur um ihrer habhaft zu werden, das wollte sie sich lieber nicht vorstellen …

Ein gequältes Aufbrüllen in ihrem Rücken ließ sie im Lauf zusammenzucken; keuchend kämpfte sie den Drang nieder, sich umzusehen. Stattdessen beschleunigte sie ihre Schritte.

In diesem Augenblick verfing sich der Saum ihres Rockes in einem niedrigen Ast. Der Ruck ließ Rika straucheln und sie fiel; fluchend versuchte sie den neuerlichen Sturz mit ausgestreckten Armen abzufangen – aber ihre Hände griffen geradewegs durch die verfilzte Fläche aus getrocknetem Gras hindurch ins Leere.

Kopfüber stürzte das Mädchen in die Finsternis unter der Grasnarbe; als ihre rechte Hand im Fall etwas scheinbar Festes berührte griff sie instinktiv zu, aber die Substanz zerbröckelte unter ihren Fingern.

Mit dem Aufprall auf einer kalten und unsäglich harten Oberfläche verstummte Rikas entsetzter Schrei.

Bitte …

Nur dieses eine Wort.

Es trieb eine Weile im Dunkeln, um dann langsam in die Tiefe zu sinken; dort traf es auf einen perlweißen Funken, der es begierig aufsog.

Bitte …

Der Funken strahlte auf. Während der Klang des Wortes in ihm weiterhallte, blähte er sich zu einer leuchtenden

Kugel auf, die in der tristen Dunkelheit erstrahlte. Die Kugel wurde größer, immer größer, bis sie einen Großteil der Finsternis erhellte. Dann barst sie in einem Schauer neuerlicher Funken; diese trieben fröhlich durch die Tiefen, bis sie sich an die Konturen eines wohlgeformten Leibes schmiegten.

Das aber geschah völlig unbemerkt von dem Wort, das umgeben vom neuen, ungewohnten Licht nach oben schwamm, dorthin, wo die Helligkeit schon beinahe unerträglich war.

Dann tauchte es auf.

»Bitte … wach auf, Rika! Wach doch auf!«

Rika öffnete die Augen; nicht zu hastig, denn sie erwartete, von dem gleißenden Licht geblendet zu werden, das sich stechend in ihren Kopf bohrte. Was sich ihr jedoch darbot, war nichts weiter als ein angenehm kühles Halbdunkel, das nach modrigem Holz roch.

»Cyn sei Dank, du lebst! Geht es dir gut?«

Die Stimme, die sich in Rikas Bewusstsein gedrängt hatte, kam ihr bekannt vor; das Gleiche galt für den Umriss mit dem zerzausten Haar, der sich über sie beugte.

»… Micael?«

»Zur Stelle.« Der Junge klang erleichtert, als er seine Freundin spielerisch schalt: »Was machst du bloß für Sachen?«

»In Löcher fallen.« Vorsichtig bewegte sie ihren Kopf hin und her, was ihr mühelos gelang. Auch ihre Finger und Zehen regten sich, als das Mädchen ihnen die entsprechenden Befehle erteilte, und Schmerzen …

Nun, ihre Seite schmerzte noch immer, und auch ihr Kopf pochte – zum Glück nicht halb so schlimm, wie nach einem solchen Sturz zu befürchten gewesen wäre.

»Cyn war mit dir«, meinte Micael, der beobachtete, wie sie ihren Körper auf seine Funktionsfähigkeit untersuchte. »Du hättest genauso gut tot sein können. Der Boden hier ist aus blankem Stein.«

Rika schielte auf den Untergrund, auf dem sie lag. Tatsächlich konnte sie sich in der dunklen, wie poliert wirkenden Oberfläche, die ihr Aufprall unter einer Sandschicht freigelegt hatte, beinahe spiegeln.

Vorsichtig setzte sie sich auf und stöhnte leise, als die mehrfach geprellten Rippen sich bemerkbar machten, dann hob sie den Kopf.

Sie mochte wohl vier Meter tief gestürzt sein; über sich konnte Rika deutlich das Loch im Waldboden sehen. Durch die unregelmäßige Öffnung drang nicht nur ein gedämpfter Lichtstrahl nach unten, in dem aufgewirbelte Teilchen flirrten: Auch Büschel verworrenen Grases baumelten herab, die zum Teil nur durch eine feine, netzartige Konstruktion oben gehalten wurden. Die Glätte des von Sand und anderem Unrat bedeckten Bodens ließ beinahe darauf schließen, dass sie und Micael sich in einer Kammer befanden, aber die dazugehörigen Wände fehlten. Noch mehr Sand und Stapel von verrottendem Holz türmten sich rings um sie auf; zwischen einigen der Scheite lugten kleine Insekten hervor, als habe die Anwesenheit der beiden Riesen sie neugierig gemacht.

Rika rieb sich die schmerzenden Schläfen und schüttelte ein wenig Sand aus dem geknoteten Haar, dann sah sie zu Micael hoch.

»Wo sind wir hier eigentlich, und wieso bist du überhaupt hier?« Langsam stand sie auf. »Was ist mit Max Killarne, und was ist mit den Jixur?«

Micael wischte sich über das schweißnasse Gesicht. »Als ich sah, wie du im Boden verschwandest, sprang ich vom Pferd und lief in deine Richtung. Keinen einzigen Gedanken habe ich daran verschwendet, dass der Jixur mich erwischen könnte.« Über den eigenen Mut erstaunt schüttelte er den blonden, bandagierten Kopf. »Aber es war wohl die beste Idee, die ich jemals hatte, denn die Bestie ließ auf der Stelle von mir ab und verfolgte das Pferd. Tja, dann sprang ich eben hinter dir her.«

Dummer, dummer Junge!

Rika blinzelte.

»Einfach so? Obwohl du nicht wusstest, wie tief das Loch war?«

Erneut sah sie nach oben, dann zu den ›Wänden‹ aus morschem Holz. Micael lächelte schwach.

»Einfach so, denn in dem Augenblick konnte ich nur noch daran denken, dich zu retten.«

Fassungslos riss sie die bernsteinfarbenen Augen auf.

»Du hättest aber auf mich fallen können!« Sie holte tief Luft – eigentlich, um Micael zu erklären, was sie von so einer unüberlegten Tat hielt, aber dann sah sie den Ausdruck auf seinem Gesicht. So völlig zufrieden mit sich und der Welt hatte er noch nie zuvor gewirkt.

Also seufzte sie bloß.

»Das war sehr mutig von dir«, sagte sie schließlich. »Ich hoffe bloß, dass du auch weißt, wie wir aus diesem Loch wieder hinauskommen.«

Nun sah auch Micael nach oben; unschlüssig rieb er

seinen Kinnbart, dann fiel sein Blick auf eine gut fingerlange Raupe, die sich an einer der »Wände« nach oben hangelte. Mit leichtem Abscheu in der Stimme erklärte er: »Wir klettern an diesen Holzstapeln hoch.«

»Das wird nicht funktionieren, Micael. Das Holz ist völlig morsch.« Zur Demonstration drückte Rika mit dem Daumen auf eines der Scheite; ihr Finger versank bis ans Gelenk in der fauligen Substanz. »Du hast nicht zufällig ein Seil bei dir?«

»Zufällig nicht. Mein Gepäck war auf dem Pferd. – Dann rufen wir eben um Hilfe!«

»Damit die Jixur uns finden und erschlagen?«

Micael zuckte mit den Achseln. »Fällt dir etwas Besseres ein?«

»Lass uns mit dem Rufen wenigstens noch ein Weilchen warten. Vielleicht ziehen die Jixur ja weiter«, schlug die junge Frau vor. Nachdenklich sah auch sie der fetten Raupe auf ihrem Weg ans Licht hinterher, dann schloss sie langsam die Augen und atmete durch.

»Zumindest müssen wir hier unten nicht verhungern.«

Rika und Micael mussten tatsächlich nicht verhungern; sie mussten nicht einmal eine Stunde in dem Loch mit dem polierten Steinboden ausharren.

Der Junge hatte sich eine Zeitlang damit beschäftigt, den Insekten zuzusehen, die beschwerliche Umwege auf sich nahmen, um dem fahlen Sonnenstrahl auszuweichen, der seinen Weg in das Loch gefunden hatte. Entweder erhoffte Micael aus dieser Beobachtung Erkenntnisse über die Natur der Umgebung zu gewinnen, oder er versuchte die

Verlegenheit über seine närrische Tapferkeit dadurch zu überspielen, dass er besonders nachdenklich tat …

Rika tippte auf die zweite Möglichkeit, aber sie konnte ihm trotz allem nicht böse sein.

Sie selbst hatte zunächst versucht, zu horchen, ob die Jixur noch in ihrer Nähe waren, aber Geräusche von der Oberfläche drangen – wenn überhaupt – nur gedämpft bis zu ihrem Aufenthaltsort vor.

Gerade hatte sie beschlossen, dass es sich eventuell doch lohnen mochte, an den Holzstapeln hochzuklettern; missmutig überlegte sie, welcher der moosigen Stapel am stabilsten wirkte, als es schlagartig dunkel wurde.

»Hoooo, Vorsicht«, brüllte eine raue Stimme, dann rieselten Sand und vereinzelte Grasbüschel auf ihre Köpfe herab.

Erschrocken blickten sie nach oben, wo ein mächtiger Umriss das Eindringen des Sonnenlichtes verhinderte.

»Max Killarne?«, fragte Micael ungläubig.

»Der Grund ist hier ganz schön instabil. Beinahe wäre ich zu euch runtergefallen.« Wieder fielen Erdbrocken hinab, dann wurde Rika von plötzlich einfallendem Licht geblendet, als der Veteran sich an den Rand des Lochs zurückzog. »Du solltest deinem Galan danken, Prinzesschen. Hätte er nicht sein Schwert mitsamt Gurtzeug hier oben liegen lassen, hätte ich euch niemals gefunden.«

Micael griff instinktiv nach seiner brandneuen Waffe – und errötete.

»Sag bloß, du hast es verloren«, zischte Rika ihm zu, aber Micael kam nicht dazu, zu antworten: Max Killarne schrie munter weiter, während er oben irgendwelche Arbeiten zu verrichten schien.

»Wie seid ihr eigentlich auf den irrsinnigen Gedanken

gekommen, euch dort unten zu verstecken? Du bist jetzt Soldat, Jungchen. Du hättest dem alten Max ruhig dabei helfen können, die Bestie fertigzumachen. Aber wenn ich dein Mädel so ansehe, kann ich dich natürlich verstehen.«

Draußen ertönte ein metallisches Klingeln, und das Lachen des Soldaten schwoll an und ab. »Zieht die Köpfe ein – ich werfe euch gleich ein Seil runter. Selbstverständlich habe ich es an einem Baum festgemacht, schließlich bin ich lange genug bei der Armee.«

Während der Alte noch sprach, rollte auch schon einer Schlange gleich ein Tau in das modrige Loch hinab. Es endete knapp über Rikas Kopf, über dem es sachte hin und her pendelte.

»Max«, rief Micael nach oben, »was ist mit den Jixur?«

»Ich habe keine Ahnung, was mit deinem Pferdefresser geschehen ist«, tönte es zurück, »aber wenn du meinen gesehen hättest, wüsstest du, dass der so schnell nicht wiederkommen wird. Wenn er seine Blessuren überlebt, wird er sich beim Gedanken an Max Killarne noch mindestens drei Wochen lang ins Höschen machen. – Und jetzt hilf gefälligst deiner Dame, Jungchen – ich gehe davon aus, dass du den Aufstieg alleine schaffen wirst!«

»Klar«, meinte Micael.

Rika griff nach dem Seil und versuchte, daran in die Höhe zu klettern, was aber schon im Ansatz an dem dumpfen Schmerz in ihrer Seite scheiterte. Mit einem leisen Aufschrei ließ sie wieder los; da packte Micael sie an der Hüfte und stemmte sie, so hoch er konnte.

»Halte dich einfach fest, Rika! Nur ein paar Augenblicke, Max wird dich gleich nach oben ziehen, nicht wahr?«

»Natürlich wird er das«, entgegnete Max Killarne beruhigend. »Du musst keine Angst haben, junge Dame. Ich werde dich nicht fallen lassen.«

Schon bewegte sich das Seil nach oben; Max musste mindestens so stark sein, wie er aussah.

Rika hielt sich so gut fest, wie sie konnte, und versuchte die anhaltenden Schmerzen zu verdrängen, indem sie sich auf den Zug des Seils konzentrierte. Allerdings hatte sie den Eindruck, als schnitte es mit jedem Zentimeter, den es nach oben gezogen wurde, tiefer in den Waldboden am Rande des Loches ein … dann gab es einen Ruck, als die grasige Oberfläche dort nachgab, wo das Seil auflag.

Mit einem erschrockenen Aufschrei sauste Rika einen guten Meter nach unten, als das Tau durch Grasnarbe und bröckelnde Erde schnitt wie durch Butter. Die plötzliche Bewegung ließ sie auf die faulen Scheite am Rand ihres Gefängnisses zuschwingen.

Schnell zog Rika die Beine an; ihre Knie trafen auf moosüberwuchertes Holz, das sofort zu breiigem Staub zerfiel. Polternd stürzten aufgetürmte Scheite von weiter oben herab, die nun ihres Unterbaus beraubt waren, aber das leichte, morsche Holz prallte nur von ihren Schultern und Armen ab, um am Boden zu zerbröckeln.

»Keine Panik«, schrie Max Killarne von oben, »hab dich!«

Tatsächlich hatte die Abwärtsbewegung auch schon aufgehört. Keuchend krallte sich Rika an dem Seil fest, als Micael einen Laut des Erstaunens ausstieß.

Verwundert sah sie zu dem Jungen hinab, der an ihr vorbei auf den zerstörten Holzstapel starrte … oder besser gesagt auf das, was sich darunter verborgen hatte. Rikas Knie hatten eine gleichmäßige, dunkle Oberfläche freigelegt, über die eine waagerechte Naht zu verlaufen schien.

Staunend verfolgte sie den Verlauf der ›Naht‹, die sich bei näherer Betrachtung als eine Art metallisch schimmernder Balken entpuppte, an dessen gedachter Mittellinie sich eine Reihe glatter, kirschkerngroßer, knopfartiger Gebilde erhob.

»Nägel?«, fragte Micael erstaunt. Rika blies die Backen auf.

»Wenn das Nägel sind, sind sie riesig!«

»Geht es euch gut da unten?«, brüllte Max Killarne; gleichzeitig bewegte sich das Seil wieder ruckartig nach oben.

»Halt«, rief Rika, »warte! Wir haben da etwas entdeckt!«

»Rika! Hinter dir!« Micaels sich überschlagende Stimme veranlasste sie, geschwind den Kopf zu drehen ...

... und sie sah direkt in ein überlebensgroßes Frauengesicht.

Die Sandkörnchen und Holzpartikel, die sich in den ruhigen, klassischen Gesichtszügen abgelagert hatten, konnten die unnatürliche Glätte und den silbrigen Schimmer der Haut genausowenig verbergen wie die feinen Linien, die das Gesicht in verschiedene Partien unterteilten. Die schlafende Schönheit war umgeben von einem wie Kupfer glänzenden Kranz, der Blätter oder auch Sonnenstrahlen darstellen mochte – um Genaueres festzustellen, hätte Rika mehr Licht gebraucht.

»Es ist nur eine Maske, Micael«, lächelte sie dem Jungen zu, der völlig fassungslos zu ihrem Fund hochstarrte. »Ein Wandbild, nicht ... mehr ...«

Der überwältigende Geruch von *Sturmkraft*, den sie zuletzt in Hochthal-Stadt wahrgenommen hatte, ließ Rika verstummen – und als hätte das Wandbild ihr plötzliches Unbehagen gespürt, öffneten sich mit einem trockenen

Knacken seine gleichmäßigen Lider, um dunkle Augenhöhlen zu offenbaren, in denen blaue Glaskugeln schimmerten. Die Glaskugeln schienen Rika geradewegs ins aufgewühlte Gemüt zu schauen … und während das Mädchen noch darauf starrte, imitierte das Wandbild ihren Gesichtsausdruck. Es knackte und schnarrte, als der metallene Kiefer der Maske nach unten sackte.

Es klang, als würde eine Frau aus einer weit entfernten, blechernen Kammer zu Rika sprechen, als das schöne Gesicht sagte: »*Modpaz.*«

Grenzlandfestung, nahe Gres, Nördliches Hochthal

Ihr da.«

Aufmerksam spitzen die beiden Jixur am westlichen Tor der Festung die Ohren, als Sarrias' heiserer Ruf sie erreichte. Im nächsten Moment stand der Graufalbe auch schon vor ihnen: Offenbar hatte er sich um eine leise Gangart bemüht – meistens konnte man die Krallen der Jixur auf dem Pflaster des Festungsgeländes schon von weitem hören.

»Habt ihr Millayn gesehen?«

Vinnas und Ghree, ein junger Krieger mit kastanienrotem Fell, der fast noch ein Fohlen war, sahen einander fragend an und schüttelten dann gleichzeitig die Köpfe.

Sarrias knirschte mit den Zähnen. »Na schön. Diesmal werde ich euch eure Unaufmerksamkeit noch durchgehen lassen. Und nun habe ich einen Auftrag für euch.« Er deutete mit einem rechten Arm in Richtung der ummauerten Menschensiedlung am Ende der Passstraße. »Seht euch noch einmal in der Nähe der Stadt um, aber seid vorsichtig. Ihre Schützen haben inzwischen gelernt, zu zielen.«

Der Jixur mit dem weißen Fell gab einen erstickten Laut von sich, wohl aus unterdrücktem Vergnügen. Augenblicklich verfinsterte sich Sarrias' Miene; er bezog Vinnas' Heiterkeitsausbruch auf die Tatsache, dass ihm ein verirrter

Halben-Pfeil, der sich beim Durchbruch in das Festungsinnere in seine Flanke gebohrt hatte, immer noch Schmerzen bereitete.

»Was gibt es da zu lachen, Vinnas?«

»Ich lache nicht«, verteidigte sich der Angesprochene schnell. »Ich frage mich bloß, wieso wir uns überhaupt ihrem Pfeilhagel aussetzen sollen.«

»Wenn ich dir einen Befehl erteile, hast du dich nichts zu fragen«, murrte der Graufalbe. »Aber wenn es dich beruhigt: Du wirst dich kaum darum sorgen müssen, mit Pfeilen gespickt zu werden. Nähere dich nur auf Sichtweite und wechsele dann gleich den Ort. Die Halben trauen sich kaum aus dem Schutz ihrer Mauern heraus, und das Gelände macht es ihnen nicht einfach, uns überhaupt zu sehen. Zudem sollte ihr Vorrat an Geschossen inzwischen erschöpft sein.«

»Aber …«, warf nun auch Ghree zögerlich ein, »aber … was sollen wir nur dort unten?«

Sarrias' Schultern sackten beinahe unmerklich nach unten. Er war versucht, ob dieser Zurschaustellung unkriegerischen Gebarens die Augen zu schließen und zu seufzen, aber es gelang ihm, seinen üblichen grimmigen Gesichtsausdruck zu bewahren, als er sprach: »Wir wollen den Zweibeinern zeigen, dass wir sie nicht vergessen haben. – Und jetzt los, bevor ich euch eigenhändig den Pass hinabjage! Vinnas, Ghree, wird's bald?«

Die kräftigen Arme über der Brust verschränkt sah er den jüngeren Kriegern noch ein Weilchen nach, dann drehte er um und trabte in den Festungshof.

Er musste unbedingt Millayn finden, die er schon seit Stunden suchte. Vinnas und Ghree waren nicht die einzigen Krieger gewesen, die ihm Fragen gestellt hatten … Fragen, die Sarrias nicht alle hätte wahrheitsgemäß beantworten können, selbst wenn er es versucht hätte. Seit die Hirten mit der Beute zurück ins Herdenlager geschickt worden waren, mehrten sich die Stimmen, die meinten, dass es wenig Sinn mache, sich jetzt noch in der Festung aufzuhalten.

Sarrias gab diesen Stimmen Recht. Jeder Tag, der seit dem Fall der Grenzlandfestung vergangen war, nährte die Annahme, dass Millayn entgegen aller gegenteiligen Beteuerungen doch etwas im Schilde führte. Dass die zarte Schönheit ihm seit dem Sieg über die Ritter und der Vertreibung der Soldaten auszuweichen schien, verstärkte seine Vermutung noch; das unangenehme Gefühl, dass etwas nicht stimmte, war wieder da.

Bislang hatte er darauf verzichtet, Millayn die Frage nach der fortwährenden Anwesenheit der Krieger in der Festung laut zu stellen. Aber nun war es an der Zeit, sonst würde sich die Disziplin bald nur noch mit Fäusten und Krallen aufrechterhalten lassen.

Mit übellaunig zuckendem Schweif lief der Jixur durch das geöffnete Osttor hinaus in die Ausläufer des Grenzlandes, wo ein kleiner Pulk gelangweilter Krieger über die Ebene jagte. Sarrias erkannte sie sogleich als diejenigen, die sich verpflichtet hatten, zu Tagzeiten zu wachen; die zweite Gruppe, die bei Dunkelheit durch das Gelände streifte und am Tage schlief, wurde von Chrorn angeführt, der sich seit seiner Niederlage als wertvoller Verbündeter erwiesen hatte.

Eine einzigartige Fellmusterung inmitten der ›jagenden‹ Krieger fiel ihm gleich ins Auge.

Sarrias holte tief Luft.

»Vhrynn!«

Sein Ruf hallte über die Ebene, auf der hier und da noch Rüstungsteile der überrumpelten Ritter im Licht blinkten. Zum Glück war auf den Schecken trotz seiner oft albernen Art Verlass; er machte sofort auf den Hinterläufen kehrt und kam kurz darauf schweißgebadet vor Sarrias zum Stehen. Offenbar war der Jungspund guter Dinge, denn seine überschüssige Energie ließ ihn auf der Stelle tänzeln.

»Du hast mich gerufen?«

»Ich suche Millayn.«

»Sie wollte sich in … äh … ihren Halben-Kampfkünsten üben«, keuchte der junge Krieger, wobei sein sehnsüchtiger Blick darauf schließen ließ, dass er lieber weiterhin am ausgelassenen Spiel der anderen Jixur teilgenommen hätte als mit seinem Anführer zu sprechen.

»Und du hast keine Vermutung, wo sie sich aufhalten könnte?«

Wider Erwarten stellte Vhrynn das Tänzeln ein; sein Körper und das mehrfarbige Gesicht wirkten mit einem Mal angespannt.

»Was hast du für eine Gewittermiene aufgesetzt? Was ist los?«

»Das geht dich nichts an«, schnauzte der Graufalbe barscher, als er eigentlich beabsichtigt hatte; der Schecke zuckte zurück.

»Ist etwas Schlimmes geschehen?«, fragte er mit ungewohnt banger Stimme. »Ich dachte, ihr beiden hättet euch wieder vertragen, Millayn und du … aber den Falten auf deiner Stirn nach zu schließen ist erneut etwas zwischen euch vorgefallen.«

»Das ist nicht der Fall.« Missmutig legte Sarrias die Ohren an, was Vhrynn dazu veranlasste, die Brauen hochzuziehen.

»Aber dein Gesicht sagt etwas anderes, Anführer. Ich versichere dir: Sie hat deinen Zorn nicht verdient. Ihr großer Plan ist schließlich aufgegangen, Sarrias. Wir haben die Halben bei ihrem Hochmut gepackt und besiegt ... sie fühlten sich uns soooo überlegen.« Mit einer ausschweifenden Handbewegung deutete er auf die Überreste, die im Gras glänzten. »Nun haben wir nicht nur ihre Pferde, sondern auch all ihre Waffen und Vorräte, die sie in ihrem ... ihrer Burg angesammelt hatten.«

»Körner«, fauchte Sarrias verstimmt. »Willst du Körner fressen?«

»Nein. Aber die Pferde fressen sie. So könnten wir sie durch den Winter bringen. Und falls wir nicht alle Körner benötigen, können wir sie bei den Wilden gegen Ponys eintauschen. Die Wilden fressen Körner, weißt du. Manchmal lassen sie auch Gras daraus wachsen, das sie dann wiederum fressen.«

Das Gesicht des älteren Kriegers verfinsterte sich noch mehr; ungehalten schlug er mit dem Schwanz.

»Gestern noch waren die Halben für dich so unbedeutend wie Käfer, die am Boden kriechen, und heute willst du mit ihnen Tauschhandel treiben? Du musst diesem zweibeinigen Fohlen ja völlig verfallen sein, wenn du dir solchen Unsinn einreden lässt. Die wilden Zweibeiner sind unsere Feinde!«

»Das wäre ich an ihrer Stelle auch.« Amüsiert lachte Vhrynn auf und warf den Kopf nach hinten, so dass die wirre Mähne flog. »Wir nehmen uns ihre Ponys und legen uns manchmal zu ihren Weibern«, gab er freimütig zu, »ohne etwas dafür zu geben. Aber muss das immer so bleiben, nur weil es bisher so war? Wenn wir stattdessen mit ihnen tauschten …«

Der junge Jixur sprach seine Schlussfolgerungen absichtlich nicht aus; stattdessen beobachtete er die Regungen in Sarrias' Gesicht.

»Nun«, fuhr er fort, als der Ältere stumm blieb, »wenn du die Halben so sehr hasst und auch für Millayn nichts als Verachtung übrighast … wieso hast du sie überhaupt in die Herde eingeführt?«

Der kräftige Graufalbe legte die Ohren an.

»Auch das geht dich nichts an. Sag mir einfach, wo sie sich aufhält.«

»Sie hat es nicht verdient, dass du ihr Vorhaltungen machst«, grollte Vhrynn; sein blaues Auge blitzte nun zornig. »Millayn mag zwar nur eine Halbe sein, aber niemand sonst hat sich bisher so … so … umsichtig um die Zukunft von Thorras Herde bemüht. Wahrscheinlich missgönnst du ihr den Erfolg, oder aber … du beneidest mich um ihre Zuneigung. – Behalte das in deinem dicken Schädel, wenn du mit ihr sprichst, alter Mann. Du wirst sie vermutlich auf dem flachen Gipfel nördlich der Festung finden.«

Damit ließ der Schecke Sarrias stehen und galoppierte zu den anderen zurück; der aufgeregt peitschende Schwanz verriet, wie wütend der junge Krieger wirklich war.

Sarrias' Zorn hingegen war weitgehend verraucht. Wieder war es jemandem gelungen, seine Zweifel ins Lächerliche zu ziehen, und wieder wünschte er sich, dass der andere Recht behalten möge, denn trotz aller Zweifel liebte er Millayn.

Nachdenklich trottete der Graufalbe im golden gefärbten Schein der Sonne in die Richtung, die der Jüngere angegeben hatte.

Vielleicht sollte er der Halben mit dem fahlen Haar sagen, was er tatsächlich für sie empfand und weswegen sein Zorn auf ihre vermeintlichen Heimlichkeiten so groß war.

Schnaubend blies Sarrias Luft durch die Nüstern.

Ja, sein Entschluss war gefasst. Er musste es ihr endlich sagen.

Zumindest seine eigenen Heimlichkeiten mussten ein Ende haben.

Wiederholtes Knistern im niedrigen Buschwerk zu seiner Rechten riss Sarrias aus seinen Gedanken. Die freudige Feststellung, dass sich sein Gehör wieder erholt zu haben schien, wich jedoch augenblicklich mildem Argwohn. Das unstetige Knacken entsprach nicht den Geräuschen, die Mäuse oder Gebirgsvögel machten, die sich bei ungünstigen Witterungen gerne in dichtem Gestrüpp verbargen.

Stirnrunzelnd wandte der Krieger den kantigen Kopf zur Quelle des Geräuschs; da drang ihm ein eigenartiges Aroma in die flachen Nüstern.

Gres, Nördliches Hochthal

Und ihr seid euch da völlig sicher?«

»Natürlich, Schlosser. Ich meine Leutnant.« Hingebungsvoll bohrte Max Killarne mit einem kleinen Finger in seinem großen Ohr. Das Licht, das durch das Fenster des ›Burgos‹-Raumes fiel, hatte sein widerspenstiges graues Haar auf wundersame Weise in einen golddurchwirkten Glorienschein verwandelt, der ihm noch mehr körperliche Präsenz verlieh.

»Ich habe im Krieg mehr Sturmwerkerfabriken gesehen, als irgendjemandem lieb sein könnte … und das nicht nur von außen.«

Bis zu diesem Zeitpunkt hatten die übrigen Anwesenden, die ebenfalls in einen warmen Lichtschimmer getaucht waren, nachdenklich geschwiegen.

Wachtmeisterin Domitienne war die erste, die ihrem Zweifel Ausdruck verlieh. »Wieso hätten die Sturmwerker ausgerechnet dort eine Fabrik bauen sollen?«

Max zuckte mit den Achseln. »Sehe ich so aus als wäre ich Sturmwerker?«

Auch Micael zuckte mit den Achseln, mehr aus Sympathie mit dem grauhaarigen Soldaten als aus eigener Überzeugung; dabei klirrte sein Kettenhemd.

Rikas Mundwinkel zuckten; sie vermutete, dass man es dem Jungen irgendwann vom Leib schneiden musste –

aus freien Stücken würde er es wohl niemals mehr ausziehen …

»Domitiennes Frage ist berechtigt.« In Josephs Kopf arbeitete es, als er aufstand und begann, mit großen Schritten im Saal auf und ab zu gehen. »Eine Fabrik an einem solchen Ort zu errichten, ergäbe wenig Sinn.«

Mit kritischem Blick beäugte Max Killarne das, was er aus den Tiefen seines Gehörgangs zutage befördert hatte; dann streifte er es an seiner Hose ab.

»Ich selbst würde nicht unter der Erde bauen wollen, aber wir haben ja auch nur ein Tor gefunden. Vielleicht gibt es weitere Eingänge, die man ebenerdig betreten kann.«

»Außerdem sieht es ganz so aus, als sei unser Eingang zugeschüttet worden«, ergänzte Micael, dessen Stolz über die Entdeckung ihm ins jugendliche Gesicht geschrieben stand. »Vielleicht sogar das ganze Gelände. Damit meine ich, ähm … vielleicht lag das Tor nicht immer so tief. Außerdem sagte Max, die Grenze wäre früher – äh, also ganz früher – anders verlaufen, was eine gavennische Fabrik im Hochthaler Grenzgebiet sehr wohl erklären könnte.«

Domitienne schüttelte knapp den schmalen Kopf; im weichen Licht wirkten selbst ihre scharfen Züge anmutig. »Das ist jedem von uns klar. Aber eine *Fabrik* benötigt Rohstoffe – gleich, was darin hergestellt wird: Man braucht Luft, Brennbares …«

»Na, Holz gab es ja genug«, warf Micael ein, aber Domitienne wischte seinen Einwand mit einer abfälligen Geste beiseite.

»Im Gegensatz zu Max scheinst du noch nie eine Fabrik

von innen gesehen zu haben. Gab es in der Nähe dieser Einrichtung einen Wasserlauf?«

»Äh … nein. Nicht, soweit wir sehen konnten.«

»Dann ist das, was ihr entdeckt habt, keine gavennische Fabrik.«

Zufrieden, den kurzen Disput gewonnen zu haben, lehnte sich Domitienne in ihrem hölzernen Stuhl zurück; die Lehne quietschte bedenklich.

»Aber wurden nicht alle Automaten von den gavennischen Sturmwerkern hergestellt?«, meldete sich nun auch Rika zu Wort. »Ihr würdet uns sicherlich Glauben schenken, wenn ihr den … die …« Nachdenklich nagte das Mädchen an ihrer Unterlippe, während sie nach einem passenden Wort suchte. Dann wurde sie fündig. »Wenn ihr die Automatin sprechen gehört hättet«, vollendete sie ihren Satz.

»Ha, Automatin. Das gefällt mir«, gluckste Max Killarne; die dunklen Augen des Leutnants hingegen verengten sich.

»Berichte.«

»Über dem Tor, das wir freigelegt haben, war ein metallener Frauenkopf angebracht, der zu mir sprach«, kam Rika der Aufforderung nach. Da es ihr der Situation angemessen erschien, erhob nun auch sie sich. »Er, also der Kopf sagte …«

»Mops!«

Bis zu diesem Ausruf war Micael unruhig auf seinem Stuhl hin und her gerutscht; nun aber sprang er begeistert auf, und Domitienne schnitt eine belustigte Grimasse.

»Der Kopf sagte Mops«, wiederholte der Junge. »Ich habe es genau gehört.«

Joseph der Schlosser verzog keine Miene.

»Könnte es *Motpas* gewesen sein?«

»Modpaz«, korrigierte Rika den Schlosser. »Ich bin mir ganz sicher, dass der Kopf ›Modpaz‹ sagte … was auch immer das bedeuten mag.«

»Keine Ahnung.« Als der Leutnant Max Killarne auffordernd anblickte, hob der abwehrend beide Hände. »Ich war vollauf damit beschäftigt, das junge Fräulein nicht abstürzen zu lassen, da konnte ich mich nicht auch noch auf das Geplauder der eisernen Jungfer einlassen. Aber mit Sicherheit ist sie mindestens so gavennisch wie Domitienne.«

Die Wachtmeisterin mit dem kurzgeschorenen Haarschopf reckte dem massigen Veteranen einen dünnen Mittelfinger entgegen; der Leutnant wiederum starrte nachdenklich ins Leere, das Gezänk seiner Leute ignorierend. Rika beobachtete, wie seine Zunge immer wieder über den abgesplitterten Schneidezahn fuhr.

Dann nickte er knapp.

»Sehr gut, dass ihr hierher zurückgekommen seid.«

»Schon klar«, lachte Max rau. »Wir hätten natürlich auch zu Fuß bis zur Hauptstadt laufen können.«

Joseph unterbrach abrupt seinen Gang durch den Raum.

»Domitienne, ich brauche einen Kundschafter. In zehn Minuten will ich ihn am Südtor sehen – und schaffe auch den roten Shoran herbei. Max, Micael: Ihr besorgt Pferde. Dabei ist mir egal, ob ihr sie jemandem wegnehmen müsst. Wenn wir uns euren Fund bei Tageslicht ansehen wollen, dürfen wir keine Zeit verlieren.«

»Du willst mit ihnen gehen?«, fragte Domitienne verblüfft, was der Leutnant bejahte.

»Natürlich. Für ein paar Stunden werde ich dir und dem Chirurgen die Sicherheit der Stadt wohl anvertrauen können. – Rika Robertstochter.«

»Ja?«

Rika nahm Haltung an, und sie schien ein kleines Stück zu wachsen.

»Du musst nicht strammstehen.« Der Anflug eines Lächelns erhellte Josephs Gesicht, als er in ihre angespannten, sommersprossigen Züge sah. »Ich weiß, dass ich dir keine Befehle erteilen oder gar erwarten kann, dass du sie ausführst. Aber ich würde mich freuen, wenn du mit uns kämst.«

Grenzlandfestung, nahe Gres,
Nördliches Hochthal

Sarrias konnte nicht umhin, die Kraft und Geschmeidigkeit von Millayns Bewegungen zu bewundern; die Eleganz der Hiebe und Stöße, die sie mit ihrem Dolch gegen imaginäre Gegner richtete, ließ klar erkennen, dass das zweibeinige Fohlen zumindest den Umgang mit dieser Waffe perfekt beherrschte. Zudem schien sie zu höchster Konzentration fähig zu sein: Gleich, nachdem Sarrias das Felsplateau erreicht hatte, hatte sich ihr Geruch verändert. Obwohl sie ihm den Rücken zugewandt hatte, war ihr bewusst, dass sie beobachtet wurde. Sarrias vermutete, dass Millayn auch wusste, dass er es war, der ihr bei ihren Übungen zusah.

In einer geschmeidigen Bewegung legte die junge Frau den schmalen Dolch auf den Fels, wo er nun in einer Reihe mit anderen Waffen lag; am augenfälligsten war eine lange, gezackte Klinge, wie sie Sarrias selbst gerne verwendete.

»Du bist sehr gut.«

Millayn richtete sich zu ihrer vollen Größe auf, immer noch mit dem Rücken zu dem Graufalben, und atmete tief durch.

»Das muss ich sein, wenn ich mich unter Kriegern von deinem Format behaupten will.« Lächelnd wandte sie sich zu Sarrias um. »Dein Gesicht ist so mürrisch wie immer, alter Mann. Weswegen bist du hierhergekommen?«

Langsam trottete Sarrias näher. Ein Paar seiner Arme war über der breiten Brust verschränkt, das andere baumelte an seiner Seite herab, so, als sei er unschlüssig, was er damit anfangen sollte.

»Zuerst wollte ich dir einige Fragen stellen … wie zum Beispiel die, warum wir in dieser Burg ausharren, wenn wir genauso gut im Lager sein und die Früchte unseres Erfolges genießen könnten.«

Zwischen den Augen der zarten Zweibeiner-Frau entstand augenblicklich eine steile Falte. Verärgert schüttelte sie den hübschen Kopf. »Wir werden doch schon bald zurückkehren können; nur noch wenige Krieger durchstreifen das Gelände in der Nähe der Stadt. Hatten wir das nicht bereits ausführlich …«

»Schweig, Millayn«, unterbrach sie Sarrias; dabei klatschte seine Schweifquaste gegen die schmerzende Flanke, und er entblößte die scharfen Zähne. »Es interessiert mich nicht mehr. Ich beschloss, mich stattdessen für mein Misstrauen zu … zu entschuldigen.«

Ihre Augen weiteten sich; offenbar überraschte sie die ungewohnte Geste ihres strengen Mentors.

»Dein … dein Großmut überrascht mich«, meinte sie mit leiser Stimme, sobald sie die Sprache wiedergefunden hatte; Sarrias schlug mit dem Kopf.

»Auch mich hat mein eigener Entschluss überrascht«, gestand er. »Aber dann fiel mir doch noch eine Frage ein, die ich dir vorher stellen wollte.«

»J-ja?« Millayns Unsicherheit war nicht gespielt, das verriet ihr Geruch. Beinahe hätten sich Sarrias' Lippen zu einem breiten Grinsen verzogen …

… beinahe.

»Wo«, fragte er wie beiläufig, »ist eigentlich das widerliche, stinkende, behaarte Ungeziefer, das du dein ›Haustier‹ nennst?«

Das war keine Frage, mit der Millayn gerechnet hatte, soviel bewies der verdutzte Blick, mit dem sie den alten Krieger bedachte. Einen Moment lang bewegten sich ihre Lippen lautlos, dann räusperte sie sich und legte den Kopf schief.

»Ich dachte, du hasst mein Frettchen. Seit wann interessierst du dich für seinen Aufenthaltsort?«

»Seit ich das hier entdeckt habe.« Mit einem Griff förderte Sarrias etwas aus einer der um seine Hüfte gegürteten Taschen hervor, das einem winzigen Lederköcher glich.

Die junge Frau wechselte schlagartig die Farbe, als ihr das Blut ins Gesicht schoss.

»Und das hier.«

Nur mit der Kralle seines Daumens öffnete er den Knebelverschluss des Köchers und hielt den geöffneten Behälter dann so, dass Millayn den Inhalt sehen konnte – ein gerolltes Stück hellen, sehr dünnen Materials.

»Was hast du meinem Frettchen angetan?«, fauchte sie ihn wütend an.

»Dein Frettchen sollte diese Botschaft von hier wegbringen«, grollte er, ohne auf ihre Frage einzugehen. »Du weißt, dass ich diese … diese *Zeichen* nicht entschlüsseln kann, also sage mir, was hier geschrieben steht und für wen es bestimmt war!«

Millayns Blick ging zu den Waffen, die neben ihr auf dem Felsboden aufgereiht waren, aber das verächtliche Kopfschütteln des Jixur bestätigte ihre Vermutung: Er wäre heran, bevor sie sich auch nur gebückt hätte. Im

Vergleich zu den Reflexen des Vierbeiners würden die ihren nicht bestehen können, schon gar nicht, wenn sie aufgebracht war.

»Sag es mir. Jetzt.«

Im Kopf der jungen Frau arbeitete es; auch ihre Ausdünstungen veränderten sich, und Sarrias zog sein Schwert.

»Wenn du mich belügst, Fohlen, töte ich dich. Und ich werde wissen, wann du lügst.«

Diese Behauptung entsprach zwar nicht ganz der Wahrheit, aber zumindest vermochte er ihre Stimmung anhand ihres Geruchs zu deuten. Das Tier, dessen Übelkeit erregender Gestank ihm das immer dann unmöglich gemacht hatte, wenn es sich in Millayns Nähe befunden hatte, hatte er in seiner Wut am Wegesrand zerschmettert.

»Die Nachricht war für meine Herrin bestimmt.«

Millayn reckte den Kopf, ihre Augen funkelten zornig; offenbar hatte sie sich mit dem Scheitern ihres Vorhabens abgefunden. »Ich wollte ihr berichten, dass es mir gelungen ist, die Aufmerksamkeit der Menschen in weitem Umkreis auf euch zu lenken … so wie sie es mir aufgetragen hatte.«

Die kräftigen Kiefer des Jixur mahlten, und sein Kehlkopf hüpfte auf und ab – ganz so, als müsse er erst verdauen, was ihm das aufsässige Fohlen gerade offenbart hatte.

»Du … du bist nicht aus der Sklaverei geflohen? Deine … deine *Herrin* hat dich ausgesandt, um uns zum Ziel der Halben werden zu lassen?« Millayn lachte spöttisch auf.

»Ich war schon lange keine Sklavin mehr, Sarrias. Schon früh erkannten sie, wozu ich fähig bin, und förderten meine Talente. Wäre mein Vorhaben von Erfolg gekrönt gewesen, könnte ich nun eine hohe Position am Hofe meiner

Herrin einnehmen.« Sie schnitt eine wütende Grimasse, die das hübsche Gesicht verzerrte. »Du warst einfach zu misstrauisch, alter Mann. Hätte Chrorn dich doch nur getötet … dir Vhrynn zu Hilfe zu schicken, war ein großer Fehler. Das weiß ich jetzt.«

»Du hast deine Herde verraten«, krächzte der Jixur. »Dafür hast du den Tod verdient.«

»Dann töte mich doch – falls es dir gelingt.« Der Satz war noch nicht beendet, da hatte Millayn auch schon die Gunst des Augenblicks genutzt und sich nach ihren Waffen gebückt. Mit dem Jixur-Schwert in beiden Händen richtete sie sich wieder auf. »Und lass dir gesagt sein, dass man nur den verraten kann, dem man sich zugehörig fühlt. Ich war noch nie ein Mitglied von Thorras Herde, und ich werde niemals eines sein. Sieh mich doch an – *ich bin ein Mensch*!«

Mit diesem Aufschrei stürzte sich die junge Frau auf den alten Krieger, der ihren ungestümen Hieb jedoch souverän mit seiner Klinge abwehrte. Mit einem zornigen Grollen tauchte Millayn zur Seite weg, um sich wieder neu zu positionieren. Diesen verwundbaren Moment nutzte der Jixur zum Angriff; in der Vorwärtsbewegung beschrieb sein Schwert einen flachen Bogen, der die Klinge mit tödlicher Sicherheit durch Millayns Hals getrieben hätte – hätte er nicht im letzten Moment seinen Schwertarm zur Seite gerissen; so prallte lediglich sein muskulöser Brustkorb gegen den schlanken Körper und warf die junge Frau rücklings zu Boden, wobei sie ihre Waffe verlor. Funkensprühend schlitterte das Schwert über den steinigen Grund.

Millayn lag keuchend auf dem Rücken und starrte zu dem Krieger auf, dessen riesiger Leib sich über ihrem erhob; ihr Blick ging zur Seite, wo ihre Waffe nur eine knappe Elle entfernt am Boden lag. Sarrias wiederum starrte auf die junge Frau herab. Beinahe spielerisch drehte er die Klinge in seiner großen Hand.

»Tu es endlich«, fauchte Millayn. »Töte mich!«

Sie zitterte nun unkontrolliert; zornige Tränen hinterließen glitzernde Spuren auf dem hübschen Gesicht.

Da trat Sarrias zurück.

Seine Klinge glitt wieder in den Gurt.

»Ich will es nicht tun.«

Zum Zeichen seines Versagens senkte der Jixur den Schädel. »So furchtbar das, was du angerichtet hast, auch ist – du bist immer noch mein Fohlen.«

»Und das wird dein Untergang sein, Sarrias.«

Im Aufspringen griff Millayn nach ihrem Schwert und beeilte sich, aus der direkten Reichweite des Graufalben zu gelangen. »Ich habe keinerlei Hemmungen, einen sentimentalen alten Dummkopf zu töten – und genau das ist es, was dich und mich unterscheidet!« Obwohl immer noch Tränen über ihre Wangen strömten, lachte sie höhnisch und reckte ihm die Waffe entgegen. »Wann wirst du das endlich verstehen? Ihr Jixur lasst euren närrischen Gefühlen freien Lauf, ja, stellt sie sogar über euren Verstand – deswegen werdet ihr uns Menschen immer unterlegen sein!«

»*Du*«, brüllte Sarrias so unvermittelt in einer Lautstärke, dass Millayn zurückzuckte, »*bist kein Mensch! Wann wirst DU das endlich verstehen?*«

Der große Krieger schnaubte erbost, sein Schweif peitschte wild hin und her. »Ich habe dich in all den Jahren stets deswegen Fohlen genannt, weil du mein Fohlen *bist*, Millayn! Du bist Blut von meinem Blut, mein Kind, die Frucht meiner Lenden! Als ich dich damals an der Weggabelung fand, erkannte ich mich in deinem Geruch wieder!«

Sarrias' dunkle Nüstern blähten sich, als die Erinnerung an das weinende Kind wieder in ihm aufstieg. Er schritt direkt auf Millayn zu, aber die junge Frau machte keine Anstalten, auszuweichen oder ihn anzugreifen: sie stand einfach da, die gezackte Klinge in den ausgestreckten Händen und den hübschen Mund zum ›O‹ geformt.

»Auch deine kostbaren Menschen haben das erkannt, Fohlen. Sie ließen dich zurück, weil du ihnen nicht Mensch genug warst. Glaubst du etwa, sie hätten dich später zur Sklavin gemacht, wenn sie angenommen hätten, du seiest eine von ihnen? Und glaubst du wirklich, du hättest deine Belohnung bekommen?«

Der Jixur beugte sich vor, bis der mächtige Kopf mit dem borstigen Haarstreifen direkt über dem von Millayn schwebte.

»Du warst so viele Jahre bei den Halben, Millayn, und du liebst es doch, deinen Verstand zu benutzen; hast du dich denn niemals gefragt, wieso du … *anders* bist? Wieso du über schnellere Reaktionen und schärfere Sinne verfügst als sie? Und falls deine Zuneigung für diesen jungen Rüpel Vhrynn nicht bloß vorgetäuscht war … hast du dir niemals überlegt, dass es vielleicht die Stimme deines Blutes sein könnte, die zu dir spricht?«

Mit einem unangenehmen Klang traf die Spitze von Millayns Schwert direkt neben den Klauen von Sarrias' Vorderfuß auf den felsigen Grund. Die Stille, die folgte, wurde lediglich vom Geräusch angestrengten Atmens durchbrochen.

»Weißt du nun nichts mehr zu sagen, Fohlen?«, herrschte er die junge Frau schließlich an.

Ihre feuchten Augen blickten ihm geradezu stumpfsinnig entgegen, als sie leise sagte, »Ich habe meiner Herrin Treue geschworen.«

»Was gilt dein Schwur gegenüber denen, die dich aussandten, um deine eigene Familie zu vernichten?«, schnaubte er. »Du magst vielleicht auch das Blut der Halben in dir spüren, aber – kannst du ihnen vertrauen?«

Langsam schloss Millayn die großen Augen. Ihre Unterlippe zitterte, als sie den alten Krieger bat: »Tu uns allen einen Gefallen, Sarrias, und töte mich.«

Gres, Nördliches Hochthal

Joseph schien kein Mann zu sein, der sich umstimmen ließ, wenn er sich einmal für etwas entschieden hatte; Domitienne hatte vergeblich versucht, den Leutnant zum Bleiben zu überreden, bis er ihr den Mund verboten hatte.

Der kleine Trupp war schnell unterwegs gewesen; allen weit voran ritt der Kundschafter, ein unscheinbarer Mann in mittleren Jahren, dessen dunkles Haar von grauen Strähnen durchzogen war. Den Schluss des kleinen Zuges bildeten Micael und Max Killarne, und vor Rika ritt Joseph der Schlosser, der sich leise mit Shoran unterhielt.

Lächelnd klopfte Rika den struppigen Hals ihres Ponys, das zum ersten Mal seit langer Zeit wieder gesattelt war. Obwohl Sorley nur wenige Stunden lang geruht hatte, machte der braune Wallach einen frischen und munteren Eindruck; Rika war sich ganz sicher, dass er seine Reiterin ebenso sehr vermisst hatte wie sie ihn. Sie selbst hätte auch ein wenig Schlaf vertragen können, aber sie hatte sich so sehr über das Angebot des Leutnants gefreut, den Trupp zu begleiten, dass sie niemals hätte alleine in Gres zurückbleiben können. Und solange Max Killarne und Shoran dabei waren, fürchtete Rika auch einen Angriff der Jixur nicht.

Als hätte der Shathatoka ihre Gedanken gelesen, nickte er dem Leutnant zu und ließ sein großes Pferd zurückfallen, bis es parallel zu Sorley trabte. Die Kettenhaube baumelte um seinen Hals, der rosarote Zopf schwang im Takt auf seinem Rücken hin und her.

»Hallo, schöne Frau«, grinste er. »So sieht man sich wieder.«

Trotz ihrer Müdigkeit spürte Rika, wie sie rot wurde.

»Hast du mich gerade ›schöne Frau‹ genannt?«

»Upps.« Shorans Grinsen wurde breiter. »Das muss ein Versehen gewesen sein. Ich meine … du hast Schweinsäuglein und nur zwei …«

»Shoran!«

»… Arme.« Er zuckte mit allen vier Achseln. »Schiebe meinen Ausrutscher einfach auf die Höhenluft.«

»Du bist ekelhaft«, empörte sie sich, woraufhin der Soldat laut auflachte.

»Danke, Rika Robertstochter. Das wollte ich bloß wieder einmal hören.«

»Belästigt er dich?«, knurrte Micael, dessen Pferd sich auf der anderen Seite an Sorley heranschob. Verwundert drehte Rika den Kopf.

»Nun …«

Sie blickte zwischen den beiden sie flankierenden Soldaten hin und her. Während der eine sich ganz offensichtlich gut amüsierte, funkelten die hellen Augen des anderen vor mühsam unterdrücktem Zorn.

Sie seufzte.

»Nein, Micael. Wir haben bloß ein wenig herumgealbert.«

Der blonde Junge schnitt eine verächtliche Grimasse und ließ sein Pferd wieder zurückfallen. Rika meinte, ihn »Ihr seid so kindisch« murmeln zu hören.

»Er muss das wissen«, meinte Shoran leichthin. »Schließlich ist Herr Ivarssohn unser Spezialist.«

»Und für ein paar Stunden habe ich tatsächlich geglaubt, ich hätte endlich Ruhe von euren ewigen Streitereien.« Rikas Gesicht hatte inzwischen beinahe wieder die übliche Farbe angenommen. »Musst du ihn denn immer ärgern?«

»Es fällt mir wirklich schwer, es nicht zu tun«, gestand der Vierarmige mit einem leichten Lächeln, das Rika erwiderte, obwohl sie es eigentlich gar nicht wollte. Sie rümpfte die Nase.

Schweinsäuglein!

»Reiß dich zusammen. Ich kann dieses Gezänk nicht leiden. – Und jetzt solltest du nach vorne sehen … ich glaube, dein Freund der Schlosser will etwas von dir.«

Tatsächlich sah der Leutnant gerade in ihre Richtung; als Shoran ihm seine Aufmerksamkeit zuwandte, deutete er zuerst auf den Vierarmigen, dann auf den Weg, der vor ihnen lag.

»Er will, dass ich nach dem Dachs sehe«, meinte Shoran.

»Nach welchem Dachs?«

»Dem Kundschafter.«

»Ach so?« Verwundert sah Rika auf den sich krümmenden Gebirgspfad vor ihnen, aber sie konnte nirgends eine Spur des Soldaten mit dem Gebirgspony entdecken. »Das ist ein merkwürdiger Name für einen Mann.«

Shorans schmale Lippen kräuselten sich.

»Ich glaube kaum, dass das sein wirklicher Name ist, auch wenn ihn alle so nennen. Aber mit den silbernen Streifen sehen seiner Haare beinahe aus wie ein Dachsfell, und da sowohl Kundschafter wie auch Dachse den lieben langen Tag in irgendwelchen Löchern herumkriechen …«

»Jetzt sofort!«

Der Ruf und auch der scharfe Pfiff, der ihm vorausgegangen war, galten Shoran. Der legte die Ohren an und verlagerte sein Gewicht im Sattel; sofort verfiel die Stute in einen leichten Galopp, und bald schon war der Shathatoka nicht mehr zu sehen. Einzig Wölkchen aus hellem Sand, den die Hufe des Pferdes aufgewirbelt hatten, blieben zurück.

Falls sie auf dem Weg zum dürren Hain von Jixur beobachtet worden waren, hatten diese beschlossen, sich nicht blickenzulassen; der Kundschafter hatte zwar Anzeichen dafür gefunden, dass sich einige der vierbeinigen Jäger erst vor kurzem noch abseits der Straße in Richtung von Gres bewegt hatten, aber auch Shorans feines Gehör hatte keine Gefahr ausmachen können.

Rika hoffte, dass die Bestien sich auch weiterhin rarmachten. Dann könnte sie schon bald wieder in Hochthal-Stadt sein und vielleicht sogar der Königin selbst gegenübertreten …

Kaum hatte das Grüppchen sein Ziel erreicht und die Pferde am Wegesrand abgestellt, war der stille ›Dachs‹ im Unterholz verschwunden und kurz darauf mit der Nachricht zurückgekehrt, dass ein Großteil des Gebietes unsicher zu begehen sei. Rika gab sich alle Mühe, Micaels triumphierendes Grinsen zu ignorieren; stattdessen betete sie still zu Cyn. Wenn jemand verhindern konnte, dass sie noch einmal in ein tiefes Loch im Boden stürzte, dann die milde Herrin der Erde …

Der Kundschafter ›verschwand‹ auf Anweisung des Leutnants wieder; er sollte möglichst ungesehen in der Nähe bleiben und rechtzeitig Alarm schlagen, sobald sich Jixur den Pferden oder dem Hain näherten.

Die Übrigen versammelten sich vorsichtig um Rikas Absturzstelle; auf Befehl des Leutnants hin sollten sie sich nicht allzu weit von den Bäumen entfernen: An denen konnte man sich im Fall eines Einsturzes immer noch festhalten.

Joseph der Schlosser war der Erste, der sich an Max' Seil in die mit Holzmehl bestäubte Höhle hinabließ; Shoran folgte als Nächster. Als Micael jedoch ebenfalls nach dem Seil griff, um daran hinunterzugleiten, schüttelte Max Killarne das graue Haupt.

»Hiergeblieben, Jungchen. Lass unsere Fachleute mal machen – die werden das bisschen Platz da unten benötigen, wenn sie das Tor öffnen wollen. Und wenn der Alte unsere Hilfe braucht, wird er schon nach uns rufen.«

Rika musste unwillkürlich lächeln; der grauhaarige Soldat hatte gewiss doppelt so viele Jahre auf dem Buckel wie der Leutnant, den er gerade als ›Alten‹ bezeichnet hatte.

Micael jedoch hatte nichts für Max' Humor übrig, oder aber er ärgerte sich, weil er nicht dort sein durfte, wo es möglicherweise gleich interessant wurde. Jedenfalls verzog sich sein Gesicht zu einer verärgerten Grimasse.

»Und was, wenn da unten etwas passiert?«, ereiferte er sich. »Dann sind wir nicht da, um zu helfen!«

»Was soll denn passieren?«, lautete die gutmütige Gegenfrage; wieder bohrte Max Killarne genüsslich im Ohr. »Außer, dass ihnen die stählerne Dame auf den Schädel fällt, wenn sie zu heftig am Schloss rütteln.«

»Du kannst mich mal«, murrte Micael und drehte sich um, um gegen den nächstbesten Baum zu treten. »Ich bin doch nicht Soldat geworden, um mich feige zu verdrücken, sobald es gefährlich wird!«

Max Killarne warf Rika einen fragenden Blick; sie zuckte mit den Achseln.

»Nun mach mal halblang«, versuchte Max den aufgebrachten Jungen zu beruhigen. »Dort drunten lauern fingernagelgroße Käfer und ein altes, verschlossenes Tor. Hier oben lauern mehr als mannshohe, gefräßige Jixur. Was klingt gefährlicher?«

»Hrmph«, brummte Micael.

Rika sah vorsichtig über den bröckeligen Rand der Grasnarbe nach unten. Inzwischen fielen helle, goldfarbene Sonnenstrahlen durch die Öffnung in die ›Höhle‹, in der Joseph und der Vierarmige knieten; die beiden tasteten den unteren Rand des Tores ab und unterhielten sich dabei leise. Über ihnen und dem Tor prangte der metallene Frauenkopf, dessen Augen geschlossen zu sein schienen.

»Wofür sind die beiden eigentlich Fachleute?«, wollte sie von Max wissen, was den Veteran dazu brachte, die weißen Zähne zu entblößen.

»Joseph ist Schlosser. ›Schlosser‹ – ›Schloss‹. Du verstehst? Wobei ich nicht das riesige Haus meine, in dem die Königin wohnt.«

»Ja, das verstehe ich«, entgegnete Rika lächelnd. »Und Shoran ist auch Schlosser?«

»Nein, aber ein Kerl mit vier Armen kann doppelt so viele Werkzeuge bereithalten. Zudem sind so große Burschen sehr wirkungsvoll, wenn viele Spinnweben – *bei Aeledd, bist du wahnsinnig?*«

Auch Rika schrak zurück, als Joseph der Schlosser sich ohne Vorankündigung aufrichtete und einen beinahe faustgroßen Stein nach oben schleuderte. Das Wurfgeschoss beschrieb einen hohen Bogen und prallte mit Getöse gegen die ebenmäßigen Züge des Metallkopfes, von wo aus es direkt zum spanübersäten Grund zurückflog.

Es geschieht wieder.

Rika konnte hören, wie Sturmkraft knisternd in die Automatin schoss. Mit einem Klacken öffneten sich deren metallene Lider.

»Modpaz.«

Joseph und der Shathatoka sahen wie gebannt zu dem Antlitz hoch, das mit hängendem Kiefer auf sie hinabstarrte und ihnen so einen Einblick in sein Innerstes gewährte. Der blasse Schein der großen Glasaugen zauberte bläuliche Lichtreflexe auf das dunkle Gesicht des Leutnants.

»*Offrai*?«, fragte dieser vorsichtig.

Nichts weiter geschah.

Shoran lächelte schief, als der Leutnant kurz zu ihm hinblickte. »Wäre zu schön gewesen, aber auch viel zu einfach«, kommentierte er. Joseph, dem offenbar nichts ferner lag, als zu lächeln, bleckte die Zähne.

»Also weiter zurück. – *Ouffretz*?«

Wieder geschah nichts.

»Blöd«, murmelte Micael. »Was ist das für eine komische Sprache?«

»Gavennisch«, flüsterte Rika zurück.

»Das verstehst du?« Das Erstaunen in den blauen Augen des Jungen war echt; umso größer war die Versuchung, seine Frage mit ›Ja‹ zu beantworten …

Sie schüttelte leicht den Kopf. »Nein, aber Bruder Geon hat gesagt …«

»Kann es sein, dass dein Bruder Geon zu allem etwas

Schlaues sagen muss?«, grollte Micael. »Dem sollte man eine ordentliche Tracht Prügel verpassen, damit er lernt, auch mal die Klappe zu halten.«

»Micael!«

»Ich habe zwar keine Ahnung, von wem ihr redet, aber das mit der Tracht Prügel merke ich mir für später«, brummte Max. »Außerdem ist es ganz einfach, Jungchen: das da unten – Sturmwerkerfabrik. Sturmwerker – gavennisch. Klar?«

Während die oben Gebliebenen leise miteinander diskutierten, war Joseph anzusehen, dass er angestrengt nachdachte; seine Stirn war in Falten gelegt.

»Ich brauche Namen von Gildenmeistern«, meinte er schließlich; Shoran nickte.

»Jaaaaa … ja … ich denke ja schon nach.« Seine schmalen Ohren standen beinahe senkrecht nach oben, während auch er überlegte. Micael öffnete den Mund, um etwas nach unten zu rufen, aber Max Killarne legte einen kräftigen Finger auf die Lippen.

»Tracht Prügel«, knurrte er warnend.

»Jericault der Dachdecker?«, schlug Shoran vor, aber der Schlosser schüttelte bloß den Kopf.

»Nein, nein. Dieser Automat ist alt. Ich fürchte auch, dass er kein Thalisch versteht.« Nachdenklich rieb der Offizier mit einer Hand über das Gesicht, auf dem inzwischen Schweißperlen glänzten. »*Gonsalph Fondeyr*?«

Sowohl Rika wie auch Micael hielten die Luft an, aber nichts geschah.

»Frau«, dachte Shoran laut. »Eine Frau. Der Automat ist weiblich, eine *loquine* … stellt sie vielleicht eine Gildenmeisterin dar?«

»Du bist ein Genie.« Mit vollkommen ernster Miene wandte sich der Leutnant wieder der Automatin zu, die ihn immer noch mit offenem Munde zu bestaunen schien.

»*Joffraie Vrilliayre*!«, rief er, die Stimme vor Aufregung heiser.

Mit einem schnarrenden Geräusch glitt der metallene Unterkiefer des Automatenkopfes wieder in die Ausgangsposition zurück; auch die Augendeckel schlossen sich.

»So ein Mist«, entfuhr es Micael.

Und die Erde erzitterte. Erst gab es ein leises Knackgeräusch, gefolgt von ohrenbetäubendem Quietschen; dann öffnete sich das Tor und gab den Blick auf eine Rampe frei, die in die Tiefe führte.

Palast des Herzogs, Stadt Hochthal,
Nördliches Hochthal

Gedankenverloren studierte Herzog Enrik das grünliche Muster, das die Kristallkugel auf die Oberfläche seines Arbeitstisches zeichnete. Selbst der Rest des durch die offene Tür einfallenden Tageslichtes genügte, um den Kristall zum Strahlen zu bringen.

Ob es ihm wohl gelingen mochte, in der prächtigen Kugel Hinweise auf die Zukunft des Königreiches zu erkennen? Zwar verspürte Enrik keine besondere Befähigung, aber auch seine verstorbene Großmutter hatte Cyns Gnade erst lange nach ihrer Hochzeit mit dem Herzog von Seethal erfahren.

Gebannt starrte der junge Mann auf die Wirbel im Glas, aber kein fernes Bild offenbarte sich ihm … nichts außer einer Miniatur des umgekehrten Raumes.

Enrik seufzte leise.

Vielleicht musste er mehr Geduld aufbringen … vielleicht auch bloß in den Stand der Ehe treten. Bis dahin war hoffentlich noch Zeit … nicht, dass sich Enrik nichts aus Liebesabenteuern machte. Aber wenn er in all den Jahren bei Hofe etwas gelernt hatte, dann, dass Ehen zwischen Adeligen im günstigsten Fall etwas mit ›Abenteuer‹ zu tun hatten: ›Liebe‹ und ›Staatsraison‹ schlossen einander offenbar aus.

Ein entrücktes Lächeln erhellte sein hübsches Gesicht.

Vielleicht verspürte die Herrin der Erde einfach kein Interesse an ihm, was ihm derzeit am wahrscheinlichsten erschien. Sofern er überhaupt jemals eine kleine Regung im Kristall wahrgenommen hatte, war die Ursache dafür stets eine äußerst weltliche gewesen …

»Was ist denn das?«, flüsterte er, als sich plötzlich ein türkisblauer Wirbel am Rande der verkehrten kleinen Welt in die Kugel drängte.

»Was treibst du da?«, fragte die unverwechselbar spröde Stimme der Person, mit der Enrik in diesem Augenblick am allerwenigsten gerechnet hatte.

Schuldbewusst richtete er sich in seinem Sessel auf und blickte zur Tür, in deren Rahmen eine hochgewachsene, schlanke Frau mit schönen, aber kühlen Gesichtszügen stand; seine Selbstbeherrschung reichte aus, um ihn nicht erröten zu lassen.

»Mutter! Hätte ich gewusst, dass Ihr kämt …«

»… hättest du möglichst geschäftig getan, anstatt im Halbschlaf vor dich hinzudämmern.« Die Königin der Thäler musste nicht einmal ihre Arme verschränken, um auszudrücken, was sie vom Zeitvertreib ihres älteren Sohnes hielt; ihr Gesichtsausdruck sprach Bände. Ihr streng aufgestecktes helles Haar und das teure, wenn auch schlicht geschnittene bläuliche Kleid vervollständigten den Gesamteindruck: Elane war eine Frau, die genau wusste, was sie wollte – und es bekam.

Enrik wusste, dass jeder Versuch, sich herauszureden, vergeblich wäre; die einzige Person, mit der sich die Königin auf Diskussionen einließ, war ihr ungehobelter Leibwächter Rhedgar.

Offensichtlich kam sie heute ohne seine Dienste aus.

»Ich traue mir zwar durchaus zu, den Weg zwischen den Palästen ohne Begleitung zu gehen«, deutete die Königin Enriks Blick richtig, »sehe aber keinen Grund dazu. – Komm herein, Rhedgar, mein Sohn vermisst dich.«

Mit einer Geste bedeutete sie ihrem Leibwächter, ebenfalls den Raum zu betreten. Der große, kräftige Soldat mit den dunklen Locken machte sich nicht die Mühe, die offene Tür hinter sich zu schließen; während die Königin sich auf der Sitzbank niederließ, die für Bittsteller vorgesehen war, lehnte sich der Leibwächter direkt neben der Türe gegen die Wand und verschränkte die Arme, ganz so, als sei der Herzog die einzige mögliche Gefahrenquelle in diesem Palast.

Die Königin legte ihre Finger ineinander.

»Was ich mich wirklich frage, Enrik, ist, was du den lieben langen Tag über tust.«

»Ausgerechnet das fragt Ihr mich? Ich dachte, Eure Schnüffler seien über alles, was hier vorgeht, bestens informiert, Mutter … oder wie auch immer die offizielle Bezeichnung für diese dünkelhaften Gestalten in den roten Uniformen lautet, die mir kaum jemals von der Seite weichen.«

»Versuchst du etwa, mit mir zu streiten?« Ehrliches Erstaunen spiegelte sich in den graublauen Augen der Frau wieder, als sie den ihr mit herausfordernd gerecktem Kinn entgegenstarrenden Sohn mit neuem Interesse betrachtete. Sie schlug die schlanken Beine übereinander. »Von deiner Schwester Helfrid hätte ich eine solche ›Antwort‹ erwartet, Enrik. Aber du bist Staatsmann und kein Kind mehr. Anstatt stundenlang in die Kristallkugel deiner Großmutter zu starren oder mir vorzuwerfen, dass ich meine persönliche Leibgarde über deine Sicherheit wachen lasse, solltest du dich um das kümmern, was in *meiner* Provinz vor sich geht.«

»Das, liebe Mutter, tue ich jeden Tag aufs Neue«, entgegnete Enrik ärgerlich; wenn seine Mutter bloß damit aufhören würde, immer wieder zu betonen, wessen ureigenstes Einflussgebiet das Herzogtum Hochthal ursprünglich war!

»Seid Ihr nun fertig? Zumindest auf mich warten Staatsgeschäfte, und Ihr habt, wie ich hörte, ein in sich zerstrittenes Königreich zu befrieden.«

Enriks Bemerkung entlockte Leibwächter Rhedgar ein Grunzen, das wohl anerkennend gemeint sein sollte, doch leider ging Elane nicht auf seine Anspielungen ein.

»Mir kam zu Ohren, dass du dich mit Baron Vigren überworfen hast.«

»Dass wir uns nicht gerade grün sind, liebe Mutter, ist eine altbekannte Tatsache. Vielleicht solltet Ihr Euren Gardeschnüfflern mal die Ohren säubern lassen, damit der eminent wichtige Klatsch aus dem Herzogspalast schneller an Euch weitergegeben wird?« Triumphierend strahlte Enrik die Königin an; hatte der junge Herzog jedoch darauf gehofft, seine Mutter aus der Ruhe zu bringen, so wurde seine Erwartung enttäuscht. Im Gegenteil: Elane schenkte ihm ein frostiges Lächeln.

»Enrik … wenn du dich schon auf eine Auseinandersetzung mit einem Untergebenen einlassen musst, sorge wenigstens dafür, dass es unter euch bleibt. Die Mittel dazu hast du, und wie du dein Ziel erreichst, ist im Endeffekt völlig gleich. Hast du das verstanden?«

Nein, es hatte keinen Zweck, mit seiner Mutter zu streiten. Auch ihr zu erklären, dass er schon längst Maßnahmen eingeleitet hatte, durch die der Streit mit Vigren beigelegt werden sollte, würde sie nicht freundlicher stimmen … es gab nur ein einziges Wort, das dieses Wunder vollbringen konnte.

Der Herzog senkte den Blick und seufzte leise.

»Ja, Mutter.«

»Gut.« Schon erwärmte sich das kühle Lächeln, so, wie Enrik es vorhergesehen hatte; vielleicht hatte ihn Cyn doch mit einer ihrer Gaben gesegnet …

»Gibt es sonst noch Neuigkeiten aus deiner Provinz, Enrik?«

Blitzschnell überlegte der junge Herzog, ob ihn die Königin bloß testen wollte; hilfesuchend sah er zu Rhedgar auf, dessen Mund sich zu einem unverbindlichen Lächeln verzog.

Dann war es keine Fangfrage? In einer Zeit, in der Enriks Vater Rikart und Thomas Cutts – der Herzog von Niederthal – mit den Säbeln rasselten und einander Ungemach androhten, maß seine Mutter der Gefährdung einiger Hochthaler Bauern durch Raubtiere vermutlich eine ähnlich geringe Bedeutung bei, wie der kürzlich ans Licht des öffentlichen Interesses geratenen Tatsache, dass manche Wirte ihren Wein mit Wasser mischten, um ihre Gewinne zu vergrößern. Solange sie die Steuern für den Wein jedoch ordnungsgemäß abführten …

»Nein, Mutter«, antwortete Herzog Enrik also wahrheitsgemäß.

Nur ein feines Zucken der Mundwinkel deutete an, dass Königin Elane die Antwort ihres ältesten Sohnes nicht nur wahrgenommen, sondern auch für gut befunden hatte.

Unterirdisches Gewölbe, Greser Land,
Nördliches Hochthal

Rika fröstelte immer noch, und Schuld daran hatten nicht alleine die niedrigen Temperaturen in der riesigen unterirdischen Halle.

Joseph und Shoran waren vorangegangen; hinter den beiden waren Rika, Micael und Max Killarne in nahezu völliger Finsternis scheinbar endlose Minuten lang die flache Rampe hinabgestolpert, bis sie ebenen Boden erreicht hatten.

Dort hatte Leutnant Joseph mit traumwandlerischer Sicherheit einen Schalter an der glatten Wand ausmachen und betätigen können, und der Raum, an dessen Eingang sie sich befanden, war in schwachem, bläulichen Licht erstrahlt.

»Heilige Scheiße«, war es Max Killarne entfahren, und beinahe zeitgleich hatte Micael seiner Verblüffung durch ein zwischen den Zähnen hervor gepresstes »Das gibt's doch gar nicht« Ausdruck verliehen.

Reihe um Reihe baumhoher, buckliger und entfernt menschenähnlicher Giganten wartete zwischen den Säulen der großen Halle. Die schwache Beleuchtung von oben verlieh den dunklen Figuren, die Rika ihre breiten Rücken zuwendeten, einen metallischen Schein.

Zinnsoldaten, war der erste Gedanke, der ihr durch den

Kopf schoss; kaum hatten sich ihre Augen jedoch an das fahle Licht der Deckenlampen gewöhnt, stellte sie fest, dass der Begriff die stummen ›Bewohner‹ der Halle nur unzulänglich beschrieb.

Die robusten, kopflosen Leiber mit den stämmigen Gliedmaßen schienen kaum zur Erbauung von Kindern geschaffen worden zu sein. Vor allem die überlangen, missgestalteten Arme schlossen jeden Zweifel aus: Um Spielzeuge handelte es sich bei den Riesen nicht.

Mit offenem Mund starrte sie auf den kürzeren Arm der Figur direkt vor ihr; anstelle eines Unterarmes war am solide wirkenden Gelenk ein Teil angebracht, das einem Ofenrohr ähnlich sah. Der andere Unterarm bestand aus einem gefährlich spitz zulaufenden Vierkanteisen, das bestimmt noch einmal so lang war wie ein Mann hoch. Das breite Ende ragte wie auch das Ofenrohr ein gutes Stück über den ›Ellbogen‹ nach hinten hinaus, während die Spitze locker auf dem glatten Hallenboden ruhte.

Die trockene Kälte in dem riesigen Raum kroch durch Rikas Kleider und drang durch ihre Haut; es fröstelte sie bis in die Knochen …

Sie zog die lederne Reiterjacke, die ihr der Stadtrat von Dunlet mitgegeben hatte, enger um sich und machte eine Kopfbewegung in Richtung der metallenen Figurenparade.

»Was ist das?«

»Sturmwerk-Soldaten«, erläuterte Shoran, der in der Nähe stand, Stimme und Blick gleichermaßen verklärt. »Das sind richtige, echte Sturmwerk-Soldaten.«

»… Kriegsautomaten?«, ertönte ein Krächzen, unverkennbar von Micael.

Shoran nickte langsam.

»Aber … aber …«, stammelte der junge Rekrut. »Ich hätte nicht gedacht, dass sie so groß sind …«

Shoran sah wie gebannt nach oben, und nicht einmal die dunklen Schatten der ›Zinnsoldaten‹ konnten die kindliche Faszination in den Zügen des Shathatoka verbergen.

Rikas Augen folgten seinem Blick. Der Buckel, der sich zwischen den breiten Schultern des metallenen Kolosses so unansehnlich in ihre Richtung wölbte, entpuppte sich auf den zweiten Blick als eiserner Tornister, der mit mehreren schlaff herabhängenden Tauen an den den Giganten flankierenden Säulen befestigt war.

»Ich denke nicht, dass die Seile ihn halten könnten«, versuchte sie das Mienenspiel des vierarmigen Soldaten zu deuten.

»Das ist auch nicht ihre Aufgabe, Rika.«

Sie runzelte die Stirn.

»Wieso hat sich dann jemand die Mühe gemacht, sie festzubinden?«

»Ich erkläre es dir später.«

Diese Beinahe-Antwort kam von Joseph dem Schlosser, der auch der erste der Gruppe war, dem es in den Sinn kam, sich wieder in Bewegung zu setzen. Mit einem leichten Kopfschütteln schloss er zu Shoran auf, der sein Gesicht zu ihm hinabbeugte und leise, aber sichtlich aufgeregt auf ihn einredete. Dabei deutete einer der schlanken Zeigefinger auf den am nächsten stehenden Metallkoloss.

Joseph nickte knapp und wandte sich dann Micael und Max Killarne zu.

»Wir beide werden uns umsehen«, erläuterte er. »Ihr bleibt, wo ihr seid, bis ich euch rufe. Fasst nichts an. Und passt auf die junge Dame auf.«

»Aber wir ...«

»Das ist ein Befehl.« Mit einer unwirschen Geste wischte Joseph den Protest des Jungen beiseite; dann drehte er um und klopfte Shoran auf den Arm. Gemeinsam verschwanden die beiden Soldaten unter leisem Kettengeklirr zwischen den stummen Metallkolossen in den Tiefen der Halle.

»Idiot«, knurrte Micael halblaut, als er sich sicher war, dass der Offizier ihn nicht mehr hören konnte. »Wir sind Soldaten, keine kleinen Kinder! – Na ja, zumindest fast alle hier«, fügte er mit einem beinahe entschuldigenden Blick auf Rika hinzu. »Jedenfalls können wir auf uns selbst aufpassen, vielen Dank.«

»Das sollen wir ja auch«, grinste Max, was ihm einen zornigen Blick einbrachte.

»Jetzt hör mal zu, alter Mistkerl ...«

»Micael, krieg dich ein«, rief Rika ihren Freund zur Ordnung, obwohl auch sie viel lieber die Tiefen der unterirdischen Halle erforscht hätte, anstatt tatenlos nahe dem Eingang zu warten. »Wir wissen schließlich nicht, was es mit dieser – diesem *Lager* auf sich hat.«

»Was soll es damit schon auf sich haben?«, brummte Micael verstimmt. »Sehen die Säulen aus, als seien sie einsturzgefährdet? Haben sich Raubtiere hier eingenistet? Ist das ein Ort, an dem sich üblicherweise Jixur tummeln? Funktionieren Kriegsautomaten ohne Sturmkraft?«

Rika zog vorsichtig die Schultern hoch.

»Nein, nein, nein und nein«, antwortete der Junge an ihrer Stelle und bedachte sie mit einem triumphierenden Blick, der wohl soviel bedeuten mochte wie ›es gibt doch noch Dinge, die jemand besser weiß als dein komischer

Bruder Geon‹. »Und deshalb sage ich: Sehen wir uns diese Blechkameraden genauer an!«

Max' ledriges Gesicht verzog sich zu einem breiten Grinsen.

»Weswegen wolltest du nochmal Soldat werden, Jungchen?«

»Hm?« Max' harmlose Frage schien Micael aus dem Konzept gebracht zu haben; mit großen Augen sah er den älteren Mann an.

»Wie meinst du das?«

»Na, ganz einfach. Mir scheint fast, du hättest bloß angeheuert, um große Abenteuer zu erleben, aber zum Soldatenleben gehört Gehorsam nun mal dazu. Wie soll eine Armee denn sonst funktionieren?«

Darauf wusste Micael nichts zu erwidern; sein Mund schnappte auf und zu, während die Röte zuerst an seinem Hals und dann an seinen Wangen hochstieg. Der grauhaarige Soldat sah jedoch keinen Grund, lockerzulassen; mit einem kleinen Finger zwanglos in der Nase pulend fasste er nach: »Vor mir brauchst du nicht rot zu werden, Jungchen. Mach dir lieber Gedanken darüber, wie Joseph über das Befolgen von Befehlen denkt.« Mit gerunzelter Stirn hielt Max Killarne das Ergebnis seiner Suche gegen das schwache Deckenlicht, um es dann an seiner Hose abzustreifen. »Auch wenn der Mann von niederer Herkunft ist und daherkommt und tut wie jeder andere Handwerksgeselle aus den nördlichen Regionen auch, so hat sich der alte Vigren sicherlich etwas dabei gedacht, als er ihn zum Offizier machte. Und so ist in dieser beschissenen Zeit und an diesem von allen Göttern verlassenen Ende der Welt *unser* Joseph nun mal Stellvertreter des großmächtigen und selbstverständlich von uns allen geliebten Herzogs von Hochthal, alleiniger Befehlshaber über die Grenzlandfestung, ihre Garnison und alles, was dazu gehört – und das schließt dich und mich mit ein, Kleiner. Selbst wenn ihm nur deine Visage missfiele, könnte er dir ohne weiteres den Kopf abtrennen lassen, um sie nicht länger sehen zu müssen. Alleine schon deswegen solltest du ihm ein wenig mehr Respekt erweisen.«

Er sah Micael abwartend an, aber der zog es vor, zu schweigen. Wieder einmal tat er Rika leid, denn sie verstand nur zu gut, was in ihm vorging: Er war ausgezogen, um sich einen Traum zu erfüllen, um sich selbst etwas zu beweisen und um etwas zu verändern. Und nun stellte sich heraus, dass sein Traum und die Wirklichkeit kaum etwas gemein hatten …

Max Killarne zuckte mit den kräftigen Schultern.

»Wie auch immer, Junge. Auf Meuterei steht der Tod. Versuch daran zu denken, bevor du den nächsten Aufstand anzettelst.«

»Wisst ihr was?«

Dankbar über die Unterbrechung sah Micael zu Rika hin, die nachdenklich eine ihrem Knoten entflohene Haarsträhne um den Zeigefinger drehte.

Ein feines Lächeln umspielte die Mundwinkel des Mädchens.

»Ihr sollt auf mich aufpassen, nicht wahr?«

»Richtig«, bestätigte Max, in dessen breitem Gesicht es aus einer Ahnung heraus verdächtig zuckte.

»Also schön, denn *ich* werde mir diese Halle jetzt genauer ansehen. Traut ihr euch, mich alleine gehen zu lassen?«

Bei diesen Worten machte sie sich ganz schmal, um sich zwischen der Säule und dem klobigem Bein des nächsten Automaten hindurchzuzwängen. Sie hörte Micaels ungläubigen Ausruf, hörte Max' Bellen, das klang wie eine Mischung aus Husten und Lachen, beschloss in ihrem plötzlichen Anfall von Übermut, noch zwei oder drei der Reihen auf dem kürzesten Weg zu durchqueren, wohl wissend, dass sich keiner der beiden Männer so wie sie durch die engen Lücken quetschen konnte – und dann stand sie auch schon mitten in der Halle, umgeben von riesenhaften Kriegsgeräten.

»Wo bleibt ihr denn?«, rief sie und wandte sich um, um zu sehen oder zumindest erahnen zu können, welche Wege Micael und Max einschlugen, um sie einzuholen – nur um Augenblicke später sprachlos auf die Vorderseiten der übergroßen ›Zinnsoldaten‹ zu starren.

Die Automaten waren mitnichten kopflos, wie es von hinten den Anschein gehabt hatte. Zwischen den breiten Schultern ragten weiße, längliche Schädel geradewegs nach vorne. Die kruden Gesichtszüge hatten jedoch kaum etwas mit der perfekten Schönheit der *loquine* am Eingang gemein: Wie schon die Leiber der Kriegsautomaten muteten auch die Köpfe eher wie flüchtige Skizzen an … wie *scherzhafte* Skizzen, denn irgendein Spaßvogel hatte den bleichen, groben Fratzen rosige Wangen und breit lächelnde, rote Münder gemalt.

Beinahe wie mein Spiegelbild in diesem fürchterlichen Traum, schoss es Rika durch den Kopf.

Wie um Bestätigung heischend blickte sie in das fröhliche Kunstgesicht des Automaten, der sich vor ihr auftürmte. Natürlich regte sich in den weiß getünchten Zügen des Grinsers nichts; auch die gewölbten Augendeckel blieben geschlossen.

Oder nicht?

»Oder nicht was?«

Rika schrak zusammen; vor lauter Starren und Staunen hatte sie nicht gehört, wie sich der Leutnant genähert hatte. Auch hatte sie nicht angenommen, ihre Gedanken für jedermann hörbar in die stille Halle hinausgeflüstert zu haben …

»Nichts«, beeilte sie sich zu sagen. In der Entfernung ertönten Max' schwere Schritte.

»Hatte ich euch nicht befohlen, am Eingang zu warten?«, folgte auch schon die scharfe Frage des Leutnants.

»Den anderen schon. Mir nicht.««

»Womit habe ich das bloß verdient?«, fragte Joseph, sein Tonfall außergewöhnlich sanft. Das war nicht die Strafpredigt, die Rika erwartet hatte; sie legte den Kopf schief.

»Nun, ich weiß nicht … ich meine, die beiden haben nur deine Befehle befolgt«, stammelte sie, ehrlich bemüht, jeglichen Verdacht von Micael abzulenken, dessen Tatendrang sie auf diese Idee gebracht hatte. »Zumindest den letzten. Sie sollten mich doch beschützen …«

Joseph sah sie aus ernsten, schwarzen Augen an, und Rika spürte, wie sie errötete; beschämt blickte sie zu Boden.

»Es tut mir leid«, sagte sie. »Ich wollte doch nur …«

»Ich weiß, was du wolltest. Natürlich ist dies ein aufregender Ort, aber selbst wenn es ein Wochenmarkt wäre anstatt eines Sturmwerker-Kriegslagers, stünde es immer noch *mir* zu, die Gefahrenlage zu beurteilen. Es war wohl doch keine so gute Idee, dich mitzunehmen.«

»Es tut mir leid«, wiederholte sie kleinlaut. »Es wird nicht wieder vorkommen.«

»Gut.« Der Offizier schenkte ihr ein knappes Lächeln, das besagte, dass er ihren guten Absichten Glauben schenkte. »Da du jetzt aber nun einmal hier bist ... ich habe schließlich versprochen, dir all das hier zu erklären. Soweit ich das vermag, versteht sich.«

»Es sind gavennische Kriegsautomaten. Sturmwerk-Soldaten«, gab sie das Gehörte wieder.

»So ist es. Die großen hier«, Joseph deutete auf die beiden Reihen von je sechs buckligen Giganten, die sie umgaben, während er Rika in Richtung des seitlichen Ganges führte, »sind sogenannte *Fazixes* ... Grinser.«

»Die heißen wirklich so?«

»So nannte man sie«, bestätigte Joseph. »Auch wenn mir diese Variante ...«, er deutete auf den Vierkanteisen-Arm des nächsten Automaten, »... nicht bekannt ist. Es sieht beinahe so aus, als sei sie zum Einreißen von Mauern gedacht. Die kleineren Automaten sind *Raxides*, was ›Reißer‹ bedeutet.«

»Oh.«

Die sehr viel niedrigeren Automaten, die die Sechserreihen an der dem breiten Gang zugewandten Seite säumten, hatte Rika im Schatten der turmhohen Grinser bislang überhaupt nicht bemerkt. Nun, da sie auf ihrem Weg plötzlich von vier ›Reißern‹ flankiert wurde, war sie sich nicht sicher, welche Art von Automat ihr bedrohlicher erschien: die auf ihre puppenhaft-leblose Weise heiter wirkenden Metallriesen oder die kaum mannshohen, mit langen, schimmernden Klauen ausgestatteten Vierbeiner, aus deren Schultern seitlich Bündel von Klingen ragten. Wie ihre großen Brüder trugen auch sie die metallenen, durch Seile mit den flankierenden Säulen verbundenen Tornister auf den flachen Rücken.

»Ich nehme an, sie wurden gegen Soldaten eingesetzt«, vermutetet Rika ehrfürchtig.

Joseph nickte.

»Und weswegen wurden sie nun festgebunden?«

»Sie sind nicht festgebunden. Durch diese Schläuche wurden die Kubi mit Sturmkraft aus dem Medium versorgt. – Ich bin kein besonders guter Lehrer«, fügte der Leutnant hinzu, als er Rikas verständnislosen Blick bemerkte. »Sturmwerk-Automaten benötigen Sturmkraft, um zu funktionieren. Dazu muss diese auf dem einen oder anderen Wege in die Automaten gelangen ...«

»Durch einen Sturm?«, schlug das Mädchen vor.

»Ohne Sturm keine Sturmkraft«, lächelte Joseph. »Aber ein einziger Gewittersturm enthält weitaus mehr davon, als ein einzelner Automat benötigt – der Automat könnte beschädigt oder sogar vernichtet werden. Um das zu verhindern, leiteten die Sturmwerker die Kraft auf Umwegen in die Automaten, und einen solchen Umweg stellt das Medium dar.« Die Hände des Leutnants beschrieben einen flachen Kreis. »Stell dir einen unterirdischen See vor, der anstatt aus Wasser aus einer Flüssigkeit besteht, die Sturmkraft über einen sehr langen Zeitraum aufbewahren kann. Wenn du nun eine Stange aus Metall in dieses Medium steckst und ein Blitz in die Stange schlägt ...«

»Ja«, meinte Rika. »Ich glaube, ich verstehe das. Die Säulen mit den Schläuchen ragen bis in den See hinein und speisen die Automaten mit Sturmkraft.«

»So ungefähr.« Joseph nickte zufrieden. »Alle Sturmwerker-Fabriken und vermutlich auch alle Lager, in denen Sturmwerkszeug gelagert wurde, waren mit Medien und Ladestangen ausgestattet. Ich glaube nicht, dass dieses Lager eine Ausnahme darstellt. – Hier sind wir schon.«

Sanft schob er die junge Frau in den breiten Gang hinaus; an dessen Ende erhob sich im Halbdunkel ein niedriges Podest, aus dem ein breites, flaches Stehpult ragte. Von der Unterseite des Pultes baumelten zahllose Seile herab, von denen einige in die nächstgelegene Wand führten … und über die Oberfläche des Pultes beugte sich eine vertraute vierarmige Gestalt.

»Was tust du denn da?«, platzte es aus Rika heraus.

Shoran hielt einen kleinen Trichter in einer Hand, der – ebenfalls durch ein Seil – mit einer Erhöhung an der Oberseite des Pultes verbunden war. Die Finger einer der übrigen Hände trommelten auf der Oberfläche des Katheders einen schnellen Rhythmus.

»Was denn nun?«, hakte Rika neugierig nach, als der Shathatoka nicht sofort reagierte.

»Ich sehe nach, was uns das alte Bedienfeld über dieses Lager erzählen kann. Viel weiß ich zwar noch nicht, denn es ist nur noch ein winzig kleiner Rest Sturmkraft in ihm …«, Shoran zuckte entschuldigend mit dem oberen Schulterpaar, ohne auch nur in Rikas Richtung zu sehen, »… aber immerhin scheint diese Halle tatsächlich aus der Zeit zu stammen, in der Meisterin Joffraie der Sturmwerkergilde vorstand.«

»So alt ist das Lager schon?«, entfuhr es dem Leutnant; der Shathatoka nickte langsam und fuhr fort, auf einen Teil des Pultes zu starren, der Rika aus der Distanz wie eine gläserne Fläche erschien. *Ein Fenster?*

»Wenn ich mich nicht völlig irre, wurde die Ladestange bereits seit gut zweihundertachtzig Jahren nicht mehr ausgefahren. Das bedeutet, dass keiner der eisernen Burschen hier im Sturmwerkerkrieg gekämpft hat.«

»Und das wiederum kann nur bedeuten, dass man zu Zeiten des Krieges nicht mehr von diesem Lager wusste, sonst hätte man die Automaten mit Sicherheit eingesetzt.« Josephs Zunge fuhr nervös über den gesplitterten Zahn. »Zweihundertachtzig Jahre … so lange kann kein Medium die Kraft eines Sturmes halten – nicht einmal das stinkende Gemisch aus Kaavizan, das zuletzt so in Mode war. Verdammt.« Er schüttelte grimmig den Kopf. »Mit *vierzig* Automaten hätten wir die verdammten Jixur in wenigen Tagen aus dem Grenzland vertrieben.«

»Und die Festung pulverisiert«, grinste Shoran, um sich dann wieder mit gerunzelter Stirn dem Pult zuzuwenden. »Nanu«, meinte er kurz darauf. »Das ist ja hochinteressant – eigentlich fast zu schön, um wahr zu …«

Das Deckenlicht flackerte auf; der grellblaue Schein ließ Shorans Züge einen Herzschlag lang geisterhaft durchscheinend wirken, bevor die Halle in fast vollständiger Finsternis versank. Im selben Augenblick, in dem sich die kurzen Härchen an Rikas Unterarmen aufrichteten und ein warnendes Prickeln an ihrem Rücken hinablief, ertönten ein schleifendes Geräusch, ein erschrockener Ruf und dann – ein Schrei.

»Micael!«

Rika rannte los, ohne zu überlegen. Ganz automatisch hastete sie in die Richtung, aus der der grässliche Schrei und das Schleifen gekommen waren, obwohl sie kaum etwas sehen konnte. Sie hörte weitere schnelle Schritte und leises Klingeln hinter ihr und wusste, dass sich auch Joseph und Shoran in Bewegung gesetzt hatten.

Wieder surrte und schleifte etwas, Metall traf mit Wucht auf Metall, und wieder stieß der Junge einen Entsetzensschrei aus, der zu einem erstickten Wimmern wurde. Auch Rika schrie, als sie in vollem Lauf mit einer der Säulen zusammenstieß.

Der harte Aufprall ließ sie zurücktaumeln; mit Sicherheit wäre sie gestürzt, wenn nicht einer der ihr folgenden Soldaten kräftig zugepackt und ihren Sturz abgefangen hätte. Es musste Leutnant Joseph gewesen sein, der sie nun wortlos wieder auf die Beine stellte, um dann an ihr vorbeizuhasten: Als Shoran sie damals auf das Pferd gehoben hatte, hatte sich das anders angefühlt …

»*ARRETZ*«, brüllte Shoran irgendwo weiter vorne und zu Rikas Linken, was ihre Vermutung bestätigte. Sie lief wieder los, rannte in Richtung der bekannten Stimme …

Das Surren erstarb; beinahe gleichzeitig flackerte das Licht hell auf, um sich dann zu einem gleichmäßig fahlen Schein abzuschwächen. Das Wimmern ging nahtlos in ein Würgen über.

»Halt«, schnauzte Joseph das Mädchen an, als sie sich an ihm vorbei in den schmalen Weg zwischen den Automaten drängen wollte; um seinem Befehl Nachdruck zu verleihen, packte er sie am Arm …

… und es war gut, dass Rika augenblicklich Folge leistete, sonst wäre sie in die schmierige, tiefviolette Masse getreten, die sich über den Boden zwischen den Automaten ergossen hatte.

Mit einem Blick erfasste Rika die unwirklich anmutende Szenerie; einer der hundeartigen ›Reißer‹ stand wie sprungbereit mitten im engen Gang, den flachen Kopf zwischen den Metallschenkeln eines der grinsenden Kolosse, die Schläuche aus den Seiten des Tornisters gerissen und die Schulterklingen so weit abgespreizt, dass Rika deutlich erkannte, dass es sich bei diesen um zusätzliche, bewegliche Waffenarme handelte.

Shorans helles Gesicht ragte im Halbdunkel wie die Spitze eines Leuchtturms über dem flachen Rücken des vierbeinigen Automaten hervor. Aber wo war …

»Micael«, stieß sie hervor, als sie den Jungen endlich sah. Er kauerte würgend, spuckend und über und über mit violetter Flüssigkeit besprüht zwischen den klobigen Füßen des schweigenden Grinsers, den der Reißer zu bedrohen schien.

Shoran klopfte dem hundeartigen Kriegsautomaten wie zur Beruhigung auf den metallenen, ebenfalls mit dunkler Flüssigkeit beschmierten Kopf.

»Du kannst da rauskommen«, forderte er den verängstigten Jungen mit betont gelassener Stimme auf, aber selbst auf diese Distanz sah Rika, dass große Schweißperlen auf der blassen Stirn des Shathatoka standen. »Er wird dir nichts tun.«

Micael schüttelte den Kopf, so dass das verklebte Haar flog. Mit einem zitternden Finger deutete er an dem mitten in der Bewegung erstarrten Reißer vorbei auf die andere Seite des Ganges.

Rikas Blick folgte seinem Fingerzeig.

Sie kniff die Augen zusammen, um im Halbdunkel besser zu sehen …

… und aus der scheinbar gestaltlosen Masse, die sich an die Fersen eines der turmhohen Automaten schmiegte, schälten sich die Umrisse eines muskulösen Armes und eines menschlichen Kopfes heraus.

»Nein«, stieß Rika hervor, als ihr bewusst wurde, dass sie beinahe in Max Killarnes auf dem Boden verteilte Eingeweide getreten wäre.

Grenzlandfestung, nahe Gres,
Nördliches Hochthal

Gegen den dunkler werdenden Abendhimmel wirkte das alte Bauwerk noch gewaltiger als bei Tage. Die letzten Strahlen der untergehenden Gebirgssonne tauchten die Türme der mächtigen Festung in rotgoldenes Licht, aber Sarrias hatte kein Auge für das Naturschauspiel. Mit grimmigem Gesichtsausdruck trottete er durch das geöffnete Osttor in den Festungshof, wo sich zwei Jixur gerade damit vergnügten, die steilen Treppen zu einem der Aufgänge hoch – und wieder herunterzutraben. Einer der beiden war Chrorn, der andere Vhrynn, und keiner von ihnen schien Sarrias' Ankunft bemerkt zu haben; zumindest fühlte sich keiner der beiden bemüßigt, sich nach ihm umzuwenden.

»Was genau tut ihr da?«, blaffte Sarrias. »Sieht so die Übergabe der Tagwache an die Nachtwache aus?«

Wenigstens Chrorns Verblüffung war nicht gespielt; der schwarze Jixur mit der silbrigen Zeichnung schrak so heftig zusammen, dass einer seiner Vorderfüße vom rauen Stein der Treppe abrutschte und er den Halt verlor. Mit einem erschrockenen Ausruf stürzte er mehrere Meter in den gepflasterten Hof hinab. Nur seiner guten körperlichen Verfassung hatte Chrorn zu verdanken, dass ihm nichts weiter geschah: Es gelang ihm, mit gespreizten Läufen auf allen vieren zu landen.

»Wir erprobten unsere Ausdauer«, erläuterte Vhrynn mit einem Seitenblick auf Chrorn, der vorsichtig ausprobierte, ob all seine Beine heil geblieben waren. Der jüngere Krieger wischte sich helle und dunkle Strähnen aus dem gefleckten Gesicht. »Ist uns das etwa verboten?«

Langsam kam er die Treppe hinab. »Da ich noch nicht schlafen wollte …«

»Ruft die Krieger zusammen«, knurrte Sarrias, ohne sich um Vhrynns Erläuterungen zu kümmern. »Wir ziehen ab.«

Chrorn schlug zur Bestätigung mit dem Kopf.

»Sofort«, bellte er und machte sich auch tatsächlich sofort auf den Weg, seine Nachtwache einzusammeln. Vhrynn hingegen baute sich mit misstrauischem Blick und verschränkten Armpaaren vor dem Graufalben auf.

»Wir ziehen ab? Was soll das heißen?«

»Wir kehren der Festung den Rücken und schließen uns wieder unserer Herde an.«

»Wir kehren zu unserem Lagerplatz zurück?«, fragte der Schecke ungläubig nach; seine Mundwinkel sanken, und Sarrias schnaubte.

»Freust du dich denn etwa nicht? Die anderen bestürmen mich seit Tagen mit der Frage, wann wir endlich wieder nach Hause zurückkehren. Hast du denn keine Sehnsucht nach der Herde?«

»Weiß Millayn davon?«, lautete die prompte Gegenfrage. Wieder schnaubte Sarrias.

»*Ich* bin der Anführer der Krieger. Nun rufe endlich die anderen, bevor ich dich quer über den Hof prügele!«

Ungläubig und mit wachsender Unruhe schüttelte der junge Krieger den Kopf. »Sie weiß es nicht, nicht wahr? Wo … wo ist sie?«

»Das geht dich nichts an, Vhrynn.«

»WO IST SIE?«, schrie der gescheckte Jixur; eine seiner Fäuste flog nach vorne und schnellte in Richtung von Sarrias' grauem Kopf, aber der Ältere fing den unüberlegten Angriff mit einer großen Pranke ab. Er schlug Vhrynns Faust zur Seite.

»Das geht dich nichts an«, fauchte er noch einmal und zeigte drohend die scharfen Zähne.

Vhrynns Gesichtszüge erstarrten.

»Was hast du ihr angetan, Sarrias?«, keuchte er. »Was hast du getan?«

»ICH HABE GETAN, WAS GETAN WERDEN MUSSTE!« Die herausgebrüllten Worte des Graufalben hallten von den Mauern des Festungshofes wieder; gleich streckten ein paar neugierige Krieger ihre Köpfe durch Fenster und Türbögen, bevor sie womöglich noch ein Spektakel verpassten …

… und sie sollten nicht enttäuscht werden. Vor den erstaunten Augen der Zuschauer traf Sarrias' Faust mit einem dumpfen Klatschen gegen die Schläfe des jungen Schecken, der auf der Stelle zusammenbrach.

»Und jetzt«, grollte Sarrias, tief über den bewusstlosen Gegner gebeugt, »will ich kein Wort mehr davon hören. Kein Wort!« Er richtete sich auf und blickte herausfordernd in die Runde. »Habt ihr das verstanden?«

Gres, Nördliches Hochthal

Joseph hatte den Torwachen gegenüber nicht erwähnt, dass der kleine Trupp auch auf dem Rückweg nach Gres keinem einzigen Jixur begegnet war; seiner Ansicht nach war es zu früh, um bereits jetzt Entwarnung zu geben. Rika hatte sich gleich auf ihre Pritsche geworfen. Zwar hatte sie geglaubt, in dieser Nacht kein Auge zumachen zu können, aber ihr Körper hatte auf seiner Ruhepause bestanden, und so hatte sie doch noch ein wenig Schlaf gefunden. Micael hingegen …

Nun, Micael hatte regungslos und mit rot umrandeten Augen im Sitzen auf seiner Pritsche ausgeharrt, seit sie nach Gres zurückgekehrt waren.

Jetzt, da Rika nach ihrem kurzen, aber erstaunlich ruhigen Schlaf wieder aufwachte, saß der Junge immer noch so da wie vorher: die Augen rot und starr auf den Eingang gerichtet, das blonde Haar zerzaust, der Waffenrock braun gefleckt und übelriechend.

Rika rieb sich die brennenden Augen; auch sie machte sich Vorwürfe. Hätte sie sich nicht trotz Josephs Befehl verdrückt, hätten Max und Micael nicht durch Reihen von Kriegsautomaten streifen müssen, um sie zu suchen; hätte sie Micael nicht einen Gefallen tun wollen, wäre der Junge niemals mit dem Reißer kollidiert, dem Shorans Vermutung zufolge noch ein Rest Sturmkraft innegewohnt hatte, und der Reißer hätte sich nicht auf ihn gestürzt. Und wäre das nicht geschehen, dann hätte Max nicht wie ein wahrer Held sein Schwert ziehen und auf den Automaten einprügeln müssen, um ihn von seinem Ziel abzubringen …

Wieder rieb sich Rika die Augen; der helle Stoff des Zeltes ließ das Morgenlicht durch, und draußen auf dem Platz klapperten Töpfe.

»Micael?«

Seit ihr Freund dem Leutnant den schrecklichen Vorfall in abgehackten Sätzen geschildert hatte, hatte er kein Wort mehr gesprochen; auch jetzt schwieg er. Er sah sie nicht einmal an.

»Es tut mir leid, wirklich …«

»Das sollte es auch«, gab Shoran trocken von sich. Rika wandte den Kopf zum Eingang des Zeltes, den der Shathatoka mit allen vier Armen aufhielt.

»›Finger weg‹ heißt eben ›Finger weg‹. – Aber deswegen bin ich nicht hier: Du und du, ihr sollt zum Schlosser kommen. Alle beide.«

»Natürlich«, murmelte Rika und erhob sich. Micael hingegen rührte sich nicht.

Die steingrauen Augen des Vierarmigen verengten sich.

»Was ist los, Herr Ivarssohn? Bist du plötzlich taub geworden?«

»Er ist … er spricht nicht mehr mit mir. Mit uns. Ich weiß nicht einmal, ob er mitbekommen hat, dass du hier bist, Shoran.« Rika seufzte und wand ihr Haar hastig zum Knoten. »Max Killarnes Tod macht ihm sehr zu schaffen.«

»Es war sehr unappetitlich.« Shoran schnitt eine Grimasse und ließ den Vorhang hinter sich zugleiten; dann ging er vor der Pritsche des jungen Rekruten in die Hocke. »Aber das gibt dir noch lange nicht das Recht, dich vor deiner Pflicht zu drücken.«

Keine Reaktion, wenn man davon absah, dass Micaels blaue Augen in Tränen zu schwimmen begannen. Der Shathatoka runzelte die Nase, so dass sich die farbigen Linien auf seinen Wangen verzerrten.

»Jetzt hör mal gut zu, du Heulsuse: Max Killarne war Soldat der Zweiten Armee. Den Sturmwerkerkrieg hat er überlebt, die Dummheit von euch Kindern nicht. – Sieh mich nicht so an, du kleiner Idiot. Ich weiß genau, dass auch du deinen Teil dazu beigetragen hast.« Micaels Unterlippe begann zu zittern; Shoran hingegen schüttelte leicht den Kopf. »Das mag tragisch sein, ist aber nun mal nicht zu ändern – und es ändert nichts daran, dass du vor deinem Befehlshaber zu erscheinen hast, wenn er das verlangt. Klar? Denn auch du, junger Freund, bist Soldat der Zweiten Armee.«

Micael gab keine Antwort; er schlug lediglich die verheulten Augen nieder. Shoran erhob sich achselzuckend und wandte sich zum Gehen um.

»Dann eben nicht«, meinte der Vierarmige in gespielt freundlichem Tonfall. »Du solltest dir ein Beispiel an deiner hübschen Freundin nehmen – die ist kein Soldat und hat sich trotzdem besser im Griff als du. – Lass uns gehen, Rika. Der Leutnant …«

»Wartet«, krächzte Micael Ivarssohn und rappelte sich von seiner Pritsche auf. »Wartet auf mich!«

Obwohl Wachtmeisterin Domitienne ein Fenster geöffnet hatte, schien die Luft im ›Burgoses Degres‹-Saal zu dampfen. Das lag daran, dass sich gut fünfzig Soldaten in dem Raum drängten, Reguläre wie Söldner. Die einzigen Nicht-Soldaten, die Rika in dem Pulk hatte ausmachen können, waren sie selbst und ein dicklicher Mann in sauberer Leinenbekleidung gewesen, der den Schilderungen des Leutnants mit sorgenvollem Blick gelauscht hatte.

»Kurzum – wir hätten jetzt nicht nur die Mittel, Gres zu schützen, sondern könnten diese Bestien sogar aus der Festung verjagen und in die Berggipfel zurücktreiben, in denen Cerlune sie geschaffen hat«, beendete Joseph seine Ausführungen. »Dann wäre das Grenzland wieder sicher.«

Beifälliges Nicken und leises Murmeln in der versammelten Gruppe deuteten an, dass die Soldaten ähnlicher Ansicht waren wie ihr Offizier; bloß der in Leinen gekleidete, dickliche Mann kratzte sich am graumelierten Kopf.

»Leutnant«, meinte er unglücklich, »ich muss mit dir sprechen.«

»Nur zu, Bürgermeister Linford. Deswegen habe ich Euch schließlich hergebeten.«

»Ich dachte eher an ein … weniger öffentliches Gespräch.« Der Bürgermeister schob die volle Unterlippe vor, was den Ausdruck von Besorgnis in seinen sanften Gesichtszügen noch unterstrich.

»Ihr habt den Bürgermeister gehört, Leute – abtreten. Domitienne, du bleibst. Und schließe das Fenster.«

Wenige Augenblicke später hatte ein Großteil der weiß oder braun Gewandeten den Raum verlassen. Nur Joseph, Domitienne und Linford blieben.

Und Shoran. Es sah nicht danach aus, als wolle er sich

auch nur einen Millimeter von seinem Platz wegbewegen; als Rika fragend den Kopf schief legte, zwinkerte er ihr zu.

Sofort schoss ihr wieder Blut ins Gesicht.

Schweinsäuglein!

Sie schnitt eine Grimasse und drehte sich zu Micael um, der eben noch hinter ihr gestanden hatte, aber der Junge war bereits mit den anderen hinausgegangen. Durch das Fenster konnte sie gerade noch seinen breiten Rücken im Pulk der Soldaten sehen, die sich nun draußen vor dem Gebäude tummelten.

Dann werde ich mich ihm wohl anschließen. Hier habe ich nichts verloren.

Aber schade war es doch, denn sie war neugierig, deshalb bewegte sie sich so langsam zur Tür, wie es nur ging. Sie hatte sie noch nicht erreicht, als sie Joseph mit leisem Spott, »Ist das nicht-öffentlich genug, Bürgermeister?«, fragen hörte.

»Ja. Ja«, meinte Bürgermeister Linford. »Das genügt wohl, wenn du diesen … *Leuten* vertrauen kannst.«

»Nichts von dem, was Ihr mir zu sagen habt, wird von ihnen aus diesem Saal getragen werden.«

Gerade wollte sie an Shoran vorbei zur Tür gehen, als er ihr eine Hand auf die Schulter legte.

»Rika!«

»Was ist?«, flüsterte sie. Er beugte den Kopf zu ihr hinab.

»Bleib. Das könnte interessant werden.«

»Aber …«

»Was ist nun?«

Das war die scharfe Stimme Joseph des Schlossers gewesen. Der Bürgermeister schluckte: Es hatte ganz den Anschein, als sei er eingeschüchtert.

»Leutnant, ich finde es löblich, dass du und deine Soldaten meine Stadt retten wollt …«

»Das müsst Ihr nicht löblich finden«, konnte Shoran seinen vorlauten Mund nicht halten. »Das ist unsere Aufgabe.«

Irritiert sah Bürgermeister Linford zu dem Shathatoka hinüber, bevor er sich wieder dem Offizier zuwandte. Erneut kratzte sich der rundliche Mann am Kopf. »Also noch einmal: Ich danke dir dafür, dass du Gres gegen die Jixur schützen willst, protestiere aber aufs Schärfste gegen die Mittel, die du dazu einzusetzen gedenkst.«

»Mit herkömmlichen Waffen kann man nicht viel gegen diese gefräßigen Bestien ausrichten. Das haben wir am eigenen Leib erfahren. Kriegsautomaten hingegen …«

»*Kriegsautomaten*!«, heulte der Bürgermeister auf. »Leutnant, die Herstellung, der Besitz und auch der Einsatz dieser Dinger sind verboten und werden mit nicht weniger als dem Tode bestraft! Das verlangen die Gesetze der Thäler. Sollte die Königin davon erfahren …«

»Die Königin würde auf jeden Fall davon erfahren«, unterbrach Shoran den Bürgermeister nun schon zum zweiten Mal. »Eine Streitmacht blecherner Riesen kann man wohl kaum im Geheimen einsetzen.«

»Aber sie würde uns alle töten lassen!«, jammerte Linford.

»Ihr habt die Wahl«, meinte Shoran achselzuckend. »In ein paar Monaten von einem Scharfrichter der Königin enthauptet oder in ein paar Tagen von einem Jixur zerfleischt – was ist Euch lieber?«

»Ruhig, Soldat«, schaltete sich Joseph endlich ein; der Blick, den er dem Shathatoka aus dunklen Augen zuwarf, verhieß nichts Gutes. Als Shoran entschuldigend alle vier Hände hob, wandte sich der Offizier wieder dem unglücklichen Bürgermeister zu. »Eure Bedenken verstehe ich, Herr Linford. Jawohl, die Königin hat vor vielen Jahren ein Gesetz erlassen, das die Verwendung von gefährlichem Sturmwerk unter Strafe stellt, aber zum einen würde niemand Euch die Schuld an einem Einsatz von Kriegsautomaten geben ...«

Seine Stimme wurde leiser, während er in den Falten seines Waffenrocks nach etwas suchte und es schließlich auch hervorzog; erstaunt sah Rika, dass es sich um die Botschaft von Herzog Enrik handelte.

Joseph faltete die Nachricht auseinander.

»... und zum anderen bin ich im Besitz hiervon.«

Der Bürgermeister nahm ein kleines Sehglas aus dem Ausschnitt seines Leinenhemdes; es hatte wohl an einer Kette um seinen Hals gebaumelt. Dann trat er näher an den Leutnant heran.

»Darf ich?«

»Nur zu«, bestätigte der Schlosser. Mit gerunzelter Stirn betrachtete Linford das Schreiben.

»... gestatte ich dem Oberkommandierenden der Zweiten Armee der Thäler ...«, murmelte der Bürgermeister, während er las, »... hmhmhm ... wie es ihm beliebe ... hmhm ... zum Wohle der Zweiten Armee ... wobei die Abwägung selbiger Interessen ...hmhmhm ... dem Oberkommandierenden ... und so weiter und so weiter, Seine Königliche Hoheit, Enrik Herzog von Hochthal.«

Linford richtete sich auf und steckte das Glas wieder in den Ausschnitt seines Leinenhemdes zurück. Verblüfft sah er dem Schlosser ins Gesicht.

»Bei allen Göttern, ich gratuliere dir, Leutnant! Das ist eine Generalvollmacht. Der Herzog stellt dich über das Gesetz und übernimmt die Verantwortung dafür.«

»Ihr seht also, Bürgermeister, dass Ihr nichts zu befürchten habt. War das Eure einzige Frage?«

»Ja. Ja.« Linford nickte; wo eben noch deutliche Verdrossenheit aus seinen Zügen gesprochen hatte, war nun so etwas wie Hoffnung zu erkennen. »Ich wünsche uns allen einen schönen Tag.«

Damit verließ er die stark geschrumpfte Versammlung; Joseph sah dem Mann mit dem Anflug eines Lächelns hinterher.

»Das wäre geklärt«, meinte er schließlich und wandte sich dem vierarmigen Soldaten zu. »Nun müssen wir bloß noch einen Weg finden, unsere Zinnsoldaten wiederzubeleben.«

»Wie wäre es mit Sturmkraft?«

Selbst Rika verdrehte bei diesem Vorschlag des Shathatoka die Augen, und Domitienne grunzte, so, als wolle sie ein Auflachen unterdrücken; der Leutnant verzog zwar keine Miene, aber der gereizte Tonfall seiner Entgegnung ließ keinen Spielraum für Deutungsversuche.

»Darauf wäre ich nie und nimmer gekommen.«

»Ich bin kein Sturmwerker«, verteidigte sich Shoran und warf den Kopf in den Nacken, so dass der rosarote Zopf hin- und herpendelte. »Wieso schaust du also ausgerechnet mich an, wenn du eine Lösung für unser Automatenproblem suchst?«

»Weil ich weiß, dass du nicht dumm bist – und nun strenge deine Gehirnzellen an. Du, und ihr anderen auch.« Joseph sah auffordernd in die kleine Runde. »Wir haben vierzig Kriegsautomaten in einem stillgelegten Lager. Das Medium wurde zum letzten Mal vor beinahe dreihundert Jahren aufgeladen, und auch die Sturmkubi haben mit wenigen, schmerzlichen Ausnahmen ihre Kraft abgegeben. – Die Reststurmkraft genügt, um die Beleuchtung und Teile des Bedienfeldes zu betreiben, aber mehr ist nicht möglich.« Nachdenklich rieb sich der Leutnant das Kinn.

Rika sah zu Shoran auf, aber der starrte mit gerunzelter Stirn aus dem Fenster des Saales. Domitienne war auch keine große Hilfe: Angestrengt schien die schmale Soldatin die Ritzen im Boden zu zählen.

Eine steile Falte erschien auf Rikas glatter Stirn.

»Du sprachst von einer Metallstange, die bis ins Medium ragt«, wandte sie sich an Joseph, der knapp nickte.

»Zum einen ist nicht mehr genügend Sturmkraft übrig, um sie auszufahren, zum anderen ist das Material, nun, korrodiert. Kurzum, die Ladestange unseres Lagers lässt sich nicht mehr benutzen … und selbst wenn …«

»Dann stellen wir eben eine neue her«, schlug Rika vor. »Das können wir doch, oder?« Ihr Blick wanderte in der Runde umher. »Es wird ja wohl einen Schmied in Gres geben, der eine Stange schmieden kann, oder?«

»Vielleicht, ja.« Joseph der Schlosser fuhr sich mit der Zunge über die Schneidezähne. »Es wäre allerdings eine sehr lange Stange, und sie müsste bestimmten Anforderungen genügen … aber selbst wenn wir die hätten, müssten wir immer noch auf einen Gewittersturm warten.«

»Die Sturmzeit ist schon vorüber«, bemerkte Wachtmeisterin Domitienne, was Rika nachdenklich stimmte. *Zumindest Gewitterwolken gab es hier doch ständig!* »Auf das nächste ordentliche Gewitter können wir hier im Gebirge und zu dieser Jahreszeit verdammt lange warten. Bis dahin ist Gres längst gefallen.«

»So ist es, Domitienne. Also haben wir keine Wahl.« Der Leutnant nickte der Frau mit dem Maulwurfshaar zu. »Ruf ein paar Männer zusammen. Sie sollen sich Vorräte greifen und die gavennischen Grenzstädte abklappern. Lass sie mit Roux beginnen, das liegt am nächsten. Vielleicht haben sie Glück und finden einen übrig gebliebenen Sturmzwinger, bevor die Jixur uns gefressen haben.«

Ein Sturmzwinger? Rika rümpfte die Nase. *Ein Käfig für Stürme?*

»Shoran, du wirst die Männer begleiten«, fuhr Joseph fort. »Das vergrößert zumindest ihre Chancen, wieder lebendig zurückzukehren.«

»Es muss die dünne Luft hier oben sein, Schlosser.« Shorans große Augen blinzelten. »Sie beeinträchtigt deinen Verstand. Du weißt genauso gut wie ich, dass das ein sinnloses Unterfangen ist.«

»Hast du plötzlich die Hosen voll, Roter?«, fuhr ihn Domitienne giftig an. »Soll der Tod des alten Max vergebens gewesen sein, bloß weil du dich fürchtest?«

»Ich fürchte mich ganz bestimmt nicht«, schnappte Shoran. »Aber du, ich und der Schlosser, wir drei wissen ganz genau, dass es keine Sturmzwinger mehr gibt!«

»Wir wussten bis vor kurzem auch ganz genau, dass es keine Kriegsautomaten mehr gibt«, wandte der Leutnant ruhig ein; sein Blick wanderte zwischen Shoran und Domitienne hin und her, die einander feindselig anstarrten. »Und dennoch hat Rika nicht nur eine komplette Lagerhalle voll mit ebendiesen Automaten entdeckt …«

»Genau«, rief Rika und stemmte beide Arme in die Hüften. »Wenn Shoran nicht mag, lass einfach mich mitgehen, Leutnant. Erklär mir einfach, woran ich einen Sturmzwinger erkenne, dann werde ich auch einen für uns finden. Und dann können wir so viele Stürme darin einsperren, wie wir brauchen.«

Hochland, Südöstliches Gavenne

Rika legte den Kopf in den Nacken und schloss die Augen. Sie genoss die kühle Luft des Hochlandes auf ihrem Gesicht, wollte aber nicht von der grellen Sonne geblendet werden. Sorley kannte sie gut genug, um zu wissen, dass er nicht straucheln und sie abwerfen würde; zudem führte das Pony die kleine Karawane nicht an. Rika musste bloß zusehen, dass sie den Anschluss an die anderen nicht verlor, aber auch da setzte sie ihr ganzes Vertrauen in ihr Reittier …

Sie spürte, wie der straff geflochtene Zopf im Gleichtakt mit dem Tritt des Ponys über ihren Rücken schwang, und erlaubte sich ein kleines Lächeln. Shoran hatte ihr beim Flechten assistiert, worüber sich Gigue Gafellan – die Söldnerin mit dem blonden Kraushaar – lustig gemacht hatte. Daraufhin hatte Shoran der muskulösen Austonerin angeboten, auch sie so zu frisieren, dass ihr kein einziges Haar mehr in die Augen fallen konnte. Lachend hatte Gigue das Angebot des Vierarmigen abgelehnt, vermutlich in der Befürchtung, danach nie wieder irgendeine Art von Frisur tragen zu können. Auch Rika hatte mitgelacht, denn sie war recht guter Dinge.

Sie holte tief Luft.

Hier oben in der Nähe des heutigen Gavenne roch alles so ursprünglich … so frisch. Jedenfalls ganz anders, als sie sich das vorgestellt hatte, als sie dem Leutnant vorgeschlagen hatte, die Sturmzwinger-Expedition ins gavennische Grenzland zu begleiten.

Joseph war der Einzige gewesen, der Rika nicht ausgelacht hatte, weil sie sich auf die Suche nach einem ›Käfig‹ hatte machen wollen. In knappen Worten hatte er erläutert, dass es sich bei Sturmzwingern nicht um Gegenstände handelte, sondern um Personen … Gesegnete des Aeledd, des göttlichen Herrn der Stürme, die im Dienst der Sturmwerkergilde gestanden hatten.

Rika blinzelte, als das helle Sonnenlicht, das durch die geschlossenen Augenlider drang, sie zu stören begann; schnell drehte sie den Kopf zur Seite und öffnete die bernsteinfarbenen Augen. Zwar blickte sie nun nicht mehr direkt in die Sonne, aber das heitere, helle Blau des Himmels wurde von schimmernden Flecken verunstaltet.

Irritiert schüttelte sie den Kopf, dann warf sie einen abschätzenden Blick zwischen Sorleys Ohren hindurch nach vorne. Noch konnte sie nicht entdecken, dass sie sich Roux näherten, der größten gavennischen Siedlung nahe der Hochthaler Grenze.

Dafür hatte Rika einen grandiosen Blick auf die kräftigen Hinterteile zweier Pferde, die einträchtig nebeneinander über das raue Land trotteten: Auf einem saß die Bogenschützin Gigue Gafellan, deren blondes Haar im Sonnenlicht schimmerte, und neben ihr ritt Bruno der Sattler, der junge Anführer des Trupps, den Domitienne wegen seiner exzellenten Kenntnis der gavennischen Sprache ausgewählt hatte, und dessen freundliches Gesicht zum Glück nicht immer so schmutzig war wie an dem Tag, an dem Rika ihn kennengelernt hatte. Micael wiederum ritt ein gutes Stück vor Gigue und Bruno; sein breiter Rücken war kerzengerade aufgerichtet, und alles an seiner Haltung schrie ›Abwehr!‹.

Sorley schlug heftig mit dem Kopf und schnaubte, als sich die namenlose Stute von hinten an ihn heranschob und ein großer Schatten über Rika fiel.

»Träumst du?«, frotzelte Shoran.

»Ich habe schon lange nicht mehr geträumt … weder bei Tage noch nachts.« Sie blinzelte zu ihm auf; die verblassenden Sonnenflecken vor ihren Augen ließen sein helles Gesicht noch weniger menschlich aussehen als sonst.

Er neigte den Kopf.

»Ist das nun ein gutes oder ein schlechtes Zeichen?«

»Ein gutes Zeichen … denke ich. Wieso kümmert dich das?«

»Es kümmert mich nicht. Ich wollte bloß höflich sein und Konversation machen, da du so einsam aussiehst.« Das feine Lächeln des Vierarmigen passte gar nicht zu seinen Worten, und so kräuselten sich auch Rikas Lippen; dann jedoch sanken ihre Mundwinkel so plötzlich, wie sie sich gehoben hatten.

»Ich hätte nie geglaubt, dass ich Micaels Geplauder je vermissen würde«, seufzte sie. »Schon gar nicht nach so wenigen Tagen.«

Domitienne hatte Micael auf Rikas Betreiben hin in die kleine Suchmannschaft aufgenommen; das Mädchen hatte gehofft, den Jungen schneller auf andere Gedanken zu bringen, wenn er etwas unternehmen durfte. Wie sich jedoch gezeigt hatte, grollte er ihr immer noch.

Shoran zuckte mit den Achseln.

»Gewöhn' dich dran.«

Sie zog eine nachdenkliche Schnute.

»Aber das wird sich bald wieder ändern … oder? Es ist ja nicht so, als wäre Micael plötzlich ein anderer Mensch geworden, bloß weil er … weil er traurig und wütend ist.«

Erneut zuckte Shoran mit den Achseln.

»Bist du noch die gleiche Rika, die du vor wenigen Wochen warst?«

Das war eine berechtigte Frage.

Sie konnte die Erschütterungen immer noch spüren, die die Ereignisse der letzten Zeit in ihr ausgelöst hatten – da war die Trauer über den Verlust ihrer Eltern gewesen, die Scham darüber, dass sie Dougens Lügen geglaubt hatte, und die Entrüstung über ihre Unbesonnenheit, die anderen Menschen Schaden zugefügt hatte. Aber dann waren da auch noch diese anderen starken, erschreckenden Gefühle, zu denen sie sich niemals imstande geglaubt hätte: die Wut über den Mord an ihrer Familie, die Verachtung, die sie sich selbst wegen ihres Unvermögens, einzugreifen, entgegenbrachte …

Die junge Frau schüttelte den Kopf.

»Nein. Dieselbe Rika bin ich gewiss nicht mehr. Aber ich …«

»… aber du hast dich besser im Griff als Herr Ivarssohn«, beendete Shoran den Satz für sie. »Das habe ich schon immer behauptet, und ich behalte nun einmal gerne Recht.«

Rika nickte knapp, dann blickte sie angestrengt nach vorne auf den Weg … so als versuche sie die Strecke abzumessen, die sie bis zu ihrem Ziel noch reiten mussten.

Über ihre Gefühle sprach sie nicht gerne. Bei den Spaziergängen in den Klostergärten hatte sich Brice oft stundenlang über die Tumulte in ihrem Gefühlsleben ausgelassen, die Äußerungen ihrer Eltern, der Anblick pickeliger Jünglinge oder die Geschichten von Klapperschlange in ihr ausgelöst hatten.

Rika war meist schweigend neben ihrer Freundin hergegangen und hatte sich ihren Abenteuerfantasien hingegeben, anstatt aufmerksam zuzuhören …

»Roux kannst du von hier aus noch nicht sehen«, deutete der Shathatoka Rikas Blick so, wie sie es sich erhofft hatte. »Es dauert noch ein Weilchen, bis wir dort hinkommen.«

»Warst du schon einmal in Roux?«

Shoran verneinte die Frage mit einem leichten Kopfschütteln, und die Kettenhaube, die um seinen Hals baumelte, klingelte leise.

»Weswegen bist du dir dann so sicher, dass es dort keine Sturmzwinger mehr gibt?«

Er verzog das Gesicht; es sah beinahe so aus, als sei dies ein Thema, über das *er* nicht gerne sprach.

»Das ist ganz einfach, Rika: Weil unsere Königin nach dem Krieg sehr, sehr sorgfältig war. Sie ließ nicht nur die Automatenfabriken zerstören, etliche Gewerke verbieten und die Verwendung böser Zauberei unter Strafe stellen, sondern auch alle Kriegsmagier festnehmen und hinrichten.«

»Oh.« Rikas Lippen formten einen kleinen Kreis. »Das hat sie getan?«

»So erzählt man es sich zumindest. Die *Armasa Shura* in Hiranya, die Sturmzwinger in Gavenne und anderswo … sogar die wenigen vom Herrn der Himmel Gesegneten, die den Wind beherrschten, starben. Männer, Frauen, Säuglinge, Greise, Zwei- und Vierarmige, Kinder der Cerlune, Günstlinge von Aeledd, Leodun, Vherc und sogar der lieblichen Sae … unsere Königin hat jeden in ihrem Großreich töten lassen, dessen Zauberkräfte ausgereicht hätten, um ihre Herrschaft zu gefährden. Das war das Ende der zerstörerischen Magie in den Thälern und überall dort, wo ein Vereinigungskrieg verloren wurde … also glaube mir einfach, wenn ich dir sage, dass wir auch in Roux keinen Sturmzwinger finden werden.«

»Oh. Die Königin muss eine sehr …«

»… sorgfältige Frau sein«, ergänzte Shoran bestimmt und trieb sein Pferd an. »Jetzt lass uns zu den anderen aufschließen, sonst reiten sie uns noch davon.«

»Warte!«

Tatsächlich zügelte der Shathatoka seine Stute und wandte sich wieder zu Rika um.

»Shoran, das ist doch schon so lange her. Sicher haben die Götter seitdem auch anderen ihre Gunst erwiesen? Ich kann mir nicht vorstellen, dass sich Vherc der Gründer oder der zornige Aeledd von einer … einer *Sterblichen* vorschreiben lassen, was sie zu tun oder zu lassen haben, ob sie nun Königin ist oder nicht!«

Der Vierarmige rollte mit den Augen.

»Selbst wenn es so wäre, Rika, die nicht-cynischen Klöster und die anderen Ausbildungsstätten sind geschlossen. Gäbe es in Roux tatsächlich einen Günstling des Aeledd, wäre der entweder zu schwach, um irgendwem zu schaden, denn er hätte niemals gelernt, seine Gabe zu beherrschen, oder er wüsste vielleicht nicht einmal von seinem Talent. Im günstigsten Fall wäre es jemand, der seine Fähigkeiten all die Jahre über erfolgreich verborgen hat – und dass so jemand seine Maskerade ausgerechnet für eine Abordnung der Zweiten Armee fallenließe, die im Krieg sein Land verwüstet hat, das halte ich für sehr unwahrscheinlich. Brunos natürlicher Liebreiz hin oder her.«

»Aber es könnte sich doch auch ein Sturmzwinger aus einem anderen Land dort aufhalten«, protestierte Rika. »Ein Gesegneter aus Kaavizan oder von den Inseln oder …«

»Da hätte uns der Schlosser gleich nach Kaavizan oder zu den Inseln schicken können«, winkte der Soldat ab; dann sauste sein Kopf herum. Die schmalen Ohren richteten sich steil auf, die Pupillen verengten sich. Sogar das Weiße am Rande seiner Augen war zu sehen.

»Was ist?«

»Der Dachs ist wieder zurück …«

Mit einer freien Hand deutete der Soldat nach vorne; tatsächlich bewegte sich ein stämmiges Gebirgspony zügig auf Bruno und Gigue zu, deren Vorsprung zu Rika sich inzwischen vergrößert hatte. Auf diese Entfernung vermochte Rika zwar nicht zu erkennen, ob es sich bei dem Ponyreiter um den ruhigen Kundschafter handelte, den Bruno dem Haupttrupp vorausgeschickt hatte, aber Shoran würde es schon wissen.

Dessen Brauen berührten beinahe den rosenroten Haaransatz, als er hinzufügte, »… und er ist nicht alleine.«

Schon bevor Rika und Shoran bei den anderen ankamen, war reges Geplapper zu hören. Gigue Gafellan, Bruno der Sattler und Micael Ivarssohn drängten sich mitsamt ihren Pferden um den Kundschafter und seinen ›Gast‹, und alle drei – ja, sogar Micael – schienen gleichzeitig auf den Mann einzureden. Rika warf Shoran einen fragenden Blick zu, den er jedoch nicht registrierte: Dank seiner Körpergröße und des enormen Stockmaßes der Militärstute sah er problemlos über den Pulk hinweg.

Rika räusperte sich. »Bruno«, rief sie, aber der schien sie nicht zu hören, also zuckte sie mit den Achseln und sprang von Sorleys Rücken.

Mit einem gemurmelten »Lasst mich vorbei«, drängte sie sich zwischen den Soldatenpferden hindurch, die schnaubend zur Seite wichen.

Ja, es war der Dachs, der zurückgekommen war, und hinter ihm saß ein blondes Mädchen. Sie mochte vielleicht so alt wie Rika sein, vielleicht auch ein wenig älter, überragte den Kundschafter aber um ein paar Finger breit. Ihre tief gebräunte Haut, die derben Gesichtszüge, zahlreichen Tätowierungen und die grob gefertigten Kleider waren eindeutige Hinweise darauf, dass sie zu einem der wilden Stämme gehörte, die Handel treibend die Hochebenen durchstreiften. Unruhig und mit geröteten Augen rutschte sie hinter dem Dachs im Sattel hin und her, und da bemerkte Rika, dass verkrustetes Blut ihr von der Sonne ausgeblichenes, kinnlanges Haar verklebte; auch war die Haut der kräftigen Beine, die unter dem zerrissenen Rock hervorsahen, mit tiefen Schrammen übersät.

»Bruno«, rief Rika noch einmal, diesmal etwas lauter. Ob er sie jetzt gehört hatte, wusste sie zwar nicht, aber wenigstens hob er – eine Hand.

»Ruhe«, rief er in die Runde. »Seid doch mal ruhig! Jetzt noch einmal von vorne, Dachs, ich habe dich bei dem Lärm nicht verstanden. Ihr ist *was* zugestoßen?«

Das wilde Mädchen antwortete, bevor der Kundschafter überhaupt den Mund öffnen konnte.

»Ich habe eine Zunge. Ich kann für mich selbst sprechen«, stieß sie mit rauer Stimme hervor; den R-Laut rollte sie ganz nach Art der wilden Stämme oder auch der grenznahen Bewohner von Craiglin. »Meine Ponys wurden geraubt. Meine *Ponys*!« Schon schossen Tränen in ihre dunklen Augen, aber sie wischte sie schnell mit dem tätowierten Handrücken weg. »Ich will sie wiederhaben. Ich kann nicht ohne meine Ponys zurückkehren!«

»Du kannst von Glück sagen, dass du die Ponys dabei hattest, als du den Jixur begegnet bist, sonst wärst du sicherlich nicht mit dem Leben davongekommen.« Der Kundschafter sah über die Schulter nach hinten und lächelte dem Mädchen zu. Falls das ein Versuch gewesen war, sie aufzuheitern, ging er jedoch gründlich daneben: Eben noch mühsam zurückgedrängt, schossen nun die Tränen aus ihren Augen und hinterließen feuchte Spuren auf ihrer staubigen Haut. Das vom Dachs freundlich angebotene Tuch schlug sie beiseite, dann sprang sie vom Rücken des Pferdes, als müsste sie sich auch vor dem Soldaten retten. Ein heiserer Schmerzenslaut ertönte, als sie versuchte, sich auf dem felsigen Boden wieder aufzurichten.

»Ich werde dir bestimmt nichts tun. Du kannst dich auf mich stützen.«

Verwirrt sah die Wilde zu Rika hin, die ein paar vorsichtige Schritte auf sie zu machte.

»Ich möchte dir helfen«, sprach Rika ihr zu. »Ich sehe doch, dass dein Bein verletzt ist. Du hast sicherlich starke Schmerzen. Komm schon.«

Ein wenig hilflos blickte der Dachs zu Bruno, der leicht

die Schultern hochzog; Gigue wiederum nickte anerkennend. Ob ihre Anerkennung jedoch Rikas Hilfsbereitschaft galt oder dem kräftigen Körperbau des wilden Mädchens, das vermochte die Sechzehnjährige nicht zu sagen.

»Danke.«

Tapfer nickte die Wilde der bestimmt einen Kopf kleineren Rika zu und stützte sich auf die angebotene Schulter. Dann richtete sich der Blick ihrer verweinten Augen auf Rikas sommersprossiges Gesicht.

»Holst du mir meine Ponys zurück?«

»Hole ich dir ...«

Rika schluckte, verdutzt.

»Du traust mir ja eine Menge zu, aber ... aber die Experten im Kampf gegen die Jixur sind die da.« Sie wies auf die Soldaten. »Ich würde dir gerne helfen, deine Ponys zu finden, aber ich fürchte, wir beide können es kaum mit einer Horde dieser Bestien aufnehmen.«

»Es waren bloß zwei«, krächzte das Mädchen.

»Auch gegen zwei hätten wir beide kaum eine Chance. Außerdem dürfen wir uns nicht lange aufhalten, denn wir haben einen dringenden Auftrag.«

»Nicht nur das«, warf der Kundschafter ein. »Ich habe in der Nähe zahlreiche Jixur-Spuren entdeckt. Die Gegend muss von den Bestien nur so wimmeln. Wir können uns glücklich schätzen, dass sie jetzt vermutlich ... beschäftigt sind.«

»Dann müssen wir Land gewinnen, bevor sie auf uns aufmerksam werden.« Bruno klatschte in die Hände. »Aufsitzen, Rika, wir reiten weiter.«

»Und was ist mit *ihr*?«, fragte Gigue, bevor Rika die gleiche Frage stellen konnte. Der Krauskopf der Söldnerin wies in Richtung der jungen Wilden. »Willst du die Kleine etwa hier zurücklassen?«

»Ich kann niemanden abstellen, der sie nach Hause begleitet«, schüttelte Bruno bedauernd den Kopf, »und wir sollten zusehen, dass wir nach Roux kommen.«

»Aber du weißt doch gar nicht, woher sie stammt«, warf nun auch der Kundschafter ein; ein vorwurfsvoller Blick aus seinen milden braunen Augen traf den jungen Sattler. »Vielleicht lagert ihr Stamm ganz in der Nähe.«

»Bruno, bitte!« Auch Rika tat das verletzte junge Mädchen leid. Sie malte sich aus, wie die Jixur gerade ihre Ponys zerrissen und sich an dem bluttriefenden Fleisch labten ...

Mit einer Grimasse, die deutlich zeigte, dass ihm die Mitglieder seines Suchtrupps auf die Nerven gingen, wandte sich Bruno an das wilde Mädchen.

»Und, woher kommst du?«, fragte er barsch.

»Vom Sommerlager der Guriat.« Lautstark zog sie die breite Nase hoch und wies mit ihrem tätowierten Arm nach Nordosten. »Das liegt in dieser Richtung.«

»Oh weh«, sagte der Dachs und rieb sich nachdenklich am glattrasierten Kinn. »Das Lager liegt mehrere Tagesreisen weit entfernt von hier. Du wolltest deine Ponys in Gres verkaufen, nicht wahr?«

»Das Lager liegt also nicht auf unserer Strecke, und wir werden auf gar keinen Fall umkehren.«

Um zu verdeutlichen, dass ihm mit dieser Aussage Ernst war, schlug Bruno mit einer Faust in die geöffnete Hand. »Wenn du aber willst, Mädchen, kannst du uns bis nach Roux begleiten. Dort sollte es sicher genug sein. – Hast du einen Eigennamen?«

»Argele.« Es klang, als hätte das wilde Mädchen den Mund voller Kieselsteine, und Rika musste sich ein Kichern verkneifen.

»Na schön, Argele.« Bruno starrte grimmig in die Runde; sein Blick verhieß nichts Gutes für den- oder diejenigen, die ihm möglicherweise zu widersprechen wagten. »Micael, hilf ihr auf dein Pferd.«

Kurz vor Roux, Südöstliches Gavenne

Wäre es nach dem Kundschafter gegangen, hätten sie überhaupt kein Feuer entzündet, um sich daran zu wärmen; erst vor wenigen Stunden hatte er noch frische Spuren von Jixur entdeckt, die in östlicher Richtung unterwegs waren. Bruno war jedoch der Ansicht, dass diesseits der Ödnis der Hochebene und so kurz vor den Ausläufern der Stadt nicht mehr mit einem Angriff der Jixur zu rechnen war. Nach der eisigen Kälte, die ihnen das erste Nachtlager vergällt hatte, hatte er wohl auch keine Lust mehr auf eine weitere durchfrorene Nacht gehabt, und so hatte Shoran eine kleine Feuersglut angefacht. Direkt nachdem der Dachs die erste Nachtwache angetreten hatte, hatte Rika sich in ihre Decke gekuschelt und in der Nähe des Feuers zusammengerollt.

Aber sie fand keinen Schlaf.

Zwar konnte Rika die Augen vor dem Flackern des Feuers verschließen, aber der nahe Wasserlauf rauschte umso lauter, je krampfhafter sie versuchte, ihn zu ignorieren.

Irgendwann wurde es ihr zu dumm, und sie setzte sich wieder auf. Erstaunt stellte sie fest, dass viel Zeit vergangen sein musste, seit sie sich hingelegt hatte. Shoran und Bruno schliefen in ihren Kettenhemden, und Gigue Gafellan saß mit angezogenen Beinen da und starrte in die Glut, deren unruhiges Zucken ihren Umrissen etwas Unheimliches verlieh.

»Dachte ich's mir doch«, lachte Gigue leise, ohne die Blickrichtung zu ändern. »Du kannst auch nicht schlafen.«

»Nein.« Rika schüttelte leicht den Kopf. »Dieses Flüsschen macht ein Getöse wie ein ausgewachsener Wasserfall.«

»Ach, und das ist alles?«

»Hm?« Erschöpft kratzte sich das Mädchen an der Stirn. »Das Flussgetöse übertönt selbst Brunos Schnarchen. Das stört mich also nicht, falls du das meinst.«

»Nein, das meinte ich nicht.« Wieder gluckste Gigue leise vor sich hin, als amüsiere sie sich köstlich. »Mir scheint, du bist eifersüchtig, weil sich dein blonder Jüngling so gut mit der süßen kleinen Wilden versteht.«

»*Was?*«, entfuhr es Rika, ehrlich erstaunt. »Falls du Micael Ivarssohn meinst, der ist nicht *mein* blonder Jüngling. Er … er hat sich früher für mich interessiert, aber ich habe ihn zurückgewiesen. Das ist alles.«

»Dein Wort in Saes perlbleichen Ohren«, lächelte Gigue und wandte ihr das Gesicht zu. »Aber dafür, dass du nicht eifersüchtig bist, hast du eine recht lebhafte Gesichtsfarbe angenommen. Das kann sogar der Schein des Feuers nicht kaschieren.«

»Ich bin nicht eifersüchtig!«

Ärgerlich schlug Rika mit ihrer Faust auf den Boden. Natürlich hatte sie sich geärgert: zunächst darüber, dass Bruno das wilde Mädchen, das sie niemals als ›süß‹ und ›klein‹ bezeichnet hätte, zu Micael beordert hatte, obwohl Rika ihr ihre Hilfe angeboten hatte. Als sie dann aber mit ansehen musste, wie Micael Argele während des gemeinsamen Ritts versonnen anlächelte …

Nein, Eifersucht konnte es nicht gewesen sein, was Rika

da empfunden hatte, denn Eifersucht fühlte sich anders an. Mit dem stechenden Schmerz, den Dougens Schäkern mit Maret oder anderen Frauen in ihr ausgelöst hatte, hatte das leise Gefühl nahenden Unheils wenig zu tun.

Gestern Abend hat Micael sogar mit Argele gescherzt.

»Ich bin nicht eifersüchtig«, wiederholte Rika mit Nachdruck. »Außerdem … was geht es dich an?«

Gigue Gafellan schenkte ihr ein verständnisvolles Lächeln. »Schon gut. Ich wollte dich nicht verärgern.«

»Es ist dir trotzdem gelungen«, murmelte Rika, während sie sich erhob. Dann sah sie sich um. »Wohin sind sie eigentlich gegangen?«

Die Söldnerin zog die die dichten Brauen hoch.

»Der Junge und das Mädchen? Die haben sich in Richtung des Flusses in Bewegung gesetzt, kaum, dass deine Augen geschlossen waren.«

Wieder verspürte Rika das eigentümliche Gefühl, aber diesmal hatte sie ihre Gesichtszüge besser unter Kontrolle.

Gigue fuhr sich durch die imposante Haarpracht und grinste schief.

»Sie sind noch nicht lange weg. Wenn du dich beeilst, kannst du sie bestimmt noch einholen.«

»Du sprichst nicht gerne.« Das rollende ›r‹ ließ die nüchterne Feststellung des Mädchens beinahe wie das Gurren einer Taube klingen; Micael Ivarssohn, der versucht hatte, durch einen Blick über das Brückengeländer sein Spiegelbild in der Oberfläche des Wasserlaufes auszumachen, sah überrascht auf.

»Findest du? Bisher wurde mir immer gesagt, ich redete

zu viel. Sind die Wil… äh, sind eure Männer denn so redselig?«

Argeles zog ihre dunkle Brauen hoch. »Du hast in fast zwei Tagen nicht mehr als fünf Sätze mit mir gewechselt. Wenn das bei euch schon als redselig gilt, möchte ich lieber keinen der wortkargen Thaler kennenlernen.«

»Das ist vielleicht auch besser so«, orakelte Micael leise vor sich hin. Dann schien ihm etwas einzufallen, und er schlug sich mit der flachen Hand vor die Stirn.

»Fast hätte ich es vergessen, Argele … hier. Das ist für dich.« Aus der ledernen Gürtelscheide zog er ein langes, breites Messer hervor und hielt es dem Mädchen mit dem Griff voraus hin. »Damit du dich wehren kannst, falls du noch einmal von Jixur angegriffen werden solltest, und, äh, ich nicht in der, äh, Nähe bin.«

Sie nahm die dargebotene Waffe vorsichtig entgegen und führte sie dicht an ihre Augen, dann nestelte sie am Bund ihres Rockes, um sie zu verstauen. »Danke.«

»Es … es ist ganz schön finster hier … hier draußen«, stammelte er unvermittelt. Argeles dunkle Augen wurden groß, und auch Rika, die hinter einem zerfallenen Heuschober nahe der Brücke hervorspitzte, rollte unwillkürlich mit den Augen. Hier draußen rauschte der Fluss nicht so laut wie in der Nähe des Lagers, so dass sie jedes Wort der beiden verstehen konnte.

Ein Gefühl hatte ihr gesagt, dass es vielleicht besser sein mochte, Argele und Micael nicht gleich mit lautem Hallo zu begrüßen, als sie sie an der Brücke entdeckt hatte; schließlich wollte sie nicht, dass die beiden glaubten, sie spioniere ihnen hinterher.

Ich bin nicht eifersüchtig.

»Nachts muss man mit Finsternis rechnen«, gurrte Argele, deren Stimme ihre leise Verwunderung deutlich anzumerken war.

Micael richtete sich zu seiner vollen Größe auf und kratzte – vermutlich aus Verlegenheit – an seinem bärtigen Kinn.

»Schon. Aber … äh, manchmal lässt Leodun ja auch den Mond leuchten. Und so.«

»Wie zum Beispiel heute«, ergänzte das blonde Mädchen. Mit einem Arm deutete sie nach oben; ihre Fingernägel waren spitz zugefeilt, und es sah beinahe so aus, als wolle sie den rötlichen Mond kratzen.

Rika schüttelte ungläubig den Kopf. So sehr sie sich darüber freute, dass ihr Freund doch so schnell zur alten Form zurückzufinden schien, so sehr bedauerte sie, dass er schon wieder auf dem besten Wege war, sich zum Narren zu machen.

»Ich dachte, du seist genau deswegen hergekommen?«, hakte Argele nach. »Weil es so finster ist.«

»Äh«, entgegnete Micael; dann legte er einen kräftigen Arm um Argeles Schultern und spitzte die Lippen.

Und das wilde Mädchen …

»Oh.« Rikas Hand schoss hoch und bedeckte ihren Mund, während ihr Magen bis zu den Kniekehlen hinabsackte. Sofort wandte sie sich um und presste ihren Rücken gegen die morschen Planken des Schobers, bevor die plötzlich so zittrigen Beine ihr den Dienst versagen konnten …

Das kann nicht wahr sein. Micael hat dieses Mädchen geküsst, und sie hat es sich gefallen lassen!

Zu Rikas völligem Entsetzen verschwamm ihre Sicht; nicht, dass es im – beinahe – Finsteren viel ausgemacht hätte, aber wegen einer solchen … Lappalie … auch noch in Tränen auszubrechen …

Bevor der Gedanke zu Ende gedacht war, rann die salzige Flüssigkeit bereits über ihr Gesicht; sie biss auf ihre Hand, um ein Schluchzen zu unterdrücken, aber schon war abzusehen, dass das nicht lange gutgehen würde.

Also rannte sie los, weg vom zerfallenen Schober, wobei sie darauf bedacht war, in seiner Deckung zu bleiben. Um nichts in der Welt wollte sie jetzt und hier von diesen … von den … von Micael und der Wilden gesehen werden …

Trockene Blätter knirschten unter ihren Füßen, als die junge Frau durch den …

… Laubwald eilte; sie hörte die Hunde bellen, hörte, wie die schlanken Tiere immer näher kamen, aber sie wagte nicht, sich umzublicken: Jede Ablenkung, die sie sich gestattete, würde den Tieren zum Vorteil gereichen. Wenn nicht noch ein Wunder geschah, würden sich schon bald die kräftigen Kiefer in ihre Schenkel schlagen und sie zu Fall bringen. Und dann …

Die eisigen Finger der Angst umkrallten das heftig pochende Herz der jungen Frau; unwillkürlich griff sie an ihre Brust …

Und es war wahr, Rikas Herz klopfte bis zum Hals.

Bei allen Göttern, was geschah hier? Hatte das … das Ereignis sie nun auch noch wahnsinnig werden lassen? In jedem Fall war es ein denkbar schlechter Moment für einen Tagtraum … ganz besonders für einen schrecklichen Traum, den sie bereits einmal geträumt hatte.

»Ich will den Verstand nicht verlieren«, schluchzte Rika, während sie durch die Dunkelheit in die Richtung stolperte, in der sie das Lager vermutete. »Ich will nicht!«

Durch den Schleier aus Tränen hindurch schien ihr, als hätte sich die Landschaft verändert; auch war der vorhin noch klare Nachthimmel nun verhangen, und fast meinte sie, in der Entfernung leises Grollen zu hören … oder war es das Tosen des Flusses? Sollte sie sich in den paar Augenblicken, in denen das Los der Gefangenen des grausamen Gatten ihre Wahrnehmung vernebelt hatte, auch noch verlaufen haben? War sie vielleicht sogar viele Stunden im Gavenner Grenzland umhergeirrt, verwirrt und ohne Bewusstsein?

»Bitte nicht«, weinte sie. »Oh bitte, bitte nicht!«

Ein grelles Zucken am Horizont – Wetterleuchten? – erhellte für einen Augenblick die nun wirklich stockfinstere Nacht.

Da! Da vorne war der Fluss …

»Danke«, stieß Rika hervor und eilte in Richtung des Wasserlaufes. Zwar war weit und breit keine Brücke zu sehen, dafür ein kleiner Wasserfall – aber wenn sie einfach nur dem Flusslauf stromaufwärts folgte, würde sie über kurz oder lang wieder in die Nähe des Lagers kommen, und das Feuer würde ja hoffentlich weithin zu sehen sein …

Mit einem Ärmel wischte sie sich im Laufen die Tränen aus den Augen. Der Boden hier war uneben und unterschiedlich fest, ganz so, als habe es erst vor kurzem stark geregnet, oder als sickere das Wasser des Flusses in das umgebende Gelände. Jedenfalls sollte sie auf ihre Schritte achten, bevor sie unvermittelt im Morast versank.

Rika musste nicht weit gehen, als plötzlich jemand ihren Namen rief.

Erleichtert hielt sie an und sah sich um; in der trüben

Finsternis konnte sie jedoch nicht ausmachen, woher der Ruf gekommen war.

»Hier bin ich! Hier!«, schrie sie also und winkte; da brach ein Mondstrahl durch die schweren Wolken und beleuchtete für einen kurzen Moment eine hagere Silhouette auf dem offenem Feld …

… sollte diese Marter denn nie ein Ende nehmen? War sie der Gefangenschaft des lieblosen Mannes nicht schon einmal entflohen? Er wusste, dass sie ihn nicht liebte, wusste, dass sie ihm nun niemals auch nur einen Anflug von Respekt entgegenbringen würde … und dennoch setzte er alles daran, sie zu ängstigen, zu brechen und zu beherrschen. Sie konnte nur ahnen, welche Freude es dem hageren Mann zu bereiten schien, sie hilflos und entmutigt zu sehen – ihre Todesangst war ihm Seelennahrung.

»Deine Flucht ist vergebens«, verhöhnte er sie, als habe er sich Einblick in ihre Gedanken verschafft. »Du wirst meinen Hunden nicht entkommen. Sie werden dich hetzen, bis du vor Erschöpfung zusammenbrichst. Dann gehörst du mir!«

»Was willst du?«, schrie die junge Frau im roten Kleid. »Lass mich in Ruhe!«

Die Antwort war ein bitteres Auflachen …

… dann schlug der Fluss über Rika zusammen. Innerhalb weniger Augenblicke sogen ihre Kleider sich voll, und sie sank! Ihr Mund öffnete sich zum Schrei, aber sie schluckte bloß eiskaltes Wasser. Verzweifelt strampelte sie, um wieder nach oben zu gelangen; überall um sie herum brauste und toste das trübe Wasser, Äste und Steine trafen ihre Gliedmaßen, und sie fühlte, wie eine gewaltige Strömung sie mit sich fortriss …

»Hilfe!«, schrie Rika, als ihr Kopf an die Wasseroberfläche kam. Der Auftrieb währte allerdings nur einen kurzen Moment, dann zog das Gewicht der nassen Bekleidung sie auch schon wieder unter Wasser. In panischer Angst schlug das Mädchen um sich, denn …

… schon meinte sie, den heißen Atem der Tiere in ihrem Genick zu spüren.

»Ich will«, frohlockte ihr Gemahl, »mir nehmen, was mir zusteht … ob es dir nun gefällt oder nicht, denn DU BIST MEIN!«

Unwillkürlich ließ seine Wortwahl sie an das denken, was ihr der schöne Fremde in jenem intimen Moment am Fenster zugeflüstert hatte: ›Du bist mein, und wenn du nur willst, bin ich auch dein.‹

Das Verlangen, das bei der bloßen Erinnerung an den rätselhaften Augenblick in ihr aufstieg, war beinahe schmerzhaft.

»Ja, ich will«, stieß sie im Laufen hervor. »Ich will, dass …

… die Zangen eines Schraubstocks legten sich um ihren Leib. Rika wollte schreien, aber der letzte Rest von Luft war bereits aus ihren Lungen gedrückt; sie wollte treten und um sich schlagen, aber es fiel ihr unsäglich schwer. Immer langsamer wurden ihre Abwehrbewegungen, immer schwächer ihr Widerstand … dann wurde sie mit einem Ruck emporgezogen. Schmerzhaft schrammten ihre Beine über raues Gestein; die gavennische Nachtluft strömte kalt und stechend in ihre gepeinigten Lungen, und der Schraubstock öffnete sich.

Hustend fiel Rika mit dem Gesicht voran auf den feuchten Boden der Flussböschung; sie wollte ihrem Retter danken, aber anstatt freundlicher Worte brachte sie bloß ein gurgelndes Würgen hervor. Sie spürte, wie ihr jemand auf den Rücken schlug, merkte, dass ihr Kopf nach oben gezogen wurde, dann schoss ein Wasserstrahl aus ihrem Mund. Immer und immer wieder hustete und würgte sie, bis sie schließlich völlig entkräftet zusammensank.

»Rika«, rief eine Stimme, die ihr merkwürdig vertraut vorkam und die sie im Augenblick doch nicht zuordnen konnte. »Alles in Ordnung?«

»Nein«, hustete sie. »Ja. Habt Dank …«

Im nächsten Moment wurde sie auf den Rücken gewälzt, dann aufgesetzt und von kräftigen Armen gestützt.

Rikas Herzschlag raste, ihr Schädel pochte. Sie kniff die Augen zusammen, aber im Fast-Dunkel zu erkennen, wer sie festhielt, war beinahe unmöglich … dann jedoch verdichteten sich die undeutlichen Schemen zu einem nur mit dem Notwendigsten bekleideten, tropfnassen Vierarmigen, auf dessen blassem Gesicht im rötlichen Mondlicht Wassertropfen glänzten.

»Shoran«, japste sie.

»Der Stählernen Mutter Cerlune sei Dank, du lebst und bist bei dir!«

Der Soldat legte das obere Händepaar zusammen und beugte knapp den Kopf, um dann mit mildem Vorwurf in der Stimme fortzufahren: »Was machst du bloß für Sachen, Mädchen? Wieso hast du dich in den Fluss gestürzt?«

»Ich … ich habe … mich in den Fluss gestürzt?«

Fassungslos starrte Rika den Shathatoka an, der sich erst mit einer Hand Wassertropfen vom Kinn wischte und dann vorsichtig nickte.

»Erinnerst du dich denn nicht mehr daran?«

Sie schüttelte den Kopf.

»Nun«, fuhr er fort, »deine Schreie haben mich aufgeweckt, da wollte ich nachsehen, was los war. Als ich dich rief, stürztest du davon, als sei eine Horde Jixur hinter dir her. Du bist mit dem Kopf voran ins Wasser gesprungen. Es ging alles so schnell, dass ich kaum Zeit hatte, mein Kettenzeug abzuwerfen. Um ein Haar wärst du in die Turbinen geraten.«

»In die – was?«

Shoran deutete auf den nahen Wasserfall; er klang erschöpft. »Nicht auszudenken, was geschehen wäre, wenn du da hinabgespült worden wärst, Rika. Die Schaufelräder der Wasserkraftanlage hätten dich zermalmt.« Ihr verständnisloser Blick ließ ihn hinzufügen, »Ich werde es dir erklären … irgendwann. Jetzt möchte ich bloß nicht, dass du erfrierst.« Vorsichtig ließ er sie los und erhob sich. »Warte hier, ich besorge dir trockene Kleidung.«

»Nein!«

Verwundert legte der Shathatoka, der selbst in der kalten Nachtluft zitterte, den Kopf schief.

»Nein?«

»Lass mich … lass mich bitte nicht alleine.«

Unschlüssig starrte Shoran auf die völlig durchnässte Rika, die ihm die Arme flehend entgegenstreckte.

»Bitte, Shoran! Ich möchte nicht, dass … ich …« Aufsteigende Tränen drohten ihre Stimme zu ersticken. »Ich kann mich nicht an alles erinnern, was ich getan habe, nachdem … nachdem …« Sie wurde leiser, schluckte. »Wer weiß, vielleicht springe ich ja noch einmal in den Fluss.«

Er betrachtete ihr Gesicht aus besorgten, steingrauen Augen; seine Ohren waren aufmerksam nach vorne gerichtet, und die dunklen Zeichnungen auf seinen Wangen bildeten ein flaches ›V‹. Dann kniete er vor ihr nieder und legte vorsichtig das obere Armpaar auf ihre bebenden Schultern.

»Nachdem *was*, Rika? Was ist denn geschehen?«

»Nachdem …« Sie biss sich auf die Unterlippe, um die lästigen Tränen zurückzudrängen. »Micael …«

»Wegen dieses Kindskopfes wolltest du dich umbringen?«, unterbrach Shoran sie ungläubig.

Nein, wollte Rika schreien, *nein, ganz bestimmt nicht, mir ist völlig egal, was Micael tut*, aber schon rannen heiße Tränen des Zorns und der Enttäuschung über ihr Gesicht und machten ihr das Antworten unmöglich. Wieder hatte sie vor Augen, wie der blonde Junge unbeholfen das wilde Mädchen geküsst und ihr an die festen Schenkel gefasst hatte. Ein Schluchzen drang aus ihrer Kehle – dann schlang sie die zitternden Arme unvermittelt um Shoran und vergrub das Gesicht an seiner kalten Brust.

»Ist ja gut.« Zögerlich tätschelte er mit einer freien Hand Rikas nasses Haar, als hätte er es mit einem verängstigten kleinen Tier zu tun; seine Stimme klang verlegen. »Ist ja schon gut.«

Sie hob den Kopf und schüttelte ihn so vehement, dass der tropfnasse, eisige Zopf über ihrer Schulter zu liegen kam. Ihr Gesicht war tränenüberströmt.

»Nichts ist gut«, stieß sie hervor. »Überhaupt nichts ist gut, Shoran! Verstehst du denn nicht, dass ich mir selbst nicht mehr über den Weg traue?«

Der Shathatoka streckte wieder die Hand aus, um Rikas Kopf zu tätscheln, aber das Mädchen schlug sie wütend beiseite.

»Ich bin kein Hund«, fauchte sie und wischte sich mit

einem nassen Ärmel über die Augen. »Verstehst du wenigstens *das*?«

»Verzeih.« Shoran senkte den Kopf. »Es wird nicht wieder vorkommen.«

Und das ist gut so, wollte ihm Rika eigentlich entgegenschleudern. Aber was sie sagte, war »*Versuche* doch wenigstens, mich zu küssen, du Feigling.«

Roux, Südöstliches Gavenne

Sie erreichten die Stadtgrenzen von Roux am nächsten Tag ohne weitere Zwischenfälle, wenn man von Rikas Erkältung einmal absah. Schon auf dem Rückweg vom Fluss hatte ihre Nase gejuckt und gekribbelt; und heute … nun, obwohl an diesem Tag die Sonne schien und zumindest der Dachs sich seines Waffenrockes entledigt hatte, fror sie erbärmlich. Auch war sie sehr viel empfindlicher als sonst: Jedes Mal, wenn Sorley eine Unebenheit passierte, glaubte sie, ihr Rückgrat müsse zerbrechen oder ihr Schädel platzen.

Und schon musste sie wieder niesen.

»Gesundheit«, wünschte Shoran, der auf seiner namenlosen Stute neben Sorley her ritt.

»Danke.«

Ohne zu blinzeln betrachtete er Rikas wenig begeistertes Gesicht. »Geht es dir nicht gut, meine Süße?«

»Nein. Es geht mir nicht gut«, sagte sie. Das war die Wahrheit, aber ihre körperliche Verfassung war nicht der Hauptgrund.

Zum einen sorgte sich Rika wegen ihrer lebensgefährlichen Träume, und zum anderen war sie sich nicht sicher, ob sie in der letzten Nacht das Richtige getan hatte, auch wenn es ihr in dem Moment als das Naheliegendste auf der ganzen Welt erschienen war. Natürlich hatte Shoran nicht lange gefackelt und war Rikas Aufforderung, sie zu küssen, nachgekommen. Dass es bei dem einen Kuss nicht geblieben war, nun … was geschehen war, war geschehen, und um es zu bereuen, dazu war es jetzt zu spät. Sie schüttelte den schmerzenden Kopf, um die Zweifel zu vertreiben, und wieder kassierte sie einen besorgten Blick.

»Sollen wir die Pferde tauschen?«, schlug Shoran vor. »Mein Zossen schaukelt nicht so wie deiner. Das könnte helfen. Oder …« Er rümpfte die flache Nase. »Oder bist du immer noch sauer, weil der junge Herr Ivarssohn nicht mehr mit dir spricht?«

»Ich will nicht über Micael reden.« Rika rieb sich die pochenden Schläfen. »Bitte.«

»Na schön. Dann reden wir eben über etwas anderes, meine Süße. Wie gefällt es dir im wundersamen und zauberhaften Gavenne?«

Da musste Rika dann doch lächeln, trotz ihrer Erkältung und der Zweifel, die sie quälten. Sie sah zu dem Shathatoka auf; von seiner Besorgnis war nun nichts mehr zu sehen; stattdessen spielte das altbekannte Lächeln um seine Mundwinkel.

»Nun, ich habe es mir ein bisschen wundersamer und zauberhafter vorgestellt als … als das da.« Sie deutete auf die honigfarbenen Häuschen von Roux, die dicht gedrängt wie Waben an dem eindrucksvollen Berg klebten, den der Trupp schon bald erreicht haben würde. Roux war von einer Mauer umgeben, die nicht sonderlich wehrhaft aussah, sondern vielmehr so als solle sie verhindern, dass die Häuschen vom Berg abrutschten und ins Tal stürzten.

Sie zuckte mit den Achseln. »Ein Volk, das sich einen Namen durch üble Zauberei und die Beherrschung der Natur gemacht hat, sollte doch etwas … Unheimlicheres zustande bringen können als ausgerechnet Roux. Die Werkstätten, an denen wir heute früh vorbeigeritten sind – die mit den großen Schloten und den Wasserläufen, du weißt schon –, die sind für mich Gavenne. Aber Roux? Das scheint mir nicht viel anders zu sein als Dunlet oder Gres.«

»Nun, Hochthal-Stadt sieht ja auch nicht gerade aus wie eine Mördergrube«, zuckte Shoran grinsend mit den Achseln.

»Wie meinst du das?«

In diesem Augenblick erreichten die vordersten Reiter das Stadttor von Roux, und ein durchdringender Pfiff ertönte. »Alle Mann halt«, rief Bruno, gefolgt von: »Roter! Zu mir!«

»Oh. Tut mir leid, meine Süße«, grinste der Shathatoka erleichtert, presste die Absätze in die Flanken seine Pferdes und preschte nach vorne, wo ihn der Anführer des Suchtrupps schon ungeduldig erwartete.

»Dann gib mir eben keine Antwort«, grollte Rika und wandte ihre Aufmerksamkeit wieder der Stadt zu, die aus dieser Entfernung auch nicht sehr viel anders wirkte als Dunlet oder Gres … bis auf den Geruch.

Sie nieste.

Den Duft von Speisen und das zarte Prickeln von Sturmkraft hatte es auch in Hochthal-Stadt gegeben. Was ihr an Roux auffiel, war nicht etwa ein bestimmter Duft, sondern seine Abwesenheit. Dem Bukett der wenigen Städte, die das Mädchen besucht hatte, war ein schwacher bis aufdringlicher Geruch nach Exkrementen beigemengt gewesen, der hier fehlte.

Wieder begann es tief in Rikas Stirn zu kribbeln, als sie an einem der Laternenpfähle vorbeiritt, die die Straße zum Stadttor säumten. Ihre Niesattacke war diesmal besonders heftig.

»Gesundheit«, wünschte Gigue, die die ganze Zeit über ein Stück hinter Rika geritten war und nun aufgeholt hatte; das Mädchen runzelte erstaunt die kribbelnde Stirn.

»Diesen Brauch kennt man auch in Okenwall?«

»Natürlich kennt man den Brauch in Okenwall«, lachte die Frau mit den krausen Haaren und schnippte ein verirrtes Insekt von ihrem Lederpanzer. »Wir haben auch Feuer, Gas und Sturmkraft und wohnen nicht auf Bäumen.«

»So war es nicht gemeint.« Rika bemühte sich, den schmerzenden Kopf nicht allzu heftig zu schütteln. »Bruder Geon hat einmal erzählt, in einigen Gegenden gehöre sich nicht, jemandem Gesundheit zu wünschen, der offensichtlich krank ist. Und das verstehe ich nicht.« Sie zügelte Sorley, da sie die anderen erreicht hatte, die vor dem Torbogen aus rotem Sandstein darauf warteten, dass ihnen jemand öffnete.

Gigue zuckte mit den Achseln. »Man muss auch nicht alle Sitten und Gebräuche verstehen.« Sie strich sich die wuscheligen Haare aus dem Gesicht. »Wo warst du gestern Nacht eigentlich so lange? Ich habe auf dich gewartet, aber du bist nicht wiedergekommen … und heute früh hingen deine Kleider neben dem Feuer. Nass.«

Aha; daher wehte also der Wind. »Das geht dich nichts an, Gigue Gafellan.« Rikas Krächzen klang schroffer als beabsichtigt, und das lag nicht nur an den Halsschmerzen.

Gigue schien es ihr jedoch nicht übelzunehmen.

»Dein Wort in Leoduns schwarzem Ohr, Rika. Möge der

Mantel der Nacht deine kleinen Geheimnisse hüten. – Sieh da, es hat sich tatsächlich jemand gefunden, der sich nicht zu schade ist, um sich mit uns abzugeben.«

Ihr muskulöser Arm deutete auf den Mann in der weißen Tunika, der ihnen aus der kleinen Tür entgegentrat, die ins Stadttor eingelassen war.

»Er muss sich ja mit uns abgeben«, lächelte Rika, als sie den Adler auf seinem Waffenrock erkannte. »Er gehört zur Zweiten Armee, genau wie wir.«

Bruno sprang vom Rücken seines Pferdes, um leise mit dem Soldaten zu sprechen … zu leise für Rikas erkältete Ohren. Also hielt sie ihre Nase zu und blies. Ein stechender Schmerz, ein Knacken, und plötzlich klang die ganze Welt anders.

»Das ist zu schade«, hörte sie den Wachmann aus Roux gerade sagen. »Ich hatte gehofft, ihr wärt die Ablösung.« Grimmig schüttelte er den Kopf. »Der Baron scheint uns vergessen zu haben.«

»Das hat er bestimmt«, entgegnete Bruno, sein Tonfall halb scherzhaft, halb ernst. Dabei warf er Shoran einen scharfen Seitenblick zu, dessen eindeutige Aussage ›halt bloß den Mund‹ war.

»Verflucht«, ärgerte sich der Wachmann, aber Bruno ging nicht weiter auf das Thema ein.

»Es gibt also keine Hinweise auf böse zauberische Aktivitäten in Roux?«

»Nein. Hier läuft alles so, wie es immer läuft. Aber wenn du sichergehen willst, solltest du meinen Leutnant fragen.«

»Kenne ich deinen Leutnant? Wie heißt er denn?«

Der Wachmann kratzte sich an einer schlecht rasierten Wange. »Jorgen Wolfssohn.«

»Dann kennen wir uns nicht«, zuckte der junge Sattler die Schultern. »Richte ihm trotzdem einen schönen Gruß von Bruno aus. Wir werden in eurer Kaserne übernachten – rückt schon einmal zusammen. Jetzt öffne das Tor für uns.«

Damit war das Gespräch beendet. Bruno gab den anderen die Order, gleichfalls abzusteigen, und so führten sie ihre Pferde in die Stadt hinein.

Rika schwitzte stark, obwohl ihr kalt war. Die Menschen auf den Straßen von Roux, Männer wie Frauen, trugen zumeist dunkle, praktische Kleidung und kurzes Haar. Zumindest das war anders als in Dunlet oder Gres … und dass etliche der hiesigen Einwohner sie feindselig anstarrten. Bruno hatte erwähnt, dass diese Stadt im letzten Krieg von den Truppen der Königin beinahe vollständig zerstört worden war, aber von den Zerstörungen war kaum etwas zu bemerken. Die Häuser waren intakt und wirkten gemütlich, Ruinen konnte Rika nirgends sehen. Vielleicht hatte es ja mit ihrem angeschlagenen Zustand zu tun, vielleicht aber auch damit, dass die Rouxer gründliche und fleißige Leute waren. Für Letzteres sprach auch, dass die schmalen Straßen erstaunlich sauber waren: Es gab keinen Unrat und keine Abfälle in den Gassen, was das Fehlen des typischen Stadtgestanks erklärte.

Wieder warf ihr eine vorübergehende Bewohnerin misstrauische Blicke zu, und dieses Mal verursachte es Rika leichtes Unbehagen. Was ihr jedoch noch viel mehr Unbehagen bereitete, war, dass Argele die ganze Zeit über neben Bruno herschritt und leise auf ihn einredete.

»Die Kaserne«, erklärte Bruno, als sie schließlich vor einem zweistöckigen Gebäude im Stadtkern hielten, dessen fahler Putz es zwischen all den gelben Fassaden wie einen Fremdkörper wirken ließ.

»Gafellan, du suchst für uns hübsche Schlafplätze aus, damit Rika sich gleich ausruhen kann – sie hat die Erholung nötig. Dachs, Shoran, ihr kommt mit mir zum Sturmwerker-Gildehaus. Ivarssohn passt hier auf die Pferde auf, und wir beide«, er deutete mit dem Finger erst auf Argele, dann auf sich, »besprechen uns gleich.«

»Was?«, stieß Rika empört hervor. »Ich möchte aber auch mit zum ...«

Ein heftiger Hustenanfall unterbrach ihren Protest, und gleich war Shoran zur Stelle, um ihr sachte auf den Rücken zu klopfen. »Er hat Recht, meine Süße«, meinte er bedauernd. »Du solltest dich auskurieren. Vermutlich hast du auch morgen noch Gelegenheit, dir das Gildehaus anzusehen.«

»Aber ...«

»Keine Widerrede. Ich werde bei dir bleiben und aufpassen, dass du genügend Wasser trinkst.«

»Moment mal.« Bruno wischte mit einem Handrücken über sein verschwitztes Gesicht, und sogleich waren schmutzige Schlieren auf seiner Haut. »Habe ich nicht gerade gesagt, dass ich dich im Gildehaus brauche?«

»Nimm Herrn Ivarssohn mit.« Ein schiefes Lächeln verzerrte das glatte Gesicht des Shathatoka. »Der möchte sich die Gilde bestimmt gerne ansehen. Und wenn Gafellan unsere Schlafplätze gesichert hat, kann sie auch gleich auf die Pferde aufpassen.«

Micael nickte wie erwartet eifrig, dafür zuckte es ärgerlich in den sonst eher heiteren Zügen des jungen Sattlers.

Obwohl ihre Kopfschmerzen immer schlimmer wurden,

sah Rika ihm an, was gerade in ihm vorging: Sollte er sich hier vor den anderen auf eine Debatte mit dem Vierarmigen einlassen, bei der er mit Sicherheit den Kürzeren ziehen würde? Dass Shoran trotz gegenteiliger Beteuerungen Befehle nur dann befolgte, wenn es ihm in den Kram passte, durfte inzwischen allen Mitgliedern der Truppe klar sein. Der Einzige, der ihn wirklich im Griff zu haben schien, war der Schlosser, und der war nun einmal nicht anwesend …

Bruno warf die Hände in die Luft und rollte mit den Augen.

»Na gut, dann machen wir es so. Aber du wirst dich zurückhalten, Ivarssohn, und mich sprechen lassen, ist das klar?«

»Äh … ja«, entgegnete Micael verblüfft und erfreut zugleich. »Ja, natürlich.«

»Dann lasst uns beginnen. Wir sind nicht zum Vergnügen hier.«

Was war das? Was hat da gequietscht?

Im ersten Augenblick wusste Rika nicht, wo sie sich befand. Auch konnte sie das Geräusch nicht zuordnen, das sie geweckt hatte …

Sie blinzelte. Der Geruch nach Stroh … die raue Matratze … das goldfarbene Licht der Straßenlaterne, das durch das Fenster hineinschien …

Oh ja, die Kaserne. Gigue hat die Kammer der Köche für mich freigeräumt.

Ächzend setzte sie sich in dem abgenutzten Armeebett auf und lehnte sich an die Wand; der Schatten des Fensterkreuzes fiel über die schäbige Wolldecke und teilte sie scheinbar in unterschiedlich große Stücke. Dem Licht nach zu urteilen hatte Rika lange geschlafen ... es musste mindestens später Abend wenn nicht sogar schon Nacht sein.

Sie gähnte und reckte sich; der Schlaf hatte ihr gutgetan. Ihr Schädel pochte nicht mehr so schlimm, und sie vermochte ihre Augen weiter zu öffnen als den ganzen vergangenen Rest des Tages über.

Da! Schon wieder das merkwürdige Quietschen ...

»Es ist bloß dieses Bett«, grinste Shoran sie kopfüber an; dann verschwand sein Kopf wieder, und der ganze Shathatoka kletterte vom oberen Teil des doppelstöckigen Kasernenbettes herab, um ihr einen Kuss auf die Stirn zu geben. Dann zog er einen Schemel heran und ließ sich darauf nieder.

»Hast du gut geschlafen, meine Süße?«

»Ja. Bestens.« Rika schüttelte leicht den Kopf, aber das gefürchtete Schwappen blieb aus. »Es würde mir vermutlich noch viel bessergehen, wenn du mich nicht ständig ›meine Süße‹ nennen würdest.«

»Ganz wie du willst, Rika Robertstochter. – Hier, trink.« Er reichte ihr einen Becher mit Wasser, an dem sie vorsichtig nippte. »Ich wette, du möchtest wissen, was Bruno im Gildehaus der Sturmwerker erreicht hat? Ich werde es dir verraten.« Breit grinsend stützte Shoran sein Gesicht in eine Hand. »Ich hatte natürlich wie immer Recht, es gibt keine Sturmzwinger in Roux. Aber Brunos Liebreiz und sein gavennischer Zungenschlag haben den Gildenmeister von der Dringlichkeit unserer Suche überzeugt, und jetzt haben wir den Namen einer Frau, die bis zum Krieg als

Entdeckerin für die Sturmwerkergilde tätig war. Heute lebt sie in einem Kloster der Cyn nicht weit von Roux.«

»Ehrlich?«, fragte Rika, die nicht ganz nachvollziehen konnte, was Shoran ihr damit sagen wollte … aber seinem Gesichtsausdruck nach war es eine äußerst positive Nachricht. »Und das ist gut?«

»Das hoffe ich doch. Wir werden dieser Frau morgen früh einen Besuch abstatten und herausfinden, ob sie von einem übrig gebliebenen Günstling Aeledds weiß – außerdem dachte ich, du würdest dich darüber freuen, wieder einmal ein Kloster der Cyn von innen zu sehen.«

»Heißt das, ich komme mit?«, staunte sie, und er nickte lächelnd.

»Natürlich – sagtest du nicht gerade, es ginge dir besser? Außerdem bist du doch unsere Glücksbringerin.« Mit einer knappen Geste verlangte er nach dem Becher, um ihn aus einem Krug aufzufüllen und dem Mädchen wieder zu reichen. »Es bedeutet allerdings auch, dass aus deinem Abstecher ins Gildehaus leider nichts werden wird.«

»Ich werde darüber hinwegkommen, denke ich.« Vorsichtig rutschte Rika an der Wand hinab, um sich wieder hinzulegen; dann verkrampfte sich plötzlich ihr Magen.

Ich werde darüber hinwegkommen.

Wieso sehe ich bloß ständig Micaels dummes Gesicht vor mir, wenn ich es am allerwenigsten gebrauchen kann?

Sie biss auf ihre Unterlippe und sah zu Shoran auf, der gerade aufstehen wollte.

»Was … was ist mit dem wilden Mädchen? Sie bleibt doch hier in Roux, nicht wahr?«

»Nein, sie kommt mit uns.«

»Was?« Um ein Haar hätte Rika senkrecht im Feldbett

gestanden, so schnell schoss sie hoch. Natürlich begann bei der schnellen Bewegung ihr Schädel wieder zu pochen. »Das ist hoffentlich ein Scherz!«

»Nun … nein. Sie möchte nicht hierbleiben, da sie glaubt, dass ihr Vater sie in Gres erwartet.«

Rikas Hände griffen an den schmerzenden Schädel. »Das fällt ihr ja früh ein«, grollte sie, was den Vierarmigen dazu brachte, den Kopf fragend schief zu legen.

»Was ist los, meine Süße? Gibt es ein Problem?«

Sie zögerte einen Moment lang, dann aber entschied sie sich dafür, ihre Beobachtung für sich zu behalten. Das, was sich in der letzten Nacht zwischen Micael und Argele abgespielt hatte, ging niemanden etwas an – am allerwenigsten Shoran.

Also schüttelte sie sachte den Kopf und sank wieder auf die Matratze zurück.

»Nein«, murmelte sie und zog die schäbige Decke hoch bis zum Kinn. »Gute Nacht, mein Freund.«

Auch wenn sie sich selbst dafür hasste, so wollte ihr das Wörtchen ›Liebster‹ doch einfach nicht über die Zunge kommen.

Kloster TriVares, Rouxer Land

Dass TriVares nicht von Anbeginn an ein Kloster der Cyn gewesen war, vermutete Rika bereits, als sie es nach dem Passieren eines Hügels zum ersten Mal zu Gesicht bekam. Mit den abgerundeten Formen und zarten, doch lebhaften Farben, die die Herrin der Erde so liebte und zumindest den Geschichten nach gerne um sich haben wollte, konnten die flachen, finsteren Gebäude nicht aufwarten. Wenigstens umgab sie ein ausgedehnter Obstgarten …

Als der Trupp den Weg zwischen den üppigen Bäumen einschlug, hörte sie Micael spöttisch fragen, ob man all die Mühe, die jemand in das Unterfangen gesteckt haben musste – nämlich der kargen Landschaft solch prächtiges Obst abzuringen – nicht auch für etwas Nützliches hätte verwenden können.

Rika hätte ihm gerne mit einer schnippischen Bemerkung geantwortet, damit aber vermutlich bloß einen Streit ausgelöst. Zudem musste sie ihre Stimme schonen: Zwar waren die Schmerzen des Vortages größtenteils abgeklungen, aber ihr Hals fühlte sich geschwollen an, und das Sprechen bereitete ihr zunehmend Schwierigkeiten.

Nun, da sie direkt vor dem Eingang des Haupthauses standen, sah Rika, dass sie mit ihrer Vermutung Recht gehabt hatte.

Über dem Eingang ließen sich – von grauer Farbe übertüncht – im rosigen Licht der Morgensonne schwach die Worte ›Vherc‹ und ›Fila‹ ausmachen.

Bruno musste die Gruppe nicht durch lautstarkes Rufen ankündigen; kaum war der letzte von ihnen aus dem Sattel gesprungen, kam ihnen bereits ein älterer Mann mit wallendem grauen Haar und mächtigem Vollbart entgegen. Er trug ähnliche Kleidung wie Bruder Geon sie getragen hatte, was Rika ein unwillkürliches Lächeln entlockte; im Gegensatz zu Geon war allerdings auch sein Blick nicht minder misstrauisch als der der Bewohner von Roux.

Bruno schien die Bedenken des Mannes jedoch gleich zu zerstreuen, indem er ihn mit einem freundlichen *›Un di deboneux‹* begrüßte.

»*Avos*. Diese Worte hört man heutzutage selten«, strahlte der Bärtige und fügte mit einer einladenden Handbewegung hinzu, »Tretet doch ein. Gäste sind uns immer willkommen.«

»Dachs, Gafellan … ihr bleibt hier und passt auf die Pferde auf«, wies Bruno seine Leute an; der Bärtige zog eine dichte Braue hoch.

»Kommt doch alle mit hinein. Niemand wird hier eure Pferde stehlen; die Leute haben Respekt vor den Gärten der Cyn.«

»Die Leute vielleicht«, grinste Bruno, »die Pferde niemals. Ich möchte nicht, dass sie all eure Äpfel fressen.«

»Das sehe ich ein«, lachte der Cyn-Bruder. »Was kann ich für euch tun? Wir bekommen nur selten Besuch von der Armee der Königin. Seid ihr hungrig?«

Beinahe hätte Rika ›ja‹ gerufen, als sie an die Verpflegung im Kloster Cornel zurück dachte. Aber sie hatten heute früh leider schon in der Kaserne gegessen; zumindest hoffte Rika, dass die grauenhafte Pampe, die Micael seltsamerweise hervorragend geschmeckt hatte, nahrhaft gewesen war.

»Das ist zu gütig von Euch, aber wir sind eigentlich gekommen, um Mirielle zu sehen.«

»Mirielle?« Schlagartig wich die Heiterkeit aus den rosigen Gesichtszügen des Cyn-Bruders. »Was wollt ihr von ihr?«

»Danke, Fison«, ertönte da eine scharfe Stimme aus dem Inneren des Haupthauses. »Bring meine Gäste bitte zu mir.«

»Ich muss schon sagen, ich bin ein wenig erstaunt darüber, uniformierten Besuch zu bekommen.« Fein lächelnd griff die alte Dame mit dem kurzen weißen Haar und den tiefgrünen Augen nach einem der Gebäckstücke auf der hölzernen Platte und sah dann in die Runde; auf unbequemen Schemeln saßen Rika, Shoran, Bruno und Micael der Schwester der Cyn in einer Reihe gegenüber. Argele war von Bruder Fison gleich zu einer anderen Schwester geschickt worden, die ihr Bein versorgen und das Mädchen mit neuer oder zumindest nicht zerrissener Kleidung ausstatten sollte.

In TriVares roch es nach warmem Tee, nach Kuchen und Gebäck, und Rika fühlte sich beinahe wie zu Hause … oder vielmehr, wie in Cornel, wo sie so viele schöne Sommer verbracht hatte. Auch wenn dieses Gebäude kein helles Gemäuer, keine hohen Wandelgänge und lehrreichen Gemälde besaß, auch wenn es nicht von sorgfältig kultivierten Kräutergärtchen umgeben war, so glaubte

Rika die Gegenwart der Herrin der Erde doch deutlich zu spüren.

Ein Grund dafür mochte auch das kleine Tischchen direkt neben ihr sein, auf dessen polierter Oberfläche eine aus hellem Stein geschnittene Statuette der Herrin der Erde stand; mit ausgebreiteten Armen und nach oben gerichteten Handflächen schien die Göttin Rika zuzulächeln. Neben ihr standen andere, kleinere Figuren: Da war eine Miniatur des imposanten Leodun, teils hell, teils dunkel; neben ihm ruhte die liebliche Sae auf einer mit Perlen besetzten Miniaturliege, und dahinter erhob sich eine Statuette des Aeledd, dessen langes Haar aus goldenen Drähten gefertigt war.

Die Figur von Vherc dem Gründer war aus Kupfer und Glas gestaltet, und sogar seine beiden Gesichter, das gute und das finstere Antlitz, waren deutlich zu erkennen. Das zarte, vierarmige Figürchen direkt dahinter bestand ebenfalls aus Metall und Glas; wie der Gründer verfügte auch die abgebildete Frau über zwei unterschiedliche Gesichter. Das musste Cerlune sein, die Vherc mit Hilfe der anderen Götter geschaffen hatte; in Cornel hatte Rika zwar eine Zeichnung der Stählernen Mutter der Vierarmigen gesehen, aber dies war die erste Plastik, die ihr zu Gesicht kam. Sie war sehr hübsch und wirkte so … unschuldig …

Als Rika ihren Blick endlich von den Figürchen losreißen konnte und wieder aufsah, warf Micael gerade einen sehnsüchtigen Blick auf die Platte mit dem Gebäck, die für ihn als Einzigen im Sitzen unerreichbar war.

Bruno warf der Gastgeberin sein gewinnendes, jungenhaftes Lächeln zu, für das er bekannt war.

»Ich nehme an, Schwester Mirielle, die Erinnerungen an vergangene Besuche des Militärs sind nicht unbedingt gute?«

»So ist es, junger Mann«, entgegnete Mirielle. »Aber Cyn sei Dank liegt das alles schon sehr lange zurück. Daher wundert mich schon, dass du mit deinen Soldaten hergekommen bist.« Sie griff nach einem weiteren Stück Gebäck und biss davon ab. »Möchte Königin Elane das Land nach all den Jahren wieder einmal mit meiner Hilfe von Quellen großer Gefahr säubern?«

»Moment mal.« Ruckartig setzte sich Shoran neben Rika auf; Bruno wedelte erschrocken mit den Händen, aber das konnte den Vierarmigen nicht davon abhalten, fortzufahren. »Soll das heißen, *du* warst für die Hinrichtungen nach dem Krieg verantwortlich?«

»Verantwortlich? Wohl kaum«, entgegnete Mirielle. Ihr Gesicht wirkte offen und freundlich, aber in ihrer klaren Stimme lag eine gewisse Härte. »Ich habe lediglich getan, was die Soldaten von mir verlangten und diejenigen Magier ausfindig gemacht, die stark waren.«

»Schön für dich.« Shoran schob ruckartig den Schemel nach hinten und erhob sich; wütend starrte er Bruno an. »Ich warte dann draußen.«

»Setze dich wieder hin«, befahl die Alte mit schneidender Stimme.

Erstaunlicherweise kam der Shathatoka dem Befehl augenblicklich und ohne Widerspruch nach.

»Danke«, lächelte Mirielle sanft. »Du musst nicht glauben, dass es mir Vergnügen bereitet hat, Kind der Cerlune. Zwar gefährdete das Geschenk, das die Herrin der Erde mir gemacht hat, niemandes Leib und Leben, aber ich war für die Sturmwerker tätig und wurde von Elanes Soldaten mit dem Tode bedroht. Damals war ich noch der Ansicht, dass das Leben – mein Leben! – mein wertvollster Besitz sei, und so tat ich alles Erdenkliche, um es zu retten. – Nun denn. Wenn ihr nicht im Auftrag der Königin hier seid … was führt euch dann zu mir?« Wieder blickte die alte Frau in die Runde, wobei ihr Blick an Shoran hängenblieb, der ihn trotzig erwiderte.

Bruno spreizte die Finger.

»Schwester Mirielle, ich will mich kurzfassen.« In knappen Worten schilderte der junge Sattler die Katastrophe, die der Grenzlandfestung widerfahren war und die Gres kurz bevorstand, und er deutete an, dass Rika durch einen Zufall ein Lager mit Kriegsautomaten entdeckt hatte.

Mirielles grüne Augen richteten sich auf das Mädchen, das sich verstohlen mit einem Tuch die laufende Nase abgewischt hatte.

»So etwas wie Zufall gibt es nicht«, die Cyn-Priesterin schüttelte leicht den Kopf.

Bruno zuckte die Achseln.

»Sei es wie es mag, Schwester Mirielle, unser Kommandant ist der Überzeugung, dass wir die Hilfe eines erfahrenen Sturmzwingers benötigen, um die Gefahr aus der Hochebene zu bannen.«

»Und Meister Mahet von Roux hat euch daraufhin meinen Namen genannt?« Mirielle verspeiste einen weiteren Keks. »Ich fürchte, dass auch ich dich enttäuschen muss, junger Mann, denn den letzten von Sturmwerkern ausgebildeten Günstling des Aeledd habe ich kurz nach dem Krieg gesehen … bei seiner Hinrichtung in Hochthal. Mit Namen oder Anschriften kann ich euch daher leider nicht dienen. Cyn hat mir lediglich die Gabe verliehen, die zu erkennen, die von den Göttern oder der Urmutter gesegnet wurden …«

»So wie Shoran«, krächzte Rika aus einer plötzlichen Eingebung heraus und bohrte ihrem Sitznachbarn ihren Zeigefinger in den Arm. Aufgeregt rutschte sie auf der Sitzfläche des Schemels herum. »Ich habe von Anfang an vermutet, dass er ein Ma… ein Arma… ein Kriegsmagier ist. Ich habe es ihm sogar direkt ins Gesicht gesagt, und …«, sie unterbrach sich, um zu husten, »… und obwohl er es nicht zugegeben hat, hat er es auch *niemals* bestritten. Sagtest du nicht, es gebe keinen Zufall?«

Triumphierend sah sie den völlig überraschten Shoran an, der ihrem herausfordernden Blick einen Augenblick lang standhielt. Er wollte wohl etwas erwidern, überlegte es sich dann jedoch anders und richtete seine Augen auf die niedrige Decke des Raumes. Seine Wangen färbten sich aschrosa.

»Der?«, stieß Micael entgeistert hervor; auch sein Gesicht nahm mit einem Mal eine bedenklich rote Färbung an. »Ich wusste schon immer, dass er ein Halunke ist!«

»Raus hier. Alle raus! Du solltest deine Soldaten besser schleifen, Sattler!«

Die zierliche Alte war behände aufgesprungen, eine stolze Leistung für eine Greisin. Mit einer herrischen Geste bedeutete sie den Anwesenden, ihr Zimmer zu verlassen, und wieder wirkte ihre natürliche Autorität. Brav verließen die Soldaten den Raum. Als allerdings auch Rika sich zum Gehen anschickte, legte Mirielle ihre faltige Hand auf ihre Schulter.

»Nein, Kind. Du bleibst hier. Schließe die Türe.« In ihrer

Stimme schwang milde Kritik mit, als sie fragte: »Was sollte das?«

»Ich ... ich wollte doch nur ...«, stammelte Rika, der nun ebenfalls das Blut ins Gesicht schoss. »Ich wollte doch nur helfen, Schwester Mirielle. Ich meine, wenn Shoran ein Sturmzwinger ist ...«

»Meinst du nicht, dass er sich in diesem Fall geäußert hätte, bevor ihr den langen Weg hierher angetreten hättet?«, wollte die Alte wissen. »Nein, meine Kleine. Dieser Junge ist kein Sturmzwinger. Ein wahres Kind der Cerlune zwar ...«

»Er ist also wirklich ein Magier? Ich hatte es nur vermutet«, krächzte Rika.

Die Alte lächelte schwach. »Was du vermutet hast, Kind, kann ich sehen. Alle Sterblichen, die die Gnade der Götter erfahren haben, tragen ein Zeichen ...«

»Ja, das weiß ich!« Begeistert begann Rika an ihren Fingern abzuzählen, was sie im Kloster gelernt hatte: »Vherc zeichnet mit Feuer, Aeledd mit edlem Metall, Saes Gunst ...«

»Halt, Kind. Halt.« Mirielle hielt eine runzlige Hand hoch, um Rikas Redefluss zu stoppen. »Darüber musst du mich nicht belehren. Auch wenn es mich freut, dass du dich so sehr mit den wahren Herren und Herrinnen der Welt beschäftigst.« Sie nickte anerkennend. »Aber all das ist Theorie, nicht mehr. Die äußeren Zeichen der Gnade sind nur selten eindeutig. Nicht jeder, der goldblondes Haar hat, ist ein Sturmzwinger, und nicht jede Frau mit grünen Augen«, sie lächelte schief, »ist eine Schwester der Cyn. Ebenso hat heutzutage kaum einer von denen, die farbige Zeichen im Gesicht tragen, diese auch von Cerlune empfangen … meistens war doch ein Farbstecher im Spiel.« Ihr Lächeln wurde wärmer. »Ich bin eine Seherin, Kind. Oftmals können Seher erkennen, was an einem entfernten Ort oder zu einer anderen Zeit geschieht; ich aber nehme die inneren, für das bloße Auge nicht sichtbaren Zeichen der Götter wahr.«

Rika schluckte; es war nicht mehr so schmerzhaft, aber wegen des entzündeten Halses dennoch schwierig.

»Aber wenn Shoran kein Sturmzwinger ist … was ist er dann?«

Mirielle zog eine weiße Braue hoch.

»Wieso sollte ich es ausgerechnet dir sagen? Frag den Jungen doch selber.«

»Er wird mir aber vermutlich keine Antwort geben wollen.«

»Dann solltest du netter fragen, Kind, und in Zukunft vielleicht darauf verzichten, deine … *Freunde* vor den Kopf zu stoßen.« Schwester Mirielle seufzte leise, dann verengten sich ihre Pupillen. »Weißt du eigentlich, dass du wunderschöne goldene Augen hast?«

»Sie sind bernsteinfarben«, krächzte Rika; die Alte aber schüttelte leise lachend den Kopf.

»Ihre Farbe ist klar und ohne Einschlüsse. Zudem passen sie sehr gut zu deinem bronzefarbenen Haar.«

»Shoran! Shoran!«

Als Rika den Shathatoka nicht beim ratlos wirkenden Rest des Trupps entdecken konnte, der im Gemeinschaftsraum des Gebäudes von Bruder Fison mit Tee und Gebäck versorgt wurde, eilte sie hinaus ins Freie. Am eben noch klaren Himmel waren graue Wolken aufgezogen, die Gigue Gafellan misstrauisch beäugte.

»Gigue! Wo ist Shoran?«

Die Söldnerin deutete wortlos in Richtung der Apfelbäume, die rechts neben dem Gebäude standen, und so rannte Rika zum Hain, wo Shoran zwischen den Baumreihen hin und her stapfte; in jeder Hand hielt er einen Apfel, von denen er im Wechsel abbiss.

»Shoran«, rief sie mit zittriger Stimme, und er drehte sich um. Keuchend hielt Rika an.

»Hör zu, ich …«

»Hör du mir zu«, unterbrach er sie und warf einen der angebissenen Äpfel mit Wucht gegen einen Baumstamm, an dem er zerbarst. »Was, bei allen fast verbotenen Göttern, hat dich gestochen? Was hast du mit … mit dieser *Vorführung* bezweckt?«

»Shoran, das ist jetzt nicht wichtig. Bitte hör zu …«

»Das ist nicht wichtig?«

Die großen Augen des Shathatoka blinzelten ungläubig. Für einen Augenblick meinte Rika, eine unglaubliche Wut in den grauen Pupillen aufflackern zu sehen, dann aber blickte er unvermittelt zu Boden. Er ließ Schultern und Arme hängen.

»Deine Vermutung war zutreffend, Rika. Die Stählerne Mutter hat mich gesegnet.« Shoran lachte bitter auf. »Deine Klosterbrüder haben dir sicherlich beigebracht, dass Cerlune in Hiranya nicht umsonst die Schelmin genannt wird, nicht wahr? Manchen ihrer Kinder verleiht sie völlig unnütze Gaben, anderen absurde. Mit Metall heilen … in unsichtbarem Zustand mit Tieren sprechen … das alles und noch viel mehr ist möglich.« Er seufzte tief und warf den Kopf in den Nacken. »Wieder andere ihrer Gaben sind hochgefährlich … wie die, die ich erhalten habe. Du hast dich doch gefragt, wie ich den Jixur entkommen bin, erinnerst du dich noch?«

Rika nickte stumm.

»Ich kann ein Gemisch aus Feuer und Luft erschaffen; Kontrolle habe ich darüber jedoch kaum. Zu einer anderen Zeit wäre ich sicherlich ein *Armasa Shura* geworden, Rika, aber Zerstörer durfte sich nur nennen, wer an der Akademie von Skanda gelernt hatte, seine Gaben zu beherrschen, und die Tore der Akademie waren bereits vor meiner Geburt versiegelt. Nicht, dass ich Hiranya jemals zu Gesicht bekommen hätte.« Sein Kettenhemd klirrte, als er leicht mit den Achseln zuckte. »Meine Eltern waren zu der Zeit bereits geflohen. Schon als sich abzeichnete, dass das Goldene Land gegen die Thäler unterliegen würde, hatten sie sich dafür entschieden, ihre alte Heimat gegen ein Land einzutauschen, in dem man nicht für etwas verfolgt werden würde, an dem man keine Schuld hatte.«

Die Augen des Shathatoka richteten sich auf das angespannte, sommersprossige Gesicht der jungen Frau. »Ich habe niemals eine Ausbildung erhalten und kann meine Gabe nur dann nutzen, wenn keiner in der Nähe ist, den ich nicht verletzen möchte. Das ist großartig, nicht wahr? Diese Gunst habe ich mir nicht erbeten, aber nichtsdestotrotz steht darauf das Schafott! – So, Rika … jetzt weißt du mehr über mich als irgendjemand sonst … außer vielleicht dem Schlosser.« Wieder schleuderte er einen Apfel gegen einen Baumstamm; ein Teil des Kerngehäuses prallte gegen Rikas Bein.

»Shoran, hör mir zu.« Kurz entschlossen packte sie ihn

an den Handgelenken des unteren Armpaares. »Du fürchtest, den Kopf wegen etwas zu verlieren, für das du nichts kannst? Dann steigen wir eben gemeinsam aufs Schafott, denn ich … ich bin genauso … verbrecherisch wie du.« Wieder musste sie schlucken, damit ihre Stimme nicht vollends versagte. »Sieh mich an, Shoran. Ich habe … ich habe goldene Augen und bronzefarbenes Haar. Wenn ich besonders aufgewühlt bin, türmen sich Wolken am Himmel auf … so wie vorhin.« Ihre Augen bewegten sich nach oben; die Wolken waren bereits wieder dabei, sich zu zerstreuen. »Schwester Mirielle sagte, dass es so etwas wie Zufall nicht gäbe, und ich … ich habe keine andere Wahl, als ihr zu glauben. Nicht der Zufall hat mich die Automaten entdecken lassen. Nicht der Zufall hat uns hierhergeführt, sondern der Herr der Stürme, Aeledd. Er war es, den ich in meinen … meinen Träumen gesehen habe.« Immer noch fassungslos schüttelte sie den Kopf, und tatsächlich gelang es diesmal einer Locke, sich aus dem straffen Zopf zu lösen. Rika pustete sie aus ihrem Gesicht. »Ich wollte es Schwester Mirielle zuerst nicht glauben, aber sie hat es mir bewiesen …«

»Du konntest die Kontakte eines Sturmkubus berühren, ohne Verbrennungen zu erleiden?«, schlug Shoran beinahe spöttisch vor.

»Woher weißt du das? – Shoran, zu einer anderen Zeit wäre *ich* vermutlich eine Sturmzwingerin geworden, aber genau wie bei dir gibt es auch für mich niemanden mehr, der mich ausbilden könnte … also müssen Joseph und die Zweite Armee mit mir vorliebnehmen, so wie ich bin.«

Einen scheinbar endlosen Augenblick lang schwieg der Soldat, während es in seinem Gesicht arbeitete. Dann räusperte er sich. »Das ist großartig«, erklärte er, aber der freudlose Tonfall seiner Stimme wollte nicht so recht zu seinen Worten passen.

Rika ließ den Kopf sinken.

»Ich weiß … es ist nicht das Ergebnis, das wir uns erhofft haben, und ich habe nicht die geringste Ahnung, wie ich versuchen soll, Stürme *willentlich* herbeizurufen, aber …«

»Das ist es nicht, meine Süße.« Wieder flatterten Shorans Lider, und erst da sah Rika, dass seine steingrauen Augen feucht geworden waren.

»Dein … dein *Herr* ist nicht nur aufbrausend, er ist auch sehr besitzergreifend. Einen Nebenbuhler wird er wohl kaum dulden.«

Hochland, Niemandsland zwischen Gavenne, Hochthal und Craiglin, nahe der Grenze zu Hochthal

Während ihrer Rückreise nach Gres hatte Rika viel Zeit zum Nachdenken. Die Sonne strahlte, ihre Erkältung ging zurück, und es fiel ihr inzwischen sehr viel leichter, klare Gedanken zu fassen als noch ein paar Stunden zuvor. Außerdem wollte sie Shoran lieber in Ruhe lassen.

Im Nachhinein betrachtet war es abscheulich von ihr gewesen, ihn vor den anderen Soldaten bloßzustellen; dass aber ihre Eröffnung, ein Günstling des Aeledd zu sein, den Shathatoka so tief treffen würde … damit hatte sie nun doch nicht gerechnet.

Auch von den anderen fand mit einem Mal kaum noch jemand die Muße, sich mit ihr zu unterhalten. Der Dachs sprach sowieso nicht viel, und dass Gigue Gafellan reichlich beschäftigt tat, sobald sie sich ihr näherte, tat ihr auch nicht wirklich weh.

Micael jedoch …

Rika seufzte. Sein Zorn war leichter zu ertragen gewesen als das abgrundtiefe Entsetzen, mit dem er sie nun anstarrte … ganz so, als bereue er, ihr um ein Haar zu nahegekommen zu sein.

Wenigstens die Reaktion des Sattlers war erfrischend

nüchtern ausgefallen. »Fein«, hatte er gesagt und in die Hände geklatscht. »Auf die Pferde, Leute, und zurück nach Gres. Wir haben, was wir wollten!«

Die Bewohner von Kloster TriVares hatten sich beinahe überschlagen, um Bruno und seinen Leuten die Satteltaschen mit Obst, Trinkschläuchen und Dörrfleisch vollzustopfen; fast sah es so aus, als hätten sie es sehr eilig, die Soldaten loszuwerden.

So mussten sie nicht nach Roux zurückkehren, sondern konnten den direkten Weg nach Gres einschlagen. Die Strecken schenkten einander zwar nicht viel, aber der holperige Weg, der von TriVares wegführte, war von dürren Wäldchen gesäumt, und das gelbliche Blattwerk schützte die Reiter zumindest ein wenig vor der sengenden Mittagssonne.

Brunos breiter Gaul hielt plötzlich an; der Soldat bedeutete dem Dachs durch Winken, weiterzureiten, dann ließ er den ganzen berittenen Trupp einschließlich Argele an sich vorüberziehen. Erst als es auf einer Höhe mit Sorley war, setzte sich das Tier wieder in Bewegung.

Bruno strahlte Rika an; irgendwie schienen die Finger des Sattlers eine ganz besondere Anziehungskraft auf Schmutz zu haben, und sie fanden auch immer wieder ihren Weg in sein Gesicht.

Seine braunen Augen funkelten fröhlich.

»Sind drei Tage Regenwetter angekündigt, oder weswegen schaust du so besorgt drein?«

»Ich? Ich schaue nicht besorgt drein«, wehrte sich die junge Frau. »Ich denke bloß nach.«

»Worüber denn?«

»Nun … darüber, wie ich Sturmkraft in unsere Automaten hineinbekommen könnte, und all solche Dinge.« Sie hustete leicht. »Sag mal ... du als Soldat kennst dich doch sicherlich mit Kriegsgeschichte aus, Bruno. Wann wurde die Akademie von Skanda eigentlich versiegelt?«

»Die Akademie von Skanda?« Nachdenklich rieb sich Bruno die Nase. »Hm, ich glaube, das war kurz nach dem Krieg. Wenn du es aber genau wissen möchtest, solltest du den jungen Ivarssohn fragen, der kennt sich mit solchen Sachen besser aus als ich. – Wieso? Hoffst du, dort noch einen Ausbilder zu finden?«

»Ja, so ... so ungefähr«, meinte Rika gedehnt.

»Der Gedanke ist an sich nicht schlecht, Fräulein, aber erstens wird dort nichts mehr gelehrt, und zweitens ist Hiranya viel zu weit weg. Zeit für einen solchen Umweg haben wir leider nicht. – Wir müssen uns wirklich beeilen.«

Damit bohrte er seinem Pferd die Absätze seiner Stiefel hart in die Flanken, und das Tier verfiel in einen leichten Galopp.

Zurück blieb eine ratlose Rika.

Die Akademie wurde kurz nach dem Krieg geschlossen? Das ist kaum möglich, dann wäre ...

Nein, Micael konnte sie unmöglich fragen, denn sie wollte an diesem Tag nicht noch einmal mit der kaum unterdrückten Furcht ihres einstigen Freundes konfrontiert werden.

Also blieb ihr nichts weiter übrig, als Shoran selbst zu fragen.

Sie verlagerte ihr Gewicht und brachte Sorley so dazu, zu der riesigen Stute des Vierarmigen aufzuschließen, der sie zunächst mit einem vorsichtigen Blick bedachte. Gleich darauf kräuselten sich jedoch seine Mundwinkel.

»Ah, endlich wieder unter Verbrechern«, lächelte er; schlechte Laune hielt bei ihm ganz offensichtlich nie allzu lange an.

Rika tätschelte Sorleys struppigen Hals, dann fasste sie sich ein Herz und stellte die Frage, die ihr schon seit ein paar Stunden auf der Zunge brannte: »Shoran … wann wurdest du eigentlich geboren? Vorhin ist mir zum ersten Mal aufgefallen, dass ich überhaupt nicht weiß, wie alt du bist.«

»In Menschenjahren oder Shathatokajahren?«

Verwundert reckte sie den Hals. »Da gibt es einen Unterschied?«

»Nein, natürlich nicht. Ein Jahr ist für die einen genauso lang wie für die anderen.«

Die junge Frau stöhnte leise. »Kannst du denn nicht ein einziges Mal ernsthaft bleiben?«

»Im Obsthain war ich ernsthaft, das sollte für einen Tag doch völlig ausreichend gewesen sein«, frotzelte er, um dann zwei Finger hochzuhalten. »Zweihunderteinundzwanzig.«

Rika schluckte, als sie in das alterslose Gesicht des Shathatoka blickte.

»Was? Du bist zweihunderteinundzwanzig Jahre alt?«

»Nein, ich bin siebzehn Jahre alt, aber du fragtest, wann ich geboren wurde, und das war 221.«

»Aber … dann bist du ja bloß ein Jahr älter als ich!« Vor Überraschung hätte das Mädchen beinahe an Sorleys dichter Mähne gerissen, aber sie konnte sich gerade noch so beherrschen; stattdessen riss sie die bernsteinfarbenen – nein, goldenen – Augen auf.

Shoran rümpfte die flache Nase.

»Und? Wäre dir lieber, ich wäre zweihunderteinundzwanzig Jahre alt?«

»Nein, aber … aber … du bist ja noch ein …« Immer noch verblüfft suchte Rika nach dem passenden Wort. »Du bist ja noch ein *Junge*!«

»Und das ist schlimm?« In gespieltem Entsetzen schnitt Shoran eine Grimasse. »Na, wenigstens hält mich die Armee für alt genug, um …«

»Jixur! Viele Ji …«

Der entsetzte Ausruf des Kundschafters erstarb, als eine gezackte Schwertklinge durch seinen Hals fuhr; mit einem dumpfen Geräusch schlug das abgetrennte Haupt des Dachses auf dem Weg auf. Das Gebirgspony stieg steil in die Höhe, der blutige Ballast auf seinem Rücken wurde in den Staub geschleudert.

Einen Moment lang herrschte unnatürliche Stille. Dann brachen überall zwischen den dürren Zweigen des Hochlandwäldchens Jixur hervor.

Rika kreischte entsetzt auf, als zu ihrer Rechten ein Jixur aus dem Gebüsch stürzte, der zwei breite Klingen schwang; beinahe zeitgleich stieß auch das wilde Mädchen einen unartikulierten Schrei aus. Dann schlug Shoran unvermittelt nach Sorley; seine scharfen Nägel bohrten sich in das Hinterteil des braven Ponys, das lossprang und seine Reiterin aus der Reichweite des Angreifers trug. Sie hörte, wie hinter ihrem Rücken Metall auf Metall traf, und sie nahm wahr, dass einer der Soldaten schräg vor ihr aus dem Sattel sprang …

»Runter von den Pferden! *Runter von den Pferden*!«

Sorley schoss den steinigen Weg entlang, und Rika klammerte sich ängstlich an seinen stämmigen Hals. Sie wollte sich nicht wie Bruno in die Büsche schlagen, in der Hoffnung, dass die vierbeinigen Räuber sie dann in Ruhe ließen, denn so würde sie möglicherweise Sorley verlieren. Da stellte sich ihr eine dunkle Jixur mit lohfarbener Zeichnung in den Weg. Speichelfäden glänzten an den Fängen des brüllenden Ungeheuers.

Zum Ausweichen war es zu spät.

Leises Grollen ertönte.

»Nein«, schrie Rika und schlang ihre Arme fester um Sorleys Hals. »Geh weg!«

Die Jixur dachte jedoch nicht daran; im Gegenteil, sie stürmte geradewegs auf Rika zu, als sei das Mädchen die Anführerin der Soldaten und nicht Bruno. Wieder öffnete sich das breite Maul zum Gebrüll …

… und die leuchtendrote Spitze eines Pfeils drang knapp unterhalb des Kinns durch den Hals der Bestie und beendete ihren Ansturm. Die Vorderläufe der Jixur brachen ein; sie überschlug sich, der schwere Leib prallte gegen Sorleys Brust und warf den kleinen Wallach aus der Bahn. Während Rika aus dem Sattel gehoben wurde, sah sie Gigue Gafellan zwischen zwei Bäumen hervortreten; der Frau blieb jedoch kaum Zeit, dem Mädchen triumphierend zuzuwinken, denn schon stürzte sich ein Angreifer auf sie, eine stämmige Bestie mit schwarz und weiß geschecktem Fell. Mit einem Fluch auf den Lippen ließ Gigue den Bogen sinken und griff nach ihrem Schwert, dann rollte Rika auch schon über den Boden und zwischen die Hufe eines herrenlosen Pferdes, das in Todesangst bockte und schrill wieherte. Es war Micaels Reittier!

»Nein, nein«, stieß sie hervor, während sie begann, aus der Gefahrenzone wegzukriechen; am Boden blinkte etwas

Metallisches. Rika blinzelte zweimal, aber was dort so verlockend auf dem Weg lag und glänzte, war und blieb ein Soldatenschwert.

»Danke, Aeledd«, keuchte sie.

Rings um sie herum tobte ein wütender Kampf. Menschen und Jixur brüllten, Klingen prallten gegeneinander, und das Grollen wurde lauter.

Mit einer Hand angelte Rika nach der Waffe, den Blick richtete sie jedoch zum Himmel; dort wo eben noch klares Blau durch die Laubkronen gestrahlt hatte, waren nun dunkle Wolken, und in der Ferne zuckte grelles Licht.

War ich das etwa?

Sie packte den Schwertgriff und versuchte, wieder auf die Füße zu kommen; damit, dass die Waffe so schwer und unhandlich war, hatte sie jedoch nicht gerechnet, und so ließ sie das Schwert mit einem unterdrückten Fluch fallen und kroch geduckt weiter, in der Hoffnung, zwischen den tänzelnden Hufen und Klauen nicht bemerkt zu werden.

Irgendwo in der Nähe rief das wilde Mädchen; ihre Stimme klang flehend und angsterfüllt, aber Rika verstand kein Wort von dem, was sie da brüllte – das Kampfgetümmel war zu laut. Ein Jixur jaulte vor Schmerzen, Gigue schrie … Dann verlor Rika das Gleichgewicht, als sich Hände um ihre Knöchel schlossen.

Mit einem Laut des Erschreckens fiel sie geradewegs auf den Bauch. Krallen bohrten sich in die Haut ihrer Unterschenkel und sie wurde fortgezerrt, über den rauen Boden geschleppt – fort von den Pferdehufen, den trampelnden Jixur, fort von dem Soldatenschwert.

»Nein! Lass mich!« Rika strampelte und schlug mit den

Armen, in der Hoffnung, ihren Angreifer dazu zu bringen, ihre Beine loszulassen.

Tatsächlich ließ er sie los, allerdings nur, um sie auf den Rücken zu wälzen und ihre Handgelenke zu umfassen. Mit einem wütenden Aufschrei biss Rika ihn in den Arm – und jaulte auf, als ihre Zähne auf das Metall eines Kettenhemdes trafen.

»Hilfe! *Sorley*!«

»Ganz ruhig Rika, ruhig!«

Es war die Baritonstimme des Shathatoka. Das Mädchen blinzelte verstört, aber es gab keinen Zweifel: Über ihr stand Shoran, zwei blutbespritzte Schwerter in den Händen.

Auch sein Gesicht war voller Blut, aber es schien nicht sein eigenes zu sein. Keuchend sank sie auf den Boden zurück.

»Shoran? Du musst, du musst …«

»Wir müssen weg von hier. Es sind zu viele.«

»Nein! Wir können die anderen doch nicht im Stich lassen!« Mit schreckgeweiteten Augen starrte sie den Vierarmigen an. »Du musst diese Ungeheuer verbrennen!«

Er schüttelte vehement den Kopf. »Rika, das kann ich nicht tun.«

»Aber du musst!« Sie setzte sich ruckartig auf, ihre Augen weit aufgerissen. »Micael, Bruno, Gigue … sie alle werden sterben, wenn du es nicht tust!«

»Der Sattler und Gafellan sind bereits tot, und Micael wird mit Sicherheit sterben, *wenn* ich es tue«, zischte Shoran und packte das Mädchen am Arm. »Wir sind mitten im Wald! Hast du eine Vorstellung davon, was ich anrichten würde? Weißt du, wie gut das trockene Holz brennen wird? Bitte komm mit, sonst …«

Mehrstimmiges Knurren ertönte ganz in der Nähe, gefolgt von wütendem Gebrüll.

»Das ist Micael«, keuchte Rika, die das Gebrüll erkannte; Tränen schossen ihr in die Augen, als sie aufsprang. *»Micael!«*

Und dann sah sie den Jungen aus Dunlet, der abwechselnd nach den beiden Jixur hieb, die um ihn herum tänzelten. Die beiden Bestien – eins schwarz, eins braun – umkreisten ihre Beute in aller Gemütsruhe, ganz so, als wollten sie mit ihr spielen. Da stieg die Schwarze auf die Hinterläufe.

»*Micael*«, brüllte Rika, so laut sie konnte. »*Pass auf*!«

Sie sah die Schwarze vor dem Jungen aufragen, sah das gezackte Schwert herabsausen ... aber je näher ihm die Klinge kam, desto langsamer wurde sie. Auch Micaels Bewegungen erlahmten mit einem Mal.

Verwirrt wandte Rika den Kopf.

Shoran starrte sie aus riesigen, grauen Augen an; sein Mund bewegte sich langsam, so langsam, aber kein Ton kam über seine Lippen.

Auch sonst regte sich nirgends ein Geräusch.

Wo eben noch Kampfeslärm und wütende Schreie gewesen waren, herrschte nun eine tiefe, dunkle, heilige Stille. Trübes Licht drängte durch schwarze Wolken und tauchte die Kämpfenden, die mitten in der Bewegung verharrt waren, in einen fahlgoldenen Schein.

Und Rika *fühlte* den Sturm.

Überall um sie herum begann die erstarrte Luft zu knistern; winzige Lichtbögen sprangen aus den Fingern der jungen Frau, fuhren in den Grund, tanzten über ihre Kleider und zauberten grellblaue Muster auf Shorans Gesicht.

Sie war im Herzen des Sturmes.

Mit der Welle der Erregung, die durch ihren Körper brandete, wuchsen auch die Lichtbögen. Helle Funken regneten aus dem Wirbel von Sturmkraft nieder, der sie umgab …

Du bist mein, und ich bin dein, flüsterte der schöne Jüngling, der sie aus dem grauen Gemäuer errettet hatte. Sie erkannte ihn als Aeledd, den zornigen, leidenschaftlichen Herrn der Stürme, und ihre Erregung wuchs. Begehren loderte in ihr auf; unendliches, unstillbares und schmerzhaftes Begehren …

Rika warf die Arme hoch, versuchte, das Herz des Sturms zu berühren.

»Hier bin ich«, keuchte sie. Sie spürte die Sturmkraft, die darauf wartete, von ihr befreit zu werden, so wie sie von Aeledd befreit worden war. »Komm zu mir.«

Die Sturmkraft strich um ihren Leib wie eine Katze, die sich nach Zärtlichkeiten sehnte. Und Rika … Rika gab der Sturmkraft, was sie begehrte.

Das Mädchen mit dem bronzefarbenen Haar und den goldenen Augen lockte den Sturm, griff nach ihm, schmeichelte ihm, leitete ihn und wies ihm so den Weg zu der schwarzen Jixur, die Micael bedrohte.

Dann verschmolzen sie miteinander.

Zuckend flutete Sturmkraft durch Rikas Körper, wurde zu einer Ausdehnung ihrer selbst. Sie warf den Kopf in den Nacken, so dass ihr Haar auf ihren Rücken peitschte, und sie schrie ihre Erleichterung und ihre Freude über den Erfolg in die stille, dunkle, heilige Welt hinaus.

Dann brach die Zeit mit aller Macht durch den eigens für sie errichteten Damm und spülte Rikas Bewusstsein davon.

Als Rika zu sich kam, umgab sie der Geruch von Sturmkraft; ihr Gesicht prickelte, und einen Augenblick lang glaubte sie, das Knistern zu vernehmen, das das Herz des Sturmes angekündigt hatte. Als sie jedoch genauer hinhörte, vernahm sie bloß – Stille.

Es war nicht die heilige Stille, die den Sturm angekündigt hatte, nein … es war die Abwesenheit von Kampfgeräuschen. Die lauten Schreie und das Knurren waren verstummt, dafür aber murmelte jemand Worte, die wie »Wach auf«, klangen.

Wieder prickelte ihr Gesicht; hatte ihr jemand gerade einen Klaps auf die Wange verpasst?

Vorsichtig öffnete Rika die Augen; über ihr war blauer Himmel … keine Spur mehr von den Wolken, die sich vorhin noch dort oben aufgetürmt hatten. Dafür sah sie nun ein blasses, erleichtert wirkendes Shathatoka-Gesicht vor sich.

»Cerlune sei Dank«, lächelte Shoran und gab ihren Lippen einen feuchten Kuss. »Ich glaubte schon, du wolltest niemals mehr wach werden, kleine Sturmzwingerin.«

»Ich … habe … merkwürdige Dinge geträumt«, flüsterte Rika und rieb sich das prickelnde Gesicht. »Was ist denn geschehen?«

»Das weißt du nicht mehr? Nun ja …« Auf der Suche nach den passenden Worten strich Shoran über sein rosafarbenes Haar. »Ein Blitz hat die Jixur zerschmettert. Riechst du es denn nicht? Der Gestank ist grauenvoll – eine Beleidigung für jede Nase. Sieh doch nur.« Zwei seiner Arme halfen ihr, sich aufzusetzen, und Rika blickte sich um.

Sie befand sich immer noch auf dem Waldweg; ganz in der Nähe lag der Leib der Jixur, die Gigue mit einem Pfeil zur Strecke gebracht hatte, und ungefähr einhundert Meter entfernt …

Bestürzt legte Rika eine Hand auf den Mund.

Ihr bot sich ein bizarres Bild der Verwüstung dar: In einem großen Umkreis um eine Gruppe geborstener Bäume verunzierten Häuflein verkohlter Knochen und Pfützen aus geschmolzenem und wieder erstarrtem Metall den Grund. Die Stümpfe der zersplitterten Bäume waren mit Klumpen geronnenen Fetts bespritzt.

»Das habe *ich* getan?«

Shoran nickte wortlos.

»Oh. Und ich dachte, das alles wäre nur ein Traum gewesen.«

»Es war genauso wenig ein Traum wie das da.« Mit einem ärgerlichen Schnauben deutete der Vierarmige auf einen Punkt hinter Rika.

Ihre Augen weiteten sich, als sie die Gestalt erkannte, die nicht weit von ihr entfernt mit gefesselten Armen und Beinen lang ausgestreckt am Boden lag.

»Wieso ist Argele gefesselt?«

»Diese Missgeburt hat sich wie eine Furie auf Gafellan gestürzt und ihr ein Messer in den Rücken gerammt. Ich war ruhig genug, sie bloß niederzuschlagen, auch wenn ich sie lieber gevierteilt hätte.« Die Hände des Shathatoka vollführten eine veranschaulichende Bewegung.

»Was? Aber … warum hat sie das getan?« Fassungslos starrte Rika in Argeles entspannte, auf befremdliche Art schöne Züge; Shoran zuckte mit den Achseln.

»Wir werden es hoffentlich erfahren, wenn sie zu sich kommt. Dann kann sie uns auch *dies* hier erklären.«

Mit einem schiefen Lächeln rollte der Soldat die bewusstlose Mörderin auf den Rücken und hob die Überreste ihres Leinenrockes an, aus dem er Stoffstreifen gerissen hatte, um sie zu fesseln.

»Sieh mich nicht so empört an, Rika. Ich will dir etwas zeigen. Hier.« Er schob die Stofffetzen beiseite. Darunter kam nicht nur ein blankes, wohlgeformtes Hinterteil zum Vorschein, sondern auch ein ellenlanger Schwanz, der in einer fahlen Quaste endete.

Rikas Kiefer sank beinahe auf ihre Brust hinab.

»Me-meine Güte«, stammelte sie. »Da wird Micael aber nicht sehr begeistert sein!«

Dann grub sich eine steile Falte in ihre glatte Stirn, denn ein furchtbarer Verdacht stieg in ihr auf. Schlagartig wurde Rika eiskalt, und ihre Knie begannen zu zittern. Es war nur gut, dass sie noch am Boden saß.

»Wo ... wo ist Micael eigentlich?«

Shorans Lippen wurden zu einem schmalen Strich; dann deutete er auf den Berg verkohlter Gerippe.

Gres, Nördliches Hochthal

Es war Shoran zugefallen, die Leichen von Bruno, Gigue Gafellan und dem Dachs sowie das, was er für die Überreste des Jungen aus Dunlet hielt, in Wolldecken zu hüllen und auf den Pferdenrücken zu packen. Rika wiederum hatte auf der langen Reise zurück die Tiere versorgt, und mit äußerster Sorgfalt hatte sie sich um die körperlichen Bedürfnisse der widerborstigen, gefesselten Wilden gekümmert, die sich geweigert hatte, auch nur ein Wort mit ihnen zu sprechen. Wie gewöhnlich hatte Rika gegessen, getrunken, geschlafen; nach außen hin war sie sehr ruhig und gefasst gewesen, aber ihre Gedanken, ihre Gefühle waren regelrecht erstarrt.

Sie hatte keine einzige Träne vergossen.

Dann wurde ihr jedoch am Abend nach der Rückkehr nach Gres wieder genau das Zelt aus gelb und weiß gemustertem Tuch zugewiesen, in dem sie zuvor mit Micael Ivarssohn übernachtet hatte, und seitdem kämpfte sie gegen die Tränen an. Ein Blick auf die leere Pritsche hatte genügt; nun drängte die schreckliche Tat mit aller Macht zurück in ihr Bewusstsein.

Ich habe ihn umgebracht.

»Weine ruhig. Alles, solange es dir danach bessergeht.«

Shoran, der sich die ganze Zeit über große Mühe gegeben hatte, möglichst unsichtbar zu sein, zog Rika zu sich heran und legte zwei Arme um sie, während er fürsorglich über die dichten Locken strich, die über ihre Schultern flossen.

»Ich will nicht weinen«, protestierte sie schwach, aber zurückdrängen ließen sich die Tränen nun nicht mehr; sie begann hemmungslos zu schluchzen. »Ich … habe ihn umgebracht …«

»Es war nicht deine Schuld.«

»Lügner. Natürlich … natürlich war es meine Schuld. Hätte ich … hätte ich dir doch nur geglaubt.« Sie schniefte erbärmlich. »Ich wollte ihm doch nur helfen!«

»Jetzt, wo du davon weißt, beherrschst du deine Gabe schon besser, als es mir jemals gelingen wird, meine Süße«, versuchte Shoran sie zu beruhigen. »Ich bin mir ganz sicher, dass du schnell lernen wirst, mit deiner Kraft umzugehen.«

»Wie soll ich Micaels Mutter bloß erklären, was ich getan habe?«, schniefte sie. »Über kurz oder lang müssen wir – müssen wir es ihr doch sagen.«

»›Wir‹ wie in ›Rika und Shoran‹, oder ›wir‹ wie in ›Rika und der Herr der Stürme‹?«

Rika öffnete den Mund, um etwas zu erwidern, aber sie brachte nur ein herzzerreißendes Schluchzen heraus.

»Störe ich?«

Erschrocken fuhren sowohl das Mädchen als auch der Shathatoka von der Pritsche auf, aber es war bloß die schmale Gestalt von Wachtmeisterin Domitienne, die die Stofftücher am Eingang beiseitegeschoben hatte.

»Du störst immer«, murrte Shoran.

»Nein, natürlich nicht«, widersprach Rika und wischte sich eilig die Augen, weil sie nicht wollte, dass die Soldatin sie weinen sah. »Tritt doch ein.«

»Schön, dass ihr euch einig seid.« Domitienne machte keinerlei Anstalten, das Zelt zu betreten; sie wirkte angespannt, ihr Gesichtsausdruck ernst. »Kommt in den Bürgersaal.«

Die beiden Soldaten der Zweiten Armee der Thäler, die vor der ›Kommandantur‹ Wache hielten, begrüßten die Wachtmeisterin und ihr Gefolge mit knappem Kopfnicken. Rikas Tränen waren inzwischen getrocknet, und sie hoffte, dass ihre Augen nicht gar zu verquollen waren. Es wäre ihr unangenehm gewesen, sich in solchem Zustand zu zeigen.

Domitienne wies Shoran an, die schwere Tür hinter sich zu schließen, aber selbst das konnte die Rufe und das Geklapper, die vom belebten Zeltplatz hereindrangen, kaum dämpfen. Der große Raum war beinahe leer, wenn man von einem Durcheinander aus Decken und Vorräten absah. Außer Leutnant Joseph warteten lediglich der hagere Chirurg Gerland und ein blonder, vollbärtiger Mann im Lederpanzer der Austone-Söldner auf sie. Den Söldner kannte Rika flüchtig vom Sehen.

»Der Saal ist ja brechend voll«, konnte sich Shoran den Kommentar nicht verkneifen. »Mich ausgeschlossen zähle ich drei Reguläre, Rika und Oherne. Sagtest du vorhin nicht, du wolltest dem Bürgermeister und den Männern von unserem … *Erfolg* berichten, Schlosser?«

»Das hat noch Zeit. An dieser Unterredung nimmt einzig der Stab der Zweiten Armee teil.« Leutnant Joseph deutet auf die hölzernen Stühle.

»Dann sollte ich besser nicht hier sein.« Rika, deren Po gerade schon die Sitzfläche des wackeligen Stuhls berührt hatte, richtete sich wieder auf und strich das helle Baumwollkleid glatt; sie hatte es erst kurz zuvor gegen die verschwitzte Reisebekleidung eingetauscht. »Ich gehöre schließlich nicht zur Zweiten Armee.«

»Setz dich.«

Schon öffnete sich Rikas Mund zum Protest, dann aber tat sie, was der Leutnant ihr befohlen hatte.

Wieso auch nicht …

»Drei Dinge gibt es zu berichten.« Joseph hob den Daumen. »Erstens: Wir verfügen nun über die Möglichkeit, die Kriegsautomaten aufzuladen.«

Der bärtige Söldner zog fragend seine Augenbrauen hoch, und Joseph nickte Rika zu. »Du magst es vielleicht nicht als glückliche Fügung sehen, Rika, aber dein Talent hat uns endlich in die Lage versetzt, uns zu wehren. – Zweitens.« Ein Zeigefinger gesellte sich zum aufgerichteten Daumen des Leutnants. »Die Gefangennahme des Mädchens, das ihr aufgelesen hattet, hat sich als wirklicher Glücksgriff erwiesen. Sie ist ein Bastard, halb Mensch, halb Jixur …«

»Deshalb!«, stieß Rika hervor; alle Gesichter wandten sich ihr zu.

»Deshalb was?«

»Deshalb hat sie sich auf Gigue Gafellan gestürzt! Bei dem Überfall tötete Gigue mindestens einen der Angreifer, und Argele wollte … sie wollte bestimmt verhindern, dass noch mehr Jixur sterben mussten.«

»Es war ein Teil ihrer Herde, der euch überfiel«, bestätigte Joseph. »Ihren Worten nach versuchte das Jixurmädchen, ihre Gefährten davon abzuhalten, aber wegen der Klosterkleidung erkannten diese sie im Eifer des Gefechts wohl nicht.«

»Sie hat sich dir tatsächlich anvertraut?«, staunte Shoran

und beugte sich interessiert vor. »Glückwunsch, Schlosser, deine Überzeugungskraft ist wahrlich enorm. Diese Missgeburt zeigte sich Rika und mir gegenüber dermaßen bockig, dass ich glaubte, sie würde eher die eigene Zunge verschlucken als auch nur eine einzige unserer Fragen zu beantworten.«

»Mir anvertraut? Nein.« Joseph lachte bitter auf. »Dass sie geredet hat, ist Gerlands Verdienst.«

»Es gibt immer Mittel und Wege, verstockte Gefangene zum Sprechen zu bringen«, meinte der Chirurg kühl. Er schlug die Beine übereinander, so dass das Kettenzeug klirrte, und verschränkte die schlanken Finger. »Die Kleine hat jedenfalls geplaudert wie ein Wasserfall. Ihr eigentlicher Name ist Millayn. Sie hatte überhaupt nicht vor, sich eurem Trupp anzuschließen, aber als der Kundschafter sie auffand, wie sie sich grün und blau geprügelt durch die Gegend schleppte …«

»Über Einzelheiten könnt ihr euch später austauschen«, winkte der Leutnant ab. »Wichtig ist, dass wir durch das Jixurmädchen wichtige Informationen erhalten haben. Nun wissen wir mit Sicherheit, wer für den Überfall auf die Grenzlandfestung und …«, sein Blick traf den von Rika, »… auf die Aussiedlerhöfe verantwortlich ist.«

»Argele war ›der Mensch‹, der mit den Jixur ritt.« Rika wurde mit einem Mal ganz schwer ums Herz. »Sie war ›der Soldat‹, der die Ritter aus der Festung lockte. Sie befehligte die Bestien, die meinen Vater töteten und mein Elternhaus niederbrannten. Das war sie, nicht wahr? *Nicht wahr*?«

Joseph nickte, und Rika senkte die Lider; keiner der anderen sollte die Zornestränen sehen, die ihr in die Augen schossen.

»Ich werde sie töten«, grollte sie. »*Ich werde sie töten*!«

Dieses Ungeheuer hat Micael um den Finger gewickelt. Ich werde sie töten!

Die Geräusche der Straße verblassten; blassgoldenes Licht umhüllte die Soldaten im Raum.

Donner grollte …

… und dann wurde Rika heftig gerüttelt.

»Rika, hör auf! *Rika*!«

Erschrocken starrte sie in das wachsbleiche Gesicht des jungen Shathatoka, dessen spitze Nägel sich schmerzhaft in ihre Schultern gebohrt hatten.

»Rika, nicht! Wir sind mitten in der Stadt …«

»Und du steckst mit diesen Ungeheuern unter einer Decke!« Wütend befreite sie sich aus seinem Griff und strich eine widerspenstige Locke beiseite. »Du sagtest damals, du hättest den Reiter gesehen, der die Jixur beim Angriff auf deinen Trupp begleitete! Wieso hast du Argele oder Millayn oder wie auch immer sie heißt dann im Hochland nicht erkannt?«

Fünf Augenpaare richteten sich auf Shoran, der abwehrend die Hände hob; das flache Gesicht verzog sich ärgerlich.

»Es war fast noch dunkel, als sie uns angriffen. Außerdem sehen die meisten Menschen einander ziemlich ähnlich. Das erwähnte ich bereits, schon vergessen?«

»Ruhe jetzt. Streiten könnt ihr euch draußen.« Der Leutnant stand auf und hob eine Hand, um die Blicke des versammelten Stabes auf sich zu ziehen. »Die Idee zu alledem hatte nicht sie. Das Halbblut handelte im Auftrag anderer.«

Nun war Joseph alle Aufmerksamkeit gewiss; lediglich

Gerland, der diese Information bereits besaß, lehnte sich entspannt in seinem Stuhl zurück.

»Ihre Herrin trug ihr auf, die Armee der Thäler zu einer Grenzüberschreitung nach Craiglin zu bewegen. Im Hochland ist es ihr gelungen, denn die Grenzführung dort ist verwirrend und unsere Ritter waren sorglos. Auf der Jagd nach den Jixur gerieten einige von ihnen auf fremdes Territorium.« Der stämmige Schlosser schüttelte leicht den Kopf, ganz so, als hätte er dem aberwitzigen Plan unter anderen Umständen etwas abgewinnen können. »Beim Fall der Grenzlandfestung dachte ich zunächst, es handele sich um die erste Phase eines Einmarschs … nur irrte ich, was die Richtung betraf.«

»Ich bin mir nicht sicher, ob ich das verstanden habe«, gab Söldner Oherne zu; nachdenklich strich er über den üppigen Bart. »Hätten die Thäler Interesse daran, in Craiglin einzumarschieren, so hätte eure Königin dem Baron Vigren doch bloß den Befehl dazu geben müssen.«

Gerland der Chirurg lachte leise und wippte auf seinem Stuhl vor und zurück. »Die Thäler? Guter Mann, auch ich traue unserer hochverehrten Königin jede erdenkliche Schandtat zu, aber es sieht ganz so aus, als sei in diesem Fall ausnahmsweise nicht ihre Majestät die Urheberin des Mordens und Zerstörens.«

Verwundert blickte Rika in die Runde. Ihr war aufgefallen, dass Shoran bisweilen mit einer übertriebenen Höflichkeit über Königin Elane sprach, die mal an Bitterkeit, mal an Hohn grenzte; nach seinem Geständnis in TriVares hatte sie dies seiner Furcht zugeschrieben, wegen der ›verbrecherischen‹ Gabe der Urmutter entdeckt und zum Tode verurteilt zu werden.

Die unverhohlene Feindseligkeit jedoch, die der Chirurg hier zur Schau stellte, war in dieser Direktheit doch ungewohnt. Aber das vielleicht Erstaunlichste daran war, dass sowohl das Mienenspiel der Wachtmeisterin wie auch der Anflug des verächtlichen Lächelns auf Josephs Lippen darauf schließen ließen, dass auch diese beiden Soldaten ihrer Königin nur wenig Bewunderung entgegenbrachten.

»So ist es.« Joseph der Schlosser fand als Erster zur Tagesordnung zurück. Sein Lächeln erstarb. »In diesem Fall geht das Interesse an einer Invasion Craiglins eindeutig von einer anderen Seite aus – von Craiglin.«

Niemand erhob Einspruch, und so fuhr er fort.

»Den Lockvogel-Auftrag erhielt das Jixurmädchen von der Matriarchin des Ordens von Craig; für diejenigen unter euch, die es nicht wissen: Das ist der ritterliche Leiborden des Königs von Craiglin. Seine persönliche Garde, wenn ihr so wollt. Weshalb das Mädchen den Auftrag erhalten hatte … das vermochte sie allerdings nicht zu sagen.«

Shorans Augen wurden schmal.

»Warum sollte der König von Craiglin die Invasion seines Reiches provozieren wollen?«

»Fragen wir ihn doch.«

Da war es wieder, dieses verächtliche kleine Lächeln, das der sonst so unbewegten Miene des Leutnants in Rikas Augen einen ganz neuen Ausdruck verlieh. Nervös griff sie nach einer Falte ihres Kleides, fast so, als müsse sie sich daran festhalten.

»Du meinst, wir sollten ihm einen Besuch abstatten?«

»Ich meine, wir sollten unser Lager aufladen«, er nickte Rika zu, »die Kriegsautomaten marschbereit machen und ihm *dann* einen Besuch abstatten.«

Oherne neigte den blonden Kopf.

»Das wäre eine Kriegshandlung. Sollte so etwas nicht deine Königin entscheiden?«

»Wozu? Ich bin befugt, alles zu tun, was ich für richtig halte, solange es im besten Interesse des Reiches ist.«

Achselzuckend klopfte Joseph der Schlosser auf die Gürteltasche, in der er das wertvolle Dokument des Herzogs neuerdings verwahrte. »Das Jixurmädchen hätte bei Gelingen des Planes eine Botschaft an ihre Herrin senden sollen, was ihr nicht gelungen ist. Je mehr Zeit wir jetzt vergeuden, desto größer ist die Gefahr, den Vorteil der Überraschung zu verlieren.«

»Nun«, meinte der Söldner mit einem seltsam vergnügten Augenzwinkern, das Rika an das eines Vogels erinnerte, »ich wollte schon immer mal eine Sturmwerkerarmee in Aktion sehen.«

»Dann sollten wir uns nicht länger mit Reden aufhalten. Der beste Zeitpunkt, unserem hinterhältigen Nachbarn die gewünschte Invasion abzustatten, ist genau jetzt.«

Automatenlager nahe Gres,
Nördliches Hochthal

Rika lag auf dem Rücken, die Arme ausgebreitet, und lachte leise vor sie hin. Jeden Tropfen des kühlen Regens, der auf sie niederging, genoss sie, als habe sie schon seit Wochen kein Wasser mehr auf ihrem Körper gespürt. Nasse, verdorrte Gräser kitzelten die unbedeckte Haut ihrer Arme und sie spürte, wie sich Steinchen durch den Stoff ihres Kleides pressten. Der metallische Geschmack in ihrem Munde, nun … es war Blut: Sie hatte sich in ihrer Erregung auf die Zunge gebissen.

Aber der bereits vergehende Schmerz störte Rika nicht.

Sie war ungemein erleichtert.

Sie hatte nicht wirklich daran geglaubt, dass es ihr glücken könnte, einen Sturm heraufzubeschwören. Dass es ihr im Zorn gelungen war, nahm sie hin, aber der Gedanke an das Ergebnis erschreckte sie noch immer. Zudem hatte sie keine Vorstellung davon, wie sie den *Zeitwall* willentlich errichten sollte, der ihr eine Kontrolle – wie eingeschränkt auch immer – über das Gewitter ermöglichte.

Kurzum, Rika hatte viel Zeit damit verschwendet, verzagt durch die Gegend zu streifen und flehende Blicke zum blauen Himmel zu richten, die der schöne Herr der Stürme schlichtweg ignoriert hatte.

Als sie nach beinahe zwei Tagen mit hängendem Kopf

und schleppenden Schritten ins Lager zurückgekehrt war, hatte Joseph der Schlosser sie beiseite genommen.

»Ich kann dir hierbei nicht helfen«, hatte er ihre Befürchtung bestätigt. »Aber vielleicht kann ich dich auf andere Gedanken bringen. Dein Sturm hat deinen Freund getötet, und dieser Gedanke lähmt dich, Rika. Im Grunde genommen willst du kein Gewitter, da du befürchtest, denen zu schaden, denen du helfen möchtest. Sehe ich das richtig?«

Unglücklich hatte sie zu dem Leutnant aufgeblickt.

»Ich fürchte … ja.«

»Aber wir brauchen einen Sturm, denn ohne die Zinnsoldaten sind wir hilflos. Es ist nicht nur, damit wir zukünftig unsere Grenzen besser sichern können, so dass nie wieder eine Festung an eine Handvoll primitiver Jäger fallen muss. Du sagtest mir, deine Familie wurde getötet … brutal ermordet … und du sagtest, du wolltest alles Menschenmögliche tun, damit so etwas nie wieder geschehen könne, erinnerst du dich?«

»Die Jixur …«

»Vergiss die Jixur, Rika. Sie sind bloß Figuren in einem …«, er rollte mit den schwarzen Augen, »… politischen *Rashar*-Spiel, genau wie wir. Der Spieler, der sie einsetzt, ist Craiglin. Willst du, dass der wahre Schuldige zur Rechenschaft gezogen wird, der Drahtzieher, der für all das unsinnige Blutvergießen verantwortlich ist?«

Nach kurzem Zögern hatte Rika wortlos genickt.

»Dann konzentriere dich nicht auf deine Trauer oder auf das, was du angerichtet hast, sondern auf das, was Craiglin dir angetan hat, Rika Robertstochter. Durch diese Automaten wurden dir die Mittel in die Hand gegeben, dich zu rächen – also gib nicht auf.«

Und Rika hatte nicht aufgegeben. Josephs Rat war der richtige gewesen: In Selbstmitleid zu zerfließen, hätte vielleicht die milde Cyn gnädig gestimmt, aber niemals den zornigen, leidenschaftlichen Aeledd. Also hatte Rika sich in das vertieft, was sie für die Mörder ihres Vaters empfand, und in das, was sie ihnen anzutun wünschte … und ihr Herr hatte ein Einsehen gehabt.

Die ersten Blitze des mächtigen Gewitters hatten die notdürftig reparierte Ladestange des Automatenlagers zwar weit verfehlt, aber je weniger Rika ihren Willen bemühte und je mehr sie den Sturm einfach geschehen ließ, desto einfacher war es, die Sturmkraft zu lenken. Als schließlich ein Blitz in die Ladestange schlug, hatte sich ihre Begeisterung beinahe ebenso kraftvoll nach außen entladen; erleichtert und trunken vor Freude über den Erfolg hatte Rika auf der Wiese nahe des Automatenlagers getanzt, während Lichtbögen zuckten und Funken sprühten. Nein, Angst, von den knisternden, krachenden Entladungen getötet zu werden, hatte sie nicht, denn von Mirielle wusste sie, dass die eigene Gabe einen Günstling der Götter nicht verletzen konnte …

Nun war das Unwetter vorbei und Rika erschöpft in den Fluss der Zeit zurückgekehrt. Regen prasselte auf sie, die Wiese, die knorrigen Bäume und das Lager nieder, die einzige Nachwirkung des heftigen Gewitters, das bis vor kurzem noch hier getobt hatte.

Schon waren blaue Streifen zwischen den vergehenden Wolken zu sehen, als Leodun, der Herr der Himmel, sein Recht forderte. Rikas Erschöpfung war groß; am liebsten wäre sie nie wieder aufgestanden, aber sie hatte bewiesen, dass sie ihre Gabe beherrschte. Die tiefe Befriedigung, die sie aus der Vereinigung mit der prickelnden Sturmkraft gewonnen hatte, hob ihre Stimmung zusätzlich, und sie kicherte zufrieden vor sich hin; da ertönte ein dumpfes Knacken, gefolgt von grauenhaftem Quietschen.

Rika sah immer noch keine Veranlassung zum Aufstehen. Es war lediglich das vordere Tor des Automatenlagers, das sich geöffnet hatte; wenn die Soldaten der Zweiten Armee etwas von ihr wollten, würden sie schon zu ihr kommen.

»Rika«, rief eine vertraute Stimme: der rote Shoran, Shathatoka, Soldat der Zweiten Armee, siebzehn Jahre alt, Beinahe-Zerstörer. Ein wenig vorlaut, aber alles in allem ein ganz netter *Junge*.

»Rika?«

Wieder kicherte sie albern. Shoran hatte gute Ohren, er würde sie schon finden …

Tatsächlich stand er schon nach wenigen Augenblicken vor ihr; hätte Rika es nicht mit eigenen Augen gesehen, so hätte sie es kaum für möglich gehalten, dass er zu einem derart breiten Grinsen imstande war.

»Rika, wir haben es geschafft! Unsere Reparaturen haben dem Sturm standgehalten. Die Anlage ist vollständig, und ich meine *vollständig* aufgeladen! Ich habe ein herrliches Zwiegespräch mit dem Bedienfeld geführt.« Er spreizte die schmalen Ohren, bis sie beinahe waagerecht von seinem Kopf abstanden. »Sogar die vier Wagenladungen Kubi sind bis zum Bersten mit Sturmkraft gefüllt! Du bist wunderbar, Rika, einfach wunderbar! Die Greser sollten einen Festtag nach dir benennen, meine Süße.«

Begeistert warf er sich neben ihr auf die Knie und beugte sich vor, um sie herzhaft auf den Mund zu küssen. Rika lachte leise, dann schlang sie einen Arm um seinen Hals und erwiderte die Zärtlichkeit mit einer Hingabe, die sie selbst erstaunte; es musste die Nachwirkung des Sturmes sein.

»Hilfe«, ächzte Shoran scherzhaft, als er wieder Luft bekam, dann fasste er mit zweien seiner Hände an ihren Rücken und begann, an der Schnürung ihres Kleides zu nesteln; Rika griff jedoch nach seinen Handgelenken.

»Dies ist kein besonders günstiger Zeitpunkt«, gluckste sie.

»Bloß weil es regnet? Das kümmert die Frau, die sich in einer eiskalten Nacht nackt im Schlamm gewälzt hat?«

»Nein«, meinte sie gedehnt und bedachte ihn mit einem schelmischen Lächeln. »Ich dachte da eher an dein Wohlergehen.«

»Oh, weil ich mich bei jedem Regenguss darüber beschwere, das Wasser spüle die teure Farbe aus meinen Haaren? Das ist zwar sehr rücksichtsvoll von dir«, grinste Shoran und bog ihre Arme sanft zur Seite, »aber es gibt Momente, da sollte man sich nicht mit Nebensächlichkeiten aufhalten.«

»Richtig«, stellte Joseph der Schlosser fest und schlug dem Shathatoka mit einer flachen Hand fest ins Genick. Shoran sprang auf, während Rika, die gesehen hatte, wie der Leutnant sich näherte, sich vor Lachen krümmte.

»Du schleichst dich heran wie eine Staubkatze, Schlosser«, maulte Shoran und klopfte seinen Waffenrock ab. »Wieso bist du mir gefolgt?«

»Weil ich genau wusste, dass man dich keine Minute alleine lassen kann, Soldat.« Der Leutnant hieb noch einmal nach dem Vierarmigen, ohne jedoch allzuviel Herzblut in den Klaps zu legen; zufrieden durfte er feststellen, dass Shoran nicht einmal versuchte, der Züchtigung auszuweichen. Dann wandte er sich Rika zu und nickte anerkennend. »Ich gratuliere dir zu deinem Erfolg, Sturmzwingerin … zu *unserem* Erfolg. – Und nun richte deine Kleider und steh auf, sonst lasse ich dich zum Lager zurückschleifen. Es gibt viel Arbeit für uns.«

Jettis-Gebirge, westlich von Glaesdun, Königreich Craiglin

Nachdem die letzten Kontrollen abgeschlossen waren, hatte Shoran alle Mitglieder des Stabes zum Bedienfeld des Automatenlagers zitiert, um sie dort ihre Namen in einen Trichter sprechen zu lassen; Rika hatte es mehrmals in unterschiedlichen Lautstärken tun müssen, bis der Shathatoka mit dem zufrieden war, was er im Glasfenster des flachen Tisches sah. Auf ihre verwunderte Frage hin hatte er ihr erläutert, dass die Zinnsoldaten schließlich wissen mussten, wer ihnen die wenigen Kommandos, die sie verstanden, erteilen durfte und wer nicht.

Bis tief in die Nacht hinein hatten Soldaten der Zweiten Armee fieberhaft daran gearbeitet, sämtliche Kabel von den Giganten zu entfernen. Schließlich öffneten die Männer die gesamte Rückwand der Halle, die sich mit enormem Kraftaufwand auf einer Schiene verschieben ließ, und Leutnant Joseph hatte den uralten Kriegsautomaten den Marschbefehl erteilt.

Es war ein unglaublicher Anblick gewesen, als sich die ›Zinnsoldaten‹ rumpelnd, schnarrend und quietschend in Bewegung gesetzt hatten, und mit einem Mal hatte Rika die Furcht der Leute vor ihrem Einsatz verstehen können: Alleine die Geräuschkulisse der stampfenden Metallriesen hatte ausgereicht, um ihr Schauer über den Rücken zu jagen … völlig losgelöst von der Tatsache, dass sie mit angesehen hatte, was nur einer der kleineren Automaten mit einem menschlichen Körper anrichten konnte.

Seit einigen Tagen folgte nun ein Teil der übrig gebliebenen Zweiten Armee den Grinsern dicht auf den eisernen Fersen; Josephs restliche Soldaten waren in Gres zurückgeblieben. Die Kolosse mit den überlangen Armen und fröhlichen Fratzen hatten sich seit dem Grenzübertritt im Hochland unbeirrt ihren Weg durch die dürren Bäume des Jettis-Gebirges gebahnt, im Wechsel angeführt von Leutnant Joseph und Domitienne. Bequem hatten die Pferde und Wagen der Soldaten die Fußspuren der Automaten nutzen können, um ihnen durch die Nacht zu folgen. Dass bei dem ganzen Lärm, den vierzig Metallgiganten und ihre kleinen Brüder und Schwestern aus Fleisch und Blut verursachten, noch niemand auf sie aufmerksam geworden war, erschien Rika merkwürdig, aber auf Anweisung des Schlossers schlugen sie sich konsequent durch unbewohntes Gebiet abseits von Straßen oder Siedlungen.

Um Raubtiere wie Wölfe und Staubkatzen, von denen es in den Wäldern des westlichen Craiglin eigentlich nur so wimmeln sollte, brauchten sie sich keine Sorgen zu machen: Die Tiere schienen die Automaten zu fürchten und hielten sich von dem Trupp fern.

Rika stöhnte und wischte mit einem Ärmel ihrer Leinenbluse, über der sie einen viel zu großen Waffenrock der Zweiten Armee trug, Schweiß von ihrer Stirn. Wie immer, wenn die Sonne hoch stand, hatte die kleine Armee angehalten, um zu lagern. Die meisten der Soldaten hatten sich zum Schlafen hingelegt, die übrigen gingen verschiedenen Tätigkeiten nach. Ein paar Soldaten tränkten die Pferde, andere kontrollierten die Vorräte, überprüften den Ladestand der Automaten oder zurrten die überzähligen Sturmkubi fest, damit sie nicht von den Karren fielen. Oherne und zwei seiner Okenwaller Söldner waren mit zwei Reißern im umliegenden Wald unterwegs, und Rika und Wachtmeisterin Domitienne übten schon seit über einer Stunde Wörter der altgavennischen Sprache.

»Ich kann das nicht.« Flehend sah die junge Frau zu Domitienne auf; das schillernde Insekt, das sich auf ihrem dichten Haar niedergelassen hatte, flog davon. »Niemals kann ich mir all diese Befehle merken!«

Domitienne, die in ihrem Kettenzeug nicht minder schwitzte, schüttelte bloß den schmalen Kopf, während sie sich ein Stück Brot von einem dunklen Laib herunterschnitt.

»Du musst sie aber lernen, Kleine. Wie willst du denn sonst einen Grinser befehligen?«

»Ich will überhaupt keinen Grinser befehligen«, maulte Rika und sah zu der ersten Reihe ruhender Automaten hoch, die zwischen den Wipfeln verkrüppelter Nadelbäume emporragten. »Es genügt doch, dass du und der Leutnant das können.«

»Der Leutnant will, dass ihr alle die Befehle beherrscht, also stell dich nicht dümmer an als du bist. – Was heißt Halt?«

»*Arretz*«, brummte Rika.

»Haltet?«

»*Arretz-vos*. – Wachtmeisterin, ich bin keine Kämpferin, das weiß auch der Leutnant.«

»Von Kämpfen war keine Rede, Rika.« Die Wachtmeisterin kaute genüsslich, dann schluckte sie den Bissen hinunter. »Wie willst du die Automaten denn im Feld laden, wenn du sie nicht einweisen kannst? Hast du schon einmal einen spurtenden Reißer verfolgt, um ihm einen neuen Sturmkubus aufzubinden?«

Dass im Greser Lager weitaus mehr Kubi als Kriegsautomaten gefunden worden waren, hatte – wie auch die ungewöhnliche Bewaffnung der Zinnsoldaten – den Leutnant darauf schließen lassen, dass es sich bei den alten Automaten um eine Angriffsarmee gehandelt hatte: Die Kubi versorgten die Zinnsoldaten mit gespeicherter Sturmkraft. Dadurch erhöhten sie die Reichweite der Metallgiganten um ein Vielfaches; mit vier Wagenladungen geladener Kubi sollte es ein Leichtes sein, die Armee nach Glaesmon und wieder zurückzubringen.

»Wenn seine Sturmkraft verbraucht ist, kann er bestimmt nicht mehr spurten«, seufzte Rika. »Aber ich weiß schon, was du meinst. Was heißt noch einmal ›Vorwärts‹? Ich habe es schon wieder vergessen.

»*Avanx*. – Hier, nimm ein Stück Brot. Du isst viel zu wenig.«

Die Wachtmeisterin reichte Rika ein Stück des Kommissbrotes, das sie so gerne mochte, und artig steckte Rika es in den Mund.

»Mh, Danke. – Wieso haben sie keine Räder?«

»Die Automaten? Nun … weshalb sollten sie welche haben?«

»Mit Rädern kann man schneller unterwegs sein als zu Fuß. Denke nur an Fuhrwerke.«

»Wenn du wüsstest, wie viele Fuhrwerke in den Bergen

schon gescheitert sind«, zuckte Domitienne mit den Achseln. »Es gibt Gegenden in Hoch-Gavenne, in die du nie im Leben einen Karren mitnehmen könntest.«

»Ach so. – Wie funktionieren die Automaten überhaupt?«

»Mit Sturmkraft.« Domitiennes Gesichtsausdruck signalisierte, dass die Soldatin gerade an Rikas Geisteskraft zu zweifeln begann.

»Nein, Domitienne, ich möchte wissen, wie ... wie sie sehen können, wieso sie uns hören, all diese Dinge.«

»Ach, das meinst du. Da musst du schon einen *campontzeyr* fragen.«

»Einen was?«

»Einen Nockenschleifer. Oder einen Glasbläser, oder einen Akustiker ... ich war bloß Gießerin, Mädchen. Mit der hohen Kunst, gegossenes Metall zum Leben zu erwecken, habe ich mich nie beschäftigen müssen. Dafür waren in der Gilde andere zuständig.«

»Du bist Sturmwerkerin?«, fragte Rika verblüfft.

»Das war ich. Jedenfalls für eine kurze Zeit; ich war noch nicht einmal Gesellin, als der Krieg kam. Und danach, nun, da wurde ein Presskommando bei mir vorstellig.«

Sie lachte rau und strich sich belustigt durch das kurze Haar. »Du solltest vielleicht fragen, welcher unserer Soldaten, die nahe der gavennischen Grenze stationiert waren, *kein* Sturmwerker war. Unsere geschätzte Königin setzt ihre Truppen möglichst heimatnah ein, da sich so im Frieden Härten für die Soldaten vermeiden lassen. Das gilt natürlich nicht für die Stabsoffiziere, Kleine, weißt du. Schließlich soll es in den neuen Provinzen nicht zu – nicht zu Unruhen kommen ...«

»Was ist?«

Rika hätte Domitiennes Erläuterungen gerne noch gelauscht, aber die Frau hielt mitten im Satz inne und legte den Kopf schief, um gedankenverloren an der Jüngeren vorbeizustarren. Dann schlug sie Rika auf die Schulter.

»Komm mit.«

Rika folgte ihrem Blick; am Rande der sonnigen Lichtung, auf der ein Soldat gerade Nahrungsmittel aus einem Karren an seine Kameraden verteilte, lauschten Joseph der Schlosser, Shoran und ein paar andere Infanteristen dem, was ihnen der bärtige Söldnerführer unter Zuhilfenahme seiner Hände erläuterte. Während Shoran nachdenklich an einem Zeigefinger kaute, hatte sich die Stirn des Leutnants sorgenvoll in Falten gelegt. Als Joseph ihre Anwesenheit bemerkte, versteckte er seine Regungen sogleich hinter der üblichen gleichmütigen Maske, die Rika schon kannte.

»Gut, dass ihr hier seid. Ohernes Reißer sind auf einheimische Soldaten gestoßen.«

»Nun, wir sind weit gekommen, ohne entdeckt zu werden.« Domitienne zuckte mit den verschwitzten Achseln, dann sah sie Oherne auffordernd an. »Wie war's?«

»Zunächst einmal hat das Scharmützel bewiesen, dass einfache Truppen unseren Zinnsoldaten nichts entgegenzusetzen haben. Trev, Fiena und ich konnten bloß untätig zusehen, wie zwei unserer bemerkenswerten Sturmwerk-Automaten elf leicht bewaffnete Gebirgsjäger zerfetzten. In wenigen Augenblicken war alles vorbei.« In Söldner Ohernes dichtem, blondem Vollbart zuckte es, möglicherweise ein Lächeln, und seine beiden Leute nickten eifrig. »Soweit ist also alles bestens gelaufen. Die Hauptbedenken hat er.« Sein Daumen wies auf den Schlosser.

»Zwei Details bereiten mir Sorgen. Das Jixurmädchen erwähnte, dass reguläre Fußtruppen in Craiglin in Trupps von sechs oder zwölf Mann kämpfen. Das bedeutet vermutlich, dass euch ein Soldat entkommen ist.«

»Vielleicht war er gerade pinkeln«, mutmaßte Shoran.

»Aber ist nicht völlig gleich, ob einer entkommen ist oder ob es gleich zehn waren? Die Königsstadt ist nicht mehr weit. In wenigen Tagen sind wir sowieso am Ziel. Und da sie uns nichts entgegenzusetzen haben …«

»Ein bisschen mehr Bescheidenheit wäre angemessen, Shoran.« Die dunklen Brauen des Schlossers verzogen sich verärgert zu einer fast geraden Linie über den Augen. »Die Sturmwerkerarmee wurde im zweiten Vereinigungskrieg trotz ihrer Automaten vernichtend geschlagen.«

Demonstrativ blickte der Shathatoka zuerst über die eigene Schulter, dann im Kreis der Umstehenden umher.

»Ich weiß schon, jetzt folgt die erbauliche Geschichte von Klapperschlange. Das sollte uns aber nicht beunruhigen, denn ich sehe hier nirgends Piratenschiffe – autsch!« Empört rieb er sich das plötzlich schmerzende Genick. »Irgendwann schlage ich zurück!«

»Das wäre Meuterei und dein Tod«, bemerkte der Leutnant trocken. »Viel mehr Bedeutung als dem fehlenden Gebirgsjäger messe ich jedoch der Tatsache bei, dass Oherne und seine Leute überhaupt auf Gebirgsjäger getroffen sind. Wir befinden uns in der königlichen Provinz, und die Craigliner sind stark territorial ausgerichtet. Jeder Provinzfürst besitzt reguläre Soldaten … nur nicht der König, denn ihm unterstehen einzig seine Ritter. Über die Armeen der Fürsten kann er nur auf Beschluss des Fürstenrates verfügen. Oder im Verteidigungsfall.«

Oherne schüttelte den haarigen Kopf. »Ritter waren unsere Gegner gewiss nicht.«

»Wenn hier also normale Truppen stehen …«, überlegte Rika; ihr junges Gesicht verfinsterte sich schlagartig. »Also ist die Botschaft dieser Schl- dieses *Halbblutes* doch schon bis hierher durchgedrungen, und Craiglin ist für einen Krieg gerüstet? Dieses verlogene Ungeheuer! Du hättest sie töten sollen!«

»Dann hätte ich niemals die wichtigen Informationen über Craiglin erhalten, die sie mir anvertraut hat.«

»Du hättest sie töten können, nachdem sie alles ausgeplaudert hatte«, brauste Rika auf.

»Und mein Wort brechen?« Nachdenklich sah der Schlosser die wütende junge Frau an, der Shoran beruhigend eine Hand auf die Schulter legte. »Ich bin mir ganz sicher, dass dieses Mädchen uns nicht belogen hat. Wäre ihre Botschaft gleich nach dem Fall der Festung zum König von Craiglin gelangt, wären wir bereits an der Grenze entsprechend empfangen worden.« Da war sie wieder, die Zunge, die über den abgesplitterten Schneidezahn fuhr. »Nein, Rika, im Augenblick habe ich keine Antwort auf die Fragen parat, die die Anwesenheit der Gebirgsjäger hier aufwirft.« Ein beinahe schalkhaftes Lächeln breitete sich auf seinem Gesicht aus, als er hinzufügte: »Ich bin Schlossergeselle, kein General.«

Im Jettis-Gebirge, südwestlich von Glaesdun, Königreich Craiglin

Obwohl er nun schon einige Tage und Nächte unterwegs war, staunte Sarrias noch immer über den dichten Nadelwald, der sie hier umgab. Im Hochland gab es nur wenige Wälder, und in den Niederungen, in die er auf der anderen Seite des Gebirges schon herabgestiegen war, um Pferde und Schafe zu erbeuten, war der Bewuchs selten so dicht gewesen … und selten so finster.

Er schnaubte.

Die Krieger, die vor ihm liefen, waren von der ungewohnten Umgebung nicht minder beeindruckt. Einige gaben beunruhigte Geräusche von sich, andere entblößten angriffslustig ihr Gebiss und wieder andere wendeten die Köpfe hin und her, als trauten sie in diesem besonders dunklen Waldstück den eigenen Augen nicht, während sie über das Kissen aus trockenen Nadeln trabten, das den Boden bedeckte. Sie bewegten sich bergab, weswegen sie trotz der ungewohnten Umgebung recht schnell vorankamen.

Von Zeit zu Zeit nahm Sarrias Tiere wahr, die sich im starken Geäst der Nadelbäume bewegten; der schwache und dennoch durchdringende Geruch sagte ihm, dass es sich um Staubkatzen oder eine verwandte Art handeln musste.

Verächtlich schüttelte er den dunklen Kopf; die Katzenartigen waren feige, und ihr Fleisch schmeckte streng. Man musste sie weder fürchten noch jagen.

»Was schaust du so sauer?«, lachte ihm da Vhrynn ins Ohr. Der Schecke hatte in dem Gefecht, in dem einige der jungen Krieger getötet worden waren, bloß leichte Blessuren davongetragen: ein paar Schnitte und einen tiefen Stich in die Schulter, die ihn aber schon jetzt kaum noch behinderten. So übermütig Vhrynn auch sein mochte, so hart im Nehmen war er … und so unglaublich das schien, Sarrias konnte nur mit Mühe ein stolzes kleines Lächeln unterdrücken.

»Ich nenne es ›aufmerksam‹«, brummte er. »Und auch du solltest deine Augen besser dorthin richten, von wo dir Gefahr drohen könnte.«

»Dann müsste ich ja die ganze Zeit über nach hinten sehen«, alberte Vhrynn und warf seiner Reiterin einen fröhlichen Blick aus seinen verschiedenfarbigen Augen zu. Sie erwiderte das Lächeln nicht.

»Mein Vater hat Recht. Wir bewegen uns auf fremdem Gebiet und sollten so achtsam wie möglich sein.«

»Aber du hast viele Jahre hier verbracht, Millayn. So fremd kann dir das Gebiet nicht sein!«

»Vhrynn, ich lebte nicht im Wald. Nun schau nach vorne, bevor du stürzt und dir den Hals brichst.« Das hübsche Gesicht der zweibeinigen Frau hellte sich ein wenig auf, und ein schelmisches Funkeln trat in ihre dunklen Augen. Während sie mit den Fingern einer tätowierten Hand durch Vhrynns schwarz und weiß gesträhntes Haar fuhr, fügte sie hinzu: »Es wäre schade um dich.«

»Mir wird gleich übel, wenn ich euch jungen Kriegern

noch länger zuhören muss«, murrte Sarrias. »Früher wäre uns gewiss nicht eingefallen, auf dem Weg zu einem … zu einer …«

Mit gefurchter Stirn suchte der Graufalbe nach einem angemessenen Ausdruck für das, was ihr Ziel war, gab aber schon nach einem kurzen Augenblick kopfschüttelnd auf. »Wir hätten einander jedenfalls nicht geneckt, sondern uns auf unser Vorhaben und auf die Umgebung konzentriert.«

»Vielleicht wart ihr Alten ja deswegen so selten erfolgreich«, konnte Millayn sich eine spitzzüngige Bemerkung nicht verkneifen, weswegen Vhrynn schrill auflachte und mit dem gescheckten Kopf schlug.

»Ich bewundere deinen Mut«, lachte er. »Mir hätte Sarrias für solch harsche Worte vermutlich die Augen ausgekratzt, aber …«

»Sprich nicht über mich, als sei ich nicht anwesend«, fauchte der alte Krieger ärgerlich. »Und du solltest deine Zunge zügeln, Tochter. Auch wenn ich mich darüber freue, dass meine Züchtigung ihren Zweck erfüllt und dich am Ende doch auf den rechten Weg zurückgebracht hat, kannst du dir mir gegenüber noch lange nicht alles herausnehmen.«

Da stieß Vinnas, der wie üblich vor dem Grüppchen hertrabte, einen leisen Warnruf aus.

»Soldaten!«

Sarrias befahl den Übrigen, anzuhalten. Er schritt weit aus, als er sich anschickte, zu dem Krieger mit dem hellen Fell aufzuschließen; trotzdem verursachten seine Klauen auf dem nadelübersäten Boden nur ein leises Knistern.

»Wo?«, zischte er Vinnas zu, der zwischen zwei knorrigen Bäumen Deckung gesucht hatte und angestrengt zwischen den Stämmen hindurchstarrte. Der Jüngere deutete mit zwei krallenbewehrten Zeigefingern hangabwärts.

Sarrias' Brauen zogen sich zusammen, seine flache Nase kräuselte sich. Dort unten bewegte sich mit viel Getöse und Geschepper eine Gruppe von Zweibeinern auf einem schmalen Waldweg: Es mochten gut und gerne vier Hände voll sein. Ungefähr ein Viertel von ihnen war beritten, die übrigen gingen zu Fuß. Eines der schweren Pferde, die langsam bergaufwärts trotteten, wieherte nervös.

»Das sollen Soldaten sein? Sie tragen zwar Stoffe in den Farben von Gras und altem Blut, aber keiner bewegt sich im gleichen Schritt wie der andere. Und was ist das, was diese beiden da schleppen?«

»Es könnte eine Trage sein«, mutmaßte Vinnas.

»Das ist niemals eine Trage.« Sarrias schüttelte missmutig den Kopf mit dem kurzgeschorenen Haarstreifen. »Es scheint aus Metall zu sein. Vielleicht ein Schild.«

»Ein Schild?« Der Krieger mit dem weißen Fell schaute erstaunt auf die schwitzenden Zweibeiner hinab, die das große Rechteck aus Metall zwischen sich trugen, dann auf den runden Schild seines Anführers.

»Hältst du das nicht für ein wenig übertri …«

»*Jixur*!«, brüllte der Mann, der direkt vor dem Berittenen mit dem nervösen Reittier lief; es klang weniger entsetzt denn begeistert, und seine Hand deutete in Richtung von Vinnas. »Schnell, ihr Herren, macht sie nieder!«

Sein Schrei war noch nicht zwischen den Nadelbäumen verhallt, da hatten die Berittenen ihre Pferde bereits in einen trägen Galopp versetzt. Der den Warnruf ausrufende Soldat konnte gerade noch zur Seite springen, bevor er unter die Hufe des nächsten Tieres kam, dann sprengten die bunten Reiter auch schon vorwärts und zogen ihre Schwerter. Die bunten Fußgänger wiederum ließen größtenteils fallen, was sie bei sich trugen und schlugen sich in die Büsche. Nur die beiden Männer mit der ›Trage‹ arbeiteten fieberhaft daran, das schwere Ding aufrecht auf den Boden zu stellen, um sich dahinter zu ducken.

Sarrias schnaubte verächtlich. »Denen werden wir es zeigen! *Tötet sie*!«

Er stieg drohend auf die Hinterläufe und riss die gezackte Klinge und den runden Schild hoch; ohne Vinnas' Einsatz abzuwarten, stürzte er sich brüllend auf den schnellsten und somit vordersten bunten Reiter, der schwerfällig sein Schwert über dem behelmten Kopf schwang und dabei kreischte und lachte, als sei er irre.

Hinter Sarrias' Rücken erschollen vielstimmige Rufe. Die übrigen Krieger hatten seinen Schlachtruf aufgenommen und stürmten nun ebenfalls den Hang hinab.

Ein grimmiges Lächeln umspielte die Mundwinkel des Veteranen.

Dies wird ein leichtes Spiel.

Dann war er auch schon so dicht bei seinem gewählten Gegner, dass er die weißen Zähne in der klaffenden Mundhöhle des Mannes hätte zählen können, aber Sarrias verzichtete darauf. Die Spitze des langen Schwertes stieß auf den Jixur herab; bevor sie sich jedoch in seinen Schädel bohren konnte, tauchte der Graufalbe zur Seite weg, und der Stoß ging ins Leere. Sarrias' seitlich und nach hinten geführter Hieb hingegen traf sein Ziel, und der enttäuschte Ausruf des Halben wandelte sich zum Entsetzensschrei, als ein Vorderlauf seines Pferdes einknickte, die Sehne durchtrennt. Das Tier wieherte auf, als es fiel, und der bunte

Reiter wurde aus dem Sattel geschleudert. Mit einem metallischen Krachen landete er, den Kopf voran, auf dem Waldboden. Scheppernd rollte er den Hang hinab, gefolgt von einem Wirbel aus tiefrotem und strahlend grünem Brokatstoff und der eigenen Waffe.

Sarrias blieb keine Zeit, sein Werk zu bewundern, denn vor ihm flohen zwei Fußsoldaten ins Dickicht des Unterholzes. »Feiglinge!«, brüllte er. »Bleibt stehen!« Vermutlich hatte keiner der schwitzenden Halben seine Worte verstanden, aber einer wagte es immerhin, sich umzuwenden. Das war ein Fehler, denn es kostete ihn Geschwindigkeit und erlaubte Sarrias, eine Vorderklaue tief in seine bunt bekleidete Schulter zu graben. Das angstfahle Gesicht des Mannes verzerrte sich vor Schmerzen, dann warf der Krieger ihn zu Boden und machte einen kleinen Luftsprung, ganz so, als sei er ein übermütiges Fohlen. Mit beiden Hinterläufen landete er auf dem Brustkorb des Soldaten, der einknickte wie ein hohler Baumstamm; ein Schwall heißer Flüssigkeit klatschte gegen Sarrias' Fesseln, und er schnitt eine höhnische Grimasse.

»Es war sicherlich nicht eure beste Idee, uns anzugreifen«, grollte er. Der zweite Halbe schrie in panischer Angst auf; es war das schrille Kreischen einer Frau, das abrupt abbrach, als ein gut gezielter Wurf die Spitze von Sarrias' schwerem Messer durch ihr Genick trieb. Die Halbe schlug auf wie ein mit Steinen gefüllter Sack, der mit Schwung aus einem Karren geworfen wurde. Sarrias sprang über ihren ausgestreckten Körper, dann wandte er sich um, um sein Messer aus dem Hals der Frau zu ziehen, denn keiner der Gegner befand sich jetzt noch vor ihm; von überallher waren Kampfgeräusche zu hören. Vinnas hieb nicht weit von ihm entfernt auf weitere Fußsoldaten ein, die brüllend zu flüchten versuchten – da ertönte ganz in der Nähe Millayns Stimme.

»Hört sofort auf damit! Sarrias, gebiete ihnen Einhalt«, rief sie in Jixur, um sofort in der Sprache der Zweibeiner hinzuzufügen, »Haltet ein, ihr Idioten!«

»Halt«, rief Sarrias, bevor er überhaupt erfasste, was sein Fohlen damit bezweckte; ebenso instinktiv, wie er auf Millayns Order reagiert hatte, gehorchten ihm die übrigen Jixur. Vinnas ließ von seinen Gegnern ab, die ihrerseits ihre Versuche einer Gegenwehr einstellten, und das zarte Halbblut glitt neben einem gestürzten Reiter von Vhrynns Rücken.

Sicheren Schrittes näherte sie sich dem auf dem Rücken liegenden Halben, um den herum ein voluminöser Umhang aus kostbarem bunten Gewebe am Boden ausgebreitet war, und reckte ihm die Spitze des Dolches entgegen, den sie von ihrer ausgedehnten Besinnungsreise mitgebracht hatte. Sofort stellte der Mann seine Versuche ein, wieder auf die gepanzerten Beine zu kommen.

»Wawawas wollt ihr von uns?«, stammelte der Zweibeiner in einem säuselnden Tonfall, den Sarrias auch bei Millayn schon öfters gehört hatte.

Die Augen der jungen Frau verengten sich.

»Was fällt Euch eigentlich ein, Neiran?«, fauchte sie. »Wieso habt Ihr uns angegriffen? Wisst Ihr denn nicht, wen Ihr vor Euch habt?«

Der bunte Reiter blinzelte verstört; seine Lider begannen zu flattern und seine bleichen Lippen bewegten sich tonlos. Dann sank sein Kopf nach hinten.

»Vergebt mir«, stöhnte er. »Ich habe euch in dieser … *illustren Gesellschaft* nicht erkannt.«

Schloss Glaesdun, Glaesmon,
Königreich Craiglin

Harad Llew, Fürst Amreld, strich sich eine lange, dunkle Haarsträhne aus dem Gesicht und klemmte sie hinter das fleischige Ohr.

»Ich bin nicht betrübt, Matriarchin. Oder … oder vielleicht bin ich es ja doch.« Der stattliche Fürst seufzte schwermütig, um seine Worte zu unterstreichen; dann griff er nach dem gläsernen Kelch, den Celeste ihm reichte. »Was habe ich bloß falsch gemacht? Schon seit Ewigkeiten bin ich jetzt Gast auf Glaesdun, aber seine Majestät äußert sich einfach nicht. Er habe sich über seine Nachfolge noch keine weiterführenden Gedanken gemacht, er lebe sowieso noch lange, er habe andere Untertanen, die seiner Hilfe bedürfen, ich solle doch froh sein, dass sich meine Truppen hier quasi umsonst durchfressen könnten, solange ich hier sei, müsse ich in meinem eigenen Hause die Öfen nicht anfeuern, er habe grauenvolle Kopfschmerzen … und so weiter und so weiter. Kurzum, er will mir einfach keine Antwort geben.«

Amreld lehnte sich in dem schweren Rindsledersessel zurück, der einen Teil der Sitzgruppe im Vorgemach der Matriarchin darstellte. Nachdenklich starrte er in den mit tiefroter Flüssigkeit gefüllten Kelch, dessen Außenseite mit einem Muster aus Kristallen verziert war; Celeste hatte sich an diesem Abend erlaubt, ihm statt des üblichen Wassers Wein einzuschenken. Amreld schnupperte am Kelch und nahm einen vorsichtigen Schluck, dann seufzte er wieder schwer. »Dabei schien mir die Idee, ihm als Zeichen des Vertrauens und meiner Ernsthaftigkeit einen Großteil meines Heeres als Pfand anzubieten, so brillant. Man sollte doch meinen, dass ein König, der nicht über eigene Truppen verfügt, eine solche Geste zu schätzen wüsste. Diese tumben Zweitgeborenen – verzeiht, ich meine natürlich Eure Ritter von Craig, Matriarchin – kann man wohl kaum zählen, und ich persönlich fand es immer ein wenig peinlich, dass der König seine persönliche Sicherheit käuflichen Truppen anvertraut.«

»Eure Idee war wagemutig«, befand Celeste und nippte an ihrem Wein. Inzwischen fiel es der Frau mit den weizenblonden Haaren selbst schwer, Gleichmut und Gelassenheit zu demonstrieren, denn Iorwerths Verweigerungshaltung wurde von Tag zu Tag absurder. Allerdings war auch Fürst Amreld nicht ohne: Hatte sie ihn zunächst als unterhaltsamen Gast geschätzt und sich an seiner beeindruckenden Erscheinung geweidet, so beunruhigte sie nun doch seine immer wieder durchklingende Naivität. In der Politik eines Reiches hatten solche Menschen ihrer Ansicht nach nichts verloren ... auch wenn Amreld mit der Bezeichnung ›tumbe Zweitgeborene‹ für die Ritter des Ordens von Craig den Nagel leider auf den Kopf getroffen hatte.

»Sollten Grechna und Amberock eure Abwesenheit dazu nutzen, Krieg gegeneinander zu führen, wird niemand da sein, um sie aufzuhalten«, gab sie zu bedenken und raffte das Kleid ein wenig enger um sich; raschelnd glitt der Taft über ihre Haut, und ihr entging nicht, dass der Fürst einen verstohlenen Blick auf das riskierte, was von ihren Beinen zu sehen war.

»Nun ja, je geringer der Widerstand, desto weniger Verluste in meiner Provinz. – Das ist ein sehr guter Wein, Matriarchin.«

»Für den Preis, den der Händler dafür verlangt hat, sollte er das auch sein, Fürst.«

Amreld riss seinen Blick von Celestes in vergoldetes Schafsleder gehüllten Füßen los und sah ihr stattdessen ins Gesicht; er zog seine Brauen sorgenvoll hoch.

»Ich denke, ich werde mitsamt meines Heeres wieder abziehen. Meine Idee war dumm und hat niemandem einen Vorteil gebracht.« Der zweite Schluck war schon tiefer. »Ich habe mich vor Euch und vor dem König zum Narren gemacht. Selbstverständlich werde ich eine Entschädigung für die zertrampelten Wiesen und geleerten Vorratskammern zahlen. Und eigentlich müsste ich noch etwas für Seine Majestät drauflegen ... sein Gesichtsausdruck, als ich ihm mein Heer präsentierte, ist mir noch in bester Erinnerung. Vermutlich glaubte er, ich wolle ihn als Geisel nehmen.«

Cyn, hilf. Seine Gutgläubigkeit ist grenzenlos.

»Solange der König kein Machtwort spricht, ist es Eure Entscheidung, Fürst.« Celeste Goche zuckte mit den Achseln. »Ich werde Euch nicht beeinflussen. Schließlich habe ich alle Hände voll mit dem Beaufsichtigen meiner tumben Zweitgeborenen zu tun.«

»Oh, nun habe ich Euch beleidigt«, stieß Amreld peinlich berührt hervor; sein Gesicht verfärbte sich leicht.

»Das habt Ihr nicht«, gab Celeste zurück. »Genau wie Ihr sage ich bloß, wie es ist. – Trinkt, Fürst Amreld. Wir haben uns noch viel vorgenommen.« Sie wies auf den großen, irdenen Weinkrug, der auf einem Beistelltisch stand. »Immerhin hat keiner von uns beiden morgen eine schwierige Unterredung vor sich – Seine Majestät plant, fischen zu gehen.«

»Fischen«, wiederholte der dunkelhaarige Fürst; Celeste wusste, dass er vor seinem inneren Auge den greisen Monarchen gemeinsam mit einem der Verjig-Leibwächter, der vier Angelruten hielt, in einem schaukelnden Nachen sitzen und vor sich hin nörgeln sah, und unwillkürlich musste sie lächeln. In diesem Moment klopfte eine gepanzerte Hand an der Tür zum Vorzimmer.

»Matriarchin!«, ertönte eine aufgeregte Stimme. »Matriarchin! Es gibt wichtige Neuigkeiten!«

»Tretet ein«, befahl Celeste, deren Gesicht sich schlagartig rötete. Vor Aufregung berührte sie den Jadering, das Zeichen ihrer Amtswürde.

Sollte das endlich die ersehnte Botschaft sein? Hat meine kleine Millayn ihren Auftrag erfolgreich zu Ende gebracht?

Mit einem Mal recht beschwingt erhob sie sich aus ihrem Sessel; der Stoff des Kleides glitt wieder über ihre Beine. Auch das geduldige Warten auf die Erfolgsnachricht war ihr zunehmend schwerer gefallen, je merkwürdiger Iorwerth sich verhalten hatte …

Die Tür sprang auf, und ein Ritter im vollen Ornat stürzte herein. Er war vollständig gerüstet, bewaffnet und trug den rot-grünen Waffenrock und Mantel des Ordens; den Turmschild, den sowohl das Wappen von Craiglin wie auch die Insignien seiner Familie schmückten, hatte er an die der Tür gegenüberliegenden Seite des Ganges gelehnt.

»Was gibt es, Morgant?« Celeste versuchte, möglichst

unbeteiligt zu wirken, als sie ins aufgeregte Gesicht des Ritters sah. Der aber blickte zwischen ihr und Amreld hin und her, dann verneigte er sich.

»Matriarchin, Fürst – gut, dass ich Euch beide hier antreffe.« Er blickte über die gepanzerte Schulter zur Tür hinaus und winkte jemandem, den die Matriarchin von ihrem Standort aus nicht sehen konnte.

»Komm herein.«

»Tohor, Tohor.« Missmutig wackelte König Iorwerth mit dem Kopf, während seine Finger den Takt der heiteren Melodie mittrommelten, die die sechsköpfige Kapelle am anderen Ende des Speisesaales ihren Instrumenten entlockte. »Du wirst mich doch nicht etwa über den Tisch ziehen wollen?«

»Nur, wenn ich Euch dadurch aus einer Gefahr retten kann«, grollte der Verjig-Söldner, der ihm gegenübersaß. Die Grimasse, als der Vierarmige seine scharfen Zähne entblößte, sollte vermutlich ein Lächeln sein, aber den übellaunigen Iorwerth konnte der Scherz nicht erheitern.

»Ich will nicht, dass du Witze reißt«, murrte der König. »Ich will, dass du mir ein vernünftiges Angebot machst. Für den Preis, den du mir gerade genannt hast, könnte ich Amrelds komplette Armee ein Jahr lang ernähren! Soll ich das gleiche Gold für bloß vierzig Mann, was rede ich, vierzig *Verjig* bezahlen?«

»Ja.« Selbstzufrieden legte Tohor alle zwanzig Finger aufgespreizt ineinander. »Denn Ihr wisst, was gute Söldner wert sind.«

»Ich verstehe nicht, dass du nicht vor Scham errötest,

Tohor. Selbst mein Freund Ar'ron …« Er drehte sich ächzend zu dem anderen Verjig hin, der unbeweglich neben der Tür wartete, »… nicht einmal Ar'ron setzt sich für mich ein. Wo sind wir bloß hingekommen?«

Die trüben Augen blinzelten, als er sich wieder seinem Gesprächspartner zuwandte. »Tohor, es bereitet mir einfach kein Vergnügen, mit dir zu handeln. Du bist doch Verjig, wieso benimmst du dich dann nicht auch wie ein Krämer und gibst ein wenig nach?«

Tohor lachte rau und warf den Kopf zurück, so dass sein Haarschweif über die Lehne des Holzstuhles nach hinten flog.

»Majestät, hättet Ihr gesagt, Ihr könntet das Gold nicht aufbringen …«

»Ich kann das Gold nicht aufbringen«, schnappte Iorwerth.

»… dann hättet Ihr gelogen. Eure Schatzkammern sind randvoll, und ich werde mit dem Preis für unsere Dienste nicht noch weiter nach unten gehen. Wenn einer von uns beiden die Bezeichnung ›Krämer‹ verdient hätte, dann Ihr, Majestät.«

»Hrmph.« Hilfesuchend sah sich Iorwerth auf dem langen Tisch um; sein Blick blieb an dem Weinkrug hängen, aus dem er sich ursprünglich hatte einschenken wollen. »Möchtest du vielleicht Wein, Tohor?«

»Wollt Ihr mich betrunken machen?«, lachte der Söldner; in diesem Moment flog die schwere Tür auf und prallte krachend an die Wand. Eine Kakophonie von Misstönen entfloh den Instrumenten der erschrockenen Musikanten, aber schon Augenblicke darauf spielten die vier Männer und zwei Frauen der Kapelle wieder im Gleichtakt, denn durch die so schwungvoll geöffnete Tür traten bloß die Matriarchin und der junge Amreld in den Saal.

Celestes Gesicht war leichenblass, das des Fürsten hochrot.

»Hört mit der Dudelei auf«, befahl Celeste der Kapelle und wandte sich dem greisen König zu. »Majestät, wir ...«

»Wer hier aufhört und wer hier dudelt, bestimme immer noch ich«, schnauzte Iorwerth sie an. »Spielt weiter, mir ist nach lustigen Tanzweisen zumute.« Die Bewegungen, die er zur Untermalung des Gesagten mit den Armen vollführte, ließen allerdings eher darauf schließen, ihm sei nach Fliegen zumute.

Ich möchte ihn erwürgen ...!

Celeste vollführte eine ärgerliche Geste mit der rechten Hand.

»Aber Majestät, wir bringen wichtige Neuigkeiten! Wir werden angegriffen!«

Nun verstummte die Musik endgültig. Auch aus Iorwerths faltiger Kehle drang kein Laut. Der Gesichtsausdruck des alten Herrn ließ darauf schließen, dass seine schlimmsten Befürchtungen wahr geworden waren, aber so schlecht Celeste sich in diesem Augenblick auch fühlte – Iorwerth hatte sich zumindest in Notsituationen noch im Griff, und das beruhigte sie auf eine gewisse Weise. Selbst das geknurrte »Ich habe es Euch doch gesagt«, das sie schon so oft zu hören bekommen hatte, blieb aus.

»Gebirgsjäger des Fürsten wurden südlich von hier von Sturmwerk-Soldaten angegriffen. Nur einer überlebte.«

»Sturmwerk-Soldaten?«, stieß Iorwerth ungläubig hervor. »Kriegsautomaten? Und beinahe hätte ich Euch geglaubt, Mädchen.« Er rollte mit den blassen Augen. »Gavenne wurde im letzten Krieg vernichtend geschlagen, die Automaten zerstört, und außerdem waren meine Beziehungen zu den Gilden immer gut. Zwar traue ich meiner Nichte Elane vieles zu, aber selbst sie käme niemals auf die abgefeimte Idee, *Kriegsautomaten* gegen uns zu senden.«

»Ihr könnt den Mann selbst befragen, wenn Ihr es wünscht«, bot Amreld an. »Die Soldaten, die die Automaten begleiteten, trugen Ausrüstung und Uniformen, wie sie die Söldner aus Okenwall gerne verwenden, und Ihr wisst ja, bei welchem Eurer Nachbarn diese zu Tausenden in Lohn und Brot stehen.«

Iorwerth rieb sich am Kinn.

»Nein. Elane hätte niemals Automaten zugelassen.«

»Was war das?«

Im ersten Augenblick hatte Celeste einen der Musikanten am anderen Ende des Saales verdächtigt, den merkwürdigen Ton verursacht zu haben, der sie und Amreld hatte aufhorchen lassen, aber die Mitglieder der Kapelle hatten ihre Instrumente sinken lassen und warteten nur darauf, von Iorwerth entlassen zu werden.

Dann erscholl das Geräusch wieder: ein weit entferntes Pfeifen, das leises Donnern übertönte.

»Auf die Zinnen«, krächzte der alte König und sprang so hastig auf, wie es ihm möglich war. »Ich will sehen, was da los ist! Tohor, komm.«

»Unsere Verhandlungen waren noch nicht beendet, Majestät«, lehnte der Verjig ruhig ab.

Der König riss die Augen weit auf.

»Du hast vielleicht Nerven, Hauptmann!«

Tohor zuckte mit allen vier Achseln.

»Ich habe Ausgaben.«

»Von mir aus.« Iorwerth winkte ab. »Du sollst bekommen, was du verlangst – jetzt stütze mich gefälligst. Und wo ist überhaupt meine Krone? Ar'ron! Ar'ron, such meine Krone!«

Der hünenhafte Tohor ergriff den Arm des alten Monarchen, der eilig davonhumpelte.

Celeste sah den Fürsten Amreld an, dessen verlegener Blick ihr seine Hilflosigkeit signalisierte; dann beeilte sie sich, ihrem König zu folgen.

Kurz vor Glaesmon, Königreich Craiglin

Bis zu dem Moment, wo der dichte Wald spärlicherer Vegetation gewichen war und den Überresten der Zweiten Armee einen faszinierenden Blick auf den tiefen Talkessel von Glaesmon gewährt hatte, bis zu dem Augenblick war Rika nicht der geringste Zweifel an ihrem Unternehmen gekommen. Den König von Craiglin für die Dreistigkeit bestrafen, mit der er provozierende Attacken auf Hochthal durchgeführt hatte, das war ihr größter Wunsch gewesen. Als sie dann jedoch mit den anderen Mitgliedern des Stabes bei Sonnenuntergang am Waldrand gestanden und ins Tal hinabgeblickt hatte …

In der Mitte des Tales hatte sich hell das Schloss des Königs von Craiglin erhoben, an dessen Außenmauern sich zahllose Gebäude schmiegten. Craiglin war nicht Hochthal, aber nichtsdestotrotz handelte es sich um eine beeindruckende Stadt … eine Stadt, die das kleine Tal beinahe vollständig ausfüllte.

Was jedoch Rikas Aufmerksamkeit fast völlig für sich beansprucht hatte, war das Heer gewesen, das vor der Königsstadt lagerte. Dunkelblaue Zelte und wehende Fahnen in verschiedenen kräftigen Farben übersäten die grünen Wiesen und goldenen Felder entlang der Hauptstraße nach Glaesmon, und zum ersten Mal war ihr bewusst geworden, dass das, was Joseph und die Zweite Armee hier taten, eine – wie Söldner Oherne es ausgedrückt hatte – *Kriegshandlung* war.

Mit der Anwesenheit einer solch großen Armee hatte auch Joseph nicht gerechnet. Sein dunkles Gesicht hatte ernst ins Tal hinabgeblickt, und Oherne hatte auf vereinzelte Zelte gedeutet.

»Diese Farben. Die Gebirgsjäger, die wir erwischt haben, gehörten zu diesem Heer.«

»Dann haben sie uns also erwartet.« Wachtmeisterin Domitienne hatte nachdenklich an ihrer Unterlippe genagt, aber Joseph hatte bloß mit den Schultern gezuckt.

»Es macht keinen Unterschied. Vielleicht … vielleicht erleichtert es unser Vorhaben sogar.« Dann hatte er sich mit einem merkwürdigen Lächeln auf den Lippen Rika zugewandt.

»Bist du immer noch der Ansicht, es sei klug gewesen, mit uns hierherzukommen, Rika Robertstochter?«

»Ich gehöre zum Stab der Zweiten Armee«, war Rikas ausweichende Antwort gewesen. »Dort, wo ihr seid, bin auch ich.«

Tatsächlich aber war das flaue Gefühl in ihrer Magengrube wieder da, das sie nun schon seit einiger Zeit nicht mehr gespürt hatte.

Aeledd, wenn du auch jetzt bei mir bist … hilf uns.

Sie hatten noch eine Weile in das Tal hinabgestarrt, bis die Sonne vollends hinter den Berggipfeln verschwunden war, dann hatte der Leutnant den Soldaten ihre Aufgaben zugewiesen. Shoran sollte einen Trupp Fußsoldaten gefechtsklar machen, die Joseph hinab ins Tal begleiten würden, während Oherne und seine Leute den Automatentross mit ›Reißern‹ flankieren sollten. Domitienne und

Gerland leiteten die riesigen Grinser, deren weiße Gesichter im Fast-Dunkel leuchteten: Jeweils auf der Schulter eines der großen Automaten sitzend hatten sie unter Zuhilfenahme von Trichtern aus Metall, die ihre Stimmen verstärkten, der ersten Reihe Befehle in altgavennischer Sprache zugebrüllt, bis das gleichförmige Stampfen der ›Zinnsoldaten‹ den Boden hatte erzittern lassen. Die paar Soldaten, die der ersten Reihe folgten, um die Automaten notfalls zu ›warten‹, mussten all ihre Sinne beisammen halten, um nicht versehentlich unter die großen Metallfüße zu geraten.

Im Zeltlager war es allerdings erst zu Anzeichen von Aktivität gekommen, als die Wachtmeisterin einen der schnarrenden und brummenden Automaten angewiesen hatte, zu *feuern*. Rika hatte mit Flammenstößen aus dem Ofenrohr des Zinnsoldaten gerechnet; außer einem tiefen Summen, das die Schädelknochen in Schwingungen versetzte, war jedoch zunächst nichts geschehen. Dann war etwas mit lautem Pfeifen aus dem Ofenrohr herausgeschossen …

Inzwischen war es völlig dunkel. Rika war die Aufgabe zugefallen, die verbliebenen Reißer so einzuweisen, dass Domitienne oder Gerland sie bei Bedarf einfach hinter den anderen herschicken konnten. Das Mädchen war sich ziemlich sicher, dass Joseph sie das nur tun ließ, damit sie beschäftigt war und niemandem sonst im Weg herumstand oder – noch schlimmer – Unheil anrichten konnte. Ihre ersten Versuche, die Automaten auszurichten, waren gründlich fehlgeschlagen, da sie vergessen hatte, ihrem ersten Befehl ihren Vornamen voranzustellen. Nun aber standen die vier *Raxides* mit den flachen Köpfen und flügelartigen Klingenbündeln in Reih und Glied und starrten mit ihren Glasaugen andächtig auf das Gewimmel im Tal.

»Hallo, meine Süße.«

Sie war so damit beschäftigt gewesen, die Automaten zu beobachten, dass sie Shoran überhaupt nicht hatte kommen hören; überrascht wandte sie sich um.

»Oh, hallo.« Ein erschöpftes Lächeln breitete sich auf Rikas Gesicht aus, ihre sommersprossige Nase kräuselte sich. »Meine Reißer sind ausgerichtet. Hast du deine Soldaten bereit gemacht?«

»Ja, wir sind soweit. Jetzt brauchen wir bloß noch zwei *deiner* Reißer, dann können wir uns auf den Weg zum Schloss machen.«

»Was?« Da war er wieder, der Klumpen im Magen, begleitet von einem merkwürdigen Gefühl nahenden Unheils. Rika schluckte. »Du begleitest den Leutnant?«

»Ja, er kommt mit mir.« Auch Joseph hatte sie nicht kommen hören, und doch tauchte er plötzlich neben ihr auf. »Vergiss nicht«, der Leutnant lächelte schwach, »dass ich ihn bisweilen zum Denken brauche. – Der Rote führt unter anderem die Lagepläne des Schlosses mit sich, die das Jixurmädchen als Gegenleistung für ihre Freiheit für uns gezeichnet hat. Selbstverständlich sollten alle Mitglieder meines Trupps die Pläne auswendig kennen, aber sicher ist sicher.«

Rikas Brauen zogen sich zusammen.

»Was, wenn sie gelogen hat?«

»Wieso hätte sie lügen sollen? Zu dem Zeitpunkt stand noch nicht fest, dass wir sie freilassen würden. Wären die Pläne falsch gewesen und einer von uns wäre zu ihr zurückgekehrt …«

Der Schlosser überließ es Rikas Fantasie, sich auszumalen, was die erzürnten Soldaten dann mit dem Halbblut angestellt hätten, das in einem Vorratsgewölbe im Ratskeller von Gres eingesperrt gewesen war.

Rika sah erst den Schlosser aus großen, goldenen Augen an, dann den Shathatoka. »Bitte, Leutnant … geht nicht. Ich habe kein gutes Gefühl bei der Sache, so, als … ich weiß nicht. Ihr seid nur so wenige, und da unten ist eine ganze Armee.«

»Deswegen bin ich ja dabei.« Shoran zwinkerte ihr zu; noch hatte sich die allgemeine Anspannung, die unter den Soldaten herrschte, nicht auf ihn übertragen. »Mach dir keine Sorgen, Rika, wir wissen genau, was wir tun. Die Truppen da unten werden mit den Zinnsoldaten beschäftigt sein. Um ein paar komische Figuren wie uns werden sie sich kaum kümmern, wenn eine Reihe turmhoher Grinser sie zu zermalmen droht … und falls sie uns zu nahe kommen, hetzten wir ihnen eben unsere blechernen Hirtenhunde auf den Hals.«

Hirtenhunde.

Der Gedanke an den zerrissenen Kadaver ihres Hundes trieb Rika augenblicklich Tränen in die Augen. Sie schüttelte den Kopf, um die böse Erinnerung zu vertreiben.

»Aber im Schloss«, drängte sie weiter, »da sind keine Automaten, die von euch ablenken können. Die Reißer können euch nicht hineinbegleiten. Hast du, Leutnant, nicht gesagt, die Sturmwerk-Soldaten könnten sich in Gebäuden nicht orientieren und wären mehr im Weg als nützlich? Ihr seid bloß zwanzig Mann. Wer weiß, wie viele Soldaten euch dort drinnen erwarten?«

»Nach Aussagen der kleinen Pferdefresserin eine Handvoll Ritter und eine Abteilung Söldner«, zuckte Shoran mit den Achseln. »Mit denen werden wir fertig.«

»Wir gehen nicht dort hinein, weil wir den Kampf suchen, sondern weil wir den König suchen«, korrigierte Joseph den Shathatoka ruhig. »Wenn alles glattgeht, muss keiner von uns sein Schwert ziehen.«

Rika atmete tief durch, aber das mulmige Gefühl im Magen wollte nicht weichen.

Sie sah zu Joseph auf.

»Ich werde euch begleiten.«

»Ausgeschlossen.« Josephs Miene wurde hart. »Du bist eine Sturmzwingerin, Rika Robertstochter, und viel zu wertvoll. Dein Leben dürfen wir unter gar keinen Umständen aufs Spiel setzen.«

»Auch dein Leben ist wertvoll, Leutnant! Wenn du dort unten im Tal fällst, wer bringt uns dann wieder zurück?«

»Domitienne«, entgegnete Joseph ungerührt. »Einen zweiten Sturmzwinger haben wir allerdings nicht.«

»Aber ich könnte euch helfen«, flehte sie.

»Willst du denn im Schloss einen Sturm heraufbeschwören?« Diesmal war es Shoran, der sprach. Sanft legte er zwei Hände auf ihre Schultern. »Es tut mir leid, Rika. Im Gebäude bist du uns ungefähr so viel nütze wie einer der Automaten. Bitte bleib hier … in Sicherheit.«

»Das wird sie«, versprach der Leutnant und signalisierte mit einem Handzeichen, dass die Diskussion beendet war. »Und damit wir ganz sichergehen können, dass sich die junge Dame auch an ihre Befehle hält, werde ich einen der Soldaten dazu abstellen, sie im Auge zu behalten.«

Damit drehte sich der Schlosser um und ging.

Rika starrte ihm einen Moment lang fassungslos hinterher, dann sah sie zu Shoran auf; die ›Zahnreihen‹ auf seinen Wangen bewegten sich nach oben.

»Bis später, meine Süße«, lächelte er und beugte sich vor, um ihr einen zärtlichen Kuss auf die Lippen zu drücken. »Lauf bloß nicht weg, hörst du?«

Es kostete Rika Mühe, sein Lächeln zu erwidern, denn die Furcht, die sie erfasst hatte, ließ sich kaum noch niederkämpfen.

»Bis später, Shoran«, flüsterte sie, und am bergigen Horizont leuchtete es kurz auf.

Wiesen von Glaesmon, Königreich Craiglin

Bereits auf den Zinnen des Schlossturmes hatte Harad Llew den Schutzherrn Craig, Cyn und alle Götter angefleht, ihn zu kneifen, damit er schnell aufwache.

Die die Hänge ins Tal hinabstolpernden Riesen mit den Komödiantenmasken hatte er zunächst für eine Erscheinung gehalten, eine Folge des Weines, den zu trinken er nicht gewohnt war. Als er jedoch in die fassungslosen Gesichter der anderen Anwesenden geblickt hatte, war ihm bewusst geworden, dass die bizarren Gestalten Wirklichkeit waren: Sturmwerkszeug, Überbleibsel des letzten großen Krieges – und ein schneller Blick in die schreckensweiten grünen Augen der Matriarchin hatte ihm eröffnet, dass von ihrer Seite diesmal keine Hilfe zu erwarten war.

Der Erste, der seine Sprache wiedergefunden hatte, war der greise König gewesen.

»So, Jungchen«, hatte er bleich, aber gefasst gekrächzt und Amreld fixiert, »jetzt könnt Ihr uns zeigen, was in Eurer vielgepriesenen Armee steckt … und damit meine ich nicht bloß Bier, Knochen und Eingeweide.«

»Ich, ähm, verstehe nicht so recht«, hatte Amreld gestammelt und dabei nervös eine Haarsträhne um seinen kräftigen Finger gedreht, aber das hatte der König nicht gelten lassen.

»Unsinn, Amreld, Ihr versteht mich ganz genau. Ich will,

dass Ihr Euren fetten Hintern auf ein Pferd schwingt und diese Dinger aufhaltet.«

»Wie denn?«

»Was fragt Ihr mich? Besitze ich eine Armee? Es sind Eure Soldaten, Fürst! Los, los, verschwindet, Amreld. Tut etwas …«, eine faltige Hand deutete auf die im Dunklen anrückenden Automaten, »… dagegen. Na los.«

Wie betäubt war Harad Llew die steilen Treppen des Turmes hinabgestolpert; dass der hünenhafte Leibwächter den im Wechsel protestierenden und nach seiner vermissten Krone rufenden Iorwerth hinter ihm her ins Innere des Schlosses geschoben hatte, hätte der Fürst zu anderer Zeit sicherlich belächelt, auch, dass der Verjig für das Keifen des Greises bloß ein lakonisches, »Ich muss Euch in Sicherheit bringen, Majestät«, übrig gehabt hatte. Natürlich, denn wer würde den Sold bezahlen, falls dem König etwas zustieße?

Aber in diesen schlimmen Augenblicken hatte Amreld an nichts anderes denken können als an seinen nahenden Tod. Er befürchtete, dass seine Männer gegen die metallenen Ungeheuer nichts ausrichten konnten, und die wachsbleichen Gesichter der Soldaten, an denen er kurz darauf vorbeigeritten war, hatten ihn in diesem Gedanken bloß bestärkt. Obwohl er ihnen mit kräftiger Stimme zugerufen hatte, dass es auch den Thälern gelungen sei, die Automaten zu besiegen, fühlte er sich nicht halb so zuversichtlich, wie er klang … denn Harad Llew war tief in seinem Herzen weder Soldat noch Staatsmann. Er war lediglich ein Mann, der seine Ruhe wollte.

Und die sollte er gegenwärtig nicht bekommen.

Als er an der Spitze seiner Truppen auf die stampfenden

und schnarrenden Giganten zugaloppiert war, hatte er nicht geglaubt, dass es noch schlimmere Augenblicke im Leben eines friedliebenden Menschen geben könne. In dem Moment jedoch, in dem er flach an den Rücken seines zum Glück verständigen Reittieres gepresst zwischen den mächtigen Beinen zweier Automaten hindurchflog, da wusste er, dass dies erst der Beginn eines schrecklichen Alptraumes war. Überall auf den Wiesen von Glaesmon schrien Menschen, stampften Kriegsautomaten, schrillten Pferde. Verzweifelte Soldaten prügelten mit ihren nutzlosen Schwertern auf die Gliedmaßen der Sturmwerkstruppen ein, um im nächsten Moment von riesigen Füßen zertreten oder von langen Armen erschlagen zu werden. Aus dem Augenwinkel heraus meinte er zu sehen, wie ein Automat mehrere Männer mit einem einzigen Stoß des angespitzten Armes aufspießte …

»Sie sind langsam«, schrie da jemand in sein Ohr. »Man kann sie ausmanövrieren!«

»Morgant!« Verblüfft starrte Amreld den Ordensritter an, dessen Schimmel sich durch das Kampfgetümmel an ihn herangearbeitet hatte. »Wo kommt Ihr denn auf einmal her?«

»Die Matriarchin befahl den Rittern, Euch zu unterstützen.« Eine gepanzerte Hand, die eine brennende Fackel trug, wies auf vereinzelte bunte Banner, die sich zwischen den Soldaten der Provinz Amreld zeigten. Der Fürst schüttelte seinen Kopf.

»Dann werden auch sie sterben.«

»Wäre es Euch lieber gewesen, im Schloss auf Euren Tod zu warten?«, rief Morgant. »Mit diesem Werkzeug werden sie die Mauern einfach wegreißen. Nein, Fürst, lieber sterbe ich hier draußen. Außerdem … wie ich schon sagte, sie sind langsam.« Wie um seine Behauptung zu demonstrieren duckte sich der Ritter unter dem Schlag eines Automaten weg, um sich dann übermütig lachend wieder im Sattel seines Schimmels aufzurichten.

»Aber wir können nicht ewig um sie herumtanzen«, rief Amreld, den Morgants gute Laune tief traf. »Habt Ihr Euch einmal die Mühe gemacht, sie zu zählen? Zehn sehe ich alleine jetzt, und schon wieder kommen welche den Hang hinab. Es sind einfach zu viele! Sie werden das Schloss und den König früher oder später erreichen!«

»Vielleicht können wir sie dazu bringen, sich gegenseitig zu treffen, wenn wir nur eng genug um sie herum unsere Kreise ziehen«, brüllte Morgant zurück. Amrelds Pferd wich einem schreienden Soldaten aus, der sich das blutüberströmte Gesicht mit beiden Händen hielt. »Oder wir kümmern uns um die, die diese Dinger lenken«, schlug der Ritter vor. »Wo auch immer sie sein mögen.«

»Dazu müssten wir vermutlich erst einmal den Berg hinauf.« Amreld konnte bei den herrschenden Lichtverhältnissen auf diese Distanz nichts außer Automaten erkennen, die sich ins Tal hinabwälzten. »Und ob sie … *Vorsicht*!«

Die Warnung kam zu spät. Das im Licht der Fackel plötzlich aufblitzende Tier hatte sich schon auf den Ritter gestürzt. Blut spritzte, als sich große Kiefer krachend um Morgants behelmten Kopf schlossen, dann verschwand der Ritter in einem Wirbel aus Klingen, Klauen und Zähnen.

Dass es sich nicht um ein Tier, sondern einen Automaten handelte, um ein Kriegswerkzeug in Tiergestalt, das wurde Harad Llew sofort klar, als das Ding Morgants Körper fallen ließ ohne den Leckerbissen überhaupt zu versuchen. Es funkelte den Fürsten aus stumpfen, gläsernen Augen an.

Es würde sich auf ihn stürzen und ihn zerreißen.

Instinktiv riss er sein Pferd herum, sein langes Haar schlug ihm ins Gesicht; er hörte das Schnarren des Metalltieres, wusste, dass es in diesem Augenblick sprang – und jagte den Braunen mit einem ängstlichen Aufschrei vorwärts, mitten durch ein leeres, dunkelblaues Mannschaftszelt. Es polterte und klirrte, als liegen gelassenes Kochgeschirr unter die Hufe seines Pferdes geriet, dann waren sie auch schon wieder im Freien. Hinter ihm schnarrte und klapperte der schreckliche Automat – aber …

Trotz seiner Furcht wagte Amreld, über die Schulter nach hinten zu blicken, wo der Automat mit der Bespannung des Zeltes kämpfte. Die Hinterläufe hatten sich in den Seilen verfangen, die die Außenhaut der Unterkunft straff mit dem Boden verbunden hatten, und die hässlichen Kiefer der metallnen Bestie schnappten nach dem Stoff, um ihn zu zerfetzen. Dabei verlor es das Gleichgewicht und stürzte mit Getöse um; hilflos scharrten die blitzenden Klauen in der Luft.

»Das ist es«, stieß der Fürst hervor. »Das ist es! Seile! Wir bringen diese Ungeheuer zu Fall!«

Aber als er sich umdrehte, um den Einfall seinen Soldaten zuzurufen, musste er feststellen, dass er und sein Pferd alleine waren. Ein lückenhafter Strom von Männern in dunkelblauen Waffenröcken wälzte sich über die Wiesen von Glaesmon auf die Häuser der Stadt zu, angeführt von den farbigen Bannern der Ritter von Craig.

Kurz vor Glaesmon, Königreich Craiglin

Verdammt, es lässt sich einfach nicht festzurren!«

Rika hatte ursprünglich ein viel schlimmerer Fluch über die Lippen kommen wollen, aber aus Rücksicht auf die Ohren des Soldaten, der ihr zur Hand ging, hielt sie sich zurück; nicht, dass Soldatenohren nicht Schlimmeres gewohnt waren, aber das Mädchen hoffte insgeheim, auch ihren eigenen Ärger in den Griff zu bekommen, wenn sie nicht so wild fluchte.

»Warte, ich helfe dir.« Der Soldat mit dem zerfurchten Gesicht, dessen Name Bran war, griff mit einer schwieligen Hand nach dem Gurt des Sturmkubus, der sich so vehement seiner Befestigung auf dem Rücken des Reißers widersetzte. Der *Raxide*, dessen metallene Flanke die getriebene Ziffer 4 verzierte, hatte Schwierigkeiten gemacht: Nur zögerlich war der Automat den Befehlen nachgekommen, die Oherne ihm erteilt hatte. Mal stockte, mal stolperte er, und so hatten die Okenwaller Söldner ihn zu Rika und ihrem ›Aufpasser‹ zurückgebracht und gegen einen anderen Reißer ausgetauscht.

Aus der Vogelperspektive dabei zuzusehen, wie Grinser im flackernden Schein der Lagerfeuer dunkle Pünktchen zertraten, die vermutlich Menschen waren … nein, das hatte Rika nur kurz ertragen. So hatte sie sich zum Ziel gesetzt, herauszufinden, was dem verwirrten Automaten fehlte.

Schon nach wenigen Minuten waren Rika und Bran auf den Gedanken gekommen, der Sturmkubus, aus dem der *Raxide* seine Sturmkraft bezog, könne defekt sein, und hatten sich darangemacht, den flachen Tornister auszutauschen.

»Da.« Bran zog kräftig an einer der Strippen und ächzte, als auch ihn die Kraft verließ.

»Jetzt sollte es halten.«

Rika beugte sich vor, um mit kritischem Blick den Sitz des alles andere als kubusförmigen Kubus zu begutachten. Die Anschlüsse schienen ineinanderzugreifen.

»Nun müssen wir bloß noch herausfinden, ob er jetzt tut, was er soll. Geh beiseite.«

Der Soldat ließ sich das nicht zweimal sagen; schnell sprang er aus der Reichweite der metallenen Reißzähne und Klingen, während Rika neben den Automaten trat.

»Rika«, sprach sie ihren Namen laut und deutlich in das tütenförmige Kunstohr. »*Raxide 4, coutte.*«

Ein Schnarren ertönte, als sich der Hals der Kreatur aufrichtete und sich die Schnauze in ihre Richtung wandte; auch wenn Rika wusste, dass es nur Einbildung sein konnte, so glaubte sie doch fast, einen Funken von Leben in den Glasaugen des Automaten zu erkennen.

Er sieht beinahe aus wie Herkie.

»*Avanx.*«

Knirschend bewegten sich die metallenen ›Muskeln‹ des mannshohen Automaten, und er trottete ein paar Schritte vor.

»*Arretz.*«

»Einwandfrei«, freute sich Bran, als Raxide 4 augenblicklich stoppte. »Sieht ganz so aus, als hätten wir ihn geflickt. Vherc ist mit Sicherheit stolz auf uns.«

»Ja, sieht ganz so aus. – Was glaubst du, wann der Leutnant wiederkommt?«

»Hmm, keine Ahnung.« Das wettergegerbte Gesicht des Älteren verzog sich nachdenklich. »Aber sie sind ja gerade erst aufgebrochen. Lass es mal eine Dreiviertelstunde her sein.«

»Das gibt's doch nicht.« Nervös fuhr Rika mit den Fingern durch die dunklen Locken, die offen über ihre Schultern hingen. Ihr kam es vor, als sei es schon viele Stunden her, dass Joseph, Shoran und die anderen in Richtung des Schlosses losgezogen waren.

Sie wäre so gerne Zeugin geworden, wie der König von Craiglin sich vor den Schwertern seiner Inquisitoren schlotternd zur Schuld am Tod ihres Vaters bekannte. Dass Joseph sie nicht hatte mitgehen lassen, ärgerte sie maßlos. Bran würde sie natürlich nicht aus den Augen lassen, und sie wusste ganz genau, dass ihr der große Mann läuferisch überlegen war. Außerdem konnte sie sich nur schlecht alleine im Dunkeln durch ein Kriegsgebiet schlagen …

Ich werde sie nie wiedersehen.

Da war sie wieder. Mit klammen Fingern griff die diffuse, unerklärliche Angst nach Rikas Herzen und drückte zu, bis sie glaubte, es nicht mehr auszuhalten. Ächzend lehnte sie sich an die Flanke des Automaten; ihr Herz klopfte bis zum Hals.

Wenn ich jetzt nichts unternehme, werde ich keinen von ihnen jemals wiedersehen.

Sie sah nach Bran, der gerade einen von zahlreichen Ölflecken auf seinem hellen Waffenrock entdeckt hatte und ihn nun stirnrunzelnd betrachtete.

Rika starrte auf den Reißer, der sie so an Herkie erinnerte. Was hatte Domitienne gesagt?

Hast du schon einmal einen spurtenden Reißer verfolgt, um ihm einen neuen Sturmkubus aufzubinden?

Über das, was Rika dann tat, sollte sie sich später selbst wundern, aber in diesem Augenblick erschien es ihr völlig normal: Sie kletterte an der metallenen Flanke des Automaten nach oben und ließ sich hinter dem Sturmkubus hart in seinen Rücken fallen.

»*Raxide 4, avanx!*«

Dem entgeisterten Blick des Soldaten setzte sie ein schrilles Auflachen entgegen, als sich der Automat in Bewegung setzte. Erst langsam, dann immer schneller sprang er mit langen Sätzen hinab ins Tal.

Dass Rika unbehelligt durch die Schlacht zwischen Automaten und Blauhemden gekommen war, verdankte sie der Schnelligkeit und dem abschreckenden Äußeren ihres ›Hundes‹, aber auch der Tatsache, dass die meisten Soldaten inzwischen damit beschäftigt waren, in die Häuser von Glaesmon zu fliehen. Im Vorbeieilen sah sie, wie eine Frau in einem blutbespritzten blauen Waffenrock von einem Automaten verfolgt wurde, an dessen Vierkantarm mehrere Leichen baumelten. Panisch brüllend trommelte die Frau an die Tür eines kleinen Wohnhauses, die sich zu ihrem großen Glück auftat. Kaum war die Tür hinter der furchtsamen Soldatin ins Schloss gefallen, blieb der Grinser stehen; sein Arm, der eben noch zum Angriff ausgeholt hatte, sank nach unten. Während die durchbohrten Leichen zu Boden glitten, wandte der Automat suchend den Oberkörper, dann fiel der Blick der Glasaugen auf ein weiteres freilaufendes Ziel, und rumpelnd machte er sich zur Verfolgung auf.

Vereinzelt traf Rika auf gegnerische Soldaten, die durch die fast verlassenen Straßen von Glaesmon eilten, aber die Götter – vor allem natürlich Aeledd – waren mit ihr. Die anderen suchten ihr Heil in der Flucht, als sie den *Raxide* sahen. Die einzigen Schwierigkeiten auf Rikas Weg zum Schloss Glasesdun waren, dass der Reißer nicht zum Reiten geschaffen worden war und die scharfen Kanten und groben Fertigungsnähte tief in ihr Hinterteil schnitten … und die Tatsache, dass ihr dummerweise das altgavennische Wort für ›rechts‹ nicht mehr einfallen wollte.

Sie musste etliche Umwege in Kauf nehmen, bis sie endlich das Schloss erreicht hatte. Auf dem Turm wehte, von Fackeln beleuchtet, ein grünes und rotes Banner, und eine von Gaslampen flankierte Pflasterstraße führte bis zu der imposanten Treppe, die an den großen Vordertoren endete.

»Hier also wohnt er«, flüsterte Rika, als sie an dem beeindruckenden Gemäuer hochsah. In diesem Schloss residierte der König von Craiglin … der Mörder ihres Vaters, und, wenn man etwas weiter ausholte, auch der Mörder von Micael Ivarssohn, dem blonden Jungen aus Dunlet, der ohne Wissen seiner Mutter ausgezogen war, um große Taten zu vollbringen.

Rika biss sich auf die Unterlippe, dann schüttelte sie den Kopf. Sie musste sich konzentrieren.

»Hilf mir, Herkie«, flüsterte sie ihrem Reißer zu.«Ich kann ja nicht einfach zur Vordertüre hereinspazieren und fragen, ›Habt ihr hier irgendwo die Zweite Armee der Thäler gesehen?‹«

Mit einem Zipfel ihres Waffenrockes wischte Rika Schweißperlen von Stirn, Nasenrücken und Oberlippe. Die Tore waren geöffnet, aber zwei schwer gepanzerte Rittersleute hielten davor Wache. Sie trugen große Schwerter in einer Hand; die andere umklammerte jeweils den Griff eines gut mannshohen, schwer aussehenden Metallschildes.

»Im Gegensatz zu den anderen kenne ich die Lagepläne des Schlosses nicht«, fuhr sie nach einer kleinen Pause fort, in der sie und ihr metallenes ›Reittier‹ sich den Doppeltüren unaufhaltsam näherten. »Uns wird also nichts anderes übrigbleiben, als – oh weh. *Raxide 4, ataq!*«

Schnarrend stürzte sich der Reißer auf den Gepanzerten, der das Schwert hochgerissen hatte und Rika nun laut nach Verstärkung rufend entgegenlief. Das Mädchen bezweifelte, dass der Mann sie überhaupt wahrgenommen hatte, denn sein Blick war starr auf den Automaten gerichtet, der mit gespreizten Klingenbündeln und geöffneten Kiefern auf ihn zuflog. Nichtsdestotrotz zog sie die Beine an und schmiegte sich eng an den unbequemen Rücken des Reißers, damit sie nicht ein verirrter Schwerthieb traf.

Als auch der zweite Mann mit gezückter Waffe auf den Automaten losging, schlossen sich die riesigen Kiefer des *Raxide 4* um die Schulter des ersten. Dessen Schwert fiel klirrend zu Boden und polterte die Stufen hinab, dann riss der Automat den Arm des Mannes aus dem Gelenk. Die Blutfontäne, die aus seiner Schulter schoss, besprühte den anderen Ritter von Kopf bis Fuß; geblendet taumelte der Mann zur Seite, da fuhr ihm eine der breiten, kurzen Klingen des Automaten durch den Hals und durchtrennte seinen Kehlkopf.

Rika schrie ängstlich auf, als das Schwert des fallenden Ritters ihren Kopf nur knapp verfehlte, um dann vom Hals des Reißers abzugleiten. Dann war der Automat auch schon durch die Türflügel in die Vorhalle von Schloss Glaesdun geprescht – und hielt so ruckartig an, dass sie beinahe von seinem Rücken geschleudert worden wäre, wenn sie sich nicht im letzten Moment am Sturmkubus-Tornister festgekrallt hätte.

»Was ist los?«, keuchte sie, wohl wissend, dass der antike Automat ihre Frage nicht beantworten würde. Starr verharrte er mitten in der Laufbewegung, unter seinen großen, klauenbewehrten Füßen ein wohl kostbarer, aber zerdrückter Läufer. Rika klopfte auf den Hals des Reißers.

»Los, vorwärts! *Avanx*!«

Nichts geschah.

Sie hätte genauso gut auf dem Rücken einer Bronzestatue sitzen können; vermutlich hätte die auch besser in die riesige, finstere, mit Bannern und Gaslichtern geschmückte Vorhalle des Schlosses gepasst.

Keuchend sah sie sich um; in alle möglichen Richtungen gingen dunkle Holztüren und hohe Gänge vom Eingangsbereich weg. Gegenüber der Doppeltüren führten beeindruckend glatte Treppenstufen nach oben und nach unten. Leute waren jedoch nirgends zu sehen, wenn man von den beiden toten Rittern auf der Eingangstreppe einmal absah. Ein schwacher Geruch von kalten Kräutern hing in der Luft, so wie es manchmal in Kloster Cornel gerochen hatte.

»Seltsam«, flüsterte Rika; sie stieg vorsichtig vom Rücken des Automaten und rieb sich die schmerzende Rückseite. Sollten nicht zumindest die Ritter des Königs und die Söldner anwesend sein? Und wo war das Dienstpersonal?

Noch einmal wandte sie sich dem Reißer mit der Nummer 4 zu, der mit bluttriefenden Fängen und Klingen mitten in der Halle stand. Der Leutnant hatte zwar schon mehrmals erwähnt, dass sich die gavennischen Sturmwerk-Soldaten im Inneren von Gebäuden nicht zurechtfanden, aber mit einem solch abrupten Einstellen des Betriebs hatte die junge Frau mit den dunklen Locken nicht gerechnet. Oder hatten Bran und sie den Defekt mit dem Austausch des Kubus nicht behoben, sondern den endgültigen Ausfall des uralten Kriegsgeräts nur hinausgezögert …?

Mit leisem Bedauern wandte sie sich ab und ließ ihre Blicke über die Halle schweifen. Ihre Freunde waren auf dem Weg zum König, hatten ihn vielleicht schon erreicht. Wo aber hielt sich ein König auf, wenn seine Hauptstadt angegriffen wurde?

Bei seinen Soldaten, schien Micaels Stimme ihr zuzurufen, aber Rika schüttelte den Kopf.

»Blöde Idee«, brummte sie. »Ganz blöde Idee. Zu Fuß werde ich mich ganz bestimmt nicht hinaus in die Schlacht stürzen.«

Nein, der König war bestimmt woanders … irgendwo in seinem Schloss. Im Thronsaal, oder im Arbeitszimmer, oder im Weinkeller, sturzbetrunken …

Der letzte Gedanke ließ das Mädchen grinsen.

Reiß dich zusammen, Rika, dachte sie. *Bleib aufmerksam. Es ist völlig gleich, wo du mit der Suche beginnst, bloß … suche!*

Da ertönte ganz in der Nähe eine Reihe dumpfer Geräusche.

Mit neuem Elan rannte sie auf die schweren Türen zu, die zur Rechten des Eingangs lagen. Von dort, so meinte sie, waren die Geräusche gekommen …

Vorsichtig öffnete sie einen Flügel der dunklen Tür – und schrie auf, als ihr ein kreidebleicher Soldat der Zweiten Armee entgegenstürzte. »Lauf«, krächzte er, dann klirrte seine Kettenhaube, als ihm eine mächtige Faust ins Genick krachte. Der Soldat stolperte und schlug der Länge nach hin; der vierarmige, bronzehäutige Riese, der ihn niedergeschlagen hatte, hielt sich jedoch gar nicht erst mit seinem Opfer auf. Die schweren Stiefel – außer einer Art ledernem Rock die einzige Bekleidung, die der Hüne am muskulösen Leib trug – stampften über den regungslosen Soldaten hinweg, als er mit großen Schritten auf Rika zuhielt.

Sie stieß einen schrillen Schrei aus und machte einen Schritt rückwärts, bevor sie sich umdrehte und in die entgegengesetzte Richtung rannte was das Zeug hielt. Sie wagte nicht, über die Schulter zu blicken, aber sie konnte deutlich hören, dass sie von mehr als nur diesem einen Riesen verfolgt wurde.

Verjig. Es sind Verjig. Ich kenne sie aus den Büchern.

Einen Augenblick lang spielte Rika mit dem Gedanken, unter dem geduckt dastehenden Automaten in der Mitte der Halle Zuflucht zu suchen, aber die Verjig würden sie in Sekundenbruchteilen unter seinem Bauch hervorgezerrt haben. *»Rika: Raxide 4, ataq«*, schrie sie im Vorbeirennen, ein verzweifelter Versuch, den Automaten wieder zu künstlichem Leben zu erwecken, während sie auf die gegenüberliegenden Türen zustürmte.

Und das Unfassbare geschah.

Aeledd und die anderen Götter waren tatsächlich mit

Rika; dem Schnarren und Klirren des Automaten folgte ein mehrstimmiger, wilder Aufschrei, dann vernahm sie das furchtbare Geräusch zerreißenden Fleisches.

Schon hatte sie die Tür erreicht; keuchend riss sie sie auf und schlug sie hinter sich zu, und das schwere, mit Leder bespannte Holz blendete die Kampfgeräusche aus der Vorhalle beinahe vollständig aus.

Rikas Knie zitterten. Sie befand sich in einem hohen, fensterlosen Gang; nur das bläuliche Licht vereinzelter Gaslampen sorgte für Beleuchtung. Aufhalten sollte sie sich hier nicht, denn …

Mit einem letzten Blick zur schweren Tür machte sie sich auf, herauszufinden, wohin der Gang führte.

Das Personal, das Rika vorhin vermisst hatte, hatte sich wohl in Räumen eingeschlossen, die sie für sicher hielten. Auch die große Tür, über der ein Schild mit der fein geätzten Aufschrift ›Küche‹ hing, ließ sich nicht öffnen; der Klang, den das Holz von sich gab, als Rika sachte dagegen drückte, ließ darauf schließen, dass die Küchentür von der anderen Seite mit Hilfe von Polstermöbeln aller Art verbarrikadiert worden war. Kurz presste sie ihr Ohr dagegen, und sie glaubte, leises Gemurmel zu hören.

Nun, sie wollte nichts vom Küchenpersonal. Sie war lediglich auf der Suche nach ihren Freunden, und deren Spuren im Schloss hatte sie bereits entdeckt … man musste kein Kundschafter sein, um ihnen folgen zu können: Blutspritzer, umgestürztes Mobiliar, hier ein abgetrennter, bronzefarbener Arm, dort ein toter Ritter, und an einem wieder anderen Ort war sie über den grausam zugerichteten, ausgebluteten Leichnam eines Soldaten der Zweiten Armee gestolpert … im wörtlichen Sinne.

Rika hatte kurz darüber nachgedacht, sich ihres Waffenrocks zu entledigen; eine junge Frau in zivilem Leinen lief sicherlich weniger Gefahr, von den Männern des Königs aufgehalten oder sogar auf der Stelle zerstückelt zu werden als eine Soldatin.

Andererseits gehörte sie nun dem Stab der Zweiten Armee an, und vielleicht … vielleicht war es besser, von den Rittern von Craig getötet zu werden als irrtümlich von den eigenen Freunden.

Sie atmete tief durch.

Auch an den Wänden des Ganges, der an der Küche und mehreren Vorratskammern vorbeiführte, befanden sich Blutspritzer. Wieder stieg sie einige Stufen hinauf; so aufgeregt sie auch sein mochte, so sehr bemühte sie sich, nicht allzu hastig zu sein. Als die Verjig hinter Rika hergestürmt waren, war ihr bewusst geworden, wie wahnsinnig sie gewesen war, alleine in ein gegnerisches Schloss einzudringen. Also ließ sie zumindest jetzt Vorsicht walten …

Aber alle Vorsicht nutzte ihr nichts, denn bevor Rika das obere Ende dieser neuen Treppe erreichte, schlangen sich plötzlich kräftige Arme wie Stahlbänder von hinten um ihre Mitte. Ihr erschrockener Ausruf wurde von einer behandschuhten Pranke erstickt, die sich hart auf ihren Mund presste. Rika versuchte, ihre Arme zu befreien, aber sie befand sich so fest im Griff des Angreifers, dass sie nicht einmal zappeln konnte.

»Ruhig Blut.« War das etwa die Stimme von …

»Leutnant Joseph«, stieß sie hervor, als die Hand von

ihrem Mund glitt. Sie sah an sich herab; die drei Arme, die sie bewegungsunfähig gemacht hatten und die sie jetzt losließen, gehörten eindeutig zu Shoran.

»Shoran! Den Göttern sei Dank, ich habe euch gefunden!«

»Ich würde mal sagen, wir haben dich gefunden.« Gönnerhaft klopfte der junge Shathatoka auf ihre Schulter. »Ich hatte mich schon gefragt, wo du bleibst, meine Süße.«

»Ich mich auch«, meinte Joseph lakonisch, als er an Rika vorbeiging und die Stufen hochstieg. Er blickte in den neuen Gang, in den die Treppe mündete. »Wenn ich mich auch frage, was dich gebissen hat, eine solch wahnwitzige Idee in die Tat umzusetzen.«

»Ich … ich hatte Angst«, gestand Rika kleinlaut.

»Angst? Die solltest du jetzt haben, Rika Robertstochter. In unserem Lager wärst du sicher gewesen«, schüttelte der Leutnant den Kopf.

»Ich hatte Angst um euch.« Betroffen sah sie zu Boden, denn es fiel ihr schwer, es zuzugeben. »Vor allem … vor allem um Shoran.«

»Um *mich*?«

Die großen, grauen Augen des Shatatoka wurden noch größer, als er verwundert Rikas erhitztes Gesicht betrachtete. »Ich bin vermutlich der Allerletzte, um den du dir hier Sorgen machen müsstest, kleine Rika. Aber …«, er zog sie heran und drückte sie fest an sich, »… das ist sehr süß von dir.«

»Genug jetzt. Ihr seid nicht zum Süßholzraspeln hier.« Mit unbewegtem Gesicht winkte der Schlosser Rika und Shoran zu; es war das Signal, dass der Gang frei war. »Aber eins muss ich dir sagen, Rika: Wer sich ganz alleine aus unserem Lager bis hierher durchgeschlagen hat, verdient es in jedem Fall, den Waffenrock der Zweiten Armee zu tragen.«

»Danke«, sagte die junge Frau erstaunt, dann sah auch sie sich in dem neuen Gang um. »Wo sind denn die Übrigen?«

»Tot, fürchte ich.« Joseph sprach leise, während sie in Richtung einer breiten Treppe gingen. »Nicht alles ging so glatt, wie ich es mir erhofft hatte. Wir fanden den Thronsaal verlassen vor, dann begegnete uns massiver Widerstand …«

»Verjig?«

»Jawohl, Verjig. Sie versuchten, uns davon abzuhalten, die Treppen nach unten zu nehmen. Daraufhin teilten wir uns auf. Ein Teil der Männer blieb zurück, um die Verjig zu beschäftigen, wir Übrigen versuchen, einen anderen Weg nach unten zu finden. Leider ist Glaesdun ein ziemlicher Irrgarten.«

»Ich dachte, ihr hättet Lagepläne dabei?«

»Denen wir auch folgen. Deswegen sind wir jetzt hier.«

»Nun …«, nachdenklich legte Rika einen Finger an die sommersprossige Nasenspitze, »… wenn wir um jeden Preis nach unten gelangen müssen, sollten wir die Treppe am Haupteingang nehmen.«

Joseph zog die Brauen hoch.

»Glaubst du denn, das hätten wir nicht versucht? Dort trafen wir auf die Verjig.«

»Dann sollten wir es noch einmal versuchen«, schlug sie vor, und es klang sehr bestimmt. »Ich habe so eine gewisse Ahnung, dass wir jetzt wesentlich besser vorankommen werden.«

Als die beiden Soldaten ihr skeptische Blicke zuwarfen, lächelte sie.

»Nachsehen sollten wir in jedem Fall. Vertraut mir einfach.«

»Habe ich zu viel versprochen?«

Die Szenerie in der Vorhalle hätte der grausamen Fantasie eines Fleischers entstammen können, der seinen Beruf über alle Maßen liebte. Der Raum mit den dunklen Türen, der vorhin noch vor allem mit Bannern und Gaslichtern ausgeschmückt war, hatte sich in einen Alptraum in Rot verwandelt.

Wo auch immer das Auge hinsah, erblickte es abgerissene Gliedmaßen, zermalmte Köpfe und zerfetztes Fleisch. Blut floss über den Marmorboden, besudelte die Läufer, gerann an den Wänden, und inmitten des absurden Stilllebens stand ein in der Bewegung erstarrter, flachköpfiger Automat, dessen halbgeöffnete Metallkiefer mit einer Girlande aus mehrfarbigen Gedärmen geschmückt waren.

Rika biss sich auf die Unterlippe. Der Gestank von Blut und Exkrementen war grauenvoll. Sowohl der Leutnant als auch Shoran schwiegen bestürzt.

Der Offizier fand als Erster seine Sprache wieder.

»Es müssen wohl an die zehn, fünfzehn Verjig gewesen sein. Du … du hast einen Automaten mit nach Glaesdun gebracht?« Es war mehr eine Feststellung denn eine Frage; Rika nickte bedächtig.

»Ja, Leutnant. Sonst wäre ich doch niemals schnell genug gewesen, um Bran zu entwischen. Leider ist er defekt. Der Automat meine ich.«

»So so.« Joseph fuhr sich mit seiner Zunge nachdenklich über den gesplitterten Zahn. »Gut gemacht, Sturmzwingerin.«

»Aber … aber ich …äh … ja?«

»Ja, gut gemacht.« Das kleine Lächeln kostete den Mann offensichtlich Überwindung. »Dann sehen wir uns doch mal die Gewölbekeller …«

»Ihr werdet nirgendwo hingehen.«

Mit einem Krachen flog eine der Holztüren zur Rechten des Eingangs auf; ein Mann in einer Vollrüstung mit Waffenrock und Mantel in den lebhaften Farben der Ritter von Craig stürzte herein.

Er musste hinter der Tür darauf gewartet haben, dass sich diejenigen zeigen würden, die das Massaker in der Vorhalle angerichtet hatten. Er stieß drohend mit seinem großen Schwert in die Luft, schaffte es aber kaum, den riesigen Metallschild anzuheben, den er über dem anderen Arm trug.

»Ihr werdet nirgendwo hingehen«, wiederholte er. »Die Stadt mögt ihr in eurer Hand haben, Thalsoldaten, die Söldner mögt ihr getötet haben, aber den Palast bekommt ihr niemals. Nicht, solange noch Leben in einem der Ritter von Craig ist!«

Sein gepanzerter Handschuh schlug gegen den Schild. »Ich bin Cassian von Grechna«, ertönte es blechern aus dem Vollhelm. Ein Finger krümmte sich lockend. »Gebt ihr euch kampflos geschlagen, oder traut sich einer von euch Feiglingen tatsächlich, gegen mich anzutreten? Vielleicht sogar alle auf einmal? Was sagt ihr?«

Rika sah unsicher zu Shoran auf, der wiederum dem Schlosser einen fragenden Blick zuwarf. Der klopfte sich auf die Brust, woraufhin Shoran mit der Hand eine Geste andeutete, die ›nach dir‹ bedeuten mochte.

Josephs Schwert glitt aus der Scheide.

»Wie alt seid Ihr, Cassian von Grechna?«, fragte er, während er vorsichtig in einem Bogen auf den Ritter zu ging, der sich mit Joseph drehte, um ihn nicht aus den Augen zu verlieren.

»Weshalb fragst du, Soldat?«

»Weil ein Mann mit Erfahrung kaum drei Gegner gleichzeitig herausfordern würde, es sei denn, er wäre sich seiner Sache sehr sicher.« Die Spitze von Josephs Schwert war auf die rot-grüne Mittelpartie des Ritters ausgerichtet, der mit seiner Waffe spielerisch auf den Schlosser deutete und auflachte.

»Ein guter Scherz, Soldat. Ich sehe keine drei Gegner, bloß einen ärmlichen Regulären mit einem unverschämten Mundwerk. Ich bin ein Ritter von Craig, Mann.« Belustigt schüttelte Cassian von Grechna den Helm, während er gleichzeitig Maß zu nehmen schien. »An einem kleinen Mädchen und einem Schönredner würde sich kein Ehrenmann vergreifen, ob sie nun Uniform tragen oder …«

Die Rede endete in einem Ächzen, als eine von Shorans Schwertklingen mit einem Krachen von oben durch sein Genick fuhr und auf Höhe der Halsgrube wieder austrat. Einen Augenblick lang blieb der Ritter stehen, wie Rikas Reißer Nummer 4 in der Bewegung erstarrt, dann zog Shoran die Waffe zurück. Mit einem metallischen Scheppern brach Cassian von Grechna auf dem blutüberströmten Marmorboden zusammen; der Turmschild polterte nutzlos zu Boden, und nach kurzem Zögern bückte sich der Shathatoka danach.

Joseph hob anerkennend den Daumen, Rika aber starrte Shoran entgeistert an. Der neigte den Kopf, als er ihren entsetzten Blick bemerkte.

»Was ist?«

»Das … das war … nicht *fair*«, protestierte sie. Anstelle von Shoran antwortete ihr jedoch der Schlosser, der sein Schwert unbenutzt wieder zurück in die Lederscheide schob.

»Rika, wir sind keine Ritter, sondern Soldaten. Wir kämpfen nicht, weil wir es als Spiel ansehen, sondern um zu gewinnen. Dieser junge Bursche«, sein Arm deutete auf die regungslose Blechgestalt am Boden, »hätte mich im Zweikampf wahrscheinlich getötet.« Da bemerkte er, wie Shoran mit einem Ärmel über den Schild rieb. »Was willst du damit, Roter?«

»Wenn ich es dir sage, wird es dir nicht gefallen.«

»Dann sage es mir nicht«, zischte Joseph.

»Wie du willst. Aber irgendwo in diesem Schloss …« Shoran deutete mit zwei linken Zeigefingern auf die abwärts führenden Treppenstufen, »… müssen sich noch viele, viele Söldner befinden, und früher oder später werden wir auf sie stoßen.«

»Wir sollten den *Raxide* mitnehmen«, schlug Rika vor und strich eine dunkle Locke aus ihrem verschwitzten Gesicht. Ihr Blick fiel auf den unsauber halbierten Schädel eines Verjig, dann auf die flache, breite Schnauze des Automaten. »Bisher war er im Gebäude trotz allem ganz … nützlich. – *Rika: Raxide 4, swive.*«

Tief im Inneren des klingenbewehrten Kriegsautomaten erklang ein Summen; ein Glasauge bewegte sich in der Höhle, ein metallener Vorderlauf zitterte und die Klauen des Reißers spreizten sich – und das war es. Wieder erstarrte der Automat; das Summen erstarb.

»Schade«, zuckte Shoran mit den Achseln. »Unsere Reißer kamen nicht zum Einsatz. Ich hätte zu gerne mal eins von diesen Dingern bei der Arbeit beobachtet.«

Die Keller von Glaesdun wirkten trotz der Fackeln an den geweißelten Wänden eben so finster und unbehaglich wie die übrigen Teile des Schlosses, die Rika zu Gesicht bekommen hatte. Sie fragte sich, welcher Mensch freiwillig einen solchen Palast erbaut haben mochte, um darin zu wohnen. Der Gründer von Glaesdun musste entweder ein sehr schwermütiger oder aber ein bösartiger Mann gewesen sein, der Vergnügen daran fand, sein Volk und seine Gäste zu beunruhigen.

Genau wie auch der Rest des Schlosses verzweigten sich die Gewölbekeller labyrinthartig; eines der von breiten Säulen getragenen Gewölbe sah aus wie das andere, und der weiche Bodenbelag dämpfte nicht nur ihre Tritte, er schluckt fast jedes Geräusch. Shoran hatte den Eisenhut abnehmen und die Kettenhaube herunterziehen müssen, damit er besser hören konnte. Rika kam es so vor, als seien sie eine Ewigkeit hier unten herumgestreift, als der Shathatoka plötzlich mit seinem spitzen Fingernagel etwas von der Karte des Schlosses kratzte und sie dem Schlosser reichte. »Das war's«, sagte er und deutete auf die eiserne Tür am anderen Ende des großen Gewölbes, das sie soeben betreten hatten. Über der Tür befand sich ein Schild mit der Aufschrift ›Weinkeller‹. Er stellte den Turmschild auf den Boden und spreizte die Ohren.

»Hier müssen wir durch, denn alle anderen Gewölbe haben wir bereits durchsucht. Und wenn ich genau hinhöre, vernehme ich das Scharren von Füßen und das Singen der ein oder anderen Klinge.«

Rika hätte beinahe gekichert, da sie schon glaubte, ihre Fantasie vom sturzbetrunkenen König erfülle sich nun tatsächlich, aber Joseph betrachtete den Lageplan in seiner Hand mit gerunzelter Stirn. »Das ist nicht gut«, sagte er. »Hinter dem Weinkeller gibt es bloß noch einen Raum und keinen weiteren Zugang. Wir können *sie* also nicht umgehen.«

»Kein Problem.« Lächelnd zwinkerte Shoran der jungen Frau zu, deren Stirn sich nun auch in Falten legte. »Wenn wir sie nicht umgehen können, dann gehen wir eben mitten durch.«

»Bravo.«

Dem demonstrativen In-die-Hände-Klatschen des riesenhaften Verjig, der aus dem Schatten einer der Säulen hinter ihnen aufgetaucht war, schloss sich der spöttische Applaus einer Vielzahl großer Hände an.

Rika wirbelte ebenso herum wie Shoran und der Schlosser.

Erschrocken sah sie auf die vierarmigen Riesen, deren Umrisse sich nun nach und nach aus dem Halbdunkel des Gewölbes schälten; die einsame Fackel an der Wand neben der Weinkellertür ließ die Haut der Verjig glänzen.

Sie drängte sich ängstlich an Shoran.

»Und das aus dem Munde eines niedlichen kleinen Hiranyers«, grollte der vorderste Verjig, dessen grobschlächtiges Gesicht die zuckenden Schatten einen viehischen Ausdruck verliehen; mit einer Bewegung des mächtigen Kopfes warf er seinen dunklen Pferdeschwanz nach hinten und streckte zwei Pranken nach vorne.

»Gebt mir eure Waffen.«

»Niemals.« Sanft schob Shoran Rika in Richtung des Schlossers, dann drückte er dem Offizier den Schild in die Hand und bedeutete ihm, zurückzuweichen. »Jetzt bin ich an der Reihe.«

Joseph stellte keine Fragen. Er packte Rika so fest am Arm, dass sie aufschrie, und zog sie und den Schild mit sich bis zur Wand neben der Türe zum Weinkeller.

»Willst du etwa gegen uns kämpfen, kleiner Hiranyer? Es steht zwanzig gegen einen«, lachte der langhaarige Verjig.

»Nein, ich will nicht gegen euch kämpfen.« Shoran schüttelte leicht den Kopf und zog seine Schwerter; sein Mund war bloß noch ein schmaler Strich, und auf seiner Stirn standen Schweißperlen. »Bloß gegen dich, Fettsack. Nur du und ich. Mann gegen Mann. Du verstehst?«

»Du bist ein mutiger kleiner Hiranyer«, stellte der Verjig fest; eine seiner Brauen wanderte leicht nach oben. »Solche bekommt man selten genug zu sehen. Wenn es auch unwahrscheinlich ist – was erhoffst du dir für den Fall deines … Sieges?«

»Dass ihr meine Freunde gehen lasst«, keuchte Shoran; auch auf seiner Oberlippe stand jetzt Schweiß.

Rika wagte kaum zu atmen. Nervös krallte sie sich am Arm des Schlossers fest.

»Das ist ausgeschlossen«, meinte der Anführer der Verjig und zuckte mit den Achseln, »aber deine Absicht rührt mich. Ich werde gegen dich kämpfen.« Blitzschnell glitten die vier Klingen des Söldners aus seinem Gurtzeug, und ebenso schnell machte er einen Ausleger nach vorne.

Shoran war flink und beweglich, und so gelang es ihm, seitlich unter dem kräftig geführten vierfachen Hieb hindurch zu tauchen; drei der Klingen verfehlten ihn, die vierte schnitt jedoch durch seinen Zopf. Die rosenrote Quaste und gut zwanzig Zentimeter geflochtenen Haares fielen in den Staub, während sich der Rest von Shorans Frisur auflöste, als die glatten Haarstränge auseinanderglitten.

Rika schrie vor Schreck auf. Erneut machte der Verjig einen Satz nach vorne …

»*Schlosser! Jetzt*!«, brüllte Shoran mit sich überschlagender Stimme. Rika wurde gegen die Wand gedrückt, als der Leutnant den Turmschild ruckartig hochzog.

Im nächsten Augenblick ertönte ein lautes, wütendes Fauchen, und rings um den Schild wurde es hell – und unerträglich heiß. Ein vielstimmiges Geschrei erscholl, und auch Rika schrie vor Angst auf; glühende Luft drängte in ihre Lungen, drohte sie zu versengen. Hustend versuchte sie hinter dem Rand des Schildes hervorzublicken, aber der Schlosser legte den freien Arm fest um sie.

»Nicht!«, schrie er erstickt, denn auch ihm raubte die heiße Luft den Atem. »Nicht, du wirst …«

Aber es war zu spät; entgeistert starrte Rika auf das feurige Inferno, das den Raum erfüllte, in diesem Moment leckte eine Flammenzunge an ihr empor. Schreiend zog sie den Kopf zurück; gerade noch rechtzeitig hatte sie die Augen zusammengekniffen. Es stank nach verbranntem Horn. Sie fauchte empört, als der Schlosser ihr mit der flachen Hand gegen den Kopf schlug. Die Helligkeit nahm schlagartig ab. Mit ihr erstarben auch die Schreie.

Dann schob jemand den Schild zur Seite, und Joseph ließ sie los.

Rika blinzelte; vor ihnen stand Shoran, die Haare wirr, das bleiche Gesicht verschwitzt, der eben noch weiße Waffenrock versengt und voller Ruß. Das Kettenzeug schien an einigen Stellen zu glühen, und überall dort, wo seine Haut zu sehen war, stiegen weiße Schwaden empor, die sich schließlich in der Weite des Gewölbekellers verloren. Der Geruch verbrannten Fleisches überlagerte den Horngestank.

»Seid ihr in Ordnung?«, fragte er. Seine Stimme klang erschöpft, und Rika bemerkte, dass die Hand zitterte, mit der er den an der Außenseite immer noch glühenden Schild festhielt, ohne seine Finger zu verbrennen. »Geht es dir gut, meine Süße?«

»Ja, ja … mir geht es gut«, stammelte das Mädchen. Auch sie zitterte, als sie sich aufrichtete und sich mit einer Hand vorsichtig durchs Gesicht fuhr. Die Haut ihrer Stirn begann bereits, sich in Blasen aufzuwerfen, und die Berührung schmerzte. Rika sog scharf die Luft ein. Bestürzt betastete sie ihren Kopf.

»Keine Sorge«, lächelte Shoran müde. »Du bist ein hübsches Mädchen, dem auch kurzes Haar gut zu Gesicht steht.«

»Verflucht.« Bloß an ihrem Hinterkopf konnte sie die gewohnten Locken noch ertasten, überall sonst kräuselten sich borstige Kringel …

»Sei froh, dass du lebst«, knurrte der Leutnant und deutete in den Gewölbekeller. Die Verjig hatten nicht das Glück gehabt, hinter einem metallenen und gut gepolsterten Turmschild vor den alles verzehrenden Flammen Zuflucht suchen zu können; schwelende Klumpen aus verbranntem Leder, verschmortem Fleisch und verkohlten Knochen bedeckten den rußigen Boden, und beinahe fühlte Rika sich wieder auf den Weg von TriVares zurückversetzt, wo der Blitzschlag die Jixur getötet hatte.

Und Micael. Sie ächzte.

Nur dort, wo die Leibwächter des Königs versucht hatten, hinter die Säulen zu fliehen, fanden sich noch mit Blasen übersäte Körper, die zumindest die äußere Form von Verjig beibehalten hatten. Das Mädchen rümpfte die Nase, als in einer kochenden Augenhöhle eine Blase platzte. Sie schaute zu Shoran hoch.

»Das warst du?«

»Das war ich«, keuchte er und wischte mit immer noch zitternden Fingern noch nicht verdampften Schweiß aus seinem Gesicht; dann bückte er sich, um das Büschel Haare aufzusammeln, das strahlend rosarot zwischen Ruß und Ascheflocken am Boden lag. Die Augen des jungen Shathatoka verengten sich, als er es in der Hand wog.

»Hat dieser Bursche ein Glück, dass er schon tot ist.«

Rasselnd öffnete sich hinter ihnen die eiserne Tür zum Weinkeller. Leutnant Josephs Schwert glitt aus der Scheide, als er als Erster herumfuhr, aber im Türrahmen stand bloß eine edel gekleidete blonde Dame mittleren Alters, deren Augen sich voller Entsetzen weiteten, als sie das schwelende Chaos sah.

»Bei der Herrin der Erde.« Ihre mit einem prächtigen Ring geschmückte Hand fuhr zu ihren vollen Lippen. »Was … was habt ihr getan?«

»Sie waren uns im Weg«, zuckte Shoran mit den Achseln.

Ihr Blick wanderte von dem Shathatoka zu Rika und von dort zu dem grimmig dreinblickenden Joseph, dann blickte sie zu Boden.

»Dann ist es also vorbei.«

»Für Euch schon.« Wieder zuckte der Shathatoka mit den Achseln. »Wir sind im Übrigen die Zweite Armee der Thäler und haben gerade Eure Hauptstadt erobert. Und wer seid Ihr?«

Nervös verschränkte die Frau die Finger, aber sie schien zumindest ihre Stimme im Griff zu haben.

»Ich bin Celeste Goche, Matriarchin des Ordens von Craig.«

»Ach, Ihr seid das«, entgegnete Leutnant Joseph trocken. »Dann könnt Ihr uns sicher zum König bringen.«

»Natürlich kann ich das.« Celeste Goche wandte sich um, wobei ihr schweres Kleid über den Boden raschelte. Sie hielt den Kopf sehr aufrecht, als sie hinzufügte: »Kommt herein.«

Mit Abscheu betrachtete Rika das ruhige Gesicht des alten Königs, der auf zusammengeschobenen Holzstühlen notdürftig aufgebahrt war. Nicht einmal das warme Licht der Fackel vermochte den wächsernen Zügen noch den Anschein von Leben zu verleihen.

»Seine Majestät hat nicht gelitten«, sagte die Matriarchin, die auf einem Schemel neben dem Leichnam Platz genommen hatte. »Die Aufregung des heutigen Tages war einfach zu viel für ihn. Er war schon sehr alt.« Sie presste die Lippen aufeinander. »Er ist einfach … gestorben. – Nun seid ihr enttäuscht, nicht wahr? Ihr hattet sicher gehofft, ihn in Ketten legen und im Triumph vor eure Königin zerren zu können.«

»Verflucht! Verflucht sei dieser Bastard«, fauchte Rika plötzlich. »Wie konnte er das bloß tun? Ich wollte doch …

ich wollte ihn dafür bestrafen, dass er meinen Vater umgebracht hat, und nun macht er sich einfach so davon! Solange schon warte ich auf meine Rache, und das soll es jetzt gewesen sein?«

Wütend fletschte sie die Zähne. Ihr Gesicht und ihre Augen röteten sich bedenklich; falls es draußen donnerte, hörte man es in den Gewölbekellern des Schlosses jedoch nicht.

Die Matriarchin blickte Rika überrascht an.

»Ich bezweifle, dass seine Majestät deinen Vater überhaupt kannte, kleine Soldatin. Mit gewöhnlichem Volk hat er sich nur selten abgegeben.«

»Mein Vater war kein gewöhnliches Volk«, grollte Rika, die spürte, wie ihr Tränen in die Augen traten. »Er war Pferdezüchter. Er lebte bei Dunlet, das ist in Hochthal, falls Euch das etwas sagt, und er wurde von Jixur getötet, weil dieses Ungeheuer«, sie zeigte auf den wachsbleichen Leichnam des Königs von Craiglin, »sie dazu angestiftet hat!«

»Er war gewiss kein Ungeheuer.« In Celeste Goches Gesicht arbeitete es, während Shoran einen Arm um Rika legte. »Iorwerth Bearne war nur ein wunderlicher alter Mann, der lange Jahre friedlich über Craiglin herrschte, bis …«

»Bis er auf die Schnapsidee kam, dir aufzutragen, mit Hilfe deiner Sklavin unseren Angriff zu provozieren«, unterbrach sie der Schlosser, der bis zu diesem Zeitpunkt damit beschäftigt schien, die Fässer und Krüge zu betrachten, die sich an den Wänden und in den Holzregalen des Raumes stapelten.

Aber die Frau schüttelte langsam und würdevoll den Kopf.

»… bis seine Angst, Eure Königin würde noch einmal einen Überfall auf Craiglin wagen, ihn fast um den Verstand brachte.« Celeste schüttelte den Kopf. »Ihr seid Soldaten. Ihr wisst bestimmt, dass euer Versuch, im letzten Krieg auch Craiglin zu nehmen, nur an den Gavennern scheiterte. Sie widersetzten sich ihrer Eroberung so unerwartet heftig, dass sie die ganze Aufmerksamkeit eurer Königin beanspruchten.

Elane musste ihre Truppen aus Craiglin zurückziehen, um sich gegen die Sturmwerker zu verteidigen.«

Die Matriarchin blickte die Stehenden der Reihe nach an.

»Vor einem solchen Angriff fürchtete sich Seine Majestät, und ihr müsst zugeben, dass Streit zwischen euren Herzögen die Stabilität eurer Thäler bedroht … und jedes noch so kleine Anzeichen wusste er in diesem Sinne zu interpretieren. Die Furcht vor Elane saß so tief, dass er kaum noch aß. Er trank zu viel und er schlief kaum noch. Und uns anderen«, ein wehmütiges Lächeln umspielte die Lippen der Matriarchin, »raubte er letztendlich auch den Schlaf.«

Sie seufzte tief und sah dem Leutnant fest in die Augen.

»Ich wollte seiner Majestät bloß die Angst nehmen. Ich dachte … ich dachte, wenn mein reizendes Halbblut ihre viehischen Verwandten dazu bewegen könnte, ein paar Soldaten über die Grenze nach Craiglin zu locken …« Sie stockte, und Joseph griff den Faden auf.

»Dann könntet Ihr von einem Verteidigungsfall sprechen und der König dürfte über die Armeen Eurer Fürsten verfügen. Das ist mir klar. Aber …«

»Mir ging es immer nur um Iorwerths Seelenfrieden. Hätte er alle Armeen an der Landesgrenze zusammenziehen können, dann hätte er mit Sicherheit seine Ruhe gehabt, und wir auf Glaesdun hätten vielleicht, vielleicht wieder ein … ein normales Leben führen können.«

»So ist das also«, meinte Joseph ungewöhnlich sanft. »Für das Seelenheil Eures Königs und Eure eigene Bequemlichkeit habt Ihr Mörder ausgesandt, ließet Festungen erobern und Euer eigenes Reich überfallen? Ich denke kaum, dass Ihr mit einer Reaktion wie dieser gerechnet habt.« Seine Hand beschrieb eine vage Geste in Richtung der Tür. »Habt Ihr eine Vorstellung davon, wie viele Leute alleine heute deswegen ihr Leben verloren haben? Ihr seid eine ungewöhnliche Frau, Matriarchin, und auf Eure Art sicherlich so grausam wie unsere Königin.«

»Dann habt also *Ihr* meinen Vater und meine Freunde auf dem Gewissen«, grollte Rika. »*Euch* werden wir in Ketten nach Hochthal schleppen! Ich werde …«

»Pst. Still.« Shoran drückte beruhigend ihre Schulter, während sich seine Ohren hin und her bewegten; das unruhige Zucken der Spitzen wurde von dem wilden Haar nur teilweise kaschiert. »Mir war, als hätte ich jemand gehört.«

»Ich kann nichts hören.« Joseph blickte zur geöffneten Eisentür, dann wandte er sich wieder der Matriarchin zu. »Was habt Ihr dem Jixur-Mädchen eigentlich versprochen, um sie dazu zu bewegen, ihren eigenen Stamm ins Verderben zu führen? Das war das Einzige, was sie uns nicht verraten wollte, als wir sie erwischten.«

»Dann ist sie also tot?« Celeste lächelte milde. »Millayn war eine brave kleine Sklavin, diszipliniert, rücksichtslos, begeistert von dem, was sie tat. Es ist schade um sie. Immer hat sie sich nach einem Platz im Leben gesehnt, daher versprach ich ihr die Ritterwürde. Ein ziemlicher Aufstieg für ein kratzendes, beißendes und spuckendes Kind, das einer der Ritter von Craig damals gefangen hat.«

»Eine noble Geste von Euch.« Joseph kratzte sich am Kinn. »Wo der Orden des Craig bislang doch nur Menschen offen stand.«

Die Matriarchin lachte auf. »Glaubst du denn, ich hätte das dumme Kind tatsächlich aufgenommen?«

»Das habe ich mir beinahe gedacht.«

Die raue Stimme, die das ›r‹ rollte wie eine Taube, kam von oben. Vor den erstaunten Augen der Anwesenden ließ sich das Jixur-Halbblut aus einer schmalen Öffnung in der Decke herab, durch die wohl Weinkrüge in die Küche hochgezogen werden konnten. Graziös landete sie auf dem Boden des Weinkellers, Micaels Dolch in der kräftigen, tätowierten Hand. Der kurze Schwanz mit der fahlen Quaste, der durch einen Schlitz in ihrer engen Hose ragte, zuckte wild hin und her.

»Ruhig«, befahl Shoran Rika mit Nachdruck; sie schnaubte wütend, legte dann aber ebenfalls einen Arm um den Soldaten.

»Eure Ritter sind im Übrigen sehr höflich, Herrin«, lächelte Millayn und fuhr sich mit der freien Hand durch das kinnlange Haar. Zum ersten Mal fiel Rika auf, dass das wilde Mädchen spitze Fänge hatte. »Sie haben uns sogar in den Palast eskortiert, bevor wir sie getötet haben.«

»Was hast du getan?«, empörte sich die Matriarchin, während sie sich langsam erhob. »Ich werde dich …«

»Ihr werdet gar nichts tun, Herrin, es sei denn, Ihr getrautet Euch, selbst Hand an mich zu legen. Mit den Soldaten der Thäler«, sie deutete auf den Leutnant, »habe ich ein Abkommen getroffen, Eure kostbaren Ritter bibbern draußen in der Stadt in ihren Verstecken oder sie liegen erschlagen im Schloss.« Millayn senkte den Kopf ehrerbietig vor Iorwerths wächsernem Leichnam. »Die Leibwächter Seiner Majestät, die nicht zerrissen wurden, sind verbrannt. Ihr seht wohl, dass Euch niemand zu Hilfe eilen wird.«

»Verräterin«, zischte die Matriarchin; zum ersten Mal schien sie ihre unbeteiligte Gemütsruhe zu verlieren, aber das wilde Mädchen lächelte bloß kalt.

»Vielleicht bin ich das, Herrin. Ich habe mein Fleisch und Blut verraten … wegen Euch. Wenn ich also eine Verräterin bin, dann habt Ihr mich dazu gemacht.«

Die Spitze ihres Dolches richtete sich auf Celestes Hals. »Habt keine Sorge, ich werde Euch schnell töten – auch wenn Ihr es nicht verdient habt. Ich hoffe nur, dass mein Vater bald eintrifft, um sich das Schauspiel anzusehen, denn durch diese Öffnung«, ihr Blick ging kurz zur Decke, »hätte er kaum steigen können.«

»Wag' es nicht«, stieß die Matriarchin hervor, die mehr erzürnt denn ängstlich wirkte.

»Wag' es nicht«, fauchte auch Rika beinahe zur gleichen Zeit, »sie gehört mir!«

»Ruhe, alle zusammen!« Der Leutnant hieb mit der Kante des Turmschildes auf den Boden. »Niemand wird hier getötet! Habt ihr denn alle den Verstand verloren? Heute ist schon genug Blut geflossen.«

Alle starrten den Offizier an, der sich so lautstark Gehör verschafft hatte; Celeste setzte sich wieder, und Millayn ließ den Dolch sinken.

»Die Matriarchin ist unsere Gefangene. Da es keinen König mehr gibt, werden wir sie brauchen, um einen Frieden mit Craiglin auszuhandeln. Ist das klar?«

»Klar, Schlosser.« Wie üblich war Shoran der Einzige, der nach der Ansage des Leutnants noch etwas zu sagen wagte. Dann richteten sich seine Ohren auf, und er blickte zur offenen Tür.

»Ich nehme an, dein Vater ist sehr groß und schwer, Millayn«, grinste er und löste sich aus Rikas Umklammerung. Während er sich erschöpft, aber zielstrebig auf die Weinkellertür zubewegte, zog er seine Schwerter. »Nicht, dass er uns aus Ver… Gah!«

Es krachte dumpf, und vor Rikas entsetzten Augen wuchsen vier stählerne Flügel aus Shorans Rücken, deren Spitzen im Licht der Fackel rot glitzerten. Mit einem Ruck hob der Shathatoka vom Boden ab und schwebte für einen Augenblick in der Luft wie eine übergroße Libelle; dann befreite der bronzefarbene Hüne, dessen Körper den gesamten Türrahmen füllte, sein Waffenarsenal, indem er dem aufgespießten Soldaten einen kräftigen Tritt versetzte. Shoran prallte gegen Rika; sie wurde gegen den Turmschild geschleudert. Mit lautem Getöse stürzten Rika und Leutnant Joseph mitsamt dem Schild zu Boden.

Dann wurde sie unter dem Shathatoka begraben, dessen Gewicht die ganze Luft aus ihren Lungen trieb. Rika ächzte und schnappte nach Luft, aber Shorans rußiger Waffenrock presste sich fest gegen ihr Gesicht, und warme Flüssigkeit rann in ihre Augen.

»Nein, nein«, keuchte sie und versuchte verzweifelt, sich zu bewegen, aber es war fast nicht möglich. »Aeledd, hilf …!«

Wie aus weiter Entfernung hörte sie noch ein lautes Krachen, hörte, wie ein weiterer Körper zu Boden ging …

»Herr, Ihr könnt nicht tot sein«, krächzte eine fassungslose, tiefe Stimme. »Ich habe Euch doch Eure Krone gebracht.« Dann erscholl klagendes Gebrüll, das Rika durch Mark und Bein ging … und nicht nur ihr.

Ein Schauer lief durch den Berg, der sie zu erdrücken suchte, dann rasselten Kettenglieder und das Gewicht glitt von ihr herab. Mit einem lauten Japsen füllten sich die Lungen der junge Frau mit Luft; benommen setzte sie sich auf.

Links von ihr lag Shoran ausgestreckt auf dem staubigen Boden. Sein Gesicht glich einer weiß-roten Theatermaske, der geschwärzte Waffenrock und das zerschlitzte Kettenzeug waren mit grellem Blut getränkt. Als sich ihre Blicke trafen, öffnete Shoran den Mund, aber es schwappte bloß Blut heraus.

»Meine Güte«, war alles, was Rika tonlos hervorbrachte. Sie streckte die zitternden Finger aus, um seine blutverschmierte Wange zu berühren.

»Das Mädchen lebt«, erklang die klare Stimme von Celeste Goche. »Töte sie, Ar'ron.«

Rika fuhr herum und sah, dass Leutnant Joseph regungslos neben dem umgestürzten Turmschild lag. Weiter vorne, direkt neben der improvisierten Totenbahre des Königs, krümmte sich das wilde Mädchen inmitten eines Haufens von zersplittertem Holz; es sah ganz so aus, als hätte die Matriarchin ihr den hölzernen Schemel über den Schädel gezogen.

Auch Rikas angeschlagener Schädel dröhnte wie eine Glocke.

»Nun mach schon, Ar'ron«, drängte die Matriarchin.

Der Verjig mit dem kurzgeschorenen Haar, der immer noch seine Schwerter in den Pranken hielt, sah von der

Bahre auf und sandte Rika einen abschätzenden Blick. »Matriarchin. Sie ist noch ein Kind.«

»Dieses *Kind* trägt Uniform.« Ungehalten schnippte die Frau mit den Fingern. »Du wirst dafür bezahlt, Verjig, also tue deine Pflicht.«

»Dieses Kind wird euch alle beide *umbringen*«, stieß Rika heiser hervor; während sie sich aufrappelte, griff sie nach dem Schwert des Leutnants, dessen Gewicht sie diesmal nicht überraschen konnte. Sie hob es hoch und richtete die Spitze auf den Söldner, der sie mit milder Belustigung aus tiefliegenden Augen betrachtete.

»Na schön«, sagte er mit einem Grinsen, das seine nadelspitzen Zähne entblößte, »wenn du es so haben willst«, da lief Rika schon auf ihn zu. Mit zornigem Gebrüll stieß sie die Klinge in Richtung seines muskelbepackten Bauches; es kostete den Verjig jedoch kaum Mühe, den laienhaften Angriff abzuwehren. Eine seiner blutigen Klingen schlug das Schwert aus Rikas Hand, der Griff einer zweiten traf auf ihr Schlüsselbein, und mit einem Schmerzensschrei prallte sie gegen eines der Regale. Krüge zerbarsten auf dem Boden. Ihre Beine gaben einfach nach. Sie schrie immer noch, als der Söldner lachend seine Schwerter hob, um sie aufzuspießen – und sie schrie wieder, als der große, bronzefarbene Kopf zurückfederte.

Aus dem Rachen des Verjig ragte der Griff eines schweren Wurfmessers. Eine der blutigen Klingen polterte knapp neben Rikas Schulter zu Boden; Ar'ron hob die Hand, um den störenden Fremdkörper in seinem Mund zu betasten, dann verließ jegliche Spannung seinen massigen Körper. Der Verjig stürzte auf die Bahre des Königs, die unter dem zusätzlichen Gewicht zusammenbrach.

»Nein«, stieß die Matriarchin bestürzt hervor; das einzige andere Geräusch im Raum war das Klicken sich nähernder Klauen.

Rika hatte es schon so oft gehört.

Sie keuchte und blickte zur Seite, dorthin, woher das klickende Geräusch kam und beinahe – beinahe wäre ihr heftig schlagendes Herz stehengeblieben, als sie die Jixur erblickte. Es waren drei an der Zahl, allen voran ein riesiger, dunkelhäutiger Graufalbe, der sich ihr langsam näherte. Der breite Schädel, die rasiermesserscharfen Zähne, der dunkle Strich, der das kurze, graue Haupthaar durchzog …

»Du«, schnaufte sie. »Du warst auf unserem Hof.«

Der Veteran wandte den Kopf und knurrte; die weiten Nasenflügel blähten sich, dann langte er nach unten und zog Rika an ihrem Waffenrock auf die Füße.

Keuchend stand sie da und starrte das Ungeheuer an, das ihre Heimstatt verwüstet, ihren Vater getötet und ihr selbst das Leben gerettet hatte. Ihre Knie zitterten … aber der Jixur schien nicht vorzuhaben, sie anzugreifen.

»Du suchst das Jixurmädchen.« Hastig deutete sie auf die am Boden zusammengekrümmte Millayn; ob sie lebte oder tot war wusste Rika nicht. Der graue Jixur sprang mit einem rauen Bellen vorwärts und beugte sich über das Halbblut.

Angeekelt beobachtete die junge Sturmzwingerin, wie eine lange Zunge aus dem Maul des alten Jixur schoss und über das Gesicht des wilden Mädchens fuhr.

»Bäh«, schüttelte Rika sich. Hinter sich hörte sie ein Stöhnen.

Es war der Leutnant, der gestöhnt hatte. Vehement wehrte er sich gegen den Griff eines Vierbeiners mit grünen

Markierungen im Gesicht, der versuchte, ihm aufzuhelfen. Joseph deutete in Richtung des Ausgangs, und da sah sie das prächtige Kleid der Matriarchin, das zur Tür hinausrauschte. Die Frau hatte die Gunst des Augenblicks zur Flucht genutzt.

»Sie darf nicht entkommen«, krächzte Rika, mehr zu sich selbst als zu irgendjemandem sonst.

Rika wusste, dass sie der blonden Frau keinen allzu großen Vorsprung lassen durfte. Wenn Rika sie aus den Augen verlieren würde, würde sie sie in diesem Labyrinth niemals mehr finden. Zum Glück wurde Celeste Goche durch ihr voluminöses Kleid behindert, was Rika eine reelle Chance gab, sie zu erwischen.

Rika stolperte mehr, als dass sie lief, stolperte durch das nach gegrilltem Fleisch stinkende Gewölbe, in dem die Verjig den Tod gefunden hatten, und dann immer weiter zurück durch die scheinbar endlosen Keller; leider war Celeste Goche trotz des Gewandes immer noch schnell genug, um sich immmer weiter von Rika abzusetzen.

Schließlich erreichte die Frau die breite Treppe, die in die Vorhalle führte. Die Hände der Matriarchin rafften den weiten Taftrock; schon eilte sie die Stufen empor, als sie wie vom Blitz getroffen stehen blieb.

»Danke, Aeledd, danke«, japste Rika. Ihr Herz pochte bis zum Hals, ihre Lungen stachen, aber mit der letzten Kraft, die ihr verblieben war, lief sie weiter, bis auch sie die unterste Treppenstufe erreichte – und dann wusste sie, weswegen die Matriarchin mitten im Lauf erstarrt war.

Auf den Stufen, die aus der Vorhalle herab führten, stand wie zum Sprung geduckt der *Raxide* mit der Nummer 4, dessen Metallhaut mit getrocknetem Blut verschmiert war.

Rika hörte das Klicken der rotierenden Glasaugen, hörte das Summen eiserner Eingeweide … und ein plötzliches Lächeln erhellte ihre angespannten Züge.

Ebenso unvermittelt traten Tränen in ihre Augen.

»Befiehl ihm, mich vorbeizulassen«, verlangte die Matriarchin, ohne den Blick von dem Reißer abzuwenden; ihre Stimme klang selbstbewusst, aber der verstörte Unterton war nicht zu überhören. Rika lächelte, während Tränen über ihre verschmierten Wangen liefen, aber es waren nicht die heißen Tränen des alles verzehrenden Zornes, die Aeledd sicherlich gefallen hätten … Aeledd, dem eifersüchtigen Herrn der Stürme, der keine Nebenbuhler duldete.

Nein, es waren bittere Tränen der Trauer, die in diesem unwahrscheinlichen Moment auf der Treppe mit aller Macht hervordrängten. Während das salzige Wasser über ihr Gesicht rann und von ihrem Kinn auf den hellen Waffenrock tropfte, trauerte Rika um ihren Vater, um Maret, um Micael Ivarssohn, den ihr eigener Blitz erschlagen hatte … um Max Killarne und all die anderen Soldaten der Zweiten Armee, die auf Rikas Reise ihr Leben verloren hatten. Und um Shoran.

»Tu endlich etwas!«, drängte die Matriarchin.

»Wie Ihr wünscht«, sagte Rika langsam und deutlich und wischte sich das Gesicht mit einem schmutzigen Ärmel.

»Raxide 4: Ataq.«

Epilog

Grenzlandfestung, nahe Gres,
Nördliches Hochthal

Im Jahre 238 nach dem Zerfall des Mittleren Reiches, Herbst

Da sind wir auch schon.« Der Leutnant stieß die Doppeltüren auf, die in den gepflasterten Hof der Grenzlandfestung führten. Die Helme der im Hof versammelten Soldaten reflektierten die Strahlen der Herbstsonne und zwangen Rika zunächst zum Blinzeln, aber schon nach wenigen Augenblicken hatte sie sich an die Helligkeit gewöhnt. Sie fuhr sich durch das kurze Lockenhaar, als müsse sie den Sitz ihrer Frisur kontrollieren, dabei mochte sie bloß das Gefühl, das die Bewegung auf ihrer Kopfhaut verursachte. Es war eine Geste, die sie sich in Craiglin angewöhnt hatte.

Oberhalb der Festungsmauer, hinter der das weite Grenzland begann, leuchtete das weiß getünchte Gesicht eines Grinsers im Sonnenlicht, und unwillkürlich hoben sich Rikas Mundwinkel.

»Soldaten der Zweiten Armee.«

Wachtmeisterin Domitienne befahl den Männern und Frauen im Hof, ruhig zu sein, als Joseph der Schlosser seine Stimme erhob.

»Die Lage in Craiglin hat sich beruhigt, was bedeutet, dass ihr zukünftig mehr Gelegenheit haben werdet, meine Anwesenheit hier zu genießen.«

Tatsächlich lachten ein paar Soldaten über den ›Scherz‹ des Leutnants, der erst vor wenigen Stunden wieder aus dem benachbarten Reich zurückgekehrt war.

»Die Verhandlungen mit den Landbesitzer-Fürsten waren nicht ganz einfach, wie Gerland wohl bestätigen könnte, wenn er nicht noch in Craiglin wäre. Aber das interessiert euch ja sowieso nicht.« Joseph richtete einen Zeigefinger auf die wartenden Soldaten. »Ganz kurz gefasst für all diejenigen unter euch, die schnell wieder zurück in ihre Stuben möchten, um ihre Stiefel zu polieren: König Harad ist ein einsichtiger Mann, der sich mit Recht vor unseren Kriegsautomaten fürchtet. Zwar hat nicht seine persönliche Autorität seine Fürsten-Genossen dazu überzeugt, ihn zum König zu wählen, sondern eher die fünf Automaten, die wir ihm zur Verfügung gestellt haben … aber sei es wie es sei, nichts liegt ihm ferner, als andere Reiche anzugreifen.«

»Wir haben Craiglin Automaten gegeben, Leutnant?«, wunderte sich ein feister, rotgesichtiger Soldat in der vordersten Reihe.

»Hast du etwa Angst vor einem Überfall?«

Wieder lachten die Soldaten, und Joseph sah zufrieden drein. »Selbst wenn sie das versuchten – nur wir haben die Sturmwerker, die ihre Automaten warten können … und nur wir haben die Anlagen, um ihre Sturmkubi aufzuladen. Rika, jetzt bist du an der Reihe.« Er nickte der jungen Frau zu, die sich kurz räusperte, bevor sie das Wort ergriff.

»Ich hatte Gelegenheit, mir die beiden anderen Automatenlager der Meisterin Joffraie anzusehen, von deren Existenz wir im Greser Lager erfuhren.« Sie hielt einen Moment inne, als sie daran zurückdachte, wie durch Max Killarnes tödlichen Unfall Shorans erstaunliche Entdeckung beinahe in Vergessenheit geraten wäre.

»Die Lager sind nur schwer zugänglich, aber es ist nichts, was nicht mit Hilfe von starken Armen und ein paar Schaufeln zu bewältigen wäre. Und beide Lager sind beinahe vollständig erhalten. Wir verfügen nun über ...«, sie machte eine Pause, um die Wirkung der folgenden Worte zu erhöhen, »... mehr als zweihundert Sturmwerksoldaten, von denen gut die Hälfte schon jetzt einsatzbereit ist, und mehr als fünfhundert Sturmkubi.«

Das ungläubige Murmeln der Soldaten verstummte, als Domitienne einen knappen Befehl brüllte.

»Soldaten der Zweiten Armee«, übernahm Joseph wieder. »Ihr fragt euch sicherlich: wieso die Begeisterung? Was will der Alte, denn bloß mit so vielen Automaten und Sturmkubi, wenn das, was wir bereits unser eigen nennen, für eine Verteidigungslinie völlig ausreicht? Wozu brauchen wir den alten Schrott, wenn wir sowohl mit Craiglin als auch mit den Jixur des Grenzlandes einen Frieden ausgehandelt haben und die Dörfer entlang der Grenzen wieder sicher sind?«

Die heitere, goldene Herbstsonne wollte mit einem Mal überhaupt nicht mehr zu dem ahnungsvollen Schweigen passen, das sich im Hof ausgebreitet hatte. Obwohl Rika glaubte, zu wissen, was nun folgen würde ... obwohl sie es hatte kommen sehen, begann es, in ihrem Bauch zu kribbeln.

Auch das Lächeln des Schlossers erstarb, als seine schwarzen Augen in die Runde blickten.

»Nun … lasst mich stattdessen euch eine Frage stellen. Wer ist Gavenner? Hebt einfach die Hand.«

»Du hättest sie fragen sollen, wer kein Gavenner ist«, flüsterte Rika dem Leutnant zu, der mit kritischem Blick die emporgereckten Hände zu zählen schien, »es wäre mit Sicherheit übersichtlicher gewesen.«

»Aber nicht so wirkungsvoll«, flüsterte er zurück, um laut fortzufahren: »Und wer von euch war Sturmwerker?«

Diesmal wurden weniger Hände gehoben, aber besonders die jüngeren Soldaten und Soldatinnen begannen, aufgeregt miteinander zu tuscheln.

»Ich sehe schon, nicht alle von euch gehörten der Sturmwerkergilde an, als Königin Elane und ihre Thäler unser Land in jener unglückseligen Nacht vor vielen Jahren überfielen. Aber mit Sicherheit hatten viele von euch Freunde und Verwandte, die im Krieg und während der Säuberungsaktionen danach ihre Gesundheit oder ihr Leben verloren.«

Die meisten Soldaten nickten zustimmend.

»Und wie viele von euch wurden in den Dienst exakt jener Truppe genommen, die eure Land verwüstet und eure Familien ermordet hat?«

Als sich alle Hände hoben, griff der Schlosser mit einem Seitenblick auf Rika in seine Tasche und zog das Schreiben des Herzogs Enrik hervor, das er den aufgeregten Soldaten entgegenhielt.

»Vom Herzog von Hochthal selbst stammt diese Vollmacht, die es uns gestattet, im besten Interesse des Reiches zu handeln. Unsere hochgeschätzte Königin betrachtet auch Gavenne als einen Teil ihres Reiches.«

Das nervöse Lachen der Menge schien Joseph zufriedenzustellen; lächelnd fuhr er fort: »Wenn ich euch nun sagte, dass es im besten Interesse des Reiches wäre, die Regentschaft von Königin Elane Spindel zu beenden ...«

»Knüpft sie auf«, brüllte der rotgesichtige Soldat, der vorhin die Zwischenfrage gestellt hatte, und das nun aufbrandende Gelächter entbehrte jeglicher Nervosität. Ein paar Soldaten klatschten in ihre Hände, andere wiederum johlten, dann brachen die Männer und Frauen im Hof in lautstarken Jubel aus.

»Ruhe«, rief Joseph. »Soldaten der Zweiten Armee! Wer von euch mit mir und mindestens einhundert Kriegsautomaten«, er nickte Rika zu, »auf Hochthal marschieren möchte, hebt die Hand.«

Die junge Frau strich sich wieder über die Locken, als sie ehrfürchtig auf das Meer von Händen sah, die sich dem Schlosser entgegenreckten.

»Dann ist es wohl beschlossene Sache«, staunte sie leise.

»Du konntest dich an den Mördern deiner Familie rächen.« Der Leutnant deutete auf die jubelnden Soldaten der Zweiten Armee der Thäler. »Sie werden jetzt ihre Gelegenheit bekommen.«

Als Rika tief seufzte, legte der Offizier ihr freundschaftlich eine Hand auf die Schulter.

»Ich habe einfach vorausgesetzt, dass du dich uns anschließen wirst, Rika Robertstochter, obwohl du weder Gavennerin noch Sturmwerkerin bist. Das war ziemlich dreist von mir, nicht wahr?« Sein intensiver Blick richtete sich auf die goldenen Augen der jungen Sturmzwingerin. »Natürlich können wir auch ohne dich klarkommen, zumindest eine Zeit lang ... aber mir, Domitienne und den anderen, uns allen wäre lieber, du bliebst bei uns.«

Wieder seufzte sie.

Micael, der königstreue Junge aus Dunlet, der so gerne große Abenteuer erleben und Soldat werden wollte … Micael hätte Joseph den Schlosser für seinen Aufruf zur Meuterei mit Sicherheit verdammt. Shoran, der Junge aus Gavenne, dessen Eltern vor dem Krieg aus Hiranya geflohen waren, nur um viele Jahre später bei der Räumung einer illegalen Sturmwerkerfabrik durch thalische Soldaten zu sterben … Shoran, der wie so viele andere Gavenner in die Armee einberufen worden war, hätte sich Joseph ohne zu zögern angeschlossen.

Aber keiner von beiden war da, um Rika die Entscheidung abzunehmen. Micael war tot, und Shoran, der sein Überleben einem Jixur-Heiler verdankte, war noch nicht wieder so weit hergestellt, dass er Glaesmon hätte verlassen können.

Nein, es war ganz alleine ihre Wahl … eine Wahl, die sie insgeheim schon längst getroffen hatte.

Kurz wanderten ihre Gedanken zu Brice, der lebhaften, rothaarigen Brice, die ihren Gutsherrn inzwischen geheiratet haben musste. Schon oft hatte Rika sich gefragt, wie es ihrer Freundin wohl ergehen mochte, und sie hatte sich ausgemalt, wie es sein würde, wenn sie sie besuchte. Eines Tages würde sie es sicherlich tun, auch wenn Rika sich kaum vorstellen konnte, dass sie einander so gut verstehen würden wie früher … zu unterschiedlich war ihr Leben in den letzten Monaten verlaufen.

Dann war da Aeledd, der wilde Herr der Stürme, der Rika nun ihr Leben lang begleiten würde; vielleicht würde die junge Frau in diesem Leben lernen, sein Wesen auch außerhalb der kurzen Momente zu schätzen, in denen sie in das Herz des Sturmes tauchte … aber Shoran, Joseph,

Domitienne, Gerland und die anderen waren hier und jetzt die einzigen Freunde, die sie noch hatte.

Ihre Familie.

Ernst sah Rika Robertstochter zu dem Schlosser auf.

»Ich gehöre zum Stab der Zweiten Armee«, erklärte sie entschlossen und hob die Hand. »Ob unser Ziel nun Glaesmon heißt oder Hochthal – ich bin dabei.«

Und so begann der Zweite Sturmwerkerkrieg.